# SPÉCIALITÉ SVT

## TERMINALE

**NOUVEAUX PROGRAMMES !**

Jean-Luc Cheverry

ellipses

**Collection « Objectif Mention Très Bien »**

Retrouvez les titres de la collection
et des extraits des livres sur http://www.editions-ellipses.fr

***Remerciements***

Mes enfants Maïlys, Rémy, Mayalen Cheverry pour leurs relectures attentives dans leur domaine de compétence respectif (psychologie, géologie et environnement).
À mon oncle Claude Cheverry, spécialiste des sols pour ses remarques constructives, sa vision de l'écoagriculture et ses encouragements.
À Cyril Roure, professeur agrégé de SVT pour ses corrections.

ISBN 9782340-038394

32, rue Bargue 75740 Paris cedex 15



www.editions-ellipses.fr

# Avant-propos

Cet ouvrage propose une méthode de travail précise et efficace en 2 étapes pour faire de sa copie la meilleure copie :

**I. Je révise et je me perfectionne**

- un cours complet sur les 6 thèmes et les 20 chapitres du programme
- tous les mots à connaître définis dans des encadrés
- de très nombreuses photos et des schémas explicatifs
- des approfondissements pour aller au-delà des fondamentaux du programme et accroître ses connaissances.

**II. Je m'exerce et je fais la différence**

- une méthode solide et directement appliquée : conseil pour rédiger un exercice, mobilisation des connaissances, etc.
- de nombreux sujets le plus souvent posés au Bac entièrement corrigés et commentés : optique 20/20.

# Table des matières

# Comment rédiger un exercice

Les correcteurs utilisent un barème de notation visant à évaluer la maîtrise des connaissances du candidat. Par maîtrise des connaissances, il faut entendre les connaissances scientifiques acquises, l'aptitude à extraire des connaissances nouvelles d'un document, l'aptitude à les mettre en relation avec ses propres connaissances pour répondre à une problématique, et enfin, la capacité à élaborer une synthèse. Les exercices du sujet du baccalauréat cherchent à évaluer ces différentes compétences. Il est donc impératif, pour obtenir la meilleure note, de savoir quelles sont, pour chaque type d'exercice, les attentes du correcteur.

L'analyse des grilles de correction « types » pour chacun des trois exercices permettra de mieux les comprendre.

## Corrigé partie 1 (8 points)

> « Partie 1 : Cette partie permet d'évaluer la maîtrise par le candidat des connaissances acquises. Le questionnement peut se présenter sous forme de question de synthèse et/ou de QCM. Il prend éventuellement appui sur un ou plusieurs documents. Cette partie est notée sur 8 points. »

Synthétiser n'est pas, pour un élève, réciter une page de son cours telle que le professeur l'avait structurée pour lui.
S'il s'agit de QCM, l'architecture est toujours la même : 4 propositions dont une seule est exacte ; les propositions relèvent de la même problématique qui est énoncée dans l'amorce.

**Barème de correction « type » pour la partie 1**

| | | | |
|---|---|---|---|
| Synthèse réussie | Éléments scientifiques suffisants | Rédaction et/ou schématisation correcte(s) | **8 pts** |
| Synthèse maladroite | Éléments scientifiques suffisants | Rédaction et/ou schématisation correcte(s) | **7 pts** |
| | | Rédaction et/ou schématisation maladroite(s) | **6 pts** |
| | Éléments scientifiques insuffisants | Rédaction et/ou schématisation correcte(s) | **5 pts** |
| | | Rédaction et/ou schématisation maladroite(s) | **4 pts** |
| Absence de synthèse | Éléments scientifiques insuffisants | Rédaction et/ou schématisation correcte(s) | **3 pts** |
| | | Rédaction et/ou schématisation maladroite(s) | **2 pts** |
| | | Rédaction et schématisation maladroite(s) | **1 pt** |
| Pas d'éléments scientifiques (connaissances répondant à la question posée) | | | **0 pt** |

## Critères de réussite

**Qualité de la synthèse**

Remarque importante : il ne s'agit pas d'une liste de critères qui devraient être tous remplis, mais d'indices qui permettent de repérer la qualité de la synthèse, sans qu'on attende que tous soient présents.

**Critères de qualité**

– Introduction : problématique posée et annonce de sa résolution.
– Exposé construit, argumenté, rigoureux, répondant à la question posée en mobilisant les connaissances nécessaires.
– Schéma(s) demandé(s) intégré(s) à la démarche.
– Conclusion récapitulant la réponse à la problématique posée.

**Commentaires**

On appelle « synthèse réussie » un exposé qui présente un contenu réel (ce qui ne veut pas dire absolument complet) et une pensée structurée (ce qui ne veut pas dire absolument parfaite). On lit un exposé scientifique de qualité – qualité appréciée en tenant compte de l'âge et de l'expérience limitée de l'auteur. Un exposé scientifique « réussi » ne s'obtient pas sans un contenu scientifique suffisant. En particulier, un exposé synthétique réussi contient obligatoirement l'idée essentielle. Dans cette catégorie on apprécie donc en même temps fond scientifique et réussite de la synthèse. Cette bonne copie obtient 7 ou 8 selon ses qualités formelles.

**Éléments scientifiques suffisants**

Les éléments scientifiques sont jugés suffisants si l'idée essentielle est présente et si au moins (nombre variable suivant le nombre de documents) des détails possibles sont présentés. Les éléments scientifiques sont jugés absents si ni l'idée essentielle ni aucun des détails attendus ne sont présents.

**Qualité formelle (rédaction et/ou schématisation)**

Il ne s'agit pas d'une liste de critères qui devraient être tous remplis, mais d'indices qui permettent de repérer la qualité formelle, sans qu'on attende que tous soient présents.

- Syntaxe, grammaire.
- Orthographe.
- Schéma(s) clair(s) légendé(s) et titré(s).
- Mise en page, facilité de lecture, présentation attrayante.

# Corrigé partie 2

« Partie 2 : Cette seconde partie de l'épreuve écrite permet d'évaluer la pratique du raisonnement scientifique et de l'argumentation. Elle est subdivisée en deux exercices. »

- **Exercice 1 enseignement spécifique (3 points)**

Il s'agit d'évaluer la capacité du candidat à raisonner dans le cadre d'un problème scientifique proposé par le sujet en s'appuyant sur l'exploitation d'un nombre réduit de documents.

| | | |
|---|---|---|
| Raisonnement scientifique rigoureux | Le raisonnement est cohérent et répond à la problématique en intégrant et associant tous les éléments scientifiques issus des documents | **3 pts** |
| | Le raisonnement est cohérent et répond à la problématique en intégrant et associant de manière incomplète les éléments scientifiques issus des documents | **2,5 pts** |

| | | |
|---|---|---|
| Raisonnement maladroit | Quelques éléments scientifiques issus des documents sont cités et reliés le plus souvent entre eux, mais la réponse à la problématique est erronée ou partielle | **1,5 à 2 pts** |
| Pas de raisonnement structuré | Quelques éléments scientifiques issus des documents sont cités mais sans lien entre eux ni avec la problématique | **1 pt** |
| | Pas ou très peu d'éléments scientifiques pertinents issus du document | **0 pt** |

## Critères de réussite

Raisonner couvre plusieurs capacités : comparer, argumenter, extraire et organiser des informations, relier des informations, etc.

- Tous les éléments scientifiques du document doivent être utilisés.
- Les éléments scientifiques issus des documents doivent être reliés entre eux pour élaborer un raisonnement ; l'ordre de présentation des documents n'est pas nécessairement celui de l'énoncé.
- Le raisonnement doit être cohérent et répondre à la problématique.

- **Exercice 2 enseignement spécifique (5 points)**

« Pour les candidats qui n'ont suivi que l'enseignement obligatoire, le second exercice de la seconde partie de l'épreuve peut porter ou non sur la même partie du programme que le premier exercice. Pour les candidats ayant choisi la spécialité sciences de la vie et de la Terre, cet exercice porte sur l'un des thèmes du programme de spécialité. »

Le second exercice permet d'évaluer la capacité du candidat à pratiquer une démarche scientifique dans le cadre d'un problème scientifique à partir de l'exploitation d'un ensemble de documents et en mobilisant ses connaissances. Le questionnement amène le candidat à choisir et exposer sa démarche personnelle, à élaborer son argumentation et à proposer une conclusion.

- **Démarche personnelle** : plusieurs démarches sont possibles et peuvent être validées dans cet exercice (on n'attend pas ici de réponse type).
- **L'exposé de la démarche** : est évaluée la capacité à rédiger la démarche choisie telle qu'on peut l'attendre dans un compte rendu de recherches.
- **Une argumentation et une conclusion** : le candidat, face au problème scientifique, aboutit à une conclusion étayée par des éléments de preuve (ou arguments). Pour cela, il est amené à choisir parmi des éléments de nature variée (les documents et les connaissances) et à justifier ce tri.

| | | |
|---|---|---|
| Démarche cohérente qui permet de répondre à la problématique | Tous les éléments scientifiques issus des documents et des connaissances sont présents et bien mis en relation | **5 pts** |
| | Des éléments scientifiques bien choisis issus des documents et/ou des connaissances bien mis en relation mais incomplets | **4 pts** |
| Démarche maladroite et réponse partielle à la problématique | Des éléments scientifiques bien choisis issus des documents et/ou des connaissances incomplètes et insuffisamment mis en relation mais incomplets | **3 pts** |
| Aucune démarche ou démarche incohérente | Quelques éléments scientifiques issus des documents et/ou des connaissances bien choisis mais incomplets et insuffisamment mis en relation | **2 pts** |
| | De rares éléments scientifiques parcellaires issus des documents et/ou des connaissances, et juxtaposés | **1 pt** |

## Critères de réussite

Il ne s'agit pas d'une liste de critères qui devraient être tous remplis, mais d'indices qui permettent de repérer la qualité de la démarche, sans qu'on attende que tous soient présents.

– Compréhension du problème posé
– Énoncé du problème posé
– Extraction d'informations pertinentes des documents
– Apport d'informations pertinentes à partir des connaissances
– Schéma demandé intégré à la démarche
– Mise en relation des informations issues des documents et des connaissances
– Mise en œuvre d'un raisonnement rigoureux, esprit critique
– Un bilan clair est proposé

### Commentaires

On parle de « démarche cohérente » si la copie montre une pensée organisée répondant de façon jugée adaptée au problème posé. On reconnaît dans la manière de répondre une prise en compte des particularités de la question. Les arguments s'enchaînent de façon convaincante. L'association entre ce qui est issu des documents et ce qui est issu des connaissances est suffisamment harmonieuse.

Chapitre A-1

# Génétique et évolution : l'origine du génotype des individus

# Je révise et je me perfectionne

## I. La conservation des génomes : stabilité génétique et évolution clonale

### I-1. Comprendre la notion de clone

La succession de mitoses produit un **clone**, c'est-à-dire un ensemble de cellules, toutes génétiquement identiques, aux mutations près.
Ces clones sont constitués de cellules séparées (cas des nombreuses bactéries ou de nos cellules sanguines) ou associées de façon stable (cas des tissus solides).

### I-2. Comprendre la notion de clonage

On peut distinguer trois types de clonage : le **clonage reproductif** destiné à créer un individu génétiquement identique à un autre mais d'un âge différent, le **clonage thérapeutique** destiné à fabriquer des tissus à partir de cellules-souches pour effectuer des greffes compatibles avec le receveur.

#### *I-2.1. Le clonage reproductif*

Le clonage reproductif est la multiplication naturelle ou artificielle à l'identique d'un être vivant, c'est-à-dire avec conservation exacte du même génome pour tous les descendants (les clones) et ne faisant pas intervenir la reproduction sexuée (on parle de « reproduction asexuée »). Ceci peut s'appliquer à **des animaux** ou à **des végétaux**. On parlera de **parthénogenèse** s'il s'agit d'une espèce animale, et de **bouturage** s'il s'agit d'une espèce végétale : ce sont des exemples de clonage naturel.

(1) La parthénogénèse

(2) Le clonage reproductif

*I-2.2. Le clonage thérapeutique*

Le clonage thérapeutique consiste à transférer le noyau d'une cellule somatique adulte dans un ovule énucléé, avec pour objectif d'engendrer des cellules-souches embryonnaires dotées de la capacité de se différencier en n'importe quelle cellule. La culture *in vitro* de ces cellules embryonnaires pourrait fournir des lignées de cellules différenciées ou de tissus susceptibles d'être utilisés en médecine régénérative, notamment pour des greffes, dans le but de traiter des maladies aussi diverses que la cécité, la tétraplégie, Parkinson ou la sclérose en plaques.

(3) En savoir plus sur le clonage thérapeutique

*I-2.3. Les clones thérapeutiques et reproductifs ne sont pas des copies conformes*

Seul le matériel génétique du noyau est transféré lors d'un clonage. L'ADN mitochondrial reste celui de la cellule réceptrice tout comme la machinerie nécessaire à la transcription de l'ADN pendant les premières phases du développement embryonnaire. Une autre source de variation est la régulation épigénétique. L'**épigénétique** conserve une même séquence d'ADN mais modifie l'expression de certains gènes en régulant la condensation de l'ADN. Ceci permet par exemple aux différentes cellules humaines de devenir des cellules différenciées sans modifications de leur séquence ADN.

De même, des facteurs environnementaux peuvent modifier le devenir des embryons. En pratique les animaux clonés diffèrent sur plusieurs paramètres et sont moins ressemblants que de vrais jumeaux monozygotes ayant le même patrimoine génétique. Cela est particulièrement visible en cas d'animaux tachetés, les taches du clone n'ayant pas de raison particulière de se trouver à la même place, marquant de façon visible que les deux animaux sont différents.

## I-3. La diversité génétique dans un clone résulte de l'accumulation de mutations successives

En l'absence d'échanges génétiques avec l'extérieur, la diversité génétique dans un clone résulte de l'accumulation de mutations successives dans les différentes cellules.

## I-4. Conséquences d'un accident génétique

Tout accident génétique irréversible (mutation ou perte de gènes par exemple) devient pérenne pour toute la lignée (sous-clone) qui dérive du mutant. Seuls les accidents génétiques touchant la **lignée germinale** sont susceptibles d'être transmis à la descendance (Fig. 1).

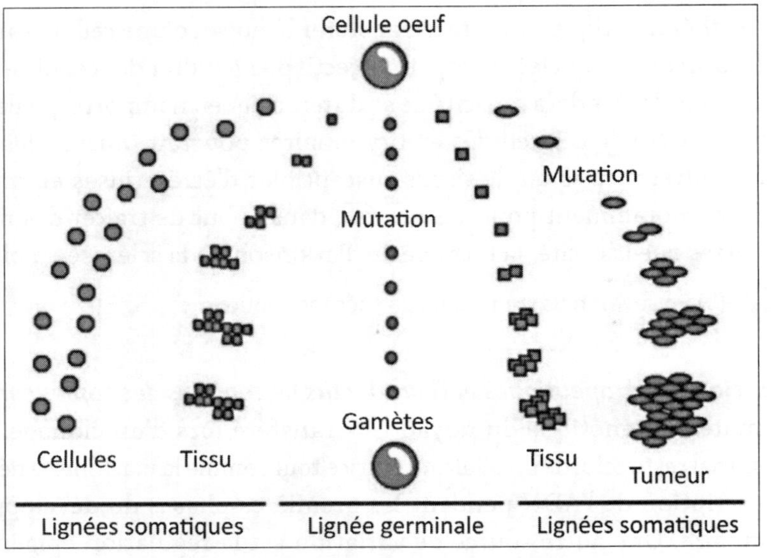


Figure 1. Les conséquences d'un accident génétique.

## II. Le brassage des génomes à chaque génération : la reproduction sexuée des eucaryotes

### II-1. Les cycles de développement

Chez l'ensemble des organismes supérieurs, le développement évolue selon un cycle de développement au cours duquel l'individu passe par différents stades.

**Cycle de développement :** succession d'étapes qui constituent la vie d'un individu depuis sa conception jusqu'à la génération suivante.

La reproduction sexuée est une reproduction biparentale où la cellule œuf (qui par division donne naissance au nouvel individu) provient de la fusion de deux cellules parentales, les gamètes, lors de la fécondation.

**Gamètes :** cellules reproductrices ou sexuelles (haploïdes = 1 exemplaire de chaque type de chromosome).
**Fécondation :** fusion de deux gamètes à l'origine de la cellule œuf.

Tous les individus d'une même espèce possèdent le même nombre de chromosomes (ploïdie) défini chacun par leur structure. Chaque espèce est donc caractérisée par son caryotype (Fig. 2). Une anomalie du caryotype (nombre ou structure des chromosomes) a généralement de graves conséquences ; la stabilité du caryotype doit donc être assurée lors du passage d'une génération à la suivante.

**Ploïdie** : nombre d'exemplaires de chaque type de chromosome présent dans le caryotype. Chez l'Homme il est noté 2n = 46 où « n » est le nombre de chromosomes de type différent et 2 le nombre d'exemplaires de chacun de ces types. Un organisme est diploïde s'il possède 2 exemplaires de chacun de ces types de chromosomes (les chromosomes sexuels peuvent faire exception). Les gamètes ne possédant normalement qu'un exemplaire de chaque chromosome (1 seul « jeu » de chromosomes) sont donc haploïdes.

**Caryotype** : chaque espèce possède une formule chromosomique caractérisée par le nombre et la morphologie de ses chromosomes visibles en microscopie optique au stade métaphase de la mitose. Cette garniture chromosomique présente dans chaque cellule prend le nom de caryotype.

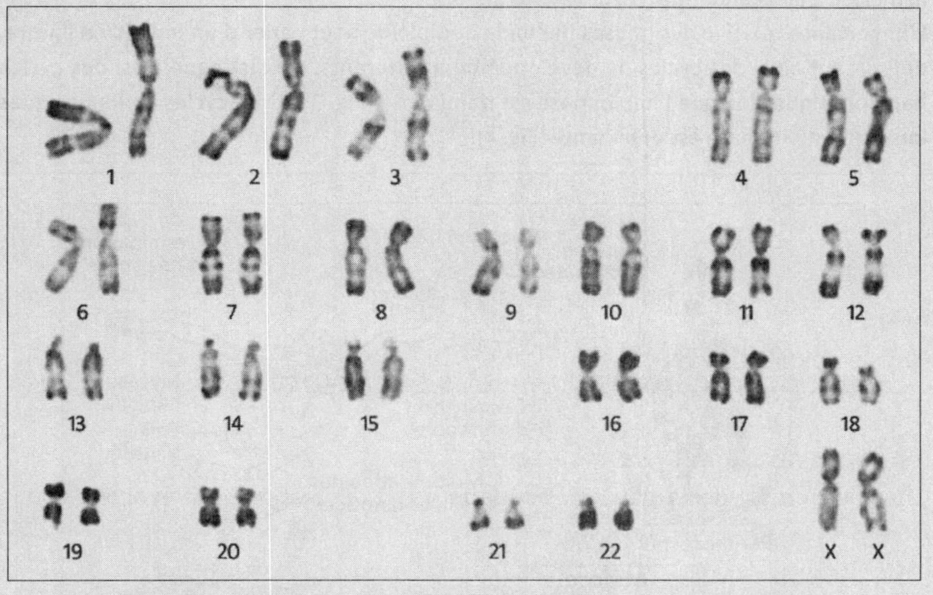


Figure 2. Caryotype de l'espèce humaine (individu de sexe féminin).

Si les gamètes produits possédaient le même nombre de chromosomes que les cellules somatiques de l'adulte, la fécondation aboutirait à un doublement du nombre de chromosomes de l'espèce. Il existe donc un mécanisme appelé **méiose** qui permet la division par deux du nombre de chromosomes dans les gamètes, et assure donc la stabilité du caryotype.

**Méiose** : succession de deux divisions, précédée d'une seule duplication de l'ADN, qui aboutit à la formation de cellules reproductrices et qui divise par deux le nombre de chromosomes.

Les cellules formées par la méiose (= gamètes), ne possèdent donc plus qu'un seul exemplaire de chaque chromosome : elles sont haploïdes.

**Haploïde** : adjectif caractérisant une cellule ou un organisme ne possédant qu'un seul « jeu » de chromosomes (1 exemplaire de chaque chromosome).

La fécondation entre gamètes haploïdes rassemble, dans une même cellule diploïde, deux génomes d'origine indépendante apportant chacun un lot d'allèles. La cellule œuf est donc obligatoirement diploïde.

**Diploïde :** adjectif caractérisant une cellule ou un organisme possédant deux exemplaires de chaque chromosome.

**Conclusion : un cycle de développement est donc caractérisé par l'alternance d'une phase diploïde qui s'étend de la fécondation à la méiose et d'une phase haploïde qui s'étend de la méiose à la fécondation.**

**L'importance relative des phases haploïde et diploïde peut varier d'un individu à l'autre, définissant ainsi des cycles de développement différents. On distingue ainsi des cycles haplophasiques lorsque l'haplophase est dominante (Fig. 3) et des cycles diplophasiques lorsque la diplophase est dominante (Fig. 4).**

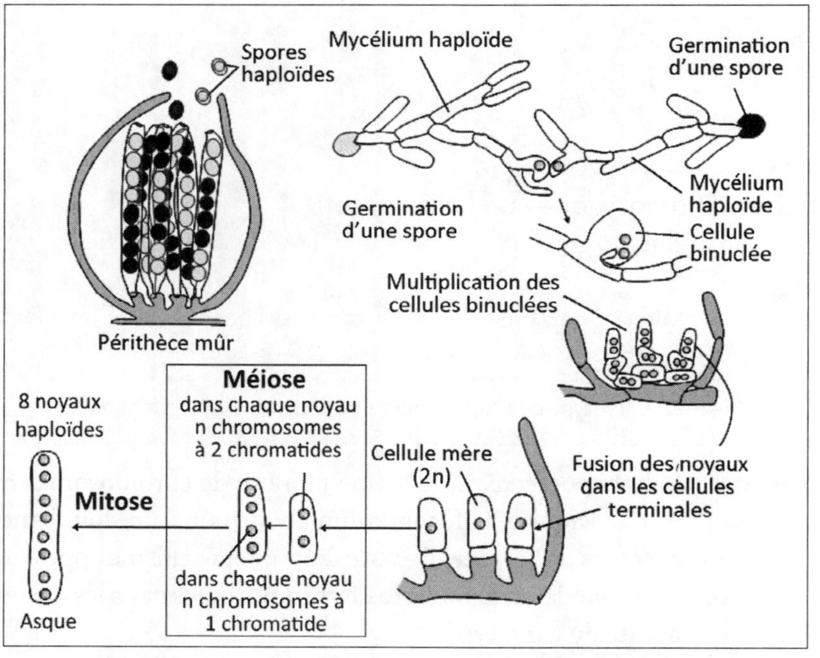


Figure 3. Schéma du cycle de développement haploïde du champignon Sordaria.

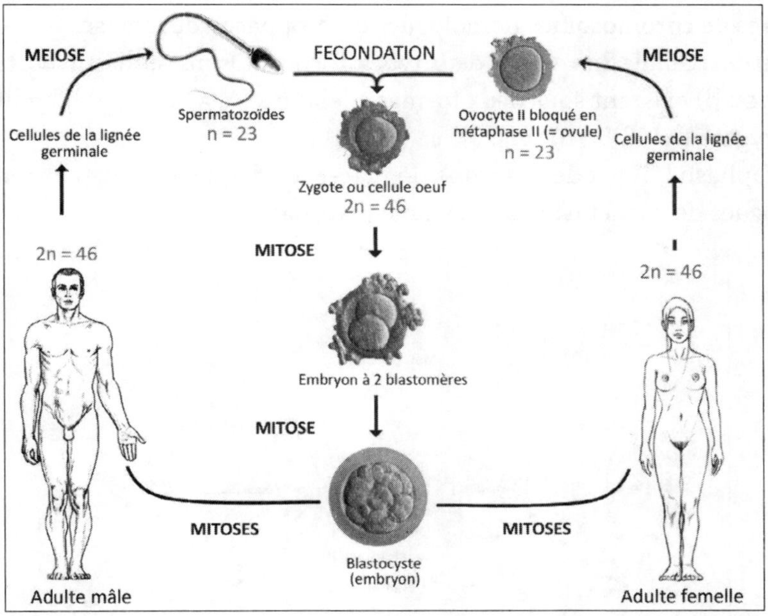


Figure 4. Schéma du cycle de développement diploïde des mammifères (exemple l'Homme).

## II-2. Notion d'homozygotie et d'hétérozygotie

Au sein d'une population, chaque gène peut exister en un ou plusieurs variants, appelés allèles.

Un individu diploïde appartenant à une espèce sexuée possède au maximum deux allèles différents pour chaque gène, l'un hérité du père, et l'autre de la mère.

Un individu est **homozygote** pour un gène s'il est porteur de deux allèles identiques de ce gène ; il est dit **hétérozygote** sinon.

Dans les conditions naturelles (hors sélection génétique), les chromosomes homologues sont hétérozygotes pour de nombreux loci (6,7 %).

## II-3. La méiose est le siège d'un double brassage de l'information génétique

### *II-3.1. La méiose est le siège d'un brassage inter-chromosomique de l'information génétique*

**Objectif** : créer des combinaisons originales de chromosomes d'origine paternelle et maternelle dans les gamètes (spermatozoïdes ou ovules) formés ; en effet, l'homme étant une espèce diploïde, chaque type de chromosome dans son caryotype est présent en deux exemplaires, l'un apporté par le spermatozoïde du père, et l'autre par l'ovule de la mère.

**Origine du brassage :** séparation indépendante (= ségrégation indépendante) des paires de chromosomes homologues en prophase I de méiose.

**Illustration :** cellule 2n = 4 avec deux types de chromosomes, chacun porteur d'un gène ($\alpha$ ou $\beta$) existant sous deux formes alléliques (A, a) et (B, b). L'individu est hétérozygote (A//a, B//b) (Fig. 5).

En métaphase I, il y a deux façons de placer les deux paires de chromosomes homologues de part et d'autre du plan équatorial.

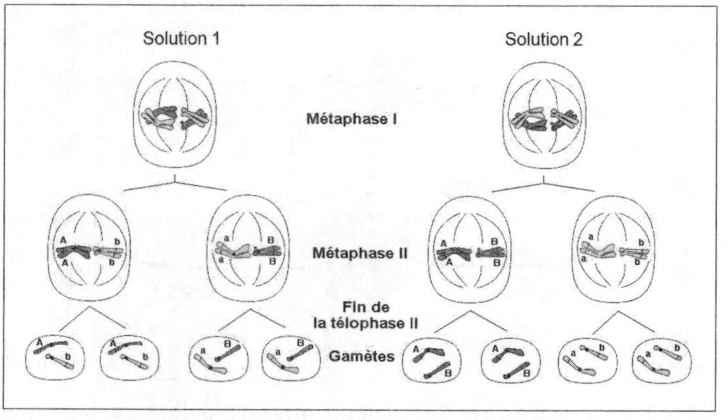


Figure 5. Le brassage interchromosomique.

En anaphase I, chaque paire de chromosomes homologues se sépare indépendamment des autres ; en anaphase II ce sont les 2 chromatides sœurs de chaque chromosome qui se séparent indépendamment. À l'issue des deux divisions de la méiose, chacune de ces chromatides sera donc contenue dans un gamète différent ; la diversité génétique des chromatides correspond donc à la diversité des gamètes qu'un individu est susceptible de produire.

Dans l'exemple présenté, on obtient 4 types de gamètes, chacun caractérisé par son contenu allélique : (A, b), (a, B), (A, B), et (a, b).

**On peut montrer que pour une cellule 2n (diploïde) il existe $2^n$ possibilités de combinaisons des chromosomes d'origine paternelle et maternelle, soit autant de gamètes à combinaison génétique différente.**

Si l'individu est hétérozygote pour chacun des gènes, alors ces combinaisons auront toutes, comme dans l'exemple, un contenu génétique différent.

### *II-3.2. La méiose est le siège d'un brassage intrachromosomique de l'information génétique*

**Objectif :** créer des combinaisons originales d'allèles d'origine paternelle et maternelle sur une même chromatide.

**Origine du brassage :** lors de la prophase I de la méiose, les chromosomes homologues s'alignent et leurs chromatides s'entremêlent. Au niveau des contacts (ou chiasmas), les chromatides peuvent se rompre. Des fragments de chromatides homologues (porteurs des mêmes gènes mais d'allèles de ces gènes pouvant être différents) peuvent alors s'échanger entre les chromosomes homologues appariés (Fig. 6). C'est le phénomène nommé crossing-over (ou enjambement).

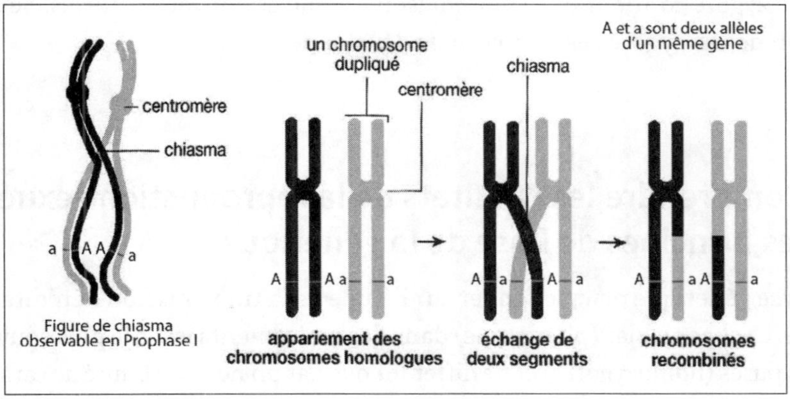


Figure 6. Illustration d'un crossing-over

D'une façon plus générale, on peut montrer que si **« m » est le nombre de gènes existant à l'état hétérozygote** (les chromosomes d'origine paternelle et maternelle portent au même locus un allèle différent du gène), alors il existe **$2^m$** combinaisons possibles d'allèles d'origine paternelle et maternelle, soit autant de gamètes à contenu génétique différent, car chaque locus peut être occupé, en théorie, par l'un des deux allèles de chaque gène.
À la suite des brassages inter- et intrachromosomique, il est donc possible de former $2^n \times 2^m = 2^{n+m}$ gamètes différents.

(4) Le nombre de gamètes à contenu génétique différent

Ainsi, l'estimation du nombre de gamètes à contenu génétique différent susceptible d'être produit par méiose chez l'Homme est de $2^{60}$ !

### *II-3.3. La fécondation amplifie le brassage de l'information génétique*

La fécondation résultant de la rencontre aléatoire d'un spermatozoïde et d'un ovule, il est donc possible que se forment $2^{60} \times 2^{60} = 2^{120}$ œufs à contenu génétique différent. Autrement dit la probabilité d'obtenir à l'issue de deux fécondations le même œuf est de $1/2^{120}$ !

> Au cours de la méiose, des échanges de fragments de chromatides (crossing-over ou enjambement) se produisent entre chromosomes homologues d'une même paire. Ils sont à l'origine d'un brassage intra-chromosomique.
> Les chromosomes ainsi remaniés subissent également un brassage interchromosomique résultant de la migration aléatoire des chromosomes homologues lors de la 1re division de méiose. Une diversité potentiellement infinie de gamètes est ainsi produite.

Au cours de la fécondation, un gamète mâle et un gamète femelle s'unissent et leur fusion conduit à un zygote. La diversité génétique potentielle des zygotes est immense.
Chaque zygote contient une combinaison unique et nouvelle d'allèles. Seule une fraction de ces zygotes est viable et se développe.

## III. Comprendre les résultats de la reproduction sexuée : les principes de base de la génétique

L'analyse génétique peut se fonder sur l'étude de la transmission héréditaire des caractères observables (phénotype) dans des croisements issus le plus souvent de lignées pures (homozygotes) et ne différant que par un nombre limité de caractères.

### III-1. Principe de l'analyse

#### *III-1.1. Quelques définitions et conventions d'écriture*

**Mono- et dihybridisme :** étude du croisement d'organisme différant respectivement par un ou deux caractères (exemple : longueur des ailes et couleur de l'œil chez la drosophile).
**Individu de race pure** pour un ou plusieurs caractères : individu homozygote pour le ou les gènes codant pour ce ou ces caractères.
Les **phénotypes** sont notés entre crochet [ ].
**Notation des génotypes :** elle s'effectue entre parenthèses ( ).

- Dans un cas de monohybridisme (un seul gène noté « $\alpha$ »)
  - (A//A) : individu homozygote pour le gène $\alpha$
  - (A//a) individu hétérozygote pour le gène $\alpha$
  - (a//a) individu homozygote pour le gène $\alpha$
- Dans un cas de dihybridisme (deux gènes notés « $\alpha$ » et « $\beta$ »)
  - Si les 2 gènes sont **indépendants** (A//A, B//B) ou (A//A, B//b) ou (A//A, b//b) ou (a//a, B//B) ou (a//a, B//b) ou (a//a, b//b) ou (A//a, B//B) ou (A//a, B//b) ou A//a, b//b).
  - Si les 2 gènes sont **liés** (AB//AB) ou (Ab//Ab) ou (aB//aB) ou (ab//ab) ou (AB//Ab) ou (AB//aB) ou (AB//ab) ou (Ab//aB) ou (Ab//ab) ou (aB//ab).

**Gènes liés et gènes indépendants :** 2 gènes situés sur un même chromosome sont dits **liés** ; s'ils sont situés sur des chromosomes différents, ils sont dits **indépendants.**
**Gène autosomal :** gène porté par un autosome (= chromosome non sexuel).
**Gène gonosomal :** gène porté par un gonosome (= chromosome sexuel, X ou Y).
**Dominant :** adjectif qualifiant un caractère ou un allèle s'exprimant obligatoirement chez un individu, que le gène le codant soit à l'état homozygote ou hétérozygote.

**Récessif :** adjectif qualifiant un caractère ou un allèle qui ne s'exprime chez un individu que si le gène le codant est à l'état homozygote.

### *III-1.2. Les questions à se poser*

Les exercices portent en général sur l'étude simultanée de deux caractères (dihybridisme).

**Notation des générations**

La génération F0 correspond au croisement des deux parents.

La génération F1 à leur descendance.

La génération F2 aux croisements des individus de la F1 entre eux.

L'analyse a pour objectif d'expliquer les résultats phénotypiques de croisements et de répondre aux questions suivantes :

- Un ou plusieurs gènes sont-ils impliqués dans l'expression d'un caractère ?
- Si plusieurs gènes sont impliqués dans l'expression d'un caractère, sont-ils **liés** (= situés sur le même chromosome) ou non (= **indépendants** = situés sur deux chromosomes différents) ?

Pour répondre à ces deux questions, on analysera les résultats de deux types de croisements :

- Le phénotype des individus de la première génération (= F1) issue du croisement entre deux lignées pures (donc homozygotes pour le ou les caractères étudiés).
- Le phénotype des individus issus du croisement des individus de la F1 par des **individus récessifs pour l'ensemble des caractères étudiés (= test-cross)**.

**Test-cross :** croisement des individus de la F1 par un individu homozygote récessif pour l'ensemble des caractères étudiés.

### *III-1.3. La démarche à suivre : les recettes de cuisines à appliquer !*

Bien évidemment, ces « recettes de cuisine » ne s'appliquent que pour des test-cross ! Il faut donc toujours penser à vérifier que le croisement proposé en est un.

→ **Remarque** : la même démarche s'applique si l'on étudie un caractère codé par deux gènes ; il faut alors rechercher si les deux gènes sont liés ou indépendants en utilisant les résultats précédents.

Pour chaque caractère étudié, déterminer s'il est sous la dépendance d'un ou de plusieurs gènes grâce à l'analyse des résultats du test-cross :

- Si le caractère est lié **à l'expression d'un seul gène**, les phénotypes des individus issus du test-cross seront en proportions égales (50 %, 50 %).

- Si le caractère est lié **à l'expression de deux ou de plusieurs gènes**, les phénotypes des individus issus du test-cross seront en proportions différentes de (50 %, 50 %) ; l'exercice s'arrête généralement là !
- Si l'exercice porte sur l'étude simultanée de deux caractères (**dihybridisme**), après avoir vérifié que chaque caractère n'est bien codé que par un seul gène, on recherchera si les 2 gènes sont situés sur le même chromosome (= **liés**) ou sur des chromosomes différents (= **indépendant**), en analysant quantitativement le résultat du test-cross.
- Si les phénotypes des individus issus du test-cross sont en proportions égales (50 %, 50 %), alors les 2 gènes sont liés et leurs loci sont suffisamment proches sur le chromosome pour qu'aucun crossing-over ne vienne les séparer.
- Si les individus de la F1 produisent 4 types de gamètes en proportions égales, (25 %, 25 %, 25 %, 25 %) alors les deux gènes sont indépendants ; cela correspond à 4 phénotypes en proportions égales dans la descendance du test-cross.
- Si les individus de la F1 produisent 4 types de gamètes en proportions inégales (plus de gamètes parentaux que de gamètes recombinés), alors les deux gènes sont liés. L'apparition de nouveaux types de gamètes s'explique par le brassage intra-chromosomique. Cela correspond à 4 phénotypes en proportions inégales dans la descendance du test-cross.

(5) L'analyse génétique : comment sont établis les résultats du cours.

## III-2. Interpréter des résultats de croisements avec transmission d'un ou de deux allèles portés par les chromosomes sexuels

Le chromosome Y portant peu de gènes, les exercices portent en général sur le chromosome X. Ce sera le seul cas traité ici.

### *III-2.1. Comment savoir si un gène est porté par un chromosome sexuel ?*

On cherchera à déterminer dans un cas de monohybridisme, si le gène concerné est porté par X, Y.

– Si le gène codant pour la réalisation d'un caractère est porté par Y alors les femelles ne peuvent pas présenter ce caractère.
– Si le gène est porté par le chromosome X.

Caractère analysé = $\alpha$

Le caractère « $\alpha$ » existe sous deux formes phénotypiques [A] et [a]

On part de l'hypothèse que :

– Ce caractère n'est codé que par un seul gène existant sous deux formes alléliques (A et a codant pour les phénotypes [A] et [a] du caractère « $\alpha$ »).
– A > a (notation indiquant que l'allèle A est dominant sur l'allèle a).
– Le gène est situé sur le gonosome X.

- **Étude de croisements réciproques**

| | Premier croisement | Second croisement |
|---|---|---|
| **F0** | Femelle [A] × Mâle [a] races pures | Mâle [A] × Femelle [a] races pures |
| **F1** | 100 % Femelles $[A]_{F1}$<br>100 % Mâles $[A]_{F1}$ | 100 % Femelles $[A]_{F1}$<br>100 % Mâles $[a]_{F1}$ |

On constate que les croisements réciproques ne donnent **pas le même résultat en F1**.

- **Interprétation théorique des résultats expérimentaux**

D'après les hypothèses imposées, l'écriture génotypique du premier croisement est la suivante :

– F0 $(X^A//X^A) \times (X^b//\mathbf{Y})$
– F1 Femelles $(X^{A,}//X^a)$ + Mâles $(X^{AB}//Y)$

Un garçon hérite nécessairement d'un des deux chromosomes X de sa mère et du chromosome Y de son père, alors qu'une et une fille hérite nécessairement d'un des deux chromosomes X de sa mère et du chromosome X de son père.

D'après les règles de dominance :

| Génotype F1 | Phénotype F1 |
|---|---|
| 100 % Femelles $(X^A//X^a)$ | 100 % Femelles [A] |
| 100 % Mâles $(X^A//Y)$ | 100 % Mâles [A] |

D'après les hypothèses imposées, l'écriture génotypique du second croisement est la suivante :

– F0 Femelles $(X^a//X^a) \times$ Mâles $(X^A//\mathbf{Y})$
– F1 Femelles $(X^a//X^A)$ + Mâles $(X^a//Y)$

D'après les règles de dominance :

| Génotype F1 | Phénotype F1 |
|---|---|
| 100 % Femelles $(X^A//X^a)$ | 100 % Femelles [A] |
| 100% Mâles $(X^a//Y)$ | 100 % Mâles [a] |

On retrouve les résultats observés, ce qui valide nos hypothèses.

Ainsi, l'étude des croisements réciproques fournit des informations sur la localisation d'un gène sur un autosome ou un gonosome : si un gène est situé sur un gonosome, alors les croisements réciproques de deux lignées pures différant pour le caractère codé par ce gène, **ne donnent pas le même résultat**.

### *III-2.2. Interpréter des résultats de croisements avec transmission de deux couples d'allèles liés portés par le chromosome X*

On se retrouve dans un cas de dihybridisme classique avec deux gènes liés où on attend 4 phénotypes différents en proportions inégales, avec une majorité de phénotypes parentaux et une minorité de phénotypes recombinés.

## III-3. Identification des allèles portés par un individu dans le cas de l'espèce humaine

L'identification repose sur l'étude des arbres généalogiques.
De façon conventionnelle, les garçons sont représentés par des « carrés » et les filles par des « cercles ».
Les carrés et les cercles sont vides si le garçon ou la fille sont de phénotype « sain » et noircis ou hachurés si le garçon ou la fille sont de phénotype « malade ».
Sur un arbre généalogique, chaque ligne correspond à une génération ; les générations sont notées en chiffres romains ; chaque individu est identifié par sa position sur la ligne en partant de la gauche par un chiffre arabe.

### *III-3.1. Les maladies autosomiques récessives*

Le phénotype affecté par une maladie autosomique récessive est déterminé par un allèle récessif et le phénotype normal correspondant est déterminé par un allèle dominant.
Les deux indices clés sont :

- La maladie apparaît généralement dans la descendance de parents non affectés.
- Les descendants atteints comprennent des personnes des deux sexes.

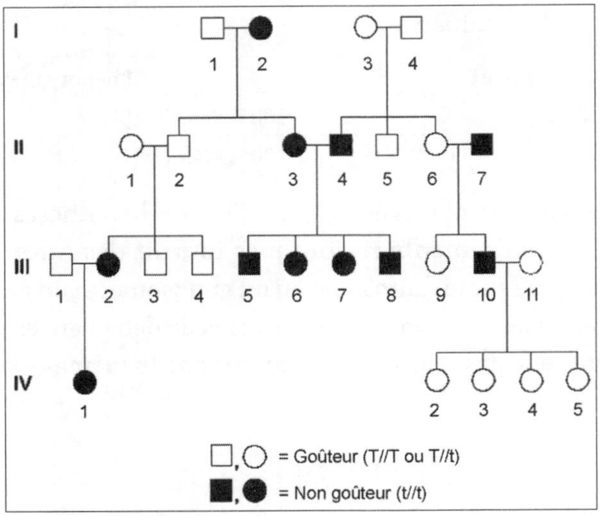


Figure 7. Arbre généalogique prenant en compte le phénotype goûteur et non goûteur.

• **Exemple** : les goûteurs. Il s'agit de personnes qui trouvent un goût très amer à la molécule de phénylthiocarbamide (PTC), alors que les non-goûteurs ne lui en trouvent aucun.
Le fait d'être goûteur est déterminé par l'allèle p récessif à l'état homozygote (p//p) et l'état non-goûteur par la possession d'au moins un allèle P dominant (P//p ou P//P).
• **Autres exemples** : mucoviscidose, drépanocytose, phénylcétonurie.
Cas particulier : les polymorphismes autosomiques humains.

**Polymorphisme** : coexistence de deux ou plusieurs phénotypes courants d'un caractère dans une population.

• **Exemple** : dimorphisme pour la capacité à percevoir le goût d'une substance chimique, le phénylthiocarbamide (PTC).

*III-3.2. Les maladies autosomiques dominantes*

L'allèle « A » responsable de la maladie est porté par un chromosome non sexuel. L'allèle « A » est dominant sur l'allèle « a » récessif.
Étant dominants, tous les individus qui le possèdent, qu'ils soient homozygotes A//A ou hétérozygotes A//a, seront atteints et seuls les homozygotes a//a seront sains. Il en résulte que dans une famille atteinte, la maladie est généralement présente à chaque génération, puisqu'un seul exemplaire de l'allèle responsable entraîne le phénotype malade.
C'est ce que montre l'exemple suivant.

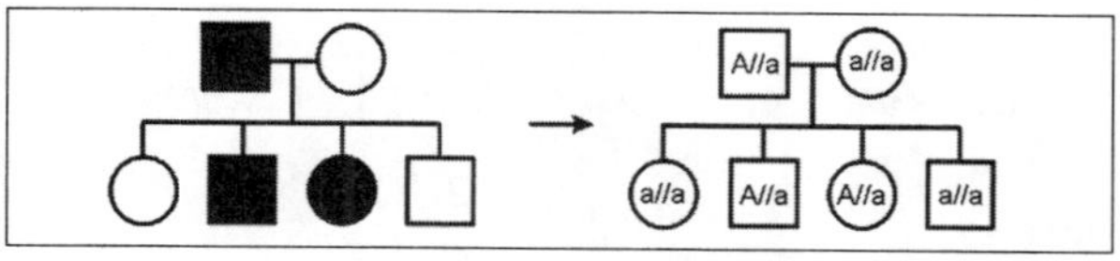


Figure 8. Exemple de transmission d'une maladie génétique autosomique dominante.

(6) Quand l'analyse de l'arbre généalogique ne permet pas de préciser le mode de transmission

→ **Remarque** : dans le cas présenté, le mode de transmission pourrait également être récessif, lié ou non au sexe, d'où l'intérêt de toujours disposer de plusieurs générations avec des apports génétiques extérieurs lorsque l'on étudie un arbre généalogique.

- **Quand**

Les principaux indices sont :
– La maladie a tendance à apparaître à chaque génération.

– Les pères et les mères affectés transmettent le phénotype malade à leurs filles comme à leurs fils.

• **Exemple** : La pseudo-achondroplasie est une forme de nanisme résultant d'une croissance incorrecte des os pendant le développement de l'organisme.

• **Autres exemples** : la chorée de Huntington, mauvais métabolisme du système nerveux entraînant sa dégénérescence, qui apparaît généralement lorsque l'individu est en âge de procréer et qui se traduit par des convulsions et une mort prématurée. La polydactylie : présence de doigts et/ou d'orteils surnuméraires, due à un problème de fonctionnement des gènes de développement concernés.

### *III-3.3. Les maladies récessives liées à l'X*

Les phénotypes récessifs dont la transmission est liée à l'X présentent typiquement les caractéristiques suivantes dans les arbres généalogiques :

– Beaucoup plus d'hommes que de femmes présentent le phénotype étudié. En effet, le gène responsable étant porté par un allèle récessif, la présence d'un seul de ces allèles (Xa) suffira à déclencher la maladie chez l'homme (Xa//Y) alors que les femmes hétérozygotes seront simplement porteuses (XA//Xa).

– Les descendants d'un homme affecté ne sont généralement pas atteints (sauf lorsque la mère est hétérozygote), mais toutes les filles seront hétérozygotes.

– Aucun des fils d'un homme affecté ne présente le phénotype malade.

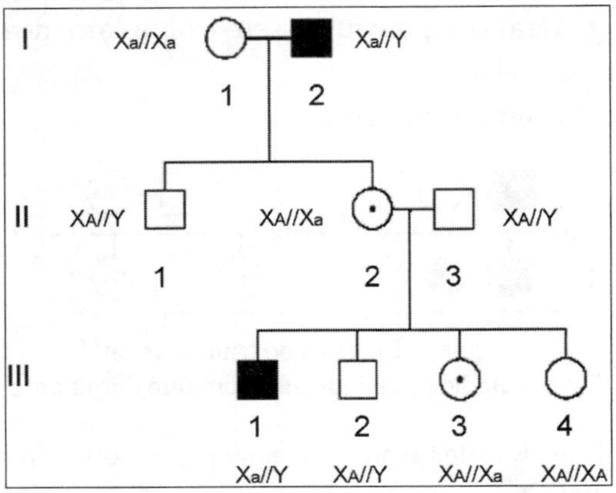


Figure 9. Exemple de transmission d'une maladie génétique récessive liée à l'X.

• **Exemples** : le daltonisme, l'hémophilie, la dystrophie musculaire de **Duchenne, le syndrome de féminisation testiculaire.**

### *III-3.4. Les maladies dominantes liées à l'X*

Les phénotypes dominants dont la transmission est liée à l'X présentent typiquement les caractéristiques suivantes dans les arbres généalogiques :

– Les hommes affectés transmettent la maladie à toutes leurs filles mais à aucun de leurs fils.

– Les femmes affectées et mariées à des hommes non affectés peuvent transmettre la maladie à certains de leurs fils et filles.

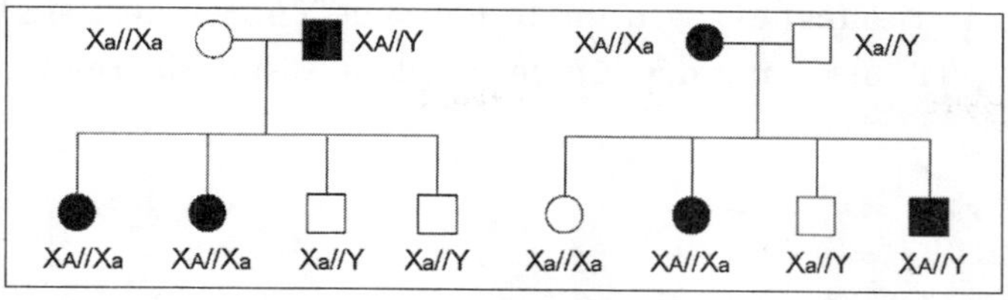


Figure 10. Exemple de transmission d'une maladie génétique dominante liée à l'X.

Il existe peu d'exemples de phénotypes dominants liés à l'X (exemple : hypophosphatémie).

- **Cas particulier de l'inactivation du chromosome X**

L'**inactivation du chromosome X** est un processus à partir duquel un des deux chromosomes X de la femelle mammifère est inactivé.

La femelle mammifère possède deux chromosomes X, et le mâle un seul. Or ce chromosome, contrairement au chromosome Y, possède de nombreux gènes impliqués dans le fonctionnement des cellules. Sans l'inactivation, la femelle produirait donc deux fois plus de certaines protéines que le mâle. Le choix du chromosome X inactivé se fait au hasard juste après l'implantation de l'embryon dans la paroi utérine. Ainsi, ce n'est pas le même chromosome X (celui d'origine paternelle ou celui d'origine maternelle) qui est inactivé dans les cellules, ce qui peut avoir des conséquences si l'un des chromosomes X est porteur d'une anomalie génétique (Fig. 11).

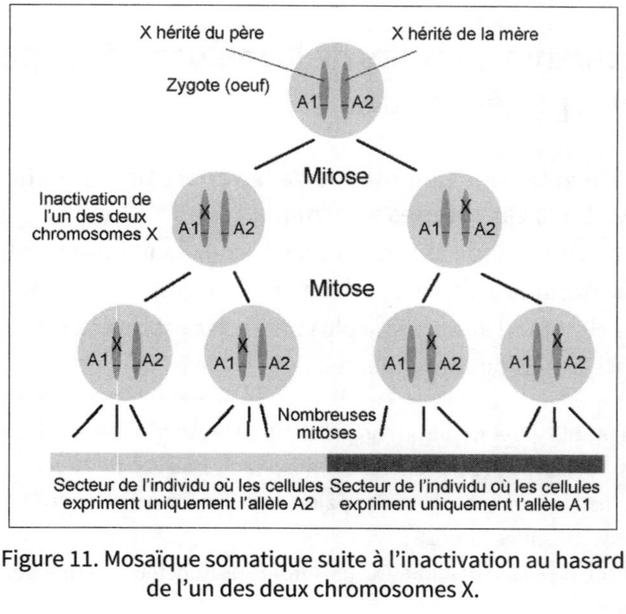


Figure 11. Mosaïque somatique suite à l'inactivation au hasard de l'un des deux chromosomes X.

La dysplasie anhidrotique de l'ectoderme est une maladie liée au chromosome X ; elle a pour conséquence une absence de glandes sudoripares en raison de l'inactivation, dans certains territoires de la peau, du chromosome X non muté. Dans l'illustration suivante (Fig. 12), les zones dépourvues de glandes sudoripares sont indiquées en gris foncé.

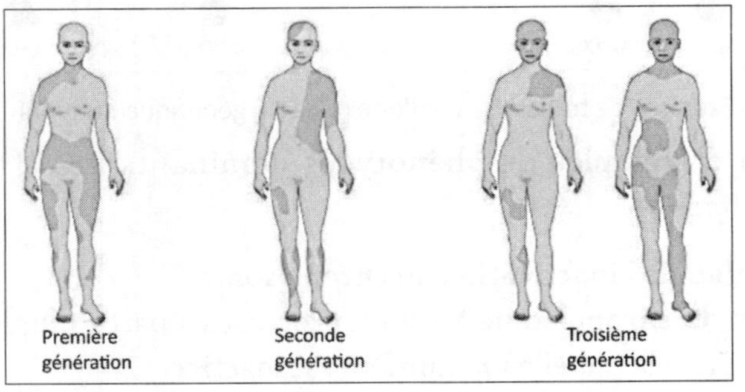


Figure 12. Mosaïque somatique chez trois générations de femmes hétérozygotes pour la dysplasie anhidrotique de l'ectoderme (absence de glandes sudoripares).

*III-3.5. L'hérédité liée à l'Y*

Gènes situés dans la région différentielle du chromosome Y et transmis uniquement aux garçons de père en fils.

- **Exemple** : facteur de détermination testiculaire (TDF)

## IV. Des accidents au cours de la méiose participent au brassage génétique

### IV-1. Les non-disjonctions (anomalies de la répartition des chromosomes) produisent des caryotypes anormaux

Un mouvement anormal de chromosomes lors de la méiose produit une cellule présentant un nombre inhabituel de chromosomes (cellule aneuploïde). Par exemple, chez l'Homme, l'anomalie la plus fréquente est la **trisomie 21**, responsable du syndrome de Down ou mongolisme.

**Trisomie** : anomalie du caryotype où un chromosome est présent en 3 exemplaires. La trisomie 21 correspond à un caryotype présentant 3 chromosomes 21 au lieu de 2.

Ces types d'anomalies touchent toutes les paires de chromosomes :

- des autosomes : trisomies 21 et 18 ;
- des chromosomes sexuels : trisomie XXY (syndrome de Klinefelter), monosomie X (syndrome de Turner).

Normalement, un gamète possède un seul chromosome 21. La trisomie 21 est due à la fusion de 2 gamètes dont l'un possède deux chromosomes 21 (Fig. 13).

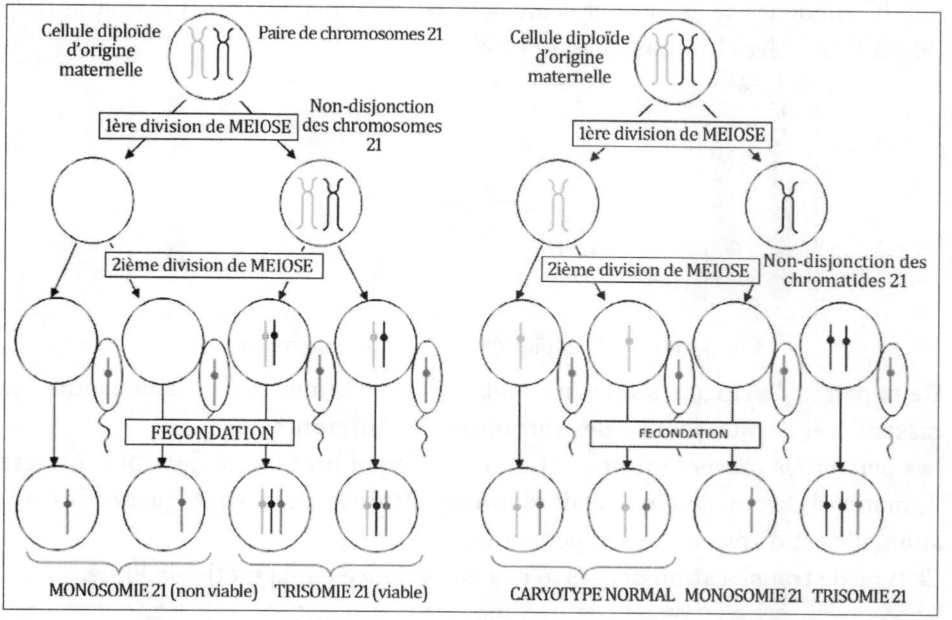


Figure 13. Deux anomalies de la méiose à l'origine de la trisomie 21.

On peut expliquer ce défaut par une non-disjonction des chromosomes homologues lors de la première division de méiose, ou par une non-disjonction des chromatides sœurs lors de la deuxième division de méiose. Il y a alors formation d'une cellule œuf trisomique (1 chromosome supplémentaire) ou monosomique (1 chromosome manquant) pour le chromosome 21. Cette anomalie est ensuite transmise à toutes les cellules de l'embryon par mitoses successives.

Dans la plupart des cas, ces anomalies sont éliminées car les embryons formés ne sont pas viables. Ces anomalies sont responsables de nombreux avortements spontanés. Chez l'Homme, la fécondation d'un ovule par 2 spermatozoïdes (dispermie) engendre la formation d'une cellule-œuf triploïde donnant un embryon non viable. La non viabilité des caryotypes anormaux apparaît comme un mécanisme majeur assurant la stabilité du caryotype de l'espèce. Seule une fraction des zygotes obtenus lors de la fécondation est viable et se développe.

## IV-2. Réorganisation du matériel chromosomique : les translocations

**Une translocation** est une organisation inhabituelle du matériel chromosomique.

Il existe deux types de translocations : la translocation **réciproque** et la translocation **robertsonienne**.

*IV-2.1. Translocation réciproque (équilibrée ou balanced translocation)*

Une translocation réciproque survient lorsque deux fragments de deux chromosomes non homologues se cassent et échangent leurs emplacements. Ceci est illustré (Fig. 14) pour les chromosomes 17 et 20.

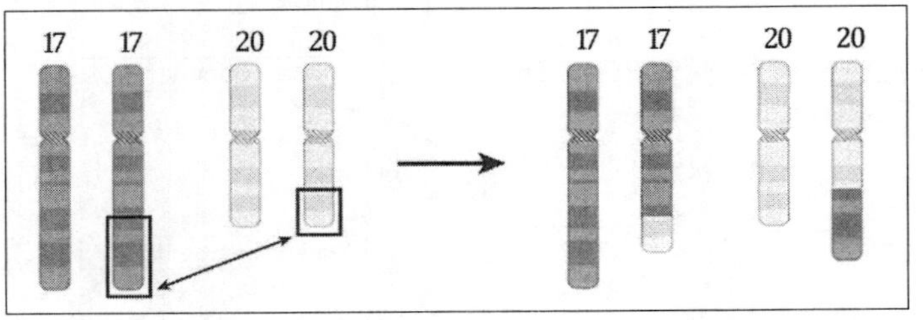


Figure 14. Exemple de translocation réciproque.

Deux paires de chromosomes normaux ; deux fragments de chromosomes se cassent... et se rattachent à des chromosomes différents.

Les personnes présentant une translocation équilibrée ont la quantité correcte de matériel chromosomique mais réarrangé différemment. La fréquence de cette anomalie est d'environ 1/500 personnes.

Ce type de translocation peut être mis en évidence par la méthode FISH.

**Méthode FISH :** c'est une technique d'hybridation in situ en fluorescence utilisant des sondes marquées à l'aide d'un marqueur fluorescent et utilisées sur des coupes en microscopie et en imagerie moléculaire. Utilisée en médecine en association à la réalisation d'un caryotype, elle permet par exemple la recherche de microdélétions ou de translocations.

(7) La méthode FISH 5 hybridation in situ en fluorescence

*IV-2.2. Translocation robertsonienne (= fusion de chromosome)*

Une translocation robertsonienne (Fig. 15) survient lorsqu'un chromosome d'une paire s'est rattaché à un chromosome d'une autre paire. La figure ci-dessous illustre une translocation robertsonienne impliquant les chromosomes 14 et 21.

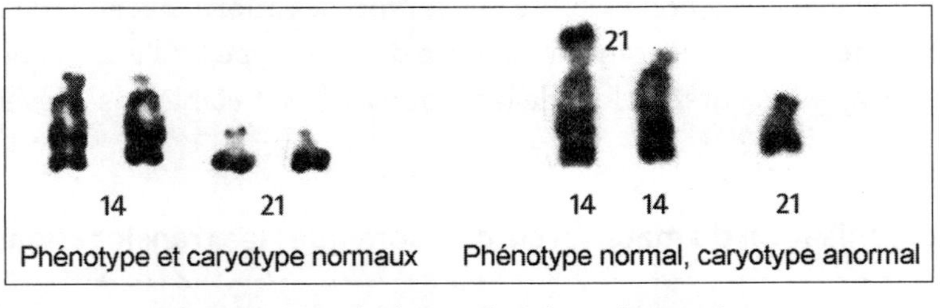


Figure 15. Exemple de translocation robertsonienne.

*IV-2.3. Conséquences des translocations*

Dans les deux cas étudiés, les chromosomes se sont réorganisés, sans qu'il y ait eu de perte ni d'ajout de matériel chromosomique. Ceci s'appelle une translocation équilibrée. Une personne qui porte une translocation équilibrée n'est d'habitude pas affectée par elle, et très souvent, elle ignore qu'elle la possède.

Des problèmes peuvent survenir pour l'enfant d'un couple dont l'un est porteur d'une translocation équilibrée. En effet, l'enfant à naître peut hériter de ce qu'on appelle une translocation déséquilibrée :

- Si l'un des parents est porteur d'une translocation réciproque, l'enfant à naître pourra présenter une trisomie ou une monosomie partielle d'un chromosome.
- Si l'un des parents est porteur d'une translocation robertsonienne, l'enfant à naître pourra présenter une trisomie ou une monosomie totale d'un chromosome.

(8) Conséquences pour la descendance d'une translocation réciproque chez l'un des deux parents.

## IV-3. Crossing-over inégaux et duplication génique

**Crossing-over inégal** : au cours de la prophase I il peut arriver qu'un décalage intervienne lors de l'appariement des chromosomes homologues ; les 2 chromatides homologues se cassent à des endroits différents, car l'appariement est incorrect, et échangent des fragments de chromatides de longueurs différentes ; à la suite de cet accident, un chromosome possède une portion de chromosome en double (duplication de certains gènes), alors que l'homologue a perdu une partie de l'information génétique qu'il portait (délétion de certains gènes).

Ainsi, un gamète peut hériter d'un chromosome porteur de deux exemplaires d'un ou de plusieurs gènes (Fig. 16).

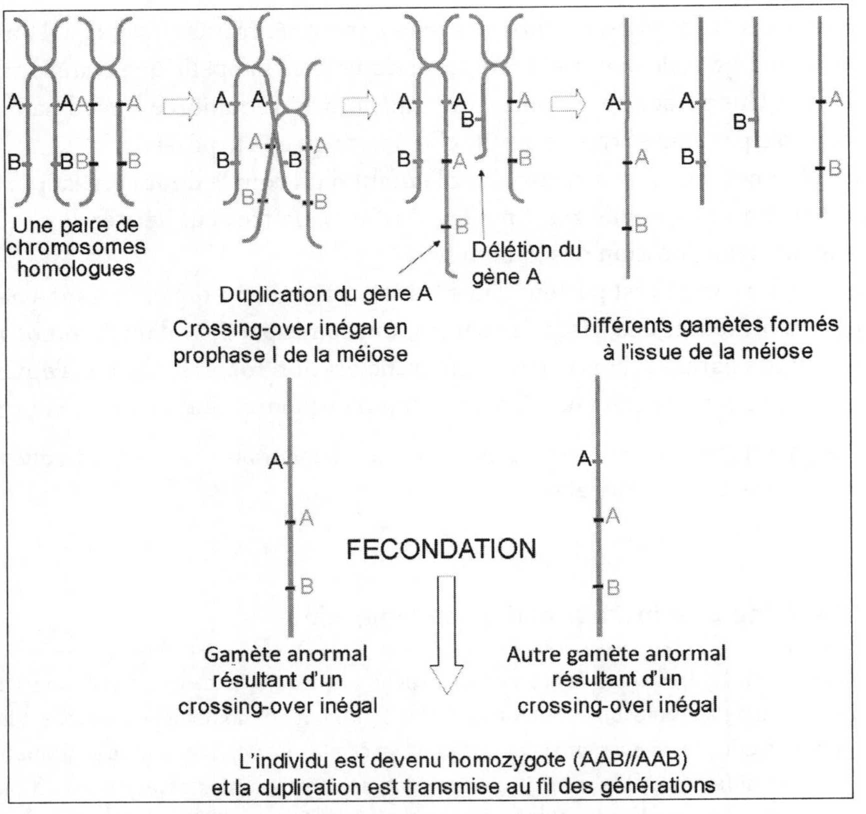


Figure 16. Crossing-over et duplication génique.

Si la possession d'un gène A dupliqué sur un chromosome est favorable à l'individu, celui-ci aura plus de chances de se reproduire que les individus ne la possédant pas ; par sélection naturelle, la fréquence de cette duplication va donc augmenter au sein de la population, ainsi que la probabilité que deux porteurs de la même anomalie se rencontrent ; il y a alors formation d'un homozygote pour la duplication. Si les homozygotes pour la duplication sont favorisés par sélection naturelle, ils vont progressivement remplacer les hétérozygotes et les homozygotes non mutés.

Ce mécanisme est souvent source de troubles (la perte de gènes est par exemple souvent létale) ; parfois source de diversification du vivant : par exemple, à l'origine des **familles multigéniques**. En effet, à la suite d'un crossing-over inégal, une des chromatides possède 2 copies du même gène. Au fil des générations, ces copies vont subir des mutations différentes : leurs séquences resteront proches, mais elles pourront acquérir des fonctions différentes ou devenir non fonctionnelles ou complémentaires dans la réalisation d'une fonction. On parle de **gènes homologues**. Il y a ainsi **création de nouveaux gènes**.

**Famille multigénique :** ensemble de gènes dont les séquences présentent suffisamment de ressemblances pour attester d'une origine commune ; ces gènes proviennent de duplications successives d'un même gène ancestral. Les différences de séquences observées résultent de l'accumulation, au fil des générations, de mutations différentes suivant les gènes.
**Gènes homologues :** ensemble de gènes apparentés car issus de la duplication d'un même gène ancestral ; les gènes homologues issus de la duplication d'un même gène ancestral forment une même famille multigénique ; dans la pratique, deux gènes sont dits homologues s'ils possèdent plus de 20 % d'identité de séquence.

• **Exemple** : la famille multigénique des globines (Fig. 17)
La molécule d'hémoglobine qui assure le transport du dioxygène sanguin, est constituée de l'association de deux types de globines différentes. Chez l'Homme, il existe six types de globines, codées chacune par un gène différent. Ainsi, l'Homme peut produire différentes hémoglobines spécialisées dans le transport du dioxygène lors des différents moments de la vie (embryon, fœtus, adulte).

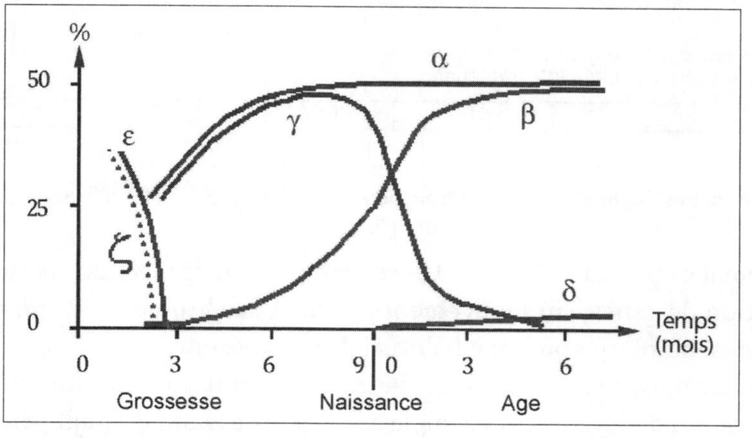


Figure 17. Un exemple de famille multigénique.

La comparaison des séquences des différentes globines montre d'importantes différences, mais suffisamment de ressemblances pour attester d'une origine commune : les gènes codant pour ces globines proviennent de duplications successives d'un même gène ancestral et constituent une famille multigénique (Fig. 18).

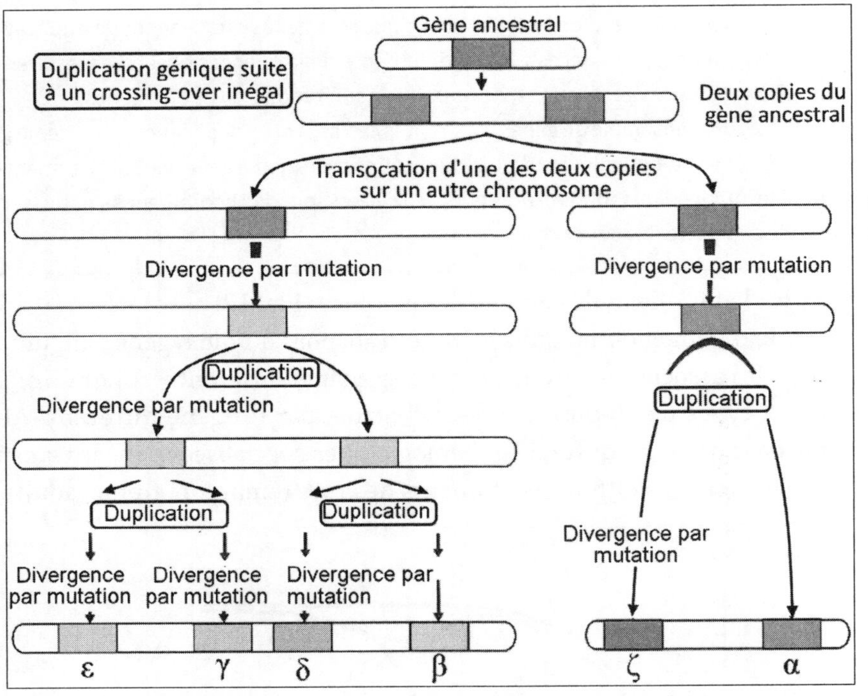


Figure 18. Des duplications (et une transposition) à l'origine de la famille multigénique des globines.

Des anomalies peuvent survenir. Un crossing-over inégal aboutit parfois à une duplication de gènes. Un mouvement anormal de chromosomes produit une cellule présentant un nombre inhabituel de chromosomes.
Ces mécanismes, souvent sources de troubles, sont aussi parfois sources de diversification du vivant (par exemple à l'origine des familles multigéniques).

**Conclusion : la reproduction sexuée garantit l'émergence de nouveaux génomes chez les êtres vivants, en tolérant des erreurs (qui deviennent des innovations). Ainsi, un crossing-over inégal aboutit parfois à une duplication de gènes à l'origine des familles multigéniques, un mouvement anormal de chromosomes produit une cellule présentant un nombre inhabituel de chromosomes.**
**Ces mécanismes, souvent sources de troubles, sont aussi parfois sources de diversification rendant possible l'apparition d'espèces vivantes de plus en plus complexes à l'échelle des temps géologiques.**

# Je me perfectionne

## (1) La parthénogénèse

La parthénogénèse est apparue à de multiples reprises au cours de l'évolution, au sein de taxons et d'espèces non apparentés et phylogénétiquement éloignés. La parthénogénèse repose sur le développement d'individus issus de gamètes non fertilisés, donc sans recours à la fécondation. C'est un mode de reproduction monoparental. Elle appartient donc aux modes de reproduction sexuée car elle nécessite l'intervention d'un gamète, mais en l'absence d'apport de matériel génétique d'un autre individu, les individus nés par parthénogénèse devraient logiquement être haploïdes. Cependant, lors du développement embryonnaire, divers phénomènes de fusion de noyau de l'ovule entre eux, ou d'un noyau avec celui d'un globule polaire ou encore au cours d'une méiose, conduisent à la fabrication d'individus normalement diploïdes. Il existe donc de multiples formes de parthénogénèse.

- **Un exemple de parthénogénèse : la parthénogénèse arrhénotoque**

Il s'agit d'un mode de reproduction fréquent chez les hyménoptères (abeilles, fourmis, guêpes). Ce terme vient du fait que les femelles sont diploïdes tandis que les mâles sont haploïdes. Les femelles transmettent la moitié de leur génome à leur descendance tandis que les mâles en lèguent la totalité (Fig. 19).

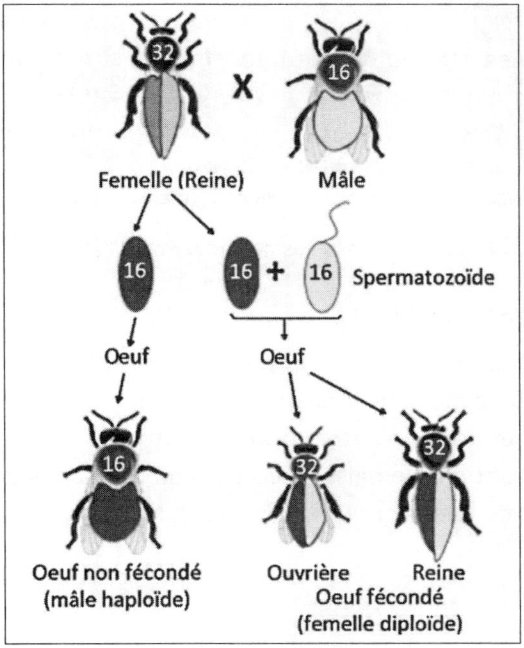


Figure 19. Parthénogénèse chez l'abeille.

Les abeilles sont un exemple classique : les œufs fécondés produisent des femelles, ouvrières ou exceptionnellement reines, tandis que les mâles proviennent des œufs non fécondés.

En réalité le déterminisme du sexe chez l'abeille est plus complexe car dans les ruches à forte consanguinité peuvent naître des mâles diploïdes (d'ailleurs rapidement tués par les ouvrières). L'existence de mâles diploïdes indique que les états haploïde et diploïde ne sont pas les déterminants primaires du sexe. On a découvert sur un des chromosomes de l'abeille, un gène appelé CSD (Complementary Sex Determination) qui est très polymorphique dans les populations d'abeilles. Si ce gène n'est présent qu'en un seul exemplaire dans le génome (ce qui est le cas des mâles haploïdes) ou en deux exemplaires identiques (mêmes allèles), l'individu est un mâle. Pour que l'individu soit une femelle, il faut qu'il possède deux allèles différents de ce gène (il doit être hétérozygote pour le gène CSD) (Fig. 20).

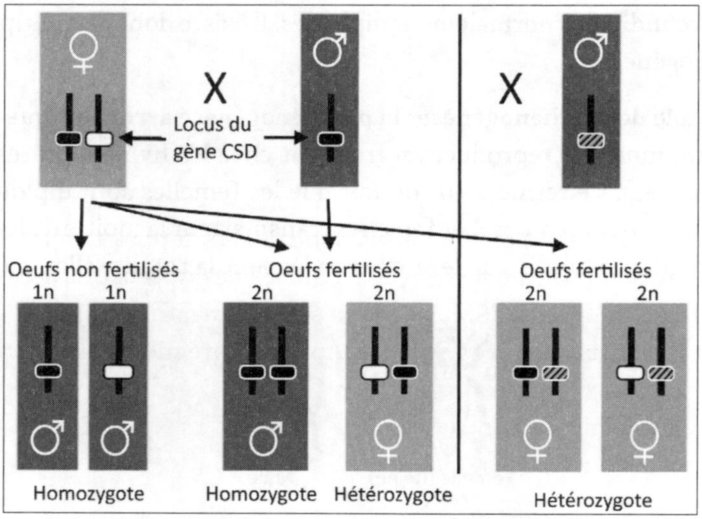


Figure 20. Déterminisme du sexe chez l'abeille.

## (2) Le clonage reproductif

La brebis Dolly est le premier mammifère cloné en 1997. Pour cela on a prélevé des cellules du pis d'un mouton donneur. Les noyaux de ces cellules ont été injecté dans les ovocytes énucléés d'autres moutons. Après stimulation, certains des œufs reconstitués ont donné naissance à des embryons. Ceux-ci ont ensuite été implantés l'utérus de brebis gravides (Fig. 21).

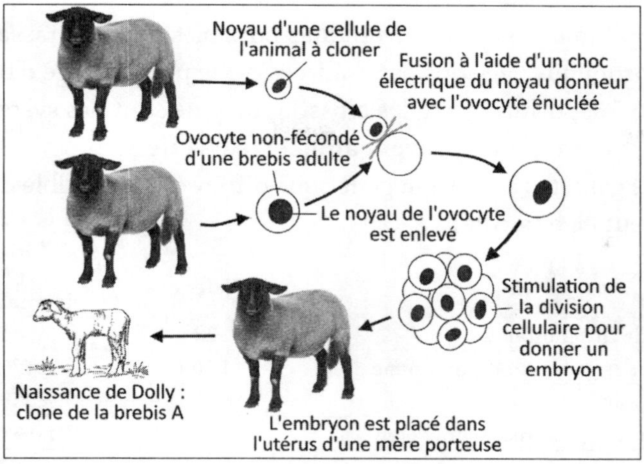


Figure 21. La technique de clonage reproductif utilisée pour créer Dolly.

### (3) Le clonage thérapeutique

La production de cellules-souches embryonnaires humaines a été récemment rendue possible grâce à la technique suivante (Fig. 22). On récupère des ovocytes de donneuses que l'on vide de leur noyau. En parallèle, on récolte des cellules de la peau d'un individu. À l'aide du virus Sendai, connu pour favoriser la fusion cellulaire, on fusionne le gamète femelle avec la cellule de peau. Une petite décharge électrique déclenche alors le développement embryonnaire. On rajoute de la caféine pour éviter une activation trop précoce. Après les premières phases de division jusqu'au stade blastocyste, les scientifiques ont récolté une partie de ces cellules et ont poursuivi leur culture dans un autre flacon. Ainsi, ils ont réussi à continuer à les faire croître et à les différencier sans que celles-ci présentent un problème.

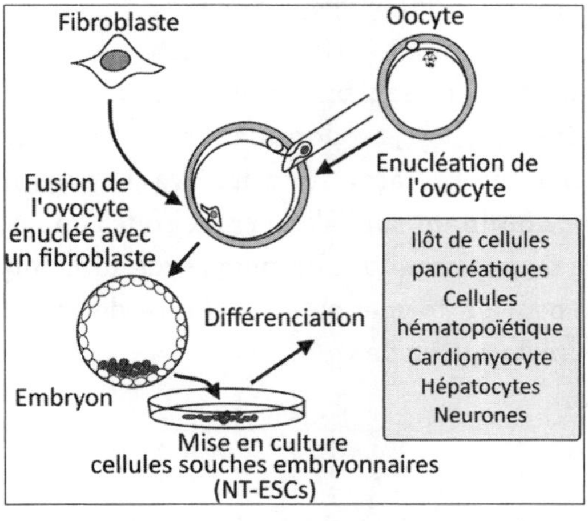


Figure 22. Schéma résumant la technique de clonage.

### (4) Le nombre de gamètes à contenu génétique différent

Toutes les combinaisons d'allèles rendues possibles par les brassages intra- et inter-chromosomiques ne sont pas réalisées car le pourcentage d'hétérozygotie n'est que de 6,7 % ; d'autre part, les crossing-over ne sont pas systématiques, et des crossing-over multiples peuvent annuler leurs effets.

Le nombre de gamètes à contenu génétique différent susceptible d'être produit par méiose peut être calculé :

| Item | Valeur | Nombre de combinaisons |
|---|---|---|
| Nombre total de chromosomes | 23 | $2^{23}$ |
| Nombre moyen de gènes par chromosome | 1 300 | $2^{23 \times 1300}$ |
| % d'hétérozygotie | 6,7 | $2^{23 \times (1300 \times 0{,}067)}$ |
| Fréquence moyenne des crossing-over (en %) | 3 | $2^{23 \times (1300 \times 0{,}067 \times 0{,}03)}$ |
| Recombinaisons | | $2^{60}$ |

### (5) L'analyse génétique : comment sont établis les résultats du cours

- **Analyse d'un cas de monohybridisme : croisement de deux variétés de drosophiles de race pure différant par un seul caractère**

Caractère analysé = longueur des ailes

Notation des phénotypes : ailes longues [vg+], ailes vestigiales [vg–].

Supposons que le caractère « longueur de l'aile » ne soit gouverné que par un seul gène « a » existant sous deux formes alléliques :

- « vg+ » détermine le phénotype « ailes longues » [vg+]
- « vg– » le phénotype « ailes vestigiales » [vg–].

<u>Premier croisement</u> : croisement entre des parents de races pures $[vg+]_{P1}$ à ailes longues et $[vg-]_{P2}$ à ailes vestigiales.

$$F0 \quad [vg+]_{P1} \times [vg-]_{P2}$$
$$F1 \quad 100\,\%\ [vg+]_{F1}$$

La F1 n'est constituée que d'un seul phénotype : le phénotype [vg–] a disparu. On en déduit que le phénotype [vg+] est **dominant** sur le phénotype [vg–] qui est dit **récessif** (ce que l'on note de la façon suivante : [vg+] > [vg–]).

L'allèle vg+ est donc **dominant** sur l'allèle vg–, ce que l'on note par vg+ > vg–.

Les parents sont de **races pures** donc **homozygotes** de génotype $(vg+//vg+)_{P1}$ et $(vg-//vg-)_{P2}$ ; ils ne peuvent former qu'un seul type de gamète (respectivement des gamètes porteurs de vg+ ou de vg–).

<u>Tableau de gamètes</u> :

| P2 \ **P1** | vg+/ |
|---|---|
| vg–/ | vg+//vg– |

Les hybrides de la F1 sont donc de génotype $(vg+//vg-)_{F1}$.
Sachant que vg+ > vg– on déduit que les individus de génotype (vg+//vg–) ont pour phénotype [vg+].

Deuxième croisement : entre les individus de la F1 et des individus homozygotes récessifs donc [vg–] ; il s'agit donc d'un **test-cross** :

$[vg+]_{F1}$ × homozygote récessif (ici [vg–])

Tableau de gamètes :
En raison de la ségrégation indépendante des chromosomes homologues en prophase I de méiose, les individus de la F1 fabriquent avec une même probabilité des gamètes porteurs de l'allèle vg+ et des gamètes porteurs de l'allèle vg–.

| **[vg–]** / $[vg+]_{F1}$ | vg–/(100 %) |
|---|---|
| vg+/(50 %) | vg+//vg– |
| vg–/(50 %) | vg–//vg– |

Sachant que vg+ > vg– on déduit que le génotype (vg+//vg–) a pour phénotype [vg+] et que le génotype (vg–//vg–) a pour phénotype [vg–].
La descendance du test-cross est donc constituée de 50 % de chacun des deux phénotypes parentaux.

L'analyse théorique nous permet donc de formuler la loi suivante (résultat utilisable dans le cadre d'un exercice).
**Dans le cas du croisement de deux lignées pures parentales différant par un caractère, on peut affirmer que ce caractère n'est gouverné que par l'expression d'un seul gène si dans la descendance du test-cross on observe la réapparition des deux phénotypes parentaux en proportions égales (50 %, 50 %) ; dans ce cas, le gène existe sous deux formes alléliques dont l'une domine l'autre.**
**Si les proportions des phénotypes présents dans la descendance du test-cross sont différentes, alors le caractère est gouverné par l'expression d'au moins deux gènes.**

- **Interpréter des résultats de croisements avec transmission de deux paires d'allèles (liés ou non entre eux), portés les autosomes.**

**Les deux gènes sont indépendants (situés sur deux chromosomes différents).**
Caractères analysés = couleur du corps, longueur des ailes
Phénotypes et notation : ailes longues [vg+] ; ailes vestigiales [vg] ; corps gris [G] ; corps noir [n]
On part de l'hypothèse que :
– Chacun des deux caractères n'est codé que par un seul gène existant sous deux formes alléliques (vg+ et vg– codant pour les phénotypes [vg+] et [vg–] du caractère « longueur de l'aile » et G et n codant pour les phénotypes [G] et [n] du caractère « couleur du corps »).

- G > n et vg+ > vg–
- Les deux gènes sont indépendants, c'est-à-dire situés sur des chromosomes différents.

On réalise les croisements suivants.

<u>Premier croisement</u> :

F0 [vg+, G] × [vg–, n] races pures
F1 100 % [vg+, G]

D'après les hypothèses imposées, l'écriture génotypique du croisement est la suivante :

F0 (**vg+, G//vg+, G**) × (**vg–, n//vg–, n**)
F1 (**vg+, G//vg–, n**)

Les individus de la F1 sont donc hétérozygotes pour les deux gènes.

<u>Deuxième croisement (= test-cross)</u> :

$[vg+, G]_{F1}$ × [vg–, n]

Il s'agit bien d'un test-cross car [vg–, n] est homozygote récessif pour les deux caractères.

<u>Tableau de gamètes</u> :

Du fait de l'indépendance de la séparation des paires de chromosomes homologues en prophase I de la méiose, les individus de la F1 forment 4 types de gamètes différents en proportions égales.

| [vg–, n] / $[vg+, G]_{F1}$ | <u>vg–</u>, <u>n</u> 100 % | Phénotype | Type du phénotype |
|---|---|---|---|
| **vg+, G** 50 % | (vg+//vg–, G//n) | [vg+, G] 25 % | Parental |
| **vg–, n** 50 % | (vg–//vg–, n//n) | [vg–, n] 25 % | Parental |
| **vg+, n** 50 % | (vg–//vg+, n//n) | [vg+, n] 25 % | Recombiné |
| **vg–, G** 50 % | (vg–//vg–, G//n) | [vg–, G] 25 % | Recombiné |

On retrouve donc l'énoncé suivant applicable lors d'un exercice.

> Si, lors du test-cross d'individus de la F1, issus du croisement de deux variétés ou races pures différant par deux caractères, on obtient 4 phénotypes en proportions égales (deux phénotypes parentaux et deux phénotypes recombinés) alors chacun des deux caractères est codé par un seul gène et les deux gènes impliqués sont situés sur des chromosomes différents.

**Les deux gènes sont liés (situés sur le même chromosome).**

Modifions nos hypothèses de départ en considérant cette fois que les deux gènes sont liés.

L'analyse du premier croisement s'effectue comme précédemment, seul change l'écriture des génotypes :

F0 (vg+, G//vg+, G) × (vg–, n//vg–, n)
F1 (vg+, G//vg–, n)

Deuxième croisement (= test-cross) :

$$[vg+, G]_{F1} \times [vg-, n]$$

Lors de la méiose des individus de la F1, deux cas peuvent se produire.

La méiose a lieu sans crossing-over : deux types seulement de gamètes sont formés (vg+ G/) et (vg– n/).

La méiose a lieu avec crossing-over : 4 types de gamètes sont formés en proportions inégales (deux types de gamètes parentaux et majoritaires, et deux types de gamètes recombinés et minoritaires). Dans ce cas, soit **p** le % de méiose subissant un crossing-over :

| Génotypes des gamètes formés par les individus de la F1 | Proportions (%) | Type de gamètes |
|---|---|---|
| **(vg+, G)** | (1 – p)/2 | Parental |
| **(vg, n)** | (1 – p)/2 | Parental |
| **(vg+, n)** | p/2 | Recombiné |
| **(vg, G)** | p/2 | Recombiné |

Le tableau de gamètes se présente de la façon suivante :

| [vg–, n] / $[vg+, G]_{F1}$ | vg–, n 100 % | Phénotype | Type du phénotype |
|---|---|---|---|
| **vg+, G** (1 – p)/2 | **(vg+, G//vg–, n)** | [vg+, G] (1 – p)/2 % | Parental |
| **vg–, n** (1 – p)/2 | **(vg–, n//vg–, n)** | [vg–, n] (1 – p)/2 % | Parental |
| **vg+, n** p/2 | **(vg+, n//vg–, n)** | [vg+, n] p/2 % | Recombiné |
| **vg–, G** p/2 | **(vg–, G//vg–, n)** | [vg–, G] p/2 % | Recombiné |

Le % de crossing-over p étant faible, (1 – p)/2 est grand devant p/2 ; on a donc dans la descendance une majorité de phénotypes parentaux et une minorité de phénotypes recombinés.

On retrouve donc l'énoncé suivant applicable lors d'un exercice.

> Si, lors du test-cross d'individus de la F1, issus du croisement de deux variétés ou races pures différant par deux caractères, on obtient 4 phénotypes en proportions inégales (deux phénotypes parentaux majoritaires et deux phénotypes recombinés minoritaires), alors chacun des deux caractères est codé par un seul gène et les deux gènes impliqués sont situés sur un même chromosome. Les deux nouveaux phénotypes ont pour origine des crossing-over intervenus pendant la prophase I de la **méiose des individus de la F1**.

### (6) Quand l'analyse de l'arbre généalogique ne permet pas de préciser le mode de transmission

La pseudo-achondroplasie se transmet sur le mode autosomal dominant. Nous allons montrer que les informations apportées par l'arbre ne sont pas suffisantes pour éliminer d'autres possibilités.

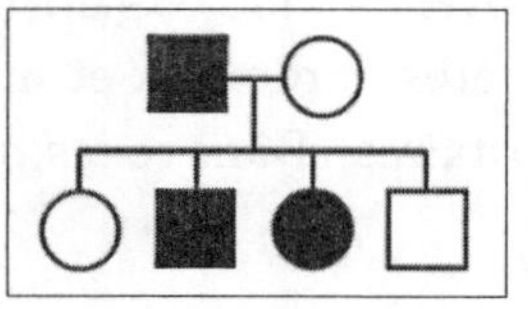

Figure 23.

Soit $\alpha$ le gène responsable de la maladie existant sous deux formes alléliques A et a, avec A > a.

- Transmission sur le mode autosomal récessif : si le père est homozygote a//a et la mère porteuse saine A//a, leur descendance serait A//a, a//a, a/a et A//a, ce qui est possible.
- Transmission sur le mode récessif et liée au sexe : le père est obligatoirement Xa Y. Si la mère est porteuse saine XA Xa, alors leur descendance serait XA Xa, Xa Y, Xa Xa, XA Y.

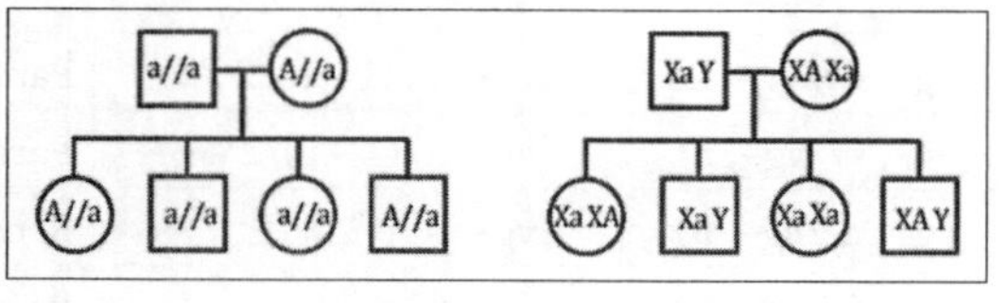


Figure 24.

### (7) La méthode FISCH (hybridation in situ en fluorescence) (Fig. 25 et 26)

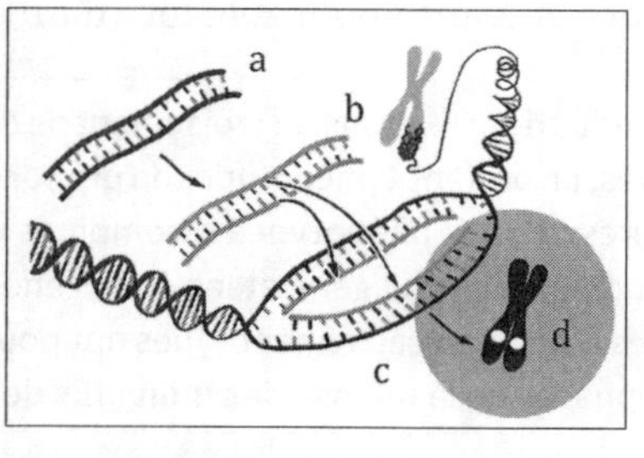


Figure 25. Méthode FISCH (principe).

(a) sonde
(b) sonde colorée à l'aide d'un fluorochrome
(c) hybridation avec l'ADN nucléaire
(d) apparence du chromosome métaphasique où la sonde s'est fixée.

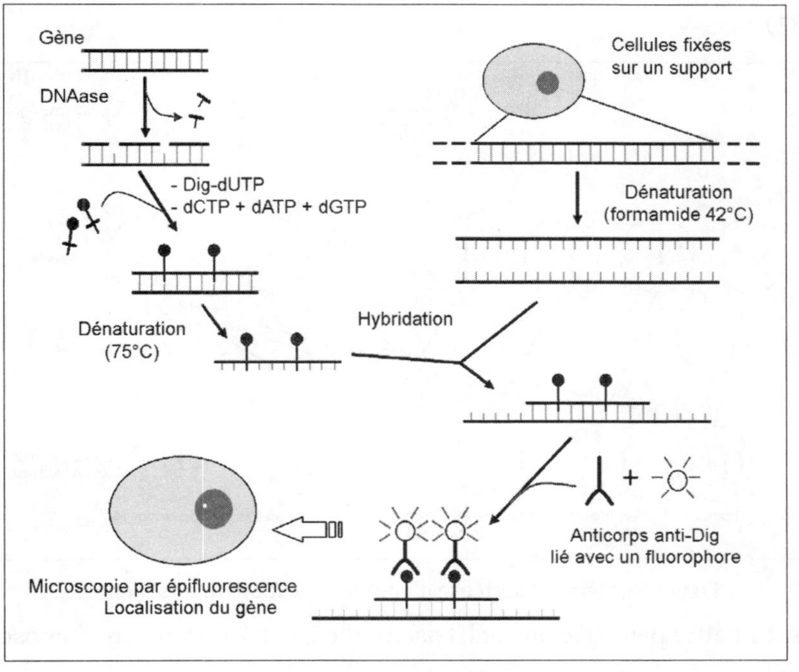


Figure 26. Méthode FISCH (détail).

- **(8) Conséquence pour la descendance d'une translocation réciproque chez l'un des parents (Fig. 27 et 28)**

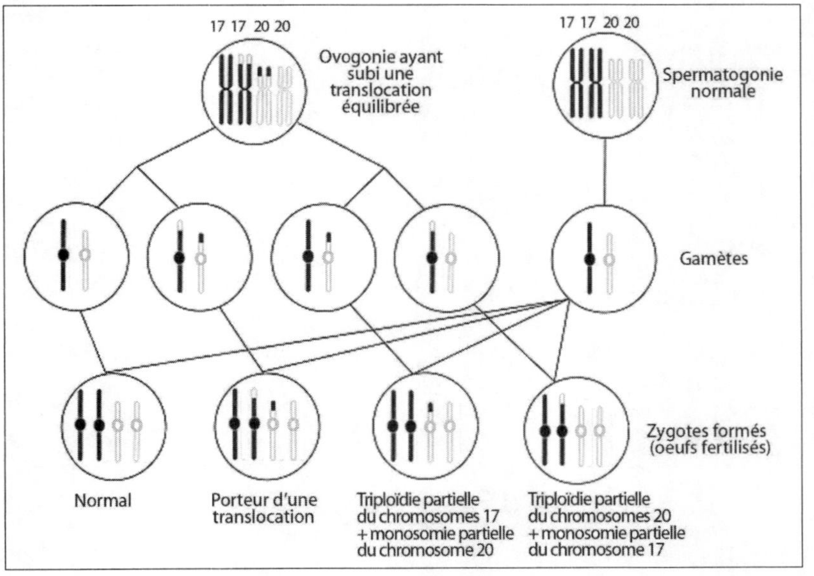


Figure 27. Mère est atteinte d'une translocation réciproque entre les chromosomes 17 et 20.

Illustrons le cas où la mère est porteuse d'une translocation robertsonienne (Fig. 31).

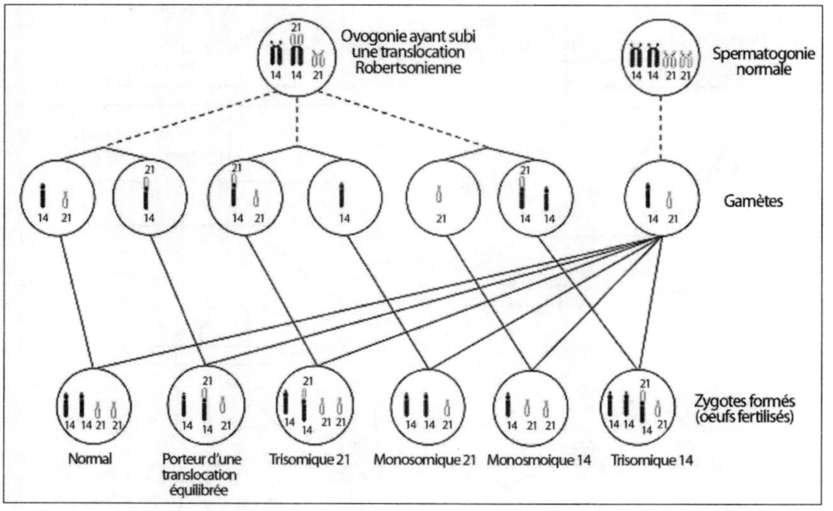


Figure 28. Mère est porteuse d'une translocation robertsonienne.

L'enfant à naître peut être normal, trisomique 14 ou 21 ou encore monosomique 14 ou 21.

# Je m'exerce et je fais la différence

## Entraînement

### Exercice 1 : les chats calico

*Bac S, sujet de SVT, session 2016, Pondichéry, partie 2.2 enseignement obligatoire (5 points)*

Certains chats possèdent un pelage composé d'une mosaïque de taches blanches, rousses et noires. On les appelle des « calico ». Chacune de ces mosaïques forme un motif unique qui permet de reconnaître un individu calico aussi sûrement qu'avec des empreintes digitales. On a découvert que tous les chats calico sont des femelles.

**À l'aide de l'exploitation des documents proposés et de vos connaissances :**

- **montrer que la méiose et la fécondation permettent d'expliquer les résultats du croisement présenté dans le document 2 ;**
- **expliquer comment des chattes calico possédant un même génotype peuvent avoir des pelages différents.**

*Le candidat ne cherchera pas à expliquer la présence de poils blancs : ce travail ne porte que sur le déterminisme des taches rousses et noires.*

**Document 1 : relation entre les allèles ($O^+$ et $O^-$) portés par les chromosomes sexuels et la couleur du pelage chez le chat**

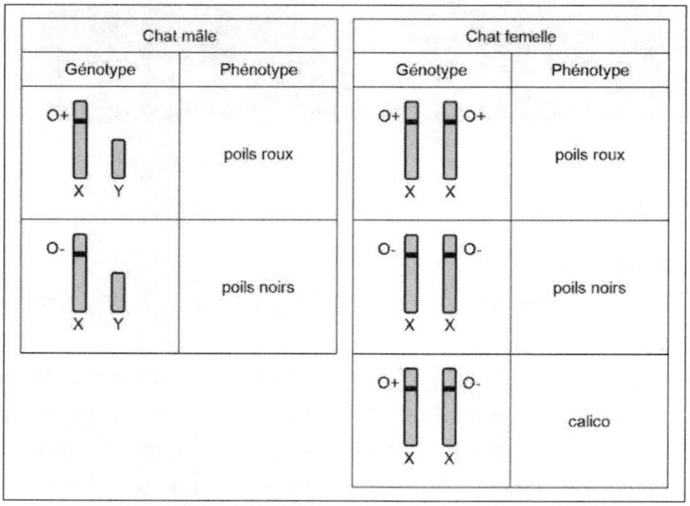


Figure 29. Correspondance génotype-phénotype.

*D'après A. Jaraud-Darnault, thèse, 2015*

La paire de chromosomes sexuels subit la même méiose que les autres chromosomes.

**Document 2 : résultat d'un croisement**

On croise un chat roux avec une chatte calico. Le tableau suivant présente le résultat de ce croisement.

| **Proportions** | 25 % des descendants | 25 % des descendants | 25 % des descendants | 25 % des descendants |
|---|---|---|---|---|
| **Phénotype** | calico | poils roux | poils roux | poils noirs |
| **Sexe** | femelles | femelles | mâles | mâles |

Aspects du pelage de trois des chatons femelles calico :

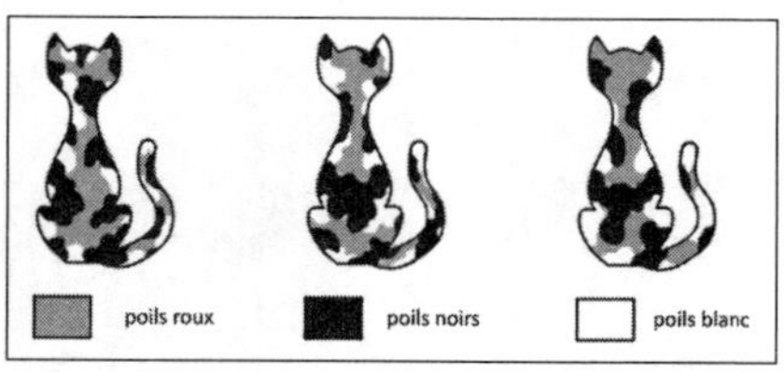


Figure 30. Chatons femelle calico.

## Document 3 : la coloration d'un poil

Les mélanocytes sont des cellules qui fabriquent les pigments responsables de la coloration d'un poil. Les mélanocytes de chat produisent tous un pigment roux appelé trichochrome. Mais les mélanocytes peuvent aussi former un autre pigment, l'eumélanine, qui masque le trichochrome et rend le poil noir.
On a découvert que l'expression de l'allèle O+ empêche la biosynthèse d'eumélanine.

## Document 4 : le corpuscule de Barr

**Document 4a** *L'hypothèse de Mary Lyon*
En 1949, le docteur Murray Barr découvre que le noyau de certaines cellules contient un amas d'ADN qu'il baptise « corpuscule de Barr ». Douze ans plus tard, la généticienne Mary Lyon propose que le corpuscule de Barr corresponde à un chromosome X inactivé. Les gènes de ce chromosome ne pourraient plus s'exprimer et seuls les gènes portés par l'autre chromosome X seraient utilisés par la cellule.
Selon cette hypothèse, dans une cellule embryonnaire possédant deux chromosomes X, c'est le hasard qui déterminerait lequel des deux se transforme en corpuscule de Barr. Toutes les cellules filles de la cellule embryonnaire conserveraient ensuite le même chromosome X inactivé.

**Document 4b** *Aspect du noyau d'un mélanocyte de chat mâle (A) et du noyau d'un mélanocyte de chatte calico (B)*
Sur ce type d'image un corpuscule de Barr apparaît sous la forme d'une tache blanche.

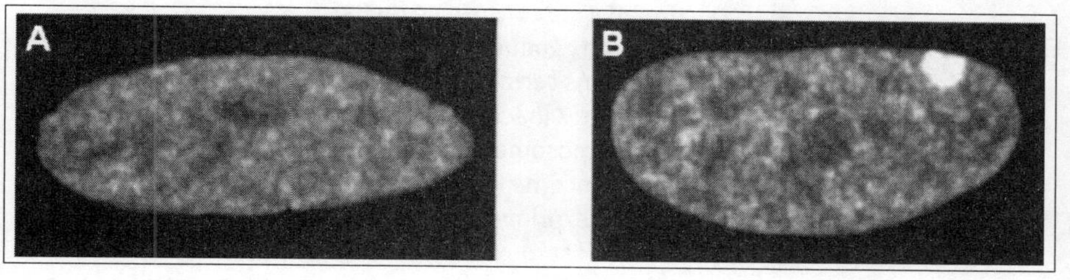


Figure 31. Visualisation du corpuscule de Barr

*D'après B. Hong et al., PNAS, 2001*

On retrouve les mêmes résultats dans tous les mélanocytes responsables des poils roux ou noirs des femelles.

## Correction

### Exercice 1

| | |
|---|---|
| **Introduction**<br>À l'aide de l'exploitation des documents proposés et de nos connaissances nous :<br>– montrerons que la méiose et la fécondation permettent d'expliquer les résultats du croisement présenté dans le document 2 ;<br>– expliquerons comment des chattes calico possédant un même génotype peuvent avoir des pelages différents. | |
| La méiose et la fécondation permettent d'expliquer les résultats du croisement présenté dans le document 2. | **Document 1 :**<br>Un gène O porté par les chromosomes sexuels est responsable de la couleur du pelage roux ou noir.<br>Cet allèle n'est porté que par le chromosome X et pas par Y.<br>**Document 2 :**<br>On croise un chat roux [O+] donc de génotype (XO+//Y) avec une chatte calico donc [O+O–] et de génotype (XO+//XO–)<br>♂ [O+] (XO+//Y) × ♀ [O+O–] (XO+//XO–) |
| Comment des chattes calico possédant un même génotype peuvent avoir des pelages différents ? | **Document 3 : la coloration d'un poil**<br>La coloration d'un poil est due à la présence de pigments produits dans le mélanocyte.<br>Tous les mélanocytes produisent un pigment roux appelé trichochrome.<br>Certains mélanocytes produisent aussi un pigment noir, l'eumélanine qui masque le pigment roux et le poil est alors noir. La synthèse de ce pigment est contrôlée par le gène O porté par le chromosome X.<br>**Document 4 : le corpuscule de Barr**<br>**Doc. 4a** : une généticienne a proposé que les amas d'ADN observés dans certaines cellules correspondent à un chromosome X inactif. Dans ce cas, seuls les gènes portés par l'autre chromosome X s'exprimeraient dans la cellule.<br>En ce qui concerne le gène O porté par le chromosome X, un seul allèle s'exprimerait chez les femelles hétérozygotes, soit O+ et le poil est roux, soit O– et poil est noir.<br>**Doc. 4b** : le corpuscule de Barr apparaît sous la forme d'une tache blanche dans le noyau de la cellule. |
| **Synthèse** : ainsi les chattes hétérozygotes ayant donc toutes le même génotype auront un pelage différent et unique. Seul le hasard détermine la localisation et la répartition des mélanocytes avec un chromosome XO+ inactif (tache rousse) et celle avec un chromosome XO– inactif (tache noire). | |

Chapitre A-2

# La complexification des génomes : transferts horizontaux et endosymbioses

# Je révise et je me perfectionne

## I. Les transferts horizontaux

### I-1. L'universalité de la molécule d'ADN

L'universalité de l'ADN et l'unicité de sa structure dans le monde vivant autorisent des échanges génétiques entre organismes non nécessairement apparentés.

Le **transfert vertical** de gènes se produit lorsque l'organisme reçoit du matériel génétique à partir de son ancêtre.

Le **transfert horizontal** de gènes est un processus dans lequel un organisme intègre du matériel génétique provenant d'un autre organisme sans en être le descendant. Une grande partie du génie génétique consiste à effectuer un transfert horizontal artificiel de gènes.

### I-2. Les transferts horizontaux : des échanges de matériel génétique, hors de la reproduction sexuée

#### *I-2.1. La transduction ou le transfert d'ADN par un virus*

**Transduction** : c'est le processus par lequel de l'ADN étranger est introduit dans une cellule par un virus ou un vecteur viral. La transduction ne nécessite pas de contact physique entre la cellule donneuse et la cellule receveuse (ce qui est le cas lors de la conjugaison bactérienne), et est résistante à l'action des Dnases (enzymes dégradant l'ADN) alors que la transformation bactérienne y est sensible.

Certains types de virus sont capables d'intégrer leurs matériels génétiques dans l'hôte. Il utilise alors la machinerie cellulaire de la cellule hôte pour donner naissance à de nouvelles copies d'eux-mêmes (Fig. 1).

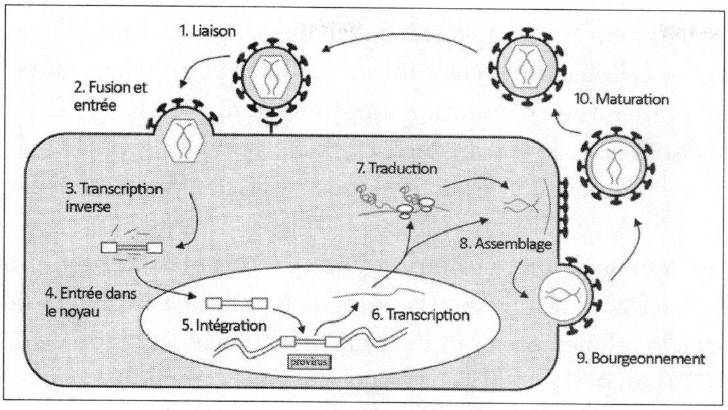


Figure 1. Exemple du cycle d'un virus à ARN (type VIH).

- Fixation du virus à une cellule de l'hôte grâce aux protéines d'enveloppe qui se lient à des récepteurs membranaires cellulaires ; cela entraîne la fusion de l'enveloppe virale avec la membrane cellulaire et l'entrée de la capside virale dans la cellule.
- Décapsidation et libération du génome viral dans la cellule.
- Rétro-transcription de l'ARN viral en ADN grâce à l'enzyme transcriptase inverse, transfert de l'ADN viral dans le noyau et incorporation dans l'ADN de la cellule hôte.
- Expression de l'ADN viral, ce qui conduit finalement à la production de nouvelles particules virales qui bourgeonnent à la surface de la cellule parasitée et sont libérées. L'enveloppe virale est donc d'origine cellulaire. Les particules virales produites peuvent infecter d'autres cellules.

Lors de l'assemblage des nouveaux virus dans la cellule hôte, une partie du matériel génétique de celle-ci (oncogène cellulaire ou c-oncogène) peut être entraînée par erreur et devient un oncogène viral (v-oncogène) ; on explique ainsi la transformation du virus ALV en virus du sarcome de Rous (virus RSV) par la capture du gène SRC présent dans les cellules de tous les vertébrés (Fig. 2).

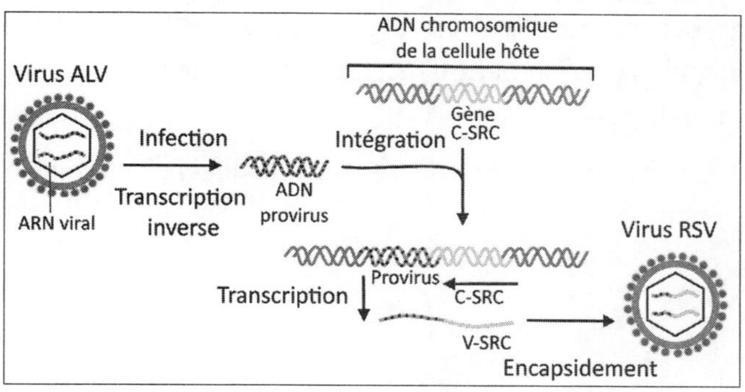


Figure 2. Formation d'un virus à oncogène.

Les virus semblent capables de transposer les v-oncogènes dans les cellules eucaryotes où ils peuvent s'implanter de façon stable et devenir des c-oncogènes. Si les nouvelles cellules infectées sont des cellules germinales, alors l'oncogène cellulaire est transmis de génération en génération.
Illustration dans le cas de la transduction bactérienne (Fig. 3) : transfert d'ADN, d'une bactérie donneuse à une bactérie receveuse, par l'intermédiaire d'un virus (bactériophage).

- Le bactériophage infecte une première bactérie (bactérie donneuse) et y injecte son ADN viral à travers la paroi de la cellule. Les phages découpent le génome de la cellule hôte et utilisent la machinerie cellulaire de celle-ci, pour synthétiser leur génome. Il peut arriver lors de ce phénomène que tout l'ADN de l'hôte ne soit pas dégradé.
- Certains phages, lors de leur formation, intègrent de façon accidentelle, une partie du génome bactérien dans leur capside. Lors de la libération des phages, ceux-ci vont infecter d'autres bactéries. Les virus emportant une partie d'ADN bactérien vont l'injecter dans une nouvelle bactérie (bactérie receveuse). Le fragment de génome de l'hôte source est ensuite intégré au génome d'un hôte receveur par recombinaison homologue. La transduction peut concerner tout ou partie du génome de l'hôte.

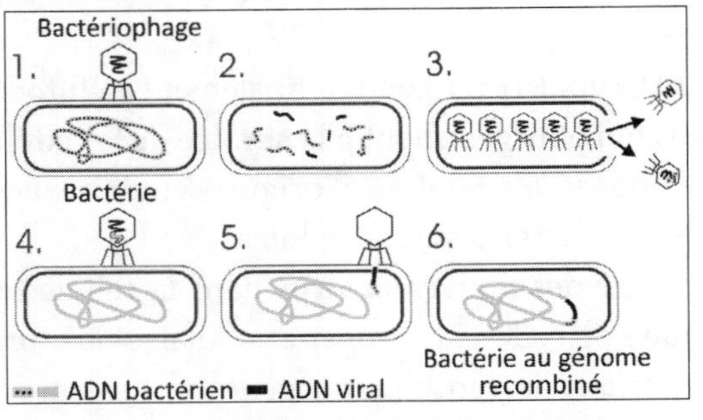


Figure 3. Les étapes de la transduction.

L'importance évolutive de ces transferts reste difficile à évaluer, en particulier chez les eucaryotes pluricellulaires. On estime que 8 % de l'ADN humain sont d'origine virale, plus précisément d'origine rétrovirale (le pourcentage serait de 50 % pour le maïs).

(1) Comprendre la notion de rétrovirus endogène ou exogène

### *I-2.2. La conjugaison bactérienne ou le transfert d'ADN entre deux bactéries*

Chez les procaryotes (bactéries), la multiplication est réalisée par de simples divisions cellulaires. Lors de ces divisions, le génome de l'individu est dupliqué puis est réparti équitablement entre la cellule mère et la cellule fille. Le brassage génétique, qui est essentiel à la survie d'une espèce (puisqu'il permet indirectement aux individus de s'adapter à leur environnement), est donc inexistant.
Pour assurer une diversité génétique suffisante, les bactéries ont développé des mécanismes de transferts horizontaux de gènes. Il existe trois mécanismes : la **transformation**, la **conjugaison** et la **transduction**.
Ces mécanismes sont à l'origine d'une grande partie de la diversité génétique des microorganismes.

(2) La transformation bactérienne (expérience de Griffith 1928) ou intégration par une bactérie d'un fragment d'ADN libre provenant d'une autre bactérie

La **conjugaison** est un transfert d'ADN entre une bactérie donatrice et une bactérie réceptrice, qui nécessite le contact et l'appariement entre les bactéries, et repose sur la présence dans la bactérie donatrice ou mâle d'un facteur de sexualité ou de fertilité (facteur F).
L'échange de matériel génétique entre une bactérie donneuse et une bactérie receveuse se fait par l'intermédiaire du pilus, une structure protéique en forme de tube. Le pilus est synthétisé par le donneur en utilisant le code génétique présent sur le plasmide qu'il le caractérise. Le pilus permet l'établissement d'un pont cytoplasmique entre les deux bactéries (agrégation donneur-récepteur).
L'agrégation est rendue possible par des interactions entre des protéines du pilus et certaines protéines présentes sur l'extérieur de la membrane de la bactérie acceptrice (Fig. 4).

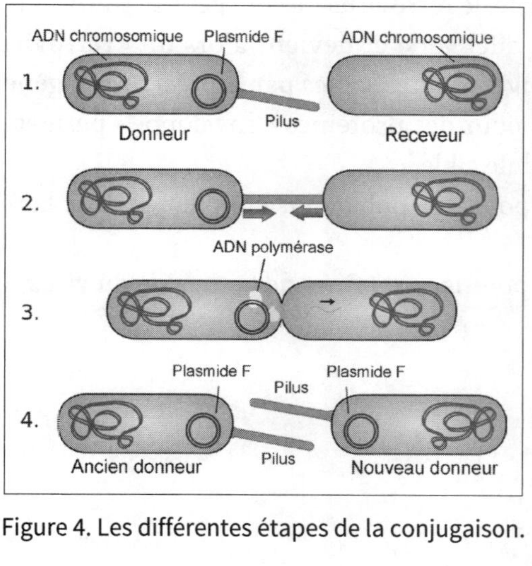


Figure 4. Les différentes étapes de la conjugaison.

Une fois que l'agrégat des deux bactéries est stabilisé, il y a coupure d'un simple brin du plasmide : l'un des deux brins du plasmide va « glisser » au travers du pilus, vers la bactérie receveuse. Dans la bactérie donneuse, le brin complémentaire est resynthétisé afin de garder un plasmide double brin qui se recircularise.
Les plasmides, dans leur bactérie hôte, ont leurs gènes de conjugaison réprimés par défaut. Il y a activation des gènes de conjugaison quand :
- La bactérie acceptrice reçoit un plasmide.
- La bactérie est soumise à un stress (nutritif, physique...).
- La bactérie arrive au terme d'un cycle biologique.

L'activation des gènes de conjugaison entraîne un compte à rebours vers leur inactivation. Les bactéries sont donc momentanément capables de conjugaison puis perdent cette capacité avant la prochaine stimulation.
Ce mécanisme est particulièrement important à l'intérieur d'une même espèce de bactérie, mais le phénomène de conjugaison peut également avoir lieu entre des organismes qui ne font pas partie de la même espèce.
Ce mécanisme est à l'origine de la propagation rapide de la **résistance des bactéries aux antibiotiques** par transfert grâce au facteur F des gènes de résistance.

(3) Transfert de gènes de bactéries marines vers une bactérie de la microflore intestinale des Japonais

### *I-2.3. Existence de transferts horizontaux de gènes dans l'histoire du génome humain.*

L'analyse du génome humain a révélé que 8 à 10 % de la séquence d'ADN est d'origine virale. Ces séquences d'origine virale ont pour origine un transfert horizontal faisant intervenir des rétrovirus. Lorsque ceux-ci infectent une cellule de la lignée germinale, le rétrovirus intégré peut se transmettre à la descendance comme n'importe quel gène et devient alors un « rétrovirus endogène ». Ces séquences sont souvent identifiables par la présence de gènes viraux reliques :
- « env » qui code pour des protéines « enveloppe » permettant la fusion entre le virus et la cellule cible,
- « pol » qui code pour une polymérase impliquée dans la réplication de l'ADN du virus et
- « gag » qui code pour les protéines de la capside du virus) (Fig. 5).

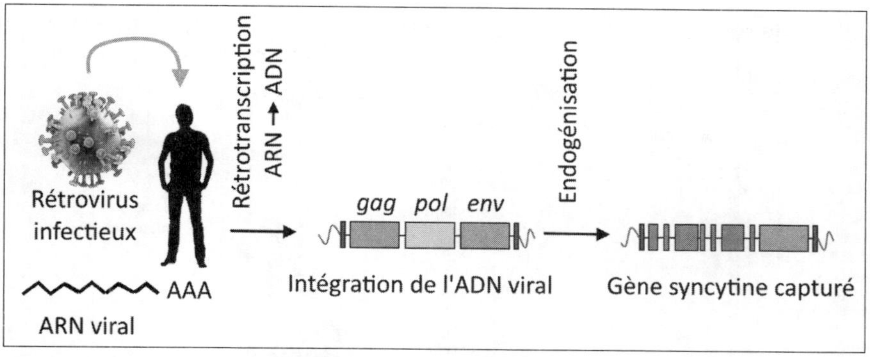


Figure 5. Infection rétrovirale et intégration du virus dans le génome de la cellule hôte.

La plupart des rétrovirus endogènes sont inactifs, en raison d'altérations génétiques, ou de la répression de leur expression par différents systèmes de contrôle développés par la cellule. Ces séquences d'ADN virales inactives sont des vestiges de l'infection, datant de plusieurs millions d'années, des cellules germinales de nos ancêtres primates par des rétrovirus.

Chez l'Homme, on connait au moins deux gènes d'origine virale situés sur le chromosome 7 toujours capables de produire des protéines d'origine rétrovirale. Parmi celles-ci, on trouve des protéines d'enveloppe (env) exprimées à la surface de certaines cellules et qui ont gardé une des propriétés de leur ancêtre « rétrovirus », à savoir la capacité à faire fusionner deux membranes lipidiques entre elles. Ces deux gènes sont exprimés spécifiquement au niveau du placenta, et codent pour des protéines appelées **syncitines** rendant possible la fusion cellulaire. Ces phénomènes de fusion cellulaire conduisent à la formation de structures cellulaires multinucléée appelées « syncytia », responsables de la formation du syncytiotrophoblaste (Fig. 6), un constituant essentiel du **placenta** (une zone d'échange entre le sang maternel et le sang fœtal). Le placenta joue un rôle crucial pour la survie du fœtus et serait nécessaire pour l'établissement de la tolérance immunitaire materno-foetale.

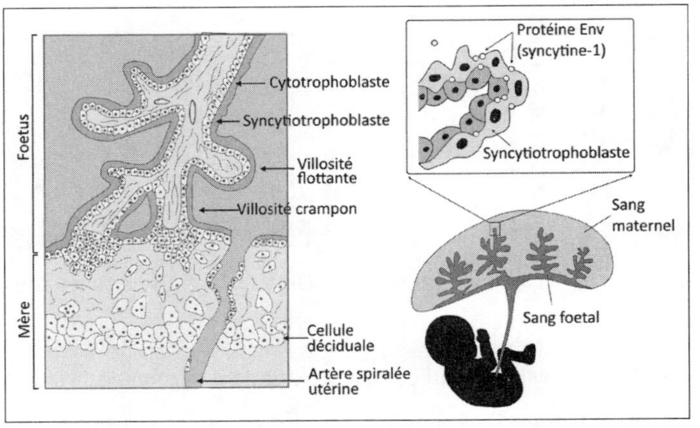


Figure 6. Le syncytiotrophoblaste constituant essentiel du placenta.

Chez l'Homme (comme chez les autres vertébrés et chez les invertébrés), le transfert horizontal de gènes n'est pas le seul fait des virus ; ainsi une étude récente a recensé plusieurs dizaines de gènes qui auraient été transférés à partir d'organismes divers (voir tableau ci-dessous).

| Origine du gène | Archées | Bactéries | Protistes | Plantes | Champignons |
|---|---|---|---|---|---|
| En % du nombre total de gènes transférés | 2,0 | 25,0 | 57,6 | 5,4 | 10 |

Chez l'Homme, les gènes transférés interviendraient dans le métabolisme des acides aminés (deux gènes), dans la modification des macromolécules (15 gènes), dans le métabolisme lipidique (13 gènes), dans des activités antioxydantes (5 gènes) et lors de la réponse immunitaire innée (7 gènes).
Ce sont des exemples de diversification du vivant par intégration dans le génome d'une espèce, de gènes appartenant à une autre espèce (transfert horizontal). L'Homme est donc un OGM naturel !

Les transferts horizontaux sont très fréquents et ont des effets très importants sur l'évolution des populations et des écosystèmes.

## II. Quand l'Homme détourne à son profit le transfert naturel horizontal de gènes

### II-1. Une transgénèse naturelle : le transfert d'ADN entre une bactérie et une plante par un vecteur bactérien (plasmide Ti)

***Agrobacterium tumefaciens*** est une bactérie trouvée dans les sols. C'est un pathogène des végétaux responsables d'une maladie appelée galle du collet (ou crown-gall en anglais) (Fig. 7).

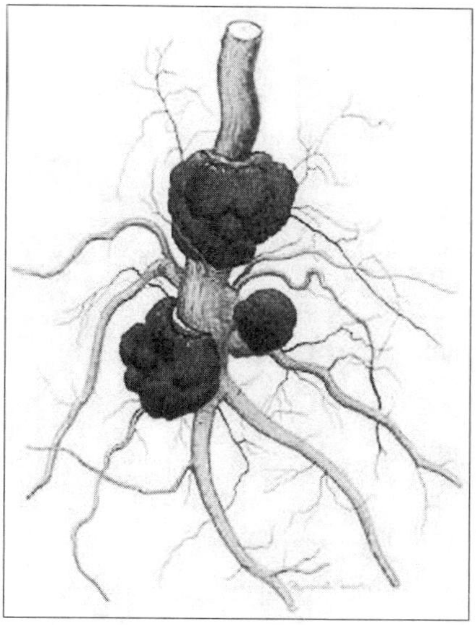

Figure 7. La galle du collet (ou crown-gall).

Le mécanisme de formation des galles s'apparente à une transformation génétique, il est dû à un plasmide bactérien appelé plasmide Ti qui rend les bactéries virulentes (Fig. 8).

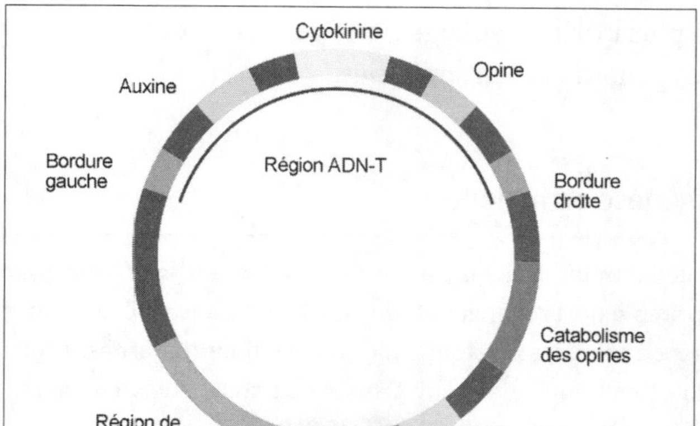


Figure 8. Le plasmide Ti.

Un fragment d'ADN du plasmide Ti, l'ADN-T est transféré de la bactérie vers la plante, puis intégré dans le génome végétal où il induit la formation de galles caractérisées par la multiplication anarchique des cellules végétales. *Agrobacterium tumefaciens* infecte essentiellement les plantes dicotylédones à la faveur d'une blessure (Fig. 9).

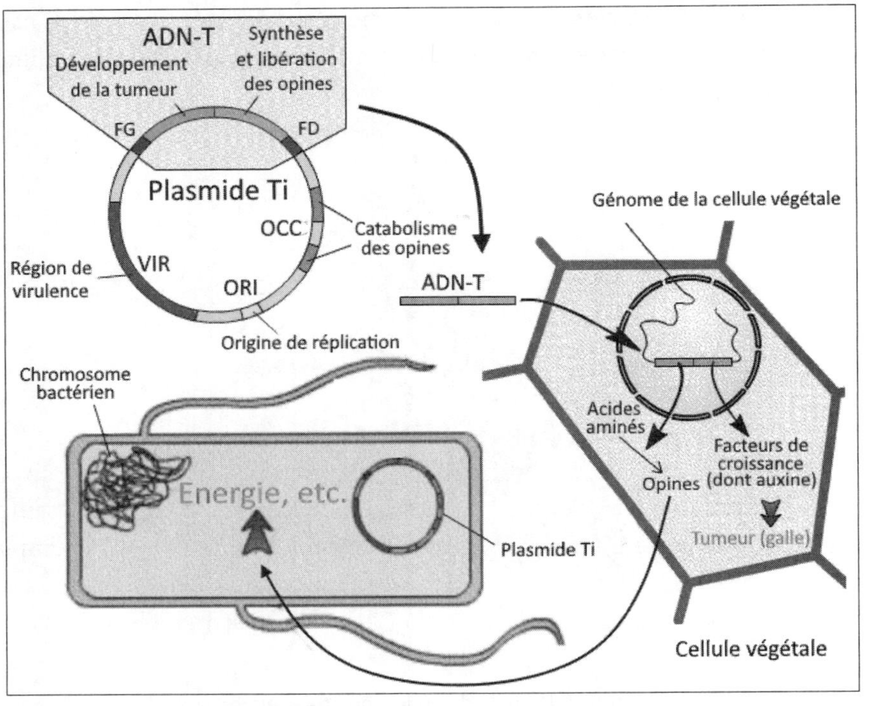


Figure 9. Infection naturelle par *Agrobacterium tumefaciens (d'après Planète Vie ENS).*

L'interaction *Agrobacterium*-plante peut donc être vue comme une **manipulation génétique naturelle** au cours de laquelle la bactérie détourne à son profit l'activité métabolique de la plante. Cette observation constitue le fondement d'une des techniques les plus utilisées en ingénierie génétique des végétaux pour produire des organismes génétiquement modifiés.

## II-2. La transgénèse artificielle

**Transgénèse** : fait d'introduire un ou plusieurs gènes dans un organisme vivant. Ce transgène pourra être exprimé dans l'organisme transformé. La transgénèse permet l'obtention de variétés végétales ou animales résistantes au stress biotique (parasites, insectes) ou abiotique (sécheresse, faible luminosité). Ces nouvelles variétés sont généralement regroupées sous le terme **d'organismes génétiquement modifiés** (OGM).

La transgénèse comporte plusieurs étapes (Fig. 10).

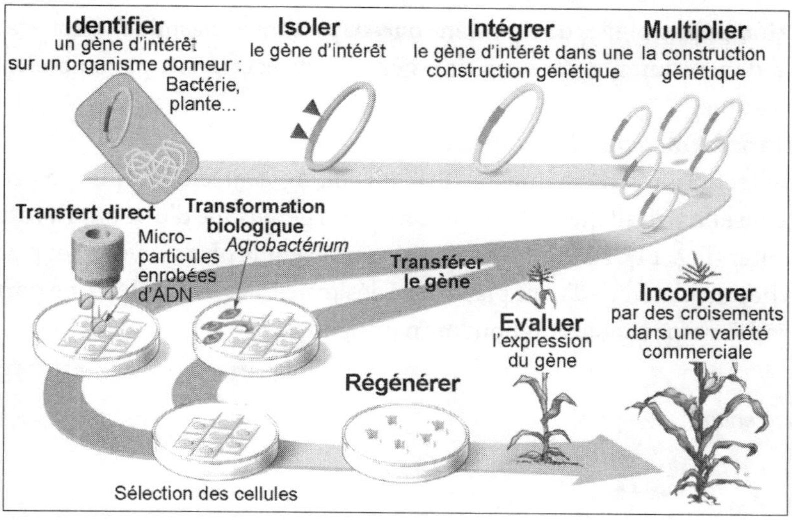


Figure 10. Les différentes étapes de la transgénèse (d'après GNIS pédagogie).

- **Étape 1 : Identifier, isoler, intégrer et multiplier un gène d'intérêt**

La première étape est l'identification du « gène d'intérêt », le gène dont on veut étudier le fonctionnement en recherche fondamentale ou le gène responsable de la caractéristique jugée intéressante à transférer pour un OGM (par exemple la résistance à la pyrale est portée par le gène Bt dans le maïs Bt).
La construction du transgène implique la réalisation d'une **séquence nucléotidique** comportant :

- (1) la séquence codant la protéine d'intérêt ;
- (2) en amont du gène un promoteur et des séquences régulatrices (afin de permettre la transcription) ;
- (3) en aval un terminateur de transcription ;
- (4) un ou des marqueurs de sélection (généralement des gènes de résistances à des antibiotiques, des herbicides ou des pesticides).

Le gène d'intérêt peut provenir de tout organisme vivant, plante, animal ou bactérie puisque le code génétique est universel. Il doit ensuite être isolé de l'organisme donneur. Il est intégré dans une construction génétique associant souvent un gène marqueur. Ce **gène marqueur permet de sélectionner les cellules qui ont intégré le gène d'intérêt**. La construction est ensuite multipliée (clonée) afin de disposer d'une quantité suffisante d'ADN pour son introduction dans les cellules que l'on veut transformer.

- **Étape 2 : Transférer le gène**

L'introduction du transgène ou du vecteur dans le génome de la cellule, peut se faire par un **vecteur biologique** (une bactérie, *Agrobacterium tumefaciens* pour la transformation des plantes ou un phage pour la transformation des bactéries), par perméabilisation des membranes (bactéries, levures), par un **procédé mécanique** (**projection** de microbilles de tungstène ou d'or portant le plasmide). Il est également possible d'introduire la construction génique directement, par microinjection dans la **cellule**.

– **La transformation biologique**

Cette technique utilise une bactérie du sol, *Agrobacterium*, qui a la propriété de réaliser naturellement la transformation génétique d'une plante, afin de la parasiter (Fig. 11). Les biotechnologistes utilisent le plus souvent des plasmides proches du plasmide Ti, dit plasmides désarmés, car leur ADN-T ne porte plus les gènes responsables du pouvoir pathogène.

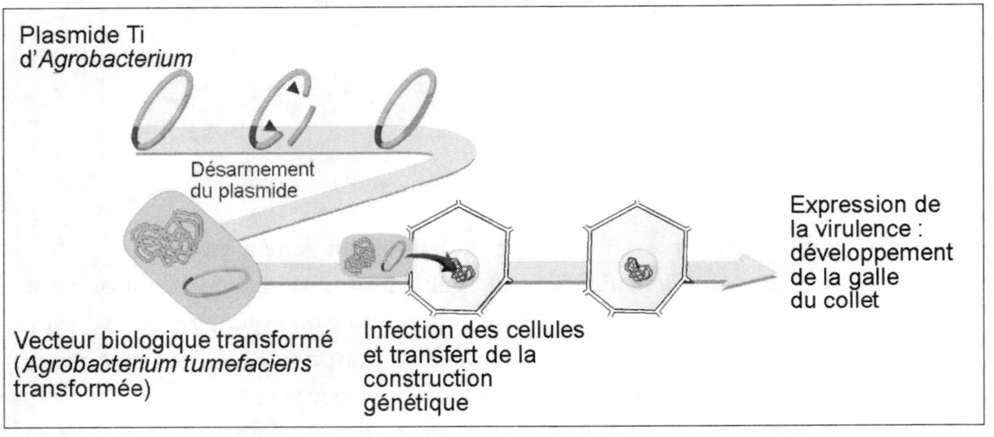


Figure 11. Transfert naturel de l'ADN-T par *Agrobacterium tumefaciens* (d'après GNIS pédagogie).

Sur ces plasmides désarmés, les gènes tumoraux sont remplacés par un (ou plusieurs) **gène d'intérêt agronomique** et par un ou plusieurs **gènes marqueurs** permettant de sélectionner les cellules transformées, puis de les multiplier sur des milieux de culture, in vitro. Des plantes entières sont ensuite régénérées à partir des cellules transformées.

**Gène d'intérêt agronomique** : gène dont l'expression dans une plante présente un intérêt économique comme par exemple le gène Bt codant la toxine de *Bacillus thuringiensis* (insecticide naturel), ou des gènes de résistance à l'herbicide non sélectif glyphosate.

– **Le transfert direct**

Cette technique fait intervenir :

› soit l'introduction d'ADN dans des protoplastes, par action d'un agent chimique ou d'un champ électrique (électroporation) ;
› soit une projection d'ADN dans les cellules de la plante par l'utilisation d'un canon à particules qui projette dans les cellules des microparticules enrobées d'ADN (biolistique).

- **Étape 3 : Régénérer et évaluer les plantes transformées**

Les cellules issues de différents types de tissus végétaux peuvent être soumises à la transformation. Selon les espèces, ce seront des cellules de disques foliaires, de sections de tige, de cotylédons, d'embryons, des microspores ou des protoplastes. La sélection des cellules transformées est rendue possible **en introduisant un gène de résistance à un antibiotique ou à un herbicide** dans le plasmide et en mettant les bactéries ou les cellules végétales transformées en contact avec l'antibiotique ou l'herbicide concernés ; ne survivront que les bactéries ou les cellules végétales ayant reçu le transgène.

### II-3. CRISP-Cas9, un outil qui va révolutionner les manipulations génétiques

Au fur et à mesure des années, la **thérapie génique** connaît un essor important. Actuellement, plus de 700 essais cliniques sont en cours dans le monde et plusieurs médicaments de thérapie génique ont déjà été mis sur le marché aux USA, en Europe et en Chine. La thérapie génique suscite de nombreux espoirs pour le traitement et la prévention de maladies très diverses (maladies génétiques, maladies dégénératives, maladies métaboliques, maladies auto-immunes, etc.), mais elle souffre de défauts majeurs : il est impossible de contrôler précisément le point d'insertion d'un gène-médicament ou d'inactiver un gène défectueux (Fig. 12).

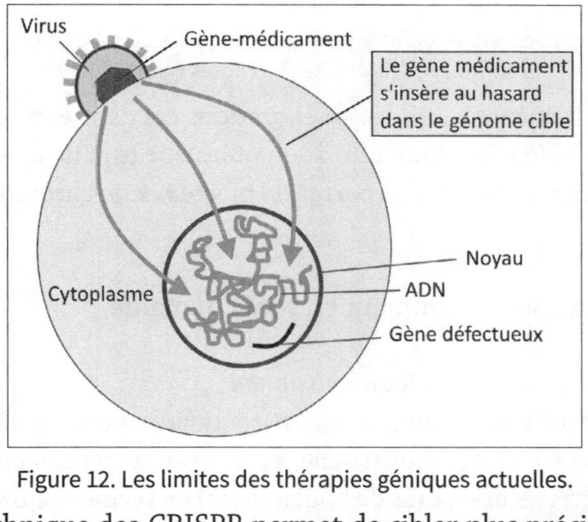


Figure 12. Les limites des thérapies géniques actuelles.

La nouvelle technique des CRISPR permet de cibler plus précisément le gène déficient et de le remplacer par sa version saine.

CRISPR-Cas9 est un complexe formé de deux éléments : d'un côté, un brin d'ARN, de séquence homologue à celle de l'ADN que l'on veut exciser, et de l'autre, une endonucléase, le Cas9. Dans la cellule, le brin d'ARN va reconnaître la séquence homologue sur l'ADN et s'y placer. L'enzyme Cas9 se charge alors de couper la chaîne ADN complémentaire à ce brin ARN. Le trou laissé par le passage du CRISPR-Cas9 pourra alors être comblé par n'importe quel nouveau fragment d'ADN (Fig. 13).

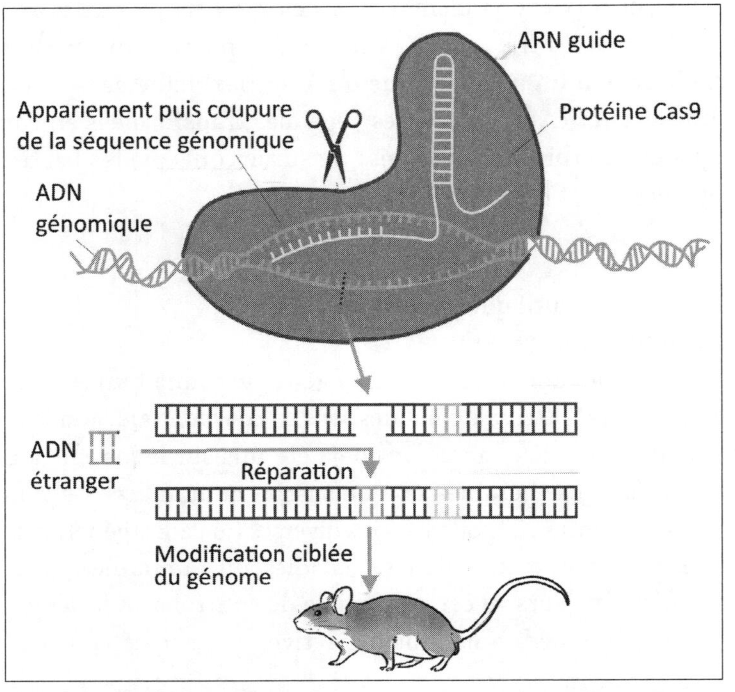


Figure 13. Schéma expliquant les différentes étapes du processus d'édition génomique à l'aide du complexe CRISPR-Cas9 (d'après Gunilla Elam).

La technique doit encore subir des améliorations car dans environ 60 % des cas, elle entraîne des modifications non souhaitées sur le gène cible et peut, dans certaines conditions, induire des pertes de morceaux de chromosomes.

## II-4. Des applications notamment en santé humaine

### *II-4.1. La synthétise de molécules médicament*

La production de protéines d'intérêt pharmaceutique par transgénèse est pratiquée en laboratoire ou à l'échelle industrielle, en utilisant essentiellement des micro-organismes (bactéries et levures de boulangerie) en **fermenteurs** (Fig. 14). C'est le cas notamment de la production d'insuline, d'hormone de croissance, des facteurs VIII et IX de coagulation, du vaccin contre l'hépatite B, d'antibiotique, etc. En fermenteur, la production est parfaitement contrôlée (sauf erreur humaine !) et ne présente pas de danger de dissémination des transgènes dans l'environnement.

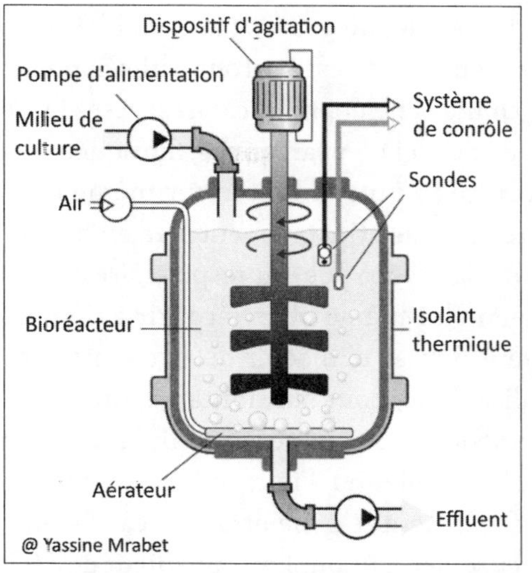


Figure 14. Principe de fonctionnement d'un bioréacteur.

### *II-4.2. La thérapie génique*

**Thérapie génique** : voie thérapeutique consiste à corriger un gène malade (ex. : maladies génétiques), le plus souvent en transférant à l'intérieur des cellules un autre gène, normal celui-là, qui le remplacera. On peut aussi importer un gène pour permettre à l'organisme de fabriquer ses propres médicaments permettant de lutter contre la maladie.

Deux voies peuvent être choisies pour opérer le transfert du gène (Fig. 15).

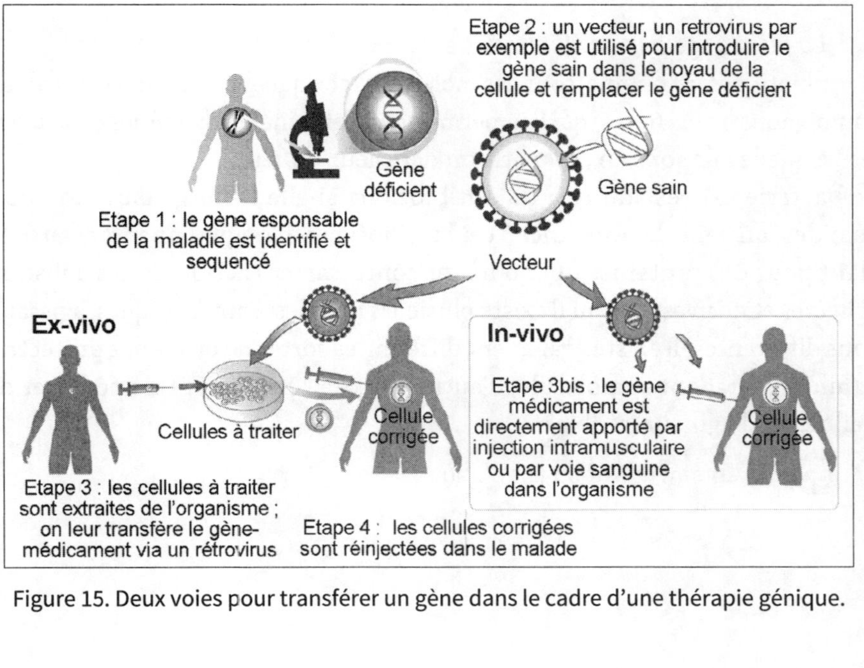


Figure 15. Deux voies pour transférer un gène dans le cadre d'une thérapie génique.

- Le gène à transférer est introduit, **ex vivo** (en dehors de l'organisme) en laboratoire, dans les cellules du patient ; les cellules transformées sont ensuite réimplantées. Cette méthode est surtout utilisée pour tenter de guérir des maladies du sang comme l'hémophilie, car il est assez facile d'agir ex vivo sur les cellules précurseurs des cellules sanguines, fabriquées dans la moelle osseuse.
- Le gène est transféré **in vivo**, à l'intérieur même des cellules malades de l'organisme. Cette seconde stratégie peut être envisagée dans des affections musculaires comme la myopathie, ou respiratoire comme la mucoviscidose.

Le transfert du gène lui-même peut recourir à de nombreux vecteurs. En effet, il est souvent délicat d'injecter directement le gène à l'intérieur des cellules et on utilise donc, pour surmonter ce problème, soit des virus, soit des molécules synthétiques qui servent ainsi de « cheval de Troie » pour s'introduire dans les cellules qu'il faut traiter. Les virus offrent l'avantage de transférer assez facilement le gène étranger car ils infectent facilement les cellules. Malheureusement, ils ont l'inconvénient de déclencher des réactions inflammatoires, souvent encore difficiles à maîtriser, même lorsque leur patrimoine génétique a été modifié pour les rendre inoffensifs.

(4) La production de vecteurs viraux

(5) Les vecteurs synthétiques

## II-5. Des risques liés à l'utilisation par l'Homme des transferts horizontaux de gènes

### *II-5.1. La résistance aux antibiotiques et le transfert horizontal de gènes*

Les antibiotiques, à l'origine, sont des molécules fabriquées par des microorganismes (champignons ou bactéries) qui leur permettent d'éliminer les bactéries concurrentes avec lesquelles ils sont en compétition dans leur milieu.

Une bactérie est résistante à un antibiotique si elle héberge dans son ou ses plasmides, un gène de résistance à cet antibiotique. Il s'agit d'un morceau d'ADN codant pour des protéines qui pourront contrecarrer l'action de ces substances étrangères et nocives. Puisqu'il existe plusieurs familles d'antibiotiques, agissant de façons différentes, il existe également différentes sortes de protéines protectrices. Certaines dégradent la molécule, d'autres encore l'empêchent de pénétrer dans la cellule ou d'agir sur la cible.

(6) Comment agit un antibiotique ?

Lors de la conjugaison, la bactérie donneuse « résistante » peut transmettre ses plasmides à une bactérie receveuse « sensible ». Il n'est pas rare qu'un même plasmide véhicule plusieurs gènes de résistance (jusqu'à 7). L'acquisition d'un tel plasmide par une bactérie sensible lui permet d'être multirésistante en une seule étape.
Le risque lié à l'usage inconsidéré des antibiotiques est de favoriser la sélection de bactéries devenues par mutation de plus en plus résistante à ces antibiotiques. Ces bactéries devenues résistantes, pourront par conjugaison transmettre leur résistance aux bactéries sensibles.
On vient de constater que la propagation des bactéries résistantes est également favorisée par la pollution aux particules fines sur lesquelles ces bactéries peuvent s'accrocher. En analysant l'air de vingt grandes villes (San Francisco, Paris, Zurich, Hong Kong, Pékin, Séoul...) des chercheurs ont détecté la présence de bactéries résistantes à sept grands types d'antibiotiques (39 gènes de résistance différents ont été identifiés !) (Fig. 16).

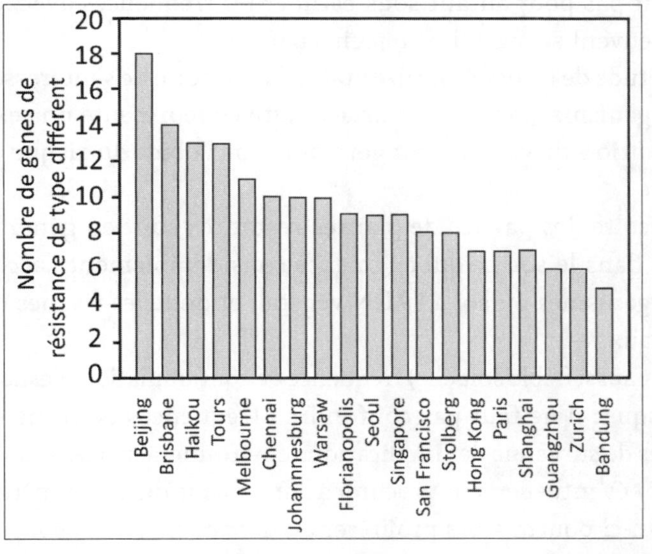


Figure 16. Nombre de gènes de résistance retrouvés à la surface de particules fines.

### *II-5.2. Transfert horizontal et risques OGM : exemple des plantes transgéniques (PGM)*

La production d'une substance pharmaceutique par des plantes en plein champ pose le problème du risque de « pollution génétique », c'est-à-dire le risque que le (ou les) gène(s) étranger(s) introduit(s) volontairement dans cette plante (ex. : le maïs) se retrouve(nt) involontairement dans une autre ou dans un autre organisme. La contamination peut suivre deux voies : la voie dite « verticale », c'est-à-dire par pollinisation et croisements inter-variétaux, et la voix dite « horizontale » de contamination par transfert horizontal, entre plantes et micro-organismes du sol, ou encore entre deux plantes via les virus.

La possibilité de transferts horizontaux, entre bactéries (à la fois in vitro et dans des environnements naturels), entre des plantes (ou autres organismes pluricellulaires) et des bactéries du sol, ainsi qu'entre des plantes et des champignons microscopiques parasites des plantes a été amplement démontrée en laboratoire et même observée en milieu naturel : ainsi, on a observé le transfert horizontal du gène de résistance à l'antibiotique hygromycine entre des plantes transgéniques (dans lesquelles il était utilisé comme gène marqueur) et le champignon filamenteux *Aspergillus niger* et une bactérie du sol. La même démonstration a été faite pour le gène de résistance à l'antibiotique kanamycine entre une betterave à sucre transgénique (dans laquelle il était là encore utilisé comme gène marqueur) et des bactéries du sol.

Même si les fréquences de ces transferts, établies en laboratoire, sont très faibles, il ne faudrait pas pour autant sous-estimer les fréquences avec lesquelles ces transferts peuvent se produire en plein champ :

- Chaque étude de transfert horizontal en laboratoire ne s'intéresse qu'à un seul micro-organisme alors que la surface cultivée représente une extraordinaire concentration de gènes étrangers qui font l'objet du risque de pollution génétique.
- Après récolte, les parties de plantes restantes sont en général broyées et enfouies dans le sol, ce qui augmente considérablement l'accessibilité des micro-organismes du sol à l'ADN végétal, et donc les risques de transferts horizontaux.

Une faible (et aussi faible soit elle) fréquence de contamination n'est pas synonyme de faible risque : il ne faut pas confondre « fréquences de transfert » avec les « probabilités de survenue des implications environnementales ». En effet, le gène étranger peut éventuellement procurer à l'organisme qui le récupère un avantage sélectif. Celui-ci pourra alors proliférer au détriment de ses congénères et des autres organismes de la même niche écologique, et d'initialement minoritaire, deviendra majoritaire.

> C'est la raison pour laquelle le risque de pollution génétique n'est pas un risque qui se dilue dans le temps, mais au contraire qui se concentre avec le temps.

### *II-5.3. La nécessité d'une réflexion bioéthique*

Le développement de nouvelles techniques, comme la technique CRISPR-Cas9, pose une question fondamentale : jusqu'où peut-on aller dans la volonté de modifier le génome des êtres vivants, et en particulier celui de l'être humain. Puisqu'en théorie, une telle technique pourrait par exemple permettre de modifier l'ADN d'un enfant à naître, il devient crucial de définir, à l'échelle internationale et nationale, les contours éthiques et une réglementation stricte encadrant ces pratiques. Le respect d'une telle règlementation sera le seul rempart face au risque de dérive que peuvent engendrer les nouvelles technologies de l'ADN !

# III. Les endosymbioses

## III-1. Les arguments en faveur de la théorie endosymbiotique

La théorie endosymbiotique, ou hypothèse de l'endosymbiose, est l'hypothèse selon laquelle les **chloroplastes** et les **mitochondries** des cellules eucaryotes proviennent de l'incorporation (endocytose) par certaines archées, de bactéries avec lesquelles elles auraient entretenu une relation symbiotique.

Cette théorie endosymbiotique s'appuie sur un certain nombre d'arguments présentés dans le tableau suivant :

| Caractères | Cellules de type procaryote | | Cellules eucaryotes | |
|---|---|---|---|---|
| | Archées | Bactéries | Mitochondries | Chloroplastes |
| Matériel génétique | ADN nu au sein d'un chromosome unique, le plus souvent circulaire ; gènes en mosaïque | ADN nu au sein d'un chromosome unique, le plus souvent circulaire ; gènes en général en continu | ADN nu au sein d'un chromosome unique, le plus souvent circulaire ; gènes en général en continu | ADN nu au sein d'un chromosome unique, le plus souvent circulaire ; gènes en continu |
| Reproduction | Division en 2 | Division en 2 | Division en 2 | Division en 2 |
| Ribosomes | De type 70S libre | De type 70S libre | De type 70S libre | De type 70S libre |
| Tailles | 1-10 µm voire 100 µm | 1-10 µm voire 100 µm | 1-10 µm | 1-10 µm |
| Nature des lipides membranaires | Phospholipides avec liaisons de type éther | Phospholipides avec liaisons de type éther ; glycolipides chez les cyanobactéries | Phospholipides avec liaisons de type éther | Phospholipides avec liaisons de type éther ; glycolipides |
| Compartiment | Non | Souvent non | Non ; organites limités par une double membrane | Oui (thylakoïdes) ; organites limités par une double membrane |

| Caractères | Cellules de type procaryote | | Cellules eucaryotes | |
|---|---|---|---|---|
| | Archées | Bactéries | Mitochondries | Chloroplastes |
| Métabolisme | Chimiosynthèse ou hétérotrophie | Chimiosynthèse ou photosynthèse ou hétérotrophie (respiration et/ou fermentation) | Respiration (voire fermentation) | Photosynthèse |

## III-2. L'endocytose, résultat d'une phagocytose primitive

Lors de la phagocytose que l'on observe comme mode de nutrition chez nombreux protozoaires, les cellules ingérées (les proies) sont souvent directement digérées, mais il arrive qu'elles soient durablement hébergées dans les cellules et deviennent des endosymbiotes (on observe le même phénomène avec les globules blancs) (Fig. 17).

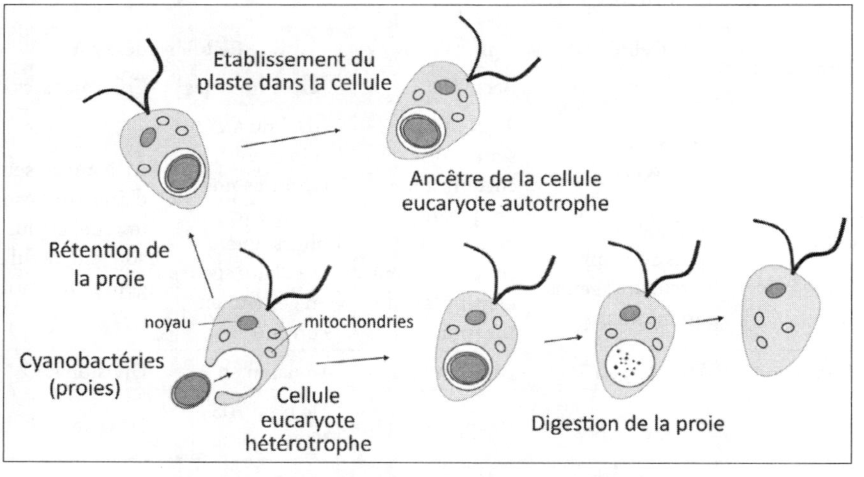


Figure 17. Phagocytose et endosymbiose primaire.

## III-3. L'origine des mitochondries et des chloroplastes

Les organites comme les chloroplastes et les mitochondries, résulteraient donc de l'internalisation par phagocytose sans digestion d'un procaryote au sein d'un eucaryote (Fig. 18). Ainsi, la double membrane de la mitochondrie ou du chloroplaste serait un vestige de cette phagocytose initiale : la membrane interne maintenant repliée sur elle-même serait l'ancienne membrane bactérienne, tandis que la membrane externe proviendrait de la cellule hôte elle-même. L'enveloppe nucléaire, le réticulum endoplasmique, l'appareil de golgi auraient quant à eux pour origine des invaginations de la membrane cytoplasmique.

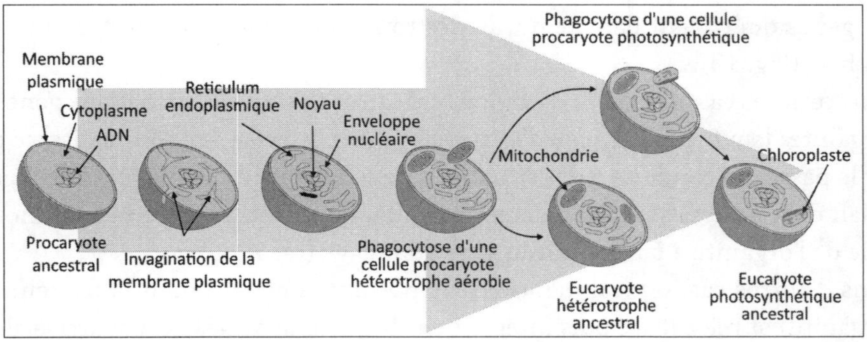


Figure 18. L'origine des mitochondries et des chloroplastes.

(7) Une réalité peut être plus complexe

(8) Endosymbioses primaires, secondaires et tertiaires...

Pour conclure, des symbioses extrêmement diverses ayant conduit à la formation de la cellule eucaryote sont à l'origine du développement de la biodiversité des eucaryotes au cours de l'évolution. Les endosymbioses fondent de nouvelles lignées évolutives.

## III-4. L'intégration du procaryote au sein de la cellule eucaryote

### *III-4.1. Une perte de gènes*

Au cours du processus de formation d'une endosymbiose, on assiste toujours à une forte régression du contenu génétique des endosymbiotes : les mitochondries, par comparaison avec des protéobactéries libres comme *Escherichia coli*, ont perdu 99 % de leurs gènes et les chloroplastes révèlent une régression génétique de l'ordre de 95 % par rapport aux cyanobactéries unicellulaires libres.

(9) Le protéome mitochondrial « moderne »

Bien que le génome des organites régresse, le répertoire des protéines des organites (le protéome), lorsqu'il est connu, reste semblable à celui du protéome des bactéries libres. Ceci suppose que les protéines codées par les gènes perdus ont été remplacées par des protéines synthétisées par l'hôte : des gènes localisés dans le noyau sont traduits dans le cytosol en protéines qui sont adressées à l'organite par le biais d'un système de transfert. Ce système de transfert implique de nombreuses protéines d'origine procaryote et d'origine eucaryote ; il permet le passage à travers les deux membranes limitantes des mitochondries et des chloroplastes, de protéines synthétisées dans le cytosol de la cellule hôte dans la matrice mitochondriale ou dans le stroma du chloroplaste.

### *III-4.2. Un transfert de gènes entre le symbiote et la cellule hôte*

Les gènes qui codent dans le noyau des fonctions pour les organites ont deux origines (Fig. 19).

Dans certains cas, des gènes d'origine nucléaires se sont substitués aux gènes de l'organite : leur produit a acquis la capacité d'être adressé dans l'organite, ce qui, par le passé, pu conduire à des situations de redondance chaque fois qu'un gène codait déjà la même fonction dans l'organite. En raison de cette redondance, le gène de l'organite a pu être perdu sans dommage (cas A).

Dans d'autres cas, un fragment d'ADN portant le gène codant la protéine de l'organite est relocalisée puis intégré dans le génome nucléaire. On arrive alors, comme plus haut, à une redondance génétique : l'une ou l'autre des copies peut être perdue sans dommage. La perte de fonctionnalité et/ou la disparition de la copie de l'organite marque la fin du transfert (cas B).

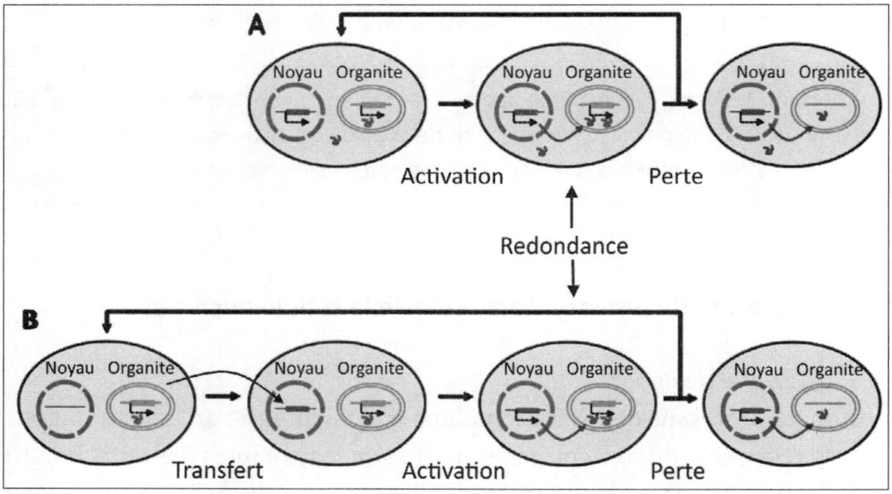


Figure 19. Les deux mécanismes évolutifs menant au remplacement des gènes des organites par des gènes localisés dans le noyau.

Le passage de fragments d'ADN des organites vers le noyau n'est pas rare : de grands blocs d'ADN des organites sont insérés dans le génome de certaines plantes où ils peuvent s'activer (par exemple, près de 10 % des gènes nucléaires d'*Arabidopsis thaliana* sont issus de transferts à partir du plaste, souvent suivis de duplications. On ignore dans le détail comment l'ADN de l'endosymbiote s'intègre dans le génome de l'hôte, mais on peut supposer que cela peut se produire lorsque des organites âgés ou endommagés libèrent accidentellement au sein du cytoplasme de l'hôte des morceaux d'ADN.

### III-5. La transmission verticale de l'endosymbiote

Pour que l'endosymbiose perdure à travers les générations, les endosymbiotes (chloroplastes, mitochondries) doivent se diviser avant la division de la cellule hôte et doivent être distribués équitablement entre les deux cellules filles. Si leur division est trop rapide, ils pourraient prendre l'avantage sur la cellule hôte ; au contraire, un faible taux de division pourrait conduire à leur disparition. L'endosymbiose nécessite donc la mise en place d'un contrôle de la division du symbiote par l'hôte. Celui-ci passe par la synthèse de quelques-unes des protéines impliquées dans la division cellulaire du symbiote.

### III-6. Endosymbiose et biodiversité

L'endosymbiose est certainement un des moteurs les plus puissants de l'évolution du monde vivant. Elle crée très rapidement des **organismes chimériques** qui peuvent engendrer des lignées nouvelles. Elle favorise des transferts de gènes massifs qui créent des génomes eux aussi chimériques : le génome nucléaire contient ainsi des gènes eucaryotes, mais aussi des gènes d'origine bactérienne, issus des mitochondries, voire des plastes, avec lesquels ils voisinent. De tels événements expliquent peut-être les sauts évolutifs majeurs dont l'évolution semble ponctuée, qui ont donné naissance aux grandes lignées du vivant et façonné la diversité biologique actuelle (Fig. 20).

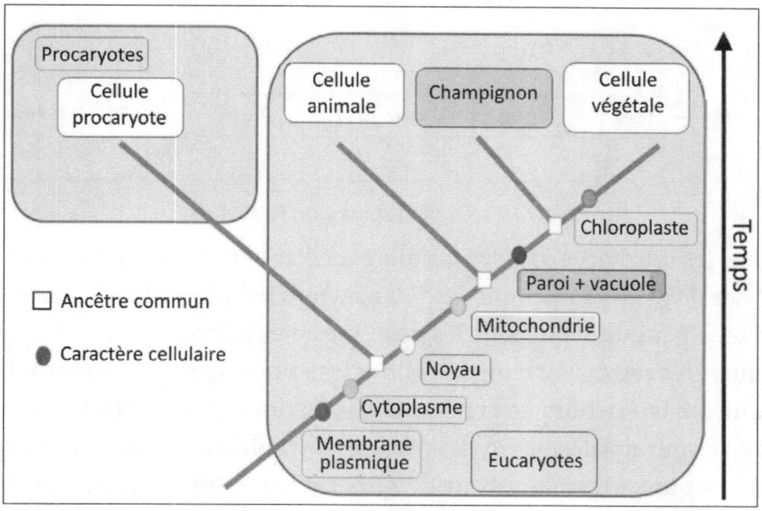


Figure 20. Place de l'endosymbiose à l'origine des mitochondries et des chloroplastes dans l'évolution du vivant.

**Conclusion : des mécanismes non liés à la reproduction sexuée enrichissent les génomes de tous les êtres vivants.**

# Je me perfectionne

## (1) Comprendre la notion de rétrovirus endogène ou exogène

Tous les rétrovirus (ou particules virales) sont formés de la même façon. On y reconnaît (Fig. 21) :

- Une enveloppe dans laquelle sont enchâssées des protéines (glycoprotéines de surface).
- Une capside formée d'un assemblage de protéines.
- Le génome viral en ARN à l'intérieur de la capside avec des enzymes, notamment la transcriptase inverse caractéristique des rétrovirus.

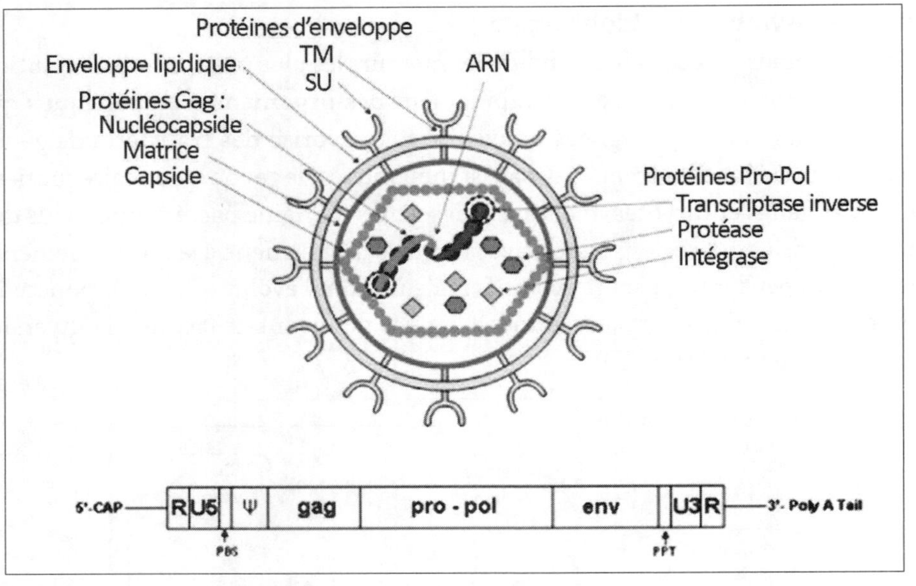


Figure 21. Organisation d'un rétrovirus.

Le génome des rétrovirus comprend trois gènes : le **gène Gag** qui code les protéines de la capside, le **gène Pro-pol** qui code les enzymes indispensables à la reproduction du virus et le **gène Env** qui code les protéines d'enveloppe.

On distingue les rétrovirus **exogènes** dont le génome n'est pas présent dans celui de l'organisme (en dehors de la période d'infection) et les **rétrovirus endogène** ou **endovirus** qui eux désignent des séquences stables du génome d'un organisme (c'est-à-dire qui se transmettent de génération en génération) et ayant des analogies au niveau de leur séquence génétique avec certains rétrovirus exogènes.

- **(2) La transformation bactérienne (expérience de Griffith 1928) ou intégration par une bactérie d'un fragment d'ADN libre provenant d'une autre bactérie (Fig. 22)**

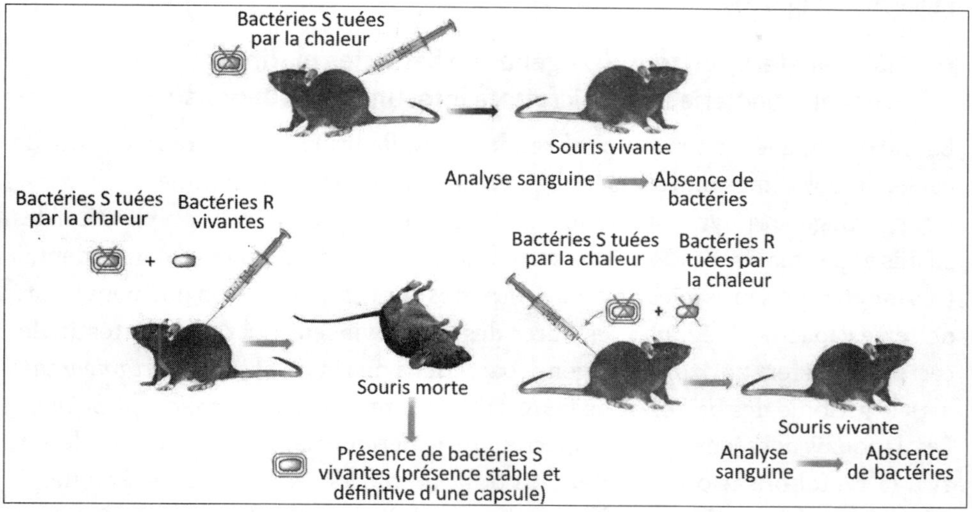


Figure 22. L'expérience de Griffith (1928) illustrant la transformation bactérienne.

Le mécanisme du transfert génétique appelé transformation bactérienne est très simple. Dans le milieu extérieur d'un organisme se trouve de l'ADN libre qui résulte en général de la mort d'un organisme. Cet ADN libre peut être intégré à l'intérieur d'une cellule particulière, puis intégré au génome de cet organisme (Fig. 22). Il y a donc un transfert horizontal entre deux espèces qui peuvent être tout à fait différentes.

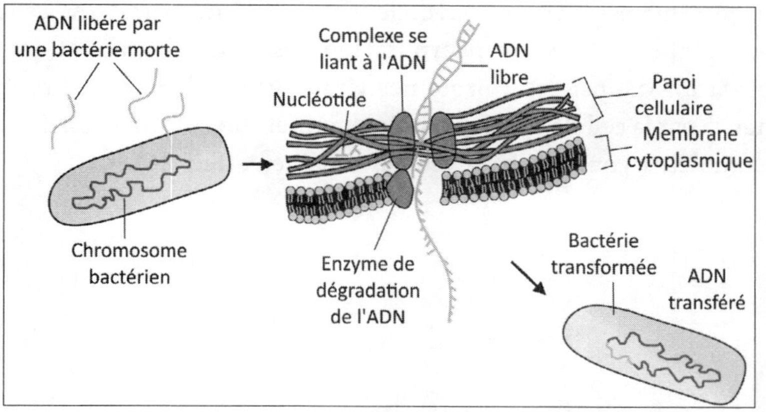


Figure 23. Des complexes protéiques favorisent la pénétration d'ADN libre dans le cytoplasme bactérien.

Au cours d'un mécanisme de transformation, une bactérie récupère de l'ADN libéré dans son environnement par une bactérie morte. Des complexes présents à la surface de la bactérie fixent l'ADN, et des enzymes découpent un des deux brins en nucléotides ; simultanément, l'autre brin est absorbé par la bactérie et le brin complémentaire est synthétisé in situ. Certains fragments de l'ADN absorbé pourront s'intégrer, par recombinaison, dans le chromosome de la cellule receveuse (Fig. 23).

### (3) Transfert horizontal de gènes de bactéries marines vers une bactérie de la microflore intestinale des Japonais

La nutrition, avec le temps, peut rendre possible les transferts horizontaux de gènes du bol alimentaire vers les bactéries intestinales de l'Homme.
L'algue rouge Porphyra est une algue comestible qui entre dans la préparation des sushis et des makis. Les Japonais sont de grands consommateurs d'algues depuis très longtemps. Durant les dix mille dernières années, ils ont probablement hérité de cette capacité à dégrader les fibres des algues via leur microflore intestinale, ceci par transfert horizontal de gènes bactériens marins (*Zobellia galactanivorans*) vers le génome des bactéries de la microflore intestinale (*Bacteroides plebeius*).
Les Japonais possèdent toute la machinerie génétique nécessaire à la dégradation et à la métabolisation complète du polysaccharide de la paroi de l'algue, le porphyrane. Ce qui leur confère la capacité à digérer les algues contrairement aux autres populations.

### (4) La production de vecteurs viraux

**Principe** : les gènes viraux (gag, pol et env) situés entre les deux séquences LTR sont remplacés par le gène thérapeutique. Le génome rétroviral ainsi recombiné est désarmé (les protéines gag, pol nécessaires à l'infection des cellules et à la multiplication du virus ne peuvent plus être synthétisées).
Le virus désarmé est introduit artificiellement à l'intérieur d'une cellule dont le génome a été modifié par incorporation des gènes gag, pol et env (cellule d'encapsidation) ; ainsi, les 3 protéines virales gag, pol et env synthétisées en permanence par la cellule d'encapsidation permettent la formation de particules virales complètes, constituant le vecteur infectieux (Fig. 24).

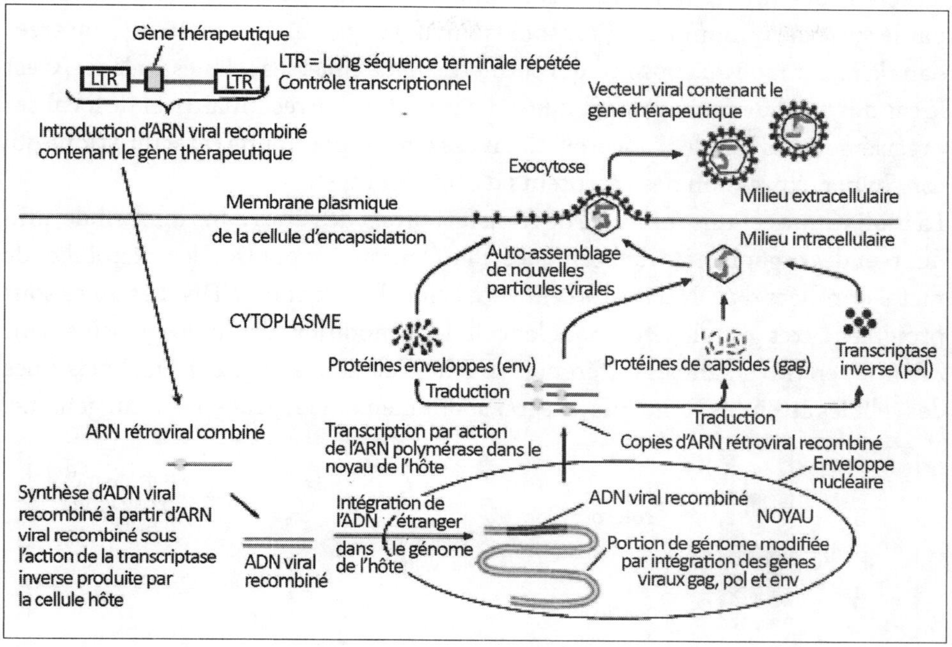


Figure 24. Fabrication d'un vecteur viral désarmé.

### (5) Les vecteurs synthétiques

Les **vecteurs synthétiques** : les vecteurs synthétiques ont pour principal atout de ne pas provoquer de réaction immunitaire et d'être a priori moins dangereux. Les liposomes servent de transport au gène médicament (Fig. 25).

Les **liposomes** : ce sont des vésicules biodégradables constituées d'une double couche de phospholipides (= graisse) et d'un compartiment aqueux. Un liposome est environ 70 fois plus petit qu'un globule rouge. Sa taille varie entre 100 et 300 nm.

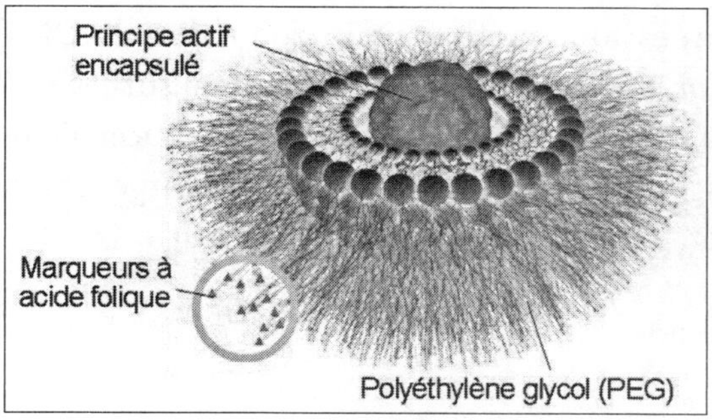


Figure 25. Liposome de troisième génération.

La structure phospholipidique du liposome est proche de celle de la membrane de la cellule ce qui va permettre son absorption par la cellule malade et la libération du principe actif. Cette absorption peut être facilitée en entourant le liposome d'un polymère hydrophile qui va empêcher sa reconnaissance et son élimination par le système immunitaire (liposomes furtifs) et grâce à des molécules insérées dans la membrane du liposome qui permettront de cibler les cellules malades. C'est le cas des marqueurs à acide folique qui permettent de reconnaître et de localiser précisément les cellules cancéreuses car ces dernières ont une caractéristique qui est l'hyper expression des récepteurs d'acide folique.

La **biolistique** est une méthode de transfert direct de gènes dans une cellule, afin de créer des organismes transgéniques. Elle consiste à propulser des microbilles de métal enrobées d'ADN dans les cellules à l'aide d'un canon à ADN. Les billes sont projetées à très grande vitesse sur les cellules à modifier et sont progressivement ralenties en traversant les différentes couches cellulaires (Fig. 26). Quelques-unes des cellules atteintes vont alors intégrer spontanément les gènes dans leur génome.

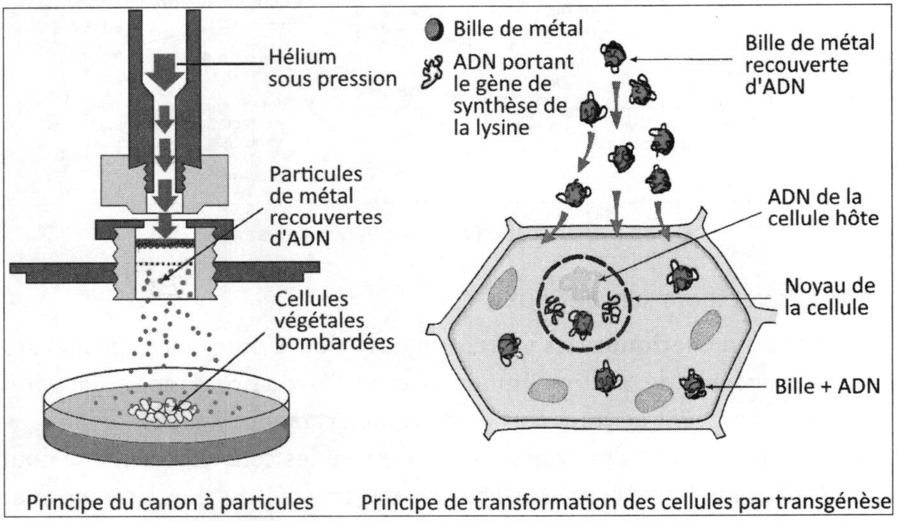


Figure 26. Le canon à particules et la biolistique.

L'**électroporation** est une méthode d'introduction d'ADN dans des cellules. Techniquement, on applique un champ électrique sur les membranes qui sont ainsi déstabilisées, et l'ADN présent dans l'espace extracellulaire peut rentrer dans les cellules en migrant vers le pôle positif de la charge, étant lui-même chargé négativement (Fig. 27).

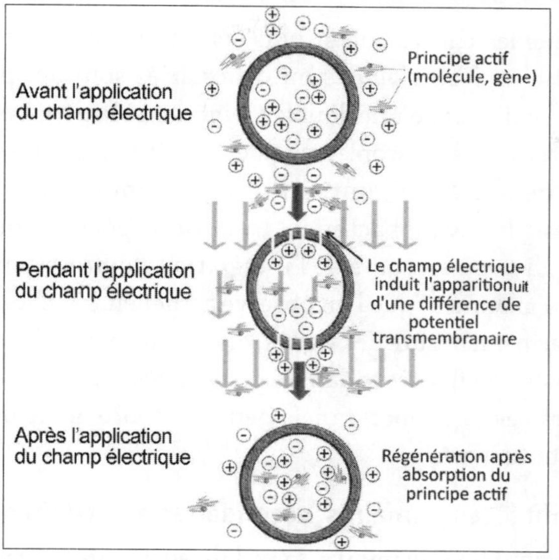


Figure 27. L'électroporation.

### (6) Comment agit un antibiotique ?

Les antibiotiques agissent en bloquant une étape essentielle du développement de la bactérie. Selon la famille d'antibiotique sera ciblé :

- la synthèse de la paroi (pénicillines, céphalosporine),
- la synthèse de la membrane cytoplasmique (polymixines),
- la synthèse de l'ADN (quinolones),
- ou encore la synthèse des protéines par les ribosomes (streptomycine, chloramphénicol, tétracyclines) (Fig. 28).

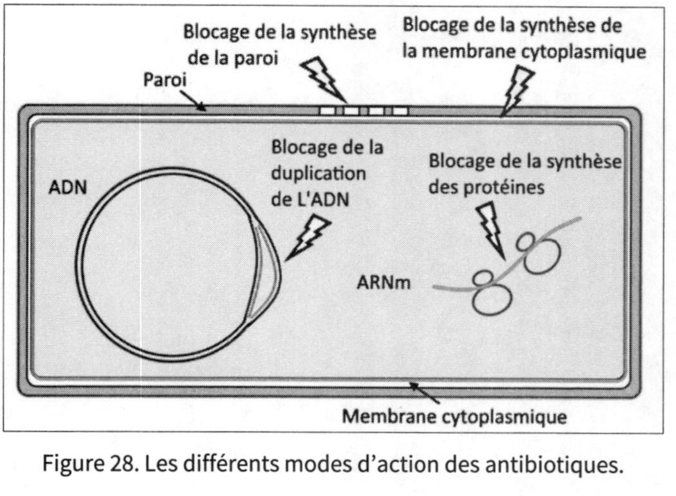


Figure 28. Les différents modes d'action des antibiotiques.

### (7) Une réalité peut être plus complexe

Il est probable que les choses soient plus complexes. En effet, les procaryotes à l'origine des chloroplastes ou des mitochondries sont des bactéries Gram–, caractérisées par l'existence d'une double membrane à la périphérie de la bactérie. La membrane externe des chloroplastes, et en particulier sa face externe baignant dans le cytosol de la cellule, contient des glycolipides caractéristiques que l'on retrouve dans les cyanobactéries. Il est donc possible que la membrane d'endocytose ait disparu au cours de l'intégration du procaryote dans la cellule eucaryote. C'est d'ailleurs ce que l'on observe actuellement chez *Elysia chlorotica*, un mollusque marin qui broute des algues, digère une partie de leurs cellules mais pas les chloroplastes qu'il intègre dans le cytoplasme de certaines de ses cellules. Ces chloroplastes restent fonctionnels pendant toute la vie du mollusque qui bénéficie de la photosynthèse.

### (8) Endosymbioses primaires, secondaires et tertiaires

Lors d'une **endosymbiose primaire**, la cellule eucaryote intègre un procaryote vivant. Ainsi, les chloroplastes des végétaux de la lignée verte (algues rouges et algues vertes, auxquelles se rattachent les végétaux terrestres) sont issus d'endosymbioses primaires impliquant une cyanobactérie.

Les **endosymbioses secondaires** sont une réitération du processus, lorsqu'un eucaryote possédant déjà un endosymbiote entre en endosymbiose dans un autre eucaryote (Fig. 29). C'est l'origine des plastes à plus de deux membranes présentes chez certains groupes végétaux (par exemple chez les Euglènes par internalisation d'une algue verte).

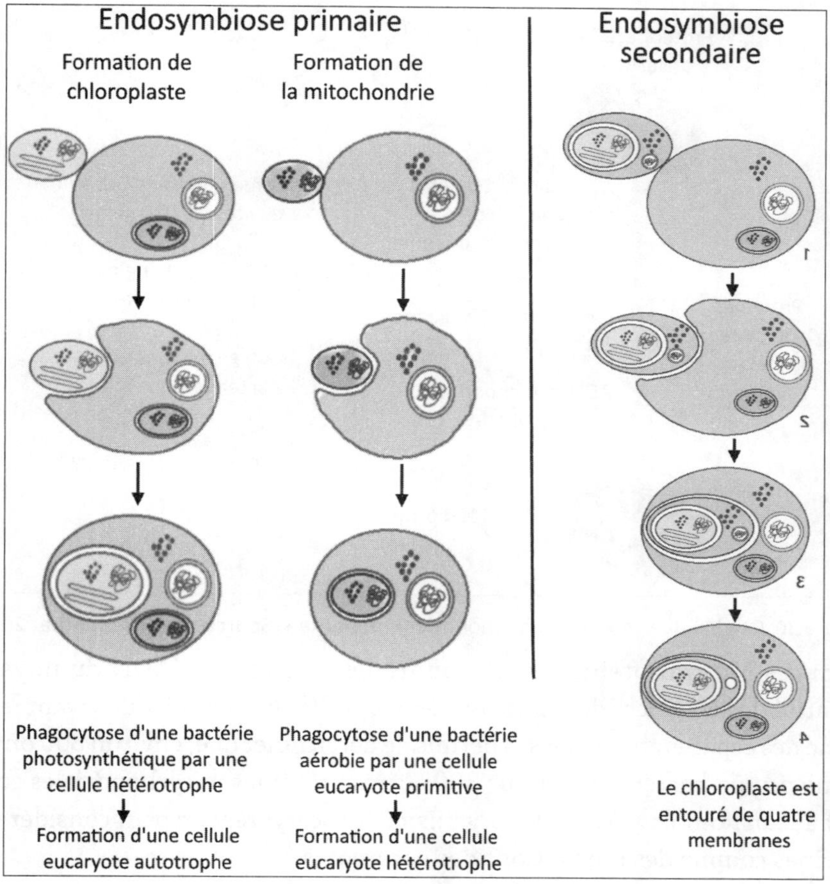


Figure 29. Endosymbiose primaire et secondaire.

Des endosymbioses tertiaires, moins fréquentes, ont aussi été décrites. Ces diverses symbioses constituent autant d'endosymbioses fondatrices de lignées évolutives.

## (9) Le protéome mitochondrial « moderne »

Le **protéome** mitochondrial « moderne » de l'homme semble un « vestige » du génome protéo-bactérien. Il contient 37 gènes qui codent pour 13 protéines, 22 ARN de transfert et 2 ARN ribosomiques.

L'essentiel des protéines mitochondriales est donc codé par des gènes situés dans le noyau (environ 1 100) (Fig. 30).

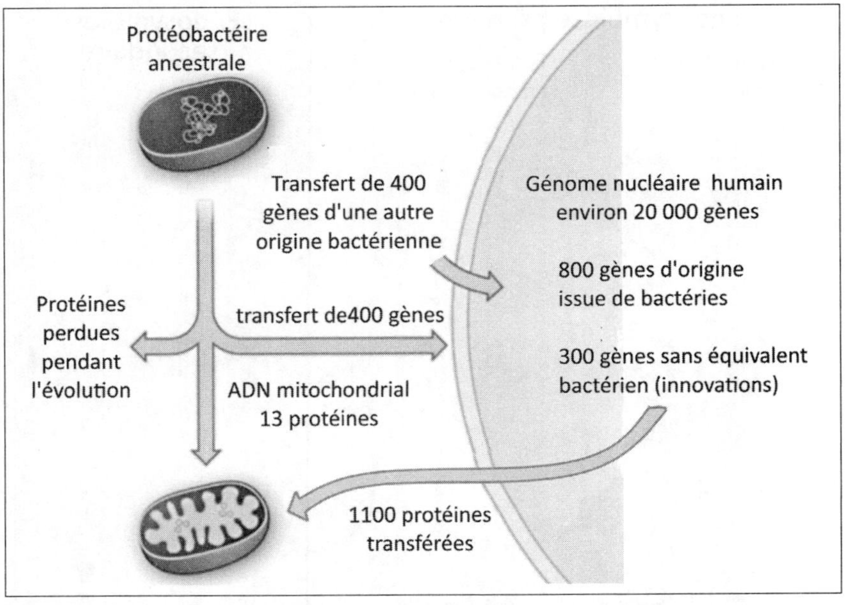


Figure 30. Origine du protéome mitochondrial « moderne » (Source : Vafai & Mootha ; 2012).

Parmi ces 1 100 protéines mitochondriales codées par l'ADN du noyau, la similarité de séquences de ces protéines avec celles de l'organisme vivant le plus proche des espèces ancestrales, a permis de déterminer que, environ 800 ont une origine protéo-bactérienne et que 300 autres protéines mitochondriales codées n'ont aucun homologue chez les organismes procaryotes : on peut considérer ces protéines comme des innovations des eucaryotes.

# Je m'exerce et je fais la différence

## Entraînement

### Exercice 1

*Bac S, sujet de SVT, session septembre 2017, Nouvelle-Calédonie, partie 2.2 enseignement obligatoire (5 points)*

La syncytine est une protéine produite chez l'Homme dans certains tissus. Les chercheurs pensent que son existence témoigne d'un transfert de gènes par voie virale.

**À partir de l'étude des documents et de l'utilisation des connaissances :**

- **expliquer le rôle de la syncytine ;**
- **donner des arguments en faveur du transfert par voie virale du gène de la syncytine.**

---

Document 1 : **organisation comparée du gène de la syncytine humaine et de la structure schémat ique d'une séquence d'ADN d'une catégorie de virus (exemple : virus MSRV)**

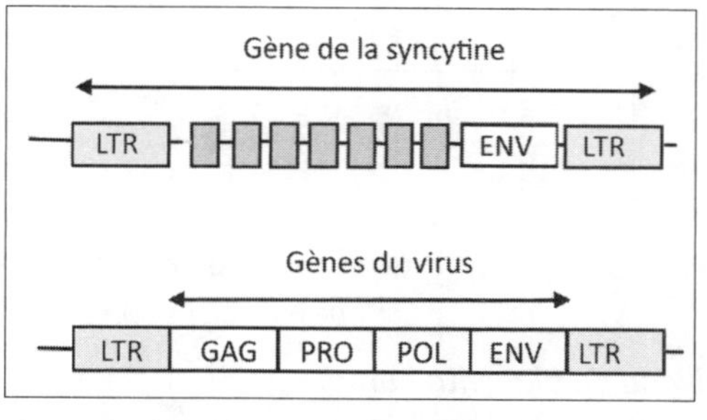


Figure 31. Organisation comparée du gène de la syncytine humaine et d'une séquence d'ADN virale.

*D'après Dupressoir et coll. 2005, PNAS, 102(3): 725-730 et Mayer 2013*

Les séquences LTR sont spécifiques de l'ADN de certaines catégories de virus. Elles sont nécessaires à l'intégration des gènes viraux dans le génome de la cellule hôte. Parmi les gènes viraux étudiés, la séquence ENV permet la synthèse de l'enveloppe virale.

## Document 2 : comparaison de deux protéines : la syncytine humaine et une protéine de l'enveloppe du virus MSRV

Les deux protéines sont constituées d'environ 542 acides aminés ; 473 acides aminés sont identiques, soit 87,3 % d'identité. Le document ci-dessous montre la comparaison effectuée de l'acide aminé 145 à l'acide aminé 172.

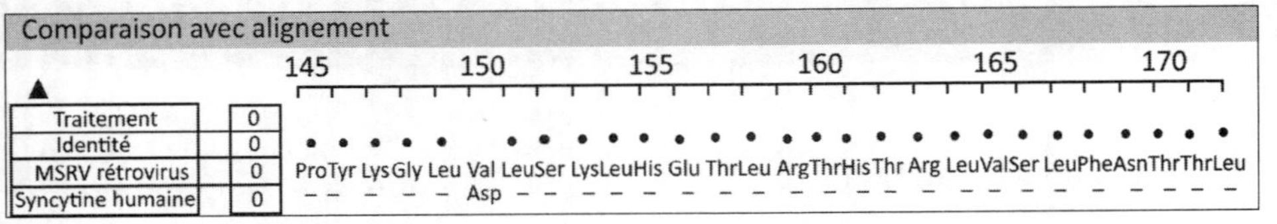


Figure 32. Comparaison de deux protéines : la syncytine humaine et une protéine de l'enveloppe du virus MSRV.

*D'après le site acces.ens-lyon.fr*

## Document 3 : expression du gène de la syncytine

**Document 3a** *Dans différents organes chez la souris adulte*

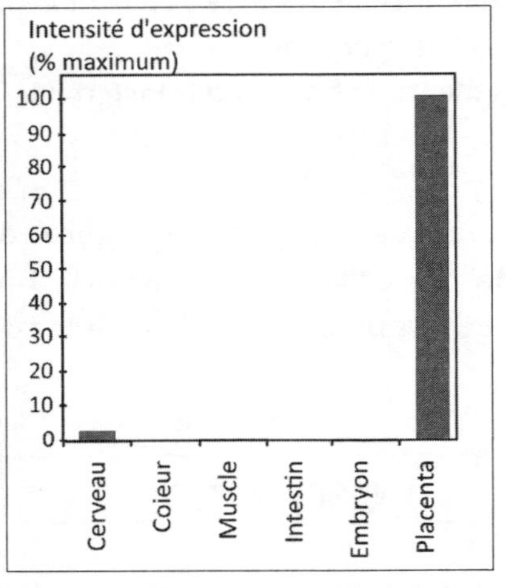


Figure 33. Expression du gène de la syncytine dans différents organes chez la souris adulte.

*D'après Dupressoir et coll., 2005, PNAS 102(3) : 725-730*

**Document 3b** *Au niveau du placenta humain*

La zone d'expression de la syncytine est visualisée dans une villosité placentaire grâce à une coloration cytoplasmique sombre.

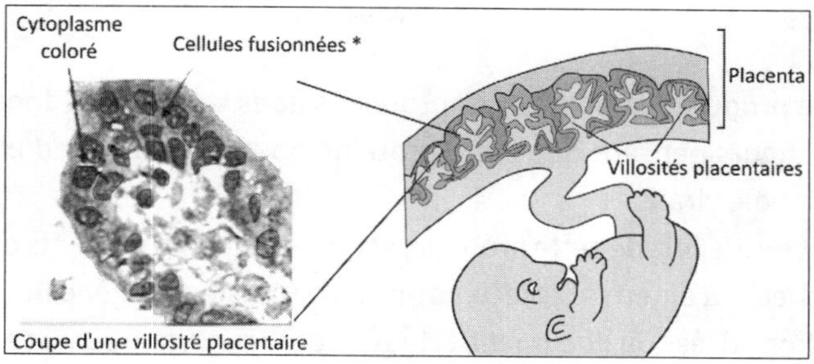


Figure 34. Expression du gène de la syncytine au niveau du placenta humain.

---

* Dans le placenta, la présence de cellules fusionnées est indispensable à la mise en place des échanges placentaires entre la mère et le fœtus.

*D'après Dupressoir et coll., 2012, Plancenta 33*

---

**Document 4 : action de la syncytine et d'une séquence nucléotidique de virus sur des cultures cellulaires**

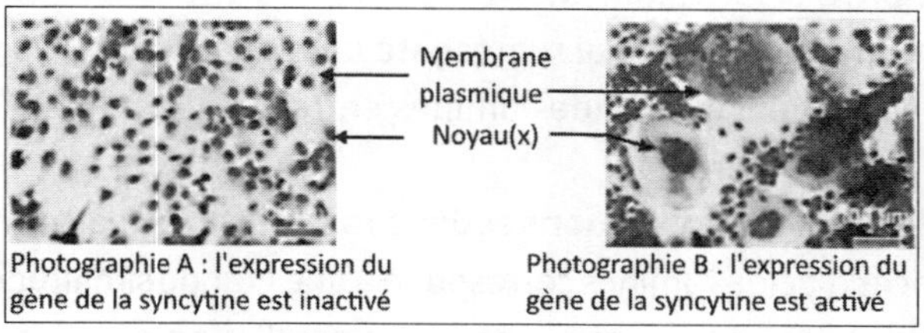


Figure 35. Cellules de cultures humaines.

*D'après Mi et cool., 2000, Nature 403, 785-789*

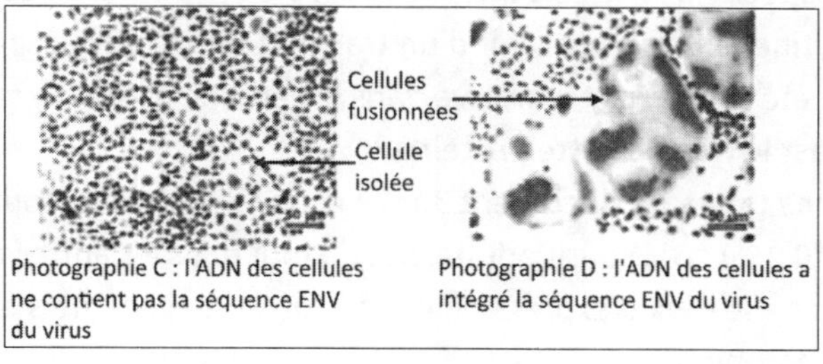


Figure 36. Culture de cellules humaines (lignée TELac2) :
pour cette souche de cellules humaines, le gène de la syncytine est inactif.

*D'après Blond et cool., J. Virol. 74, 3321-3323*

## Correction

### Exercice 1

L'homme produit de nombreuses protéines dans ses cellules dont la syncytine. Les chercheurs pensent que cette protéine pourrait provenir d'un transfert de gènes par voie virale.

Quel peut être le rôle de cette protéine, et quels sont les arguments qui ont amenés les chercheurs à émettre cette hypothèse de transfert de gène ?

**Informations tirées du document 1 :** le gène de la syncytine possède une séquence identique LTR au début et en fin de gène. Or il se trouve que cette même séquence est présente aussi dans le génome du virus MSRV encadrant un groupe de gènes viraux. Ces séquences LTR sont spécifiques de certains virus, et elles sont indispensables à l'intégration de leur génome dans le génome des cellules hôte qu'ils parasitent. De plus, une autre séquence d'ADN est présente dans les deux génomes : il s'agit d'une partie du gène de la syncytine humaine et d'un gène ENV permettant la synthèse de l'enveloppe du virus.

**Informations tirées du document 2 :** ces deux protéines ont exactement le même nombre d'acides aminés : 542. De plus, 473 de ces 542 acides aminés sont strictement identiques, ce qui représente une identité de plus de 87 %. Si l'on compare les séquences d'acides aminés entre le 145$^{e}$ et le 172$^{e}$, on voit qu'un seul acide aminé diffère.

**Mise en relation des informations et des connaissances :** cette grande similitude des séquences d'acides aminés correspond à une grande similitude des séquences de nucléotides des 2 gènes, ce qui nous permet d'affirmer qu'un gène humain et un gène viral ont une très grande identité. Le fait que le gène humain possède des séquences spécifiques de certains virus suggère l'hypothèse que le gène humain de la syncytine pourrait provenir d'un transfert horizontal, à savoir que le gène viral aurait été transmis et conservé dans le génome humain.

**Mais quel est le rôle de cette protéine ?**

**Informations tirées du document 3a :** ce gène s'exprime un tout petit peu dans le cerveau (0,2 %) de la souris adulte, pas du tout dans les autres tissus, sauf dans le placenta où le taux d'expression est de 100 %. Le gène ne s'exprime pas non plus chez l'embryon.

**Informations tirées du document 3b :** on colore la syncytine dans les cellules. Seules les cellules fusionnées des villosités du placenta sont colorées et donc contiennent la protéine.

**Mise en relation des informations et des connaissances :** le gène codant la syncytine ne s'exprime donc que dans les cellules fusionnées. La protéine est présente dans le cytoplasme. La présence de ces cellules fusionnées est indispensable à la mise en place des échanges placentaires entre la mère et l'embryon.

**Informations tirées du document 4 :** on cultive des cellules humaines mais d'une lignée TELac2, c'est-à-dire où le gène de la syncytine est inactif. Ces cellules ne peuvent donc pas contenir de syncytine.
**Comparaison des photos A et B :** dans la photo A (qui est le témoin), on observe que les cellules n'ont pas synthétisées de syncytine contrairement aux cellules de la photo B, où l'expression du gène a été activée.
On observe par ailleurs que certaines cellules limitées par la membrane plasmique contiennent de très nombreux noyaux ce qui suggère que des cellules ont fusionnées.
**Comparaison des cultures C et D :** les cellules de la photo C ne contiennent pas la séquence ENV du virus dans leur génome, alors que les cellules de la photo D ont intégré cette séquence virale dans leur génome. On voit que les cellules de la photo D ont fusionné contrairement à celles de la photo C. Or nous savons que cette séquence est très proche du gène de la syncytine. Donc les cellules qui possèdent ce gène actif l'expriment, et la présence de la protéine permet la fusion des cellules.
**Synthèse :** la syncytine est donc une protéine qui n'est présente que dans les cellules du placenta, et qui permet la fusion des cellules au niveau des villosités placentaires. Cette fusion des cellules permet la mise en place des échanges entre la mère et l'embryon indispensable à la survie de l'embryon. Cette protéine est l'expression d'un gène issu d'un transfert horizontal d'un gène viral au cours de l'évolution. C'est la forte ressemblance dans les séquences d'acides aminés des protéines, et donc des séquences nucléotidiques, ainsi que la présence des séquences LTR chez l'Homme, qui ont amené les chercheurs à émettre cette hypothèse de transfert horizontal. Les gènes ont évolué au cours du temps (mutations), mais ils gardent encore un très fort taux de similitude. Ce gène a donné un avantage à ceux qui l'avaient intégré et a donc été conservé au cours de l'évolution.

Chapitre A-3

# L’inéluctable évolution des génomes au sein des populations

# Je révise et je me perfectionne

**Génétique des populations, sélection naturelle et microévolution**

Chez l'Homme, le phénotype est gouverné par l'expression d'environ 25 000 gènes, pouvant exister sous forme de plusieurs allèles. Connaissant les lois de la méiose, il est possible de modéliser l'évolution, au sein d'une population, des fréquences des différents allèles et par conséquent des fréquences des différents phénotypes. **Cette modélisation permet de comprendre comment des paramètres influencent cette évolution : c'est la sélection naturelle.**

## I. Le modèle théorique de Hardy-Weinberg et ses apports

### I-1. L'évolution est rendue possible par l'existence d'une variabilité génétique au sein des populations

Une **population** désigne l'ensemble des individus d'une même espèce qui occupe simultanément le même milieu et qui ont des échanges génétiques limités avec les populations voisines.

La **variabilité génétique** d'une population est caractérisée par son patrimoine génétique (= ensemble des gènes que possède cette population à un moment donné). Il comprend tous les allèles occupants tous les loci chez les membres de la population.

La plupart du temps, il existe 2 allèles ou plus pour un gène, et chacun présente une fréquence relative (= fréquence allélique) dans le patrimoine génétique.

La **microévolution** est l'évolution, dans les populations et les espèces, des fréquences des allèles des caractères. Elle est différente de la **macroévolution**, qui explique et décrit à un niveau supérieur à l'espèce, les transformations des organismes au cours des temps géologiques.

La théorie synthétique de l'évolution (= néodarwinisme) pose les **populations** comme unité de l'évolution et la sélection naturelle comme son principal mécanisme. En outre, elle explique par le gradualisme que les grands changements résultent de l'accumulation de modifications ténues, mais étalées sur de longues périodes. De nombreux biologistes contestent aujourd'hui certains points de la théorie synthétique.

### I-2. La loi de Hardy-Weinberg

Dans les populations eucaryotes à reproduction sexuée, le brassage des allèles résultant seulement de la méiose et de la fécondation n'a pas d'effet sur les fréquences alléliques qui restent constantes.

Le modèle mathématique de Hardy-Weinberg utilise la théorie des probabilités pour décrire le phénomène aléatoire de transmission des allèles dans une population en assimilant les probabilités à des fréquences.

Cette loi décrit la génétique de populations théoriques supposées répondre aux conditions suivantes :

- la population est de grande taille, ce qui permet d'assimiler les fréquences observées à des probabilités, en vertu de la loi des grands nombres ;
- au sein de la population, le choix du partenaire sexuel se fait au hasard, aucun phénotype n'est favorisé : c'est l'hypothèse de « panmixie » ;
- la population est isolée génétiquement (= absence d'émigration et d'immigration : aucun allèle n'est apporté de ou exporté à l'extérieur) ;
- il n'y a pas de mutation ;
- il n'y a pas de sélection (= égalité du succès reproductif de chaque individu) ;
- les générations sont séparées (pas d'union possible entre des individus de générations différentes).

(1) Établir les relations entre les proportions génotypiques de la génération $n$ et de la génération $n + 1$ en suivant les hypothèses de Hardy-Weinberg

(2) L'équilibre de Hardy-Weinberg dans le cas d'un caractère à deux allèles

### I-3. La loi de Hardy-Weinberg ne s'applique pas dans les conditions naturelles

Autrement dit, de telles populations n'existent pas dans la nature ! Dans les populations réelles, différents facteurs empêchent d'atteindre cet équilibre théorique : la taille limitée d'une population (effets de la dérive génétique), les préférences sexuelles (par exemple la sélection sexuelle du mâle par la femelle), les migrations, l'existence de mutations ayant un caractère favorable ou défavorable entraînant une sélection naturelle, l'existence de croisements intergénérationnels.

## II. Environnement et diversité des populations

Pour illustrer ce paragraphe, nous prendrons l'exemple de la Phalène du bouleau (Fig. 1).

Figure 1. La Phalène du bouleau (*Biston betularia typica*) sur l'écorce d'un bouleau.

La Phalène ou Géomètre du bouleau, *Biston betularia* est un grand papillon de nuit qui doit son nom au fait qu'on la trouve souvent posée sur le tronc des bouleaux où la teinte de ses ailes la rend difficilement discernable au regard humain.

### II-1. Existence d'une variabilité au sein d'une population

Il existe une variabilité au sein des populations. Cette variabilité résulte de l'apparition aléatoire de nouveaux allèles par mutation et du brassage génétique induit par la méiose et la fécondation. Ainsi, il existe une Phalène du bouleau à ailes et au corps noirs (*Biston betularia carbonaria*). Une mutation unique est à l'origine de l'apparition de ce nouveau phénotype (Fig. 2).

Figure 2. La phalène du bouleau (*Biston betularia carbonaria*) sur l'écorce d'un bouleau.

### II-2. Changements dans le temps de la fréquence des allèles dans une population et sélection naturelle

#### *II-2.1. Une évolution rapide des % des phénotypes typica et carbonaria liée à l'environnement*

Jusqu'au début du dix-neuvième siècle on ne connaissait que la forme typique aux ailes blanches tachetées de noir. En 1849, un premier spécimen aux ailes

et au corps noirs est signalé en Angleterre près de Manchester. Il est nommé *carbonaria* ; on distingue alors la forme blanche ou *typica* et la forme noire mélanique ou *carbonaria*.
À la fin du dix-neuvième siècle, à proximité des centres industriels anglais où la pollution a noirci le tronc des bouleux et détruit les lichens, la plupart des Phalènes sont noires dans des proportions pouvant atteindre 98 %. En moins d'un demi-siècle, à raison d'une génération par an, la proportion des phénotypes s'est inversée. Dans les régions rurales, la variété *typica* reste largement prédominante. Ce phénomène a été désigné sous le nom de **mélanisme industriel**.
En Angleterre six autres espèces de Papillons de nuit présentent une forme mélanique dans les régions très industrialisées (Majerus, 2009).
Une pression de sélection : la prédation par un prédateur chassant à vue. Les Phalènes sont des animaux nocturnes qui passent la journée posées sur un tronc ou une branche d'arbre. Les Papillons se distinguent clairement sur les troncs lorsqu'ils ont une couleur différente. Des oiseaux, tels les rouges-gorges, prélèvent de préférence les papillons qui sont bien visibles.
Les changements environnementaux (ici la pollution) entraînent une modification de la pression de sélection exercée par les oiseaux sur la population de Phalène du bouleau (les Phalènes sont la proie des oiseaux). Dans un bois non pollué, les individus de la variété *carbonaria* étant nettement plus visibles pour les oiseaux, ont plus de chance d'être consommés (Fig. 3), ce qui réduit leur espérance de vie et la probabilité qu'ils ont de transmettre l'allèle responsable du phénotype *carbonaria* à leur descendance. C'est l'inverse qui se produit dans les bois pollués.

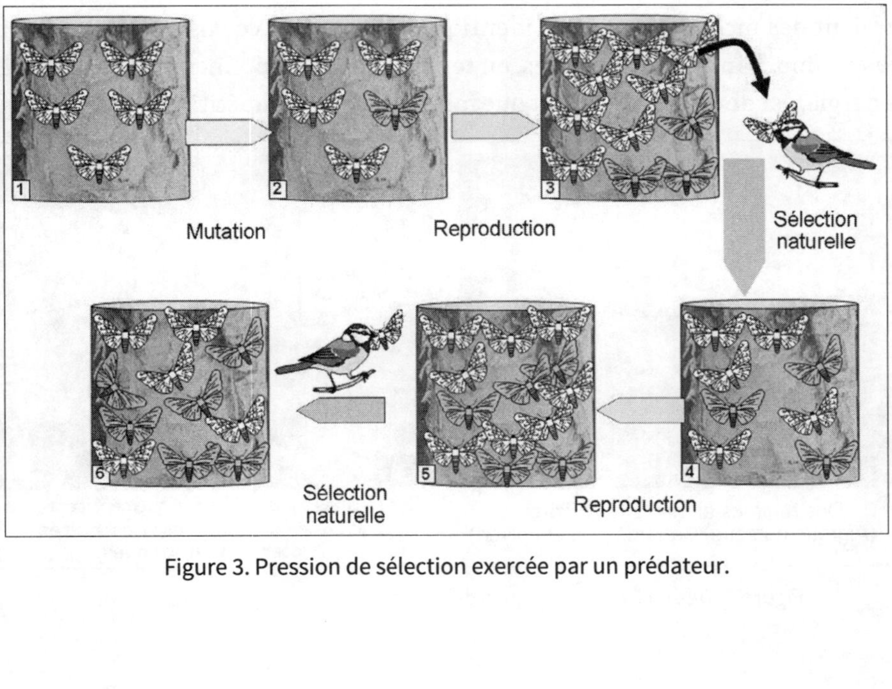


Figure 3. Pression de sélection exercée par un prédateur.

**La pression du milieu :** elle correspond aux contraintes imposées par l'environnement, qui assurent à certains individus d'une population possédant une ou des caractéristiques particulières, une meilleure survie dans ce milieu. Ces individus engendreront plus de descendants que la moyenne de la population. Le ou les allèles responsables de leur particularisme seront surreprésentés dans la génération fille : leur fréquence augmentera dans cette population. Ce processus se répète à chaque génération, tant que la pression de sélection reste présente.

Le milieu peut exercer différentes pressions :

– Des pressions liées au climat : un individu avec un pelage plus chaud que les autres individus de son espèce sera plus apte à survivre dans un environnement froid.
– Des pressions liées à la nourriture : un individu plus apte à trouver ou à digérer une nourriture présente dans l'environnement survivra plus longtemps.
– Des pressions liées à la prédation : un individu plus apte à se camoufler dans son milieu ou à se défendre survivra plus facilement.

Dans l'environnement, de nombreuses espèces partagent le même habitat mais occupent alors des **niches écologiques différentes (Fig. 4).**

**Niche écologique :** la niche décrit les moyens et les stratégies dont une espèce s'est dotée au cours de l'évolution pour trouver et gérer ses ressources alimentaires, occuper et protéger son territoire et se reproduire et perpétuer l'espèce. Une niche écologique correspond donc à l'endroit dans lequel vit une espèce, son climat, et les interactions avec les autres espèces habitant le même environnement.

Un postulat important est associé à cette notion et dit que deux espèces qui auraient des niches écologiques identiques ne peuvent coexister dans un même écosystème. L'intérêt des espèces, en termes d'approvisionnement de matière et d'énergie, est de diminuer autant que faire se peut la compétition interspécifique.

Des régimes alimentaires différents (Aigrette garzette, Canards pilet et colvert)

Des régimes alimentaires pratiquement identiques mais prélevés dans des espaces séparés (Avocette et Canard colvert)

Figure 4. Des niches écologiques différentes dans un même écosystème.

De même, pour deux populations d'une même espèce partageant la même niche, les individus sélectionnés seront ceux qui sont les plus aptes à survivre et se reproduire. Ce caractère étant héritable lors du processus de reproduction, la population ayant le caractère le plus avantageux sera toujours en plus grand nombre.

### *II-2.2. La sélection naturelle*

« Pouvons-nous douter… que les individus ayant quelque avantage, aussi léger soit-il sur les autres, auraient une meilleure chance de survie et de procréer leurs caractères ? D'autre part, nous pouvons être sûrs que n'importe quelle variation du moindre degré nuisible serait indéniablement détruite. C'est cette conservation des variations favorables, et le rejet des variations nuisibles, que j'appelle "sélection naturelle". »

*Charles Darwin (1859)*

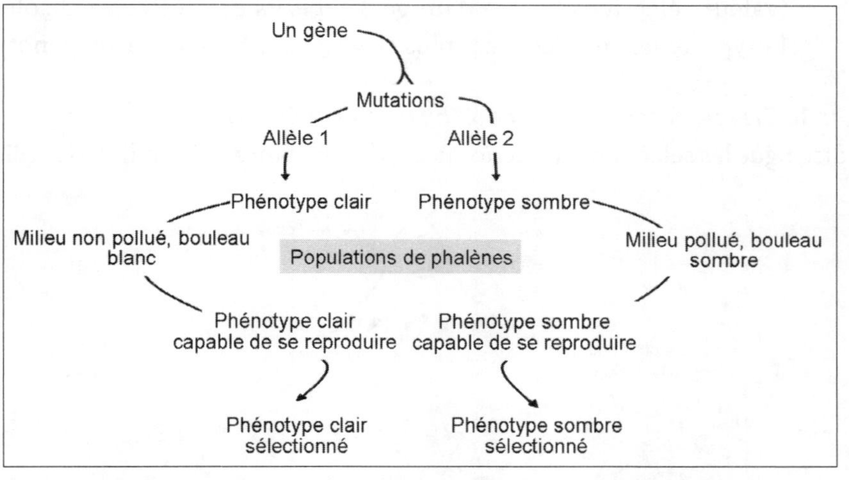


Figure 5. La mutation et la sélection naturelle (au travers l'exemple des Phalènes du bouleau).

La sélection naturelle est un processus par lequel des variations favorables vont tendre à augmenter en fréquence au sein d'une population, et inversement pour des variations défavorables. La sélection naturelle agit sur les **phénotypes**. Comme les phénotypes sont en partie déterminés par les génotypes, la sélection naturelle cause des variations dans la fréquence des allèles.

**La sélection naturelle** : c'est une variation non aléatoire de la fréquence des allèles. Dans certains milieux, certains allèles donnent un avantage aux individus qui les portent. Ceux-ci ont plus de chance de vivre et de se reproduire. Ainsi au fur et à mesure des générations, la fréquence de ces allèles avantageux augmente dans une population ; inversement, la fréquence des allèles désavantageux diminue.

Du fait de la sélection naturelle, **la fréquence d'un allèle défavorable doit diminuer progressivement** au sein d'une population.

### *II-2.3. La notion de valeur sélective*

La sélection favorise les allèles qui maximalisent le succès de reproduction : les allèles qui agissent sur la survie après la reproduction ne sont pas soumis à la sélection.

- **Valeur sélective absolue** : Nombre total de descendants survivants produits durant la vie d'un individu.
- **Valeur sélective relative** :
  - = 1 pour le génotype qui code pour le phénotype avec la valeur sélective la plus élevée ;
  - = 0 si l'individu meurt avant de pouvoir se reproduire ;
  - = (valeur sélective absolue d'un génotype/valeur sélective absolue du génotype de valeur sélective la plus élevée) pour tous les autres génotypes.

### *II-2.4. Différentes formes de sélection au niveau phénotypique*

On distingue les sélections : directionnelle, diversifiante, et stabilisatrice (Fig. 6).

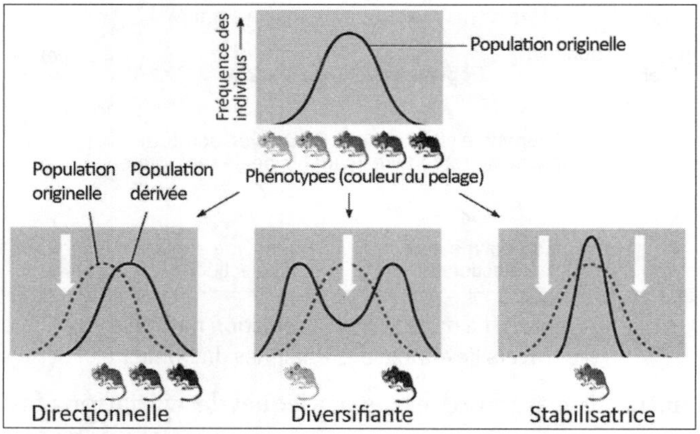


Figure 6. Différentes formes de sélection.

**Exemple de sélection directionnelle** : La sélection par l'homme de la richesse en huile ou en protéine chez le maïs (Fig. 7).

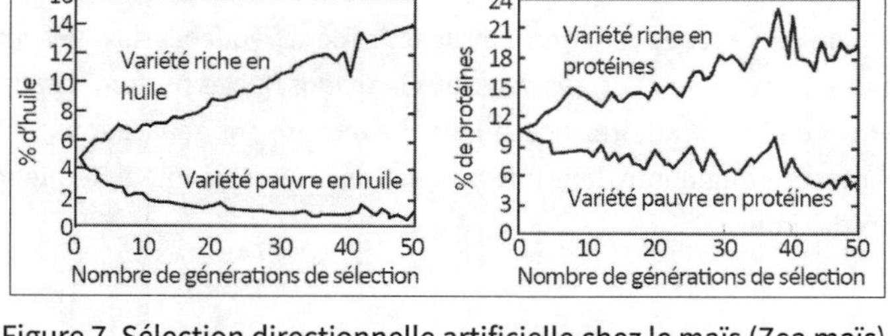


Figure 7. Sélection directionnelle artificielle chez le maïs (Zea maïs).

#### *II-2.5. Étude du maintien d'un allèle défavorable*

**Exemple de l'allèle responsable de l'anémie falciforme :**

L'anémie falciforme a pour origine une mutation ponctuelle du gène codant pour la chaîne β de l'hémoglobine (allèle muté noté S). Les hématies sont normalement discoïdes ; lorsque la concentration en dioxygène baisse, celles qui contiennent l'hémoglobine S s'incurvent, se déforment en forme de faucille ébréchée (= hématies falciformes ou drépanocytaires), ce qui entraîne des ischémies locales, pouvant être très graves lorsqu'elles concernent, par exemple, la paroi gastrique ou le cerveau.

**Environ 80 % des homozygotes SS meurent avant l'âge de la reproduction.** Compte tenu d'une sélection aussi puissante contre le gène S, il a été longtemps difficile de comprendre pourquoi, dans certaines populations humaines, **sa fréquence atteint et même dépasse les 10 %.**

La réponse en est que la possession de l'allèle S muté confère une protection relative contre un agent de sélection encore plus puissant : la malaria, une maladie propagée par les moustiques. Lorsque le parasite *Plasmodium falciparum* responsable de la malaria pernicieuse s'installe dans une hématie, il y provoque une baisse de la concentration en dioxygène ce qui induit sa déformation en faucille. L'hématie parasitée est alors détruite, avec le parasite qu'elle contient. Comme les hématies non parasitées sont majoritaires et transportent l'oxygène normalement, l'individu hétérozygote survit. Les hétérozygotes AS ont donc une probabilité de survie plus grande que les homozygotes AA dans les seules régions où sévit la malaria.

## III. L'évolution des populations

### III-1. Les effets de la compétition entre les individus

La compétition entre les individus a une incidence qui renforce les effets de la pression exercée par le milieu. Cette compétition concerne non seulement l'accès aux ressources, comme la nourriture, mais aussi la probabilité de s'accoupler avec un partenaire.

#### *III-1.1. Compétition pour l'accès à un partenaire sexuel (ex. : l'Euplecte)*

L'euplecte à longue queue est un oiseau commun en Afrique. En plumage nuptial, les mâles présentent un fort bec conique de couleur gris-bleu pâle, des jambes et des pieds noirs. La livrée affiche une teinte presque exclusivement noir de jais, hormis une tache rouge à l'épaule soulignée par une étroite bande blanche. Les très longues rectrices de la queue peuvent atteindre deux fois la longueur du

corps. En plumage éclipse (en dehors de la période de reproduction), les mâles opèrent des changements radicaux : ils adoptent la livrée brune et striée de leur compagne mais ils conservent la tache rouge et la barre blanche aux épaules qui sont des réminiscences de leur livrée d'apparat. Leur longue queue noire disparait au profit d'une modeste queue molle et sombre plus en rapport avec les dimensions de son corps.
Chez l'Euplecte la longueur de la queue est contrôlée par plusieurs gènes. Certains mâles possèdent des allèles de ces gènes (allèle = version modifiée d'un gène) qui leur permettent d'avoir une queue un peu plus longue que celle des autres (Fig. 8).

Figure 8. Euplectes à longue queue en livrée d'éclipse (à gauche) et en livrée nuptiale (à droite).

Chaque mâle vit sur un **territoire** bien délimité qu'il défend contre les autres mâles. Il cherche à y attirer un maximum de femelles. Celles-ci vont s'accoupler avec lui, construire un nid sur son territoire et s'occuper des petits.
Des chercheurs ont montré que le succès reproductif (estimé par le nombre de nids actifs) était lié à la longueur de la queue du mâle en plumage nuptial.

### *III-1.2. Compétition pour l'accès à la nourriture (ex. : taille du bec des Pinsons et taille des graines)*

Depuis une quarantaine d'années, les populations de pinsons des îles Galapagos (genre *Geospiza*) font l'objet d'un suivi poussé par l'équipe de Peter et Rosemary Grant, notamment sur la petite île de Daphne mayor. Dans les années 1970 cette île était principalement occupée par une population de pinsons à becs moyens, de l'espèce *Geospiza fortis*.

Deux phénotypes sont principalement représentés (Fig. 9) : des *G. fortis* à becs plus petits, majoritaires, se nourrissant essentiellement de graines de plantes herbacées, et des *G. fortis* à becs plus gros et plus puissants, minoritaires, capables de se nourrir des graines dures d'un arbuste dominant sur l'île (*Tribulus cistoides*).

Figure 9. *G. fortis* à becs plus petits (à gauche) et *G. fortis* à becs plus gros (à droite).

En 1977 une forte sécheresse a empêché la production de petites graines (Fig. 10). Il n'y a presque plus de petites graines mais il reste des grosses graines. Les pinsons à gros becs ont relativement plus de nourriture et ont donc mieux survécu, en étant capables de se nourrir de graines plus dures. Cet événement de sélection a inversé les proportions de petits becs et de gros becs au sein de la population.

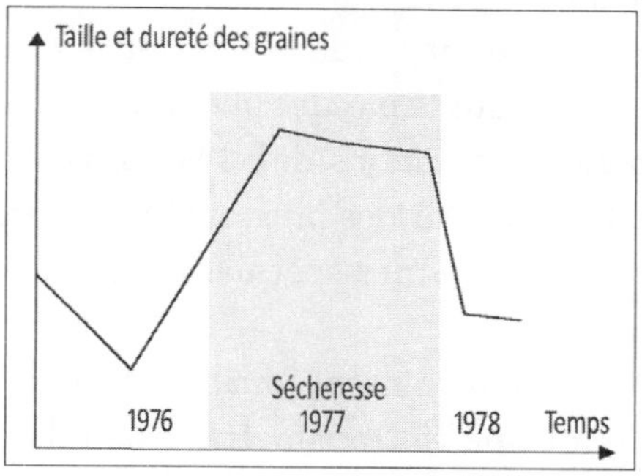


Figure 10. Sécheresse et taille et dureté des graines.

Par la suite de fortes précipitations (notamment en 1983) ont favorisé la production de petites graines tendres. Les pinsons à petits becs ont été avantagés, se sont plus reproduits et sont redevenus majoritaires (Fig. 10).
En 2004 une nouvelle sécheresse a frappé l'île. Mais cette fois-ci, contrairement à 1977, les *G. fortis* à gros becs ont été contre-sélectionnés. En effet entre-temps une nouvelle espèce s'est installée sur l'île : *G. magnirostris* (Fig. 11), plus gros et plus puissant, plus rapide et plus efficace pour ouvrir les graines de *Tribulus cistoides* et qui exclut physiquement *G. fortis* des sites de nourrissage.

Figure 11. *G. magnirostris*.

(3) La sélection naturelle n'est pas réductible à la survie du plus apte

(4) La sélection naturelle n'œuvre pas pour la survie de l'espèce mais pour la transmission des gènes

(5) La sélection naturelle ne conduit pas nécessairement à une adaptation

## III-2. L'influence du hasard

La **dérive génétique** est l'évolution de la fréquence des allèles au sein d'une population ou d'une espèce causée par des phénomènes aléatoires, impossible à prévoir, indépendamment des mutations, de la sélection naturelle et des migrations. La dérive génétique est causée par des phénomènes aléatoires et imprévisibles, comme, le hasard des rencontres des spermatozoïdes et des ovules dans le cas d'une reproduction sexuée.

Concrètement, dans le cadre d'une reproduction sexuée, un individu qui ne se reproduit qu'une seule fois, ne va transmettre à son descendant que la moitié de ses allèles. C'est au cours du brassage génétique aléatoire, lors de la méiose que vont être transmis certains allèles et pas d'autres. Pour qu'un individu puisse transmettre à coup sûr la totalité de ses allèles, il faudrait que le nombre de ses descendants tende vers l'infini. De plus, certains individus n'ont pas de descendance du tout.

En conséquence, dans toute population, il est statistiquement inévitable que certains allèles (chacune des variantes d'un même gène) ne soient transmis par aucun adulte à leurs descendances. Le nombre des allèles (la variabilité génétique) se réduit donc. Parmi les allèles « survivants », certains vont voir leur fréquence originelle diminuer ou au contraire augmenter.

- **Quelques exemples pour mieux comprendre la dérive génétique**

– Lorsqu'un bouquetin est capturé par un loup parce qu'il porte un allèle qui lui confère une vitesse à la course plus faible que ses congénères, l'élimination de cet allèle est de la sélection naturelle. Par contre, si ce même bouquetin est emporté par une avalanche en hiver parce qu'il était au mauvais endroit, au mauvais moment, indépendamment de son génotype, l'élimination des gènes qu'il porte est un phénomène de dérive génétique.

– L'effet de la mortalité automobile sur les variations en fréquence des différents allèles des groupes sanguins est aussi un exemple de dérive génétique car le fait d'être impliqué dans un accident automobile est indépendant du groupe sanguin (exemple emprunté à David & Samadi 2010). Si un automobiliste myope et de groupe sanguin A meurt dans un accident de la circulation car il n'a pas vu un danger à cause de sa myopie, l'élimination de l'allèle de myopie est de la sélection naturelle (c'est le phénotype associé à cet allèle qui modifie la fréquence allélique à la génération suivante) mais l'élimination de l'allèle A est de la dérive (cet allèle est éliminé car par hasard il s'est trouvé associé à un allèle de myopie).

- **Étude de simulations numériques**

Dans les simulations numériques (Fig. 12), on étudie la variation de la fréquence d'un allèle sans valeur sélective dans une population de 10 ou de 100 individus sur 50 générations ; la simulation est répétée 20 fois ; la fréquence initiale de l'allèle est fixée à 50 %.

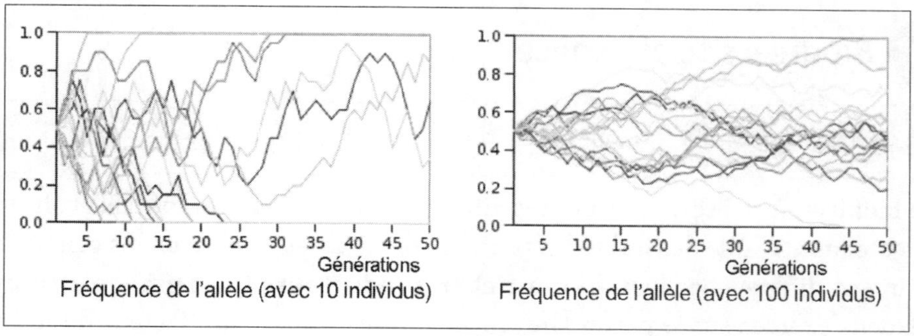


Figure 12. Dérive génétique et simulation numérique.

– 13 essais aboutissent à une disparition de l'allèle (la fréquence atteint 0).
– 4 essais mènent à une « fixation » de l'allèle qui remplace les autres allèles (la fréquence atteint la valeur maximum 1).
– Dans les 3 autres essais l'allèle est conservé.

Dans la majorité des cas (17 sur 20 cas), la dérive génétique aboutit donc à une baisse de la diversité génétique ce qui n'est pas favorable à l'adaptation des espèces à un changement du milieu.

Dans une population plus grande (100 individus), un allèle ne se fixe que dans 2 cas sur 20 seulement. On peut en conclure que, plus une population est petite, et plus les effets de la dérive génétique sont importants, et plus la diversité génétique dans la population sera menacée.
Les effets de la dérive génétique sont d'autant plus importants que la population est petite, car les écarts observés par rapport aux fréquences alléliques y seront d'autant plus perceptibles. Cette situation peut se produire au moment de l'apparition d'une espèce, ou après un goulot d'étranglement (quand une grande partie d'une espèce a disparu, suite à des phénomènes épidémiques ou à une crise climatique ou à une catastrophe par exemple). Elle peut aussi survenir dans une situation d'insularisation écologique vraie (insularisation causée par une montée du niveau de la mer) ou due à la fragmentation écologique.
La dérive génétique concerne surtout les allèles **neutres** c'est-à-dire qui ne confèrent **ni avantage ni désavantage sélectif.**
**La dérive génétique est un des mécanismes majeurs de l'évolution.**

**Sous l'effet de la pression du milieu, de la concurrence entre êtres vivants et du hasard, la diversité des populations change au cours des générations.**
**L'évolution est la transformation des populations qui résulte de ces différences de survie et du nombre de descendant.**

## IV. Biodiversité et espèce

La diversité du vivant est en partie décrite comme une diversité des espèces.

La biodiversité a été définie et présentée comme produit et étape de l'évolution. Il a été montré que des individus porteurs de diverses combinaisons génétiques peuvent différer par leurs **potentiels reproducteurs** (plus grande attirance sexuelle exercée sur le partenaire ; meilleure résistance à un facteur du milieu, aux prédateurs ; meilleur accès à la nourriture, etc.). Cette influence, associée à la **dérive génétique**, conduit à une modification de la diversité génétique des populations au cours du temps.

### IV-1. La notion d'espèce

La notion d'espèce est aussi vieille que la philosophie et la médecine, et comme elles, elle a beaucoup évolué.

### *IV-1.1. Définition typologique de l'espèce*

**Karl von Linné (1707-1778)** : c'est une définition basée sur la morphologie. L'espèce est définie par comparaison avec un individu de référence conservé en muséum et qui a servi à décrire l'espèce. C'est le type d'où le nom d'espèce typologique. Cette définition ignore le polymorphisme, elle est fixiste, elle souffre de deux limites évidentes :

- *L'existence des espèces jumelles* : ce sont des espèces qu'il n'est pas possible d'identifier par des critères morphologiques ; on ne les identifie que par l'impossibilité de les croiser entre-elles (les différentes espèces sont mutuellement interstériles).

  • **Exemple** : on peut répartir les lignées mutantes de la mouche *Drosophila melanogaster* présentant un phénotype identique, en deux lots mutuellement interstériles. L'un des lots a gardé le nom de *Drosophila melanogaster*, le deuxième a été nommé *Drosophila simulans* (« l'imitatrice »). Ces deux espèces sont dites jumelles.
- *Le dimorphisme sexuel* : chez de nombreuses espèces comme chez ces eiders à tête grise, mâles et femelles ont des morphologies différentes mais n'en appartiennent pas moins à la même espèce. Linné avait d'ailleurs mis les canards colvert mâle et femelle dans des espèces différentes (Fig. 13), respectivement nommés *Anas boschas* et *Anas platyrhynchos*.

Figure 13. Canards colvert mâle et femelle.

### *IV-1.2. Définition biologique de l'espèce*

- **John Ray (1627-1705)** : une espèce est l'ensemble de tous les variants qui sont potentiellement les rejetons des mêmes parents.
- **Buffon (1707-1788)** : une espèce est une succession constante d'individus similaires qui peuvent se reproduire ensemble.

– **Mayr (1904-2005)**, définition de 1942 : les espèces sont des groupes de populations dont les membres peuvent se croiser entre eux et qui sont reproductivement isolés d'autres groupes. **La génétique définit deux espèces comme deux populations incapables de donner entre elles des hybrides féconds**. Dans ce cas, l'échange de gènes par reproduction sexuée (le « flux génique ») entre les deux populations est rompu et le temps ne pourra que les différencier plus encore. La définition des espèces est mutuelle, car toute espèce se définit par son isolement par rapport à d'autres. Ainsi, deux espèces sont avant tout des « pools géniques » distincts.

#### *IV-1.3. Définition écologique de l'espèce (non citée dans le programme)*

**Définition de Mayr de 1982**. Une espèce est une communauté reproductive de populations, reproductivement isolée d'autres communautés, et qui occupe une niche particulière dans la nature.

**La définition de l'espèce est délicate et peut reposer sur des critères variés qui permettent d'apprécier le caractère plus ou moins distinct de deux populations (critères phénotypiques, interfécondité, etc.).**
**Le concept d'espèce s'est modifié au cours de l'histoire de la biologie. Une espèce peut être considérée comme une population d'individus suffisamment isolés génétiquement des autres populations.**

### IV-2. La notion d'isolement reproducteur

L'isolement reproducteur correspond à l'arrêt du flux génétique (= transfert d'allèles) entre deux populations par l'intermédiaire de la reproduction sexuée ; Il est à envisager à différents niveaux comme le montre le tableau suivant.

<table>
<tr><td rowspan="4">Barrières précopulatoires</td><td colspan="2">Isolement comportemental ou éthologique : les individus de deux espèces ne se reconnaissent pas</td></tr>
<tr><td rowspan="3">Isolement écologique</td><td>Par l'habitat : espèces dans des habitats distincts</td></tr>
<tr><td>Dans le temps : périodes de reproduction non-synchrones</td></tr>
<tr><td>Par le vecteur du pollen : vecteurs du pollen différents</td></tr>
</table>

| | | |
|---|---|---|
| **Barrières postcopulatoires, prézygotiques :** pas de fécondation | **Isolement comportemental :** le comportement lors de la copulation empêche la réalisation de la fécondation | |
| | **Isolement gamétique :** les gamètes ne réalisent pas la fécondation pour des problèmes de stockage, de transport (avortement des tubes polliniques ou mort des spermatozoïdes dans les voies génitales) ou de non-reconnaissance membranaire | |
| **Barrières postcopulatoires, postzygotiques :** fécondation impossible | **Extrinsèques** | **Non viabilité écologique de l'hybride** qui n'est adapté à aucune niche écologique |
| | | **Stérilité comportementale de l'hybride** incapable d'attirer un partenaire sexuel |
| | **Intrinsèques** | **Hybrides non viables** |

**L'isolement reproducteur permet donc la coexistence entre espèces en protégeant un assortiment de gènes** permettant l'exploitation d'une niche écologique donnée, vis-à-vis des gènes d'autres espèces dont l'introduction perturberait l'efficacité d'exploitation de cette niche.

(6) Étude des cichlidés du lac Victoria (d'après Sex, speciation, and fishy physics, March 2009, update added July 2011)

**La biodiversité émerge quand les flux de gènes s'interrompent entre des populations**. Ces populations passent ainsi plus ou moins vite au statut d'espèces : c'est la **spéciation**. La mise en place d'un isolement reproducteur entre des populations, c'est-à-dire la spéciation, est donc à l'origine de la biodiversité.
Cet isolement reproducteur constitue un préalable à l'émergence de nouveaux caractères ou adaptations permettant **l'utilisation d'une nouvelle niche écologique** (des espèces voisines qui cohabitent dans le même milieu exploitent des niches au moins partiellement disjointes). C'est cette séparation écologique, impossible sans isolement génétique préalable qui permet ou au moins favorise, la cohabitation des deux espèces filles dans un même environnement.

## IV-3. Les variations du nombre d'espèces

- **Les espèces connues**

Les systématiciens ont décrit jusqu'ici environ 1,7 millions d'espèces animales et végétales (bien qu'ils pensent qu'il en existe cinq à dix fois plus).

- **Durée de vie d'une espèce**

On estime que la durée de vie d'une espèce est de dix mille à un million de générations suite à quoi l'espèce disparaît soit par mort de l'ensemble de ses représentants soit en donnant naissance à une ou plusieurs espèces nouvelles du fait de l'évolution.

## IV-4. Les modèles de spéciation

### *IV-4.1. La spéciation allopatrique*

Désigne les mécanismes à l'origine de l'apparition de deux espèces à partir d'une population d'individus d'une même espèce, séparée par une **barrière géographique** (allo = différent ; patrique = territoire). Ces barrières géographiques naturelles (montagnes, mers, fleuves, déserts...) fractionnent l'aire de répartition de l'espèce, créent des isolats qui se différencient progressivement les uns des autres du fait de l'absence ou de la réduction très importante du flux génétique (= l'échange d'allèles) entre les isolats (exemple : réduction des migrations) (Fig. 14).

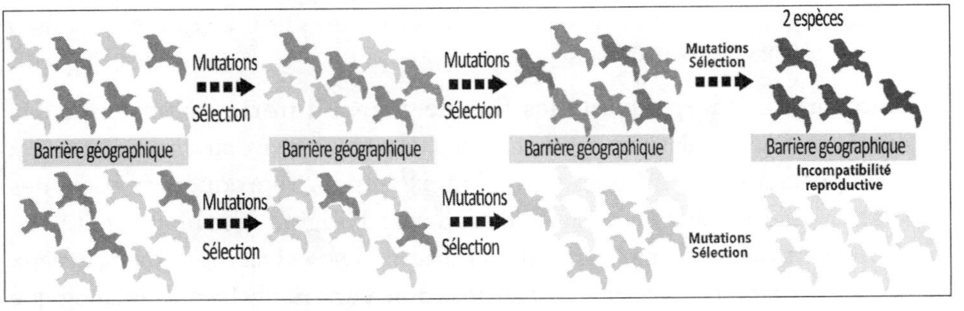


Figure 14. Barrière géographique et spéciation.

Le **modèle de spéciation classique** postule que, pour qu'une espèce diverge en deux nouvelles espèces, il faut qu'une barrière physique infranchissable scinde en deux une population de l'espèce d'origine (à gauche en gris clair et foncé). Chaque sous-population évolue alors indépendamment, par mutation et sélection, sans échanger de gènes. Sur le long terme, ce processus conduit à l'émergence de deux nouvelles espèces.

La barrière géographique peut disparaître ou être contournée (voir l'exemple du **pouillot verdâtre et des « ring species »**) ; si les populations filles ont suffisamment divergées, elles sont devenues génétiquement incompatibles. L'isolement est acquis et ne peut alors que se poursuivre : deux espèces sont nées.

• **Un premier exemple de spéciation allopatrique : la spéciation insulaire**

Les océans constituent des barrières géographiques considérables, engendrant le phénomène de spéciation insulaire. Le peuplement des îles Hawaii a été très bien étudié. De nombreux groupes d'espèces y ont essaimé, en particulier celles du groupe des **drosophiles**.

Les drosophiles des îles Hawaii ont peuplé une grande variété de milieux. Elles se sont différenciées en plusieurs groupes répartis dans l'ensemble des îles. Dans chaque groupe, les espèces ancestrales sont à l'ouest, et les espèces dérivées, plus nombreuses, à l'est. Cela s'explique par la genèse de ces îles. Les Hawaii constituent l'extrémité orientale d'un alignement de volcans qui naissent l'un après l'autre depuis plus de 40 millions d'années au niveau d'un « point chaud » medio-Pacifique (Fig. 15).

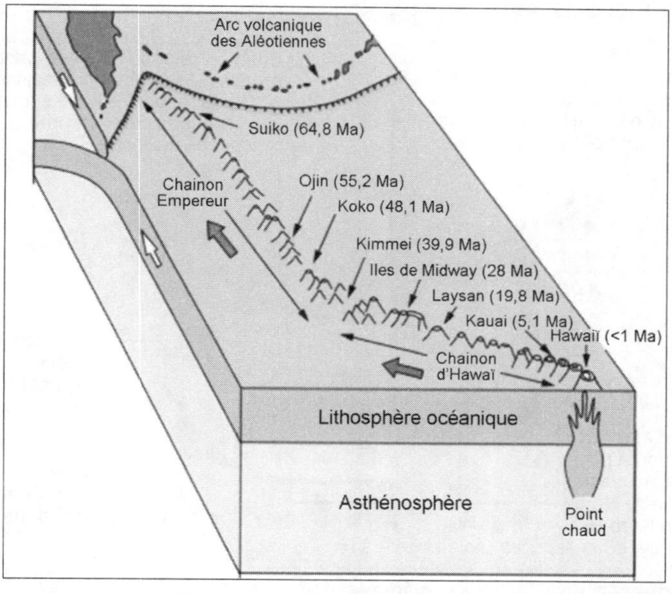


Figure 15. Fonctionnement d'un volcan de point chaud et chapelet d'îles volcanique.

La dérive des plaques les déporte vers l'ouest, où ils disparaissent progressivement sous les eaux. Ce tapis roulant d'îles a depuis longtemps engendré des espèces nouvelles. Au hasard d'un transport par le vent, des migrants vont atteindre l'île la plus orientale, plus jeune et donc encore vierge de peuplement, et y engendrer une espèce nouvelle par spéciation « allopatrique ». À l'occasion de ces fondations, les lignées engendrent de plus en plus d'espèces. Sur 103 espèces de drosophiles étudiées sur ce schéma, presque toutes sont endémiques d'une île.

• **Un second exemple de spéciation allopatrique : la spéciation par distance**

Pour illustrer la notion de spéciation par distance, prenons l'exemple de la spéciation par chevauchements circulaires, ou *ring species*, réalisé en Asie par un oiseau, le Pouillot verdâtre (*Phylloscopus trochiloïdes*), et ses nombreuses sous-espèces (Fig. 16).

Le pouillot verdâtre (*Phylloscopus trochiloides*) présente une aire de répartition entourant le plateau tibétain. En Sibérie centrale deux formes existent (*Ph. trochiloides viridanus* et *Ph. trochiloides plumbeitarsus*) et sont, sur une partie de leur aire de répartition, sympatriques (voir ci-dessous), mais ne s'accouplent pas entre elles. Elles doivent alors être considérées comme deux espèces à part entière. Cependant, ces deux formes sont reliées entre elles par une succession de populations (voir ci-dessous) pouvant se croiser entre elles et présentant une variation graduelle de leurs caractères.

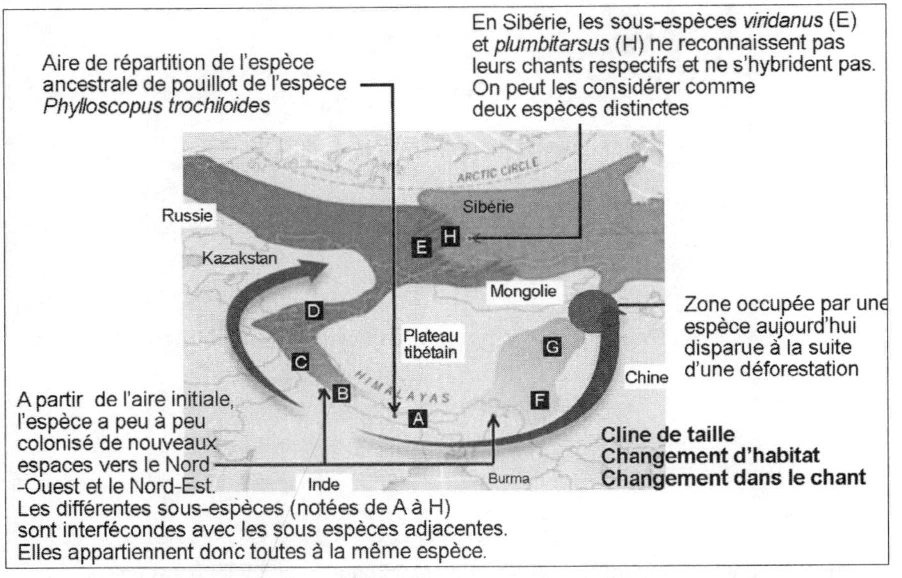


Figure 16. Carte montrant l'air de répartition des différentes sous-espèces de pouillot verdâtre.

Au cours du temps, la sous-espèce *Ph. trochiloides trochiloides* s'est étendue vers le nord en contournant d'Ouest en Est le plateau tibétain. Se faisant, les populations développèrent des différences (morphologiques, comportementales et génétiques) au fur et à mesure qu'elles s'étendaient vers le nord. Ainsi les traits morphologiques des différentes sous-espèces changent graduellement autour du plateau tibétain.

### *IV-4.2. De nouveaux modèles de spéciation*

- **La spéciation par renforcement**

Lorsque de nouveaux changements remettent ces populations en contact, elles peuvent se ré-homogénéiser par flux génique.

Dans la spéciation par renforcement, deux sous-populations issues de l'espèce d'origine (1) commencent par diverger séparément (2) en raison de la mise en place d'une barrière géographique ; la disparition ou le contournement de la barrière géographique rétablissent le flux génétique entre les deux populations (3) : des hybrides apparaissent au niveau de la zone de contact (4). S'ils sont moins performants que leurs parents, les hybrides sont éliminés par la sélection naturelle et la spéciation s'achève (non représenté) (Fig. 17).

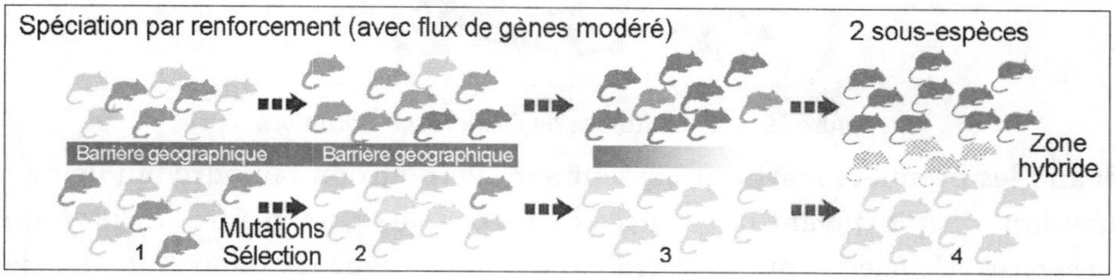


Figure 17. Spéciation par renforcement.

- **La spéciation sympatrique**

La spéciation sympatrique (Fig. 18) désigne les mécanismes à l'origine de l'apparition de deux espèces à partir d'une population d'individus d'une même espèce, sur un même territoire (sym = même, patrique = territoire).

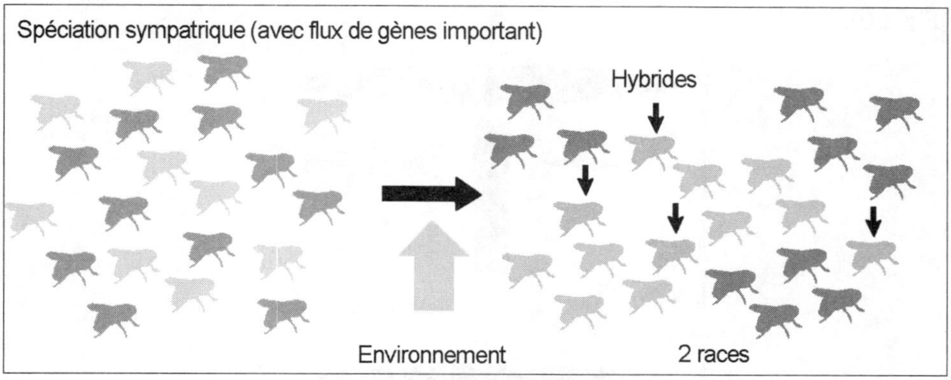


Figure 18. Spéciation sympatrique.

Des populations sont dites « sympatriques » si elles vivent au même endroit.

Dans la spéciation sympatrique, la divergence est déclenchée par **une adaptation** des sous-populations à des **niches écologiques différentes ;** en dépit de contacts constants entre les sous-populations, **la sélection naturelle** est alors à l'origine de l'isolement reproducteur et donc de l'apparition de nouvelles espèces.

Dans la spéciation sympatrique, la production d'hybrides est initialement importante.

(7) Les espèces chromosomiques chez la souris (*Mus musculus*)

### *IV-4.3. Disparition d'espèces*

Inversement des espèces peuvent disparaitre.

*Si tous les individus disparaissent* : exemple de la disparition de *Cylindraspis borbonica* (Fig. 19).

Figure 19. Reconstituions de *Cylindraspis borbonica*.

Quand les premiers marins accostent sur l'île Bourbon (aujourd'hui île de la Réunion), ils y trouvent une espèce de tortue terrestre géante (*Cylindraspis borbonica*). Utilisée comme « rafraichissement » pour les navires, le dernier exemplaire est observé vers 1840.

*Si les individus cessent d'être isolés géographiquement* avant que l'isolement reproducteur ne soit complet. Dans ce cas, on dit que l'espèce est « structurée ». Lorsque de nouveaux changements remettent des populations qui avaient commencé à diverger en contact avant que la spéciation ne se soit achevée, les deux espèces en voie de formation peuvent se ré-homogénéiser par flux génique (Fig. 20).

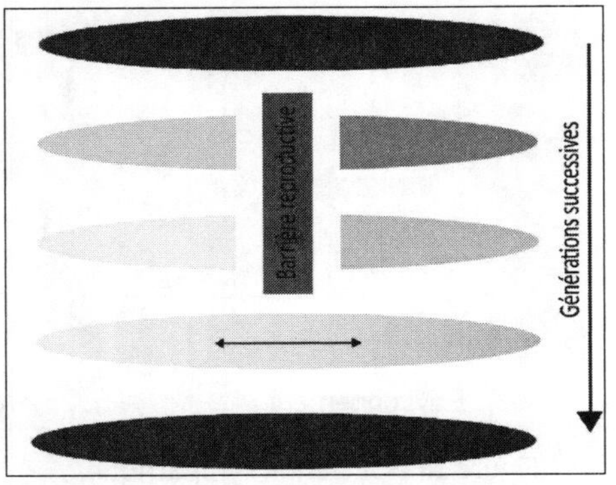


Figure 20. Structuration d'une espèce.

*Elles peuvent alors donner naissance à de nouvelles espèces* : exemple des poissons Corégones se surface et de fond des lacs suisses.

Dans les lacs suisses, on distingue des corégones des profondeurs qui se nourrissent d'invertébrés benthiques et des corégones de surface qui se nourrissent de zooplancton (Fig. 21).

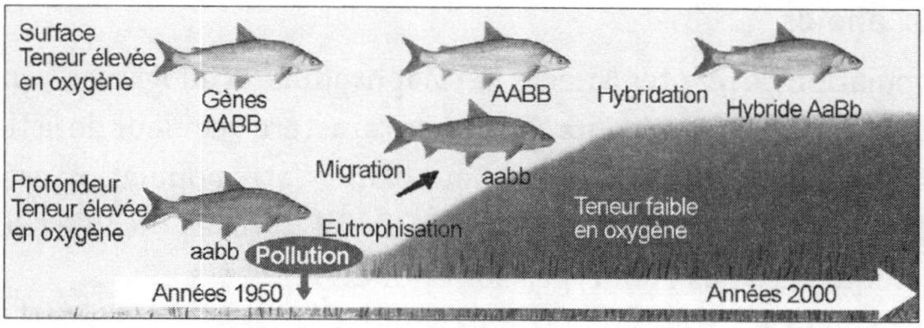


Figure 21. Eutrophisation et disparition d'espèces par hybridation.

La pollution des lacs a provoqué un phénomène d'eutrophisation se traduisant par une diminution de la teneur en dioxygène du fond des lacs. Les espèces vivant en profondeur ont été contraintes de migrer vers la surface où elles se sont croisées avec les espèces locales. On observe aujourd'hui des espèces hybrides, adaptées à ce milieu perturbé et en parallèle une réduction de biodiversité.

On dit qu'**une espèce disparait** si l'ensemble des individus concernés disparaît ou cesse d'être isolé génétiquement. Une espèce supplémentaire est définie si un nouvel ensemble s'individualise.

**À cause de l'instabilité de l'environnement biotique et abiotique, une différenciation génétique se produit obligatoirement au cours du temps.**
**Cette différenciation peut conduire à limiter les échanges réguliers de gènes entre différentes populations. Toutes les espèces apparaissent donc comme des ensembles hétérogènes de populations, évoluant continuellement dans le temps**

# Je me perfectionne

## (1) L'équilibre de Hardy-Weinberg dans le cas d'un caractère à deux allèles

Soit une population de plantes à fleurs hermaphrodites et allogames (= nécessitant une fécondation croisée), présentant, pour le caractère « couleur de la fleur », deux allèles codominants : R pour rouge et B pour blanc. Cette population est composée de 1 000 fleurs : 490 rouges de génotype « RR », 420 roses « RB » et 90 blanches « BB ». Les fréquences des génotypes sont donc :

- Fréquence de « RR » = 490/1 000 = 49 % = 0,49
- Fréquence de « RB » = 420/1 000 = 42 % = 0,42
- Fréquence de « BB » = 90/1 000 = 9 % = 0,09

Comme chaque génotype contient deux allèles pour le caractère « couleur de la fleur », l'effectif des allèles disponibles vaut le double de celui des génotypes :

- fréquence de « R » = (490 + 490 + 420)/2 000 = 70% = 0,70 (car 490 individus peuvent fournir deux allèles R et 420 individus un seul allèle R parmi les 2 000 allèles disponibles)
- fréquence de « B » = (90 + 90 + 420)/2 000 = 30% = 0,30.

Supposons que cette population de roses soit isolée, d'effectif illimité, non soumise à la sélection, et dans laquelle il n'y a pas de mutations.

Si les accouplements sont panmictiques, d'après les lois de la génétique mendélienne les fréquences génotypiques se déduisent directement des fréquences alléliques. Les génotypes apparaîtront alors à la génération suivante avec une probabilité qui est fonction uniquement des fréquences alléliques :

| | R | B |
|---|---|---|
| R | RR [Rouge] | RB [Rose] |
| B | RB [Rose] | BB [Blanc] |

« RR » apparaîtra avec une probabilité de $0,7 \times 0,7 = 0,49$

« RB » ou « BR » apparaîtront avec une probabilité de $(0,7 \times 0,3) + (0,3 \times 0,7) = 0,42$

« BB » apparaîtra avec une probabilité de $0,3 \times 0,3 = 0,09$.

Les fréquences des génotypes sont donc bien les mêmes qu'à la génération précédente.

## (2) Établir les relations entre les proportions génotypiques de la génération *n* et de la génération *n* + 1 en suivant les hypothèses de Hardy-Weinberg

Soient A et a, deux allèles de fréquence respectivement p et q.

Avec :

- $p^2$ : la fréquence d'un génotype homozygote AA pour deux allèles « A »

– $q^2$ : la fréquence d'un génotype homozygote aa pour deux allèles « a »
– 2pq : la fréquence d'un génotype hétérozygote Aa pour un allèle « A » et un allèle « a »

Dans une population isolée d'effectif illimité, non soumise à la sélection, et dans laquelle il n'y a pas de mutations et où les accouplements sont panmictiques, on a la loi de distribution génotypique suivante :

$$p^2 + q^2 + 2\,pq = 1$$

On se propose d'étudier conjointement l'évolution des proportions des trois génotypes et des deux allèles d'une génération à la suivante. On note $p_n$ la proportion de génotypes AA de la génération $n$, $q_n$ la proportion de génotypes Aa et $r_n$ celle des génotypes aa. Pour tout entier naturel $n$, les trois nombres $p_n$, $q_n$, $r_n$ sont donc compris entre 0 et 1 et vérifient $p_n + q_n + r_n = 1$.

Il est mathématiquement plus simple de considérer dans un premier temps, non pas l'ensemble des génotypes, mais l'ensemble des allèles (le pool allélique) et la proportion de chacune des allèles A et a dans cet ensemble de référence à chaque génération.

On note *An* (respectivement *an*) la proportion d'allèles A (respectivement d'allèles a) de la génération *n*. Pour tout naturel, les deux nombres *An* et *an* sont donc compris entre 0 et 1 et vérifient $an + An = 1$. La transmission des allèles de la génération $n$ à la génération $n + 1$ peut être représentée par un tableau.

| **Allèle du père** \ **Allèle de la mère** | A | a |
|---|---|---|
| A | AA | Aa |
| a | Aa | aa |

Le génotype AA à la génération $n$ +1 ne pouvant provenir que de deux allèles A et A de la génération $n$, il vient :

$$p_{n+1} = A_n \times A_n = A_n^{\ 2}$$

Le principe multiplicatif se fonde à la fois sur l'assimilation des fréquences à des probabilités et sur l'indépendance des croisements : la probabilité du génotype AA à la génération $n + 1$ est donc le produit des probabilités de chaque allèle A à la génération $n$. Pour la même raison, $r_{n+1} = a_n^{\ 2}$

$$q_{n+1} = 2A_n a_n$$

D'où les relations de récurrence, valables pour tout entier naturel $n$ :

$$p_{n+1} = A_n^{\ 2}$$
$$q_{n+1} = 2A_n a_n$$
$$r_{n+1} = a_n^{\ 2}$$

Chaque génotype AA correspond à deux allèles A, chaque génotype Aa correspond à un allèle A et un allèle a et chaque génotype aa correspond à deux allèles a. Si on note $N$ le nombre total de génotypes à la génération $n$, alors le nombre total d'allèles à la génération $n$ est $2N$, chaque génotype correspondant à deux allèles. Le nombre total d'allèles A à la génération $n$ est égal à $2 \times p_n \times N + q_n \times N$. D'où la proportion $An$ d'allèles A parmi la totalité des $2N$ allèles :

$$A_n = (2 \times p_n \times N + q_n \times N)/2N = p_n + 1/2\, q_n$$

En raisonnant de même pour $a_n$ ou en remarquant que

$$a_n = 1 - A_n = p_n + q_n + r_n - (p_n + 1/2\, q_n)$$

On a finalement :

$$A_n = p_n + 1/2\, q_n a_n = r_n + 1/2\, q_n$$

D'où les relations entre les proportions génotypiques de la génération $n$ et de la génération $n + 1$ :

$$p_{n+1} = (p_n + 1/2\, q_n)^2$$
$$q_{n+1} = 2\,(p_n + 1/2\, q_n)\,(r_n + 1/2\, q_n)$$
$$r_{n+1} = (r_n + 1/2\, q_n)^2$$

### (3) La sélection naturelle n'est pas réductible à la survie du plus apte

Celui qui survit mieux que les autres mais ne se reproduit pas ne transmet aucun gène. Il n'y a donc aucune sélection dans ce cas. La meilleure survie ne vaut en termes de sélection que si elle permet une meilleure reproduction.
La survie peut au contraire être contre sélectionnée. C'est le cas des espèces à stratégie démographique de type *r* comme les mésanges. Chez ces espèces la survie annuelle, c'est-à-dire la probabilité d'un individu de 1 an d'être encore vivant l'année suivante, est de 0,3. Ce caractère (faible survie) a été sélectionné au cours de l'histoire évolutive de ces espèces. Mais il s'accompagne d'une fécondité élevée avec des grandeurs de ponte qui varient entre 8 et 14 œufs.

### (4) La sélection naturelle n'œuvre pas pour la survie de l'espèce mais pour la transmission des gènes

Les lions vivent en groupes constitués en général de deux mâles et de trois à douze femelles avec leurs lionceaux. Les jeunes mâles sont expulsés de la communauté dès qu'ils atteignent la maturité sexuelle. Ils mènent alors une vie vagabonde, cherchant à expulser les mâles dominants d'un groupe afin de s'approprier leurs femelles. Lorsqu'ils y parviennent, leur première action consiste à tuer tous les lionceaux du groupe. Cet infanticide va éliminer des jeunes génétiquement différents des nouveaux mâles dominants. Et comme les femelles vont s'accoupler plus rapidement avec les nouveaux venus cette élimination va **favoriser la transmission des gènes** de ces mâles. Un tel comportement diminue la transmission des gènes femelles. Les mâles apparaissent comme des parasites, utilisant les femelles comme vecteurs favorisant leur contribution génétique à la génération suivante (extrait de Allano & Clamens, 2010).

Un lion mâle qui tue les lionceaux du groupe de femelles dont il vient de prendre possession en expulsant un mâle devenu trop âgé n'agit pas pour la survie de l'espèce mais pour celles de ses gènes. En effet, ces lionceaux ne sont pas les siens mais leur mort se traduit par une ovulation anticipée des lionnes avec lesquelles il pourra donc s'accoupler. Il augmente donc la probabilité de transmission de ses gènes par ce comportement. L'action de la sélection n'a donc pas obligatoirement pour conséquence la survie de l'espèce. À partir du moment où un caractère augmente la probabilité de transmission d'un gène il sera sélectionné. Il se trouve que sur le long terme, les seuls gènes qui persistent sont ceux qui permettent aussi aux espèces de se maintenir mais sur le court terme ce n'est pas nécessairement le cas.

### (5) La sélection naturelle ne conduit pas nécessairement à une adaptation

On a montré chez la drosophile, mais aussi chez d'autres insectes, des mammifères ou des plantes, que certains individus ne produisaient que des femelles. Le point commun entre ces différentes espèces est l'existence d'un déterminisme chromosomique du sexe et l'origine de cette distorsion est à rechercher lors de la gamétogenèse. En effet, lors de ce processus, les spermatozoïdes qui ne portent pas de chromosomes X (c'est-à-dire ceux qui ont hérité du Y) sont éliminés. Le sex-ratio est donc faussé au profit des femelles. Un gène conférant ainsi la capacité d'empêcher la transmission des spermatozoïdes porteurs du Y voit augmenter sa probabilité d'être transmis. Il est donc sélectionné. Mais un tel caractère ne peut subsister longtemps car il entraîne la disparition des reproducteurs de l'autre sexe sauf si les spermatozoïdes porteurs du Y développent des résistances. C'est ce que l'on constate et les déséquilibres n'apparaissent d'ailleurs que lors de croisements extra populationnels. On connaît des cas où c'est le Y qui élimine les X mais c'est plus rare. **Cet exemple montre qu'un gène est sélectionné en fonction de sa transmission à la génération suivante**. Non seulement la sélection n'agit pas pour la survie de l'espèce mais elle ne concourt pas nécessairement à une adaptation. Les stérilités mâles déterminées par un gène mitochondrial observables chez les plantes en sont une autre illustration. Ces gènes de stérilité suppriment une voie qui ne les transmet pas (la voie mâle) et amplifient une voie qui les transmet (la voie femelle car ces mâles stériles produisent plus d'ovules que les hermaphrodites) : ils sont donc sélectionnés (voir Gouyon et al. 1997).

### (6) Étude des cichlidés du lac Victoria (d'après Sex, speciation, and fishy physics, March 2009, update added July 2011)

Le lac Victoria abrite de nombreuses espèces de cichlidés en particulier deux espèces *Pundamilia pundamilia* et *Pundamilia nyererei* (Fig. 22), qui diffèrent, entre autres, par la couleur de la livrée nuptiale du mâle et la sensibilité différente de leur vision aux couleurs.

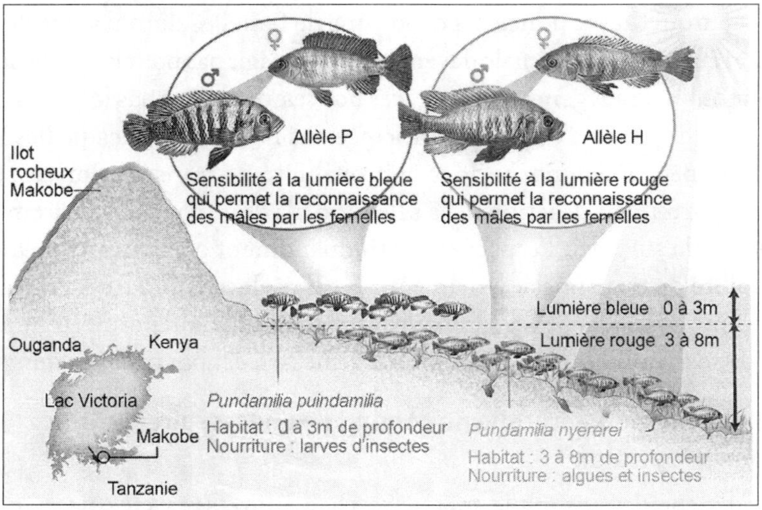


Figure 22. Les deux espèces de cichlidés *Pundamilia pundamilia* et *Pundamilia nyererei*, près de l'ilôt de Makobe (lac Victoria).

L'eau absorbe différemment les radiations lumineuses en fonction de leur longueur d'onde ; ainsi le rouge est rapidement absorbé ; pour cette raison, les profondeurs de l'océan paraissent bleues. Mais tout change lorsque l'eau est riche en particules, comme c'est le cas de l'eau boueuse d'une rivière ou d'un lac. En effet, les particules de sédiments, à l'opposé des molécules d'eau, absorbent préférentiellement les radiations électromagnétiques de couleur bleue. Aussi, quand le soleil brille au-dessus d'une eau turbide (boueuse), la lumière bleue est présente près de la surface, mais juste quelques mètres plus bas, la plus grande partie des radiations bleues aura été absorbée laissant la place aux radiations rouges.

Prenons l'exemple d'un lac avec une eau légèrement trouble. Près de la surface, la lumière bleue domine l'environnement visuel, mais en profondeur, c'est la lumière rouge. Une population de poissons vit le long du rivage dont la pente s'enfonce des eaux superficielles aux eaux profondes. Certains poissons passent la majorité de leur temps près de la surface dans la lumière bleue et d'autre plus profondément dans la lumière rouge.

Comme dans toute population, il existe des variations génétiques, chaque individu possédant certains des allèles des gènes caractérisant l'espèce. Certaines de ces variations modifient la capacité des poissons à distinguer les couleurs (mutations de gènes codant les opsines, les pigments des cônes visuels intervenant dans la vision des couleurs). Ainsi, certains individus perçoivent mieux, pour certains, la lumière bleue, pour d'autre la lumière rouge.

En raison de la pénétration différente des couleurs dans le lac (Fig. 23), les poissons ayant des allèles rendant leur vision plus sensible au bleu ont un avantage dans les eaux superficielles plus riches en couleur bleue, car ils peuvent trouver plus facilement leur nourriture, et repèrent mieux leurs prédateurs. Les poissons percevant mieux dans le rouge sont eux avantagés dans les eaux plus profondes où domine la couleur rouge.

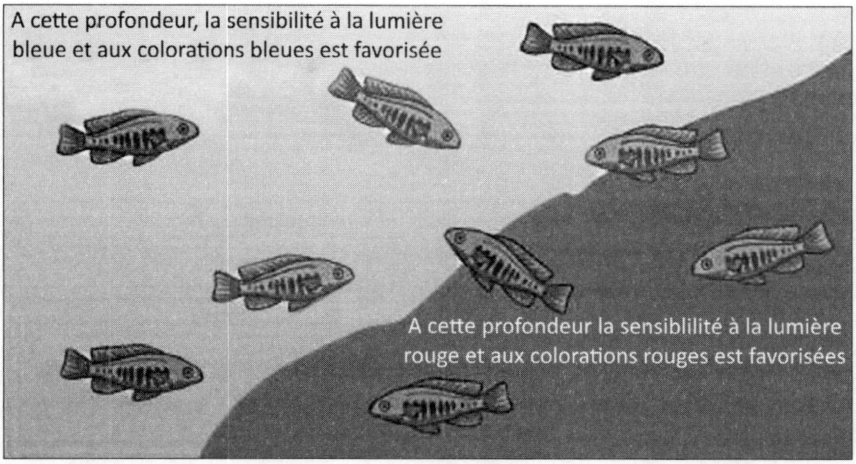


Figure 23. Une inversion dans la pénétration en profondeur des couleurs dans le lac.

Au fil des générations, du fait de la sélection naturelle, si les poissons ne modifient pas trop leur territoire, la sensibilité au bleu deviendra le caractère commun des poissons vivants près de la surface et la sensibilité au rouge deviendra celui des poissons vivant plus bas sur la pente du rivage.

À elle seule, la **sélection naturelle** jouant sur la sensibilité à la lumière peut causer une séparation en deux de la population initiale, mais si l'on prend en compte la **sélection sexuelle**, la divergence est amplifiée.

Comment ? Les mâles présentent des variations dans la coloration de leur livrée nuptiale : certains possèdent des allèles codant pour une livrée bleue et d'autres des allèles codant pour une livrée rouge. Ceci est important, car les femelles sont difficiles dans le choix du mâle : elles tendent à préférer les mâles brillamment colorés pour féconder leurs œufs.

Dans ces conditions, un mâle de couleur bleu vivant en eau profonde aura du mal à trouver une femelle pour deux raisons :

- il y a peu de lumière bleue dans l'environnement, donc il paraît plus terne que les mâles rouges et,
- les femelles vivant en eaux profondes tendent à être moins sensibles à la lumière bleue qu'elles ne le sont à la lumière rouge. À l'inverse, les mâles rouges vivant en eau profonde seront doublement favorisés : leur coloration tire le meilleur parti de la lumière environnante et les femelles vivant à cette profondeur portent des allèles qui les rendent extrasensitives à la lumière rouge.

Bien sûr l'opposé est vrai près de la surface.

Ainsi, dans ce cas précis, une différence du milieu (la richesse en longueur d'onde rouge ou bleue) est à l'origine de la mise en place d'un isolement reproducteur **d'origine comportementale (ou éthologique)**.

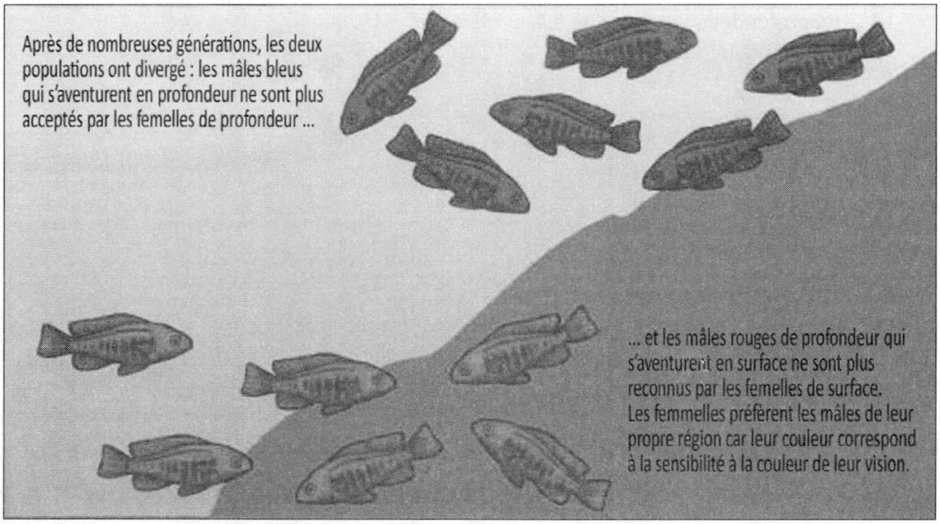


Figure 24. Isolement reproducteur d'origine comportementale (ou éthologique).

Après de nombreuses générations de sélection sexuelle agissant selon ce scénario, deux populations vont diverger à partir de la population initiale. Bien qu'ils vivent à proximité les uns des autres, les poissons vont tendre à préférer comme partenaire sexuel des poissons qui partagent leur coloration, leur sensibilité à la lumière et leur habitat. Ces deux sous-populations peuvent même complètement cesser d'échanger des allèles au travers la reproduction sexuée et être considérées comme deux espèces séparées (Fig. 24).

La déforestation, l'agriculture extensive et la pollution ont provoqué une augmentation de la turbidité des eaux. Ceci rend plus difficile, pour les espèces dont le choix du partenaire sexuel repose sur la couleur, comme les cichlidés à s'hybrider, avec pour conséquence une diminution du nombre d'espèces.

Ainsi, dans ce cas précis, le choix du partenaire basé sur la couleur des mâles et une différence du milieu (la richesse en longueur d'onde rouge ou bleue) est à l'origine de la mise en place d'une barrière reproductive qui empêche le croisement entre poissons de surface et de profondeur : on parle d'isolement reproducteur **d'origine comportementale (ou éthologique)**.

## (7) Les espèces chromosomiques chez la souris *(Mus musculus)*

Il s'agit d'un Isolement reproducteur sans divergence aboutissant à la naissance d'espèces jumelles.

Dans la plaine du Pô (Italie), dans un rayon de 30 à 100 km autour de la ville de Milan, existent des populations chromosomiques de la souris domestique caractérisées par une réduction du nombre des chromosomes par fusion robertsonienne (Fig. 25).

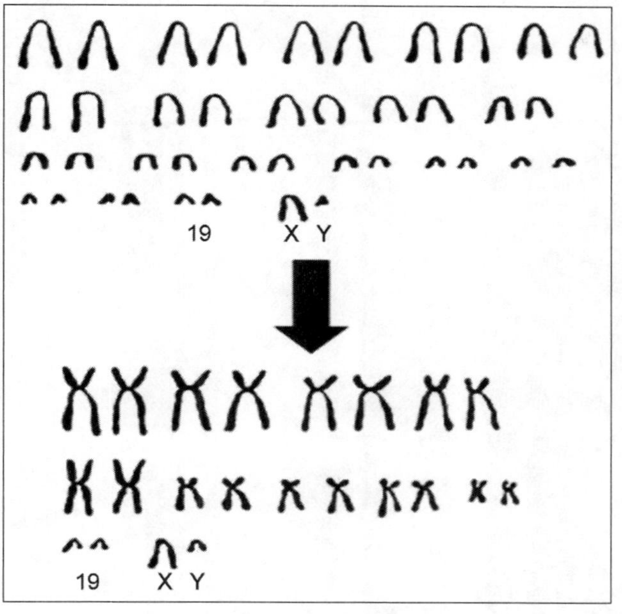


Figure 25. Fusions robertsoniennes chez la souris.

Le passage d'un nombre chromosomique de 2n = 40 à 2n = 22 est le résultat de 9 fusions de chromosomes acrocentriques donnant des chromosomes métacentriques (d'après Auffray 1988).

Huit populations de souris ont été déterminées, dont le nombre de chromosomes varie entre 38 et 22.

L'aire de répartition de chaque population est représentée en hachures sombres avec le nombre de chromosomes correspondant. Les hachures claires représentent les zones d'hybridation connues et les flèches noires les potentialités de flux génique. Les populations distinguées sur la carte et comportant le même nombre de chromosomes diffèrent entre elles par la nature des chromosomes fusionnés (Fig. 26).

On peut remarquer que ces populations à nombre réduit de chromosomes s'excluent géographiquement les unes les autres et ne cohabitent pas avec les populations « standards » à 40 chromosomes (même si elles donnent des hybrides fertiles en laboratoire).

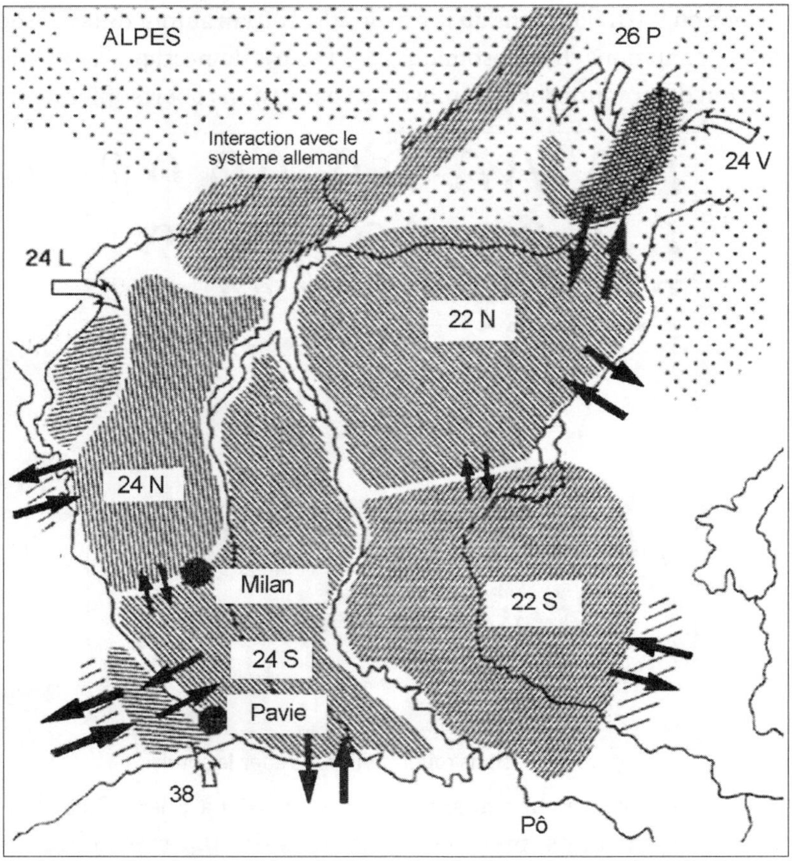


Figure 26. Répartition des populations chromosomiques de la souris domestique *Mus musculus domesticus* en Italie du nord.

Les différentes populations à chromosomes fusionnés (populations robertsoniennes) peuvent s'hybrider entre elles mais les hybrides obtenus sont en général stériles par suite de difficultés d'appariement des chromosomes homologues lors de la métaphase de la division réductionnelle de la méiose.

**Conclusion : dans le cas des espèces chromosomiques, c'est la fusion robertsonienne des chromosomes qui est à l'origine de l'isolement génétique et donc de la naissance de nouvelles espèces : les remaniements chromosomiques peuvent être un mécanisme efficace d'isolement reproducteur permettant une radiation évolutive sans être pour autant associé à un processus adaptatif.**

# Je m'exerce et je fais la différence

## Entraînement

**Exercice 1 : cas d'un caractère gouverné par trois allèles dominants et récessifs**

Calculer la fréquence des allèles A, B et O des groupes sanguins en faisant l'hypothèse que ces fréquences sont conformes au modèle de l'équilibre de Hardy-Weinberg.

À partir des fiches médicales remise en début d'année, l'infirmière d'un lycée a pu connaître le groupe sanguin (A, B ou O) de chacun des 653 élèves.

---

Document : **répartition des groupes sanguins dans la population d'élèves**

| Groupe sanguin | [A] | [B] | [AB] | [O] |
|---|---|---|---|---|
| Nombre d'élèves | 239 | 102 | 37 | 275 |

* On rappelle que les allèles A et B sont dominants sur l'allèle O.

**Question 1 :** Calculer la fréquence de chaque groupe sanguin.

**Question 2 :** En faisant l'hypothèse que ces fréquences sont conformes au modèle de l'équilibre de Hardy-Weinberg, établir la relation $A^2 + 2AO + B^2 + 2BO + 2AB + O^2 = 1$ puis calculer les fréquences alléliques.

A = fréquence de l'allèle A ; B = fréquence de l'allèle B et O = fréquence de l'allèle O.

---

**Exercice 2 : l'ours polaire, *Ursus maritimus*, et le grizzly, *Ursus arctos*, deux espèces à part ?**

*Sujet du Bac, Métropole, session septembre 2016, partie 2.2 (5 points)*

L'ours polaire, *Ursus maritimus*, et le grizzly, *Ursus arctos*, sont classiquement vus comme deux espèces à part entière. Cependant des faits récents posent question.

**À partir des informations des documents et de vos connaissances, argumenter l'une et l'autre des hypothèses suivantes :**

- **le grizzly et l'ours polaire sont deux espèces différentes récemment séparées ;**
- **le grizzly et l'ours polaire constituent deux populations d'une même espèce.**

Document 1: **tableau comparatif *Ursus arctos* (grizzly) et *Ursus maritimus* (ours polaire)**

| Ours / Caractéristiques | | *Ursus arctos* d'Amérique du Nord (grizzly) | *Ursus maritimus* (ours polaire) |
|---|---|---|---|
| Pelage | | Brun | Blanc |
| Dimension | Tête et corps | 1,7 à 2,8 m | 1,8 à 3 m |
| | Hauteur au garrot | 0,9 à 1,5 m | 1 à 1,6 m |
| Membres | | Griffes non rétractiles longues. Doigts non palmés | Griffes non rétractiles courtes. Doigts partiellement palmés |
| Régime alimentaire | | Omnivore | Carnivore |
| Milieu de vie | | Forêt, zone côtière, montagne | Banquise |
| Période d'accouplement | | Mai à juillet | Avril à juin |
| Hibernation | | De décembre à mi-mars | Seules les femelles gestantes hibernent |

*D'après ac-nantes.fr*

Document 2: **Des cas d'hybridation naturelle**

Lors de recherches menées au Canada et au nord de l'Alaska, des ours présentant des caractéristiques mixtes des ours polaires et des grizzlys, ont été observés. L'investigation génétique sur quatre de ces individus a montré :

- un patrimoine génétique constitué à 50 % du génome de grizzly et à 50 % du génome d'ours polaire pour trois cas ;
- un patrimoine génétique constitué à 75 % du génome d'ours polaire et 25 % du génome de grizzly pour un cas (Fig. 27).

Document 3: **allèles partagés par les grizzlys, ours polaires, ours noirs pour les gènes dits SNP (A) et la famille de gènes SAP (B) [en nombre d'allèles]**

L'ours noir d'Amérique du Nord, sert ici d'extra groupe.

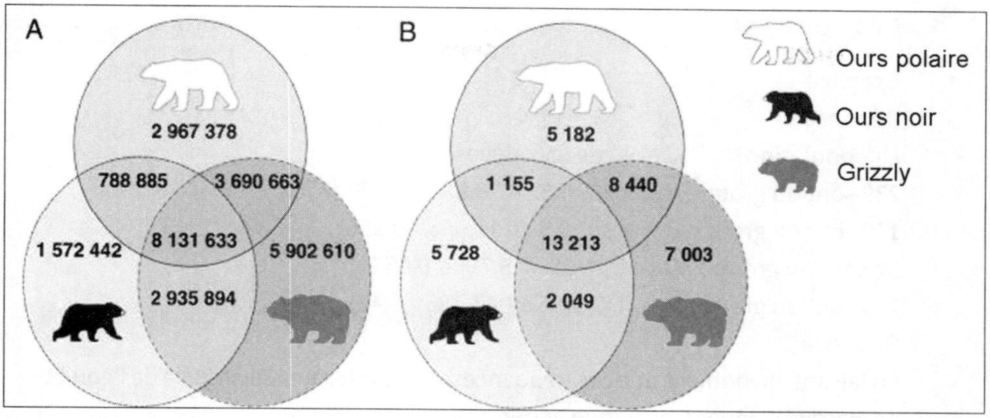


Figure 27. Allèles partagés par les grizzlys, ours polaires, ours noirs pour les gènes dits SNP (A) et la famille de gènes SAP (B) [en nombre d'allèles].

*D'après Webb Miller et al., PNAS 2012*

---

Document 4 : **répartition des populations des ours polaires et des grizzlys en Amérique du Nord**

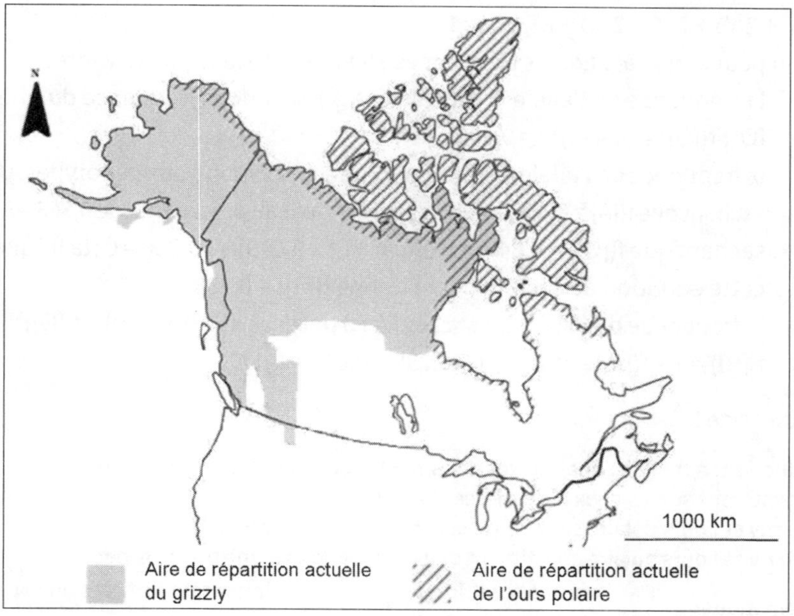


Figure 28. Répartition des populations des ours polaires et des grizzlys en Amérique du Nord.

*D'après boundless.com*

## Correction

### Exercice 1

**Réponse 1**

La population du lycée est de 653 élèves.

239 sont du groupe A soit 239/653 = 36,6 % = 0,366 ;

102 sont du groupe B soit 102/653 = 15,6 % = 0,156 ;

37 sont du groupe AB soit 37/653 = 5,7 % = 0,057 ;

275 sont du groupe O soit 275/653 = 42,1 % = 0,421.

**Réponse 2**

En faisant l'hypothèse que ces fréquences sont conformes au modèle de l'équilibre de Hardy-Weinberg, à chaque génération :

| Fréquence allèles | A | B | O |
|---|---|---|---|
| **A** | AA [A] | AB [AB] | AO [A] |
| **B** | AB [AB] | BB [B] | BO [B] |
| **O** | AO [A] | BO [B] | OO [O] |

En assimilant la probabilité d'apparition d'un génotype à sa fréquence, il vient :

$A^2 + 2AB + 2A0 + 2BO + B^2 + O^2 = 1$

On peut alors calculer les fréquences alléliques de la façon suivante :

– la fréquence de l'allèle O est calculée à partir de la fréquence du phénotype [O] : f([O]) = $(0,421)^{1/2}$ = 0,649

– la fréquence de l'allèle A : le phénotype A correspond aux génotypes AA et AO ; sachant que f([A] = 0,366 il vient d'après le tableau précédent que 0,366 = $A_2$ + 2 AO ; sachant que f([O]) = 0,649, il vient $A^2 + (2 \times 0,649)A - 0,366 = 0$ ; la fréquence de cette équation du second degré donne f([A]) = 0,238

– la fréquence de l'allèle B est calculée à partir de f([A]) + f([B]) + f([O]) = 1, donc f([B]) = 1 – f([A]) – f([O]) = 1 – 0,238 – 0,649 = 0,111.

### Exercice 2

<table>
<tr><td colspan="3">Introduction : à travers l'analyse des documents et de nos connaissances, nous argumenterons sur les deux hypothèses suivantes :<br>- le grizzly et l'ours polaire sont deux espèces différentes récemment séparées<br>- le grizzly et l'ours polaire constituent deux populations d'une même espèce.</td></tr>
<tr><td>Problématique</td><td>Informations tirées des documents</td><td>Informations tirées du cours</td></tr>
</table>

| | | |
|---|---|---|
| **Le grizzly et l'ours polaire sont deux espèces différentes récemment séparées.** | **Doc. 1 :** les ours brun et les ours polaires présentent de nombreux caractères différents sur les plans :<br>– morphologiques, (différences de couleur de pelage, de leurs membres)<br>– physiologiques, (périodes d'accouplement (même si une partie est commune))<br>– comportementaux (régime alimentaire)<br>– écologiques (milieu de vie, niches écologiques)<br>**Doc. 4 :** les aires de répartitions de l'ours blanc et de l'ours brun sont majoritairement distinctes, ne se recoupant que sur frange étroite. | **Doc. 1** : ces différences suggèrent que les ours brun et les ours polaires font partie de 2 espèces différentes : parce qu'ils occupent des niches écologiques différentes et parce qu'ils présentent des différences morphologiques, physiologiques et comportementales marquées.<br>Ces arguments sont donc en faveur du maintien de la distinction entre les deux espèces<br>**Doc. 4 :** occupant des territoires différents, les ours blancs et bruns ont peu de chance de se rencontrer et donc de s'hybrider ; ce facteur favorise la poursuite de la divergence entre les deux espèces. |
| **Le grizzly et l'ours polaire constituent deux populations d'une même espèce.** | **Doc. 2 :** on a trouvé des ours dont le patrimoine génétique est constitué à 50 % du génome de grizzly et à 50 % du génome d'ours polaire.<br>On a trouvé un patrimoine génétique constitué à 75 % du génome d'ours polaire et 25 % du génome de grizzly.<br><br>**Doc. 3 :** le nombre d'allèles SNP et SAP partagés entre les trois espèces montre un nombre significatif d'allèles fixés (caractéristiques d'une espèce) aussi bien qu'un nombre encore plus grand d'allèles partagés entre l'ours polaire et l'ours brun, entre l'ours brun et l'ours noir, et entre l'ours polaire et l'ours noir | **Doc. 2 :** d'après nos connaissances sur la fécondation, les % respectifs des deux patrimoines génétiques indiquent qu'il s'agit du résultat d'une hybridation entre un ours blanc et un ours brun.<br>D'après nos connaissances sur la fécondation, les % respectifs des deux patrimoines génétiques indiquent qu'il s'agit probablement du résultat d'une hybridation entre un ours blanc et un ours hybride (résultant de l'union d'un ours blanc et d'un ours brun).<br>L'ours blanc est donc capable de s'hybrider avec l'ours brun et d'en avoir une descendance fertile : c'est la définition biologique de l'espèce. De ce point de vue l'ours blanc et l'ours brun appartiennent donc à une même espèce<br>**Doc. 3 :** l'existence d'un nombre significatif d'allèles fixés indique que l'ours polaires, l'ours brun et l'ours noir ont des histoires évolutives largement indépendantes sur des millions d'années. L'ours blanc et l'ours brun constitueraient donc deux espèces génétiques distinctes.<br>L'existence d'une proportion importante d'allèles partagés montre que des flux géniques sont intervenus entre ces trois espèces, indicateur d'une hybridation possible entre les trois espèces. Ceci suggère que la divergence entre l'ours blanc et l'ours brun depuis un ancêtre commun se poursuit et peut être influencée par des épisodes d'hybridation. |

**Synthèse :** suivant la définition de l'espèce adoptée, l'ours blanc et l'ours brun appartiennent à la même espèce ou à des espèces différentes.
Selon la **définition biologique**, les ours blancs et bruns pouvant avoir une descendance fertile appartiennent à une même espèce.
Selon la **définition phénotypique**, l'existence de nombreuses différences a fait historiquement classer l'ours blanc et brun dans deux espèces différentes.
L'analyse génétique montre que les ours blancs et les ours bruns peuvent être caractérisés par la possession d'allèles spécifique et constituent donc des **espèces génétiques** distinctes.
Qu'elles appartiennent ou non à deux espèces différentes, les populations d'ours blancs d'ours bruns ont divergé, probablement en liaison avec l'adaptation à des climats différents ; le processus de spéciation a débuté il y a probablement plusieurs millions d'années comme le montre l'existence de nombreux allèles fixés mais se poursuit et n'est pas achevée (nombreux allèles partagés et possibilité de produire des hybrides fertiles).
Le réchauffement climatique, modifie les aires de répartition de ces populations, amenant les ours bruns à remonter plus au Nord. Si ce processus se poursuit on peut craindre que la superposition des aires de répartition permette une hybridation généralisée et donc la perte progressive, par flux génétique, des caractères distinctifs de ces deux populations.

Chapitre A-4

# D’autres mécanismes contribuent à la diversité du vivant

# Je révise et je me perfectionne

La diversification phénotypique des êtres vivants n'est pas uniquement due à la diversification génétique. D'autres mécanismes interviennent.

## I. Les associations non héréditaires

### I-1. Notion de phénotype étendu

Le phénotype regroupe tous les caractères observables d'un organisme qui résultent de l'expression de ses gènes dans un environnement donné. Attendu les innombrables interactions qui s'établissent entre les êtres vivants, l'expression de ses gènes ne dépend plus seulement de son patrimoine génétique mais aussi de celui des organismes avec lesquels il interagit.

Le **phénotype étendu** est un concept imaginé par Richard Dawkins en 1982 dans son livre « The extended phenotype » selon lequel le phénotype ne doit pas être limité au résultat de l'expression des gènes par les processus biologiques tels que la synthèse des protéines, ou la croissance des tissus. Le phénotype d'un individu doit être étendu à toutes les manifestations résultant du comportement de l'organisme et des interactions de celui-ci avec son environnement, si cela permet d'augmenter la transmission de ses gènes à la génération suivante. C'est-à-dire que les gènes d'un organisme expriment leur phénotype à travers un autre organisme.

Deux exemples frappant du phénotype étendu existent :

- Celui des **constructions animales** telles que les barrages des castors et les termitières. L'apparition de telles constructions est le fruit du comportement, autrement dit des gènes qui sont à l'origine de ces comportements.
- Les symbioses non héréditaires : la majorité des êtres vivants vivent en symbiose, soit parce qu'ils constituent un habitat favorable et une ressource pour d'autres espèces, soit parce qu'ils vivent eux-mêmes sur ou à l'intérieur d'autres organismes. Le caractère durable de ces interactions implique que les deux partenaires peuvent influencer mutuellement l'expression de leurs gènes. Le phénotype étendu caractérise alors toutes modifications du phénotype de l'hôte par son symbiote et inversement.

Ces modifications ayant une base génétique, puisqu'elles résultent de l'interaction du génome des deux partenaires, offrent un terrain propice à l'évolution de la coopération ou du conflit entre partenaires pour l'expression du phénotype optimal.

### I-2. Les constructions animales

Des recherches récentes ont mis en évidence certains gènes responsables du comportement de nidification.

- **Des terriers de souris avec ou sans issue de secours**

Les différents types de souris construisent des terriers de formes différentes. Par exemple :

– Les souris des sables ou souris des dunes (*Peromyscus polionotus*) creusent un long tunnel comportant une issue de secours aboutissant juste en dessous de la surface.
– Les souris sylvestres (*P. maniculatus*) creusent un tunnel court unique.

En laboratoire, il a été possible de croiser des souris des sables et des souris sylvestres, croisement qui n'intervient pas normalement dans la nature. Les chercheurs ont ensuite observé les tunnels creusés par leur progéniture.
Tous les individus de cette première génération de souris hybrides construisaient de longs tunnels présentant une issue de secours ce qui suggérait que :

– le caractère « longueur du tunnel » résulte de l'expression d'un gène possédant un allèle dominant codant pour « un tunnel long » et un allèle récessif codant pour « un tunnel court » ;
– le caractère « présence d'une issue de secours » résulte de l'expression d'un gène possédant un allèle dominant codant pour « la présence d'une issue de secours » et un allèle récessif codant pour « l'absence d'issue de secours ».

La transmission héréditaire d'une ou deux versions dominantes du gène lié au tunnel produirait de longs tunnels ; idem pour le gène lié à l'issue de secours. Seules deux versions récessives de chacun de ces gènes produiraient des tunnels incomplets ou dépourvus d'issue de secours.
Pour tester cette hypothèse, les chercheurs ont procédé à un back-cross en croisant les hybrides F1 avec le parent récessif (ici la souris sylvestre). Ils ont observé qu'environ la moitié de la descendance construisait des issues de secours, l'autre moitié n'en créait pas. La longueur du tunnel, en revanche, variait sans cesse.
Ceci confirme donc que la construction d'une issue de secours semble codée par un seul gène existant sous deux formes allélique (l'une dominante et l'autre récessive). Le codage du caractère longueur du tunnel semble plus complexe.
Les chercheurs ont alors cherché à identifier les régions particulières du génome de la souris associées à chaque attribut. La construction d'issues de secours est contrôlée par un groupe de gènes, voire un seul gène, situé sur un seul chromosome.

La longueur du tunnel semble être déterminée par plusieurs gènes répartis sur trois parties du génome, ce qui expliquerait la plus grande complexité observée chez les individus croisés.

Il est donc démontré que chez ces souris, la forme du terrier a une composante génétique et fait donc partie du phénotype étendu.

- **Les insectes sociaux, de grands architectes**

Ruches, nids de guêpes, fourmilières, termitières : ces nids varient d'une espèce à l'autre bien plus que les corps des insectes eux-mêmes : nids en forme de gratte-ciel de huit mètres (Fig. 1), nids en forme de dômes, de pyramides, de boules suspendues dans les arbres, etc.

Figure 1. Termitière cathédrale dans le parc national de la Pendjari (@Padonou Dotou).

Les caractéristiques des nids sont stables et caractéristiques d'une espèce. Les scientifiques ont montré qu'un nombre restreint de règles simples aboutissent à la construction de nids complexes. Reste à comprendre comment ses règles sont codées dans les gènes et les minuscules cerveaux des insectes.

Il est donc démontré que chez les insectes sociaux, la forme du nid a une composante génétique et fait donc partie du phénotype étendu.

## I-3. Les associations non héréditaires pathogènes : le parasitisme

### • Les champignons parasites

Les champignons sont hétérotrophes et sont obligés de prélever de la matière organique dans leur environnement. Si ce prélèvement de matière se fait au dépens d'un autre organisme on parle de parasitisme (si l'association est bénéfique aux deux partenaires on parlera de symbiose).

Le passage au mode de vie parasitaire serait dû à une évolution physiologique régressive : la perte de capacité de produire des enzymes nécessaires à la dégradation de la matière organique morte.

Les champignons peuvent parasiter aussi bien des animaux (en général les mammifères, les oiseaux et les arthropodes) que des végétaux. La contagion est assurée par le transport de spores d'une plante à l'autre par les mêmes moyens que le pollen : vent et/ou insectes.

Il existe différents types de liaisons entre le parasite et son hôte en fonction du degré de pénétration du parasite dans les tissus : champignons épiphytes, champignons parasites internes intercellulaires, champignons parasites externes avec suçoirs, champignons parasites internes intracellulaires.

**• Exemple : champignons parasites externes avec suçoirs**

Le mycélium se développe sur l'épiderme des organes atteints (feuilles, tiges vertes ou fruits). Pour se nourrir, le champignon produit des suçoirs qu'il enfonce dans les cellules épidermiques, sans cependant rentrer dans le cytoplasme (Fig. 2).

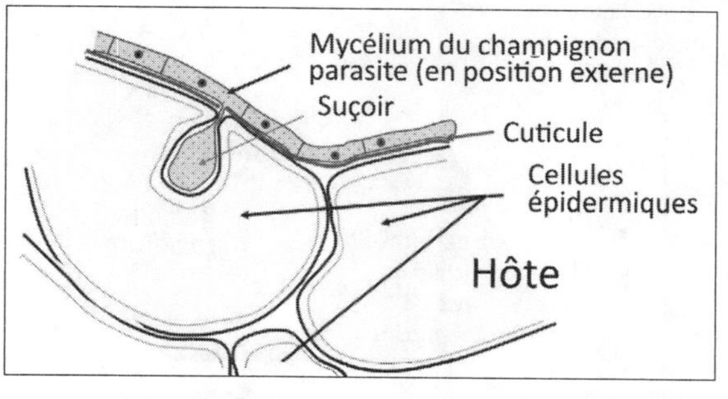


Figure 2. Champignons parasites externes avec suçoirs.

### • Les parasites manipulateurs

Pour se reproduire, certains parasites modifient le comportement des organismes qu'ils infectent, jusqu'à les pousser au « suicide ».

**• Exemple de la petite douve du foie (*Dicrocœlium dendriticum*)**

Les fourmis sont rarement immobiles. Pourtant, il arrive que certaines d'entre elles restent figées, des heures durant, au sommet d'un brin d'herbe, jusqu'au jour où… un mouton ou une vache broute le brin d'herbe… et la fourmi.

Ce comportement étrange de la fourmi est le résultat de son infection par les larves d'un ver parasite, la petite douve du foie ; la fourmi devient la proie d'un herbivore, qui avale du même coup les larves de la douve. Devenus adultes, les vers se reproduisent dans l'herbivore, et leurs œufs sont évacués dans l'environnement avec les excréments de l'animal, et ils contaminent un troisième hôte, un escargot. Celui-ci achèvera le cycle parasitaire en libérant des larves qui seront ingérées par une fourmi, etc.

Ici, un parasite change le comportement de son hôte : il favorise sa transmission à un autre organisme, ou permet à ses larves d'être libérées dans un habitat favorable à leur développement. On parle de « manipulation parasitaire » ou de « parasitisme manipulateur » ; ce comportement a été sélectionné au cours de l'évolution.

- **Exemple du gammare**

Le gammare est un petit crustacé d'eau douce et saumâtre. Les gammares infectés par un vers trématode *Microphallus papillorobustus* deviennent photophiles, leur phototactisme devient positif contrairement aux individus non infectés. Ils reposent généralement sur les végétaux de surface si bien qu'ils sont le plus souvent avalés par les oiseaux aquatiques (Fig. 3). La modification du comportement liée au parasitisme, favorise donc une fois de plus la transmission du parasite. Ce mode de la transmission semble assez répandu.

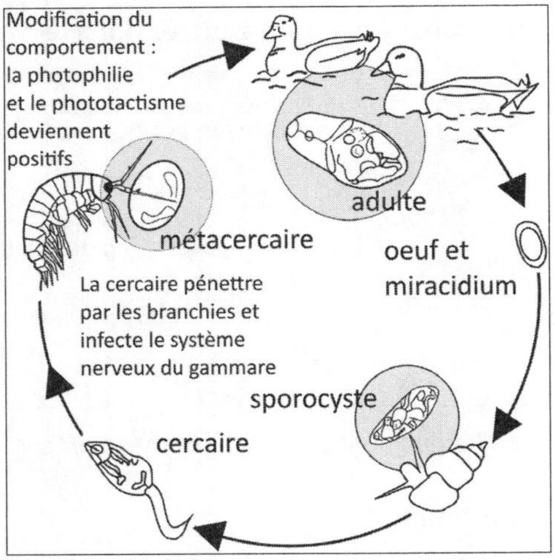


Figure 3. Cycle d'un vers trématode parasite.

Le comportement des animaux manipulés par un parasite n'exprime plus seulement leur propre phénotype mais aussi celui du parasite : les gènes d'un organisme (ici un parasite) expriment leur phénotype à travers un autre organisme (ici un hôte) ce qui illustre la notion de phénotype étendu.

## I-4. Les associations symbiotiques héréditaires et non héréditaires

La perpétuation des symbioses à travers les générations hôtes repose sur la transmission des symbiotes. On distingue deux situations (Fig. 4).

(1) Les symbioses sont très répandues dans le monde vivant

### *I-4.1. La symbiose à transmission horizontale*

La reproduction de l'hôte conduit à des descendants aposymbiotiques qui, à un certain stade de la vie, sont infectés par des symbiotes de l'environnement. Souvent les symbiotes sont transférés du site initial de contact avec l'hôte vers un organe putatif de logement des symbiotes. Parfois, le bassin environnemental est reconstitué par la libération de symbiotes (Fig. 4).

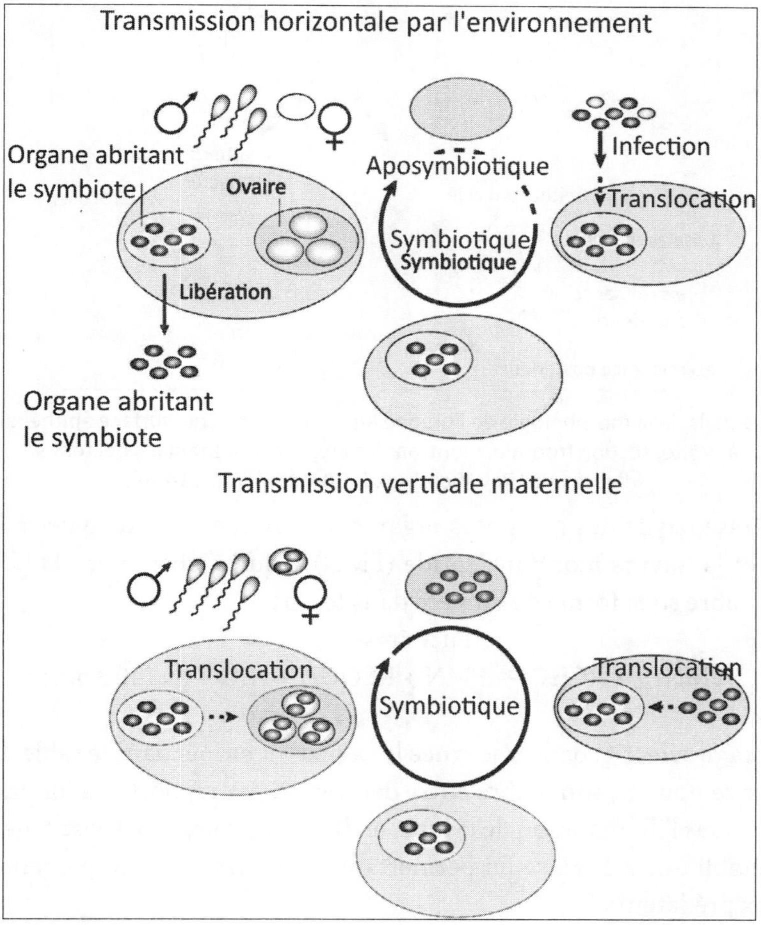


Figure 4. Cycles de vie simplifiés de l'hôte de symbiotes transmis horizontalement (d'après Nat Rev Microbiol. 2010 Mar ; 8 (3):218-230).

- **Un exemple de symbiose à transmission horizontale**

La symbiose entre *Vibrio fischeri* et *Euprymna scolopes* (Calmar sépiolide) *(d'après la conférence de Philippe Sansonetti « Histoires de symbioses » du 3 décembre 2009 au Collège de France)*

***Euprymna scolopes* est bioluminescent** : il utilise la luminescence émise par son organe lumineux grâce à l'enzyme luciférase produite *par Vibrio fischeri* pour un processus appelé contreillumination (Fig. 5).

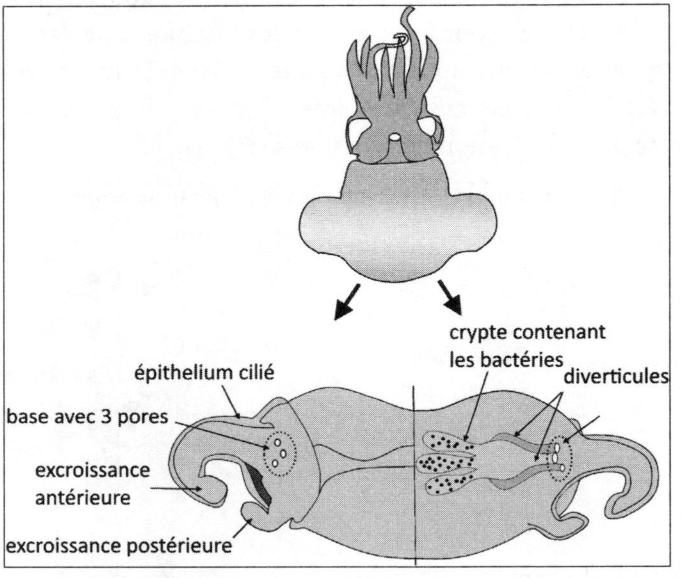


Figure 5. Détails de la morphologie de l'organe lumineux (à gauche, surface épithéliale ciliée ; à droite, section frontale, montrant les cryptes contenant les bactéries) (d'après Nat Rev Microbiol. 2010 Mar ; 8 (3):218-230).

La luciférase oxyde des composés organiques comme des aldéhydes à longues chaînes et la flavine mononucléotide (FMN) réduite, entraînant la libération d'énergie libre sous forme de lumière dans le vert.

$$FMNH_2 + RCHO \xrightarrow{\text{Luciférase}} FMN + RCOOH + H_2O + h\nu \ (490 \text{ nm})$$

**Un avantage sélectif :** dans la journée le calmar vit enfoui dans le sable. Il sort la nuit pour se nourrir, son ombre entre deux eaux, par rapport à la luminescence ambiante sous l'illumination de la lune, en fait une proie, d'où l'avantage sélectif d'avoir établi une symbiose lui permettant d'émettre une luminescence qui le cache aux prédateurs.

**Le calmar obtient ses symbiotes du milieu marin ambiant.**

Les calmars sont aposymbiotiques, c'est-à-dire qu'ils naissent sans *Vibrio fischeri* qui est acquis secondairement par transfert horizontal à partir de l'environnement.

La progression de la colonisation de l'organe lumineux par *Vibrio fischeri* peut être vue comme une série d'étapes aboutissant à la sélection du symbiote comme colonisateur unique (Fig. 6).

1. La reconnaissance, par la surface de l'épithélium cilié du jeune calmar non colonisé, d'un peptidoglycane bactérien présent à la surface des bactéries Gram+ ou Gram– (vivantes ou mortes), entraîne un signal causant la sécrétion de mucus.
2. Seules les bactéries à Gram– viables planctoniques forment des agrégats denses dans le mucus excrété.
3. Dans ces agrégats, *Vibrio fischeri* prend progressivement le dessus, à l'orifice des pores.
4. Seules les bactéries de l'espèce *Vibrio fischeri* sont capables de migrer à travers les pores et les conduits pour coloniser les tissus de l'hôte.
5. Suivant la réussite de ce trajet, les symbiotes perdent l'expression de leur flagelle, deviennent immobiles et entraînent le gonflement des cellules épithéliales de l'hôte. Seuls les *Vibrio fischeri* luminescents seront susceptibles de maintenir colonisation et symbiose sur le long terme.

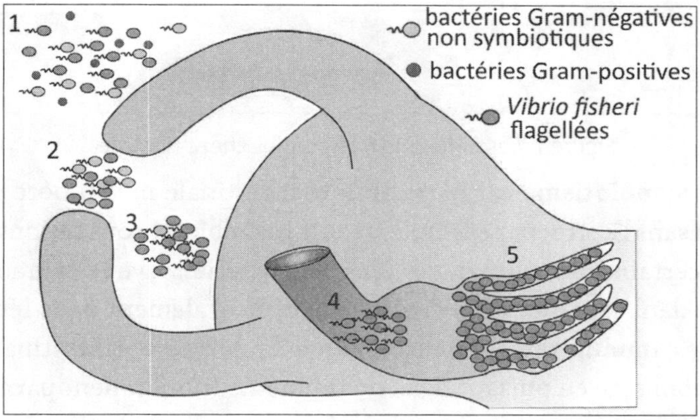


Figure 6. Les étapes de la colonisation des cryptes de l'organe lumineux par *Vibrio fischeri* (d'après Nat Rev Microbiol. 2010 Mar ; 8 (3):218-230).

**La colonisation de d'*Euprymna scolopes* par *Vibrio fischeri* est spécifique.**

Les souches de *Vibrio fischeri* colonisant *Euprymna scolopes* possèdent un gène, rcsS contrôlant l'expression du gène sypG présent dans toutes les souches de *Vibrio fischeri*. Ce gène sypG code pour l'expression d'un polysaccharide complexe sécrété (exopolysaccharide) qui participe à la formation des agrégats et à leur adhérence spécifique à l'orifice des pores (équivalent d'un biofilm). Le gène sypG est peu ou pas exprimé en l'absence de RcsS.

• **Un autre exemple de symbiote à transmission horizontale : le microbiote humain (revoir le cours de seconde !).**

Le microbiote est constitué de micro-organismes : bactéries, virus, parasites et champignons non pathogènes.

On distingue le **microbiote intestinal** ou flore intestinale (le plus abondant avec $10^{12}$ à $10^{14}$ microorganismes qui tapissent les quelques 400 $m^2$ de la surface intestinale), le microbiote de **l'ensemble nez/bouche/pharynx,** le microbiote de **la peau,** le microbiote des **poumons,** le microbiote du **vagin** (Fig. 7).

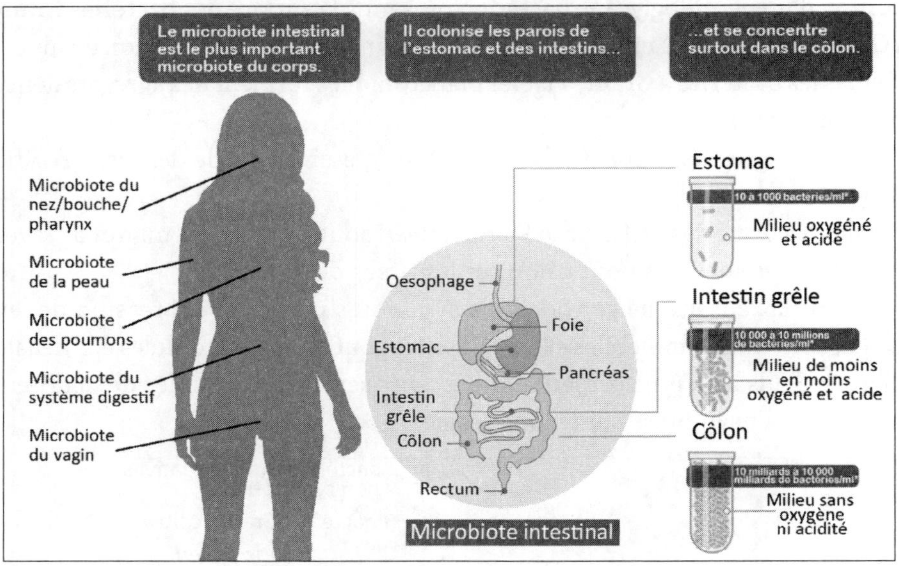


Figure 7. Les différents microbiotes chez l'Homme.

On parle de **symbiotisme** car ni cette flore intestinale ni son hôte ne peuvent survivre l'un sans l'autre ; par exemple, sans le microbiote, nous serions incapables d'assimiler certains aliments que seules les bactéries savent dégrader. Ainsi il joue un rôle dans **les fonctions digestives,** mais également dans **les fonctions métaboliques, immunitaire et neurologique**. Le microbiote intestinal assure son propre métabolisme en puisant dans nos aliments (notamment parmi les fibres alimentaires). L'altération qualitative et fonctionnelle de la flore intestinale (= **dysbiose**), pourrait être à l'origine de certaines maladies, notamment celles sous-tendues par des mécanismes auto-immuns ou inflammatoires.

**Comment se construit la symbiose hôte/microbiote ?**

Le microbiote d'un individu se constitue dès sa naissance, au **contact de la flore vaginale** de la mère, après un accouchement par voie basse, ou au **contact des micro-organismes de l'environnement** pour ceux nés par césarienne.

De nouveaux travaux semblent montrer que l'ensemencement du microbiote du fœtus par des microbes transmis par la mère pourrait commencer in utero, pendant la gestation, soit beaucoup plus tôt qu'on ne le pensait auparavant.

*I-4.2. La symbiose à transmission verticale*

Elle s'effectue à travers la lignée germinale femelle. Avant la reproduction de l'hôte, les symbiotes sont généralement transférés de l'organe de logement des symbiotes à la gonade femelle, ce qui entraîne des descendants symbiotiques ; souvent, les symbiotes sont ensuite transférés du site de colonisation vers l'organe de logement des symbiotes.

(2) Il existe également des transmissions mixtes associant une transmission verticale et une transmission horizontale occasionnelle qui peuvent se produire par le biais d'une commutation d'hôte

(3) Mode de transmission des symbiotes et évolution de leur patrimoine génétique

## II. Recrutement de composants inertes du milieu qui modulent le phénotype (constructions, parures, etc.)

### II-1. Les offrandes nuptiales (exemple des oiseaux)

L'objectif de tout animal est bien la survie de son espèce et donc la production de descendants. Cette étape essentielle de leur vie répond à un certain nombre de codes et de rituels comme des offrandes, des danses, des parades... Elle permet aux partenaires de se connaître et de se reconnaître en tant qu'individus de la même espèce. La parade, en plus de tisser des liens uniques entre les deux partenaires, a également pour but de synchroniser l'activité de leurs gonades respectives.

Pour beaucoup d'oiseaux, les offrandes constituent une étape essentielle dans la parade nuptiale. Il peut s'agir d'une **offrande de nourriture** (les offrandes de nourriture sont probablement dérivées de la ritualisation du nourrissage des jeunes). Ce comportement, généralement du mâle envers la femelle, aurait pour but d'aider la femelle à accumuler des réserves d'énergie en vue de la future ponte.

* Les offrandes de nourriture sont probablement dérivées de la ritualisation du nourrissage des jeunes.

Les mâles peuvent offrir à leur femelle du matériel de construction pour le futur nid : par exemple la pie grièche écorcheur *(Lanius collurio)* offre une brindille, une herbe ou une racine pour la construction à venir (Fig. 8).

Figure 8. Fin mai, le mâle de la pie grièche écorcheur se prépare à offrir une offrande à la femelle pour qu'elle débute la construction du nid (© Peyraud Myriam).

Le Manchot d'Adélie offre à sa femelle des petits cailloux qu'il arrange en un nid en cuvette suffisamment efficace pour protéger les œufs (Fig. 9).

Figure 9. Manchot d'Adélie offrant un caillou à sa femelle (https://arctique-antarctique-hurtigruten.blogspot.com/2011/05/les-manchots-et-les-cailloux.html).

## II-2. Construction à partir de composants inertes du milieu

- **Exemple de la construction d'une hutte par l'oiseau jardinier brun (*Amblyornis inornata*)**

Le mâle choisit une petite aire plate ou légèrement pentue autour d'un jeune arbre servant de pilier central puis il se met à empiler des branchettes entrelacées et de la mousse contre et autour du tronc, formant ainsi une base circulaire (les branchettes utilisées proviennent essentiellement d'une orchidée épiphyte formant de grosses touffes sur les branches moussues des grands arbres (*Dendrobium*), dont les feuilles continuent souvent à pousser après prélèvement. L'oiseau élève la hutte en forme de large cône en amassant et en disposant de nombreux rameaux de manière à confectionner un toit s'appuyant au centre sur le pilier tout en aménageant une large ouverture à la base. Quand l'ouvrage est achevé, il surmonte la hutte d'une sorte de parasol constitué d'autres branchettes placées transversalement pour rendre la construction plus solide et imperméable. Elle atteint en moyenne 1 m de haut et 1,50 m de diamètre à la base. L'ouverture donne sur une petite parcelle de pelouse méticuleusement débarrassée de tous débris, qu'il décore selon son « goût artistique » ou selon leur disponibilité et leur variété, de petits tas de fruits de couleur prune, de baies rouges, de fleurs roses, de champignons jaunes et d'insectes glanés dans les environs (Fig. 10).

Figure 10. Le Jardinier brun « collectionne » des objets (fleurs, plantes, etc.) pour aménager son aire de parade nuptiale et attirer la femelle jardinière (@ Élodie Martin Permingeat).

Généralement les fruits les plus colorés se trouvent dans le jardin, les fleurs à proximité de l'entrée et les autres éléments décoratifs (insectes, crottes de mammifères) sont placés à l'entrée. À proximité des villages, des éléments de décoration provenant de l'homme comme des boîtes en fer, des bouteilles, des sachets et des étuis en plastique de couleur rouge et bleu sont incorporés aux constructions. Malheureusement, ces déchets sont devenus plus communs dans leur environnement de nos jours. Les décorations perdent en poésie mais sont presque toujours choisies dans les couleurs rouges et bleues (d'après Ottaviani 2014).

- **Les barrages des castors et leurs conséquences environnementales**

Un barrage de castors est un barrage naturel, construit en travers d'un petit cours d'eau par des castors qui lui permet de conserver de l'eau en été et de protéger son gîte contre les prédateurs (ex. : loups, ours, cougars, gloutons, lynx, loutres), et aussi de garantir un accès facile aux provisions de branches stockées sous l'eau comme réserve hivernale de nourriture (Fig. 11).

Figure 11. Barrage de castor, canal Whitefish, rapides St. Marys, Sault-Sainte-Marie, Ontario, Canada (@ Fungus Guy).

Les barrages construits par les castors font de cette espèce, une espèce « **clé de voute** » : une espèce clé de voûte est une espèce qui a un effet disproportionné sur son environnement au regard de ses effectifs ou de sa biomasse.

**L'établissement de barrages sur les cours d'eau** :

- augmente ainsi le nombre, la proportion et la taille des zones humides dans le paysage forestier et alluvial, la taille des surfaces en eaux libres, la longueur du linéaire de berge ;
- crée des zones de sédimentation et de puits de carbone ;
- il modifie la composition et la répartition de la faune des cours d'eau et de la végétation alluviale ainsi que les cycles biogéochimiques des éléments nutritifs, enrichissant l'écosystème global ;
- il améliore la recharge des nappes phréatiques, la qualité de l'eau ;
- il limite la fréquence, la gravité et la durée des incendies de forêt et des crues et ses barrages filtrent les sédiments (qui pourraient en aval colmater les frayères) ;

- en été, grâce à l'eau mieux accumulée en hiver, les mares de castors soutiennent les étiages, favorisant ainsi la survie de nombreuses espèces (poissons salmonidés, amphibiens, mammifères, oiseaux d'eau, invertébrés et plantes aquatiques et palustres, etc.).

Cet exemple illustre également très bien la notion de **phénotype étendu** : le barrage, lorsqu'il est bien construit, assure survie et descendance et donc la prospérité des gènes qui influencent le comportement de construction du barrage au fil des générations.

**Synthèse** : l'adaptation des organismes par le processus de la sélection naturelle passe également par la capacité de l'organisme à modeler son environnement ; c'est une forme d'ingénierie écologique.

## III. L'évolution culturelle et ses liens avec celle d'évolution biologique : la transmission entre générations de caractères acquis

Chez certains animaux, les comportements acquis peuvent être transmis d'une génération à l'autre et constituer une source de diversité.

### III-1. L'acquisition du lavage des grains de blé chez le macaque japonais

Sur l'îlot de Koshima, au Japon, une équipe de chercheur à étudier le comportement d'une bande de 49 macaques japonais. Les chercheurs, pour attirer les singes, avaient pris l'habitude de jeter des grains de blé sur la plage que les macaques récoltaient un à un pour les manger. En 1956, une jeune femelle de 4 ans jeta une poignée de sable contenant des grains de blé dans la mer : le sable coula et seuls les grains flottèrent. Constatant que la récolte des grains en était facilitée, elle renouvela son geste (comportement de lavage des grains). Quelques années plus tard, ce comportement est partagé par d'autres individus de la bande, mais n'est observé dans aucune autre population de macaques japonais.

Les macaques japonais vivent en groupe. Les femelles ont des relations étroites avec leurs petits. Les petits passent beaucoup de temps ensemble à jouer. Vers 4 ans les jeunes mâles prennent leur indépendance et ont moins d'interactions avec les autres membres du groupe ce qui peut expliquer la différence observée entre le nombre de mâles et de femelles ayant acquis le comportement (Fig. 12).

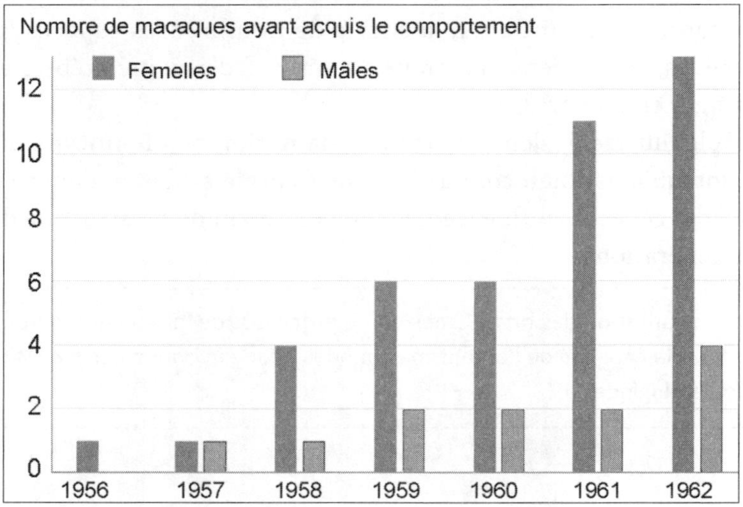


Figure 12. L'acquisition du lavage des grains de blé en fonction du sexe chez le macaque japonais

L'apprentissage du comportement nouveau par imitation est surtout le fait des jeunes (moins de 5 ans) qui s'imitent entre eux et imitent les adultes, et des femelles qui passent beaucoup plus de temps en groupe que les mâles (Fig. 13).

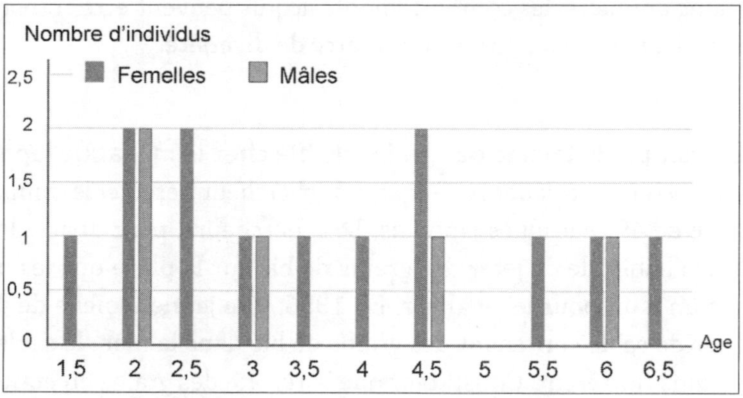


Figure 13. Âge d'acquisition du comportement de lavage.

### III-2. L'acquisition du chant chez le moineau à tête blanche

Autour de la baie de San Francisco en Californie, vivent plusieurs populations de moineaux à couronne blanche. Deux de ces populations ont été caractérisées par le sonogramme de leur chant (enregistrement des variations en fréquence des ondes sonores au cours du temps) (Fig. 14).

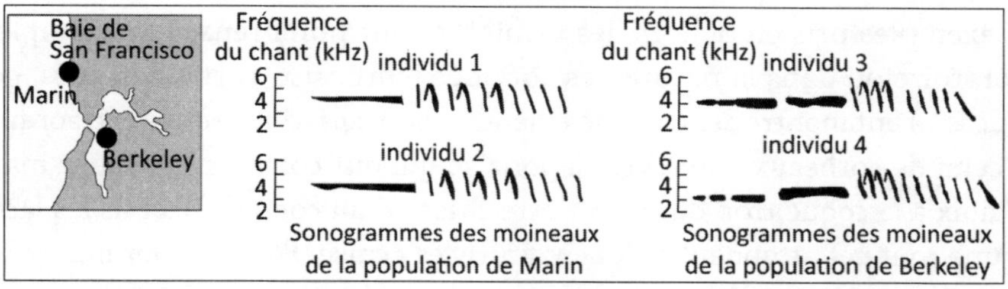


Figure 14. Des sonogrammes permettent de différencier le chant de différentes populations de moineaux à tête blanche.

Ainsi, chez le moineau à couronne blanche, le chant de populations d'origine géographique distincte est différent.

Des expériences ont été conduites pour rechercher l'origine de cette différence : déterminisme génétique ou résultat d'un apprentissage.

Des œufs de moineaux à couronne blanche, prélevés dans les régions de Marin et de Berkeley, ont été élevés en laboratoire, sans contact avec d'autres individus de leur espèce. Entre 10 et 50 jours, on fait écouter aux oisillons des enregistrements de chants de moineaux de Marin ou de Berkeley. On analyse le chant des moineaux lorsqu'ils parviennent à l'âge adulte (Fig. 15).

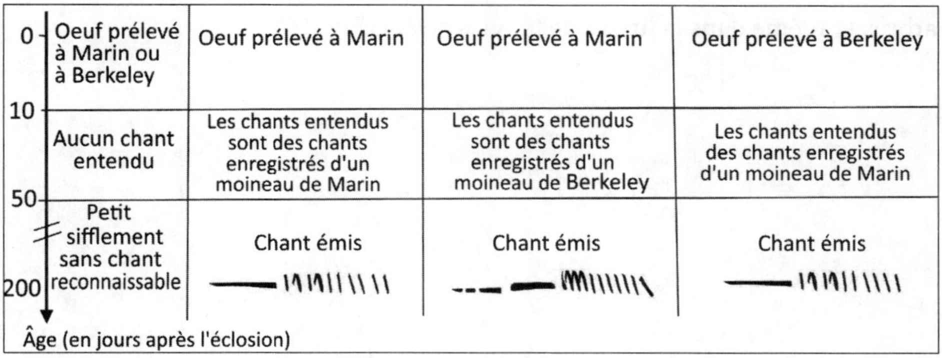


Figure 15. Apprentissage du chant par imitation.

Les oisillons imitent et apprennent les chants qu'ils entendent entre l'âge de 10 et 50 jours : ces « chants régionaux » ne sont donc pas hérités génétiquement mais appris.

Ainsi, ce comportement peut être transmis de génération en génération dans une population par voie non génétique (apprentissage par imitation) et être à l'origine d'une diversification du vivant.

Dans le même ordre d'idée, des oiseaux « vachers à tête brune » élevés par des parents d'une autre communauté que leur communauté de naissance acquièrent les habitudes des membres de leur communauté d'adoption en matière de séduction et de choix du partenaire.

### III-3. L'utilisation d'outils dans des populations animales

Les exemples pris en dehors des primates sont nombreux. Par exemple, en laboratoire ou dans la nature, les corvidés (corbeaux, corneilles, pies, geais, choucas...) ont montré des comportements complexes. Un exemple extraordinaire est celui de corbeaux d'une ville japonaise qui ont compris comment manger des noix à la coque trop dure pour être cassée d'un coup de bec : ils les lâchent sur une route et attendent qu'une voiture les écrase. Et pour aller manger plus tranquillement au milieu du trafic automobile, le lâcher a lieu sur un passage pour piétons ou au niveau d'un feu rouge !

L'acquisition de la capacité à assembler des composants non fonctionnels pour créer un outil manœuvrable est une étape importante dans l'évolution du cerveau. Cela demande des capacités de modélisation mentale créative et des fonctions exécutives qui n'étaient jusqu'à aujourd'hui connues que chez l'Homme et le grand singe.

Les chercheurs pensaient que cette capacité était l'apanage de l'Hommes et des grands singes. Mais les corbeaux aussi sont capables de fabriquer par eux-mêmes des outils à partir d'éléments non fonctionnels. Des caméras fixées sur les oiseaux ont en effet permis d'observer un corbeau passant une minute à fabriquer un outil à cochet, avant de l'utiliser pour sonder la nourriture dans les crevasses des arbres et même dans la litière de feuilles au sol (Fig. 16).

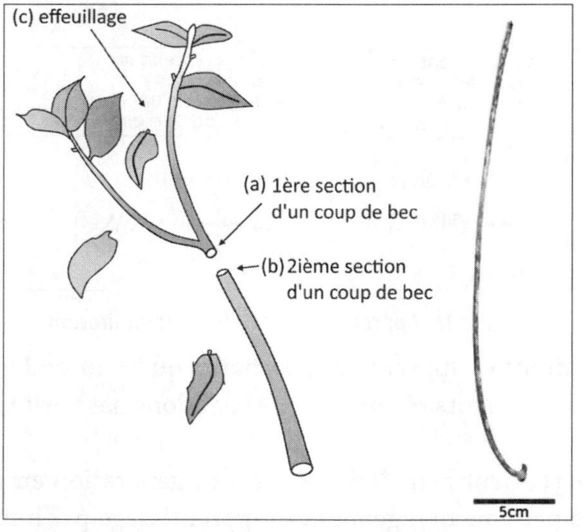


Figure 16. La technique d'un corbeau calédonien pour réaliser un crochet en bois (d'après Jolyon Troscianko).

**En résumé** : chez les vertébrés, le développement de comportements nouveaux, transmis d'une génération à l'autre par voie non génétique, est aussi source de diversité : chants d'oiseaux, utilisation d'outils, etc.

## III-4. La culture dans les sociétés animales et humaines

### *III-4.1. L'existence des cultures non humaines est aujourd'hui reconnue par des instances internationales*

L'existence des cultures non humaines est connue depuis longtemps, mais aujourd'hui, La 23e résolution de la 11e conférence de la Convention sur la conservation des espèces migratrices appartenant à la faune sauvage, traité international conclu sous l'égide de l'ONU, auquel la France a adhéré en 1990, reconnaît « qu'un certain nombre d'espèces mammifères socialement complexes, telles que plusieurs espèces de cétacés, de grands singes et d'éléphants, montrent qu'elles ont une culture non humaine (ci-après « culture »)» et en tire pour conséquence qu'outre les écosystèmes, les individus ou la diversité génétique, il faut préserver les cultures animales, en favorisant leur transmission (d'une génération à l'autre), en évitant autant que faire se peut les perturbations anthropiques et en encourageant la recherche sur ces cultures.

### *III-4.2. Qu'est-ce que la culture ?*

On entend par **culture** l'ensemble des « acquis » (savoirs ou comportements) que les individus (humains ou non humains) sont capables de transmettre aux autres, processus qu'on appelle l'apprentissage social.

La culture n'est pas faite que d'innovations, mais comporte aussi des traditions et des dialectes :

– Une tradition étonnante a été découverte en 1978 par des éthologues en Tanzanie, qui ont découvert que les chimpanzés de Kasoge se serrent la main (« la poignée de main ! ») alors que ceux de Gombe, situés à 50 km ne le font pas. Une synthèse des observations de plus de 40 groupes de chimpanzés en Afrique a mis en évidence que chaque groupe a ses traditions concernant 39 types de comportements (communication, utilisation d'outils, utilisation de plantes médicinales, alimentation, couchage, pratiques sexuelles...).
– L'étude du chant des cétacés et de certains oiseaux a révélé l'existence de dialectes (voir ci-dessus) qui évoluent au cours du temps. Ces dialectes peuvent connaître des bouleversements à la suite de migrations. Ainsi, sur la côte Est de l'Australie, le chant des baleines à bosse, propre à chaque groupe, a subi, vraisemblablement à la suite de la migration de quelques individus de la côte Ouest une modification brutale : toutes les baleines de la côte Est ont abandonné leur dialecte pour adopter le chant des baleines de la côte ouest. La raison en reste mystérieuse.

– Chez l'Homme, la proxémie est la science qui s'intéresse à notre façon d'occuper l'espace en présence d'autrui. Hall et ses collaborateurs ont démontré qu'il y avait autour de nous une surface, « une bulle », une zone émotionnellement forte ou encore un périmètre de sécurité individuel. Celui-ci est plus important en face de nous que sur les côtés ou par derrière. On peut parler de notion de bonne distance. Le maintien d'une « bonne distance » constitue une barrière de sécurité (comme nous le rappelle la Covid-19). Dans ce comportement l'homme et l'animal se servent de leur sens pour différencier les distances et les espaces. La distance choisie dépend des rapports individuels, des sentiments et des activités des individus concernés.

La proxémie d'un individu est fonction de sa culture : elle est plus ample dans les pays occidentaux que dans les pays méditerranéens et pratiquement inexistante dans les pays arabes.

Quatre catégories principales de distances interindividuelles en fonction de la distance qui sépare les individus ont été mises en évidence (Fig. 17).

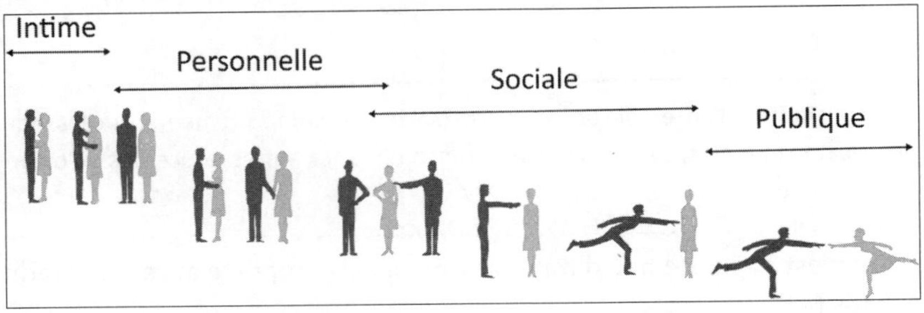


Figure 17. Les différentes distances d'interaction.

- La distance intime (entre 15 et 45 cm) s'accompagne d'une grande implication physique et d'un échange sensoriel élevé.
- La distance personnelle (entre 45 et 135 cm) est utilisée dans les conversations particulières.
- La distance sociale (entre 1,20 et 3,70 m) est utilisée au cours de l'interaction avec des amis et des collègues de travail.
- La distance publique (supérieure à 3,70 m) est utilisée lorsqu'on parle à des groupes.
- La distance d'interaction va être différente :
  - › selon l'image que l'on se fait de l'autre : on se place plus loin d'une personne atteinte de handicap ou dont on nous a préalablement avertis qu'elle est plutôt froide et inamicale ;
  - › selon les statuts de l'interlocuteur : on se place plus loin d'un supérieur ou inférieur hiérarchique que d'un pair.

Ainsi, il existe une relation entre la distance sociale et la distance spatiale.

*III-4.3. Comment se transmet la culture ?*

La culture peut se transmettre par l'**enseignement**. En éthologie l'enseignement se caractérise par le fait que l'enseignant réduit ses performances propres, au bénéfice de l'apprenant (par exemple, le premier chimpanzé à qui on a appris à s'exprimer en langue des signes, ralentissait sa vitesse d'élocution lorsqu'elle s'adressait à des débutants en langue des signes, qu'ils soient humains ou chimpanzés ; autre exemple pris chez les orques : les mères orques poussent leurs petits vers la plage dans le but d'attraper les phoques qui s'y trouvent, elles les habituent à s'échouer sur le sable et les déséchouent quand ils n'y arrivent pas eux-mêmes, leur montrent comment attraper des proies. Ceci au détriment de leurs performances (il leur arrive même de relâcher une proie).

Ainsi, ce comportement peut être transmis de génération en génération dans une population par voie non génétique (apprentissage par imitation) et être à l'origine, comme les symbioses, d'une diversification du vivant (Fig. 18).

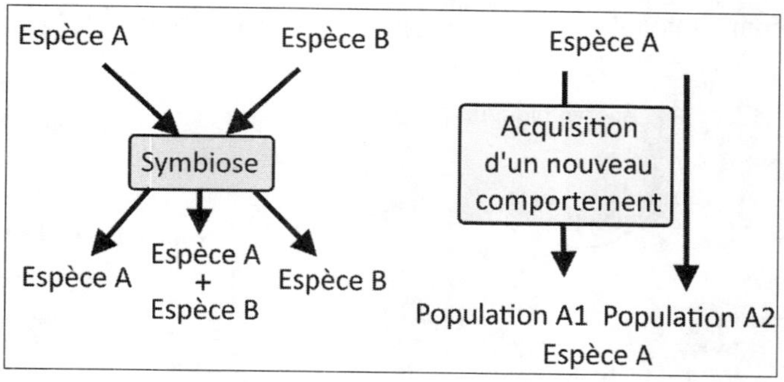


Figure 18. Diversification du vivant sans modification du génome.

L'étude des animaux ne relève pas seulement des sciences de la vie, mais aussi des sciences sociales. Aujourd'hui, les écologistes s'intéressent de plus en plus à l'individu et plus seulement à la préservation des espèces. Reconnaître que les animaux sont porteurs d'une culture contribuera sans doute à repenser la position de l'Homme au sein du règne vivant.

## Je me perfectionne

- **(1) Les symbioses sont très répandues dans le monde vivant (Fig. 19).**

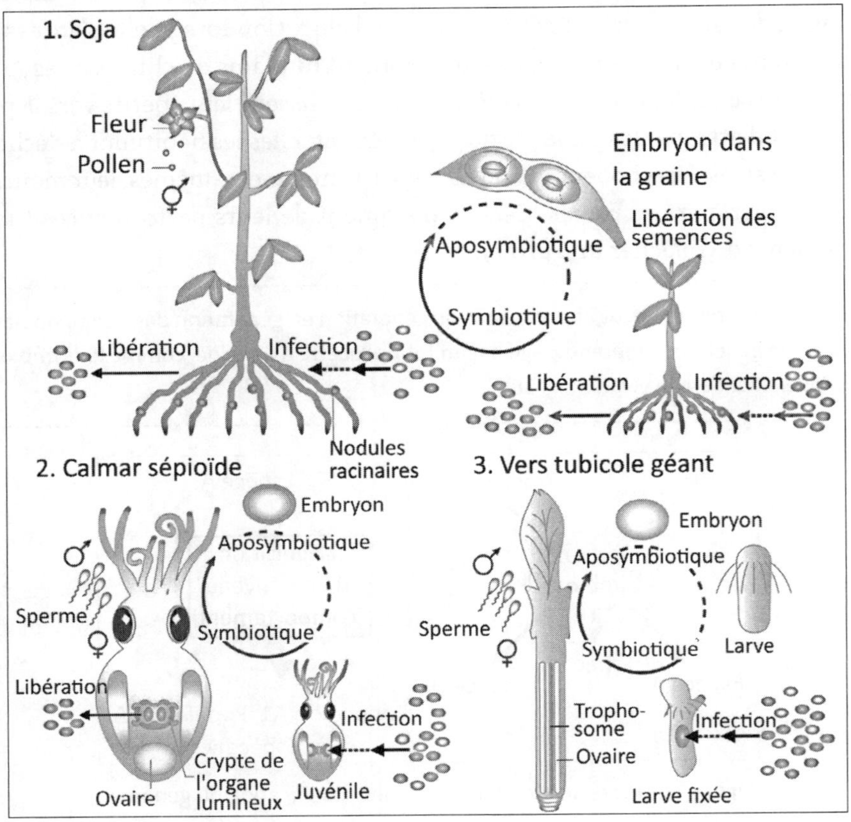


Figure 19. Les symbioses sont répandues dans le monde vivant (d'après Nat Rev Microbiol. 2010 Mar ; 8 (3):218-230).

- **(2) Il existe également des transmissions mixtes associant une transmission verticale et une transmission horizontale occasionnelle qui peuvent se produire par le biais d'une commutation d'hôte**

Outre la transmission verticale, le transfert horizontal occasionnel de nouveaux symbiotes (magenta) à partir d'une population hôte d'une espèce différente (changement d'hôte interspécifique) se produit (Fig. 20).

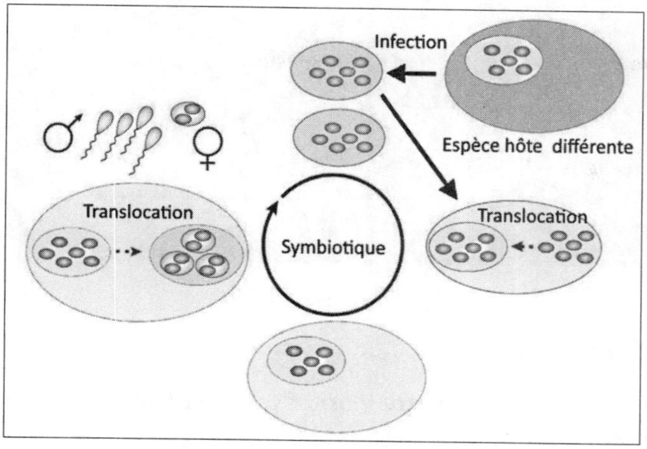


Figure 20. Exemple de symbiose à transmission mixte (horizontale et verticale).

### (3) Mode de transmission des symbiotes et évolution de leur patrimoine génétique

Dans le cas de la symbiose à transmission verticale, les symbiotes transférés à la génération suivante sont sélectionnés à partir d'une population génétique restreinte (c'est ce qu'on appelle un goulot d'étranglement de transmission). L'activité de purification du répertoire génétique par la sélection naturelle ne peut s'effectuer sur ces symbiotes qui ne peuvent pas exister dans un état de vie libre. Les génomes des symbiotes, comme dans les populations asexuées, accumulent alors irréversiblement des mutations nuisibles : l'accumulation de mutations délétères entraîne une inactivation et une perte de gènes, tels que les gènes de réparation de l'ADN, et aboutissent à des génomes réduits. Une autre possibilité d'expliquer la perte de la fonction des gènes chez les symbiotes strictement transmis verticalement est que de nombreux gènes peuvent être inutiles dans l'environnement sûr et riche en nutriments fourni par l'hôte.

Dans le cas de la transmission horizontale, les symbiotes acquis dans l'environnement sont issus d'une population importante vivant en liberté et génétiquement diversifiée. Dans ce cas, la sélection naturelle peut agir librement contre des allèles légèrement délétères apparus par hasard dans le génome symbiote. Le risque que ces allèles s'accumulent et persistent est donc limité. Ces symbiotes polyvalents doivent rivaliser avec le reste de la communauté microbienne tout en vivant librement et conserver également le répertoire génétique nécessaire pour s'associer à leurs hôtes. Cela réduit la pression de sélection sur la réduction du génome.

# Je m'exerce et je fais la différence

## Entraînement

▸ **Exercice 1 : la symbiose entre *Vibrio fischeri* et *Euprymna scolopes* (calmar sépiolide)**

Le calmar *Euprymna scolopes* doit sa bioluminescence à son association avec la bactérie *Vibrio fischeri*.

Document de référence **(Fig. 21)**

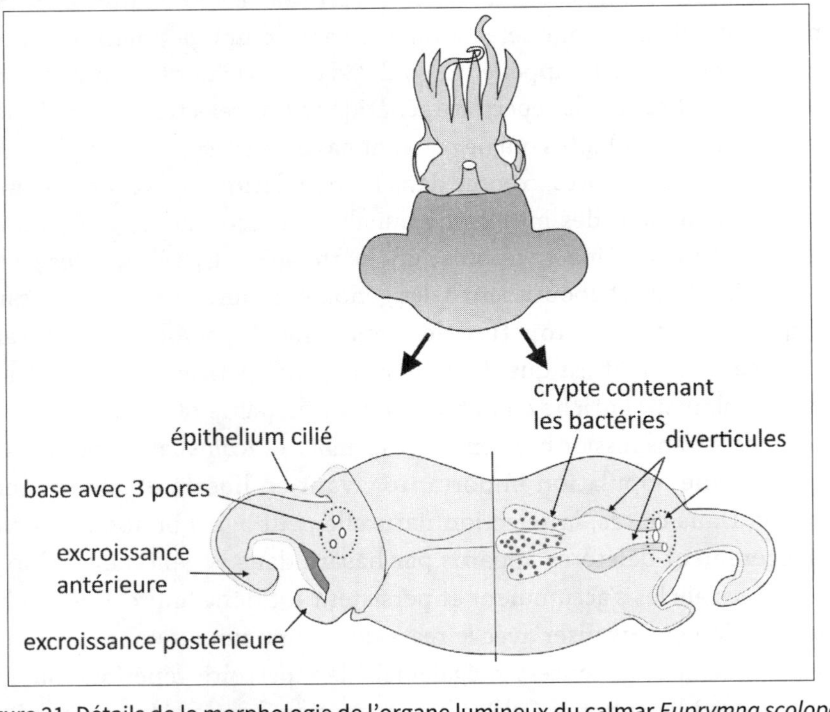


Figure 21. Détails de la morphologie de l'organe lumineux du calmar *Euprymna scolopes* (à gauche, surface épithéliale ciliée ; à droite, section frontale, montrant les cryptes contenant les bactéries).

**À partir de l'analyse des documents suivant vous indiquerez l'origine de cette bioluminescence et montrerez qu'elle résulte d'une symbiose spécifique à la transmission horizontale.**

Document 1

Dans la journée le calmar vit enfoui dans le sable. Il sort la nuit pour se nourrir, son ombre entre deux eaux par rapport à la luminescence ambiante sous l'illumination de la lune en fait une proie facile.

Document 2

Le calmar utilise la luminescence émise grâce à l'enzyme luciférase produite par *Vibrio fischeri* pour un processus appelé contreillumination.
La luciférase oxyde des composés organiques comme des aldéhydes à longues chaînes (RCHO) et la flavine mononucléotide réduite ($FMNH_2$), entraînant la libération d'énergie libre sous forme de lumière dans le vert.

$$FMNH_2 + RCHO \xrightarrow{\text{Luciférase}} FMN + RCOOH + H_2O + h\nu\ (490\ nm)$$

Document 3

Les calmars naissent sans *Vibrio fischeri* (forme aposymbiotique) : *Vibrio fischeri* est acquis secondairement à partir de l'environnement (forme symbiotique) (Fig. 22).

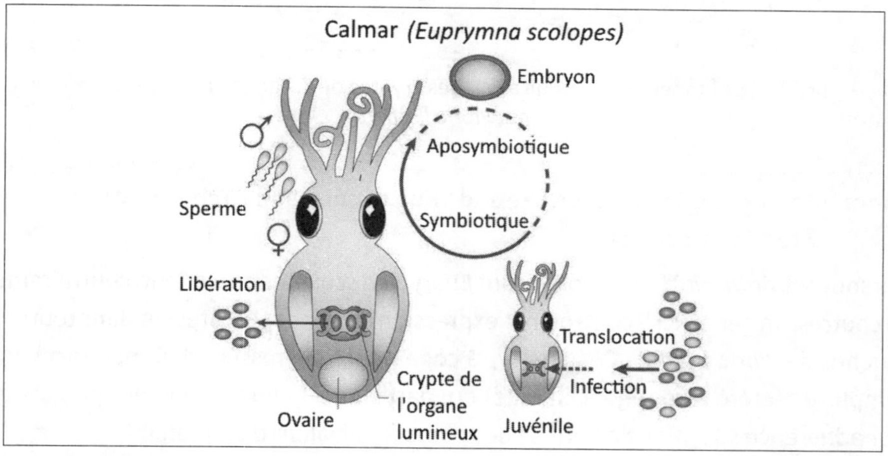


Figure 22. Le calmar existe sous deux formes : la forme aposymbiotique et la forme symbiotique.

La progression de la colonisation de l'organe lumineux par *Vibrio fischeri* peut être vue comme une série d'étapes aboutissant à la sélection du symbiote comme colonisateur unique.

1. La reconnaissance, par la surface de l'épithélium cilié du jeune calmar non colonisé, d'un peptidoglycane bactérien présent à la surface des bactéries Gram+ ou Gram− (vivantes ou mortes), entraîne un signal causant la sécrétion de mucus.
2. Seules les bactéries à Gram− viables planctoniques forment des agrégats denses dans le mucus excrété.

3. Dans ces agrégats, *Vibrio fischeri* prend progressivement le dessus, à l'orifice des pores.
4. Seules les bactéries de l'espèce *Vibrio fischeri* sont capables de migrer à travers les pores et les conduits pour coloniser les tissus de l'hôte.
5. Suivant la réussite de ce trajet, les symbiotes perdent l'expression de leur flagelle, deviennent immobiles et entraînent le gonflement des cellules épithéliales de l'hôte. Seuls les *Vibrio fischeri* luminescents seront susceptibles de maintenir colonisation et symbiose sur le long terme (Fig. 23).

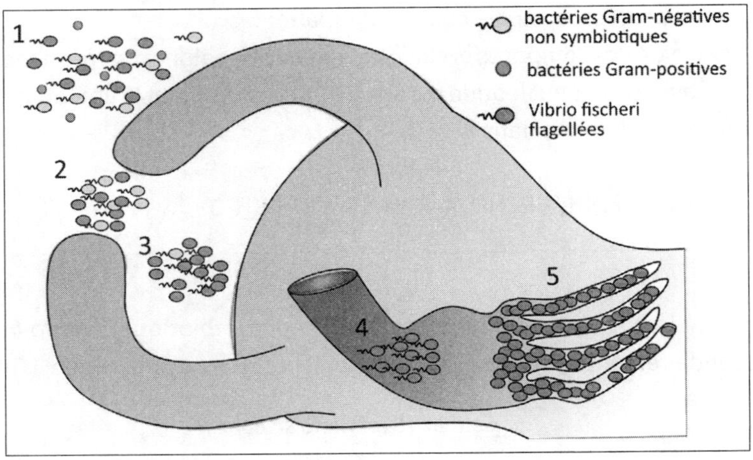


Figure 23. Les étapes de la colonisation des cryptes de l'organe lumineux du calmar par *Vibrio fischeri*.

---

Document 4 : la colonisation d'*Euprymna scolopes* par *Vibrio fischeri*

Les souches de *Vibrio fischeri* colonisant *Euprymna scolopes* possèdent, contrairement aux autres, un gène, RcsS contrôlant l'expression du gène sypG présent dans toutes les souches de *Vibrio fischeri*. Ce gène sypG code pour l'expression d'un polysaccharide complexe sécrété (exopolysaccharide) qui participe à la formation des agrégats et à leur adhérence spécifique à l'orifice des pores (équivalent d'un biofilm).
Le gène sypG est peu ou pas exprimé en l'absence de RcsS.

▸ **Exercice 2 : faites un test !**

On a demandé à des personnes comment elles se placeraient autour d'une table occupée par une autre personne, dans différentes situations.
**Faites le test et comparer vos résultats à ceux obtenus auprès d'une population nord-américaine. Concluez sur les facteurs susceptibles de modifier la distance d'interaction.**

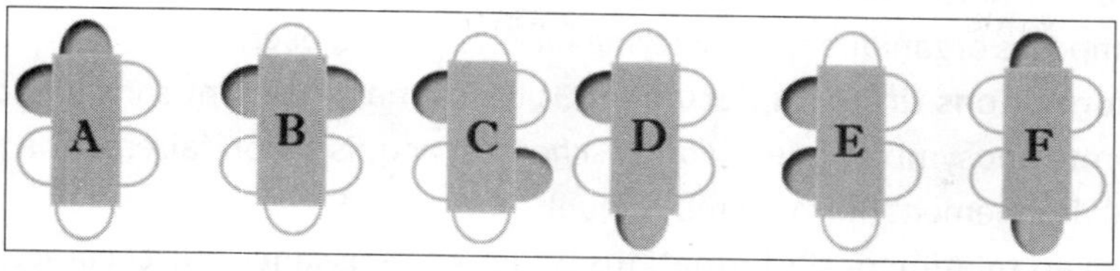

Figure 24. Schéma représentant des individus assis à une table.

| Situations | Vos réponses Lettres par ordre de préférence | Réponse d'une population nord-américaine |
|---|---|---|
| **1. Cas d'une conversation simple :** conversation avec une personne de notre connaissance à propos d'un film vu par les deux personnages. | | B-A-C-F-D-E |
| **2. Cas de coopération :** préparer un exposé avec une personne de notre connaissance avec utilisation de matériel en commun. | | E-B-A-C-D-F |
| **3. Cas d'une relation asymétrique :** je suis représentant étudiant et je dois négocier le report des examens avec le président de l'université. | | F-D-B-C-A-E |
| **4. Cas de co-action (absence d'interaction) :** Je vais consulter un livre à la bibliothèque municipale, une personne inconnue est déjà assise à la seule table qui reste, où vous mettez-vous ? | | E-D-C-F-B-A |
| **5. Cas de compétition :** vous êtes candidat à un poste et en compétition avec une autre personne. Une dernière épreuve écrite doit vous départager. Le temps de vos réponses est important, l'examinateur n'est pas assis à la table. | | F-D-C-E-B-A |

## Correction

- **Exercice 1**

**Informations tirées du document 1 :** l'ombre entre deux eaux que fait le calmar lorsqu'il chasse la nuit en fait une proie facile pour ses prédateurs. Le calmar est bioluminescent (document de référence).

**Mise en relation des informations et des connaissances :** le fait d'être bioluminescent permet au calmar de se confondre avec les reflets de la lune en surface ce qui le cache des prédateurs : le calmar tire donc un bénéfice de cette association avec *Vibrio fischeri* ; on peut supposer que *Vibrio fischeri* trouve également avantage à être abrité dans le corps du calmar.

On a donc une association à bénéfices réciproques, ce qui caractérise une symbiose.

**Informations tirées du document 2 :** la luminescence est liée à l'oxydation de composés organiques par l'enzyme luciférase de la bactérie.

**Informations tirées du document 3 :** les calmars naissent sans *Vibrio fischeri* (forme aposymbiotique) ; *Vibrio fischeri* est acquis secondairement à partir de l'environnement (forme symbiotique).

**Mise en relation des informations et des connaissances :** ceci caractérise une symbiose à transmission horizontale (la transmission verticale ferait intervenir une transmission via la reproduction sexuée).

**Informations tirées du document 4 :** les souches de *Vibrio fischeri* colonisant *Euprymna scolopes* possèdent un gène, RcsS qui contrôle l'expression du gène sypG nécessaire à la formation des agrégats et donc à la colonisation des cryptes de l'organe bioluminescent.

**Mise en relation des informations et des connaissances :** seules les souches de *Vibrio fischeri* possédant le gène RcsS peuvent coloniser le calmar : la reconnaissance par *Vibrio fischeri* du calmar et non d'un autre hôte marin est un phénomène spécifique.

**Synthèse :** le calmar est bioluminescent en raison une association à bénéfice réciproque (l'association donne au calmar une meilleure espérance de survie face à ses prédateurs) avec la bactérie luminescente *Viobrio fischerie* : il s'agit donc d'une symbiose. La bioluminescence a pour origine l'oxydation de composés organiques par l'enzyme luciférase entraînant la libération de lumière dans le vert. Il s'agit d'une symbiose horizontale car la bioluminescence est acquise au cours de la vie du calmar par infection à partir de bactéries du milieu ambiant. Cette symbiose est spécifique car seules les bactéries *Vibrio fischeri* possédant le gène RcsS peuvent coloniser le jeune calmar.

▸ **Exercice 2**

Les paramètres contrôlant la distance d'interaction mises en évidence par cette expérience sont :

- le fait de déjà connaître l'autre personne ;
- le statut social de l'interlocuteur : on se place plus loin d'un supérieur ou inférieur hiérarchique que d'un pair. Ainsi, il existe une relation entre la distance sociale et la distance spatiale ;
- la tâche à accomplir :
  - › dans une situation de coopération, les individus se placent généralement côte à côte pour partager le matériel et les idées ;
  - › dans une situation de compétition, les individus préfèrent s'asseoir l'un en face de l'autre (le fait de se regarder facilitant la compétition) ;
  - › dans une situation de co-action (les personnes qui travaillent à des tâches différentes), les individus préfèrent se tenir aux coins diagonalement opposés de façon à éviter de se voir.

Chapitre B-1

# Le temps et les roches

# Je révise et je me perfectionne

Pour décrire et expliquer l'histoire de la Terre, le géologue a besoin d'une échelle de temps pour situer les événements les uns par rapport aux autres. Dans l'établissement de cette échelle, le géologue est confronté à deux difficultés :

- le temps détruit ou modifie le paysage géologique qui n'est par la suite accessible que par des traces ;
- si certains événements sont brefs (exemple la chute d'une météorite), la plupart d'entre eux correspondent à des durées pouvant atteindre des milliers ou millions d'années (exemples : un épisode volcanique, la formation d'une chaîne de montagne, l'ouverture d'un océan) et sont difficiles à délimiter.

Les événements géologiques peuvent être ordonnés chronologiquement les uns par rapport aux autres (**datation relative**) ou datés avec un résultat chiffré (**datation absolue**).

## I. Les méthodes pour déterminer la chronologie relative des événements géologiques à partir d'une coupe géologique

### I-1. La datation relative utilise l'étude des strates

La datation relative a pour objet de dater l'apparition d'un **événement géologique** par rapport à un autre. Elle s'appuie sur l'étude des **strates** et repose sur des principes stratigraphiques géométriques ou paléontologiques. Elle part du principe que les lois physico-chimiques n'ont pas changé (**principe d'actualisme**).

Une **strate** est une couche de roche qui se distingue des autres par des caractéristiques propres (pétrographiques, minéralogiques, granulométriques, tectoniques...).

La **stratigraphie** est une discipline des sciences de la Terre qui étudie la succession des différentes couches géologiques ou strates pour dater des événements géologiques.

## I-2. La datation relative utilise différents principes géométriques

L'étude des relations géométriques entre des objets géologiques permet la datation non seulement des strates sédimentaires mais aussi des roches magmatiques et métamorphiques, des déformations (plis, failles), et également des minéraux.

### *I-2.1. Le principe de superposition*

Lorsque des sédiments se déposent pour former une nouvelle strate, ou qu'il y a une succession de coulées volcaniques, la strate (ou la coulée) située le plus bas sera plus vieille que celle qui se trouve au-dessus. Autrement dit, une strate est plus récente que celle qu'elle recouvre et plus ancienne que celle qui la recouvre (Fig. 1). Les strates sont séparées par des surfaces de discontinuité (changement de nature des sédiments).

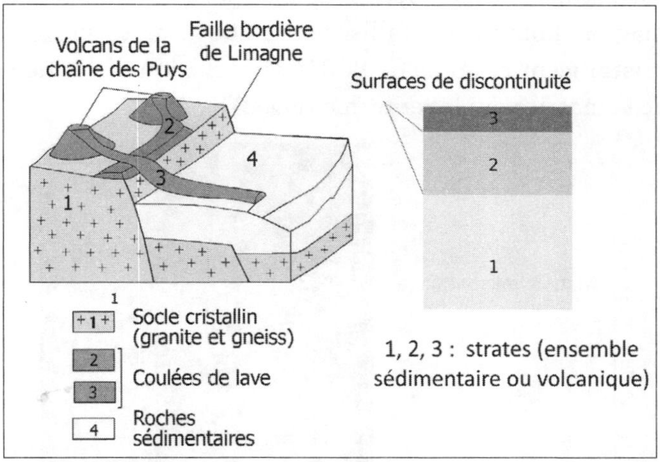


Figure 1. Illustration du principe de superposition (ici la strate 1 est située sous la strate 2 et est donc plus âgée. De même, 2 est plus ancienne que 3).

### *I-2.2. Le principe de recoupement*

Tout événement modifiant soit la géométrie soit la continuité d'une structure géologique est postérieur à cette structure. Ainsi, d'après le principe de recoupement, plis et failles sont postérieurs aux couches qu'ils affectent et antérieurs aux couches qu'ils n'affectent pas, et une intrusion magmatique qui recoupe une strate lui est postérieure.

Dans l'exemple de la figure 2, la faille (événement tectonique) est postérieure au dépôt des strates 1 et 2 (événement sédimentaire) puisqu'elle les recoupe, mais est antérieur au dépôt de la couche 3 puisqu'elle ne la recoupe pas.

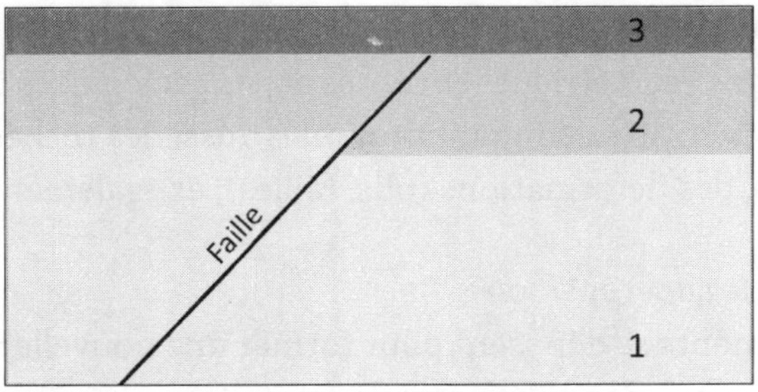


Figure 2. Illustration du principe de recoupement.

*I-2.3. Le principe d'inclusion*

Tout objet inclus dans une roche ou un minéral lui est antérieur.

• **Exemple** : le basalte est une roche magmatique qui se forme par refroidissement d'un magma. L'olivine cristallise vers 1 200 °C alors que les microlites de la matrice cristallisent à moins de 800 °C. L'inclusion d'olivine est donc plus ancienne que la matrice qui la renferme (Fig. 3).

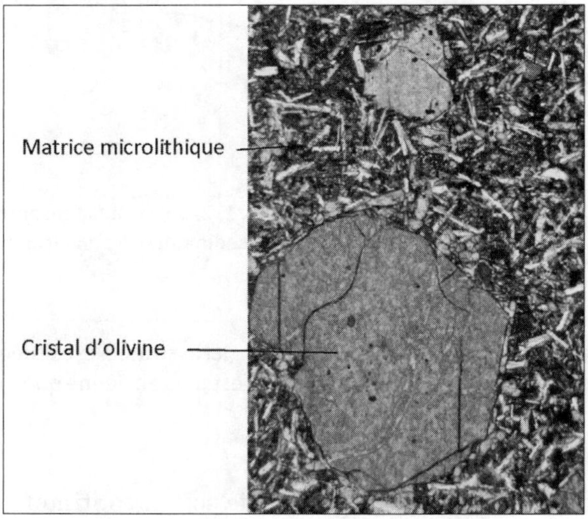


Figure 3. Basalte de Nublat.

*I-2.4. Le principe de continuité*

Si deux couches séparées dans l'espace (discontinuité d'affleurement) sont limitées par les mêmes couches à la base « mur » et au sommet « toit », elles sont de même âge.

**Le principe de continuité latérale** précise qu'une strate a le même âge sur toute son étendue même si sa composition change (**changement latéral de faciès***). En effet, à une époque donnée, des roches de nature différente (minéraux, structure, fossiles présents, etc.) peuvent s'être formées ; inversement, des roches de nature identique peuvent s'être formées à des époques différentes. Il est donc nécessaire d'observer les strates qui les encadrent.

* Le **faciès** d'une roche est l'ensemble de ses caractères minéralogiques, structuraux et paléontologiques ; il est lié aux conditions de dépôt.

• **Exemple 1** : corrélation banc par banc. De part et d'autre de la vallée creusée par l'érosion, les roches ont le même faciès : c'est le cas particulier des régions désertiques, fortement entaillées par l'érosion (Fig. 4).

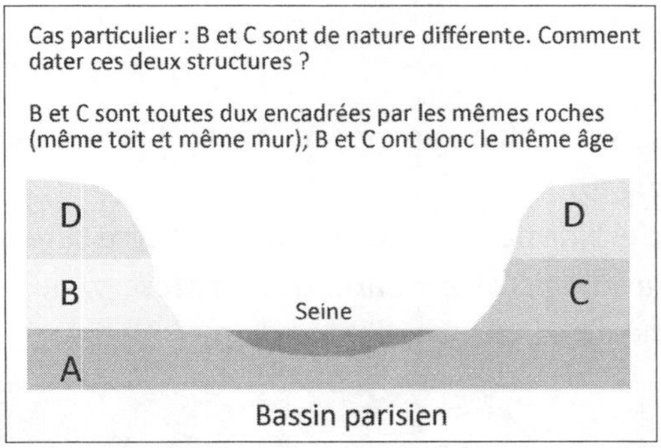


Figure 4. Corrélation banc à banc.

• **Exemple 2** : dans le cas général, on cherche à corréler le dépôt de roches ayant des faciès différents (Fig. 5).

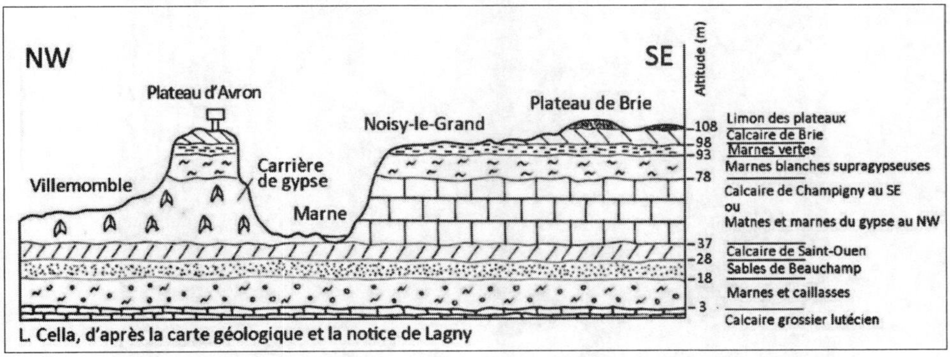


Figure 5. Application du principe de continuité dans le bassin parisien : corrélation à distance par encadrement.

Dans cet exemple, le calcaire de Champigny est passé latéralement à du gypse, une roche saline (une évaporite) : c'est un **changement latéral de faciès** résultant de modifications des conditions de sédimentation, liées à des élévations (transgressions marines) et des baisses (régressions marines) du niveau marin.

Ainsi, à une échelle régionale et a fortiori, à l'échelle du pays, des variations latérales de faciès peuvent exister, et le principe de continuité basé uniquement sur des critères lithologiques peut devenir complètement faux !

**Corrélations à distance par utilisation des niveaux de cendres volcaniques comme marqueurs d'événements (téphrochronologie)**
Lors d'épisodes de volcanisme explosif, des cendres vont être éjectées en haute atmosphère et vont pouvoir, sous l'action des vents dominants, parcourir de grandes distances avant de se déposer. La couche de cendres provenant d'une même éruption montrera la même date et formera donc une surface isochrone (= horizon repère).

(1) La reconnaissance d'horizons repères formés par des cendres volcaniques.

### *I-2.5. Discordance*

Une **discordance** est une surface qui met au contact plusieurs couches (au moins 3) d'âges différents (Fig. 6).
Une discordance c'est donc une surface qui montre une discontinuité de la sédimentation et qui enregistre une durée de non préservation de la sédimentation (voir la notion de lacune ci-dessous).

Figure 6. Une discordance angulaire au Sud du Portugal (district de Faro).

Une **discordance angulaire** se forme lorsqu'il y a interruption de la sédimentation, suivie d'une déformation (failles, basculement ou plissement), d'une érosion, et d'une nouvelle phase de sédimentation (Fig. 7).

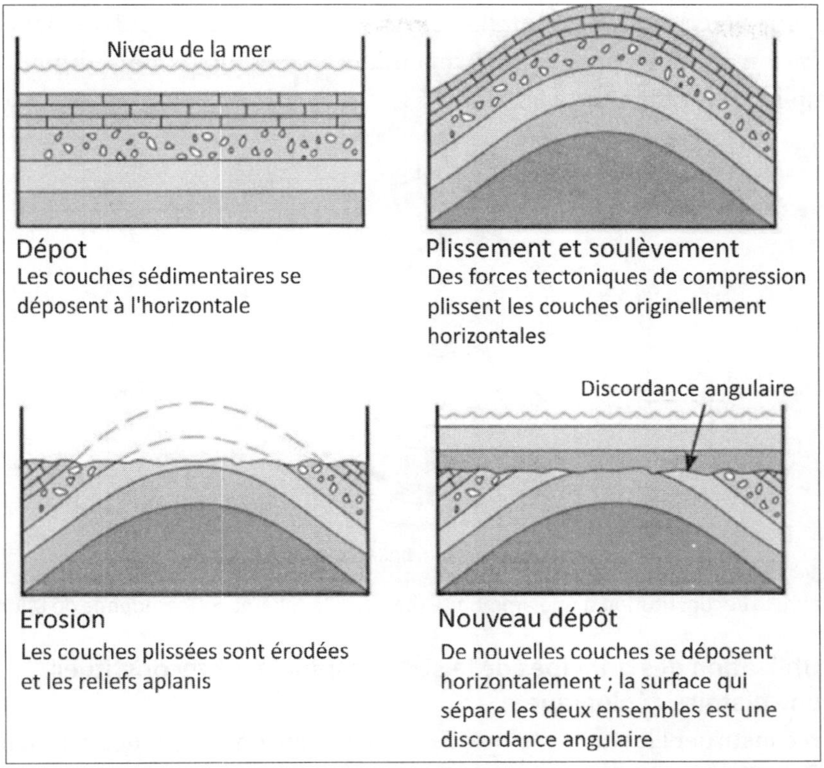


Figure 7. Les étapes de la formation d'une discordance angulaire sur structure plissée.

#### *I-2.6. Lacune*

Lorsqu'il n'y a pas de continuité chronologique entre deux couches, on parle de lacune. Il y a deux types de lacunes :

**Lacune d'érosion** : l'érosion a enlevé des couches, puis la sédimentation a repris en laissant la lacune.

**Lacune de sédimentation** : pendant la période correspondant à la durée de la lacune, la sédimentation s'est interrompue. Cela est peut-être dû à une **régression marine** (baisse du niveau marin ; l'opposé est une **transgression marine**).

### I-3. La datation relative utilise également le principe d'identité paléontologique

Deux couches géologiques qui renferment les mêmes fossiles stratigraphiques sont de même âge.

Ce principe permet d'établir des corrélations entre strates à l'échelle du globe, alors que les principes géométriques ne sont applicables que localement.

Les **fossiles stratigraphiques** sont, dans l'idéal, des formes facilement identifiables, ayant une répartition temporelle courte (elles évoluent rapidement) et une répartition spatiale large et peu dépendante des milieux de sédimentation (exemple : les Ammonites, Fig. 8).

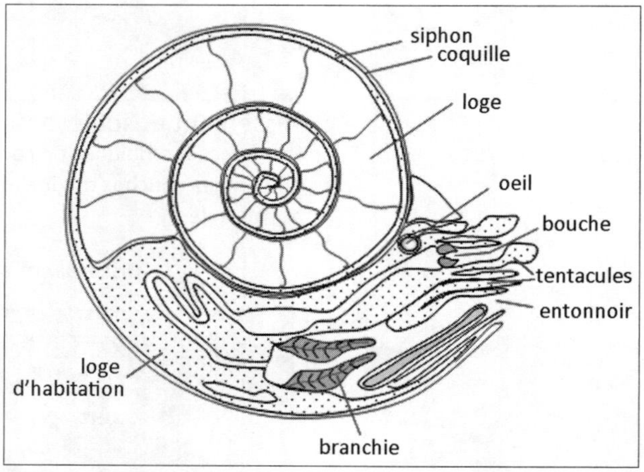


Figure 8. Reconstitution d'une ammonite (banque de schéma SVT Académie de Dijon).

## I-4. Utilisation des principes de la stratigraphie pour reconstituer une histoire géologique

Pour reconstituer l'histoire géologique d'une région, on commence par identifier les différents types d'événements géologiques.

| Phénomènes sédimentaires | Phénomènes tectoniques | Phénomènes magmatiques |
|---|---|---|
| Dépôts successifs de couches superposées. Sur une coupe il peut apparaître plusieurs séries sédimentaires : chaque série est caractérisée par des couches parallèles et les différentes séries sont en général séparées par des **discordances** (= contact entre deux couches non-parallèles). Souvent une discordance apparaît après une phase d'érosion de la série précédente. | Les mouvements tectoniques de convergence ou de divergence des plaques sont à l'origine de deux types d'événements : les plis et les failles. | Les roches magmatiques proviennent de la montée et du refroidissement d'un magma soit en profondeur (roches plutoniques) soit en surface (roches volcaniques). |

On utilise alors les différents principes de la stratigraphie pour dater relativement ces événements. Il est conseillé de déterminer d'abord la chronologie des phénomènes sédimentaires puis d'intégrer dans cette frise les événements tectoniques et magmatiques.

Un exemple théorique est donné ci-dessous (Fig. 9).

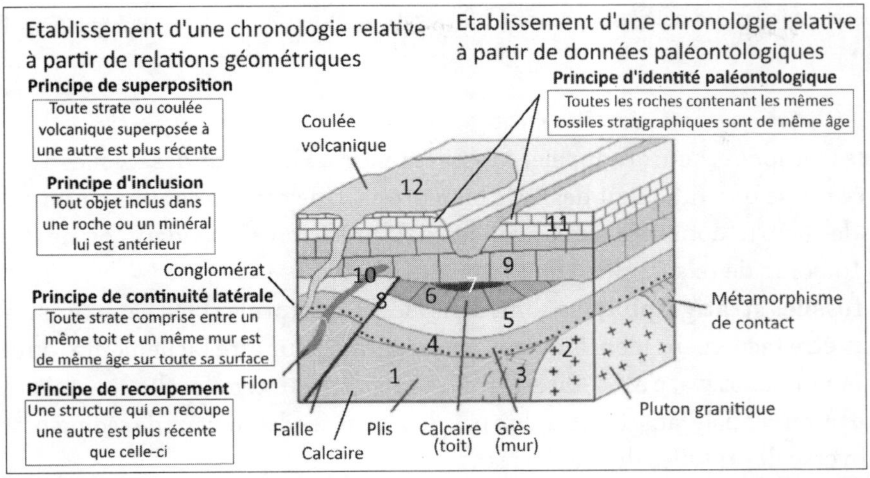


Figure 9. Utiliser différents principes de la stratigraphie pour déterminer la chronologie d'événements géologiques.

Les chiffres indiquent la chronologie des événements :
1 : dépôt des sédiments calcaires suivi d'une phase de plissement.
2-3 : intrusion d'un pluton (batholite) granitique ; métamorphisme des sédiments calcaires au contact du batholite.
4 à 7 : phase d'érosion, formation du conglomérat et dépôt successif des couches portant les numéros 4, 5, 6 et 7.
8 : phase de plissement, formation de la faille et nouvelle phase d'érosion.
9 à 11 : phase de sédimentation au cours de laquelle intervient un épisode magmatique responsable de la formation du filon (10).
12 : épisode volcanique.

## II. Le découpage des temps géologiques

### II-1. Les repères lithologiques

Dans un premier temps, on a utilisé des types de roches (repères **lithologiques**) pour découper les temps géologiques : ainsi, **le charbon** a servi pour définir le Carbonifère, le **calcaire coquillier** pour le Mushelkalk, la **craie** pour le Crétacé, etc.

### II-2. L'utilisation des fossiles

On utilise communément deux façons de dater les couches en biostratigraphie :

- par les fossiles stratigraphiques
- et par assemblages fossilifères.

**Définition de fossile :** les fossiles sont des restes d'animaux ou des témoignages de leur activité (traces, empreintes, moulages) ou des restes de végétaux conservés dans les roches sédimentaires.

### *II-2.1. Datation par les fossiles stratigraphiques*

Cette méthode est encore appelée « fossiles index ». Elle utilise des fossiles à courte durée de vie qui indiquent des âges bien précis. Une couche contenant un de ces fossiles pourra donc être datée avec assez de précision. Cependant, on ne trouve pas toujours de tels fossiles (Fig. 10).

Les **fossiles stratigraphiques** sont, dans l'idéal, des formes bien caractéristiques (pour être facilement identifiables), abondantes (pour être facilement trouvées) et « opportunistes », c'est-à-dire ayant une répartition temporelle courte[1] et une répartition spatiale large (c'est-à-dire peu dépendantes des milieux de sédimentation à l'inverse des fossiles dits de faciès).

Une **répartition spatiale large** est favorisée par les courants marins, quand l'espèce présente un stade pélagique[2] au cours de son cycle de vie. Les organismes unicellulaires planctoniques (Foraminifères planctoniques, Radiolaires...) et tous les Métazoaires à larves planctoniques (Crustacés, Échinodermes...) possèdent cette particularité (Fig. 10).

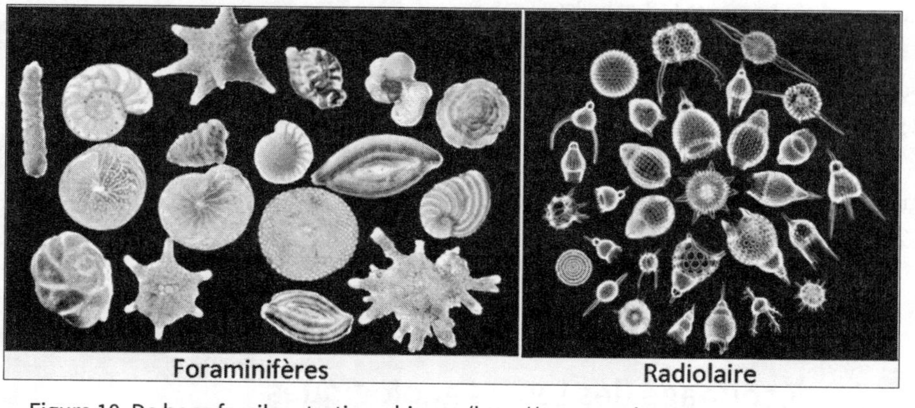


Figure 10. De bons fossiles stratigraphiques (http://www.geologues-prospecteurs.fr).

Les fossiles stratigraphiques permettre des corrélations à distance en appliquant le principe d'identité paléontologique.

### *II-2.2. La méthode des assemblages fossilifères : chronozones et biozones*

Cette méthode se fonde sur la somme des fossiles trouvés dans une couche donnée. On fait l'hypothèse que tous les fossiles trouvés ensemble dans une couche sédimentaire correspondent à des organismes ayant vécu tous au même moment.

1 Une répartition temporelle courte sous-entend une évolution rapide.
2 Pélagique : Se dit d'un organisme du milieu marin qui nage (necton) ou qui flotte (plancton).

**Principe** : supposons que l'on veuille connaître la date à laquelle a été prise la photo ci-dessous. Pour cela il suffit de déterminer les années où ces trois personnes vivaient simultanément soit, ici, entre 1973 et 1975 (Fig. 11).

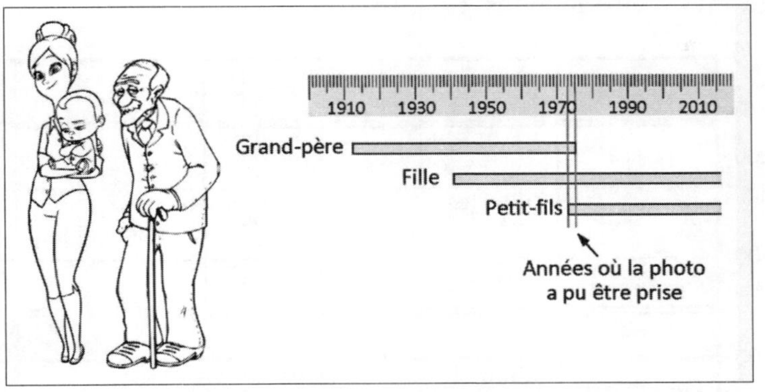


Figure 11. Illustration du principe de recoupement chronologique.

On utilise la même technique avec les fossiles. Prenons un assemblage de fossiles A, B, C, D et E qui se trouvent dans une même couche. La couche qui contient cette association faunistique date du Silurien supérieur. Aucune de ces espèces fossiles prises individuellement n'aurait pu fournir un âge aussi précis (Fig. 12).

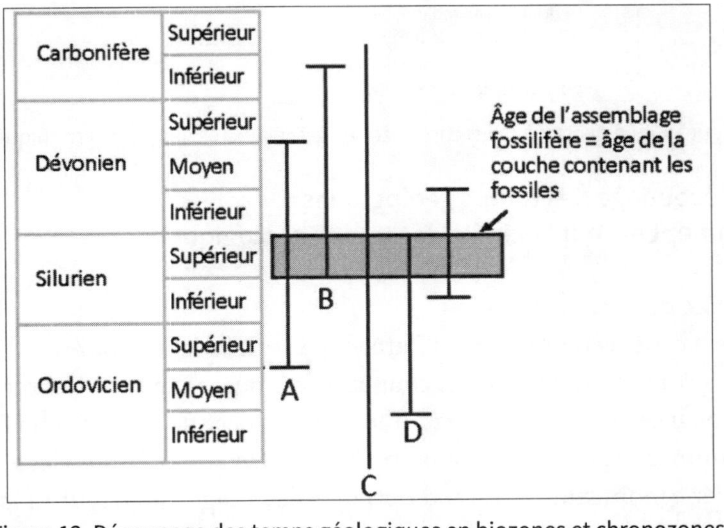


Figure 12. Découpage des temps géologiques en biozones et chronozones.

Les **fossiles stratigraphiques** permettent de définir des **biozones** c'est-à-dire un intervalle de temps au cours duquel une espèce caractéristique, ou une association d'espèces caractéristiques, sont repérées dans des roches sédimentaires. L'identification d'associations fossiles identiques dans des régions géographiquement éloignées permet l'établissement de corrélations temporelles entre formations.

Les biozones sont utilisées pour découper les temps géologiques en **étage** sur des **critères paléontologiques** : chaque étage correspond à des espèces qui disparaissaient et sont remplacées par de nouvelles espèces qui caractérisent l'étage suivant (= **chronozones**) (Fig. 13).

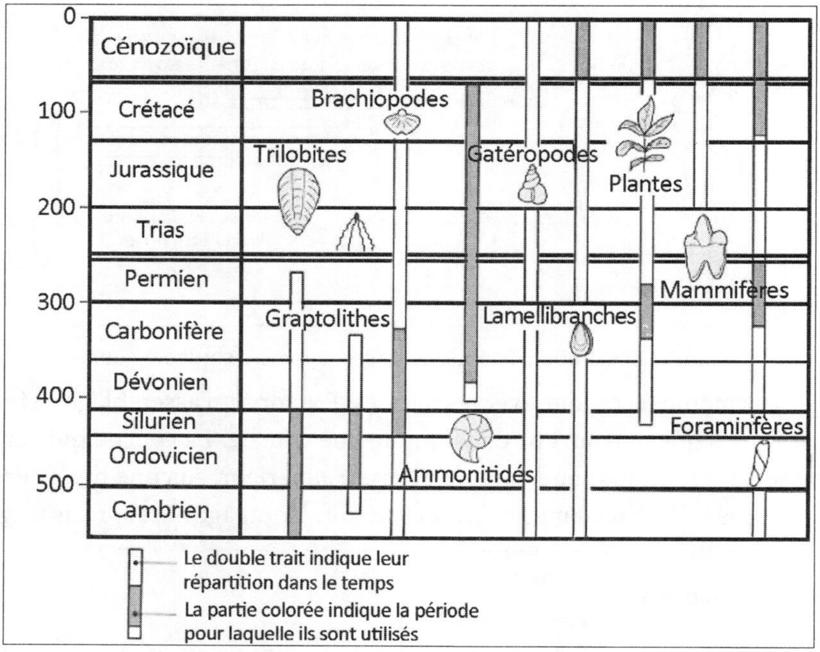


Figure 13. Le découpage en chronozones grâce aux fossiles stratigraphiques.

## II-3. Le découpage des temps géologiques : comment établir l'échelle des temps géologiques

### *II-3.1. L'unité de base : l'étage*

L'unité de base de cette échelle est l'**étage** qui se définit comme étant l'ensemble des strates comprises entre deux coupures, coupures qui sont définies par une commission internationale de stratigraphie sur la base de leur contenu fossilifère. Cette commission définit également un **stratotype d'étage** c'est-à-dire un affleurement montrant les caractéristiques de l'étage et surtout présentant la limite inférieure et supérieure de cet étage.

On appelle **stratotypes** les localités et les couches de référence, contenant les fossiles caractéristiques de l'étage : exemples : le Sinémurien de Semur-en-Auxois (Côte d'Or), le Toarcien de Thouars (Deux-Sèvres), le Bajocien de Bayeux (Calvados), l'Aptien d'Apt (Vaucluse), le Stampien (en latin Stampae) d'Étampes (Essonne), etc.

### II-3.2. *L'échelle stratigraphique des temps géologiques*

L'échelle stratigraphique est **relative** mais elle est complétée par une **datation absolue** qui donne un âge et une incertitude à chaque limite d'étage (Fig. 14).

| Ère | Période | | Epoque | | Etage | Age (en Ma) |
|---|---|---|---|---|---|---|
| | | | | | | 0 |
| Cénozoïque | Quaternaire | | Holocène | | | -0,01 |
| Cénozoïque | Quaternaire | | Pléistocène | | | -1,8 |
| Cénozoïque | Tertiaire | Néogène | Pliocène | Sup. | Gélacien | |
| Cénozoïque | Tertiaire | Néogène | Pliocène | Moy. | Plaisancien | -3,4 |
| Cénozoïque | Tertiaire | Néogène | Pliocène | Inf. | Zancléen | -5,3 |
| Cénozoïque | Tertiaire | Néogène | Miocène | Sup. | Messinien | -6,5 |
| Cénozoïque | Tertiaire | Néogène | Miocène | Sup. | Tortonien | -11 |
| Cénozoïque | Tertiaire | Néogène | Miocène | Moy. | Serravallien | -14,5 |
| Cénozoïque | Tertiaire | Néogène | Miocène | Moy. | Langhien | -16 |
| Cénozoïque | Tertiaire | Néogène | Miocène | Inf. | Burdigalien | -20 |
| Cénozoïque | Tertiaire | Néogène | Miocène | Inf. | Aquitanien | -23,5 |
| Cénozoïque | Tertiaire | Paléogène | Oligocène | | Chattien | -28 |
| Cénozoïque | Tertiaire | Paléogène | Oligocène | | Rupélien | -34 |
| Cénozoïque | Tertiaire | Paléogène | Eocène | Sup. | Priabonien | -37 |
| Cénozoïque | Tertiaire | Paléogène | Eocène | Moy. | Bartonien | -40 |
| Cénozoïque | Tertiaire | Paléogène | Eocène | Moy. | Lutétien | -46 |
| Cénozoïque | Tertiaire | Paléogène | Eocène | Inf. | Yprésien | -53 |
| Cénozoïque | Tertiaire | Paléogène | Paléocène | | Thanétien | -59 |
| Cénozoïque | Tertiaire | Paléogène | Paléocène | | Danien | -65 |
| Mésozoïque ou secondaire | Crétacé | | Supérieur | | Maastrichien | -72 |
| Mésozoïque ou secondaire | Crétacé | | Supérieur | | Campanien | -83 |
| Mésozoïque ou secondaire | Crétacé | | Supérieur | | Santonien | -87 |
| Mésozoïque ou secondaire | Crétacé | | Supérieur | | Coniacien | -88 |
| Mésozoïque ou secondaire | Crétacé | | Supérieur | | Turonien | -91 |
| Mésozoïque ou secondaire | Crétacé | | Supérieur | | Cénomanien | -96 |
| Mésozoïque ou secondaire | Crétacé | | Inférieur | | Albien | -108 |
| Mésozoïque ou secondaire | Crétacé | | Inférieur | | Aptien | -114 |
| Mésozoïque ou secondaire | Crétacé | | Inférieur | | Barrémien | -116 |
| Mésozoïque ou secondaire | Crétacé | | Inférieur | | Hauterivien | -122 |
| Mésozoïque ou secondaire | Crétacé | | Inférieur | | Valanginien | -130 |
| Mésozoïque ou secondaire | Crétacé | | Inférieur | | Berriasien | -135 |
| Mésozoïque ou secondaire | Jurassique | | Supérieur | | Tithonien | -141 |
| Mésozoïque ou secondaire | Jurassique | | Supérieur | | Kimméridgien | -146 |
| Mésozoïque ou secondaire | Jurassique | | Supérieur | | Oxfordien | -154 |
| Mésozoïque ou secondaire | Jurassique | | Moyen | | Callovien | -160 |
| Mésozoïque ou secondaire | Jurassique | | Moyen | | Bathonien | -167 |
| Mésozoïque ou secondaire | Jurassique | | Moyen | | Bajocien | -176 |
| Mésozoïque ou secondaire | Jurassique | | Moyen | | Aalénien | -180 |
| Mésozoïque ou secondaire | Jurassique | | Inférieur | | Toarcien | -187 |
| Mésozoïque ou secondaire | Jurassique | | Inférieur | | Pliensbachien | -194 |
| Mésozoïque ou secondaire | Jurassique | | Inférieur | | Sinémurien | -201 |
| Mésozoïque ou secondaire | Jurassique | | Inférieur | | Hettangien | -205 |
| Mésozoïque ou secondaire | Trias | | Supérieur | | Rhétien | |
| Mésozoïque ou secondaire | Trias | | Supérieur | | Norien | -220 |
| Mésozoïque ou secondaire | Trias | | Supérieur | | Carnien | -230 |
| Mésozoïque ou secondaire | Trias | | Moyen | | Ladinien | -235 |
| Mésozoïque ou secondaire | Trias | | Moyen | | Anisien | -240 |
| Mésozoïque ou secondaire | Trias | | Inférieur | | Scythien | -245 |

Cycle orogénique alpin (0 à -245 Ma)

**Echelle stratigraphique internationale partielle (de 0 à 245 Ma seulement)**

Figure 14. Un extrait de l'échelle stratigraphique internationale.

### *II-3.3. Les crises biologiques sont utilisées comme marqueur du découpage des temps géologiques*

Une crise biologique correspond à l'extinction massive et brutale à l'échelle planétaire d'espèces et de groupes entiers d'êtres vivants, animaux et végétaux, marins et continentaux, suivie d'une diversification des êtres vivants survivants. Ces disparitions (souvent des organismes marins) peuvent être repérées dans les vestiges sédimentaires (Fig. 15).

Par leur caractère global, les crises révèlent des modifications à l'échelle de la planète.

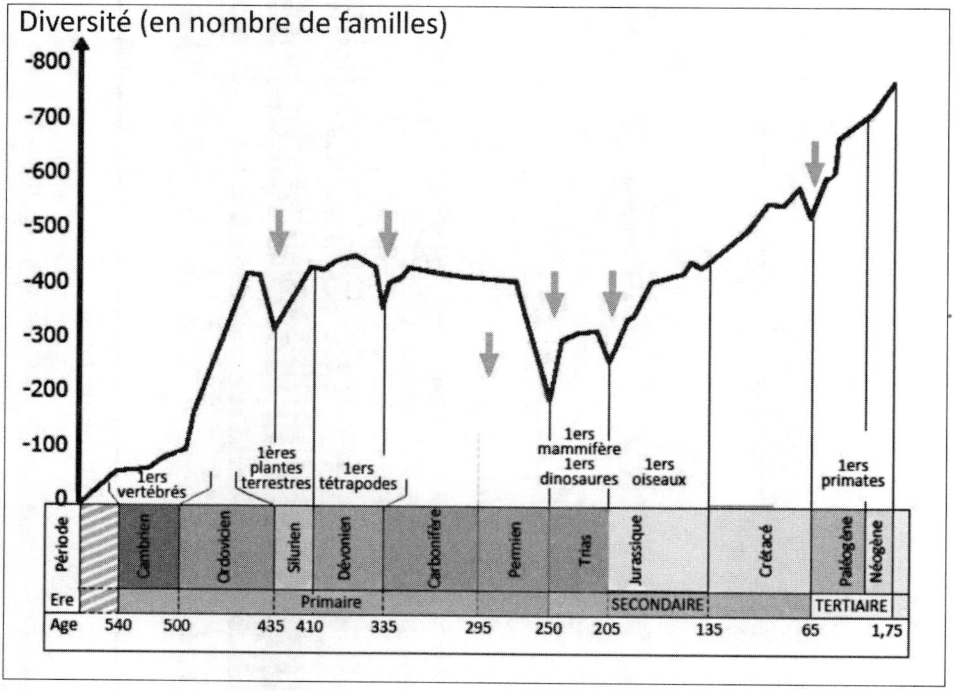


Figure 15. Les grandes crises biologiques.

Les crises biologiques sont utilisées par les géologues comme **marqueurs** des temps géologiques.

On utilise également, pour marquer de grandes coupures dans les temps géologiques, des phénomènes associés aux crises biologiques qui sont repérables dans les archives géologiques comme les régressions ou les transgressions marines, les changements de sédimentation, etc.).

# III. La datation absolue, mesurer le temps écoulé

## III-1. Le principe de l'utilisation des radio-isotopes

Un élément radioactif qualifié de « père » (P) est constitué d'un atome instable qui se désintègre spontanément en donnant naissance à un nouvel élément, l'élément « fils » (F), et à une particule riche en énergie.

Un élément radiogénique est formé par désintégration d'un élément radioactif. Par exemple le $^{40}Ar$ est un élément radiogénique du $^{40}K$ :

$$^{40}K + e^{-} \longrightarrow {}^{40}Ar + \text{particule riche en énergie}$$

La proportion d'éléments radioactifs qui se désintègrent par unité de temps est une constante immuable, et constitue donc une horloge potentielle appelée **constante radioactive (λ)**.

On définit la **période T** comme le temps nécessaire à la désintégration de la moitié des éléments radioactifs présents. La période s'exprime en fonction de la période radioactive et représente une valeur constante caractéristique de l'élément étudié.

L'âge d'une roche correspond au temps (t) écoulé depuis la **fermeture du système**, c'est-à-dire depuis l'arrêt des échanges entre l'échantillon et le milieu (par exemple pour une lave, ce sera le moment du refroidissement brutal de la lave qui fige la roche et empêche ensuite les échanges, ce qui fixe les valeurs initiales du nombre d'éléments père et fils).

Un isotope radioactif « père » se transforme progressivement en isotope radiogénique ou élément « fils » en suivant la loi de décroissance radioactive : $N(t) = N_0 . e^{-\lambda t}$ avec N(t) le nombre d'atomes de l'isotope radioactif à l'instant t, $N_0$ le nombre d'atomes de l'isotope radioactif à l'instant t = 0 et λ la constante de radioactivité de l'isotope radioactif étudié.

Le temps t est donné par l'équation $t = \ln(N_0/N(t))/\lambda$

La période T (ou demi-vie) de l'élément radioactif est le temps au bout duquel la quantité d'élément radioactif est divisée par deux :

$$N_T = N_0/2 \text{ et donc } T = \ln 2/\lambda$$

Si N(t) est facilement mesurable avec un spectrographe de masse, **$N_0$ est, sauf cas particulier inconnu**.

Sauf cas particulier (cas où la quantité initiale d'élément père ou d'élément fils est connue comme pour le couple $^{14}C/^{12}C$ où on considère le rapport $^{14}C/C_{total}$ constant ou le cas du couple $^{40}K/^{40}Ar$ où on considère que tout l'argon radiogénique initial a disparu), la détermination de $N_0$ se fait en utilisant une méthode de résolution graphique. Pour cela, on fait intervenir un isotope de référence qui n'est ni radioactif (il ne se désintègre pas) ni radiogénique (il n'est pas issu de la désintégration d'un élément père). Ainsi, la quantité de cet isotope ne varie pas au cours du temps dans l'échantillon de roche étudié.

Prenons l'exemple de la datation par la méthode Rb-Sr (cas qui correspond au cas général où les quantités initiales d'éléments père et fils sont inconnues) :

– Le $^{87}Rb$ se désintègre en strontium 87 ($^{87}Sr$). Pour le couple ($^{87}Rb$, $^{87}Sr$), l'isotope de référence stable (ni radioactif ni radiogénique) est le $^{86}Sr$.
– On calcule pour chaque échantillon (au moins deux) d'un même gisement, la valeur actuelle (instant t) des rapports $N^{87}Rb(t)/N^{86}Sr$ et $N^{87}Sr(t)/N^{86}Sr$. On place les différents points obtenus sur la courbe $N^{87}Sr(t)/N^{86}Sr$ en fonction de $N^{87}Rb(t)/N^{86}Sr$. L'analyse mathématique révèle (voir « la notion de droite isochrone ») que si les échantillons ont une même origine et n'ont échangés ni Sr ni Rb avec le milieu extérieur, les points représentant les échantillons dans un repère d'abscisse $^{87}/Rb/^{86}Sr$ et d'ordonnée $^{87}Sr/^{86}Sr$ sont alignés sur une droite d'équation :

$$y = Ax + B = (e\lambda^t - 1)x + B$$

avec : $y = {}^{87}Sr/{}^{86}Sr$ et $x = {}^{87}Rb/{}^{86}Sr$
– La pente (A) de la droite est donc une fonction du temps écoulé depuis la fermeture du système :

$$t = \frac{Ln(A + 1)}{\lambda}$$

$$A = e\lambda^t - 1$$

D'où on tire :

$$\hat{A}ge = \frac{Ln(1 + A)}{\lambda}$$

La droite tracée est appelée **droite isochrone**. Sa pente « A » est déterminée à l'aide d'un tableur (utiliser l'option « faire afficher l'équation de la courbe) et permet le calcul de l'âge de l'échantillon (Fig. 16) :

$$\hat{A}ge = Ln(1 + A)/\lambda$$

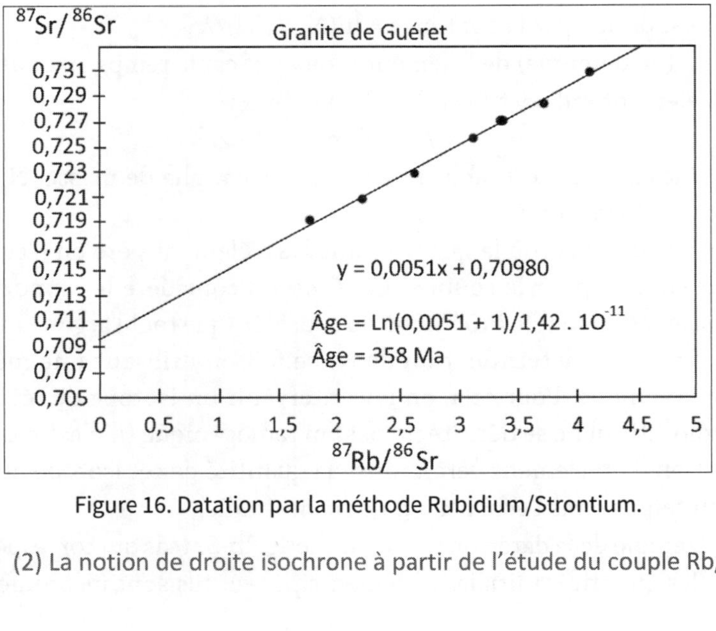


Figure 16. Datation par la méthode Rubidium/Strontium.

(2) La notion de droite isochrone à partir de l'étude du couple Rb/Sr

### III-2. Le choix du chronomètre

Pour les datations, on utilise des radio-isotopes présents dans la roche que l'on veut dater. Du fait de la désintégration radioactive, il ne reste plus dans l'échantillon, au bout d'une période, que la moitié de la quantité de radio-isotope présente initialement, que le quart au bout de la seconde période, le huitième au bout de la troisième période, etc. Si la période du radio-isotope est courte, très rapidement la quantité initiale de radio-isotopes devient trop faible pour pouvoir être mesurée. On choisira donc, si possible, d'utiliser des radio-isotopes dont **la période est du même ordre de grandeur que le temps que l'on veut mesurer**. Par exemple, on n'utilisera le $^{14}C$ de période 5 730 ans que pour dater des objets plus récents que 50 000.

| Principaux couples d'isotopes utilisés | Constante de radioactivité | Périodes (années) | Domaine de datation |
|---|---|---|---|
| $^{238}U \longrightarrow {}^{206}Pb$ | $1{,}55125 \times 10^{-10}$ | $4{,}47 \times 10^{9}$ | Plus de 25 Ma |
| $^{235}U \longrightarrow {}^{207}Pb$ | $9{,}8485 \times 10^{-10}$ | $0{,}704 \times 10^{9}$ | |
| $^{232}Th \longrightarrow {}^{208}Pb$ | $4{,}9475 \times 10^{-11}$ | $14{,}0 \times 10^{9}$ | |
| $^{40}K \longrightarrow {}^{40}Ar$ | $5{,}81 \times 10^{-11}$ | $11{,}9 \times 10^{9}$ | 1 à 300 Ma |
| $^{87}Rb \longrightarrow {}^{87}Sr$ | $1{,}42 \times 10^{-11}$ | $48{,}8 \times 10^{9}$ | Plus de 100 Ma |
| $^{14}C \longrightarrow {}^{14}N$ | $1{,}245 \times 10^{-4}$ | $5{,}730 \times 10^{6}$ | 100 à 50 000 ans |

### III-3. Quelques autres exemples d'utilisation des radio-isotopes

#### *III-3.1. La datation au $^{14}C$*

L'isotope 14 de l'élément carbone ($^{14}C$) est produit en permanence dans la haute atmosphère à partir de l'isotope 14 de l'élément azote ($^{14}N$), sous l'effet des rayons cosmiques. On fait l'hypothèse que la vitesse de formation du $^{14}C$ n'a pas changé depuis au moins 100 000 ans. Comme cette production compense la perte par désintégration radioactive, le rapport isotopique $^{14}C/^{12}C$ reste constant pour le $CO_2$ de l'atmosphère. Ce rapport reste donc aussi constant, dans les tissus vivants qui incorporent le C du $CO_2$ soit directement par la photosynthèse pour les autotrophes, soit indirectement via les chaînes alimentaires pour les hétérotrophes (Fig. 17).

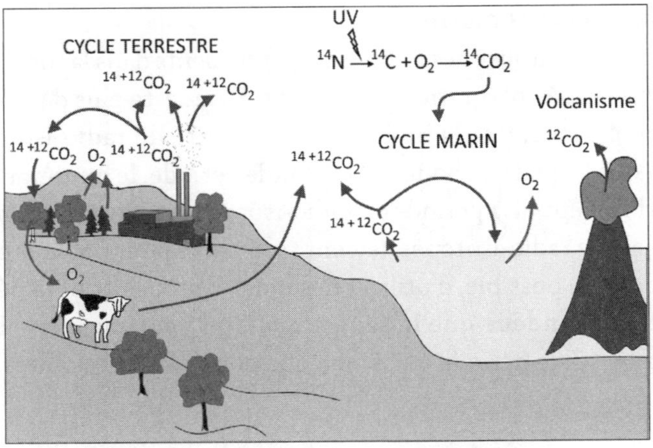


Figure 17. Le cycle du radiocarbone.

Après la mort de l'organisme, le $^{14}C$ n'est plus renouvelé et le rapport isotopique $^{14}C/^{12}C$ décroît suivant la loi de décroissance radioactive.

L'âge de l'échantillon est calculé à partir de la mesure de sa radioactivité exprimée en coups par minute et par gramme de carbone. Aujourd'hui, la radioactivité du carbone des tissus vivants est de 13,56 cpm.g$^{-1}$.

### *III-3.2. La datation par la méthode K-Ar*

Le $^{40}K$ se transforme en $^{40}Ar$ par capture d'un électron. La demi-vie très longue de cette transformation (11,9 Ga ; $\lambda K = 5{,}81 \times 10^{-11}$ an$^{-1}$) permet d'utiliser cette méthode pour des roches très anciennes. Dans ce cas, c'est la quantité d'élément radiogénique qui peut être connue dans des circonstances favorables.

Dans le cas des roches magmatiques, les gaz comme l'argon remontent vers la surface de la masse en fusion. La **quantité d'argon est donc nulle** au sein de la roche au moment de sa solidification. Si la roche (ou le minéral contenu dans la roche) ne laisse pas diffuser ce gaz, tout l'argon extrait de la roche provient de la désintégration du $^{40}K$.

Le $^{40}K$ se transforme en $^{40}Ar$ mais également en $^{40}Ca$ avec une émission β (période de 1,4 Ga et $\lambda\beta = 4{,}962 \times 10^{-10}$).

Le temps t se calcule avec :

$$t = \frac{1}{\lambda_K + \lambda_\beta} \mathrm{Ln}\left(1 + \frac{\lambda_K + \lambda_\beta}{\lambda_K} \times \frac{^{40}Ar}{^{40}K}\right)$$

Soit :

$$t = 0{,}1804.10^{10}\,\mathrm{Ln}\left(1 + 9{,}5404 \times \frac{^{40}Ar}{^{40}K}\right)$$

où t est exprimé en années.

# Je me perfectionne

## (1) La reconnaissance d'horizons repères formés par des cendres volcaniques

On retrouve notamment dans les glaces polaires des couches de cendres correspondant à des éruptions volcaniques importantes ou proches du pôle en question. Si une telle éruption peut être identifiée et datée, on dispose d'un point de contrôle sur la chronologie du forage à une profondeur donnée. Cette méthode s'applique aux derniers milliers d'années, période durant laquelle les éruptions volcaniques sont bien documentées et datées.

• **Exemple** : les deux carottes de glace de la figure 18 ont une échelle différente mais on peut les aligner grâce aux niveaux de cendres.

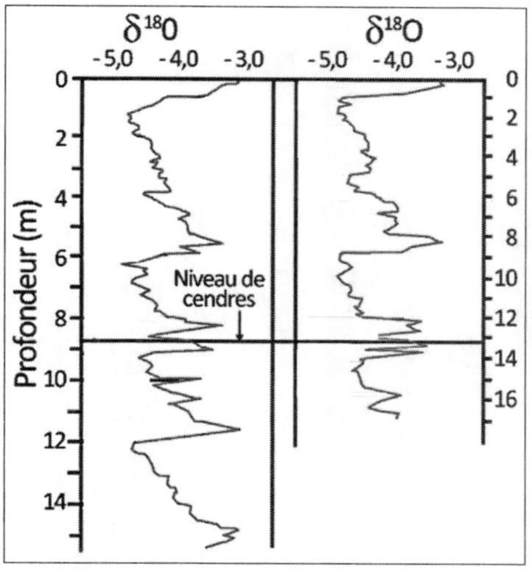


Figure 18. Corrélation de deux carottes de glace par téphrochronologie.

## (2) La notion de droite isochrone à partir de l'étude du couple Rb/Sr

Le nombre $N_{87Sr}{}^*(t)$ d'atomes de $^{87}Sr$ formés à partir du $^{87}Rb$ est égal au nombre d'atomes de rubidium désintégrés : ($^*$ pour radiogénique)

$N_{87Sr}{}^*(t) = N_{Rb0} - N_{Rb}(t) = N_{Rb}(t) \cdot (e\lambda^t - 1)$ en utilisant la formule de la décroissance radioactive $N_{Rb}(t) = N_{Rb0} \cdot e^{-}\lambda^t$.

Le nombre total d'atomes de $^{87}Sr$ est égal à ceux qui existaient à l'instant 0 ajoutés à ceux qui sont apparus :

$$N_{87Sr\text{-}total}(t) = N_{87Sr}{}^*(t) + N_{87Sr\text{-}initial}$$

En divisant par le nombre $N_{86Sr}$ d'atomes de l'isotope 86 du strontium, qui sert de référence, on obtient :

$$\left(\frac{N_{87Sr}(t)}{N_{86Sr}}\right)=\left(e^{\lambda t}-1\right)\times\left(\frac{N_{Rb}(t)}{N_{86Sr}}\right)+\left(\frac{N_{87Sr-initial}}{N_{86Sr}}\right)$$

équation de la forme Y = A . X + B, si on pose

$$X=\left(\frac{N_{Rb}(t)}{N_{86Sr}}\right)$$

$$Y=\left(\frac{N_{87Sr}(t)}{N_{86Sr}}\right)$$

Les points représentant les mesures doivent donc être alignés dans un système d'axes (X, Y). L'ordonnée à l'origine est le rapport isotopique initial du Strontium : Pour X = 0,

$$Y_{m}=\left(\frac{N_{87Sr-initial}}{N_{86Sr}}\right)$$

# Je m'exerce et je fais la différence

## Entraînement

### Exercice 1

*Bac S, sujet de SVT, session 2006, Liban*

Certaines régions du Massif Central sont riches en roches volcaniques. On cherche à effectuer la datation relative de l'épisode volcanique qui a permis la mise en place d'une structure géologique dans la région du Suc d'Eyme.

**Datez le basalte gris par rapport aux autres roches en utilisant les principes de datation relative.**

*Il n'est pas demandé d'établir une chronologie de l'ensemble des événements géologiques. La restitution des principes de datation relative n'est pas attendue.*

Document : coupe géologique simplifiée dans une zone volcanique du Massif Central (Fig. 19)

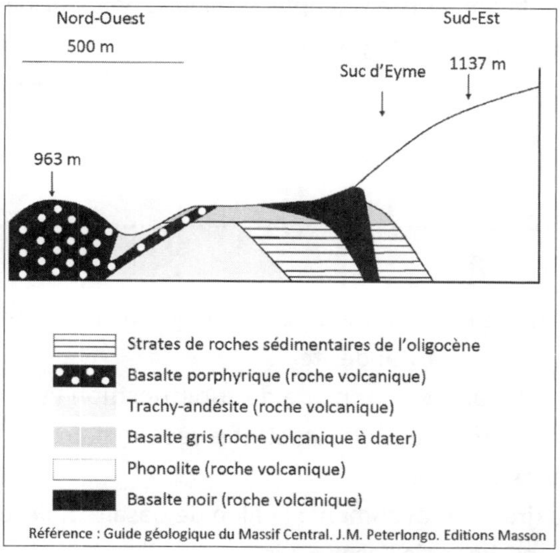


Figure 19. Coupe géologique simplifiée dans une zone volcanique du Massif Central.

▶ **Exercice 2**

*Bac S, sujet de SVT, session 2003, métropole*

**Grâce à un raisonnement rigoureux, réalisez une datation relative des quatre événements indiqués sur le document et visibles sur la coupe géologique présentée, puis établissez leur chronologie.**

Document : coupe géologique simplifiée d'une région de Provence (Fig. 20)

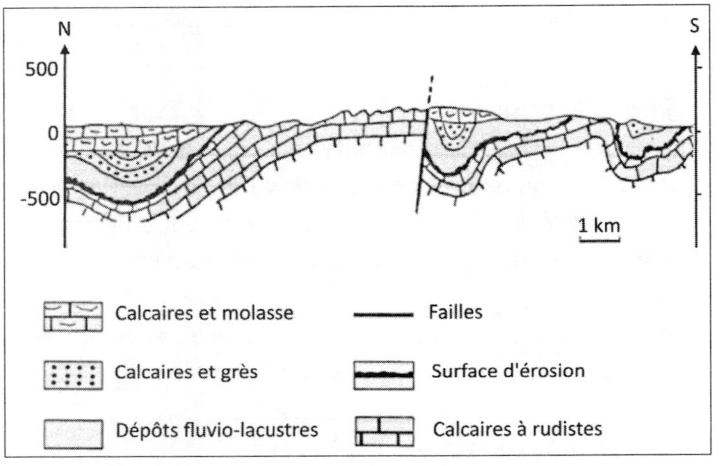


Figure 20. Coupe géologique simplifiée d'une région de Provence.

Les quatre événements à prendre en compte : la faille, la phase de plissement, la surface d'érosion, le dépôt de calcaires et grès.

## Correction

▶ **Exercice 1**

**Informations tirées du document** : le basalte gris recouvre des strates de roches sédimentaires et la trachy-andésite.

**Interprétation** : d'après le principe de superposition la coulée volcanique à l'origine du basalte gris recouvre les strates sédimentaires et la trachy-andésite, donc leur est postérieure.

**Informations tirées du document** : le filon de basalte noir recoupe à la fois les strates sédimentaires et le basalte gris.

**Interprétation** : d'après le principe de recoupement, le filon de basalte noir recoupant le basalte gris lui est postérieur.

**Informations tirées du document**: un filon de basalte porphyrique recoupe le basalte gris.

**Interprétation**: d'après le principe de recoupement, le filon de basalte porphyrique est postérieur au basalte gris qu'il recoupe; on ne dispose pas des éléments nécessaires pour dater le filon de basalte porphyrique par rapport au filon de basalte noir.

**Synthèse**: le basalte gris s'est mis en place après la formation de la trachy-andésite et des strates sédimentaires et a été recoupé postérieurement par des filons de basalte porphyrique et de basalte noir.

▸ **Exercice 2**

Les quatre événements à prendre en compte: la faille, la phase de plissement, la surface d'érosion, le dépôt de calcaires et grès. On étudiera chaque événement de façon indépendante.

**La faille**

**Informations tirées de la coupe géologique**: la faille recoupe les quatre terrains présents dans la région considérée, c'est-à-dire les calcaires à rudistes, les dépôts fluvio-lacustres, les calcaires et grès et les calcaires et molasse.

**Interprétation**: d'après le principe de recoupement (tout événement modifiant soit la géométrie soit la continuité d'une structure géologique est postérieur à cette structure), on peut affirmer qu'elle est postérieure à ces terrains.

**La phase de plissement**

**Informations tirées de la coupe géologique**: seuls les trois terrains les plus profonds, calcaires à rudistes, dépôts fluvio-lacustres et calcaires et grès sont plissés.

**Interprétation**: d'après le principe de recoupement, on peut donc affirmer que la phase de plissement s'est déroulée postérieurement à la formation des trois terrains.

**Informations tirées de la coupe géologique**: les calcaires et molasse recouvrent les terrains plissés.

**Interprétation**: d'après le principe de superposition, on peut dire que le plissement est antérieur à ces dépôts.

**La surface d'érosion**

**Informations tirées de la coupe géologique**: la surface d'érosion limite la face supérieure des calcaires à rudistes,

**Interprétation**: d'après le principe de recoupement, on peut donc penser que cette surface s'est mise en place postérieurement au dépôt de calcaires à rudistes. Cette surface est recouverte de dépôts fluviatiles et de calcaires et grès: d'après le principe de superposition, elle est antérieure à ces dépôts.

**Le dépôt de calcaires et grès**

**Informations tirées de la coupe géologique**: les calcaires et grès sont les derniers terrains plissés et recouvrent les dépôts fluviatiles.

**Interprétation** : d'après le principe de superposition, ils leur sont postérieurs. Ils sont antérieurs aux calcaires et molasse qui les recouvrent.

**Synthèse** : reconstitution de l'histoire géologique de la région de Provence étudiée. Cette région est constituée de séries sédimentaires empilées les unes sur les autres. Les calcaires à rudistes se sont déposés les premiers puis ont été érodés donnant naissance à la surface d'érosion. Sur celle-ci les formations fluvio-lacustres suivies des calcaires et grès se sont ensuite déposées. Les trois séries sédimentaires ont alors subi une phase de plissement avant d'être recouverts par les calcaires et molasse. Une faille a alors fracturé tous les terrains mis en place.

Chronologiquement on a ainsi dépôt des calcaires à rudistes, formation de la surface d'érosion, formation des dépôts fluvio-lacustres, dépôt de calcaires et de grès, phase de plissement, dépôt des calcaires et molasse et enfin formation de la faille.

Chapitre B-2

# Les traces du passé mouvementé de la Terre

# Je révise et je me perfectionne

## I. Des domaines continentaux révélant des âges variés

Les continents associent des domaines d'âges différents. Ils portent des reliquats d'anciennes chaînes de montagnes (ou ceintures orogéniques) issues de cycles orogéniques successifs.

### I-1. La notion de cycle orogénique

On appelle **cycle orogénique** ou **cycle tectonique** la succession des événements correspondant à la formation puis à la destruction d'une chaîne de montagnes. Un tel cycle comprend en général trois phases :

- Une phase de sédimentation dans un bassin sédimentaire subsident qui correspond souvent à une marge continentale.
- Une phase d'orogenèse, c'est-à-dire de plissement des sédiments accumulés dans le bassin sédimentaire et surrection d'une chaîne de montagnes.
- Une phase de pénéplanation de la chaîne montagneuse.

On peut estimer de 100 à 150 Ma la durée d'un cycle orogénique (Fig. 1).

La **subsidence** est un lent affaissement de la surface de la croûte terrestre due à l'augmentation de la charge de sédiments. Elle permet le dépôt progressif et la préservation de sédiments sur de grandes épaisseurs (par exemple le bassin parisien).

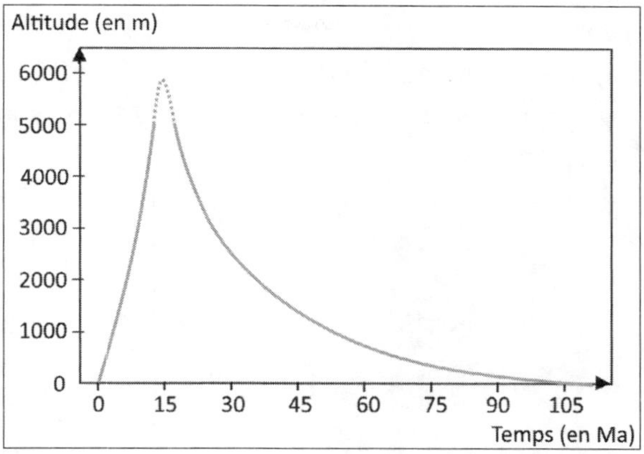


Figure 1. Durée d'un cycle orogénique estimée à partir de l'étude des variations d'altitude d'une chaîne de montagnes.

## I-2. Une succession de cycles orogéniques en Europe

Les continents associent des domaines d'âges différents.

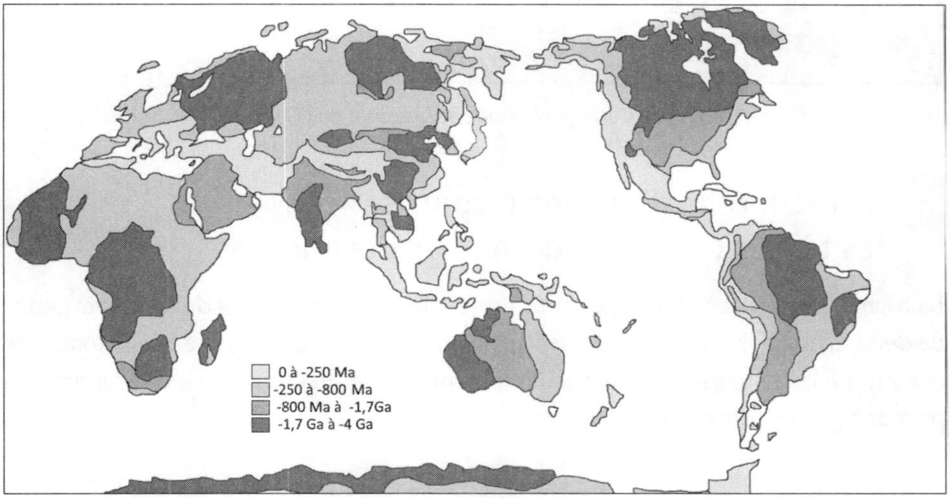


Figure 2. Âge des roches continentales (d'après Irina M. Artemieva : The continental lithosphere: Reconciling thermal, seismic, and petrologic data).

Les continents portent des reliquats d'anciennes chaînes de montagnes (ou ceintures orogéniques) issues de cycles orogéniques successifs. En Europe, quatre cycles orogéniques majeurs sont documentés (Fig. 2) :

- **l'orogenèse cadomienne**, datant du Précambrien (–750 Ma) jusqu'au début du Cambrien (–540 Ma) ;
- **l'orogenèse calédonienne**, s'étendant du début du Cambrien au début du Dévonien (–360 Ma) ;

- **l'orogenèse hercynienne** (ou **varisque**), s'étendant du Dévonien (–400 Ma) à la fin du Permien (–252 Ma) ;
- **l'Orogenèse alpine**, s'étendant du début du Trias (–252 Ma) à aujourd'hui. Les phases orogéniques tertiaires (–66 Ma à –2,58 Ma) masquent souvent les phases d'âge secondaire.

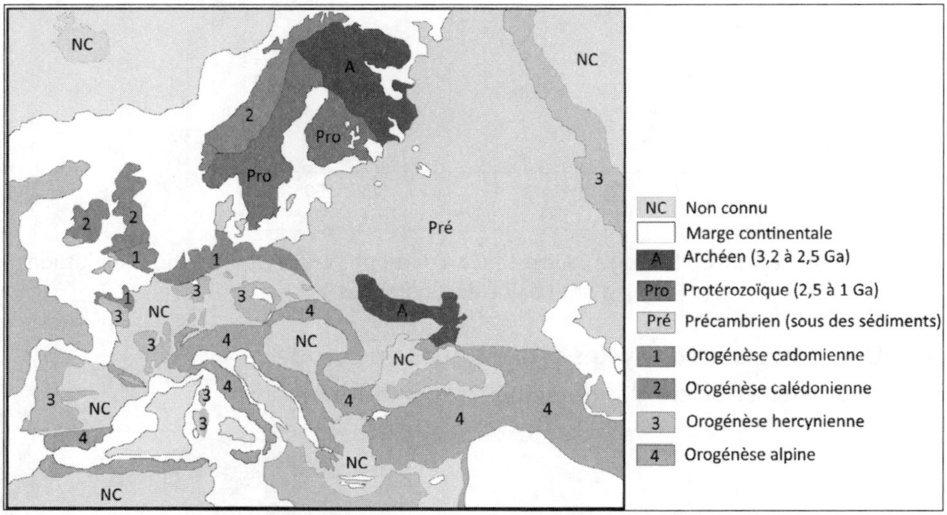


Figure 3. Carte géologique structurale de l'Europe.

## II. La recherche d'océans disparus : les traces d'anciens domaines océaniques

La formation d'une chaîne (de montagnes) de collision résulte de la convergence de deux lithosphères continentales qui fait suite à la subduction de la lithosphère océanique les séparant. Nous rechercherons des indices validant ce scénario en prenant pour exemple les Alpes franco-italiennes.

### II-1. L'organisation de la lithosphère océanique

Il y a création de plancher océanique à l'aplomb du **rift** des dorsales à partir de **magmas de composition basaltique** résultant de la **fusion partielle** des **péridotites du manteau supérieur** (Fig. 4).

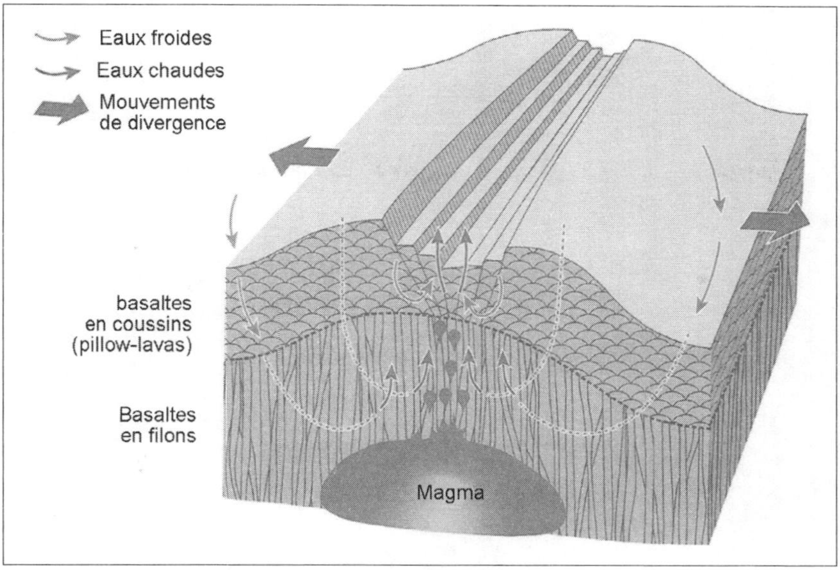


Figure 4. Fonctionnement d'une dorsale océanique.

Ces magmas migrent vers la surface puis, en se refroidissant plus ou moins rapidement, donne naissance aux **gabbros** et **basaltes** qui avec les **péridotites** constituent la **lithosphère océanique**.

**La structure verticale de la lithosphère océanique** est connue par des observations directes au fond des océans (Fig. 5) ou des forages (Fig. 6) qui montrent que les roches sont partout superposées de la même façon : du haut vers le bas, basaltes en pillow-lavas, basaltes en filons, gabbros et enfin péridotites.

Figure 5. Basaltes en pillow-lavas photographiés par 3 000 mètres de fond sur la dorsale médio-Atlantique.

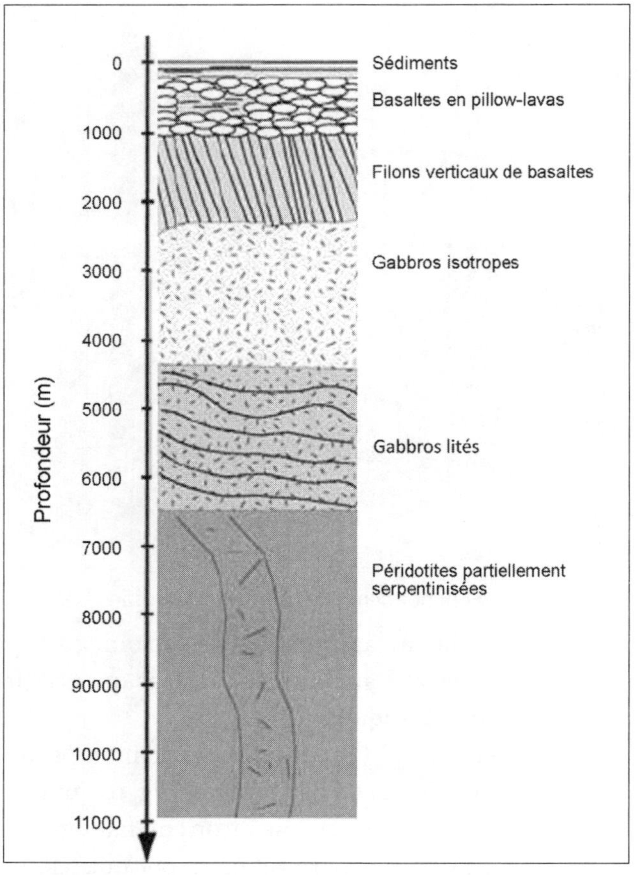


Figure 6. La structure verticale de la lithosphère océanique.

### II-2. Les ophiolites témoignent de la fermeture de domaines océaniques : l'exemple de la genèse des Alpes

Les **ophiolites** sont un ensemble de roches appartenant à une portion de lithosphère océanique, charriée sur un continent lors d'un phénomène de collision (convergence) de deux plaques lithosphériques.

### II-2.1. La carte géologique des alpes françaises : localisation des principaux massifs étudiés

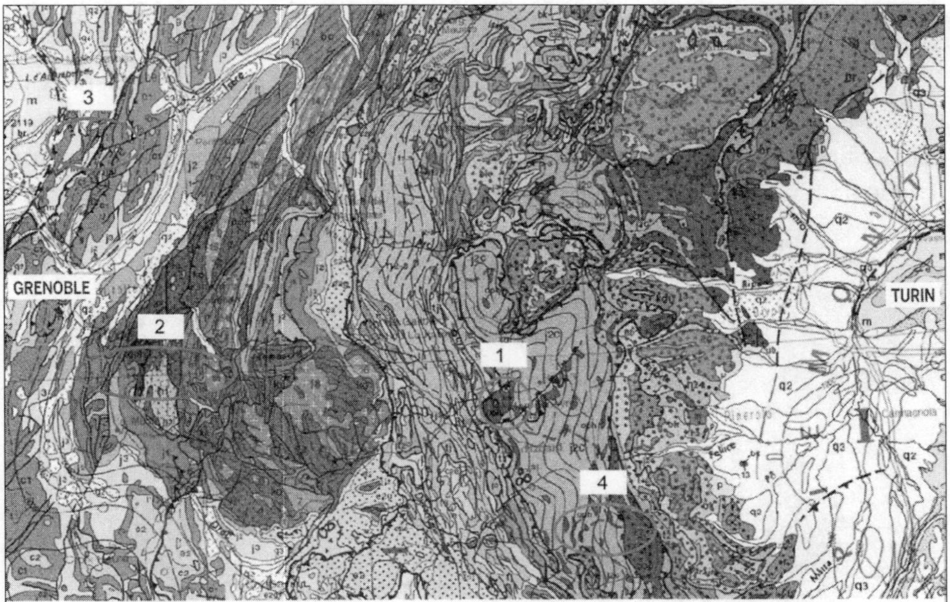


1. Massif du Chenaillet 2. Région d'Oisan 3. Nord de Grenoble 4. Queyras

Figure 7. Carte géologique des alpes françaises.

### II-2.2. Des ophiolites dans les Alpes : étude du massif du Chenaillet

Dans le massif du Chenaillet (zone interne de l'arc alpin) on trouve des formations rocheuses constituées par la superposition du haut vers le bas (Fig. 8) :

- des basaltes en pillow-lavas
- des gabbros
- des péridotites altérées.

Figure 8. Le Chenaillet, un lambeau de lithosphère océanique.

Les gabbros sont peu déformés et d'une épaisseur variant entre 150 et 200 m ; certains présentent des signes d'un **métamorphisme hydrothermal** : présence d'auréoles d'amphibole ou de chlorite autour des pyroxènes. Ce sont des métagabbros de type « schiste vert » (voir aussi paragraphe III-3).
Les **péridotites sont** très sombres avec des veinures vertes ; les cristaux de pyroxène et d'olivine ont été soumis à une intense altération hydrothermale et sont maintenant entourés par un minéral hydraté vert sombre, la **serpentine**, d'où le nom donné à ces roches : les **serpentinites** (Fig. 9).

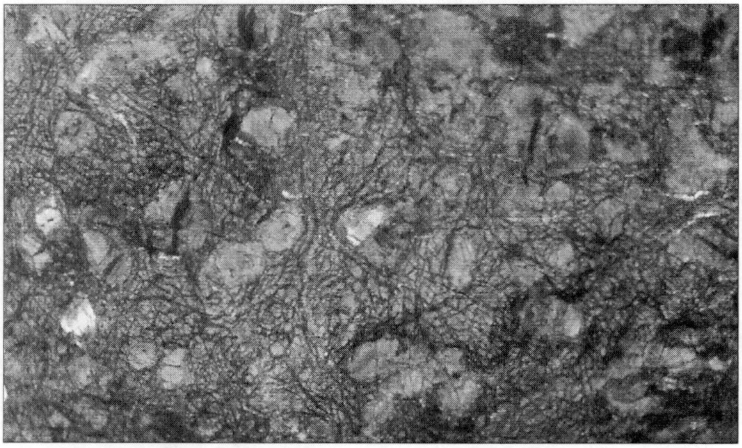

Figure 9. Échantillon de péridotite (olivine, pyroxène et serpentine).

Les basaltes ont un aspect de coussins (pillow-lava) d'un diamètre de 0,5 à 1 m. Ces pillow-lavas sont empilés sur 300 à 400 m d'épaisseur (Fig. 10).

Figure 10. Photographie de basalte en coussins (pillow-lava).

On peut émettre l'hypothèse que cet ensemble de roches appartient à l'ancien plancher de l'océan liguro-piémontais qui séparait la plaque européenne et la plaque africaine avant la naissance des Alpes.

### II-3. L'émergence d'ophiolites résulte de phénomènes d'obduction ou de subduction, suivis d'une exhumation.

En s'éloignant de plus en plus de la zone de divergence, la lithosphère océanique devient de plus en plus dense en se refroidissant (Fig. 11).

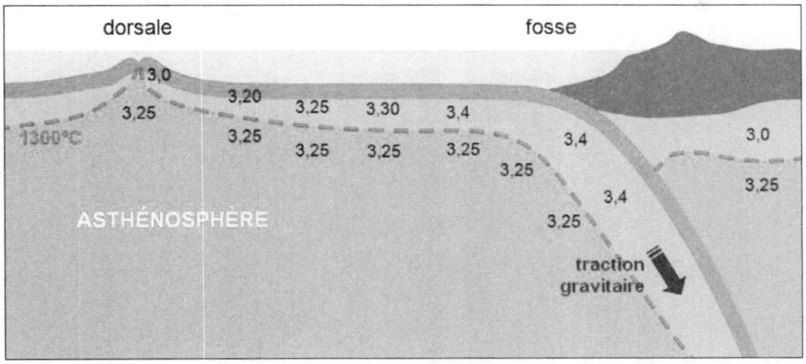


Figure 11. La densité de la lithosphère océanique augmente en s'éloignant de l'axe de la dorsale.

Vient un moment où sous l'effet de l'augmentation de densité (et dans une moindre mesure de la poussée du tapis roulant), cette lithosphère se fracture et l'une des deux lèvres s'enfonce sous l'autre, créant une **zone de subduction** (Fig. 12 image du haut). Au large du continent, il se forme un arc volcanique insulaire. Le chevauchement progressif de la plaque océanique sur ce qui reste de plaque océanique du côté continental concentre le matériel qui se trouve sur les fonds océaniques pour former un **prisme d'accrétion** qui croît à mesure de la fermeture entre l'arc volcanique et le continent. La zone de subduction se transforme alors en une **zone d'obduction** (Fig. 12 image du bas).

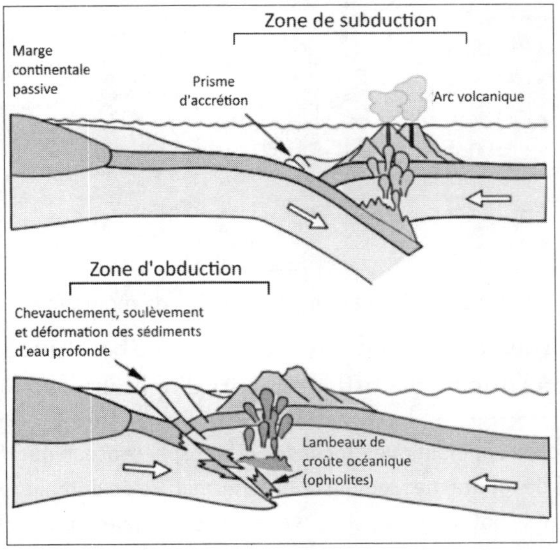


Figure 12. La disparition d'un océan par subduction.

Mais la véritable chaîne de montagnes se formera lors de la **collision entre les deux plaques continentales**. Dans cette situation, le rapprochement des deux plaques entraîne comme précédent, la formation d'un prisme d'accrétion qui croît progressivement, et la chaîne de montagnes s'érige peu à peu (Fig. 13).

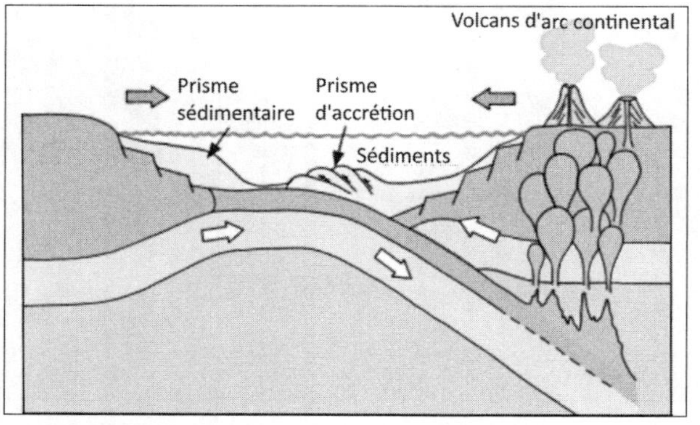


Figure 13. Collision entre deux plaques continentales.

Avec la collision des deux plaques le mouvement cesse et la chaîne atteint sa hauteur maximum et acquiert ses caractéristiques :

- des zones de roches non déformées jouxtent les roches déformées de la chaîne ;
- aux racines de la chaîne on trouve des roches métamorphiques très déformées, car formées sous des températures et des pressions très élevées (Fig. 14).

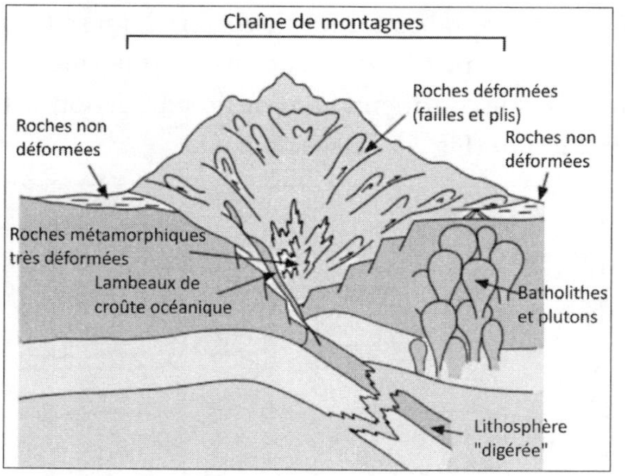


Figure 14. La formation d'une chaîne de montagnes.

On trouvera aussi des lambeaux de croûte océanique basaltique coincés dans des failles qui seront à l'origine des affleurements d'ophiolites.

La présence de complexes ophiolitiques (roches de la lithosphère océanique) formant des sutures au sein des chaînes de montagnes témoigne de la fermeture de domaines océaniques, suivie de la collision de blocs continentaux par convergence de plaques lithosphériques.

# III. Les marques de la fragmentation continentale et de l'ouverture océanique : les traces d'une marge continentale passive

La fracturation d'un continent unique en deux lors de l'ouverture d'un océan est à l'origine, sur chacune des deux bordures créées, de structures caractéristiques : les marges continentales. Retrouver des indices de ces marges en plein chaîne alpine démontre qu'à l'emplacement des Alpes existait jadis un océan aujourd'hui disparu.

## III-1. Un exemple de marge continentale passive : la marge continentale armoricaine (Fig. 15)

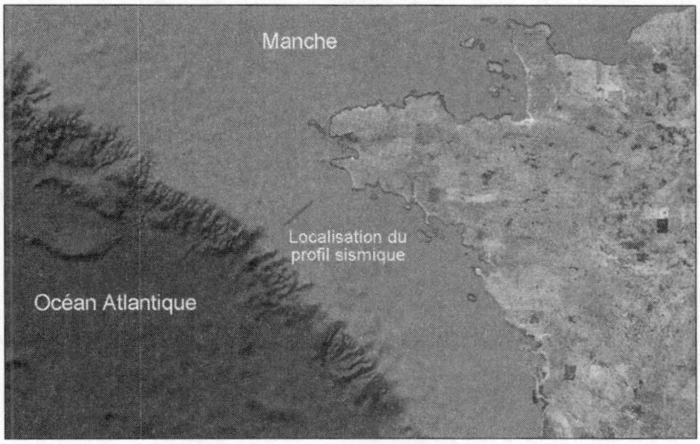


Figure 15. La marge continentale armoricaine.

En provoquant des explosions en surface, les géologues déclenchent des **ondes sismiques** qui se propagent en profondeur et sont réfléchies vers la surface lorsqu'elles rencontrent une interface séparant **deux milieux physiques de propriétés différentes** (limites de couches sédimentaires, ou bien contact faillé entre couches sédimentaires). La localisation des différents réflecteurs permet de reconstituer la structure profonde de la chaîne (Fig. 16).

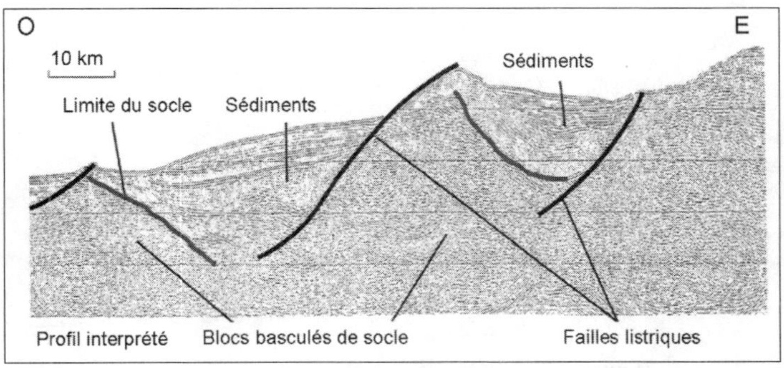


Figure 16. Le profil sismique de la marge armoricaine à l'entrée dans la Manche.

Le profil sismique de la marge armoricaine à l'entrée dans la Manche (voir localisation sur la Fig. 15) révèle l'existence de **failles normales** qui recoupe le socle ainsi que certaines séries sédimentaires.
Certaines de ces failles normales sont qualifiées de **listriques** car elles ont un pendage qui diminue avec la profondeur et sont légèrement incurvées vers le haut. Les failles listriques encadrent des **blocs basculés** de croûte continentale. Au fur et à mesure qu'ils s'enfoncent (Fig. 17), les blocs basculent de sorte que l'épaisseur des sédiments qui les recouvre (qui comblent le bassin formé) est beaucoup plus épaisse d'un côté que de l'autre (**sédimentation en éventail**).

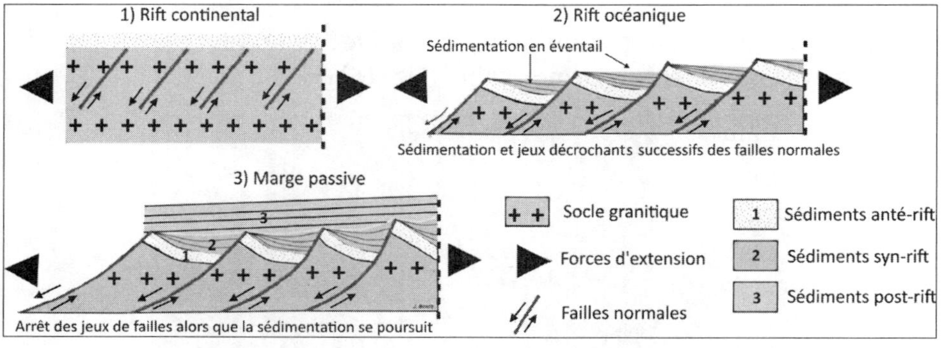


Figure 17. La formation d'une marge continentale passive.

### III-2. La structure d'une marge continentale passive

La marge continentale est constituée de 3 unités morphologiques (Fig. 18) :

– le **plateau continental**, large ici de 70 km en moyenne, peu profond (0 à 200 m) et à pente très faible ;
– le **talus continental**, compris entre –200 et –3 000 m, dont la pente moyenne est de 7 % et qui est entaillé par des vallons et des canyons sous-marins ;
– le **glacis continental**, au pied du talus, où s'accumulent en eau profonde les sédiments transportés depuis le continent. Le glacis se raccorde à la plaine abyssale vers 3 500 m de profondeur.

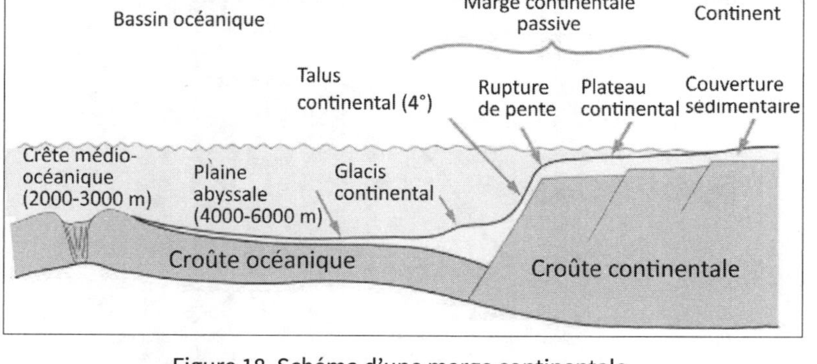


Figure 18. Schéma d'une marge continentale.

Les marges continentales passives témoignent de la fracturation continentale par extension.

(1) Comment se forme une marge continentale ?

## III-3. Des vestiges d'une marge continentale passive dans les Alpes

Dans la région d'Oisans, à proximité de Grenoble, on retrouve un ensemble de formations correspondant à une ancienne marge passive (Fig. 19) :

- des blocs basculés ;
- des strates sédimentaires pouvant atteindre plusieurs centaines de mètres (marnes à ammonites, indiquant des dépôts en haute mer) ;
- quelques km plus loin, l'épaisseur de ces mêmes strates n'est plus que de quelques dizaines de mètres (elles sont alors riches en matériaux détritiques, ce qui indique la proximité d'un rivage).

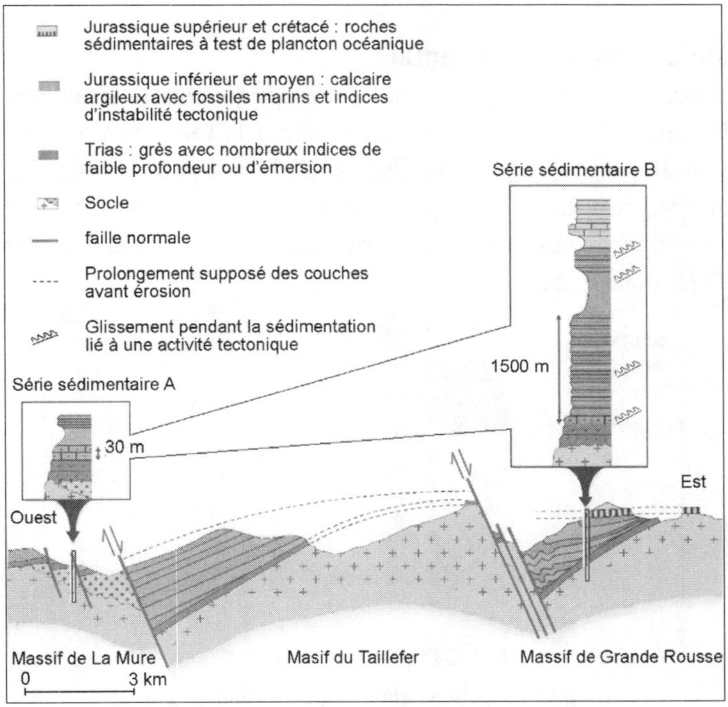


Figure 19. Coupe géologique de la région de Bourg d'Oisans.

Ces blocs basculés sont les vestiges de la marge continentale passive créée au moment de l'ouverture de l'océan liguro-piémontais (Fig. 20).

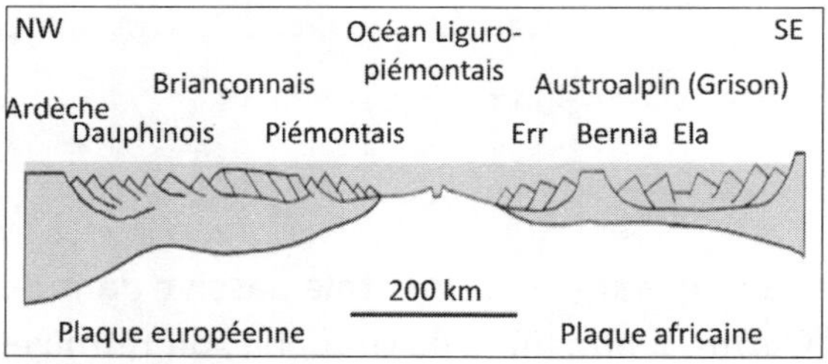


Figure 20. Coupe à travers l'océan Liguro-Piémontais et ses marges continentales européenne et africaine, pendant son expansion, il y a environ 100 millions d'années.

## IV. Les rifts continentaux sont le stade initial de la fragmentation

### IV-1. Définition d'un rift continental

Un rift continental est une région de la lithosphère continentale amincie sous l'action de forces d'étirement. Il est marqué par la formation en surface, d'un fossé d'effondrement (un graben) (Fig. 21). Un rift peut représenter le stade initial d'une rupture de la lithosphère, conduisant à la formation d'un océan (voir « Comment se forme une marge continentale ? »), soit avorter. Il est souvent associé à la formation de volcans.

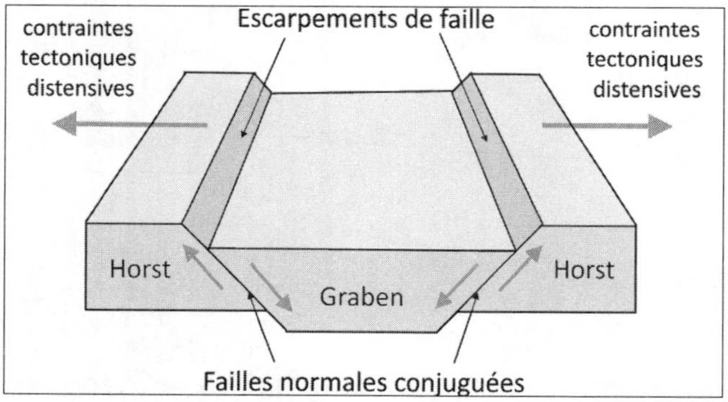


Figure 21. Schéma d'un fossé d'effondrement.

### IV-2. Comment se forme un rift continental : les rifts actifs et passifs

L'ouverture d'un rift peut intervenir à la suite de deux mécanismes distincts d'amincissement : le rifting actif et le rifting passif. L'évolution tectonique est alors très différente suivant l'un ou l'autre de ces deux modes d'amincissement (Fig. 22).

Un **rift actif** résulte de l'ascension d'un panache mantellique qui atteint la lithosphère et forme des chambres magmatiques en des lieux appelés points chauds. Cette ascension provoque dans un premier temps un soulèvement topographique marqué associé à du volcanisme, puis une extension avec formation des fossés d'effondrement associée à une sédimentation.

Un **rift est dit passif** lorsque l'extension résulte de forces trouvant leur origine aux limites de la plaque tectonique. Celle-ci s'étire alors horizontalement et s'amincit, ce qui provoque d'abord en surface des fossés d'effondrement (grabens) qui se comblent de sédiments et où le volcanisme est généralement absent. Ce n'est que dans un second temps qu'un soulèvement d'origine thermique et un volcanisme concomitant se produit. Des exemples de rift passif sont le graben du Rhin, le lac Baïkal ou le rift du Rio Grande.

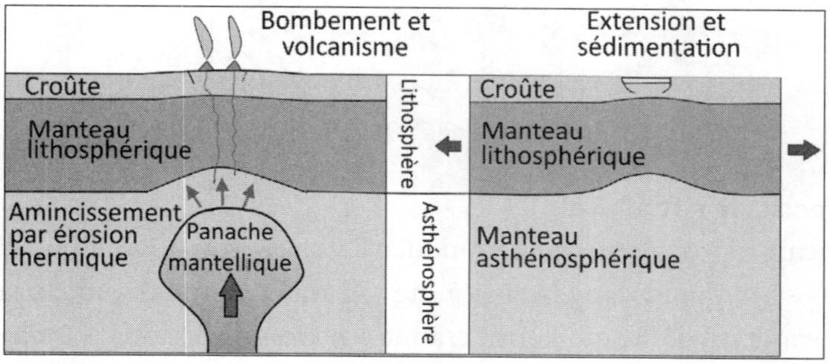


Figure 22. À gauche est schématisé le premier stade d'un rift actif : soulèvement et volcanisme en surface ; à droite, est représenté le premier stade d'un rift passif.

## IV-3. Exemple de rifts passif et actif

- **Un exemple de rift passif : le graben du Rhin (Fig. 23)**

Le fossé rhénan est un graben, au milieu d'un rift, dû à une extension est-ouest de la croûte terrestre et de la lithosphère, durant l'Oligocène et le Miocène. Le graben du Rhin est une relique d'océanisation avortée. En effet, cette structure est restée figée avant de donner lieu à un océan.

De nombreux rifts peuvent rentrer dans les deux catégories à la fois, voire dans aucune en particulier, ce qui peut donc justifier l'abandon des appellations « rift passif » et « rift actif » par une grande partie de la communauté des géologues.

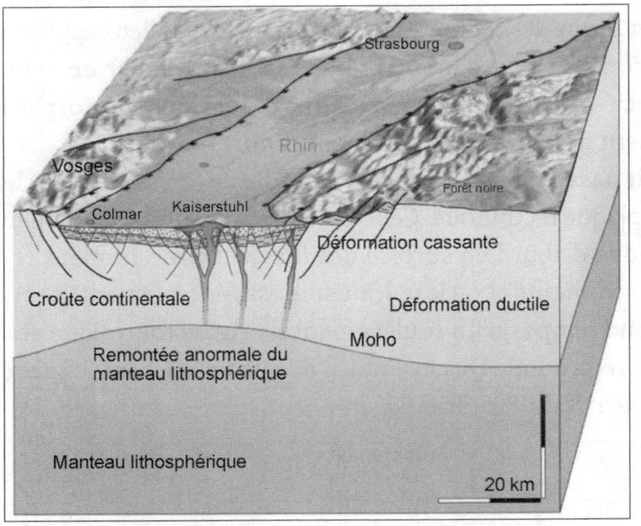


Figure 23. Un exemple de rift passif : le graben du Rhin.

- **Un rift actif : le rift africain**

Le rift Africain a probablement commencé il y a environ 40 millions d'année par un simple point chaud dans la région de l'Afar. Ce point chaud, aurait forcé la plaque à former un dôme qui aurait craqué sur trois directions, formant un « Y » : deux des branches ont formé le rift de la mer Rouge et celui du golfe d'Aden, séparant la plaque Arabique de la plaque Africain (Fig. 24).

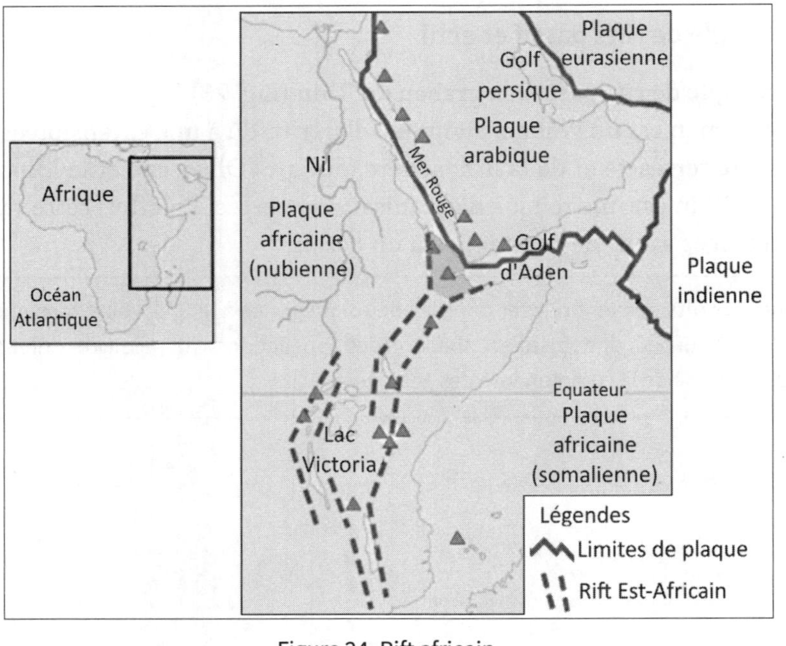


Figure 24. Rift africain.

# V. Les cycles des supercontinents

La dynamique de la lithosphère détermine ainsi différentes périodes paléogéographiques, avec des périodes de réunion de blocs continentaux, liées à des collisions orogéniques, et des périodes de fragmentation conduisant à la mise en place de nouvelles dorsales.

## V-1. Les cycles de Wilson

Le cycle de Wilson correspond aux différentes étapes depuis l'ouverture et l'apparition d'un océan jusqu'à sa fermeture et à sa disparition.

- **Les étapes du cycle de Wilson (Fig. 25)**

Le cycle commence par la formation d'un rift sous l'action de la rupture de la lithosphère continentale, suite à la divergence de deux plaques tectoniques. Un rift (vallée d'effondrement) se forme. Lorsque le rift entre en contact avec un océan, il se remplit d'eau et forme une mer dont les fonds sont constitués d'une dorsale centrale et d'une jeune lithosphère océanique (exemple : la mer Rouge).
Au niveau de la dorsale océanique, l'accrétion se poursuit et continue de créer de la lithosphère océanique : l'océan s'élargit et s'agrandit (exemple : Atlantique).
En vieillissant, la densité de la lithosphère océanique augmente et finit par provoquer sa plongée sous une autre plaque océanique ou sous une plaque continentale. Cette subduction provoque séismes et activités volcaniques à la frontière des plaques convergentes, tandis que se forment des arcs insulaires, des prismes d'accrétion et des chaînes de montagnes (exemple : les Andes ou le Japon).
Enfin, l'océan se réduit à une simple mer comme dans le cas de la mer Méditerranée, avant de disparaître avec la collision des continents. Une suture continentale se forme alors, avec l'érection d'une chaîne de montagnes telle que l'Himalaya. Dans ces montagnes, on peut retrouver des roches originaires de l'ancienne lithosphère océanique : les ophiolites.
Le rythme des cycles de Wilson apparait irrégulier. De même, les configurations des unités mobiles de la croûte terrestre sont imprévisibles et hautement variées.

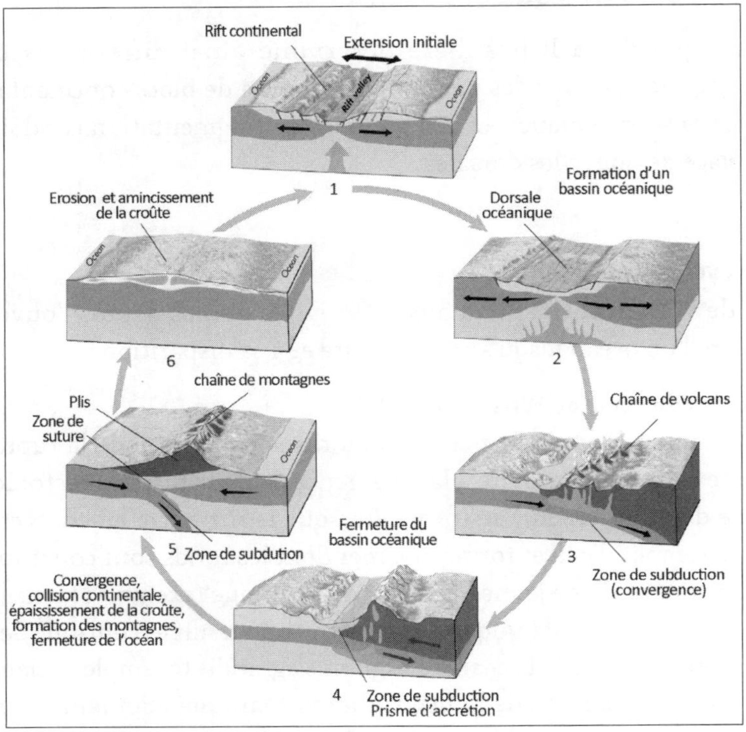


Figure 25. Représentation schématique du cycle de Wilson.

## V-2. Le perpétuel remaniement de la surface terrestre

La tectonique globale actuelle (notamment les marqueurs de collision ou d'extension) permet de reconstituer l'histoire géologique de la Terre et notamment sa paléogéographie (Fig. 26).

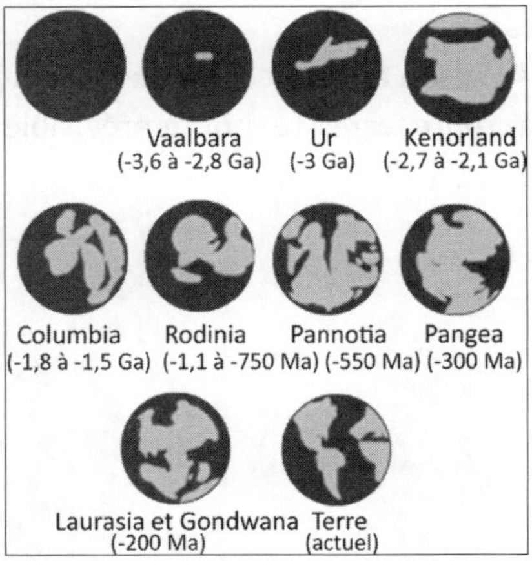


Figure 26. Représentation simplifiée des cycles des supercontinents jusqu'à nos jours.

# Je me perfectionne

## (1) Comment se forme une marge continentale ?

Dans le noyau et les zones profondes du manteau les réactions nucléaires libèrent de la chaleur. Il en résulte de lentes remontées de matières chaudes sous forme de courants de convection bloqués dans leur ascension par la lithosphère continentale. La croûte continentale se déforme en dôme alors que des failles apparaissent (Fig. 27). À cause d'une certaine solidarité entre la lithosphère rigide et l'asthénosphère plus plastique, les courants de convection ont une double action :

- le manteau lithosphérique est étiré et aminci ;
- la croûte continentale en extension se fracture selon un système de failles listriques responsables de l'écaillage du socle.

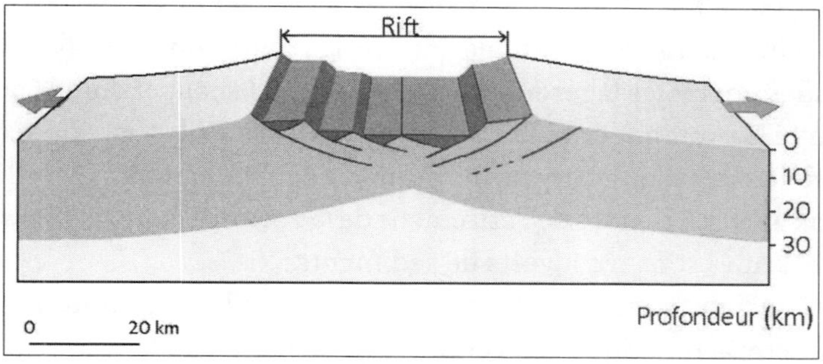


Figure 27. Ouverture d'un rift intracontinental.

Un fossé d'effondrement plus ou moins large se forme. On observe une forte remontée de chaleur à l'aplomb des dorsales qui permet un franchissement du solidus, et donc une fusion partielle des péridotites mantelliques. Il apparaît alors un magma de composition basaltique. Les épanchements de laves basaltiques en profondeur amorcent la formation d'une nouvelle croûte océanique, d'une dorsale et d'un rift médian. Le véritable domaine océanique apparaît (Fig. 28). Tandis que la croûte continentale et le manteau lithosphérique continuent à s'étirer et s'amincir, les eaux marines envahissent le fossé d'effondrement. Provenant de l'érosion des masses continentales maintenant séparées, les sédiments commencent à s'accumuler.

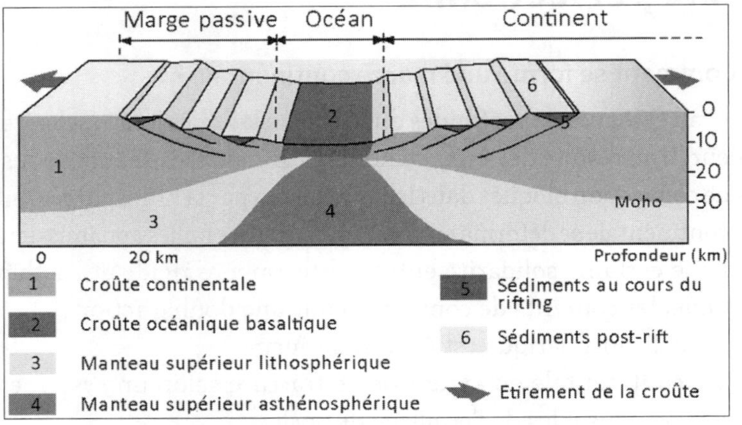


Figure 28. Formation d'une nouvelle croûte océanique.

Au niveau d'une marge continentale passive, la croûte continentale est fracturée par des **failles normales légèrement** incurvées vers le haut et dont le pendage qui diminue avec la profondeur (= **failles listriques**). Les failles listriques délimitent des blocs de croûte d'une largeur moyenne de 15 km, qui basculent les uns par rapport aux autres à la suite de l'étirement de la zone : ce sont les **blocs basculés**. Les blocs basculés sont recouverts de sédiments :

– les plus anciens sont basculés avec les blocs qu'ils surmontent et ont une structure caractéristique en éventail (sédiment **syn-rift**) ;
– les plus récents recouvrent l'ensemble et ne sont ni basculés ni affectés par les failles (sédiment **post-rift**).

Ainsi, **l'âge des sédiments en éventail nous permet de connaître l'âge de l'ouverture océanique** (Fig. 29).

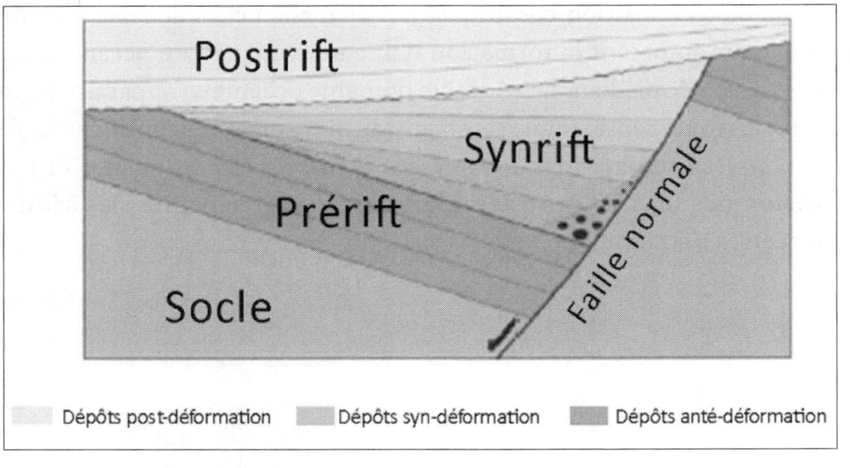


Figure 29. Sédimentation en éventail.

# Je m'exerce et je fais la différence

## Entraînement

### Exercice 1

*Bac S, sujet de SVT, session 2014, métropole, partie 2.1 (3 points)*

On recherche dans les différentes structures de la chaîne alpine des éléments qui permettent de comprendre sa formation. Les résultats des études sismiques effectuées dans les Alpes sont regroupés dans la coupe schématique ci-dessous.

**À partir de l'étude du document, cocher la bonne réponse dans chaque série de propositions du QCM et rendre la feuille annexe avec la copie.**

Document

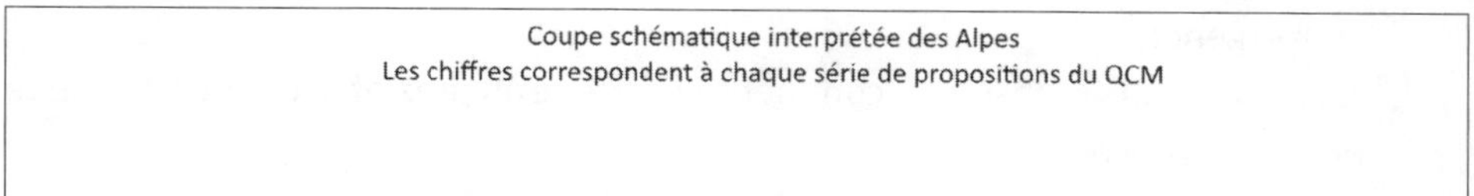


Figure 30. Coupe transversale interprétée des Alpes.

*D'après profil ECORS*

**QCM : à partir des informations extraites du document, cocher la bonne réponse, pour chaque série de propositions.**

1. **La croûte continentale est fracturée. Les différents compartiments se sont déplacés les uns par rapport aux autres selon :**
   - ☐ un mouvement le long d'une faille normale associé à une compression
   - ☐ un mouvement le long d'une faille normale associé à une distension
   - ☐ un mouvement le long d'une faille inverse associé à une compression
   - ☐ un mouvement le long d'une faille inverse associé à une distension
2. **L'épaississement de la croûte continentale est lié à :**
   - ☐ la formation d'une racine crustale et d'un relief constitué de sédiments plissés charriés
   - ☐ la disparition d'une racine crustale et d'un relief constitué de sédiments plissés charriés
   - ☐ la formation d'une racine crustale et d'un relief constitué de sédiments non déformés
   - ☐ la disparition d'une racine crustale et d'un relief constitué de sédiments non déformés
3. **Les ophiolites sont :**
   - ☐ les traces d'une lithosphère océanique formée au préalable dans un contexte de convergence
   - ☐ les traces d'une lithosphère continentale formée au préalable dans un contexte de convergence
   - ☐ les traces d'une lithosphère océanique formée au préalable dans un contexte de divergence
   - ☐ les traces d'une lithosphère continentale formée au préalable dans un contexte de divergence
4. **Les blocs basculés associés à des sédiments prouvent la présence, avant la formation de la chaine de montagne :**
   - ☐ d'une ancienne marge passive associée à une divergence
   - ☐ d'une ancienne marge passive associée à une convergence
   - ☐ d'une ancienne marge active associée à une divergence
   - ☐ d'une ancienne marge active associée à une convergence
5. **Les sédiments d'érosion présent sur la coupe montrent :**
   - ☐ que la disparition des reliefs avait déjà débuté il y a –35 Ma
   - ☐ que la disparition des reliefs a débuté il y a –5,3 Ma
   - ☐ que la disparition des reliefs a cessé dès –35 Ma
   - ☐ que la disparition des reliefs a cessé dès –5,3 Ma.

▸ **Exercice 2 : à la recherche de l'océan alpin**

*Bac S, sujet de SVT, session 2015, Polynésie, partie 2, exercice 2 (enseignement obligatoire), 5 points*

Au cours d'un stage de géologie dans les Alpes, des étudiants cherchent des indices de l'existence d'un ancien océan alpin qui aurait disparu.

**À partir des documents proposés et des connaissances, présenter des indices témoignant de l'ouverture d'un océan alpin puis de sa fermeture.**

---

Document de référence : **localisation des différents sites visités lors du stage**

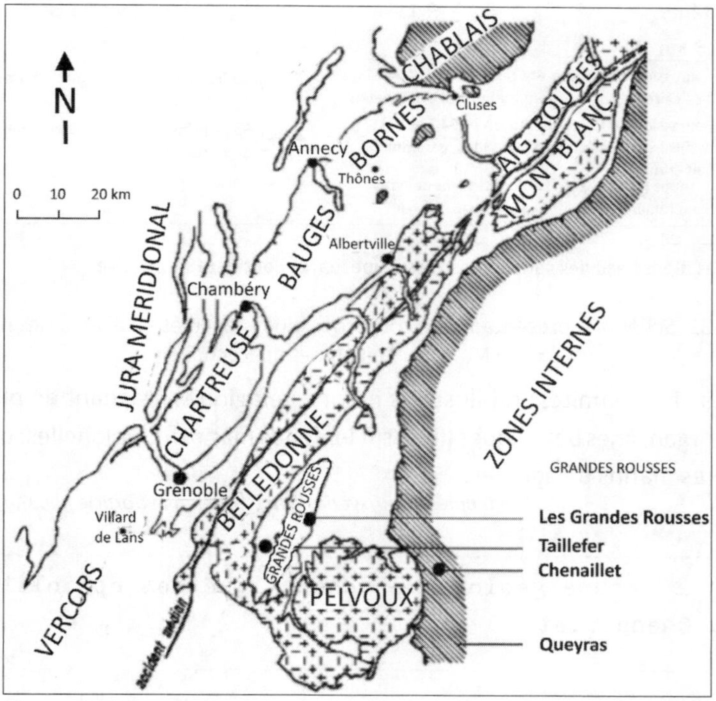


Figure 31. Localisation des différents sites visités lors du stage.

*Source : http://www.geol-alp.com/h_oisans/index_oisans.html*

Document 1 : **schéma représentant une coupe des blocs basculés* au niveau des massifs de la Mure, du Taillefer et du Rochail**

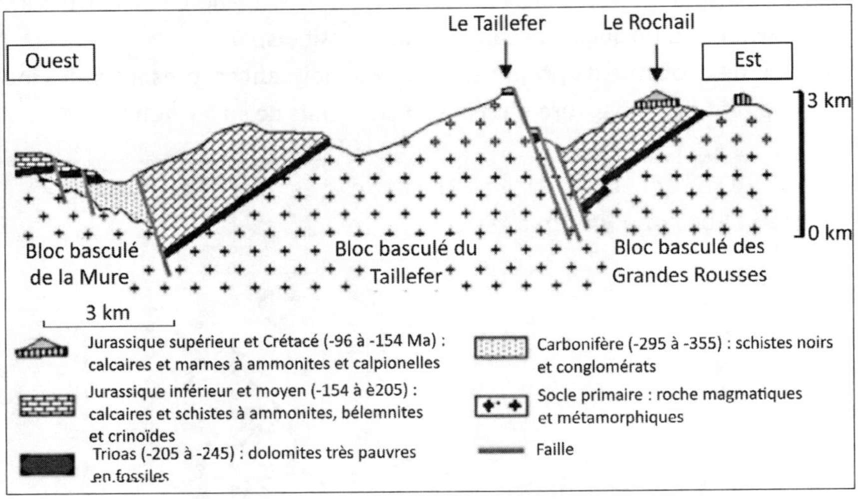


* Les blocs basculés sont les vestiges d'une marge continentale passive.

Figure 32. Schéma représentant une coupe des blocs basculés au niveau des massifs de la Mure, du Taillefer et du Rochail.

Ammonites et Bélemnites : mollusques marins pélagiques (nageant en pleine mer). Crinoïdes : organismes benthiques (fixés sur les fonds marins). Calpionelles : organismes unicellulaires marins pélagiques.

*D'après http://svt.ac-dijon.fr/schemassvt/article.php3?id_article=1033*

Document 2 : **coupe géologique schématique des ophiolites du Chenaillet**

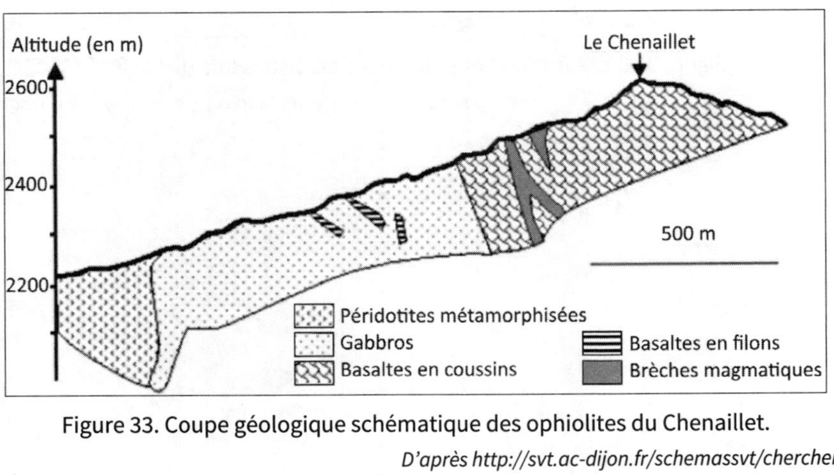


Figure 33. Coupe géologique schématique des ophiolites du Chenaillet.

*D'après http://svt.ac-dijon.fr/schemassvt/chercher.php3*

**Document 3 : lame mince de métagabbro à glaucophane trouvé dans la vallée du Guil dans le Queyras**

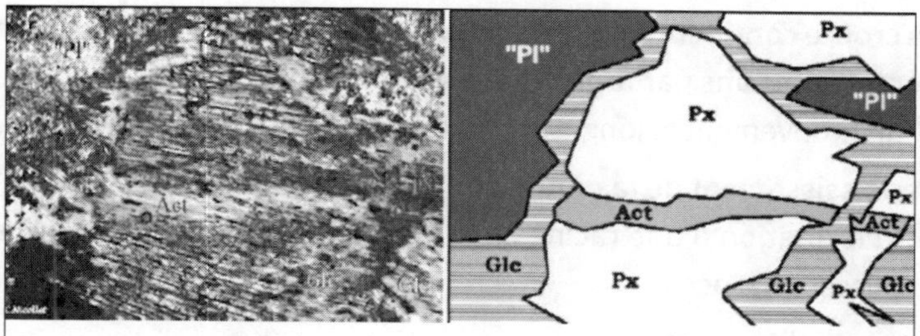


D'après http://christian.nicollet.free.fr/page/CO/metagabbro.html

"Pl" = «plagioclase», Px = py-roxène résiduel, Act = actinote et Glc = glauco-phane

D'après P. Fabre, 2008 d'après photographie C. Nicollet

Figure 34. Lame mince de métagabbro à glaucophane.

**Document 4 : les domaines de stabilité des minéraux en fonction de la température et de la pression**

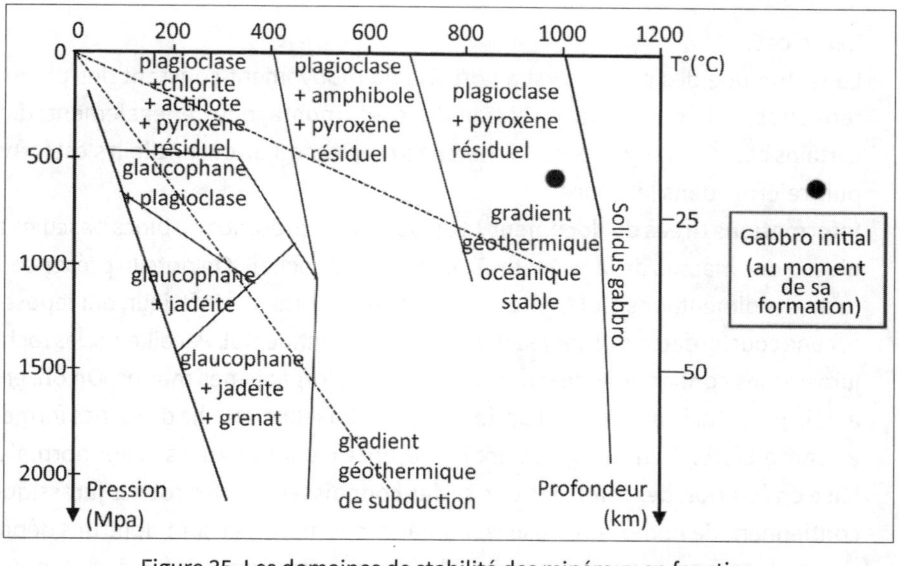


Figure 35. Les domaines de stabilité des minéraux en fonction de la température et de la pression.

*D'après : http://svt.ac-dijon.fr/schemassvt/article.php3?id_article=1034*

## Correction

### Exercice 1

1. **La croûte continentale est fracturée. Les différents compartiments se sont déplacés les uns par rapport aux autres selon :**
   ☒ un mouvement le long d'une faille inverse associé à une compression.
2. **L'épaississement de la croûte continentale est lié à :**
   ☒ la formation d'une racine crustale et d'un relief constitué de sédiments plissés charriés.
3. **Les ophiolites sont :**
   ☒ les traces d'une lithosphère océanique formée au préalable dans un contexte de divergence.
4. **Les blocs basculés associés à des sédiments prouvent la présence, avant la formation de la chaine de montagne :**
   ☒ d'une ancienne marge passive associée à une divergence.
5. **Les sédiments d'érosion présent sur la coupe montrent :**
   ☒ que la disparition des reliefs avait déjà débuté il y a –35 Ma.

### Exercice 2

La tectonique des plaques est à l'origine du mouvement constant des plaques terrestres. Cela mène à la formation de reliefs montagneux et également, dans certains cas, à celle d'océans. On cherche à montrer qu'un océan alpin s'est formé, puis refermé dans les Alpes.

**Informations tirées du document 1 :** on observe la présence de blocs basculés au niveau des massifs de la Mure, du Taillefer et du Rochail. On note la présence de roches sédimentaires, notamment de roches du jurassique inférieur, qui reposent sur une couche datée du trias recouvrant le socle continental. Par ailleurs, les roches jurassiques contiennent de nombreux fossiles d'organismes marins. On observe aussi, que le socle primaire est parfois recouvert par une couche de roches formées au carbonifère. On note également la présence de nombreuses failles normales.

**Mise en relation des informations et des connaissances :** les roches jurassiques contiennent de nombreux fossiles d'organismes marins et sont donc des dépôts marins. La présence de nombreuses failles normales témoigne de forces distensives. On sait que les blocs basculés sont des vestiges d'une marge continentale passive, qui correspond au passage de la croûte continentale à la croûte océanique. Cette marge passive s'est formée au moment de la naissance de l'océan qui, ici, est l'océan alpin. Cette marge passive se trouve actuellement dans la zone externe des Alpes (voir le document de référence).

**Informations tirées du document 2 :** les ophiolites du Chenaillet se trouvent dans la zone interne des Alpes. Elles sont composées de haut en bas de basaltes en coussins, de gabbros et des péridotites.
**Mise en relation des informations et des connaissances** : la succession (de haut en bas) de basaltes en coussins, de gabbros et des péridotites est typique d'une lithosphère océanique (basalte de la croûte océanique, gabbros et péridotites du manteau supérieur). Le plancher océanique se forme au niveau d'une dorsale. Cela confirme la présence d'un océan alpin il y a des millions années.
**Informations tirées du document 3 :** un métagabbro à glaucophane du Queyras a pour composition minéralogique : des plagioclases, des pyroxènes résiduels, de l'actinote et du glaucophane en auréole autour du pyroxène.
**Mise en relation des informations et des connaissances :** d'après le principe d'inclusion, le glaucophane est plus jeune que le pyroxène qu'il entoure.
**Informations tirées du document 4** : ce document indique les domaines de stabilité des minéraux en fonction du couple pression/température. On observe que le glaucophane n'est pas stable en surface, mais est stable dans des conditions de hautes pressions (P supérieure à 500 MPa) et basse température (T° entre 200 et 400°C). Ces conditions sont rencontrées dans les zones de subduction comme le montre le tracé du gradient géothermique de subduction. De plus, on voit que le glaucophane est un minéral du métamorphisme qui se forme par réaction entre plagioclase, actinote et chlorite.
**Mise en relation des informations et des connaissances :** le gabbro initial est constitué de pyroxènes et plagioclases. Les plagioclases et les pyroxènes observés dans le métagabbro du Queyras sont donc des minéraux résiduels.
La présence de glaucophane, qui n'est stable que des conditions du gradient géothermique de subduction, montre que les gabbros qui les contiennent ont connu une subduction pour se transformer en métagabbro.
Le glaucophane se forme lors d'une réaction faisant intervenir, en dehors des plagioclases, de l'actinote et de la chlorite, deux minéraux formés dans le gabbro à très basse température et très basse pression, donc lors de l'expansion de la lithosphère océanique. Cela démontre que l'océan alpin, après une phase d'expansion, a disparu par subduction de la lithosphère océanique. Des lambeaux de cette lithosphère sont remontés en surface lors de la collision.
**Synthèse :** la présence dans les Alpes de roches qui constituent en temps normal la lithosphère océanique, associées à la présence de fossiles d'organismes marins, permet de conclure qu'il y a eu jadis un océan alpin qui a fonctionné et connu une expansion. Cette hypothèse est confirmée par l'existence de traces de marges passives, qui marquent la frontière entre la croûte océanique et continentale. Cet océan s'est ensuite refermé par subduction, ce qui est montré par la présence de minéraux qui n'ont pu se former que dans un contexte de subduction. L'océan alpin a totalement disparu et les 2 croûtes continentales sont entrées en collision.

Chapitre C-1

# L'organisation fonctionnelle des plantes à fleurs

# Je révise et je me perfectionne

Par diverses caractéristiques, les plantes terrestres montrent une capacité d'adaptation à la vie fixée à l'interface sol/atmosphère, dans des environnements variables.

## I. L'organisation fonctionnelle des plantes à fleurs

### I-1. Organisation générale d'une plante à fleurs

Les plantes ont une croissance indéfinie, c'est-à-dire que durant toute leur vie, des organes se forment : les racines, les tiges ou les troncs, les branches (rameaux), les feuilles (et les fleurs) (Fig. 1).

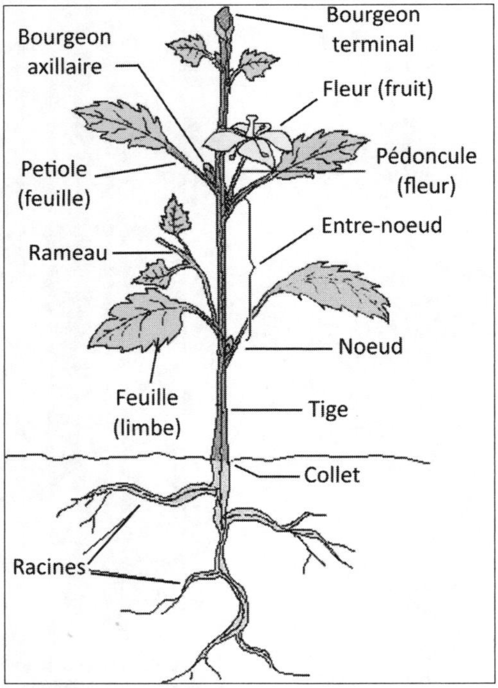


Figure 1. Schéma général d'organisation de la plante.

Le port d'un végétal est défini par la disposition relative de ses différents organes. Il est souvent caractéristique de son espèce. La forme des feuilles et des fleurs permet aussi de distinguer les espèces entre elles.

Sur les continents, la lumière solaire n'est présente qu'au-dessus du sol, tandis que l'eau liquide et les nutriments minéraux sont présents essentiellement dans le sol. De plus, l'humidité (hygrométrie) et la température de l'air peuvent subir d'importantes variations. Ainsi, au cours de l'évolution, des **processus trophiques**, des **systèmes de protection** et **de communication** ainsi que des **modalités particulières de reproduction**, se sont mis en place en relation avec les exigences d'une vie fixée entre ces deux milieux.

En vivant fixées à l'interface sol-air, les plantes peuvent profiter des ressources disponibles dans chacun de ces milieux :

- Les racines ancrent la plante dans le sol et prélèvent l'eau et les ions : elles constituent une **interface plante/hydrosphère-sol.**
- Les tiges et les feuilles se dressent et s'orientent au-dessus du sol pour permettre à la plante de capter l'énergie lumineuse et d'échanger les gaz nécessaires à la photosynthèse.

### I-2. De grandes surfaces d'échange avec le sol

Les plantes développent une grande surface d'échange souterraine permettant l'absorption d'eau et d'ions du sol au niveau de structures spécialisées : les poils absorbants.

Un **poil absorbant (ou racinaire)** est une cellule différenciée de **l'assise pilifère** ou **zone pilifère** d'une racine (Fig. 2).

La **zone pilifère :** elle forme un manchon de quelques centimètres de hauteur à l'extrémité de la racine juste après la coiffe et la zone d'élongation. Elle se détruit continuellement par le haut, remplacée par une assise subéreuse, alors que de nouveaux poils se forment à sa base. Elle reste ainsi à distance constante de la coiffe et accompagne l'allongement de la racine.

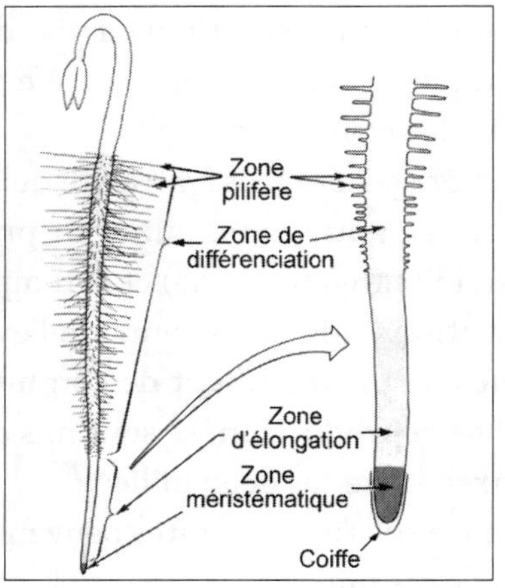


Figure 2. La zone pilifère.

Les poils absorbants (Fig. 3) ont une vie transitoire de quelques jours à quelques semaines selon la vigueur de la croissance.

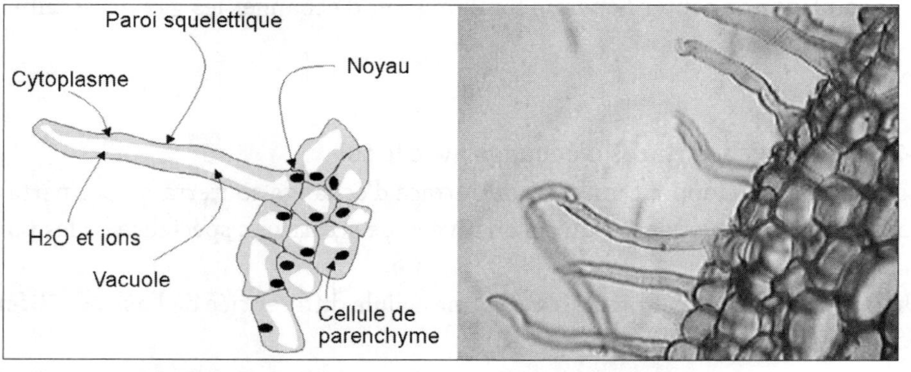


Figure 3. Schéma d'un poil absorbant et photo de l'assise pilifère.

Un poil adulte a une forme tubulaire très fine (quelques micromètres de diamètre) et très longue à l'échelle cellulaire (quelques millimètres). Sa paroi mince et hydrophile permet la circulation de l'eau et des éléments minéraux jusqu'à la membrane et vers les cellules adjacentes. La vacuole occupe presque tout l'espace intracellulaire.

Le nombre de poils absorbants est très important et augmente considérablement la surface d'échange entre la racine et le sol. Une étude a par exemple dénombré près de 15 milliards de poils absorbants sur un seul plant de seigle, représentant une surface de 400 m$^2$ pour une surface racinaire totale de l'ordre de 639 m$^2$. Les poils absorbants ont pour fonction principale l'absorption d'eau, pour compenser la transpiration des parties aériennes, et d'éléments minéraux nécessaires à la synthèse de molécules complexes. Ils jouent également un rôle dans l'élaboration d'associations symbiotiques avec des bactéries fixatrices d'azote.

(1) Les poils absorbants et l'absorption de l'eau

L'absorption d'eau et d'ions du sol est facilitée le plus souvent par des symbioses, notamment les mycorhizes (Fig. 4).

Chez la plupart des arbres et des plantes sauvages, l'observation des racines montre une absence totale de poils absorbants, remplacés par un manchon jaune/orangé autour des racines les plus fines : il s'agit des mycorhizes. Ce sont des associations entre des champignons de la litière (sol) et les racines des végétaux. Il y a bénéfice réciproque pour les 2 partenaires : le champignon absorbe l'eau et les éléments minéraux très efficacement et en donne une grande partie à la plante, tandis que la plante produit la matière organique qu'elle retourne au champignon : c'est une symbiose (voir l'étude des symbioses dans le chapitre consacré à la diversification du vivant).

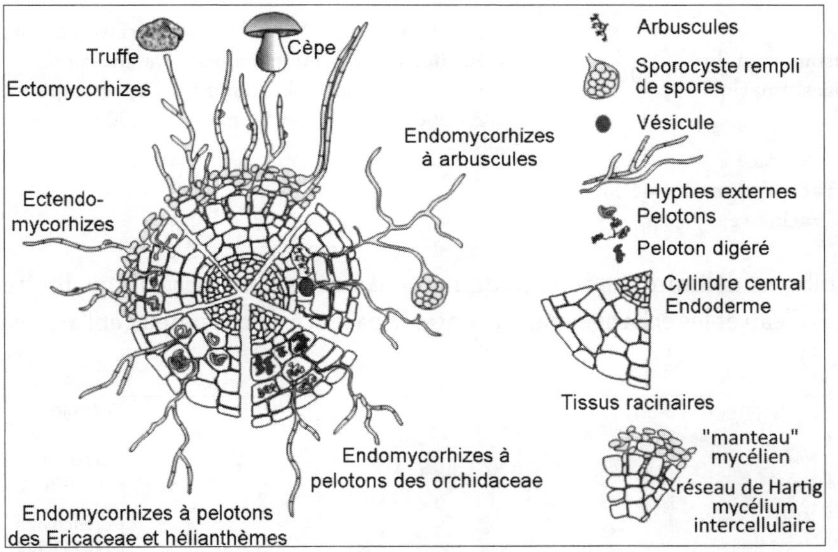


Figure 4. Principaux types mycorhiziens actuels représentés sur une coupe transversale de racine. Modifié d'après de F. Le Tacon, INRA Nancy – La Recherche n° 166, mai 1985.

Les mycorhizes, lorsqu'elles sont présentes, augmentent la surface d'absorption ×100 ; la nutrition minérale de la plante en est très fortement stimulée et la croissance est elle aussi stimulée.

## I-3. De grandes surfaces d'échange le milieu aérien

Les plantes développent de grandes surfaces d'échange, aériennes.

### *I-3.1. La feuille interface plante-atmosphère*

La feuille est un organe permettant à la plante d'augmenter considérablement sa surface de contact avec la lumière solaire, et donc l'intensité de sa photosynthèse.

- **Équation bilan de la photosynthèse**

$$nCO_2 + nH_2O \xrightarrow{\text{Énergie lumineuse}} (CH_2O)\,n + nO_2$$

Pour accomplir son rôle de capteur solaire, une feuille est généralement formée d'une lame plate et fine aérienne, le limbe. En outre, la distribution des feuilles sur la tige (la phyllotaxie) permet de limiter l'ombrage d'une feuille sur l'autre et donc d'optimiser la quantité de lumière reçue.

| | Châtaignier | Poumon | Intestin |
|---|---|---|---|
| **Surface externe** | 340 m² | 2 poumons<br>300 000 alvéoles pulmonaires<br>Surface 1 alvéole = 0,125 mm²<br>2 × 300 000 × 0,125 = 75 m² | Surface d'absorption au niveau de l'intestin grêle<br>= 200 m² |
| **Surface chambre sous stomatiques** | 10 000 m² | | |
| **Surface d'absorption racinaire** | 44 000 m² | | |

Le limbe est délimité par deux épidermes recouverts d'une cuticule qui limitent les pertes d'eau et les échanges gazeux entre le parenchyme lacuneux et l'atmosphère (Fig. 5).

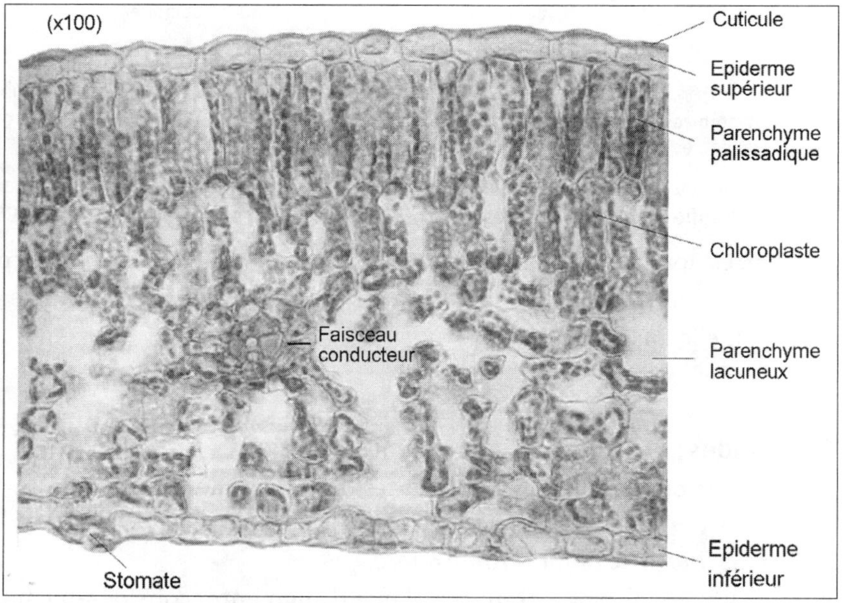


Figure 5. Coupe transversale (CT) d'une feuille d'épine vinette (Berbéridacées).

(2) Des feuilles à rôle non photosynthétique

### *I-3.2. Une structure adaptée à la capture de la lumière*

Un certain nombre de dispositifs favorisent le rôle de capteur de l'énergie solaire joué par le chloroplaste.

**Localisation des cellules chlorophylliennes dans le parenchyme palissadique, à la face supérieure de la feuille (Fig. 6).**

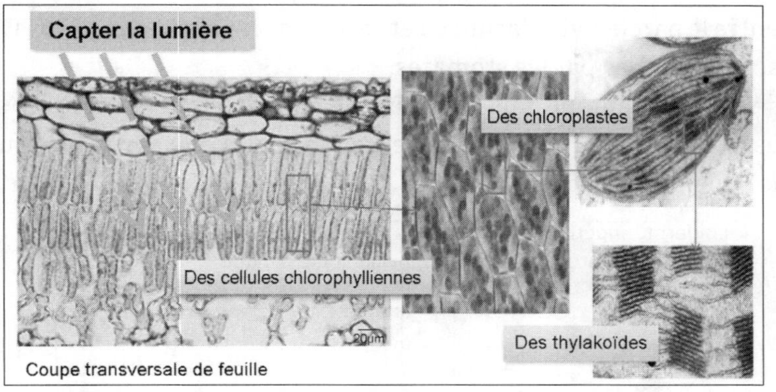


Figure 6. La feuille et la capture de la lumière.

**Le guidage optique de la lumière (Fig. 7)**

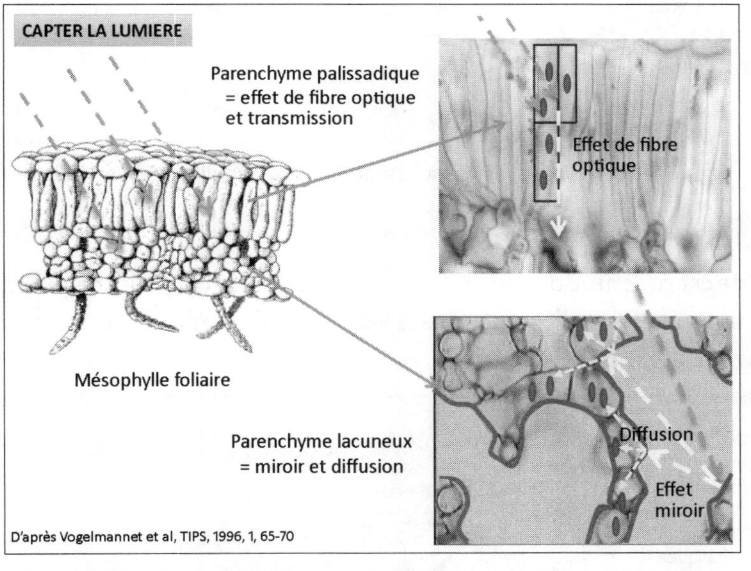


Figure 7. Effet de fibre optique des cellules du parenchyme palissadique.

**À retenir**

L'absorption de la lumière est optimisée par:

- la disposition des feuilles face à la lumière
- des mouvements vers la lumière (phototaxie)
- un nombre élevé de chloroplastes par cellule
- la quantité de chlorophylle par chloroplaste/le nombre de thylakoïdes

- la cyclose des chloroplastes
- le trajet optique des photons allongé dans le mésophylle (transmission et diffusion).

### *I-3.3. Stomates et échanges gazeux*

Les épidermes inférieur et supérieur étant peu perméables aux gaz, les échanges gazeux entre le parenchyme lacuneux et l'atmosphère extérieure ($CO_2$, $O_2$, vapeur d'eau), sont contrôlés par les stomates.

Les épidermes présentent plus ou moins de stomates : en général, les stomates sont plus nombreux sur la face inférieure (abaxiale) que sur la face supérieure (adaxiale) (Fig. 8).

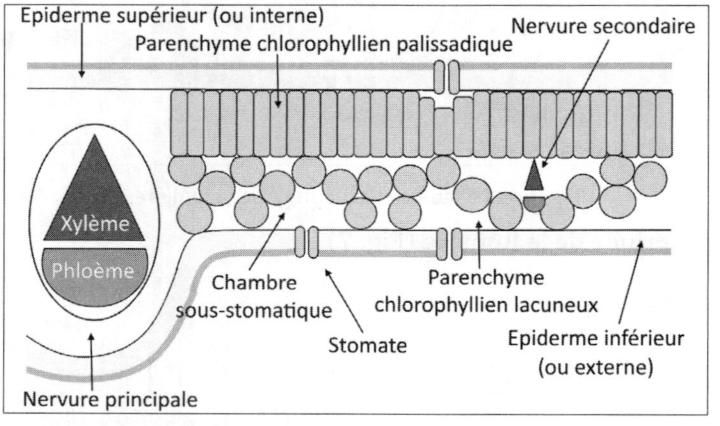


Figure 8. Coupe transversale schématique d'une feuille de dicotylédone.

(3) Coupe transversale schématique d'une feuille de monocotylédone

Le stomate est constitué de deux cellules stomatiques (= de garde) chlorophylliennes limitant une ouverture : l'ostiole. Seules les cellules de garde des stomates possèdent des chloroplastes (Fig. 9 et 10).

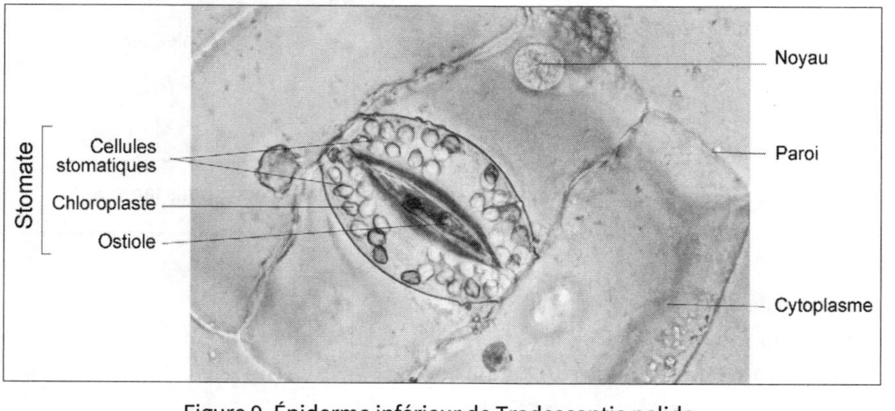


Figure 9. Épiderme inférieur de Tradescantia palida.

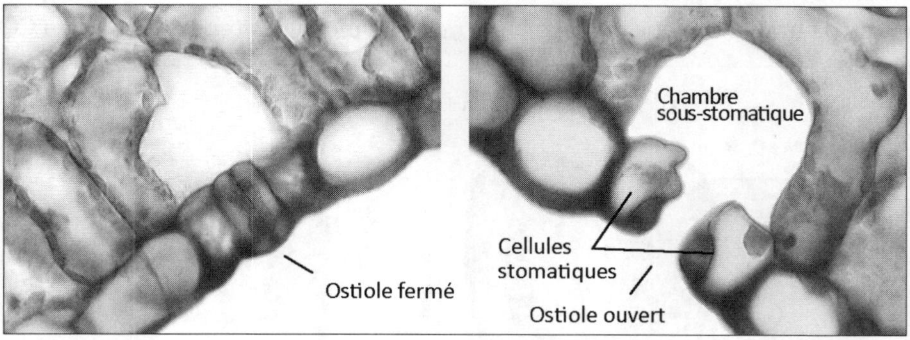


Figure 10. Deux cellules stomatiques contrôlent l'ouverture de l'ostiole et ainsi les échanges.

Dans de bonnes conditions hydriques, les deux cellules stomatiques absorbent l'eau, se courbent, et tel un ballon trop gonflé, permettent l'ouverture de l'ostiole et les échanges.

L'ouverture des stomates est due à deux phénomènes (Fig. 11) :

- Ces cellules sont sensibles à des changements importants de pression osmotique donc de turgescence.
- Les cellules stomatiques sont caractérisées par une paroi extérieure (paroi opposée à l'ostiole) mince et une paroi interne caractérisée par un épaississement cellulosique. De plus les cellules stomatiques possèdent un réseau de microfibrilles de cellulose à orientation radiale. Lorsque les cellules stomatiques sont turgescentes, la paroi extérieure plus mince et plus souple se dilate plus que la paroi interne plus épaisse et plus rigide. Les cellules s'incurvent et l'ostiole s'ouvre.

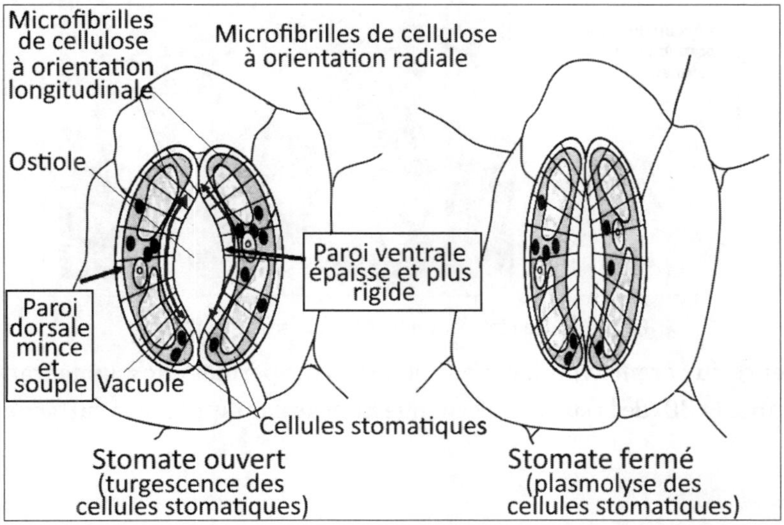


Figure 11. Un réseau de microfibrilles radiales guide l'ouverture du stomate (d'après W. G. Hopkings et C.-M. Evrard).

Plusieurs facteurs contrôlent l'ouverture et la fermeture des stomates (Fig. 12), comme la lumière (bleue en particulier), l'hygrométrie, la teneur de l'air en $CO_2$.

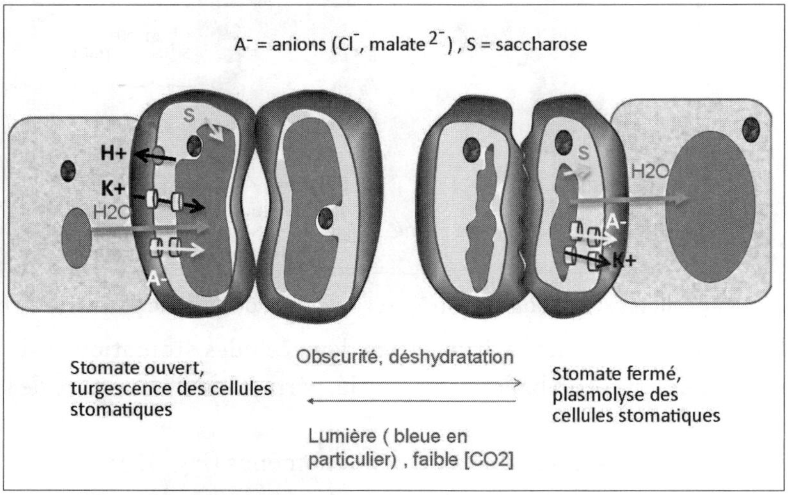


Figure 12. Le contrôle de l'ouverture et de la fermeture des stomates.

### *I-3.4. Méats et circulation des gaz*

**Méat** : espace libre intercellulaire qui permet la circulation des gaz au sein d'un tissu végétal (Fig. 13).

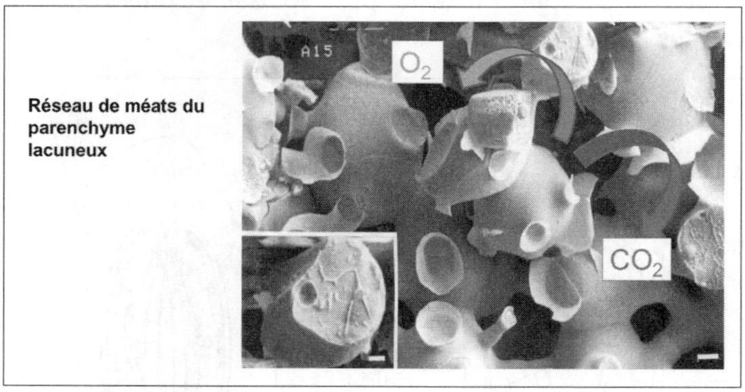


Figure 13. La circulation de l'air au sein de la plante.

L'existence du parenchyme lacuneux et des méats permet une augmentation très importante (×30) de la surface d'échange interne par rapport à la surface externe.

# II. Des tissus conducteurs canalisent les circulations de matière dans la plante

Des tissus conducteurs canalisent les circulations de matière dans la plante, notamment entre les lieux d'approvisionnement en matière minérale, les lieux de synthèse organique et les lieux de stockage.

## II-1. Le transfert vers les éléments conducteurs

La sève brute, formée au niveau des poils absorbant peut circuler par deux voies au sein de la racine : la voie **apoplasmique** et la voie **symplastique** (Fig. 14).

– Dans la voie apoplasmique (1), la sève brute transite uniquement au sein de la paroi des cellules ; cette voie est non sélective.
– Dans la voie symplastique, la sève brute circule de cytoplasme en cytoplasme en empruntant les plasmodesmes ; cette circulation qui impose un franchissement membranaire est sélective, car tous les solutés doivent franchir au moins une membrane puisque la bande de Caspary bloque la voie de l'apoplasme entre les cellules de l'endoderme.

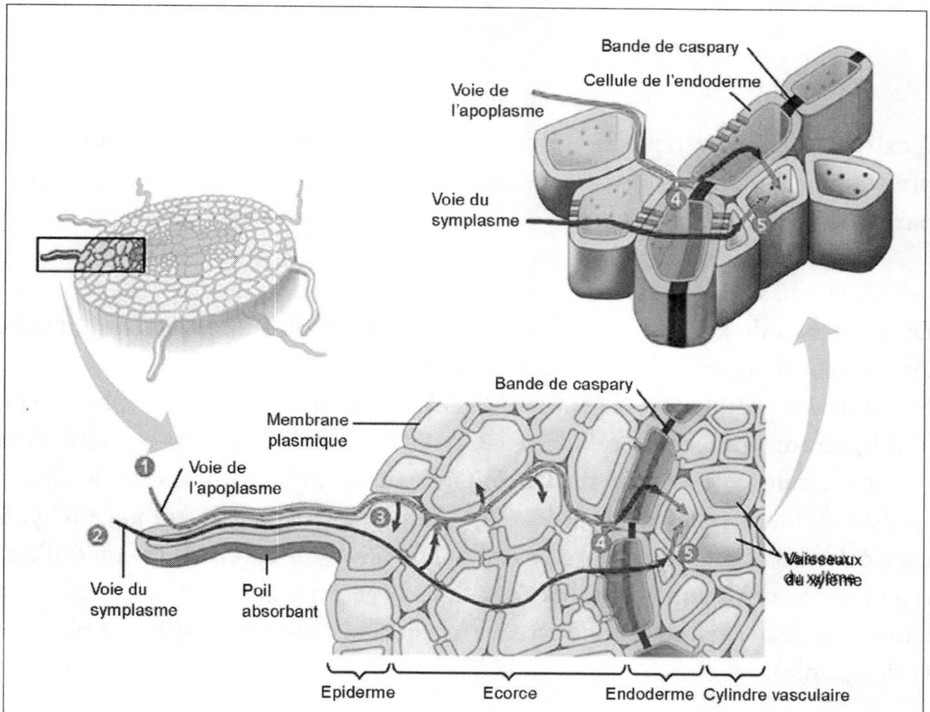


Figure 14. Les deux voies de circulation de la sève brute.

## II-2. Transfert vers les lieux de synthèse organique

### *II-2.1. Une circulation d'eau dans la tige*

Dans un vase, une fleur coupée perd de l'eau par ses stomates : c'est la transpiration végétale. Pour ne pas se dessécher, la plante puise l'eau (ici chargée d'un colorant alimentaire) à la base de sa tige et la transporte jusqu'aux pétales. Les fleurs blanches se parent alors de la teinte de votre choix (Fig. 15).

Figure 15. Comment colorer une fleur.

Il existe donc, un système de conduction de la sève brute (eau et sels minéraux prélevés dans le sol) : le **xylème**. Les échanges se font des racines vers les autres parties de la plante.

### *II-2.2. Les vaisseaux du xylème*

Les vaisseaux du xylème forment un système de canalisations qui relient toutes les parties du végétal et assurent le transport de la sève brute.

Sur cette section de tige de sureau (Fig. 16), on observe de la périphérie vers l'intérieur : un **épiderme** à cellules rectangulaires cellulosiques mais revêtu d'une mince cuticule (colorée en vert), un **collenchyme** à une ou deux assises de cellules isodiamétriques cellulosiques mais dont la paroi est épaissie, un **parenchyme cortical** à 7-8 assises de cellules à paroi cellulosique, un **parenchyme médullaire** qui forme au centre une véritable « moelle », caractéristique de la tige et un cercle d'une dizaine de **faisceaux conducteurs** (chaque faisceau est constitué de phloème et de xylème).

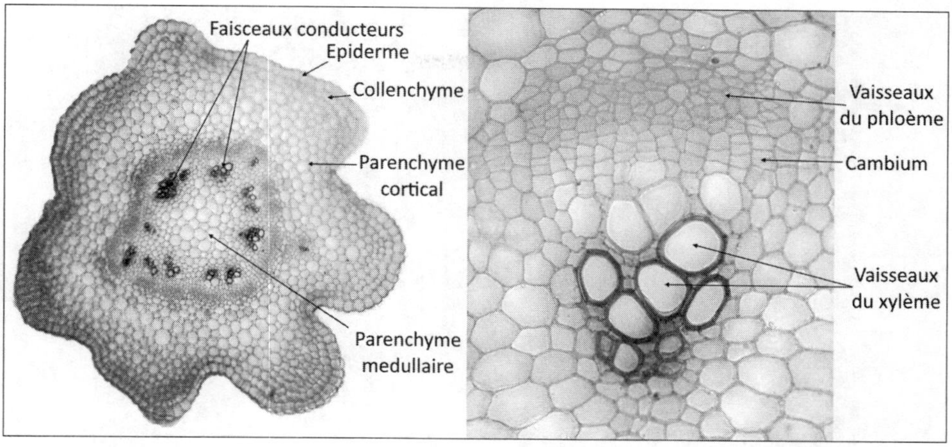


Figure 16. Anatomie d'une tige jeune en coupe transversale : vue générale (à gauche) et détail d'un faisceau conducteur (à droite).

- **La formation des vaisseaux du xylème (Fig. 17 et 18)**

Des cellules disposées en files s'allongent parallèlement à l'axe de la tige (1), de la racine ou de la nervure d'une feuille. La paroi des cellules, qui est cellulosique se renforce par des épaississements internes de lignine produit dans le cytoplasme. Selon la forme et l'importance de ces épaississements on parle de vaisseaux annelés, spiralés, réticulés ou ponctués (2). La paroi des cellules contigües d'une même file disparait donnant naissance à une file de **cellules mortes** (3).

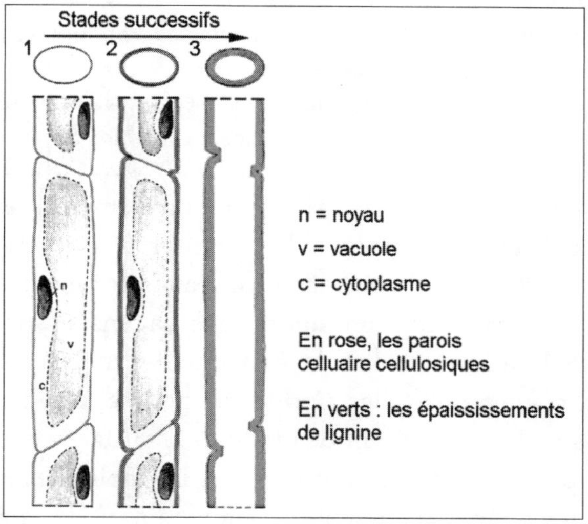


Figure 17. La formation des vaisseaux du xylème.

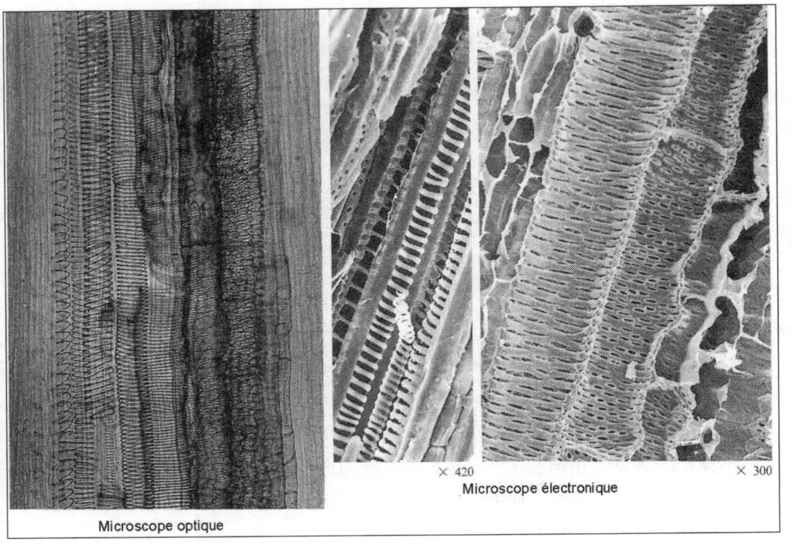


Figure 18. Observations microscopiques de coupes longitudinales de xylème.

Les vaisseaux du xylème sont constitués de files de **cellules mortes** dont la paroi s'est épaissie suite à des dépôts de **lignine**. Ils assurent le **transport de la sève brute**.

### *II-2.3. Les moteurs du transport de la sève brute des racines vers les feuilles*

La photosynthèse réalisée au niveau des chloroplastes nécessite que ceux-ci soient approvisionnés par un apport d'ions minéraux variés transportés par la sève brute.

**La sève brute** est une solution de sels minéraux, absorbée au niveau des racines par les poils absorbants qui circule principalement dans le xylème, c'est-à-dire les vaisseaux du bois.

Les vaisseaux qui transportent la sève brute ont un diamètre très faible (environ 50 µm). Cette faible épaisseur permet de propulser la sève vers le haut : c'est le phénomène de **capillarité**. À la rencontre de l'eau avec un autre milieu, ici l'air, il s'exerce une force appelée tension superficielle. La tension superficielle résulte de la cohésion de l'eau, c'est-à-dire de la faculté des molécules d'eau à former des liaisons hydrogènes entre elles. Cette force pousse l'eau contre la paroi des vaisseaux car les molécules tentent de limiter leur surface de contact avec l'air, elles sont donc poussées vers le haut (en effet les molécules $H_2O$ à l'interface entre l'air et l'eau n'ont pas la possibilité d'établir autant de liaisons hydrogènes avec leurs voisines que celle à l'intérieur du vaisseau).
Par ailleurs la **vaporisation** (ou transpiration) de l'eau au niveau des feuilles contribue aussi à la montée de la sève en créant une différence de pression entre le haut et le bas des vaisseaux.

L'**osmose** participe également à la montée de la sève en permettant le transfert de liquides de concentrations différentes au travers de membranes semi-perméables (celles des cellules). Il résulte de ces phénomènes un effet d'antigravitation qui permet à la sève de monter jusqu'à une centaine de mètres dans les plus grands arbres.

## II-3. Transfert vers les lieux de stockage ou d'utilisation

### *II-3.1. Une circulation de matière organique des feuilles aux différentes parties de la plante*

Une feuille d'un jeune plant est placée un certain temps dans une enceinte contenant du $^{14}CO_2$. On réalise ensuite une autoradiographie de cette plante (Fig. 19).

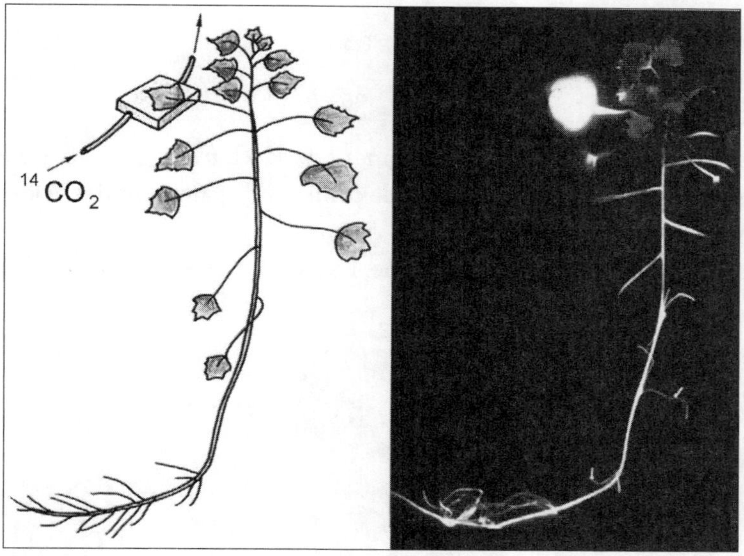


Figure 19. Mise en évidence du lieu de synthèse et du transport de la matière organique fabriquée par photosynthèse.

Seule une feuille a été exposée au $CO_2$ radioactif, or l'ensemble de la plante est devenu, après quelques jours, radioactif. Ceci démontre que le $^{14}C$ du $^{14}CO_2$ a été incorporé dans la matière organique fabriquée lors de la photosynthèse et que cette matière organique nouvelle a été distribuée à l'ensemble de la plante. Il existe donc, un système de conduction de la sève élaborée : le **phloème**, tissu conducteur du liber, situé juste sous l'écorce. Les échanges se font des feuilles vers les autres parties de la plante par exemple vers les organes de réserves ou organes puits (fruits, graines, tubercules), ou à l'inverse en période de croissance, des organes de réserves vers les tiges en formation (à l'exception des fruits qui sont des éléments indispensables pour la dispersion des graines et sont donc très protégés).

### *II-3.2. Les vaisseaux du phloème et la circulation de la sève élaborée*

**La sève élaborée** est un liquide enrichi en substances organiques solubles, principalement des acides aminés et des sucres, par la photosynthèse.

| Composants | Sève brute | Sève élaborée |
|---|---|---|
| Eau | 99 % | 80 % |
| Substances dissoutes | 1 % | 20 % |
| Saccharose (mg.mL$^{-1}$) | 0 | 80 |
| Protéines, acides aminés (mg. mL$^{-1}$) | Traces | 81,5 |
| Ions minéraux | 36,7 | 86,9 |

La sève élaborée se compose principalement de saccharose (5 à 20 % du total), qui lui confère sa consistance sirupeuse ; elle comprend également des acides aminés, des hormones, certains ions et un peu d'eau.

La sève élaborée circule dans le phloème, l'autre tissu conducteur qui relie toutes les parties de la plante (Fig. 20).

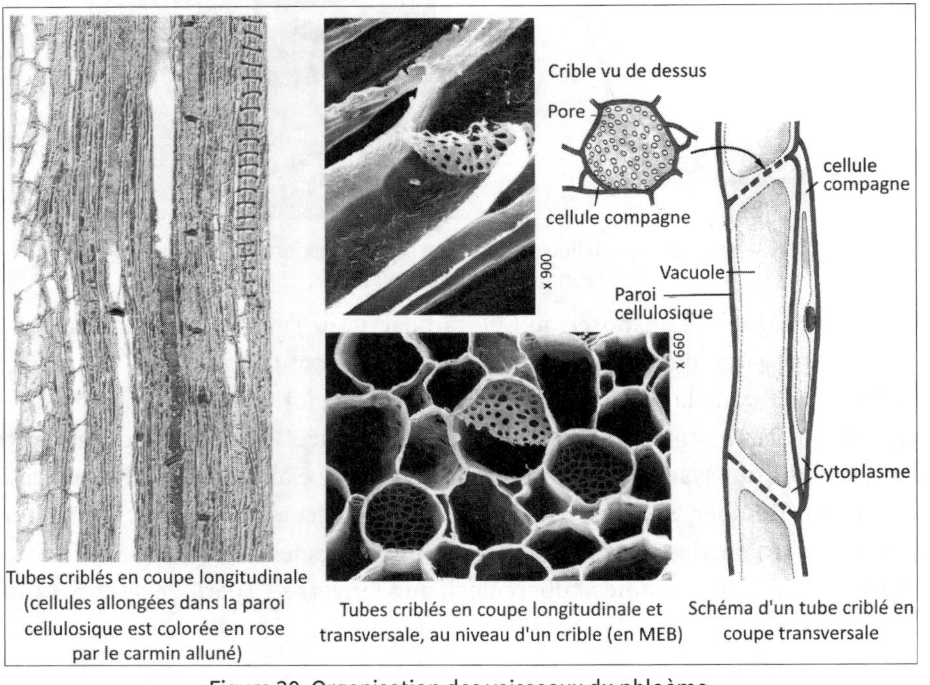


Figure 20. Organisation des vaisseaux du phloème.

Chez les Angiospermes, les cellules formant les vaisseaux du phloème sont disposées bout à bout et forment les tubes criblés. Les tubes criblés sont formés de cellules vivantes allongées, qui ont des parois longitudinales et transversales possédant des pores appelés cribles. Ces cellules n'ont pas de noyau. Au niveau des cribles, des plasmodesmes (tunnels à travers la paroi pectocellulosique des cellules végétales) mettent en relation les membranes plasmiques et les cytoplasmes des cellules, permettant les échanges d'eau, de solutés et de protéines. À côté de chaque cellule du tube criblé se trouve une cellule compagne.

La **sève élaborée** est un liquide se composant principalement de saccharose (5 à 20 % du total). Il circule dans les vaisseaux du phloème qui sont formés de files de cellules restées vivantes. La sève élaborée circule de cellule en cellule du phloème par l'intermédiaire des plasmodesmes situés dans les cribles.

*II-3.3. La sève élaborée circule toujours d'un organe source à un organe cible*

Contrairement au transport unidirectionnel de la sève brute des racines aux feuilles et aux organes en croissance, le transport de la sève élaborée emprunte plusieurs directions, toujours d'un organe source à un organe cible.

Un **organe source** est le siège de production des glucides, par photosynthèse ou par hydrolyse de l'amidon. Les feuilles sont habituellement des organes sources.

Un **organe cible** consomme ou emmagasine les glucides. Les racines en croissance, l'extrémité des pousses axillaires et de la tige, les fleurs, les fruits, les graines, les tubercules… constituent des organes cibles que le phloème alimente en glucides.

Un **organe d'entreposage**, tel un tubercule ou un bulbe, est, selon la saison, un organe source ou un organe cible. Au cours de l'été, lorsque l'organe d'entreposage assure le stockage des glucides, il est un organe cible. Au début du printemps, après la dormance, l'organe d'entreposage devient un organe source puisque l'amidon qu'il contient est dégradé en glucides, qui sont ensuite acheminés dans le phloème vers les bourgeons en croissance.

Dans le cytoplasme des cellules chlorophylliennes, les composés formés lors de la photosynthèse dont l'amidon permettent essentiellement la synthèse de saccharose ($C_2H_{22}O_{11}$) mais également de l'ensemble des constituants organiques des êtres vivants : autres glucides, lipides, protéines, ADN, ARN… L'amidon accumulé le jour dans les chloroplastes est dégradé, surtout la nuit, en petits glucides (glucose, maltose…) qui sortent du chloroplaste pour former du saccharose. Le saccharose des cellules chlorophylliennes est en partie utilisé sur place mais majoritairement exporté hors des feuilles par la **sève élaborée** vers d'autres lieux d'utilisation telles que les zones de croissance et les zones de stockage des réserves.

Les autres solutés peuvent être transportés vers les organes cibles avec les glucides. Par exemple, les minéraux qui empruntent le xylème pour atteindre les feuilles peuvent ensuite passer dans le phloème et atteindre un fruit en formation.

### *II-3.4. Le moteur du transport de la sève élaborée par le phloème : le courant de masse*

Le remplissage du phloème survient en présence d'une forte concentration de solutés à l'extrémité du tube criblé, près de l'organe source ; à ce moment, il y a entrée d'eau par osmose (1). L'absorption d'eau génère une pression hydrostatique qui pousse la sève à circuler dans le tube (2). À l'inverse, à l'extrémité où se trouve l'organe cible, la pression diminue du fait de la perte d'eau qui résulte du passage d'eau dans le xylème (3). Cette différence de pression hydrostatique entre les deux extrémités du tube criblé est à l'origine du **courant de masse** dont la vitesse peut atteindre 1 m à l'heure.

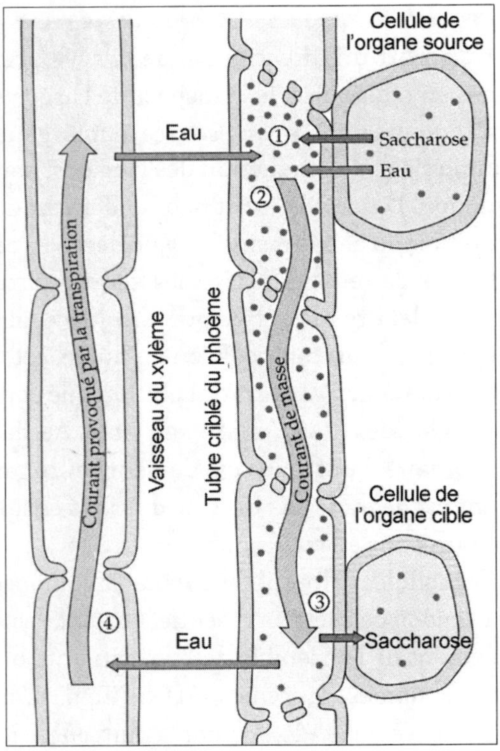


Figure 21. Le courant de masse dans un tube criblé.

Les glucides ne s'emmagasinent pas dans les cellules de l'organe cible parce qu'ils sont utilisés par le métabolisme ou convertit en substance de réserve comme l'amidon (4). Le xylème apporte ensuite l'eau à l'organe source.

# III. La croissance des plantes

La croissance en longueur des tiges et des racines a son origine dans l'activité mitotique de zones essentiellement apicales, les méristèmes primaires, déjà présents dans la plantule de la graine. Leurs cellules indifférenciées se divisent activement et produisent de nouvelles cellules qui refoulées progressivement hors des territoires de mitose, donnent naissance à de nouveaux tissus et organes.
La croissance du végétal mobilise deux processus cellulaires : la division cellulaire ou **mérèse** et le grandissement cellulaire ou **auxèse.**

## III-1. Les méristèmes

### *III-1.1. Caractéristiques des cellules méristématiques*

Un méristème est un tissu de cellules végétales aux caractéristiques particulières qui est responsable de la croissance en longueur et en épaisseur des plantes.
Une cellule méristématique est une cellule de type embryonnaire, c'est-à-dire qu'elle conserve la capacité à se diviser longtemps après la fin de l'embryogenèse, qu'elle est pluripotente (pouvant donner naissance à tous les types cellulaires) et à multiplication rapide.

(5) Le pouvoir mitotique

Une cellule méristématique est peu différenciée : elle est généralement de taille réduite, isodiamétrique et n'est pas ou peu vacuolisée. Sa paroi pectocellulosique est peu épaisse, son cytoplasme relativement dense et son noyau volumineux. Les organites sont peu ou pas différenciés et leur nombre est encore faible (Fig. 22).

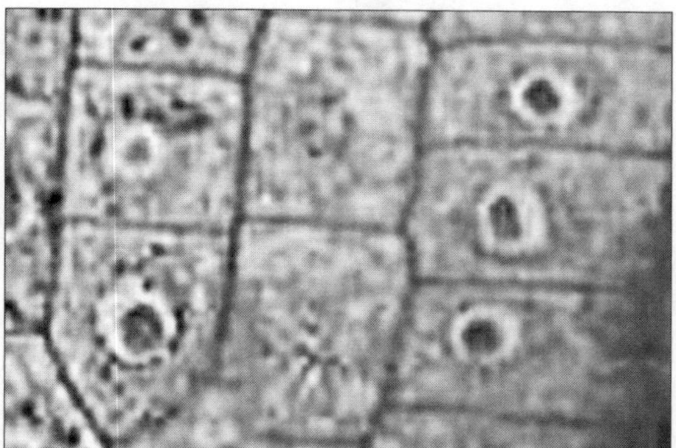

Figure 22. Photographie à un fort grossissement d'une zone méristématique de Zea mais montrant le détail de la structure des cellules embryonnaires végétales.

### *III-1.2. Les cellules en auxèse et en mérèse (= en mitose)*

Les cellules en auxèse diffèrent des cellules méristématiques primaire par leur taille (> 50 µm), par la position du noyau (le noyau est repoussé sur le côté) et par l'importance du volume de la vacuole. L'auxèse résulte d'une entrée massive d'eau qui augmente le volume vacuolaire, d'un accroissement de la surface de la membrane cytoplasmique et du tonoplaste (Fig. 23).

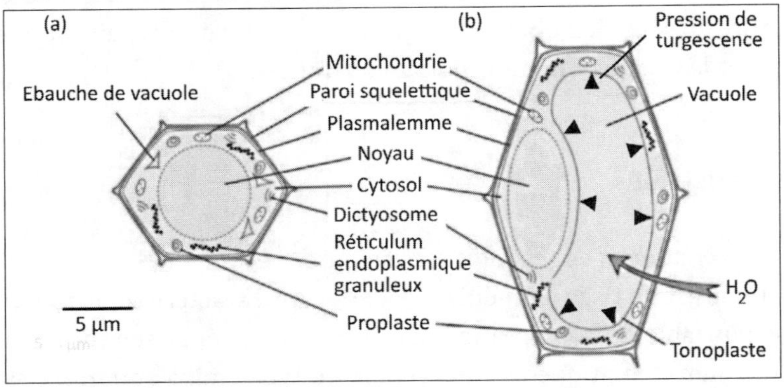


Figure 23. Structure comparée d'une cellule méristématique primaire (a) et d'une cellule en auxèse (b).

### *III-1.3. Les méristèmes comprennent deux sortes de cellules*

Les **cellules initiales** se divisent pour régénérer le méristème.

Les **cellules dérivées** qui se spécialisent et intègrent les tissus de la plante.

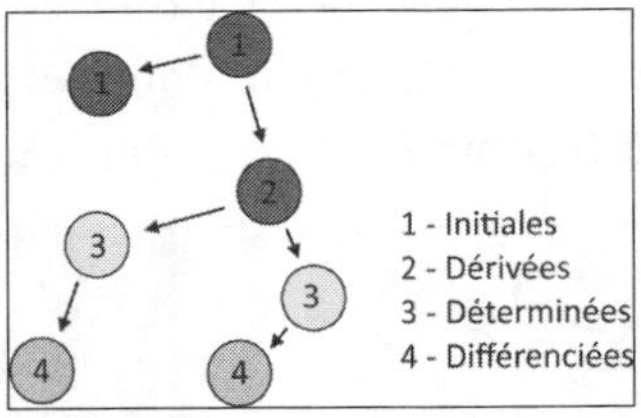


Figure 24. Les types cellulaires issus de la mitose.

On distingue sur le plan fonctionnel les **méristèmes végétatifs**, impliqués dans la genèse des organes dits végétatifs (tige, feuilles, racines) et les **méristèmes reproducteurs**, impliqués dans la genèse de la fleur.

## III-2. Les méristèmes végétatifs

Les territoires méristématiques engagés dans la croissance en longueur sont essentiellement apicaux et constituent les **méristèmes primaires**. Ceux relevant de la croissance en épaisseur se situent dans la partie latérale des jeunes organes et constituent les **méristèmes secondaires** ; ils ne sont développés que chez les dicotylédones.

Grâce à leurs méristèmes végétatifs, les végétaux ont une croissance indéfinie : contrairement à la plupart des animaux, ils peuvent grandir toute leur vie.
Dans le cas des méristèmes végétatifs, on distingue, en se basant sur leur localisation, leur mode de fonctionnement et leur implication dans le développement du végétal, des **méristèmes primaires et secondaires**.

### *III-2.1. Les méristèmes primaires*

Les méristèmes primaires sont situés à l'apex des racines et dans les bourgeons apicaux à l'extrémité des tiges et des rameaux (méristèmes apicaux), dans les bourgeons axillaires à l'aisselle des feuilles (méristèmes axillaires), et dans les entre-nœuds (méristèmes intercalaires).
Au sein d'un méristème primaire, les divisions cellulaires se font dans différents plans d'orientation, d'où un massif plus ou moins volumineux. Les cellules qui en dérivent s'allongent et se différencient.
Les méristèmes primaires sont à la fois histogènes et organogènes ; ils induisent un type de structure que l'on nomme structure primaire (de la racine ou de la tige), et assurent la croissance en longueur des organes.

**Localisation des méristèmes primaires dans la tige**

Le **méristème apical caulinaire** est situé à l'apex de la tige principale en élongation.
Les **méristèmes latéraux** sont protégés à l'intérieur de structures particulières développées par les tiges : les bourgeons latéraux. Lorsqu'ils entrent en activité, ils produisent les rameaux latéraux de la plante.

(6) Les méristèmes latéraux

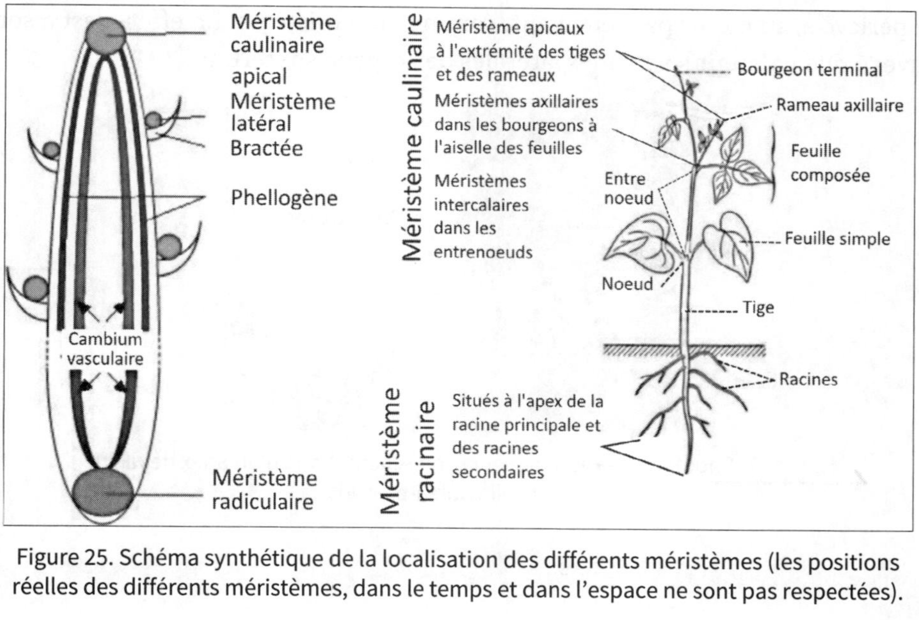


Figure 25. Schéma synthétique de la localisation des différents méristèmes (les positions réelles des différents méristèmes, dans le temps et dans l'espace ne sont pas respectées).

**Le procambium foliaire** : c'est un méristème basal qui assure dans un premier temps le démarrage de la croissance d'une feuille. Plus tard, le relais est pris par des méristèmes marginaux localisés au bord du limbe foliaire (Fig. 26).

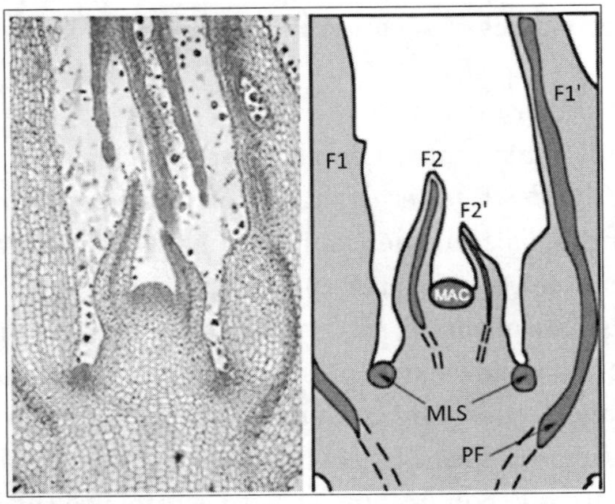


Figure 26. Photographie et schématisation d'un apex caulinaire de Coleus sp. montrant les localisations des méristèmes.

F1 et F1' = feuilles du phytomère 1 ; F2 et F2' = feuilles du phytomère 2 ; MAC = méristème caulinaire apical ; MLS = méristèmes latéraux ; PF = procambium foliaire (méristème à l'origine des feuilles).

- **Localisation des méristèmes primaires dans la racine**

On ne retrouve dans la racine qu'un seul méristème : le **méristème apical radiculaire** qui est toujours recouvert par la coiffe (Fig. 27). On peut cependant considérer le péricycle, au moins partiellement, comme un méristème. En effet, c'est à son niveau que naissent les racines latérales de l'organe souterrain.

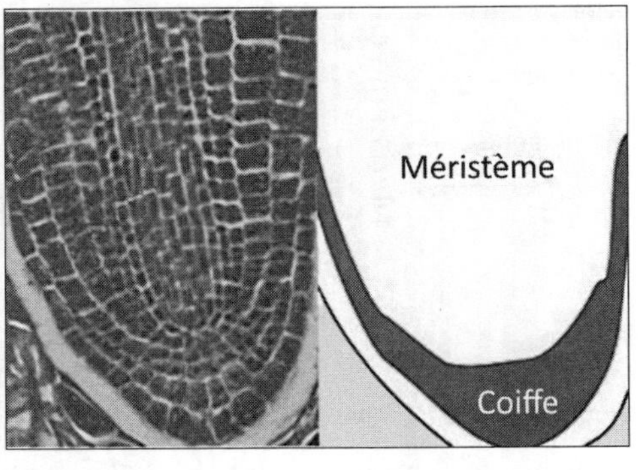


Figure 27. Photographie et représentation schématique d'un apex de racine de Capsella bursa-pastoris

- **Localisation des méristèmes primaires dans la feuille**

Les connaissances sur les méristèmes foliaires sont moins assurées et plus fragmentaires que pour tige et racine. Il semble que, dans un premier temps, c'est un méristème basal qui assure le démarrage de la croissance d'une feuille. Plus tard, le relais est pris par des méristèmes marginaux localisés au bord du limbe foliaire.

### *III-2.2. Les méristèmes secondaires*

Les méristèmes secondaires ou cambiums sont responsables de la croissance en épaisseur des plantes ligneuses du fait que leurs cellules se cloisonnent de façon tangentielle, d'où la formation de cylindres longitudinaux. On distingue le cambium libéro-ligneux et le phellogène (Fig. 28 et 29).

**Le cambium libéro-ligneux** est à l'origine du bois (xylème secondaire) au niveau de sa face interne et du liber (phloème secondaire) au niveau de sa face externe.

**Le phellogène** produit le suber (le liège) et le phelloderme, un tissu parenchymateux.

Les plantes herbacées ne possèdent pas de méristème secondaire. Les racines peuvent aussi devenir plus ligneuses au fil des ans, grâce à des méristèmes secondaires.

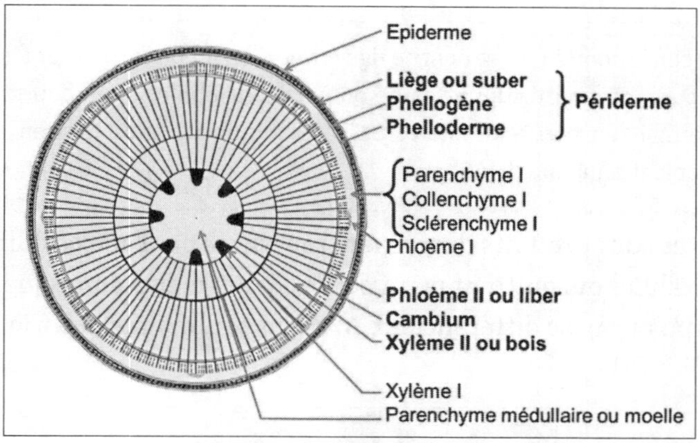


Figure 28. Tige âgée de deux ans, chez laquelle les tissus primaires (parenchyme médullaire, xylème primaire, phloème primaire, parenchyme cortical, épiderme) ne sont plus visibles (https://planet-vie.ens.fr/).

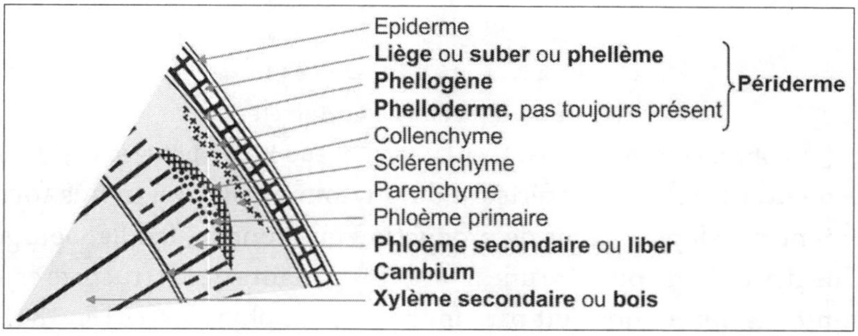


Figure 29. Tige âgée de deux ans : vue de détail (https://planet-vie.ens.fr/).

### III-3. Les méristèmes reproducteurs

Sur le plan structural, dans le cas où la fleur ou l'inflorescence est terminale, le méristème apical passe de l'état végétatif à l'état reproducteur. Dans les autres cas, les méristèmes floraux se forment directement à l'aisselle des feuilles, à partir de bourgeons axillaires.

## IV. L'organogénèse (tiges, feuilles, fleurs, racines) à partir de méristèmes

### IV-1. Notion de phytomère

L'appareil végétatif des Angiospermes a une architecture répétitive et peut être décrit comme un empilement de **phytomères (unité morphogénétique)**. La disposition des feuilles ou phyllotaxie (disposition alterne avec une feuille par nœud, disposition opposée avec 2 feuilles par nœud, ou disposition verticillée avec plus de 2 feuilles par nœud) l'atteste.

Un **phytomère** correspond à un segment de tige formé d'un nœud surmontant un entre-nœud. Le **nœud**, toujours très court, supporte une ou plusieurs feuilles et un bourgeon (rarement plusieurs) renfermant un méristème latéral. Cet ensemble de pièces est mise en place au niveau du méristème apical caulinaire (MAC).

Les phytomères sont produits de manière répétitive par l'apex caulinaire à partir de nouvelles cellules qui quittent peu à peu le champ méristématique, grandissent et, selon leur position, se différencient en tissus caulinaires (à l'origine des tiges) ou foliaires (Fig. 30).

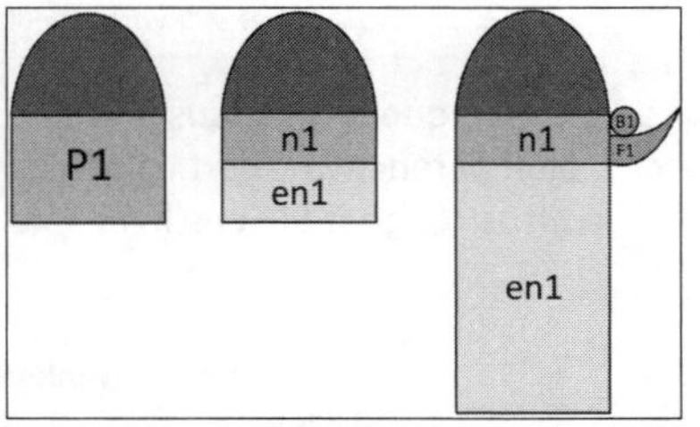


Figure 30. Structure du phytomère.

(P1 = phytomère ; n1 = noeud 1 ; en1 = entre-noeud 1 ; B1 = bourgeon 1 ; F1 = feuille 1)

L'**entre-nœud** est la partie inférieure du phytomère plus ou moins fortement allongé ; il ne développe jamais de production quelconque, feuille, bourgeon ou autre. Une tige de bambou offre une image très parlante de la structure en nœuds et entre-nœuds qui se construit par empilement de phytomères (Fig. 31).

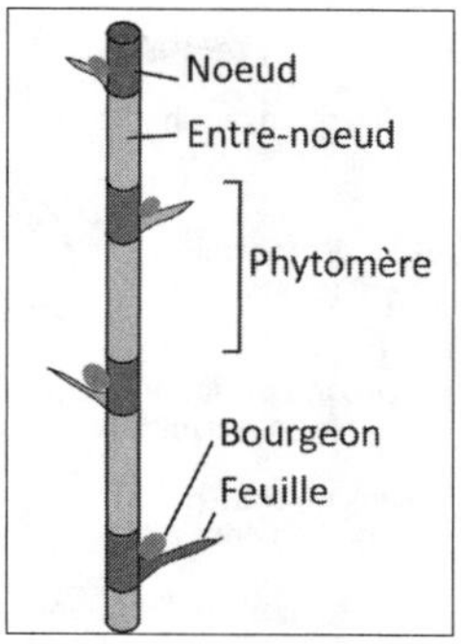


Figure 31. La tige de bambou se construit par empilement de phytomères.

## IV-2. Organisation du méristème caulinaire

L'organisation du MAC peut être décrite selon deux critères (Fig. 32) :

- la structure des cellules et la fréquence de leur division ;
- l'orientation des plans de division et la disposition qui en résulte des cellules.

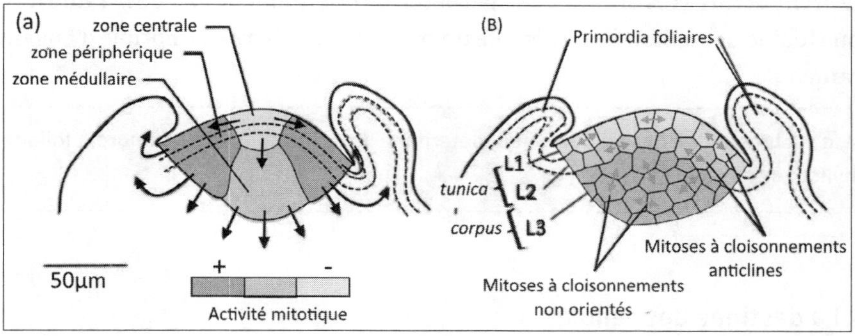


Figure 32. Structure du MAC : (a) zonation en fonction de l'activité mitotique ; (b) zonation en fonction de l'orientation des plans de division.

## IV-3. Le fonctionnement du méristème apical caulinaire et la mise en place des phytomères

Chaque nouveau primordium foliaire apparaît au niveau de la zone périphérique du méristème apical (anciennement anneau initial), là où la concentration en auxine est la plus forte. Ce nouveau primordium foliaire se comporte comme un « puits » pour l'auxine synthétisé par l'apex et les jeunes feuilles. Il en résulte que les régions l'entourant sont appauvries en auxine. Un nouvel primordium foliaire ne peut donc apparaître que dans la région la plus éloignées des derniers primordia formés, là où l'auxine est susceptible de s'accumuler et là où les cellules méristématiques ne sont pas engagées dans l'organogénèse (Fig. 33).

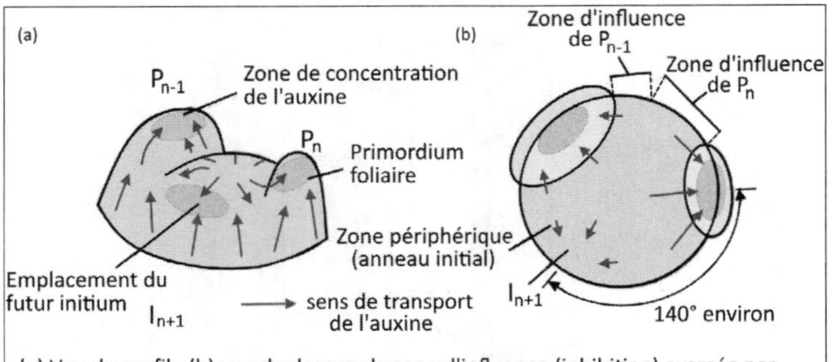


(a) Vue de profil ; (b) vue de dessus : la zone d'influence (inhibition) exercée par chaque primordium est d'autant plus petite que celui-ci est âgé.

Figure 33. Transport de l'auxine au niveau apical et détermination de l'emplacement du futur initium $I_{n+1}$

Ainsi la distribution de l'auxine au sein de l'apex conduit à une disposition caractéristique des feuilles (par exemple, chez *Arabidopsis*, les feuilles font entre elles un angle de 140°).
Cette architecture très ordonnée se perpétue ultérieurement lors de la ramification, chaque feuille possédant à son aisselle un bourgeon axillaire susceptible d'engendrer un rameau.

Ainsi, c'est un signal à base d'auxine qui détermine l'emplacement des primordia foliaires et la phyllotaxie des tiges.

## IV-4. La destinée des cellules

Les cellules qui, à la suite des multiplications cellulaires successives se retrouvent par cloisonnement éloignées du MAC, connaissent un **grandissement cellulaire** propre à chaque lignée puis s'engagent dans un programme de développement précis (**différenciation cellulaire**) et perdent progressivement leur caractère de cellule totipotente : on dit qu'elles sont « déterminées » (à former une feuille, une portion d'entre-nœud...).
Sur cette coupe longitudinale de racine d'ail traitée à l'hématoxyline (Fig. 34), la coloration est plus forte au-dessus de la coiffe dans la région des mitoses, puis s'éclaircit en s'éloignant de la pointe (vers la droite). Ceci est dû à la densité des noyaux cellulaires qui dépend directement de la taille des cellules (Fig. 35).

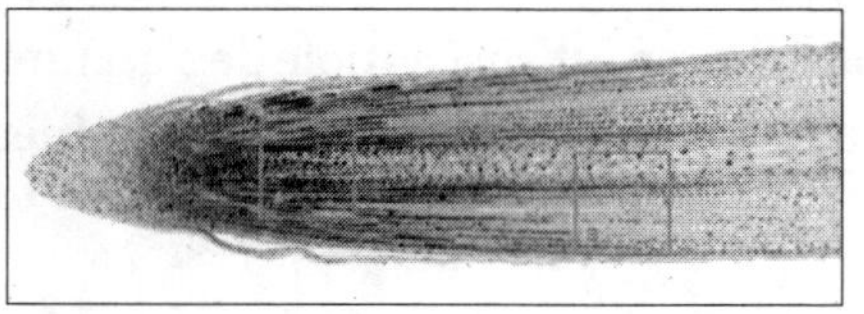

Figure 34. Coupe longitudinale de racine d'ail traitée à l'hématoxyline.

Détail du parenchyme cortical de la zone A (à gauche). On observe deux cellules en division (métaphases). Détail du parenchyme cortical de la zone B (à droite). Les cellules sont très allongées et contiennent de grandes vacuoles. (D'après http://www.snv.jussieu.fr/bmedia/racine/05-elongation.htm)

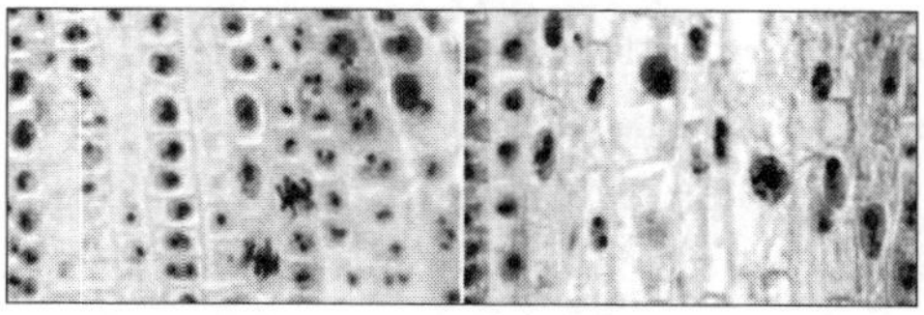

Figure 35. Détail du parenchyme cortical.

Au-dessus de la zone de division, les cellules s'allongent. La croissance des cellules se réalise principalement dans le sens longitudinal. On parle d'élongation. Elle s'accompagne de phénomènes de différenciation comme des modifications très apparentes du système vacuolaire. D'autres phénomènes de différenciation plus complexes interviendront lorsque la cellule aura atteint sa taille définitive.

À retenir : la croissance en longueur des tiges et des racines a son origine dans l'activité mitotique de zones essentiellement apicales, les méristèmes primaires, déjà présents dans la plantule de la graine. Leurs cellules indifférenciées se divisent activement et produisent de nouvelles cellules qui refoulées progressivement hors des territoires de mitose, donnent naissance à de nouveaux tissus et organes.

Une fois formées, les nouvelles cellules grandissent par entrée d'eau dans leur vacuole et relâchement de la résistance opposée par la paroi. La synthèse de nouveaux matériaux pariétaux et cellulaires entretient le grandissement et permet de faire face à l'augmentation surfacique de la paroi et des membranes. Une phytohormone, l'auxine, contrôle plus particulièrement l'auxèse. À la fin du grandissement, les cellules se différencient et ce en fonction de leur position au sein des organes.

Le méristème apical caulinaire est ainsi à la fois histogène (forme de nouveaux tissus) et organogène (forme de nouveaux organes). Il fonctionne de manière rythmique en initiant des unités élémentaires ou phytomères qui comportent chacune en fin de développement une feuille, un bourgeon axillaire et une portion de tige.

Les lieux d'apparition des primordia foliaires sont définis en fonction de contraintes spatiales et biochimiques (compétition dans l'approvisionnement en auxine notamment) ; ils déterminent la disposition finale des feuilles ou phyllotaxie qui est propre à chaque espèce. Le fonctionnement continu des méristèmes primaires est responsable de la croissance indéfinie de l'appareil végétatif, une des réponses du végétal au mode de vie fixée.

# V. Les hormones végétales

Face aux changements de leur environnement, les plantes ne peuvent fuir et doivent pour survivre, modifier leur vitesse de croissance et même leur programme de développement. Ainsi, une plante qui croît dans une zone où la végétation est dense et la lumière rare tendent à augmenter les distances internodales de sa tige (les distances entre deux ramifications sur la tige). Lorsqu'elle atteint des zones plus lumineuses, les distances internodales diminuent, le méristème apical continue à former de nouvelles feuilles et de nouvelles tiges ou modifie son programme de développement pour se transformer en méristème floral. Ces modifications sont commandées par des hormones.

## V-1. Hormone animale et végétale

Les hormones animales interagissent avec des récepteurs ce qui active la chaîne des réactions aboutissant à la réponse physiologique (= transduction du signal). Un même signal peut donner lieu à différents effets biologiques, selon la batterie de récepteurs disponibles, leur localisation et la fonction qu'ils remplissent à un moment donné.

Une hormone végétale (ou phytohormone) est un signal chimique organique agissant à faible concentration sur la physiologie et le développement des plantes. Ces signaux, chimiques peuvent être émis et captés par toutes les parties de la plante. Les hormones jouent un rôle important dans la croissance et la floraison de la plante. Les plus connues sont l'**auxine**, la **gibbérelline,** la **cytokinine**, l'**éthylène** et l'**abscissine** (acide abscissique).

## V-2. Comment étudier l'action hormonale chez les plantes

Deux stratégies sont utilisées pour étudier l'action hormonale chez les plantes :

- la recherche de récepteurs et d'éléments de transduction du signal hormonal ; pour cela, on identifie les protéines qui s'unissent à des hormones, ainsi que les gènes qui lorsqu'ils sont mutés, perturbent l'action des hormones ;
- l'analyse des gènes dont l'expression est modifiée par des hormones : pour ce faire, on caractérise les séquences régulatrices d'ADN, on identifie les protéines qui s'y fixent et l'on examine l'expression des gènes dans les plantes transgéniques.

(7) Comment déterminer le ou les effets d'une hormone ?

## V-3. Rôles connus de quelques hormones végétales

La culture in vitro a permis de montrer que des cals (amas de cellules indifférenciées issu des mitoses successives d'un protoplaste) mis en culture sur des substrats dont les proportions en diverses hormones et en différents éléments nutritifs variaient, présentaient des signes de différenciation différents. La différenciation n'est donc pas régulée par une substance, mais par un ensemble de substances et de leurs proportions respectives. Dans les conditions naturelles, il semble que la différenciation cellulaire soit contrôlée de façon essentielle par le jeu subtil des gradients nutritifs et hormonaux.

### *V-3.1. L'auxine*

- L'auxine est produite par l'apex des tiges et des et des racines de la plante.
- L'auxine produite par le bourgeon terminal d'une plante est capable d'empêcher le développement des bourgeons latéraux et donc la ramification des parties aériennes (on parle de **dominance apicale**).
- L'auxine contrôle l'élongation cellulaire (auxèse). Elle exerce une double action :
  - une action à court terme sur la plasticité pariétale et la pression de turgescence qui augmentent ;
  - une action à plus long terme sur l'expression de gènes qui participent aux divers événements du métabolisme nécessaire à la croissance.
- L'auxine favorise la rhizogenèse adventive (formation des racines adventives ; pour cette raison on utilise l'auxine sous diverses formes en tant qu'hormone d'enracinement).
- L'auxine favorise la croissance et la maturation des fruits, la production d'éthylène (voir exercices) ; elles inhibent l'abscission (chute) des feuilles et des fruits.

(8) La découverte de l'auxine

(9) Auxine et l'élongation cellulaire

### *V-3.2. Les gibbérellines*

- Les gibbérellines forment une superfamille de plus de 90 molécules, dont seules quelques-unes ont un rôle d'hormones végétales.
- Les gibbérellines stimulent fortement la croissance : elles agissent essentiellement sur les cellules des entrenœuds qu'elles allongent.
- Elles participent également à la levée de la dormance des graines et des bourgeons (débourrement des bourgeons).
- Elles perturbent la mesure du temps chez les végétaux et provoquent la floraison de plantes durant les jours courts de l'hiver et non en jours longs.
- Elles induisent une masculinisation des fleurs chez les plantes dioïques et stimulent la croissance du fruit.

- Elles n'inhibent ni ne stimulent la croissance des racines.

*V-3.3. La cytokine*

- Les cytokinines sont synthétisées au niveau de l'apex racinaire.
- Elles ont des propriétés activatrices de la division cellulaire, mais elles sont également impliquées dans la croissance et la différenciation cellulaire, entre autres.
- Elle stimule le métabolisme et la formation de fleurs sur les pousses latérales et, ce faisant, elle conjugue leurs effets à ceux de l'auxine. La concentration en cytokinine est plus élevée à l'intérieur des jeunes organes (par exemple, les graines, les fruits, les jeunes feuilles et les extrémités radiculaires).
- Une concentration élevée de cytokinine dans un organe ou un tissu stimulera le transport de sucres à ces mêmes organes ou tissus.
- L'administration de cytokinine génère de plus grandes feuilles et accélère la formation de fleurs (la durée de la période de floraison reste cependant comparable à celle d'une plante n'ayant pas subi de traitement). La cytokinine peut aussi être considérée comme étant l'opposé de la gibbérelline en ce sens qu'elle stimule la formation de fleurs femelles chez les plantes mâles.

*V-3.4. L'éthylène*

- L'éthylène, produit par tous les organes, est une hormone gazeuse qui se déplace dans les espaces libres entre les cellules végétales. Cette hormone est responsable du mûrissement des fruits, de l'inhibition de la croissance et de l'abscission (chute des feuilles).
- L'éthylène stimule la formation de fleurs chez certaines plantes (par exemple, l'ananas, le manguier et le litchi).

*V-3.5. L'acide abscissique*

- L'acide abscissique (ABA) est produit dans les chloroplastes des plus vieilles feuilles en particulier en jours courts. Il possède des caractéristiques inhibitrices, en retardant la croissance des entrenœuds, en favorisant les dormances des graines et des bourgeons, et en favorisant la tubérisation. Lorsque l'apport en l'acide abscissique est élevé dans les points de croissance de la tige et des racines, la division cellulaire s'arrête et la plante entre dans une période de repos. On pense que l'ABA prépare ainsi la plante à résister à l'hiver. En cela elle s'oppose à l'action des gibbérellines.
- L'acide abscissique est une phytohormone importante en ce qui concerne les situations de stress (sa concentration augmente lors des périodes de stress). Elle est responsable de la fermeture des stomates lorsque la plante souffre d'un stress hydrique. Quand les feuilles sont déshydratées sa concentration augmente considérablement pour revenir à la normale s'il y a réhydratation.

# Je me perfectionne

## (1) Les poils absorbants et l'absorption de l'eau

L'expérience suivante permet de mettre en évidence le rôle des poils absorbants dans l'absorption de l'eau (Fig. 36).

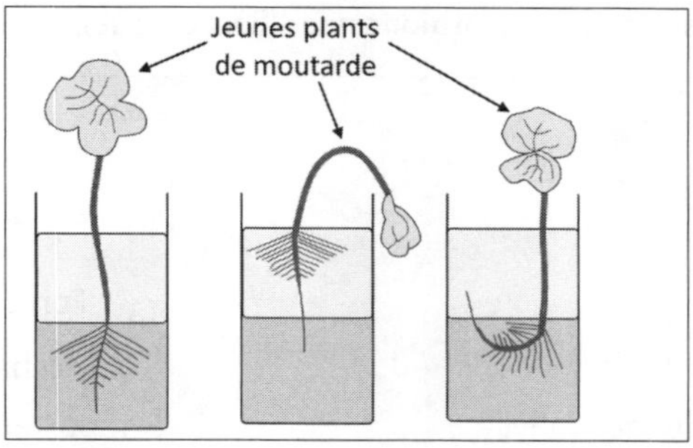


Figure 36. Une expérience pour mettre en évidence le rôle des polis absorbants.

On constate que lorsque les poils absorbants ne sont pas au contact de l'eau, la plante fane, même si d'autres parties de la racine sont au contact de l'eau. Ceci démontre le rôle des poils absorbants dans l'absorption de l'eau.

## (2) Des feuilles à rôle non photosynthétique

Ces feuilles transformées, verte ou non, dont la fonction principale n'est pas la photosynthèse mais le stockage, la protection ou le soutien structurel sont appelées cataphylles. On les retrouve aussi bien sur les parties aériennes que souterraines (les écailles sur les bourgeons, sur les rhizomes et les stolons, les épines, les feuilles succulentes, les bulbes, etc.).

## (3) Coupe transversale schématique d'une feuille de monocotylédone

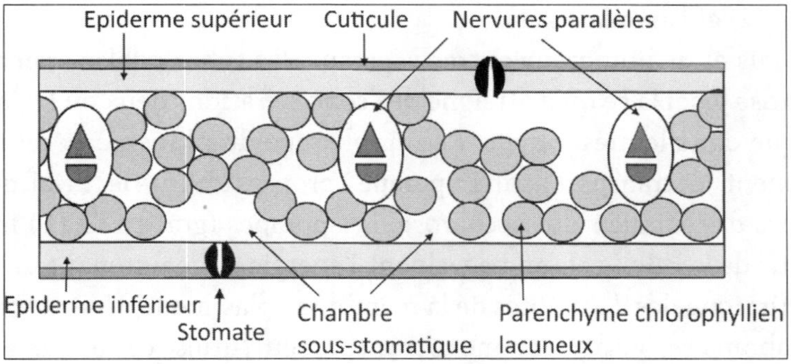


Figure 37. Coupe transversale schématique d'une feuille de monocotylédone.

### (4) Le remplissage et la vidange des vaisseaux du phloème

Les glucides produits dans les cellules du mésophylle d'une feuille doivent se rendre dans les tubes criblés avant d'être acheminés vers les organes cibles (Fig. 4a).

**Circulation symplastique** : chez certaines espèces de Menthes et de Courges, le saccharose peut circuler tel quel du mésophylle aux tubes criblés en empruntant le **symplaste**, et passe donc d'une cellule à l'autre par les **plasmodesmes** (flèche bleue).

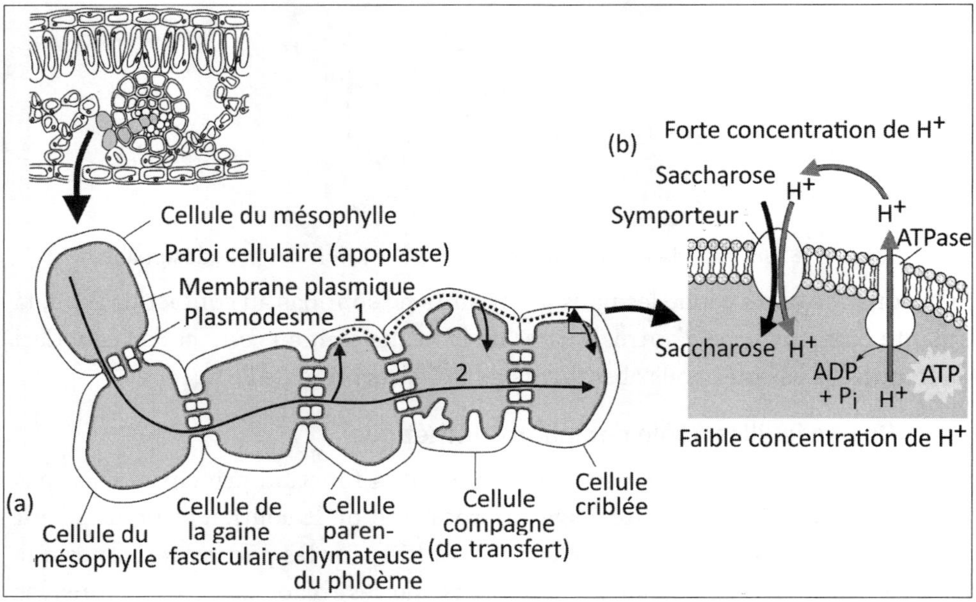


Figure 38. Le remplissage du phloème en saccharose.

**Circulation mixte symplastique et apoplastique** : chez d'autres espèces, le saccharose atteint les tubes criblés en empruntant un circuit passant par le symplaste (2) et l'apoplaste (1).

Chez le Maïs et de nombreux autres végétaux, les tubes criblés emmagasinent le saccharose jusqu'à ce qu'il atteigne des concentrations deux ou trois fois plus élevées que dans le mésophylle. Le remplissage du phloème nécessite alors, indirectement, un transport actif. La pompe à protons exécute le travail qui permet aux cellules d'accumuler du saccharose. Les pompes (grâce à l'ATP) font sortir les protons de la cellule et emmagasinent l'énergie en maintenant un **gradient électrochimique** des deux côtés de la membrane plasmique. Une autre protéine intramembranaire, qui agit comme **cotransporteur**, utilise cette source d'énergie pour transporter le saccharose dans la cellule en même temps qu'elle y rapporte les protons (Fig. 4b).

Le phloème se décharge de son saccharose lorsqu'il atteint l'extrémité du tube criblé, près de l'organe cible. Chez certains végétaux, le saccharose peut sortir du phloème grâce à un **transport actif**. Chez d'autres, **la diffusion** suffit à faire passer le saccharose du phloème aux cellules avoisinantes de l'organe cible. Dans ce dernier cas, les molécules de saccharose empruntent les voies du symplaste et de l'apoplaste pour leur distribution.

### (5) Le pouvoir mitotique

En théorie, seules les cellules méristématiques sont aptes à se diviser. Cependant, des mitoses peuvent apparaître en dehors des méristèmes en raison de la plasticité des cellules végétales dont la différenciation ne présente pas le caractère d'irréversibilité qui est la règle dans le règne animal.
Une cellule végétale mature et parfaitement différenciée peut se **dédifférencier**. Ce phénomène se caractérise par la réduction du nombre d'organites, la disparition de certains éléments, un changement dans la vacuolisation, la réduction ou la transformation de l'apoplasme, etc.
Le plus souvent, la dédifférenciation s'accompagne de la récupération du pouvoir mitotique perdu par la cellule lors de sa différenciation.
Les cellules méristématiques ont des propriétés analogues aux cellules-souches animales, mais chez les végétaux, la distinction entre cellules-souches et cellules différenciées est moins nette du fait de la capacité de nombreuses cellules différenciées à se dédifférencier et retrouver les fonctions des cellules-souches.

### (6) Les méristèmes latéraux

Les méristèmes latéraux ne sont rien d'autre que des sous-ensembles de cellules directement issus du méristème apical caulinaire. En mettant en place l'axe feuillé de la plante, le méristème apical caulinaire abandonne derrière lui un groupe de cellules qui vont constituer les méristèmes latéraux. Bien entendu, ces cellules méristématiques possèdent toutes les caractéristiques de celles du méristème apical caulinaire : totipotence, pouvoir mitotique, etc.

### (7) Comment déterminer le ou les effets d'une hormone ?

Traditionnellement, on étudiait le mécanisme d'action d'une hormone en étudiant des mutants naturels dont la synthèse et/ou le mode d'action de l'hormone sont perturbés. Avec le développement du génie génétique, de nouvelles stratégies expérimentales ont vu le jour car les chercheurs sont devenus capables de transférer des gènes permettant d'inhiber, *in vivo*, l'activité d'autres gènes et donc la synthèse de telle ou telle hormone. Ce progrès a été rendu possible par l'utilisation de la bactérie *Agrobacterium tumefaciens*, une bactérie capable d'infecter les plantes qui y sont sensibles grâce à son plasmide Ti, et d'y déclencher des tumeurs. Lors de l'infection, une partie du plasmide Ti, l'ADN-T (ADN transféré) est inséré dans certains chromosomes de la plante. Les biologistes utilisent cette capacité pour insérer des gènes étrangers dans des plantes et créer ainsi des plantes transgéniques. Dans le plasmide des bactéries utilisées pour le transfert, les chercheurs conservent les gènes permettant l'introduction d'ADN dans la plante, mais remplacent les gènes pathogènes par les gènes qu'ils veulent introduire.

Cette stratégie a été appliquée pour incorporer divers gènes qui modifient la biosynthèse des hormones, ce qui a permis d'étudier le lien entre l'augmentation ou la diminution de la concentration endogène d'une hormone et un mécanisme physiologique particulier tel que la croissance ou un changement métabolique (ex. : la maturation des fruits).

Des expériences de mutagenèse menées sur l'ADN transféré ont démontré que trois gênes A, B et C, déterminent le phénotype de la tumeur. Selon le gène qui a été muté, on obtient une tumeur indifférenciée (a+ b+ c+), une tumeur avec des pousses (a– b– c+) ou une tumeur avec des racines (a+ b+ c–). Ces gènes contrôlent la production des enzymes actives dans la biosynthèse des auxines et des cytokinines et les concentrations de ces hormones déterminent le phénotype de la tumeur.

Ainsi, la synthèse de l'éthylène a pu être inhibée expérimentalement en introduisant un gène qui produit un ARN antisens, complémentaire de l'ARN messager produit par le gène codant la synthèse de l'éthylène. L'ARN antisens se lie à l'ARN messager, empêchant sa traduction et la synthèse de l'hormone est alors inhibée. On peut également introduire des gènes qui codent des enzymes éliminant certains précurseurs de la synthèse de l'hormone. Le blocage de la synthèse de l'éthylène par l'une des procédures décrites empêche la maturation des tomates, ce qui démontre le rôle inducteur de l'hormone et la possibilité de contrôler la maturation par des techniques biologiques.

### (8) La découverte de l'auxine

La coléoptile est un étui qui entoure les premières feuilles des poacées et croit uniquement par auxèse, les mitoses en son sein ayant cessé dès l'embryogénèse. Éclairé de façon uniforme, il s'allonge verticalement de quelques centimètres en trois ou quatre jours. Éclairé latéralement il se courbe irréversiblement vers la lumière (on parle de phototropisme). La courbure est liée à un allongement plus important des cellules de la face non éclairée du coléoptile (Fig. 39).

La zone photoréceptrice est l'apex du coléoptile qui communique avec la zone de courbure, quelques millimètres plus bas, par le biais d'un messager chimique : l'auxine (acide indol acétique ou AIA).

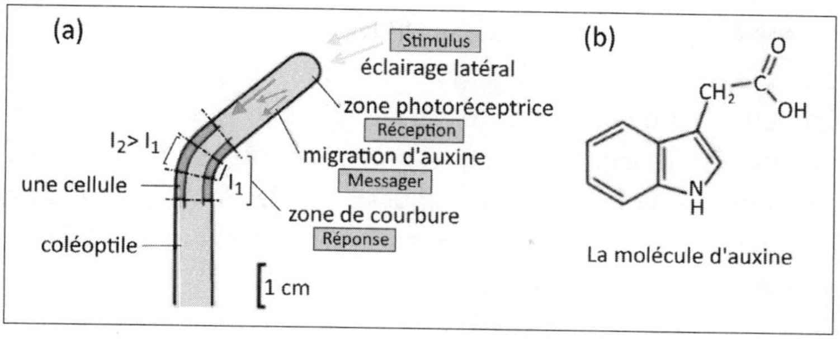


Figure 39. Le phototropisme du coléoptile de poacées (a) et la formule de l'auxine (b).

## (9) Auxine et l'élongation cellulaire

### • Effet de l'auxine sur le pH de la paroi cellulaire

Des expériences menées sur des segments d'hypocotyle ont permis de préciser l'effet de l'auxine sur l'élongation des cellules d'hypocotyle de soja (Fig. 40) :

- À gauche (a) : l'auxine entre dans la cellule et provoque une sortie d'ions $H^+$ dans la paroi cellulaire. Cette acidification provoque une stimulation de la croissance cellulaire.
- À droite (b) : Un pH acide appliqué de manière exogène provoque une acidification expérimentale de la paroi et une stimulation de la croissance cellulaire.

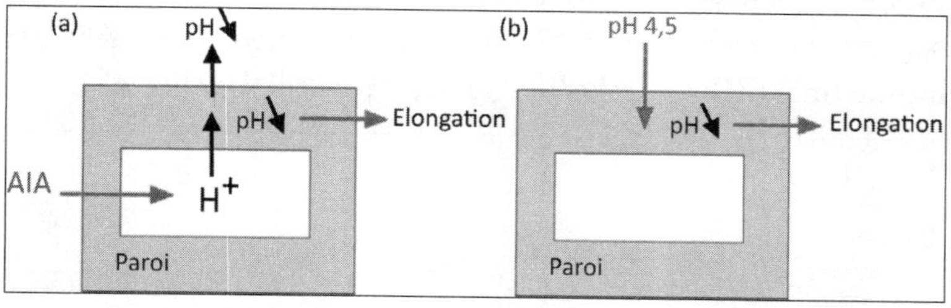


Figure 40. Effet de l'auxine sur le pH de la paroi cellulaire.

### • Comment l'auxine produit-elle une baisse du pH membranaire ?

L'acidification de la paroi cellulaire enregistrée est due à une sécrétion d'$H^+$ de la cellule vers l'extérieur grâce à une ATPase membranaire (pompe à protons) (Fig. 41).

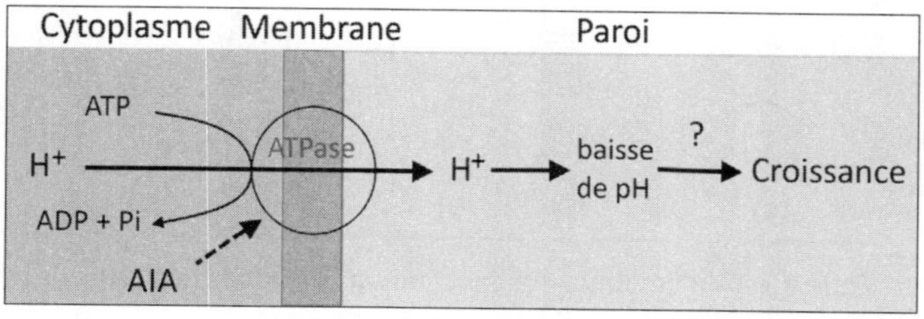


Figure 41. Une pompe à protons membranaire.

- **Comment la baisse du pH stimule l'élongation cellulaire ?**

La plasticité de la paroi et la pression de turgescence sont les deux éléments régulateurs de la croissance. Les bas pH stimulent l'élongation par l'intermédiaire d'une augmentation de la plasticité pariétale. Celle-ci est liée à des protéines non enzymatiques, les expansines, qui sont susceptibles, en fonction du pH, de s'intercaler entre les molécules de xyloglucanes et les molécules de cellulose des fibrilles et ainsi de casser les liaisons H et de séparer ces molécules. La pression de turgescence fait le reste (Fig. 42).

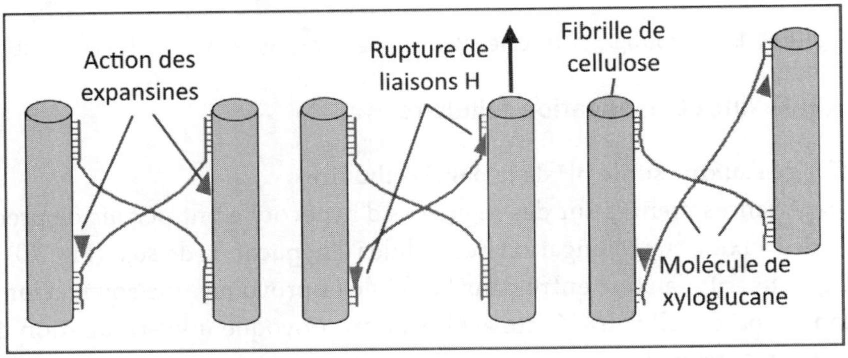


Figure 42. Schéma simplifié montrant le rôle possible des expansines.

Un autre mécanisme possible fait intervenir les endo-xyloglucane transférases (EXT) qui sont des enzymes capables de transférer (couper/coller) un fragment d'un xyloglucane donneur (XGd) à un xyloglucane accepteur (XGa). Après transfert, le xyloglucane final (XGf) est plus long que les précédents (Fig. 43).

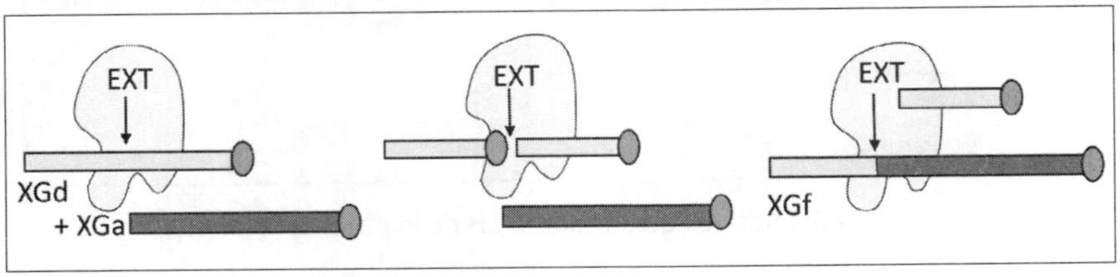


Figure 43. Mode d'action des endo-xyloglucane transférases (EXT).

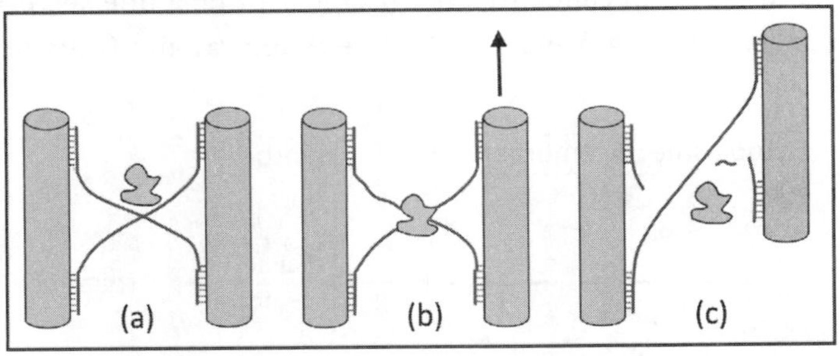


Figure 44. Mode d'action des endo-xyloglucane transférases (EXT) (vue d'ensemble).

Après transfert d'un segment du xyloglucane rouge dans le xyloglucane noir, celui-ci est plus long et accepte si la pression de turgescence est présente une plus grande séparation des fibrilles. La déformation produite est alors irréversible (Fig. 44). Ainsi, l'acidification de la paroi induit une hyperpolarisation du plasmalemme et la rupture des liaisons faibles acidolabiles entre les différents éléments de la paroi et donc son relâchement par l'activation des expansines et des EXT. L'hyperpolarisation du plasmalemme autorise l'entrée d'ions $K^+$ et leur stockage dans la vacuole, ce qui provoque une augmentation de la pression osmotique et donc de la turgescence de la cellule par entrée d'eau dans la vacuole.

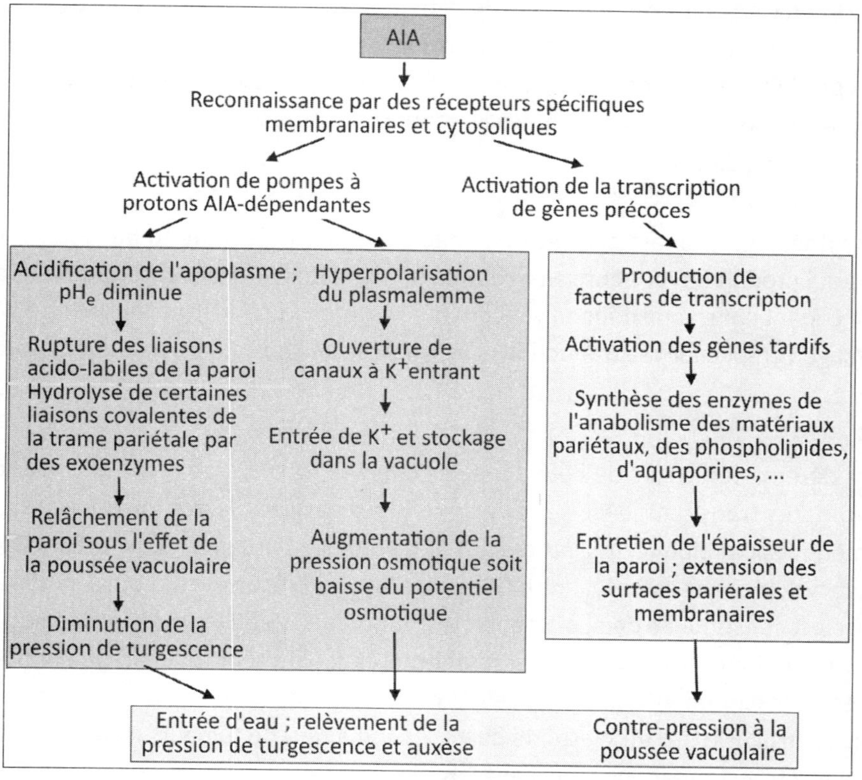


Figure 45. Les effets en cascade de l'auxine sur le grandissement cellulaire.

Parallèlement, la transcription des « gènes précoces » activée par l'auxine permet la synthèse de facteurs de transcription dont les cibles sont les « gènes tardifs » et d'enzymes de dégradation ou d'inactivation de l'auxine. Les protéines tardives sont des enzymes de synthèse des constituants de la paroi et de la membrane, canaux potassiques, aquaporines... permettant l'augmentation de la surface du plasmalemme, du tonoplaste et de la paroi.

# Je m'exerce et je fais la différence

▸ **Exercice 1 : déterminer le rôle de l'éthylène en inhibant sa synthèse**
Pour déterminer le rôle d'une hormone, une stratégie consiste à inhiber sa production et à observer quel mécanisme est perturbé, puis à tenter de rétablir le comportement normal grâce au rapport exogène de cette hormone.

---

Document 1

La synthèse hormonale peut être inhibée expérimentalement en introduisant un gène qui produit un ARN antisens, complémentaire de l'ARN messager produit par le gène codant l'hormone dont on veut inhiber la synthèse. L'ARN antisens se lie à l'ARN messager, empêchant sa traduction et la synthèse de l'hormone est inhibée.

---

Document 2

Pour déterminer le rôle de l'éthylène, les chercheurs ont créé différentes variétés de tomates transgéniques. Dans une **première variété**, ils ont introduit un gène chimérique pour bloquer la synthèse de l'ACC synthase, l'enzyme qui synthétise l'acide aminocyclopropane carboxylique (ACC), un métabolite précurseur de l'éthylène. Le gène utilisé est constitué de deux éléments : le promoteur 35S du virus de la mosaïque du chou-fleur (dont la fonction est d'assurer l'expression du gène) et un fragment d'ADN, qui est transcrit en ARN antisens de l'ARN messager de l'ACC synthase. Ce gène est inséré dans l'ADN-T d'un plasmide bactérien inducteur de tumeurs désactivé, ce qui permet la transformation stable des plants de tomate.
Dans une **seconde variété**, ils ont bloqué la synthèse de l'ACC oxydase, l'enzyme qui catalyse la formation d'éthylène à partir de l'acide amino-cyclopropane carboxylique. Ce blocage résulte lui aussi de l'introduction d'un gène antisens.
Dans une **troisième variété**, ils ont introduit le gène qui code l'ACC-désaminase ; une enzyme qui catalyse la dégradation de l'ACC en acide acétobutyrique (une enzyme absente dans la tomate à l'état naturel).

Pour les trois variétés de tomates transgéniques, un apport d'éthylène déclenche la maturation des fruits qui autrement est inhibée (du moins pendant la période normale).

**Question 1 :** Décrire l'évolution des concentrations en ACC et de la production d'éthylène pour chacune des trois variétés de tomates transgéniques.
**Question 2 :** Réaliser un schéma de synthèse montrant les différentes stratégies utilisées par les chercheurs pour inhiber la biosynthèse de l'éthylène.
**Question 3 :** En déduire un des rôles joués par l'éthylène et expliquer l'importance qu'il peut y avoir à contrôler sa production.

▸ **Exercice 2 : auxine et l'élongation cellulaire**
**À partir de l'analyse des documents suivants, vous expliquerez comment l'auxine rend possible l'élongation cellulaire.**

---

Document 1

Des segments d'hypocotyle de soja sont placés dans un dispositif de mesure (auxanomètre) et leur croissance en longueur enregistrée au cours du temps avant et après ajout d'auxine. En parallèle, on mesure les variations du pH du milieu pH du milieu qui entoure les échantillons.
Au moment indiqué par la flèche, de l'auxine (AIA 10-5M) est ajoutée dans le milieu (courbe noire).

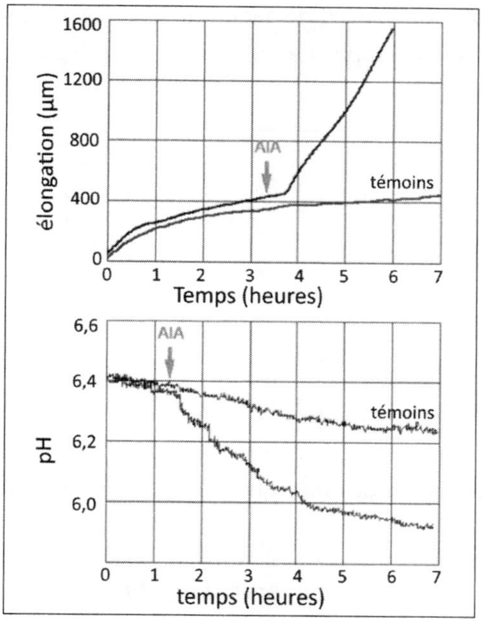


Figure 46. Action de l'auxine sur l'élongation des cellules et sur le pH du milieu environnant.

Document 2

Dans cette nouvelle expérience, les échantillons sont placés dans un milieu tamponné (pH 6,4). Au moment indiqué par la flèche rouge, le milieu est changé par un tampon acide (pH 4,5).

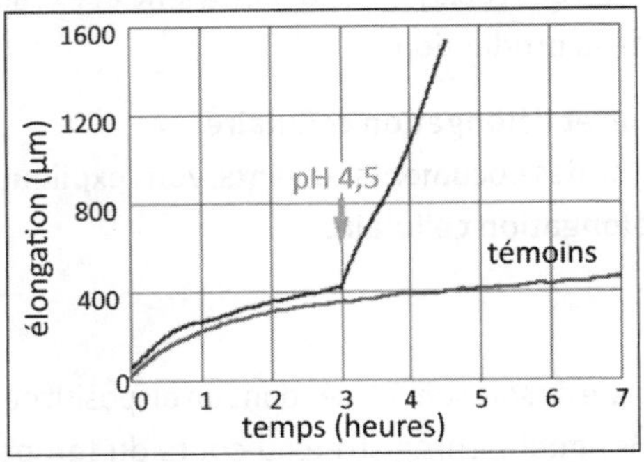


Figure 47. Effet d'une variation du pH de l'environnement sur l'élongation cellulaire.

**Document 3 : comment l'auxine produit-elle une baisse du pH membranaire ?**

Dans l'expérience suivante on utilise du vanadate, un inhibiteur des ATPases membranaires sur des échantillons stimulés par l'auxine dont la croissance est enregistrée par auxanométrie.

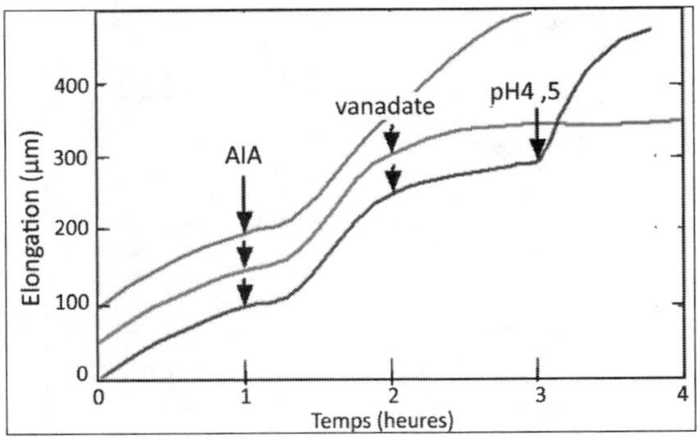


Figure 48. Enregistrements auxanométriques de segments excisés d'hypocotyle de soja.

- **Exercice 3 : l'auxine stimule la croissance et la maturation des fruits**
  **À partir de l'analyse des documents suivants et de vos connaissances, vous expliquerez comment l'auxine est responsable de la maturation des fruits.**

Document 1

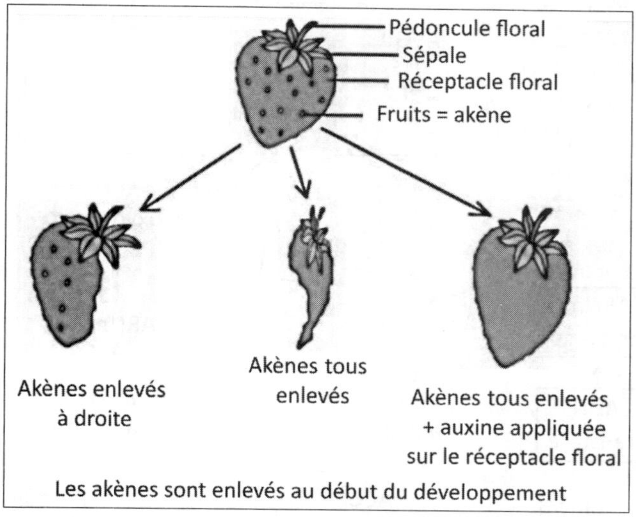


Figure 49. L'expérience de Nitsch (1950).

Document 2

Si on applique de l'auxine sur le fruit en fin de croissance, le fruit murît : c'est la senescence du fruit.

## Correction

- **Exercice 1**

**Réponse 1**

Dans la première variété, l'ARN antisens produit par l'ADN étranger se lie à l'ARN messager de l'ACC synthase, et la production de l'enzyme diminue. Sans ACC, la production d'éthylène diminue et le fruit ne mûrit pas.

Dans la seconde variété, le blocage de la synthèse de l'ACC oxydase provoque l'inhibition de la synthèse d'éthylène et une accumulation de l'ACC.

Dans la troisième variété, l'enzyme ACC-désaminase produite suite à l'insertion du gène la codant, dégrade l'ACC qui est un précurseur de l'éthylène : ainsi, la quantité d'ACC disponible pour être transformée en éthylène est réduite, et la synthèse d'éthylène inhibée.

Ainsi, dans les trois cas, la synthèse d'éthylène est inhibée.

**Réponse 2**

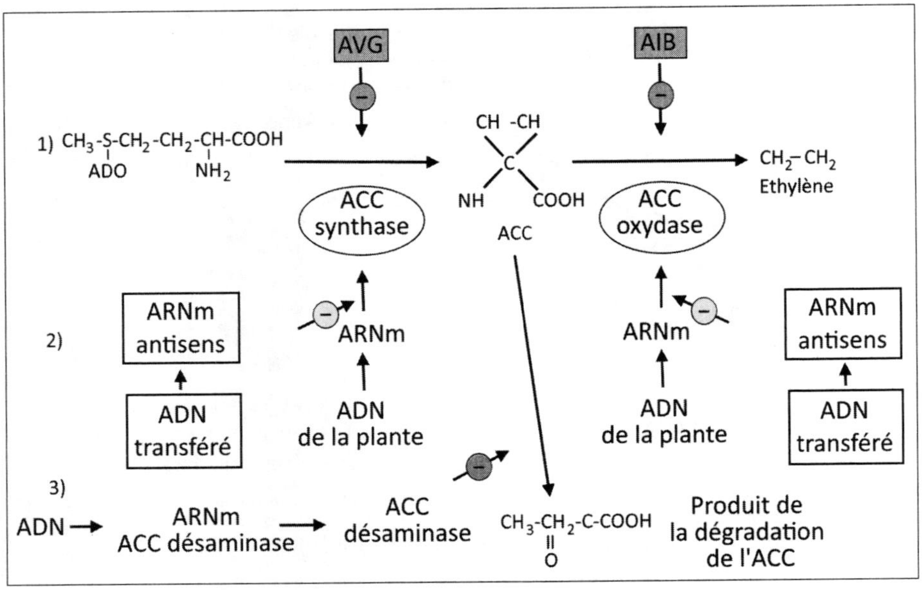


Figure 50. Inhibition de la biosynthèse de l'éthylène.

**Réponse 3**

Le blocage de la synthèse de l'éthylène par l'une des procédures décrites empêche la maturation des tomates. Le fait qu'un apport d'éthylène déclenche la maturation, suggère que l'absence de maturation est due à l'absence d'éthylène endogène, et non à d'autres facteurs qui auraient pu être perturbés au cours de l'expérience : ceci démontre le rôle inducteur de l'hormone et la possibilité de contrôler la maturation par des techniques biologiques.

▶ **Exercice 2**

**Informations tirées du document 1** : on observe une augmentation remarquable de la vitesse de croissance après un temps de latence de 15 à 20 minutes, ainsi qu'une baisse de pH (de 0,4 unité) après un temps de latence de 8 à 10 minutes.

**Mise en relation des informations** : ceci suggère que la baisse de pH serait une étape du mécanisme d'action de l'auxine sur l'élongation.

**Informations tirées du document 2** : on observe une augmentation immédiate de la vitesse d'élongation.

**Mise en relation des informations** : l'expérience prouve qu'un pH acide appliqué de manière exogène peut à lui seul stimuler la croissance. Ceci confirme que la baisse de pH représente donc une étape du mécanisme d'action de l'auxine sur l'élongation.

**Informations tirées du document 3**: on observe que l'apport d'AIA entraîne une augmentation de la vitesse d'élongation et que l'apport de vanadate fait disparaître cet effet; une acidification du milieu en présence de vanadate provoque une augmentation de la vitesse d'élongation.

**Mise en relation des informations**: l'action du vanadate montre que l'action de l'auxine fait intervenir une ATPase membranaire. L'acidification de la paroi enregistrée est donc due à une sécrétion d'$H^+$ de la cellule vers l'extérieur (pompe à protons) donc dans la paroi cellulaire. L'action positive d'un pH acide montre que l'inhibition de l'action de l'auxine par le vanadate n'influence pas les réactions ultérieures.

**Synthèse**: l'apport d'AIA entraîne une augmentation de la vitesse d'élongation; cet effet est lié à l'acidification de la paroi cellulaire par la sécrétion d'$H^+$ hors de la cellule grâce à une pompe à protons. Ces expériences ne permettent pas de savoir comment la baisse du pH de la paroi permet son élongation.

Les informations obtenues peuvent être résumées par le schéma suivant:

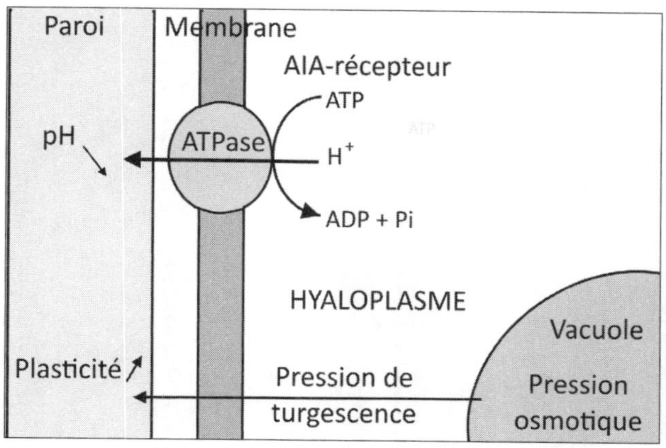


Figure 51. Auxine et l'élongation cellulaire.

▸ **Exercice 3**

**Informations tirées du document 1**: si on supprime les akènes (vrais fruits) pendant la croissance de la fraise, le faux-fruit (réceptacle floral) se développe peu, on observe une inhibition de sa croissance.

Si on supprime les akènes d'un côté de la fraise et qu'on les laisse de l'autre côté, la fraise se développe de manière asymétrique avec un plus fort développement du côté présentant encore des akènes.

Si on supprime tous les akènes de la fraise et qu'on applique de l'auxine sur le réceptacle floral, la croissance de la fraise est normale. L'application d'auxine rétablit le développement de la fraise privée d'akène.

**Mise en relation des informations** : le développement du réceptacle floral (faux-fruit) est sous la dépendance d'une (ou de plusieurs) substance(s) libérée(s) par les akènes (vrais fruits). L'action des akènes peut être remplacée par une application d'auxine ; on peut émettre l'hypothèse que l'auxine est la substance libérée par les akènes et qui permet la croissance du réceptacle floral.
**Informations tirées du document 2** : l'application d'auxine fait mûrir les fruits.
**Synthèse** : je sais que l'éthylène est l'hormone gazeuse responsable de la maturation des fruits. Je peux émettre l'hypothèse que l'auxine induit la synthèse d'éthylène par la fraise. L'éthylène provoque alors le mûrissement.

Chapitre C-2

# La plante productrice de matière organique

# Je révise et je me perfectionne

Les parties aériennes de la plante sont les lieux de production de matière organique par photosynthèse.

## I. La capture de l'énergie solaire

### I-1. Les pigments chlorophylliens

La lumière est assimilable à un rayonnement électromagnétique dont les différentes radiations sont caractérisées par leur longueur d'onde. La quantité d'énergie que véhicule chaque radiation électromagnétique dans ses photons est fonction de sa longueur d'onde.

Tous les organismes photosynthétiques contiennent un ou plusieurs pigments organiques capables d'absorber les rayonnements visibles ; ces pigments sont à l'origine des **réactions photochimiques** de la photosynthèse.

**Réactions photochimiques** : ensemble des réactions chimiques qui se déroulent, en présence de lumière, dans la membrane des thylakoïdes et aboutissent à la synthèse de composés intermédiaires (ATP et $RH_2$).

Les pigments s'extraient de la plupart des feuilles par l'alcool et d'autres solvants organiques. On peut les séparer par chromatographie (par exemple sur papier). Les trois principales catégories de pigments sont les chlorophylles, les caroténoïdes et les **phycobilines** :

- Les **caroténoïdes** ($C_{40}H_{56}$), les xanthophylles ($C_{40}H_{56}O_2$) et les phycobilines sont dits pigments photosynthétiques accessoires car les quanta d'énergie qu'ils absorbent peuvent être transférés aux chlorophylles.
- Les **chlorophylles** donnent leur couleur verte aux plantes ; la chlorophylle a ($C_{55}H_{72}O_5N_4Mg$) (majoritaire), est vert bleuté, la chlorophylle b ($C_{55}H_{70}O_6N_4Mg$) vert jaunâtre.

Certaines algues non chlorophylliennes renferment d'autres pigments. Ainsi les algues rouges renferment de la phycoérythrine et les algues bleues de la phycocyanine (Fig. 1).

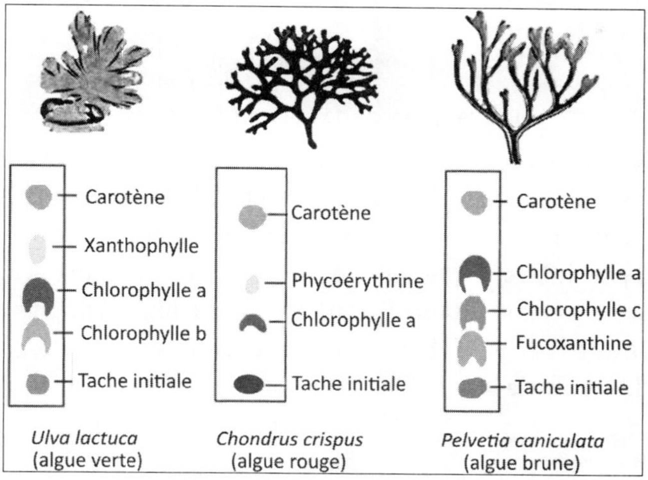


Figure 1. Chromatographie des pigments de différentes algues.

Les pigments sont localisés dans la membrane des thylakoïdes des chloroplastes (Fig. 2).

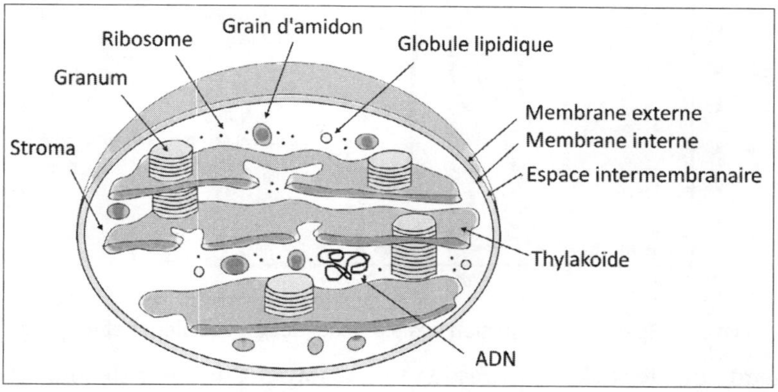


Figure 2. Structure schématique du chloroplaste.

## I-2. Le spectre d'absorption

Le **spectre d'absorption** traduit le % d'absorption de la lumière par une solution, en fonction de la longueur d'onde utilisée.

À l'aide d'un prisme (spectromètre à main) ou d'un réseau, il est possible d'obtenir le spectre de la lumière blanche (Fig. 3).

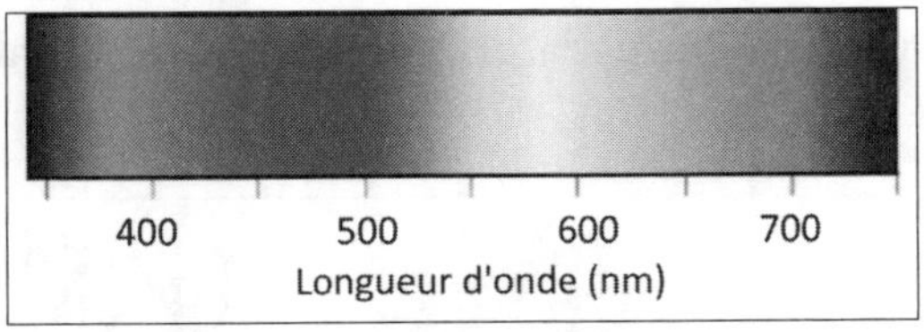


Figure 3. Spectre de la lumière blanche.

Si on interpose une cuve remplie d'une substance colorée (un pigment), la lumière transmise diminuera pour les longueurs d'ondes absorbées par cette substance. On obtiendra alors le spectre de transmission de la lumière à travers cette substance et, par différence, le spectre d'absorption des radiations lumineuses caractéristiques de cette substance. En utilisant des solutions de pigments purifiés, on peut obtenir le spectre d'absorption de chacun des pigments composant la solution de chlorophylle brute (Fig. 4).

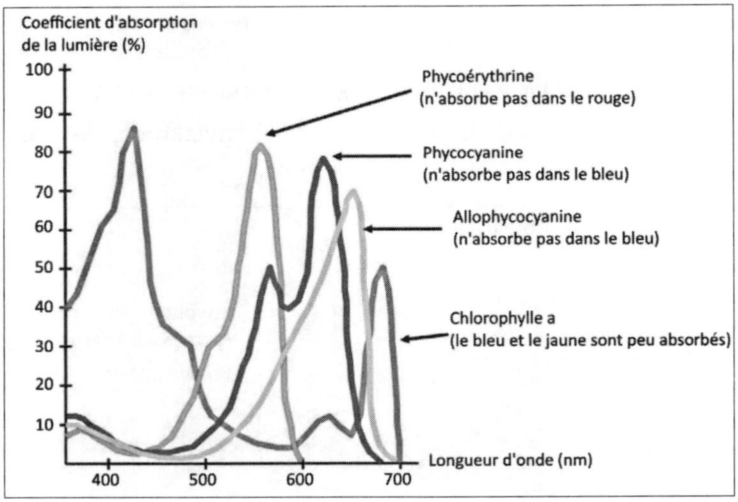


Figure 4. Spectre d'absorption des pigments des algues bleues et rouges.

On constate que les chlorophylles (a et b) absorbent préférentiellement dans le rouge (640 à 660 nm) et dans le bleu (420 à 460 nm).

## I-3. Le spectre d'action

Le **spectre d'action** correspond à l'efficacité avec laquelle la photosynthèse se déroule aux différentes longueurs d'onde.

Le spectre d'action peut être visualisé par la mesure de la quantité d'$O_2$ libérée (ou de $CO_2$ absorbée) pour chaque longueur d'onde utilisée.

En 1882, Engelman parvient à tracer de façon indirecte un spectre d'action. L'expérience d'Engelman a consisté à placer sous microscope un filament de spirogyre (une algue verte d'eau douce), avec des bactéries qui sont attirées vers les sources de dioxygène du milieu (Fig. 5). Le filament est éclairé par de la lumière blanche décomposée par un prisme. On observe que rapidement, la densité des bactéries aérobies devient maximale au niveau des parties du filament éclairées en bleu et en rouge, c'est-à-dire là où le dégagement de dioxygène par les cellules chlorophylliennes est maximal.

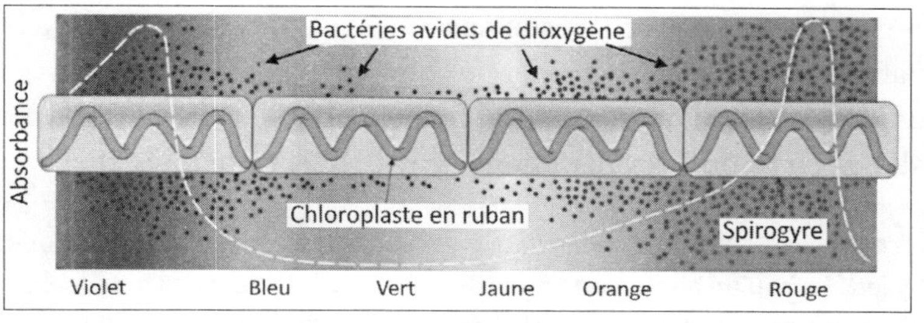


Figure 5. Schématisation de l'expérience historique d'Engelmann.

La comparaison des spectres d'absorption et d'action montre qu'ils se superposent presque parfaitement (Fig. 6).

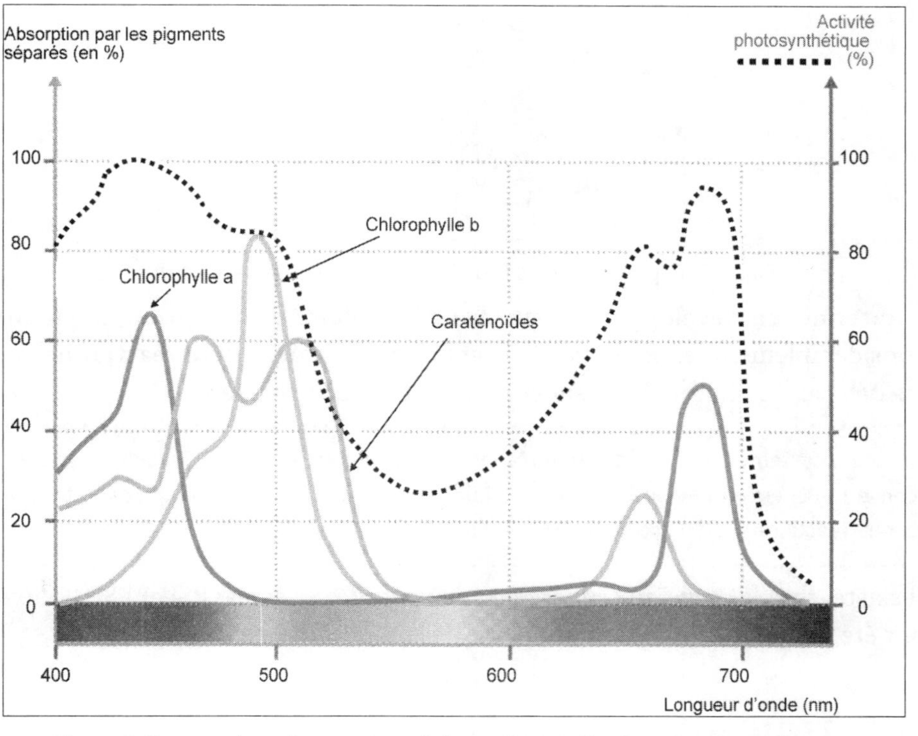


Figure 6. Comparaison des spectres d'absorption et d'action photosynthétiques.

La correspondance entre les spectres d'absorption et d'action montre que les pigments chlorophylliens captent l'énergie des radiations lumineuses. Ce sont les radiations les plus fortement absorbées qui sont les plus efficaces sur les rendements photosynthétiques, à savoir les radiations bleues et rouges.

## I-4. L'antenne collectrice et photosystèmes

Les pigments chlorophylliens ont pour rôle de capter l'énergie lumineuse et de la transférer de proche en proche jusqu'aux molécules de **chlorophylle a** qui seules sont capables de la convertir en énergie chimique.
Pour jouer ce rôle, les pigments chlorophylliens sont disposés dans la membrane du thylakoïde de façon à former une **antenne collectrice** (Fig. 7).

**Antenne collectrice chlorophyllienne**: elle est constituée de pigments (caroténoïdes et chlorophylles). Lorsqu'un photon atteint une molécule de pigment de l'antenne, son énergie est canalisée jusqu'à un **centre réactionnel** constitué de chlorophylle a (P680).

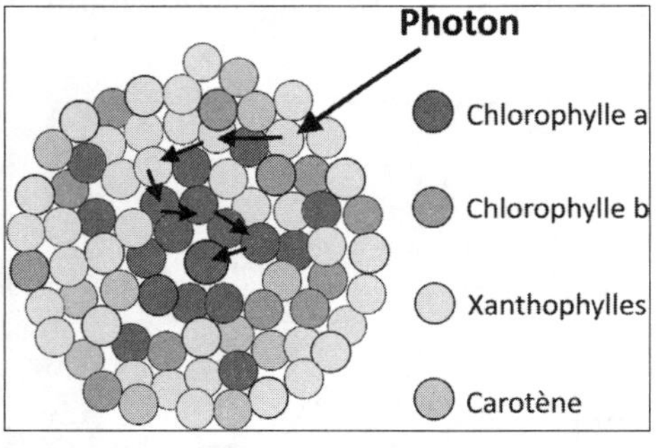


Figure 7. Représentation schématique d'une antenne collectrice.

L'antenne, en développant la surface moléculaire d'absorption, augmente considérablement les chances que la chlorophylle a du **centre réactionnel** soit excitée par un photon. L'ensemble constitue un photosystème.

Un **photosystème** est une unité photoréceptrice de la membrane des thylakoïdes capable de convertir l'énergie lumineuse en énergie chimique. Il comprend une antenne collectrice, un centre réactionnel et un accepteur primaire d'électrons.

Il existe, chez les végétaux supérieurs, deux photosystèmes : PSI et PSII. Ceux-ci ont été nommés en fonction de la date de leur découverte (Fig. 8).

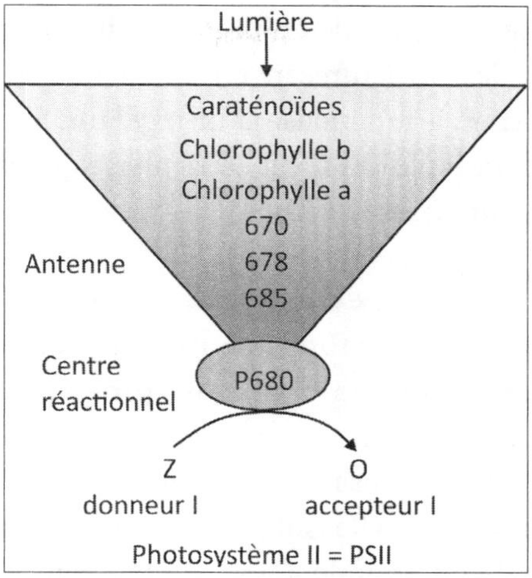


Figure 8. Représentation schématique du photosystème II.

L'énergie captée par l'**antenne collectrice** est canalisée jusqu'à un **centre réactionnel** constitué de chlorophylle a (P700) pour le PSI et de chlorophylle a (P680) pour le PSII.

**Centre réactionnel** : l'association d'une molécule de chlorophylle a, d'un accepteur et d'un donneur d'électrons.

## II. La conversion de l'énergie lumineuse en énergie chimique

La photosynthèse se déroule dans les chloroplastes des cellules chlorophylliennes en deux étapes complémentaires et simultanées nécessitant la présence de lumière et se déroulant dans le stroma et les thylakoïdes :

**La première étape** est entièrement dépendante de la lumière et est donc appelée **phase photochimique**. Elle permet la capture de l'énergie lumineuse des photons qui composent le rayonnement lumineux et sa transformation en énergie chimique utilisable par la cellule dans les réactions du métabolisme.

**La deuxième étape** est dépendante de la présence de $CO_2$ mais ne nécessite pas directement de lumière : c'est une **phase non photochimique**. Elle permet la fixation du carbone minéral et sa réduction dans les molécules organiques de la cellule pour former des glucides. L'énergie fournie par les produits de la phase photochimique est indispensable à cette phase.

### II-1. La phase photochimique de la photosynthèse

La phase photochimique se déroule en présence de lumière. Elle a lieu dans la membrane des thylakoïdes (structures membranaires au sein des chloroplastes) et nécessite de l'eau, de l'énergie lumineuse et un oxydant. Elle aboutit à la réduction de l'oxydant et à la libération d'$O_2$. C'est cette phase qui va produire de l'**ATP** et des **transporteurs réduits (notés « $RH_2$ »)**.

#### *II-1.1. La fluorescence et la photo excitation de la chlorophylle*

La fluorescence est une propriété fondamentale de la chlorophylle.

La fluorescence est une émission lumineuse provoquée par l'excitation des électrons d'une molécule (ou atome), généralement par absorption d'un photon immédiatement suivie d'une émission spontanée.

Dans une molécule de chlorophylle isolée, l'absorption d'un photon provoque le passage d'un électron d'une orbitale à une orbitale plus externe où il renferme davantage d'énergie potentielle : la molécule de chlorophylle a gagné de l'énergie. Quand l'électron regagne son orbitale initiale, cette énergie est restituée sous forme d'une radiation de plus faible énergie, donc de longueur d'onde supérieure (ici de la lumière rouge) (Fig. 9).

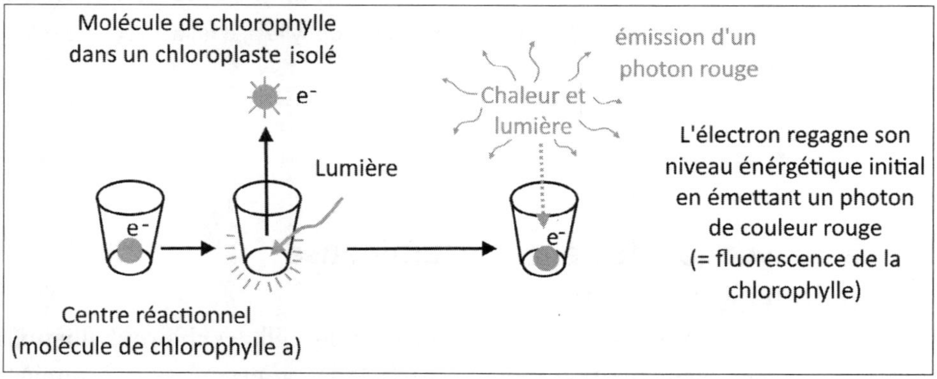


Figure 9. La fluorescence de la chlorophylle.

(1) Comment visualiser expérimentalement la fluorescence ?

#### *II-1.2. La photolyse de l'eau*

Au sein du chloroplaste, l'électron porté à un niveau énergétique élevé par la capture d'un électron ne « retombe » pas sur la molécule de chlorophylle mais est capté par un accepteur d'électrons qui acquière ainsi un fort pouvoir réducteur et devient à son tour un puissant donneur d'électrons (Fig. 10).

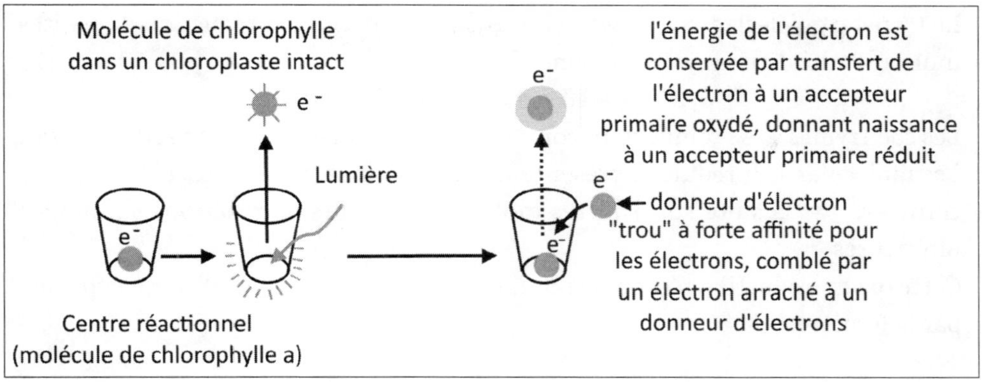


Figure 10. Devenir de l'électron excité.

In vivo, dans la membrane du thylakoïde du chloroplaste, la chlorophylle a illuminée cède son électron excité à une molécule voisine, l'accepteur primaire d'électrons qui à son tour, transmet l'électron à d'autres molécules (Fig. 11).

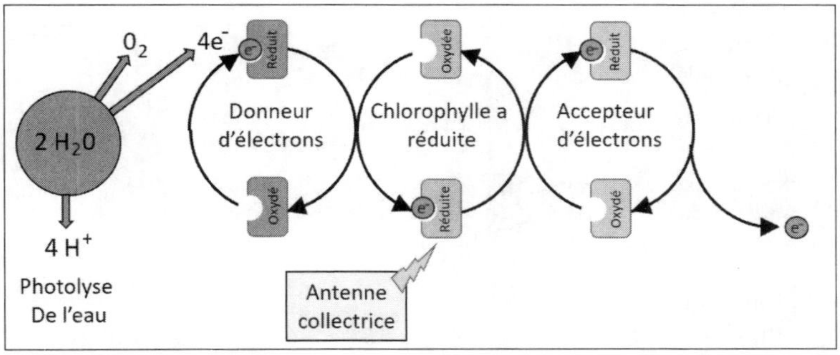


Figure 11. Schéma du centre réactionnel situé dans la membrane du thylakoïde.

La molécule de chlorophylle ayant perdu un électron se trouve à **l'état oxydé**. Pour retrouver son état initial elle doit capter un électron d'un donneur d'électron qui sera à son tour régénéré ultérieurement.

Les électrons à haute énergie éjectés par les molécules de chlorophylle excités quittent le centre réactionnel pour subir un transport (grâce à des transporteurs d'électrons de potentiel redox croissant). Ils permettent la photolyse de l'eau ou oxydation de l'eau qui conduit à la production de dioxygène et au transfert d'électrons et de protons.

$$2\,H_2O \xrightarrow{\text{Énergie lumineuse}} 4\,H^+ + 4\,e^- + O_2$$

La régénération du donneur d'électrons du centre réactionnel est assurée par la capture des électrons issus de la photolyse de l'eau.

### *II-1.3. La synthèse de transporteurs réduits*

Le transfert d'électrons au niveau du thylakoïde permet la réduction de petites molécules du stroma : les coenzymes $T^+$.

$$2\,T^+ + 4\,H^+ + 4\,e^- \longrightarrow 2\,(TH + H^+)$$

Les coenzymes $T^+$ se comportent comme des accepteurs d'électrons et de protons. Les molécules $TH_2$ réduites, présentent un pouvoir réducteur susceptible d'être transféré par la suite sur d'autres molécules au cours de réactions chimiques ultérieures.

Cette oxydo-réduction n'est pas spontanée, elle exige un apport d'énergie fournie par la lumière.

### *II-1.4. La synthèse d'ATP*

Les protons sont libérés au niveau des photosystèmes (photosystème II uniquement) et s'accumulent dans la cavité des thylakoïdes. Il se crée ainsi une différence de concentration, ou gradient de protons, qui se traduit par une différence de pH, entre la cavité des thylakoïdes et le stroma (Fig. 12).

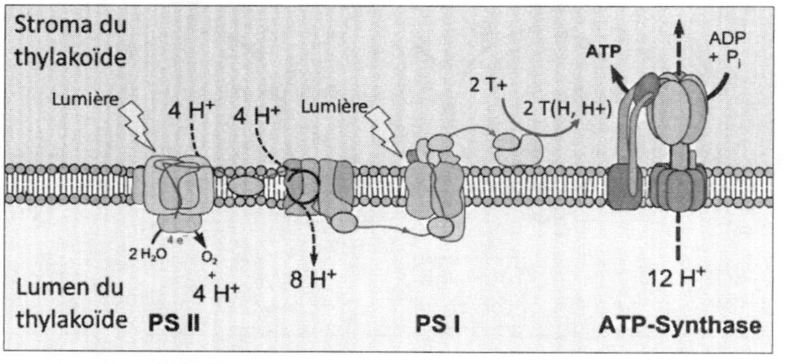


Figure 12. Schéma de la chaîne photosynthétique de transport d'électrons.

Les protons accumulés peuvent gagner le stroma par l'intermédiaire des sphères pédonculées qui se comportent comme des enzymes productrices d'ATP (= ATP synthétase) : elles catalysent la formation d'ATP à partir d'ADP et de phosphate inorganique (Pi) et de l'énergie du gradient.

$$ADP + Pi \xrightarrow{\text{Énergie du gradient de proton}} ATP$$

L'ATP fabriqué dans le stroma des chloroplastes est une petite molécule permettant de stocker de l'énergie. Elle est donc qualifiée de molécule hautement énergétique. Cette énergie est libérée lors de l'hydrolyse de l'ATP et peut être utilisée par les nombreuses réactions enzymatiques du métabolisme qui nécessitent un apport d'énergie et qui ne peuvent donc se faire sans couplage avec l'hydrolyse d'ATP (Fig. 13).

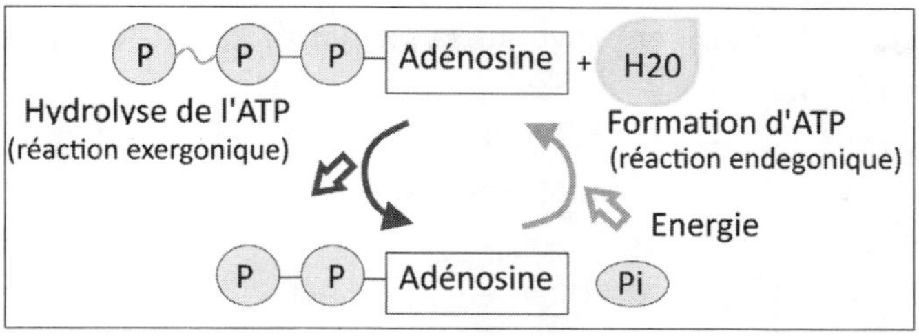


Figure 13. Synthèse et hydrolyse de l'ATP.

→ **Remarque** : on oppose les liaisons riches aux liaisons pauvres en énergie en fonction de l'énergie libérée au cours d'une hydrolyse. La plupart des molécules à liaisons riches en énergie correspondent à des dérivés phosphorylés.

L'**énergie lumineuse** a donc été convertie en **énergie chimique** stockée dans les molécules d'ATP et de l'accepteur réduit. L'ensemble de ces réactions constitue les réactions de la phase photochimique ou lumineuse (ainsi appelée car elles ne peuvent se dérouler en l'absence de lumière). Ces deux sources d'énergie seront utilisées lors de la deuxième phase de la photosynthèse permettant l'assimilation du carbone.

## II-2. La phase non photochimique : le cycle de Calvin

### *II-2.1. La notion de cycle de Calvin par l'analyse expérimentale*

**Première expérience** : la plante est placée en lumière continue et approvisionnée ou non en $CO_2$ radioactif ($^{14}CO_2$). La radioactivité de différents métabolites est mesurée au cours d'une expérience effectuée en lumière continue (Fig. 14).

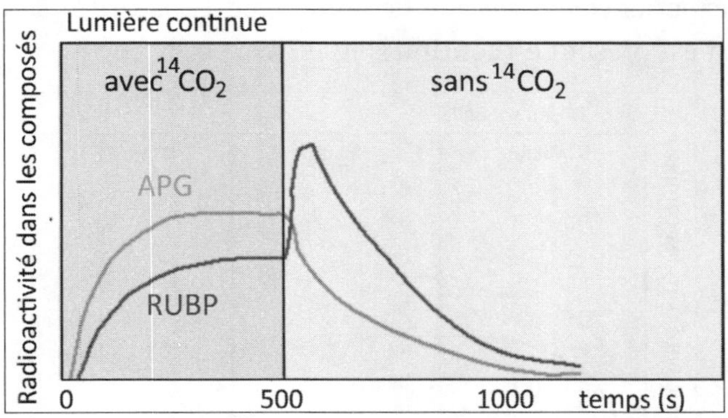


Figure 14. Évolution de la teneur en APG et RUBP en présence et absence de $CO_2$.

L'APG (premier corps formé) et le RUBP deviennent radioactifs jusqu'à un plateau qui montre que ces corps donnent d'autres dérivés. Si l'on arrête la présence de $^{14}CO_2$, la radioactivité de l'APG diminue immédiatement alors que celle du RUBP augmente de manière transitoire (Fig. 15). On en déduit que l'incorporation du $CO_2$ se réalise sur le RUBP et provoque la formation de l'APG : l'APG est bien le premier corps formé.

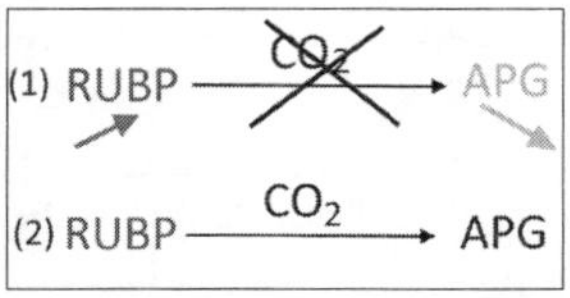


Figure 15. L'incorporation du $CO_2$ se réalise sur le RUBP.

**Deuxième expérience** : une suspension de chlorelles (algue unicellulaire photosynthétique) est fortement éclairée pendant 10 min puis placée à l'obscurité. On mesure la quantité de $^{14}CO_2$ fixée par les algues au cours de l'expérience (Fig. 16).

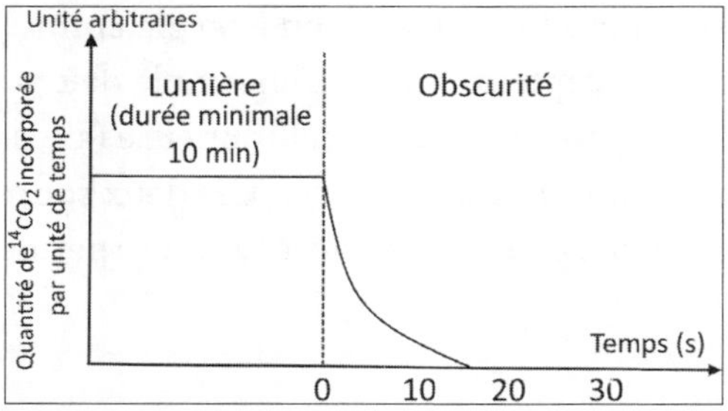


Figure 16. Incorporation du $CO_2$ à la lumière et à l'obscurité.

L'incorporation du $^{14}CO_2$ se poursuit transitoirement à l'obscurité : on peut émettre l'hypothèse que l'incorporation du $_{14}C$ du $^{14}CO_2$ dans la matière organique consomme des composés formés à la lumière : quand ceux-ci sont épuisés, l'incorporation du $_{14}C$ cesse. Ces composés sont le transporteur réduit (TH, $H^+$) et l'ATP.

**Troisième expérience** : la radioactivité de différents métabolites est mesurée au cours d'une expérience (succession de lumière et d'obscurité) dans laquelle du $CO_2$ radioactif est présent en continu (Fig. 17).

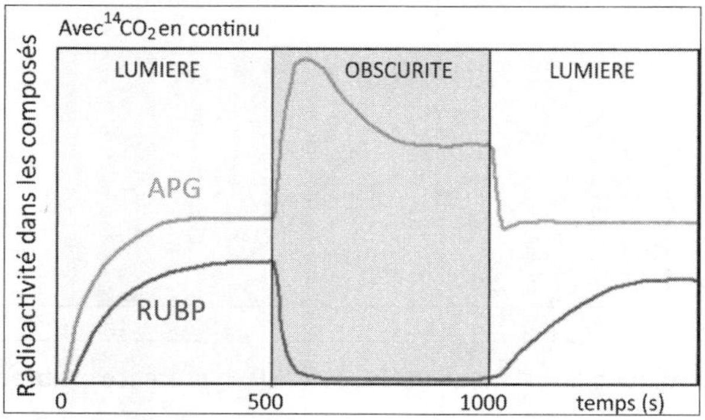


Figure 17. Radioactivité de différents métabolites en présence de $CO_2$ radioactif lors d'une succession de lumière et d'obscurité.

L'APG (premier corps formé) et le RUBP deviennent radioactifs jusqu'à un plateau qui montre que ces corps donnent d'autres dérivés. Au moment d'un passage à l'obscurité, l'APG radioactif augmente et le RUBP radioactif diminue.
Les variations de ces deux corps montrent que la lumière est indispensable à la transformation de l'APG en RUBP (Fig. 18).

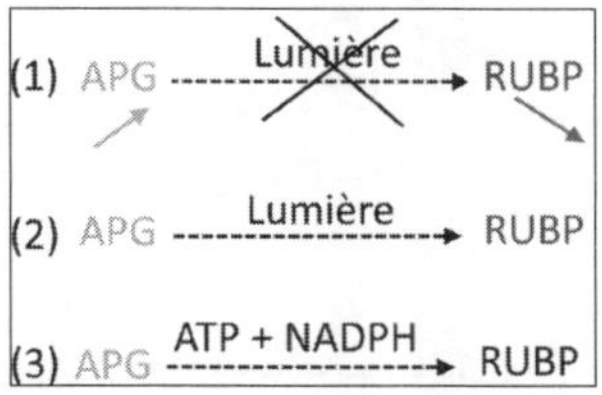


Figure 18. La régénération du RUBP.

Ceci est certainement dû à la production d'ATP et de transporteur réduit à la lumière. Ces transformations, qui permettent la régénération du RUBP, demandent évidemment de nombreuses réactions.

### *II-2.2. Le cycle de Calvin et la fixation et la réduction du $CO_2$*

L'incorporation du $CO_2$ dans une nouvelle molécule glucidique nécessite qu'il subisse une réduction consommatrice d'énergie. Cette réduction est permise grâce à l'énergie fournie par l'ATP synthétisée au cours des réactions de la phase lumineuse et grâce aux électrons et $H^+$ de l'accepteur final. Ces réactions ne nécessitent donc plus directement la lumière et sont qualifiées de réactions de la **phase non photochimique**.
Cet ensemble de réactions qui permet la fixation du carbone dans la matière organique est connu sous le nom de cycle de **Calvin-Benson-Bassham** et intervient dans le stroma des chloroplastes des organismes photosynthétiques (Fig. 19).

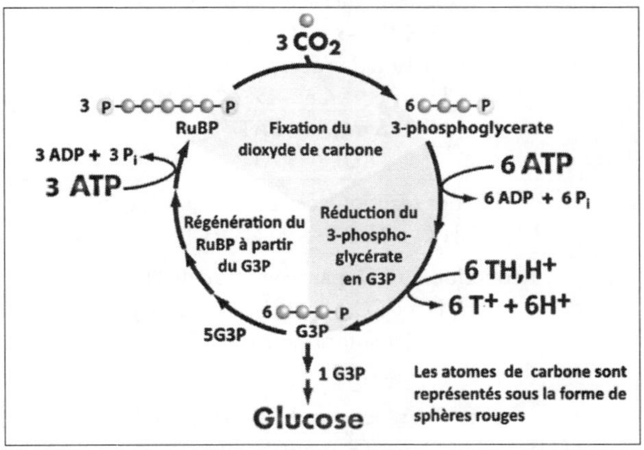


Figure 19. Représentation simplifiée du cycle de Calvin.

(RuBP = Ribulose-1,5-bisphosphate ; APG = 3-phosphoglycérate = acide phosphoglycérique ; G3P = triose phosphate)

L'enzyme clé du cycle est appelée **Rubisco** (Ribulose-1,5-bisphosphate carboxylase/oxygénase). En sa présence du $CO_2$ se fixe sur un glucide en C5 (= molécule à 5 C), le ribulose diphosphate (RuBP), présent en abondance dans le stroma (Fig. 20).

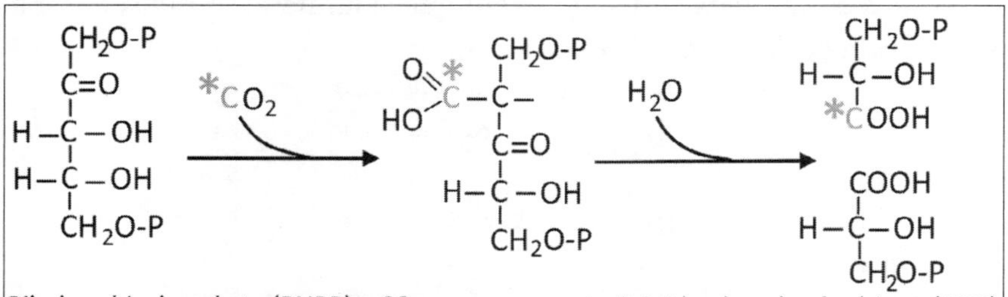


Figure 20. Réaction d'incorporation du $CO_2$ par la RubisCO.

(Le carbone radioactif du $CO_2$ incorporé a été marqué en gris. Un seul des deux APG est marqué).

Le composé en C6 formé se scinde en deux molécules d'acide phosphoglycérique (APG en C3). L'APG est un acide et non un sucre. Pour être converti en sucre, l'APG doit être réduit.

Grâce aux molécules d'ATP, qui cèdent leur énergie et aux molécules de (TH, $H^+$) qui cèdent leurs protons, les molécules d'acide phosphoglycériques (APG) sont transformées en **triose-phosphates** qui seront utilisés lors de la synthèse de **différents composés organiques** (glucose puis amidon, acides aminés, acides gras et glycérol...). Ils servent également à la régénération du ribulose initial : c'est le cycle de Calvin.

- **Bilan**

| | | |
|---|---|---|
| Réactions de la phase photochimique | Oxydation de l'eau par photolyse<br>$2 H_2O \longrightarrow 4 H^+ + 4 e^- + O_2$<br>Réduction de l'accepteur final A+<br>$2 T^+ + 4 H^+ + 4 e^- \longrightarrow 2 (TH, H^+)$<br>Synthèse d'ATP<br>ADP —> ATP | Membrane du thylakoïde |
| | Bilan des réactions de la phase lumineuse<br>$2 T^+ + 2 H_2O + ADP \longrightarrow 2 (TH, H^+) + ATP + O_2$ | |
| Réactions de la phase non photochimique | Réduction du $CO_2$ par oxydation de (TH, $H^+$)<br>$2 (TH, H^+) + CO_2 \longrightarrow (CH_2O) + 2T + H_2O$<br>Consommation d'ATP<br>ATP —> ADP | Stroma |
| | Bilan des réactions de la phase sombre<br>$2 (TH, H^+) + CO_2 + ATP \longrightarrow (CH_2O) + 2T + H_2O + ADP$ | |

| | | |
|---|---|---|
| Bilan global | Somme des réactions de la phase lumineuse et de la phase obscure<br>$CO_2 + H_2O \longrightarrow (CH_2O) + O_2$<br>Glucide<br>Énergie solaire<br>$6\ CO_2 + 12\ H_2O \longrightarrow C_6H_{12}O_6 + 6\ O_2 + 6\ H_2O$ | Chloroplaste |

(2) La chimiosynthèse

## III. Les devenirs de la matière organique photo synthétisée

Pendant la journée, la production de substances organiques par photosynthèse étant supérieure à l'exportation, la feuille s'enrichit en substances organiques, en particulier sous forme d'amidon stocké dans les grains d'amidon du stroma des chloroplastes. Pendant la nuit, la photosynthèse est inexistante, mais le phénomène d'exportation est toujours présent, d'où un appauvrissement de la feuille en substances organiques.

### III-1. Une exportation hors du chloroplaste

En passant dans le cytoplasme, les trioses phosphates produits par le cycle de Calvin permettent essentiellement la synthèse de **saccharose** ($C_2H_{22}O_{11}$) mais également de l'ensemble des constituants organiques des êtres vivants : autres glucides, lipides, protéines, ADN, ARN… (Fig. 21).

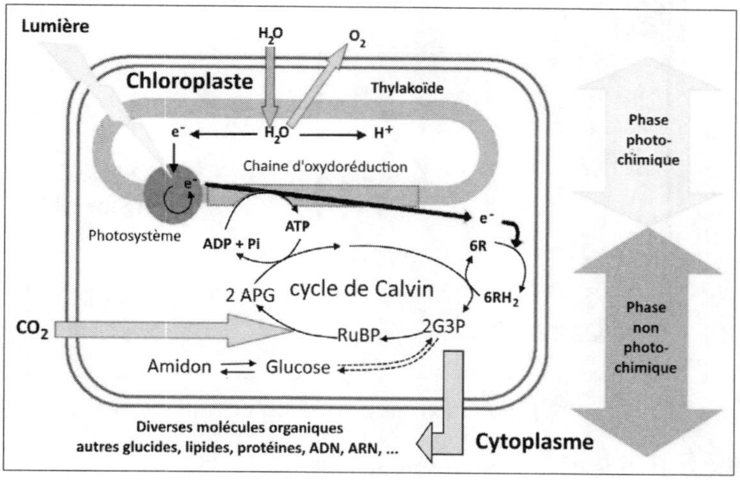


Figure 21. Photosynthèse et exportation de matière organique.

La synthèse du saccharose fait intervenir les étapes suivantes :

- dans un premier temps, les molécules de trioses phosphates sont utilisées pour synthétiser du glucose-1-phosphate (G-1P) ;
- le G-1P doit alors être associé à une molécule très riche en énergie : l'Uridine-Tri-Phosphate (ou UTP). Il en résulte de l'uridine-di-phosphate-glucose (ou UDP-Glucose) ;
- l'UDPG est ensuite associé au fructose, et permet d'obtenir ainsi du saccharose.

Glucose-1-P + UTP —> UDP-Glucose

UDP-Glucose + fructose —> UDP + saccharose

En dehors de la synthèse du saccharose, dans le cytoplasme des cellules chlorophylliennes, les trioses phosphates permettent, grâce à un apport d'ions minéraux variés transportés par la **sève brute,** la synthèse de l'ensemble des constituants organiques des êtres vivants : autres glucides, lipides, protéines, ADN, ARN…

Les nutriments synthétisés par les cellules chlorophylliennes (principalement le saccharose) sont utilisés sur place ou exportés par le phloème (tissu vasculaire végétal) hors des feuilles, vers d'autres lieux d'utilisation, telles que les zones de croissance et les zones de stockage des réserves (Fig. 22). Un système complexe de gradient de concentration entre les « cellules sources » et les « cellules puits » permet le transport du saccharose vers les autres cellules (voir paragraphe II-2.5. Qu'est ce qui fait bouger la sève élaborée).

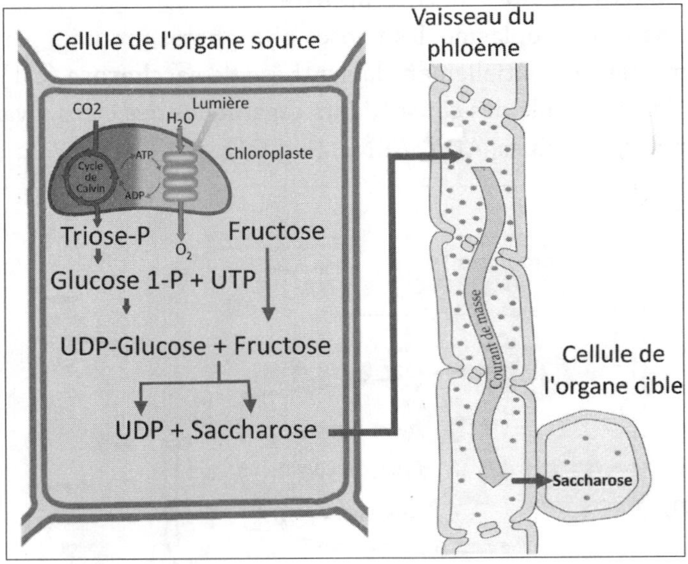


Figure 22. Exportation des glucides photosynthétiques.

(3) Le cycle de Calvin-Benson-Bassham

### III-2. Le Transport de la sève élaborée d'un organe source à un organe cible

Contrairement au transport unidirectionnel de la sève brute (des racines aux feuilles et aux organes en croissance), le transport de la sève élaborée emprunte plusieurs directions, toujours d'un organe **source** à un organe **cible**.

Un **organe source** est le siège de production des glucides, par photosynthèse ou par hydrolyse de l'amidon. Les feuilles sont habituellement des organes sources.
Un **organe cible** consomme ou emmagasine les glucides. Les racines en croissance, l'extrémité des pousses axillaires et de la tige, les fleurs et les fruits constituent des organes cibles que le phloème alimente en glucides.

#### *III-2.1. La sève élaborée*

La **sève élaborée** est une solution colloïdale visqueuse, riche en substances organiques (surtout des glucides et presque toujours du saccharose). Les substances azotées (aminoacides et amides) ne constituent que 0,03 à 0,5 % du résidu sec, mais ce taux varie beaucoup avec les phases d'activité des plantes et selon les espèces. On y retrouve également des sels minéraux ainsi que des phytohormones (voir tableau ci-dessous).

| | **Sève brute ($\mu g.ml^{-1}$)** | **Sève élaborée ($\mu g.ml^{-1}$)** |
|---|---|---|
| **Nitrate** | 10 | 0 |
| **Cuivre** | Traces | 0,4 |
| **Zinc** | 0,4 | 5,8 |
| **Manganèse** | 0,6 | 1,4 |
| **Fer** | 1,8 | 9,8 |
| **Calcium** | 17 | 21 |
| **Magnésium** | 27 | 85 |
| **Sodium** | 60 | 120 |
| **Potassium** | 90 | 1 540 |
| **Acides aminés** | 700 | 13 000 |
| **Saccharose** | 0 | 154 000 |

**Tableau de la composition comparée des sèves brutes et élaborée du Lupin (d'après Laval-Martin et Mazliak).**

#### *III-2.2. Le transport de la sève élaborée dans le phloème*

La sève élaborée circule dans le phloème, un tissu conducteur qui relie toutes les parties de la Plante.

Cette circulation peut être mise en évidence en utilisant un traceur radioactif. Dans l'expérience suivante, une feuille d'une graminée, placée à la lumière, a été alimentée en $CO_2$ radioactif ($^{14}CO_2$). Quelques heures après la plante est placée au contact d'une plaque photosensible. Le rayonnement b émis par les $^{14}C$ impressionne la plaque ce qui révèle les parties de la plante devenues radioactive (Fig. 23).

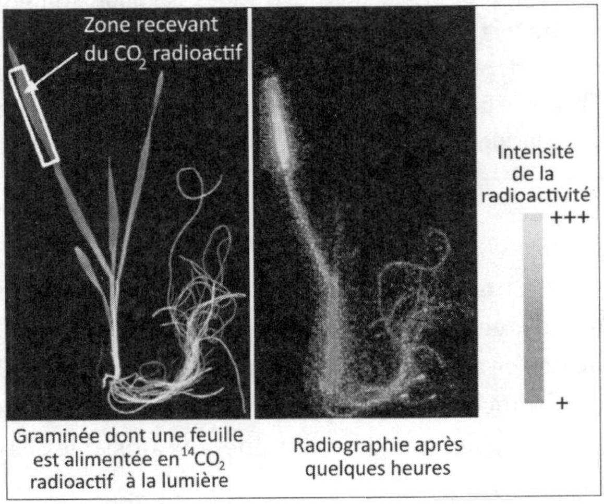


Figure 23. Autoradiographie d'une graminée exposée à la lumière et au $^{14}CO_2$.

Chez les Angiospermes, les cellules spécialisées du phloème qui assurent le transport sont disposées bout à bout et forment les tubes criblés. Les perforations des cloisons transversales (= cribles) qui séparent les cellules d'un tube criblé, facilitent la circulation de la sève élaborée (Fig. 24).

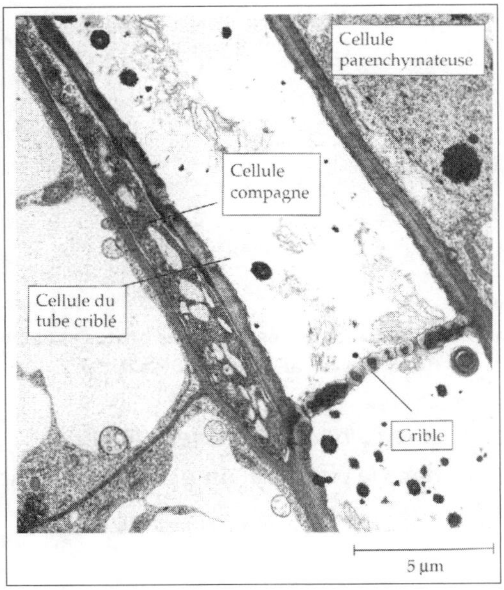


Figure 24. Tube criblé et circulation de la sève élaborée.

*III-2.3. Les organes de réserve ou d'entreposage*

Les plantes peuvent accumuler des réserves dans des tissus et organes spécialisés où les réserves perdurent toute une saison voire plusieurs années. Il peut s'agir :

– d'organes végétatifs (tiges, racines, voire feuilles) impliqués dans le passage de la mauvaise saison et/ou la reproduction végétative. Ces réserves permettent le développement de la plante (Fig. 25).

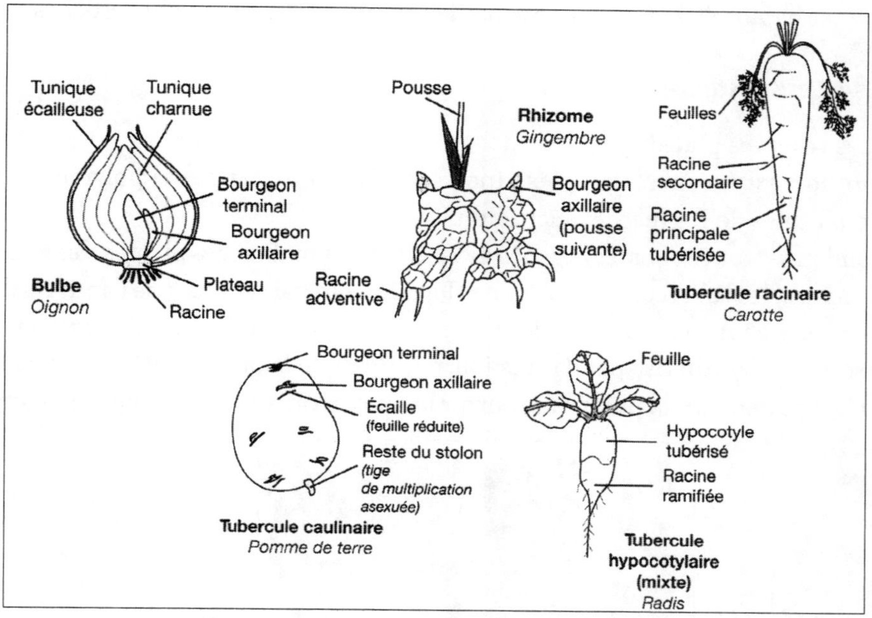


Figure 25. Les organes de réserve ou d'entreposage.

– de semences qui sont également impliquées dans la reproduction (sexuée cette fois) et le passage de la mauvaise saison. Ces réserves permettent le développement embryonnaire ou participent à la dispersion des organismes s'il s'agit de « réserves » dans les fruits consommés par les Animaux.
– des parenchymes ligneux ou libériens ; ces réserves sont notamment mobilisées à la reprise de la vie active. Ainsi l'eau d'érable récoltée à la fin de l'hiver ou au début du printemps pour fabriquer le sirop d'érable est un liquide qui contient 2 % à 3 % de sucre. Ce sucre (principalement du saccharose) provient des racines de l'arbre. Au printemps, il monte par les vaisseaux du xylème (sève brute) dans la totalité de l'arbre pour apporter l'énergie suffisante pour relancer son métabolisme.

Selon la saison, un organe d'entreposage peut être un organe **source** ou un organe **cible**. Ainsi, au cours de l'été, lorsque l'organe d'entreposage assure le stockage des glucides, il est un organe cible. Au début du printemps, après la dormance,

l'organe d'entreposage devient un organe source puisque l'amidon qu'il contient est dégradé en glucides, qui sont ensuite acheminés par les tubes criblés du phloème vers les bourgeons en croissance.
La direction du transport dans chaque tube criblé ne dépend que des endroits où se trouvent l'organe source et l'organe cible qu'il relie. La direction peut d'ailleurs changer selon les saisons ou le stade de développement de la Plante. Un organe cible est habituellement alimenté par les organes sources les plus proches.

### *III-2.4. Les substances de réserve*

- **Les réserves glucidiques**

L'**amidon** est un sucre complexe (polysaccharide) formé par la polymérisation de molécules de D-glucose (sucre simple).
L'amidon se trouve dans les organes de réserves de nombreuses plantes : les graines, les racines, les tubercules et les fruits (Fig. 26). On trouve aussi de l'amidon dans les organes photosynthétiques de plantes. Il est alors qualifié d'amidon transitoire, puisqu'il est synthétisé pendant la journée (lorsque la photosynthèse est active) et dégradé pendant la nuit pour fournir les autres organes en carbone et énergie.

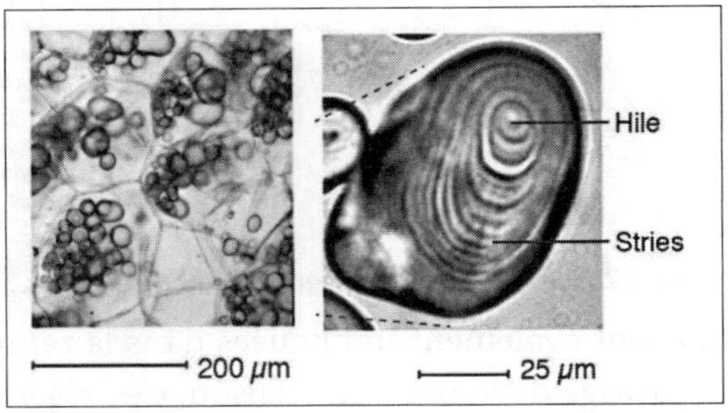


Figure 26. Amyloplastes de Pomme de terre au MO (d'après Segarra et al. 2014).

L'**inuline** est un polysaccharide (sucres simples de type fructose liés entre eux) produits naturellement par de nombreux types de plantes (chicorée, pissenlit, topinambour...). L'inuline est utilisée par les plantes comme moyen de stockage de l'énergie que l'on retrouve généralement dans les racines ou les rhizomes. La plupart des plantes synthétisant et stockant de l'inuline n'accumulent pas l'amidon (Fig. 27).
L'inuline n'est pas digérée par les enzymes intestinales (à la différence de l'amidon qui l'est par les amylases) et est considérée comme une fibre alimentaire soluble. Elle est en revanche utilisée par la flore intestinale qui la métabolise (avec libération de dioxyde de carbone et de méthane). C'est un prébiotique qui stimule le développement des bifidobactéries de la flore saprophyte intestinale.

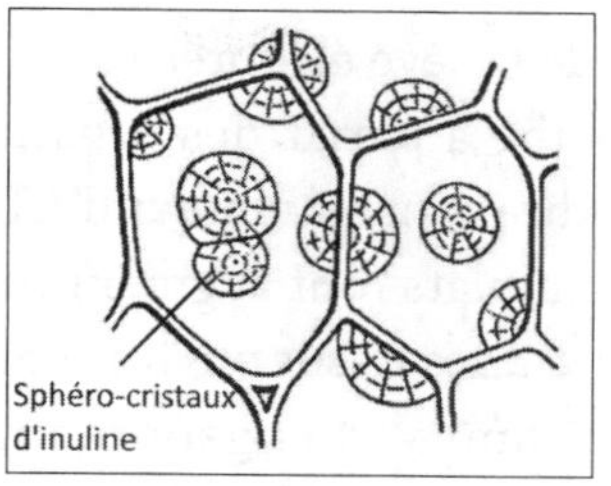


Figure 27. Inuline cristallisée dans une racine de Dahlia traitée par l'alcool absolu (Dahlia).

Le saccharose est un diholoside formé par l'enchaînement d'une molécule de glucose et d'une molécule de fructose.
Chez la betterave, ce sont les cellules de la racine qui permettent de stocker le sucre en grande quantité. Pour la canne à sucre ce sont les cellules de la tige.

- **Les réserves lipidiques**

Elles sont concentrées dans des gouttelettes lipidiques aussi appelées oléosomes ou sphérosomes (Fig. 28). Difficilement diffusables dans la plante (ou dans l'embryon), les lipides sont transformés en un métabolite (souvent du saccharose) plus facile de transport car hydrosoluble.

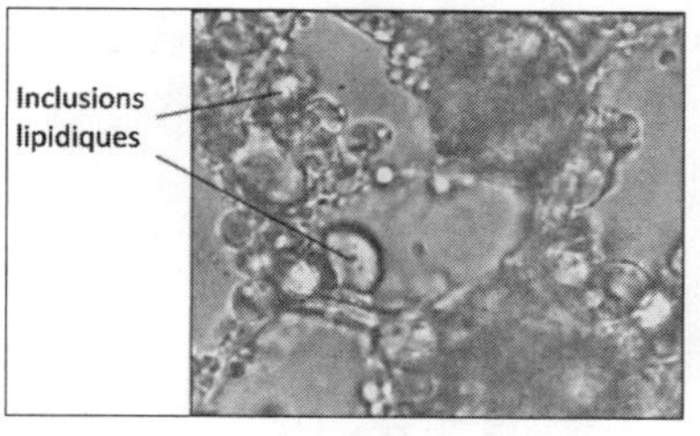


Figure 28. Coupe dans un cerneau de noix (MO).

- **Réserve protéique**

L'**aleurone** est une protéine présente sous forme de grains dans l'albumen de nombreuses graines. Lors de la germination, elle est hydrolysée en acides aminés (Fig. 29).

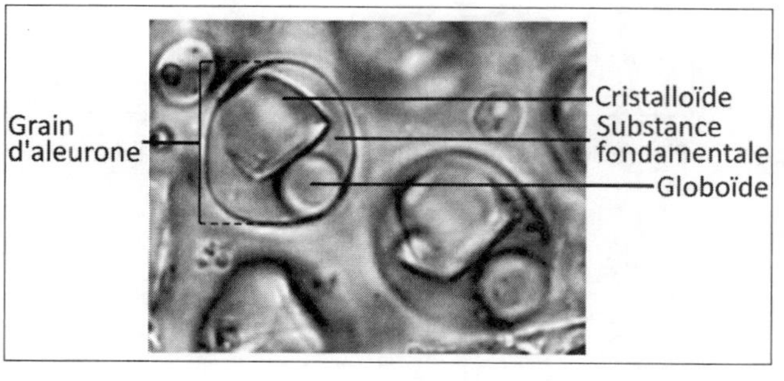


Figure 29. Grains d'aleurone dans une graine de Ricin (matrice huileuse)
(d'après http://www.microscopie.ch/articles/ricinus/ricinus.php).

*III-2.5. Qu'est ce qui fait bouger la sève élaborée (Fig. 30) ?*

Le moteur de la circulation de la sève élaborée est la **transpiration** :

- le chargement du phloème à partir des organes source (feuilles) est un chargement actif c'est-à-dire consommateur d'ATP. Une fois dans les cellules du phloème, ces photoassimilats font augmenter le potentiel hydrique ce qui créer un appel d'eau à partir des tissus environnants y compris le xylème (1) ;
- la masse (eau + photoassimilats) engendre une pression hydrostatique importante ce qui fait circuler la sève élaborée (courant de masse) dans les vaisseaux criblés vers les organes puits (organes de réserves, bourgeons) (2) ;
- une fois cette sève élaborée au contact des cellules de l'organe puits, les photoassimilats y seront chargés d'une façon active, mais pas l'eau (3). Le potentiel hydrique se trouve affaiblit et les molécules d'eau regagnent la sève brute qui est donc mise en circulation essentiellement sous l'effet de la transpiration (4).

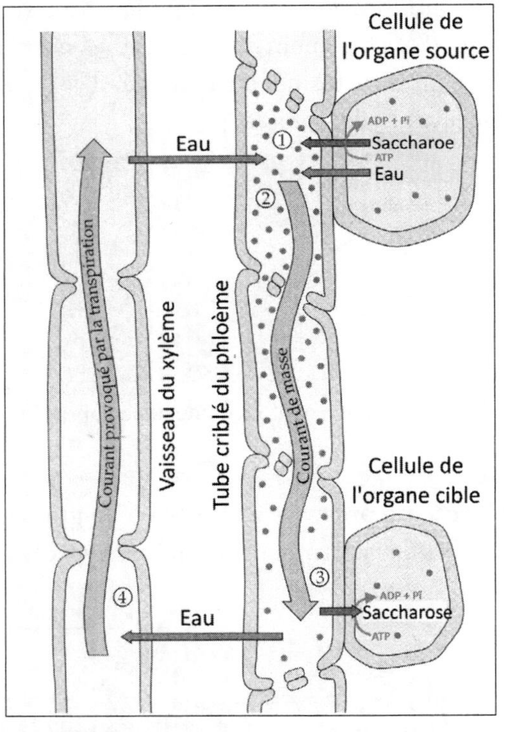


Figure 30. Courant de masse dans un tube criblé.

# IV. Les interactions de la plante avec son environnement

## IV-1. Des interactions aux effets opposés : antagonisme et mutualisme

À côté de la compétition, la prédation et le parasitisme, exemples d'interactions dites **antagonistes** avec des effets négatifs sur au moins un des deux partenaires, il existe des interactions avec des effets positifs : ce sont **les mutualismes** correspondant à des interactions de type +/0 où l'un des deux partenaires tire un bénéfice de cette interaction qui n'apporte rien à l'autre, et des interactions +/+ a priori bénéfiques aux deux partenaires.

Cette fougère épiphyte (relation commensaliste) peut en plus développer une relation mutualiste avec l'arbre porteur en retenant des débris qui se transforment en terreau (Fig. 31).

Figure 31. Fougère épiphyte sur tronc de litchi (à gauche) ; goyavier (Psidum guajava) épiphyte sur un tronc de dattier (à droite) (photo @ J.-L. Cheverry).

## IV-2. Interactions antagonistes avec d'autres espèces

Les facteurs biotiques susceptible de s'attaquer aux végétaux peuvent se ranger en deux catégories : les **prédateurs herbivore** (moutons, chèvres, escargots, limaces...) et les **agents pathogènes** (bactéries, champignons, insectes, virus, nématodes...).

### *IV-2.1. Pour face à une agression, les plantes ont élaboré deux types de défense : une défense passive et une défense active*

Prenons l'exemple des nématodes (Fig. 32). Les nématodes percent l'épiderme, rejettent des enzymes digestives, aspirent le matériel lysé et pénètrent dans le végétal où ils déclenchent l'activation d'enzymes permettant la formation de galles, où les nématodes s'installent, se nourrissent et prolifèrent.

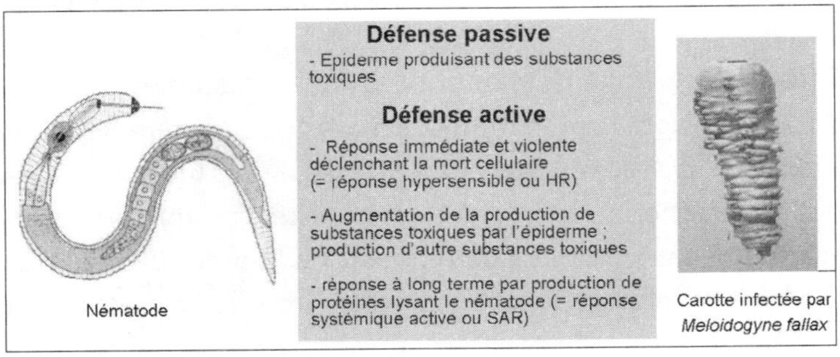


Figure 32. Stratégie de défense de plantes face aux nématodes.

### *IV-2.2. Des défenses passives : les défenses morphologiques (constitutives)*

Les plantes ont développé de nombreuses structures défensives externes qui découragent les herbivores (Fig. 33). En fonction des caractéristiques physiques des herbivores (comme leur taille et leur armure défensive), les défenses structurelles des tiges et des feuilles peuvent dissuader, blesser ou tuer les brouteurs de plantes :

- résines, lignine, silice et cire qui recouvrent l'épiderme des plantes terrestres rendant plus difficile leur ingestion par les ravageurs ;
- gommes ou sève qui piègent les insectes ;
- feuilles et tiges couvertes de piquants pointus, d'épines ou de trichomes ;
- poils sur les feuilles souvent avec des barbes, contenant parfois des substances irritantes ou des poisons.

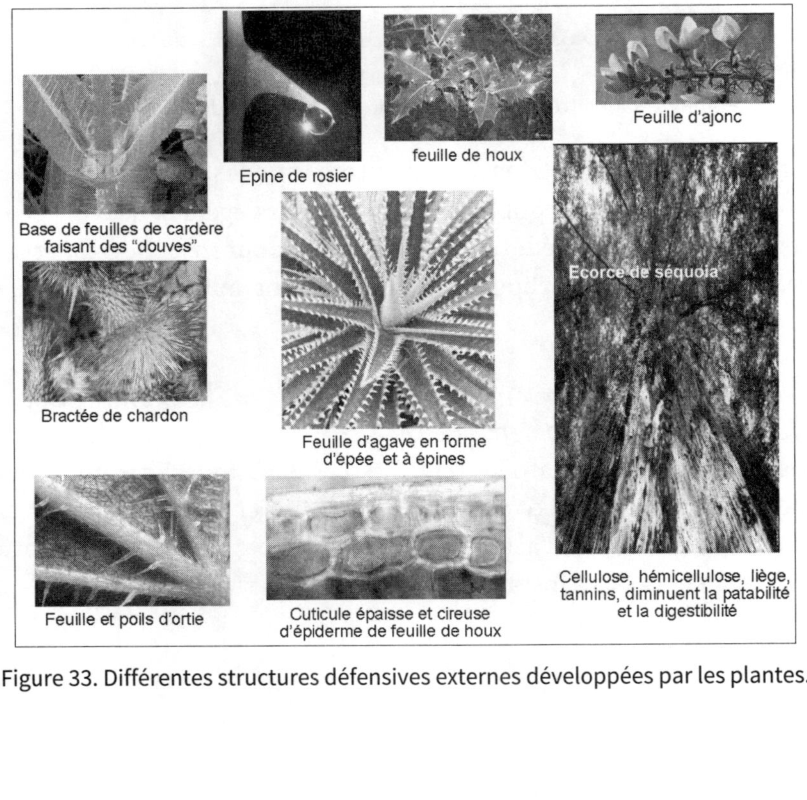


Figure 33. Différentes structures défensives externes développées par les plantes.

### IV-2.3. *Les défenses chimiques : des défenses actives*

Exemple des mécanismes de défense de la plante *Nicotiana sylvestris* face à la chenille de *Manduca sexta* (défense non spécifique et spécifique) (Fig. 34)

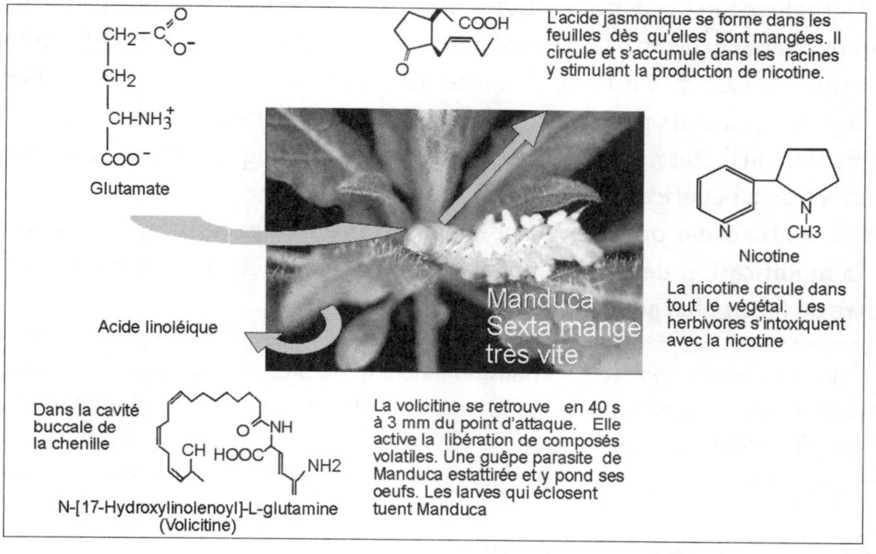


Figure 34. Un exemple de défense chimique.

**Défense directe :** une réaction rapide qui se propage par la sève à l'ensemble de la plante. L'acide jasmonique se retrouve 90 minutes après sa production, dans les feuilles et dans la racine. Il induit la production d'une phytoalexine (la nicotine) par la racine. On dit que l'acide jasmonique est un transducteur.

La nicotine circule de la racine vers les feuilles les rendant impropres à la consommation par les herbivores. Les plantes deviennent résistantes à des agressions futures (protection à long terme non spécifique).

**Défense indirecte :** c'est seulement dans la bouche de ce prédateur que le glutamate existe et sert de précurseur à la voliciline. La voliciline est à l'origine de la libération de substances volatiles attirant les parasitoïdes spécifiques du pathogène (ici des guêpes parasites de *Manduca sexta*).

Les plantes font appel, pour leur défense chimique, à de nombreuses, molécules :

- molécules ayant un goût amer : alcaloïdes, glucosinates ;
- des antibactériens : terpénoïdes ;
- des antimétabolites incorporés par erreur dans des protéines et les empêchant de fonctionner correctement : exemple des aminés non protéiques ;
- du latex formant une barrière protectrice ;
- des composés cyanogénétiques empêchant l'utilisation de l'$O_2$ par les cellules.

## IV-3. Les interactions mutualistes

### *IV-3.1. Le mutualisme*

Le mutualisme est une interaction entre deux espèces dans laquelle le succès reproductif de chaque partenaire est amélioré par la présence de l'autre (avantages en termes de valeur sélective). Une interaction mutualiste génère des coûts plus ou moins importants pour chacun des partenaires. Un mutualisme est donc une interaction où l'effet net (bénéfices moins coûts) sur chaque partenaire est positif (interaction à bénéfices réciproques).
Dans le mutualisme, on observe une **coévolution** entre les deux espèces associées, car la modification de l'une peut influencer la survie et/ou la reproduction de l'autre de façon plus accentuée.

En biologie la **coévolution** décrit les transformations qui se produisent au cours de l'Évolution entre deux espèces (coévolution par paire) ou plus de deux espèces (coévolution diffuse) suite à leurs influences réciproques.

### *IV-3.2. Différents types de mutualisme*

Plusieurs critères distinguent la nature des mutualismes :

- **Mutualismes symbiotiques ou non-symbiotiques**, selon que les partenaires soient en contact direct et continu pendant une grande partie de leur cycle de vie ou pas.
- **Mutualismes à transmission verticale ou horizontale**, selon que la reproduction d'un partenaire dépende ou non de celle de son associé.
- **Mutualismes facultatifs ou obligatoires**, selon que les partenaires peuvent survivre l'un sans l'autre ou pas. Mutualismes facultatifs : la survie des individus impliqués ne dépend pas de l'association même si en présence de l'autre espèce leur survie est améliorée ; mutualismes obligatoires : chaque espèce ne peut survivre ou se reproduire qu'en présence de l'autre.
- **Distinction selon le degré de spécificité** : on peut classer les mutualismes entre deux extrêmes :
  - les **mutualismes spécialisés** (chaque espèce n'a qu'une seule autre espèce pour partenaire) ;
  - les **mutualismes généralisés** (chaque espèce est associée à de nombreux partenaires différents dans le cadre de cette interaction).

### *IV-3.3. Quelques exemples d'association mutualiste*

- Les mycorhizes sont le résultat de l'association entre des champignons et les racines des plantes. Dans cette association, les hyphes d'un champignon colonisent les racines d'une plante et l'aident à obtenir des sels minéraux présents dans le sol. En retour, le champignon bénéficie de la photosynthèse de la plante sous forme de matière organique riche en énergie (glucides) essentielle à sa survie.

– La fixation de l'azote par les bactéries dans les nodosités des légumineuses (Fig. 35).

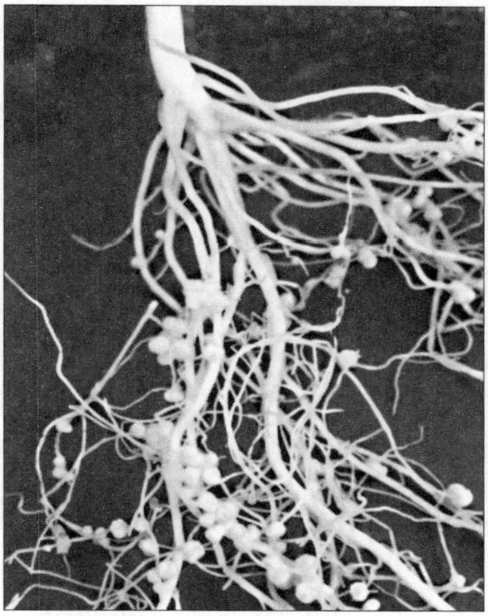

Figure 35. Mutualisme des nodosités racinaires sur une plante porteuse.

– La pollinisation des angiospermes par des insectes ou d'autres animaux.
– Le lien entre certaines espèces d'acacia et des fourmis : l'arbre nourrit et loge les fourmis qui le défendent contre les prédateurs et les plantes concurrentes.
– Lien entre des fourmis et les plantes (plus de 100 genres différents) sur lesquelles elles vivent, souvent dans des organes végétaux transformés en gîtes pour elles, avec des échanges de nourriture et de service de protection et abri : elles sont surtout présentes sous les tropiques (Fig. 36).
– Lien entre des fourmis et des pucerons : les pucerons se nourrissent de sève riche en sucre. Leurs déjections sont ainsi liquides, translucides et sucrées : c'est le miellat. Les fourmis sont très friandes de ce miellat, qui peut constituer une source de nourriture importante pour elles. Les fourmis ont donc tout intérêt à protéger les pucerons, voire à les soigner, pour pouvoir bénéficier de ce miellat. Ainsi, elles repoussent les prédateurs des pucerons et nettoient la colonie en éliminant les dépôts de miellat sur les feuilles ainsi que les exuvies, ce qui freine le développement de champignons néfastes pour les pucerons.

Figure 36. Fourmi en train de traire des pucerons (@ J.-L. Cheverry).

- Fourmis/champignons : des fourmis (200 espèces) qui cultivent des champignons dans leurs colonies en leur fournissant des feuilles coupées.
- Endosymbioses défensives : plantes qui portent sur elles (au niveau des feuilles par exemple) des bactéries ou des champignons qui les protègent des attaques des prédateurs.
- Mitochondries et chloroplastes : ces organelles présentes dans les cellules des êtres vivants sont indispensables au fonctionnement énergétique de celles-ci ; ce sont des microorganismes (bactéries ou algues) installés depuis très longtemps dans les cellules (endosymbiontes) au cours de l'évolution.

#### *IV-3.4. Les trois bénéfices du mutualisme*

**Le transport** : il peut concerner aussi bien les partenaires eux-mêmes que le plus souvent ses « éléments reproducteurs » comme les grains de pollen (pollinisation), les spores (insectes comme les scolytes qui transportent les spores de champignons dans des organes particuliers), les graines et/ou fruits (dispersion).

**La protection et/ou l'abri** : fournir un « toit » permanent comme dans le cas des nombreux endosymbiontes (mitochondries, endosymbioses défensives, mycorhizes, lichens...) ou une protection contre les prédateurs (fourmis/plantes ou fourmis/insectes par exemple).

**La nourriture** : c'est l'un des bénéfices les plus présents dans la majorité des mutualismes pour au moins un des partenaires.

### IV-3.5. Le mutualisme : des interactions entre des centaines d'espèces

Si on se cantonne aux seules relations plantes-animaux en milieu terrestre, on constate l'existence d'un mutualisme diffus très complexe où, dans un milieu donné, des dizaines ou des centaines (notamment en milieu tropical) d'espèces interagissent avec des centaines d'autres.

Ainsi, si on prend l'exemple de la dispersion des graines, on ne connaît a priori que quelques exemples de relations exclusives (et encore pas à 100 %) : par exemple, un oiseau australien nommé « mistletoe-bird » (*Dicaeum hirundinarium*) qui ne consomme comme fruits que ceux des guis locaux et qui possède un tube digestif très transformé (pas de gésier) et adapté à la digestion de ces fruits si particuliers. Mais en retour, les fruits de ces guis peuvent être consommés par de nombreuses autres espèces d'oiseaux !

De la même manière, pour la pollinisation, on connaît l'exemple des sphinx à très longue trompe de Madagascar associés à des orchidées à très long éperon mais le lot commun, de très loin, ce sont les réseaux de pollinisateurs ou des dizaines d'espèces de fleurs (pour un milieu donné) sont visitées par des dizaines d'espèces d'insectes. Certaines espèces peuvent, au sein de ces réseaux, être plus étroitement associées à quelques autres mais jamais de manière exclusive. L'étude de ces réseaux hyper complexes ne fait que commencer et révolutionne notre perception des relations entre espèces.

Le tableau suivant se propose de résumer les principales informations sur les relations antagonistes et mutualistes.

| | Mécanismes de défense | Conséquences/but | Exemple de plante/agresseur |
|---|---|---|---|
| **Mécanique** | Présence de poils sur les feuilles | Défense mécanique liée à l'anatomie : difficulté à manger le limbe par les herbivores | Lavande/chenilles |
| | Présence d'épines, d'aiguilles | | Rosiers, acacias/girafes ou koudous |
| **Chimique** | Sécrétion de substances toxiques (défense chimique) : en permanence en cas d'attaque | Limiter la prolifération de champignons/ bactéries<br>En cas de blessure, renforcer la paroi des cellules végétale<br>Rendre les feuilles moins digestes par la production de tanins<br>Émettre un signal de danger (émission d'éthylène) pour les autres plantes) | Pavot (morphine/ champignons, bactéries)<br>Acacia dont les feuilles sont mangées par les koudous<br>Sécrétion d'éthylène volatile par les feuilles de l'acacia broutées entraînant la production de tanins dans les feuilles des acacias environnants |

| | Mécanismes de défense | Conséquences/but | Exemple de plante/agresseur |
|---|---|---|---|
| **Biologique** | Mise en place de relation de mutualisme<br><br>Sécrétion de substances attractives pour le prédateur des herbivores | Défense biologique : l'herbivore est attaqué ce qui stoppe l'attaque de la plante | Acacia/herbivores/fourmis<br>L'acacia sécrète des substances sucrées et a des structures anatomiques assurant la protection et l'alimentation des fourmis ; si un herbivore consomme les feuilles de l'acacia, attaque des fourmis<br>Vesce des champs/insectes herbivores/fourmis prédateurs des insectes |

## Je me perfectionne

### (1) Comment visualiser expérimentalement la fluorescence ?

On illumine un tube contenant une solution de chlorophylle brute par de la lumière blanche. On observe que la lumière transmise est verte (les pigments chlorophylliens absorbent peu les radiations lumineuses de couleur verte), alors que la lumière réfléchie est rouge (Fig. 37).

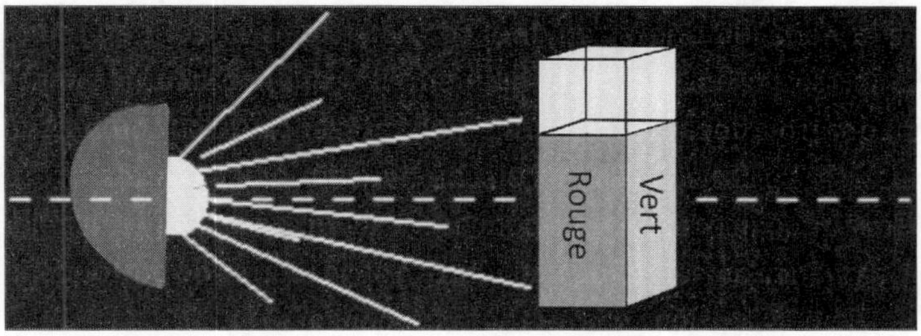

Figure 37. Éclairage par de la lumière blanche.

On peut également éclairer le tube par de la lumière ultraviolette (Fig. 38).

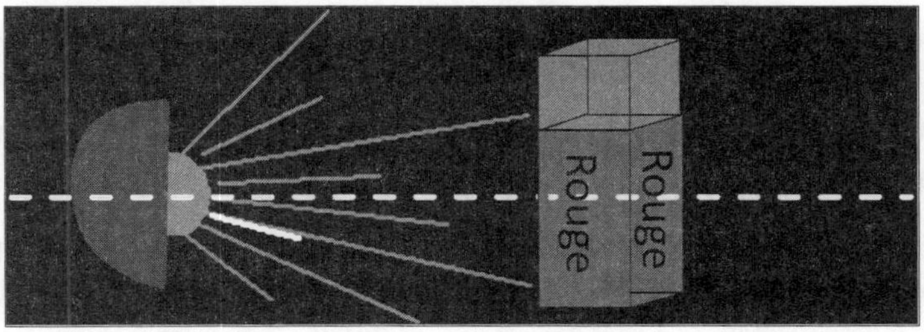

Figure 38. Éclairage par de la lumière UV.

Une solution de chlorophylle éclairée avec un rayonnement ultra-violet semble devenir rouge : les molécules de chlorophylle absorbent la lumière et accumulent de l'énergie. Comme les autres protéines de la chaîne photosynthétique ne sont pas présentes, le moyen par lequel la chlorophylle va évacuer l'énergie accumulée est en émettant de la lumière (Fig. 39). Au cours de ce processus, une partie de l'énergie est perdue sous forme de chaleur, c'est la raison pour laquelle la longueur d'onde des photons réémis est plus grande (photons de couleur rouge).

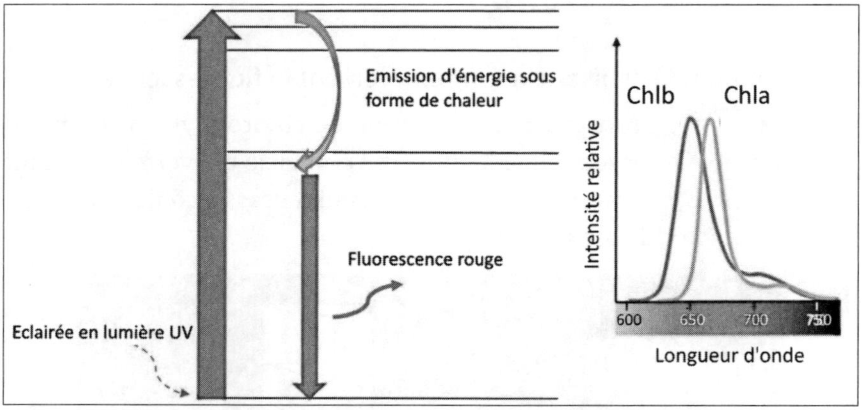


Figure 39. La fluorescence de la chlorophylle.

### (2) La chimiosynthèse

Certains organismes sont capables de fixer le carbone du $CO_2$ pour synthétiser leurs composés organiques grâce à l'énergie tirée non pas de la lumière, comme dans la photosynthèse, mais de l'oxydation de composés minéraux, parfois organiques : on parle alors de chimiosynthèse et les organismes qui la réalise de chimiotrophes (par exemple les bactéries en milieux extrêmes : sources hydrothermales, gouffres...). Un couplage existe donc entre l'oxydation des molécules minérales et la réduction du carbone minéral.

| Bactéries chimiolithotrophes | Substrat minéral | Substrat minéral oxydé | Énergie libérée |
|---|---|---|---|
| Nitrobactéries (Nitrosomas) | $NH_4^+$ 3/2 $O_2$ | $NO_2^-$ + 2 $H^+$ + $H_2O$ | 268 kJ |
| Nitrobactéries (Nitrobacter) | $NO_2^-$ + 1/2 $O_2$ | $NO_3^-$ | 73 kJ |
| Hydrogénobactéries | $H_2$ + 1/2 $O_2$ | $H_2O$ | 238 |
| Sulfobactéries | S + 3/2 $O_2$ + $H_2O$ | $H_2S$ + 2 $O_2$ | 575 kJ |

### (3) Le cycle de Calvin-Benson-Bassham (Fig. 40)

À chaque tour du cycle de Calvin-Benson-Bassham, 1/6 des molécules de trioses phosphates quitte le cycle pour satisfaire la demande en saccharose dans le cytoplasme ou/et celle en amidon dans le chloroplaste.

L'exportation des trioses phosphates vers le cytoplasme est assurée par le transporteur des trioses phosphates de l'enveloppe chloroplastique en échange du phosphate inorganique (Pi).

Dans le cytoplasme, les trioses phosphates sont pris en charge par l'enzyme fructose bisphosphatase (FBPase) qui produit du fructose-6-phosphate (F6P). Cette molécule est ensuite transformée en saccharose par l'enzyme saccharose phosphate synthase (SPS). La réaction produit du Pi. L'activité des enzymes FBPase et SPS est contrôlée par la présence d'un facteur de l'environnement, **la lumière** et par un facteur interne, **le fructose-2,6-bisphosphate**.

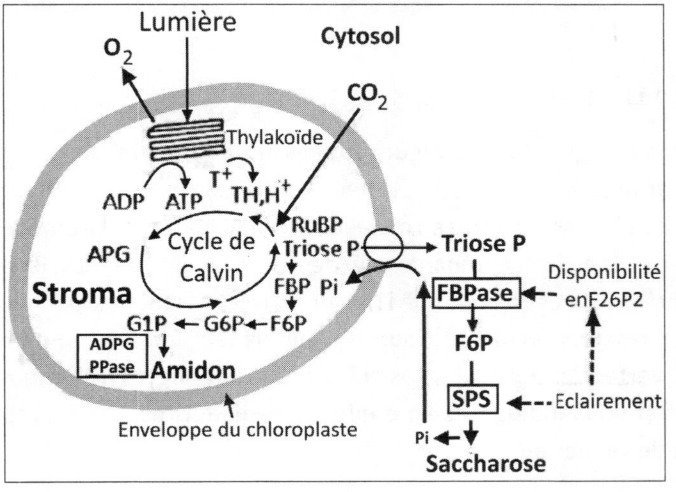


Figure 40. Le cycle de Calvin-Benson-Bassham.

La réimportation du Pi dans le chloroplaste est indispensable pour assurer la production d'ATP et la phosphorylation des intermédiaires du cycle de Calvin-Benson-Bassham. Comme l'activité de SPS produit du Pi qui est échangé contre les trioses phosphates, l'activation de cette enzyme par la lumière, en pleine journée, contribue au contrôle de l'orientation des trioses phosphates produits dans le chloroplaste vers le cytoplasme et la synthèse de saccharose. Au contraire, en fin de journée, son inactivation bloque l'échange, et les trioses phosphates sont utilisés pour la production d'amidon dans le chloroplaste.

# Je m'exerce et je fais la différence

## Entraînement

### Exercice 1 : algues vertes, algues rouges et photosynthèse

*Bac, Martinique, session 2003, partie 2.2 (5 points)*

Parmi les algues présentes en mer, entre 0 et 30 mètres de profondeur, on trouve des algues de couleur étonnante pour des végétaux autotrophes : les algues rouges. On s'intéresse à ces algues que l'on compare aux algues vertes.

**À partir des trois documents fournis, vous présenterez, en comparaison avec les algues vertes, les particularités pigmentaires et photosynthétiques des algues rouges et vous indiquerez en quoi ces particularités sont en relation avec le milieu de vie des algues.**

---

Document 1 : **spectres d'absorption et spectres d'action des algues vertes et des algues rouges**

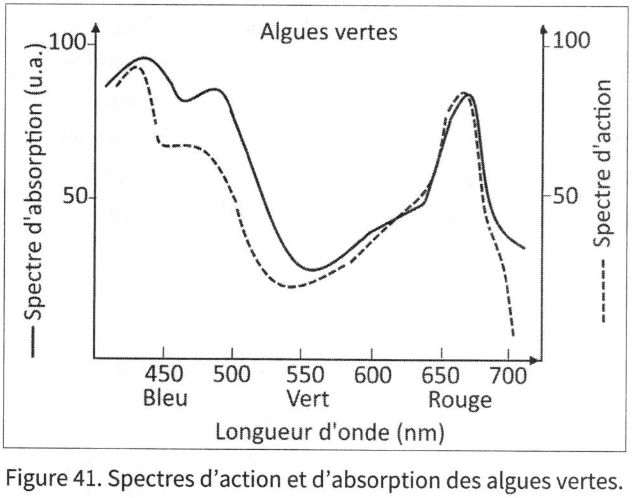


Figure 41. Spectres d'action et d'absorption des algues vertes.

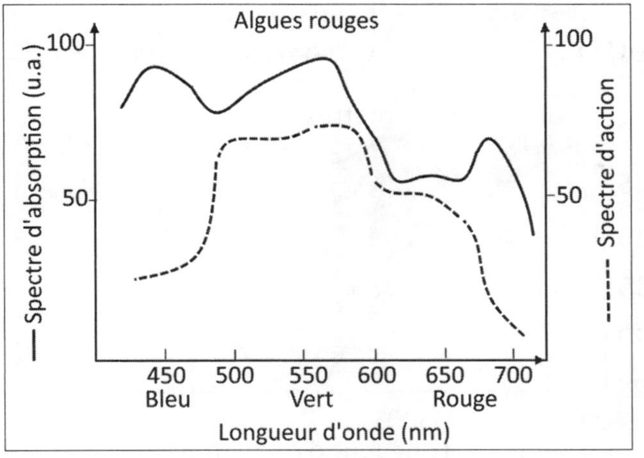


Figure 42. Spectres d'action et d'absorption des algues rouges.

---

**Document 2 : composition des algues étudiées en pigments et spectres d'absorption de ces pigments**

| | Chlorophylle a | Chlorophylle b | Carotène | Phycoérythrine | Phycocyanine |
|---|---|---|---|---|---|
| **Algues vertes** | + | + | + | 0 | 0 |
| **Algues rouges** | + | 0 | + | + | + |

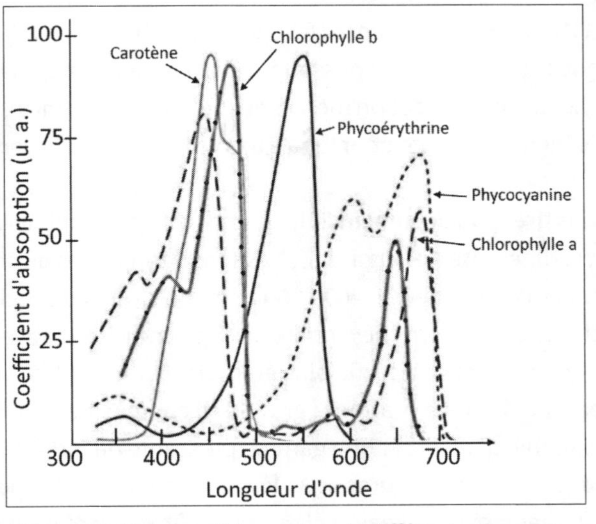


Figure 43. Spectre d'absorption de différents pigments.

Document 3 : profondeur de disparition des différentes radiations lumineuses dans l'eau

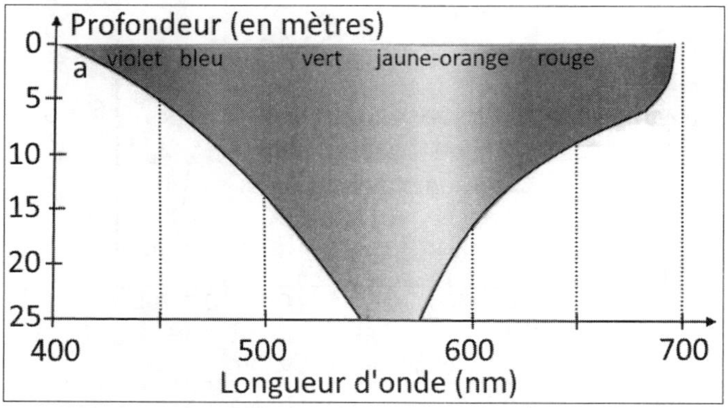


Figure 44. Pénétration de diverses radiations lumineuses dans l'eau.

## Correction

- **Exercice 1**

**Informations tirées du document 1 :** les algues vertes absorbent principalement dans le bleu (450-500 nm) et le rouge (650-670 nm) ; le spectre d'action des algues vertes se superpose plus ou moins au spectre d'absorption. Les algues rouges absorbent principalement dans le bleu, le vert mais peu dans le rouge ; leur spectre d'action ne se superpose au spectre d'absorption que dans le vert **(500 à 670 nm).**

**Mise en relation des informations :** les spectres d'absorption différents suggèrent que les algues vertes et rouges possèdent des pigments photosensibles en partie différents ; les spectres d'action montrent que la photosynthèse la plus efficace à lieu dans le bleu et le rouge pour les algues vertes et dans le vert pour les algues rouges.

**Informations tirées du document 2 :** la composition en pigments des algues vertes et rouges est différente : les algues rouges sont dépourvues de chlorophylle b qui absorbe principalement entre 400 et 500 nm mais possèdent en revanche de la phycoérythrine et de la phycocyanine qui lui permettent d'absorber dans le vert (500 à 600 nm) et dans une partie plus étendue du rouge (550 à 690 nm).

**Mise en relation des informations :** grâce à sa composition pigmentaire, l'algue rouge est capable d'absorber une gamme plus large de radiations lumineuses.

**Informations tirées du document 3 :** les longueurs d'ondes pénètrent plus ou moins profondément sous l'eau ; celles qui pénètrent le plus en profondeur sont les radiations vertes ; les premières arrêtées sont les radiations rouges. Au-delà de 30 m de profondeur, la lumière ne pénètre plus. Les algues rouges peuvent pousser jusqu'à 30 m de profondeur.

**Mise en relation des informations et des connaissances :** les algues rouges peuvent vivre jusqu'à 30 m car elles sont capables d'absorber les radiations vertes qui sont les seules à parvenir jusqu'à cette profondeur.
**Synthèse :** les algues rouges se caractérisent par une composition en pigments particulière : absence de chlorophylle b et présence de phycoérythrine et de phycocyanine. Ces pigments les rendent capables d'avoir une photosynthèse efficace dans le vert, ce qui n'est pas le cas des algues vertes. L'eau absorbe différemment les radiations lumineuses en fonction de leur longueur d'onde : les longueurs d'ondes qui parviennent le plus en profondeur sont situées dans le vert. Ainsi, à partir d'une certaine profondeur, le manque ou l'absence de radiations rouges et bleues rendront impossible la photosynthèse par les algues vertes, alors que les algues rouges pourront encore photosynthétiser grâce aux radiations vertes encore présentes.
C'est donc la différence de composition en pigments qui est à l'origine de la répartition en profondeur des algues, les algues rouges pouvant vivre plus profondément (jusqu'à 30 m) que les algues vertes.

Chapitre C-3

# Reproduction de la plante entre vie fixée et mobilité

# Je révise et je me perfectionne

Les plantes ont deux modalités de reproduction : sexuée et asexuée.

## I. La reproduction asexuée (végétative)

### I-1. La totipotence des cellules végétales

La **totipotence** est la capacité d'une cellule à se différencier en n'importe quelle cellule spécialisée et de se structurer en formant un être vivant multicellulaire. Elle peut ainsi permettre de reconstituer un organisme au complet à partir d'une cellule.

Une cellule végétale dépourvue de sa paroi pectocellulosique par digestion enzymatique redevient embryonnaire et capable par mitose de redonner tous les types cellulaires (= cellule totipotente). Une telle cellule est appelée **protoplaste**.

Pour obtenir un protoplaste, on sépare les cellules d'un tissu végétal (généralement les parenchymes des jeunes feuilles) grâce à l'action d'enzymes qui dégradent la cellulose et les matières pectiques de la paroi (Fig. 1). Des agents stabilisants sont ajoutés au milieu pour empêcher l'éclatement de la cellule. On obtient ainsi des cellules qui deviennent sphériques : les protoplastes.

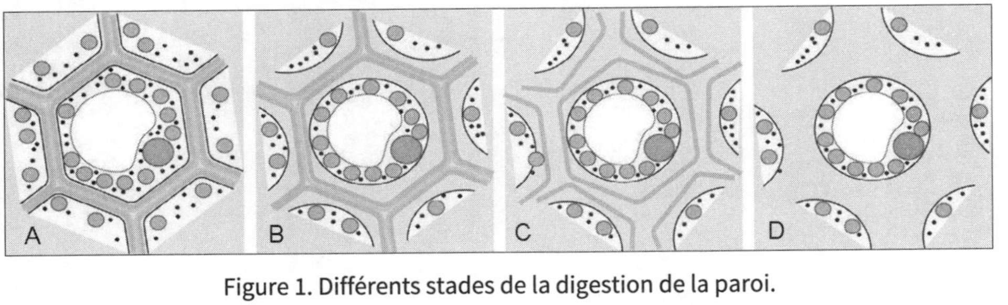


Figure 1. Différents stades de la digestion de la paroi.

À partir de ces protoplastes, il est possible d'obtenir de nouvelles plantes. Si les conditions de milieu sont favorables, la paroi végétale se reconstitue et les organites cellulaires se réarrangent. Les cellules entrent en division. Elles donnent

ainsi naissance à des microcolonies, puis des cals, amas de cellules indifférenciées. Transférés sur un milieu de régénération, ces cals se développeront en embryons somatiques puis en plantules (Fig. 2).
On induit la multiplication par mitose de ce protoplaste pour former un amas cellulaire, le cal (amas de cellules végétales indifférenciées et totipotentes). Ensuite une différenciation des tissus (phénomènes d'embryogenèse et d'organogenèse) sera induite par des traitements hormonaux appropriés, et permettront d'obtenir une plantule.

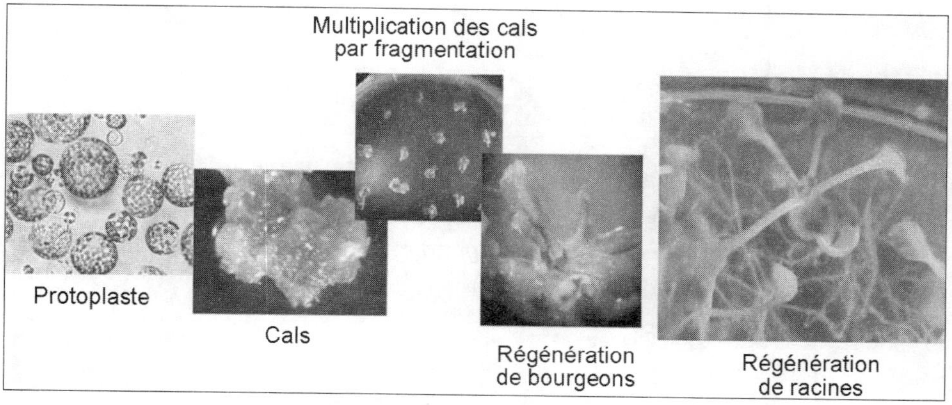


Figure 2. Régénération d'une plante entière à partir d'un protoplaste.

### I-2. Les capacités de croissance indéfinie des plantes

Chez la plupart des plantes, une caractéristique est la capacité à pousser en continu tout au long de la vie : on parle de croissance « **croissance indéfinie** ». Elle dépend directement de l'activité de groupes de cellules situés à l'extrémité des tiges et des racines, **les méristèmes**, qui par mitose fournissent en permanence les cellules nécessaires à la croissance de la tige.

(1) Croissance indéfinie et évolution

## II. La reproduction sexuée

### II-1. Organisation de la fleur des angiospermes

Présents sur Terre depuis la fin du Jurassique, les Angiospermes comprennent 200 000 à 250 000 espèces. Nous nous intéresserons ici aux fleurs des Angiospermes, à travers leurs caractéristiques déterminantes pour leur identification et pour la réalisation de leur diagramme floral.

Une fleur est issue du développement d'un bourgeon floral terminal ou latéral. Elle est portée par une tige (le pédoncule) insérée à l'aisselle d'une feuille (la bractée), et l'ensemble est relié à un rameau. La fleur elle-même est située sur l'extrémité renflée du pédoncule, le réceptacle floral (Fig. 3).

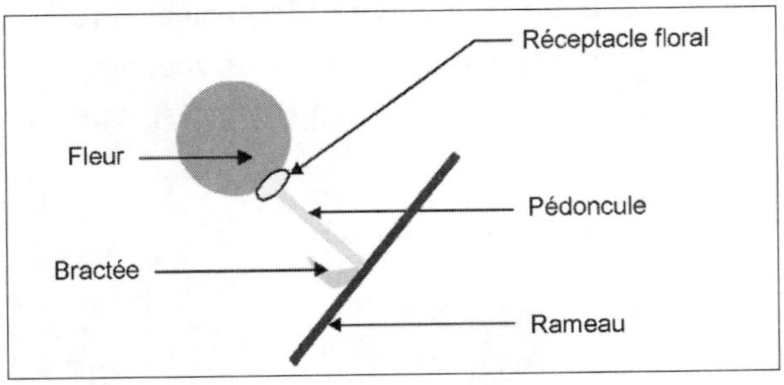


Figure 3. Représentation schématique d'une fleur.

Les caractères morphologiques, le nombre et les relations entre les pièces florales peuvent varier d'une espèce à l'autre. Cependant, leur ordre d'insertion au niveau du réceptacle floral est constant (Fig. 4).

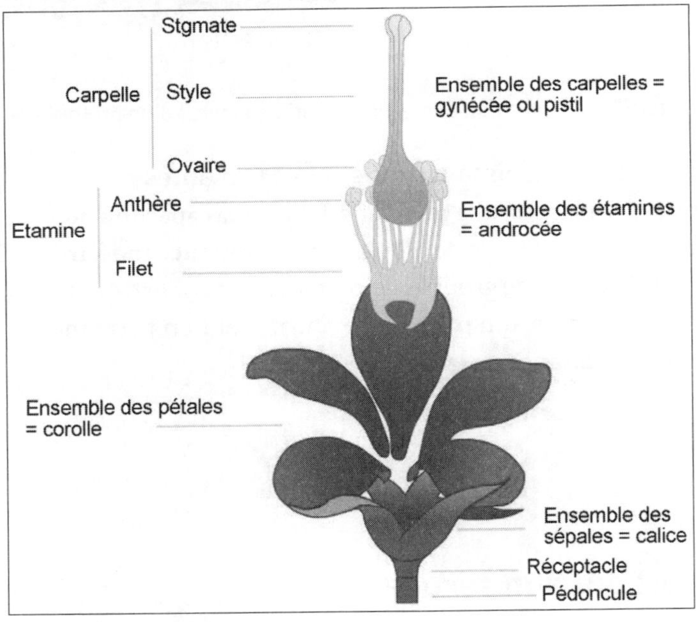


Figure 4. Coupe schématique d'une fleur.

La fleur est le plus souvent composée de 4 types d'organes disposés sur des cercles concentriques virtuels. De l'extérieur vers l'intérieur :

**Le calice** : ensemble des sépales. Les sépales peuvent être libres (**fleur dialysépale**) et soudés (**fleur gamosépale**) (Fig. 5).

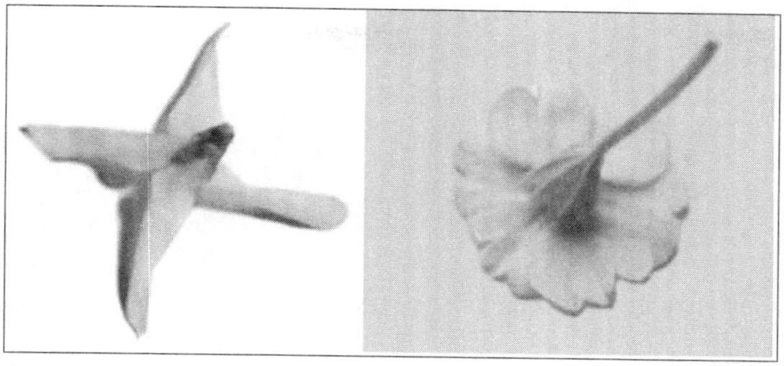

Figure 5. Fleurs à calice dialysépale (à gauche Forsythia) ou gamosépale (à droite Primevère).

**La corolle** : ensemble des pétales. Les pétales peuvent être libres (**fleur dialypétale**) ou soudés (**fleur gamopétale**) (Fig. 6).

Figure 6. Fleurs à corole dialypétale ou gamopétale (à gauche Lavatère, à droite Narcisse).

**Périanthe** : c'est l'ensemble formé par le calice et la corolle. Le périanthe est un ensemble de pièces florales stériles protégeant les organes reproducteurs. Il a aussi souvent un rôle attractif vis-à-vis des animaux pollinisateurs.

**Tépales** : il arrive que le calice et la corolle soient difficiles à différencier. Dans ce cas, on parle de tépales à la place des pétales et des sépales, et le périanthe est nommé périgone.

- **L'appareil reproducteur (Fig. 7)**

**L'androcée** : appareil reproducteur mâle de la fleur, il est formé par les étamines. Chaque étamine est formée d'un filet à l'extrémité duquel se trouve l'anthère contenant les grains de pollen. Les étamines peuvent être libres, ou soudées (par les filets ou les anthères).

**Le gynécée** : appareil reproducteur femelle de la fleur, il est formé de **carpelles** renfermant un ou plusieurs ovules. Les carpelles peuvent être libres ou soudés (partiellement ou entièrement). Ils forment le pistil. La partie renflée du pistil, l'ovaire, est prolongée par le style et se termine par le stigmate (Fig. 8).

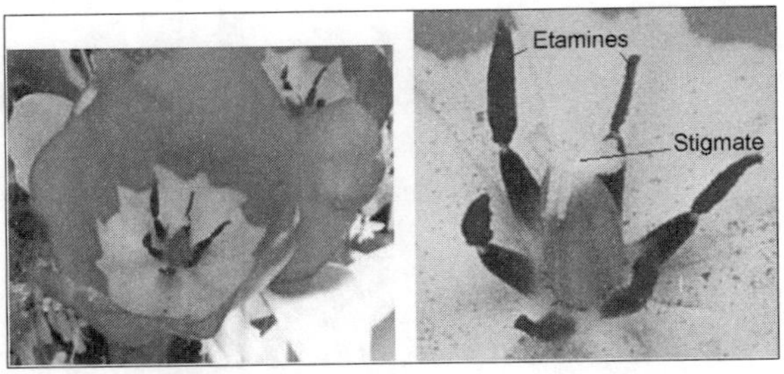


Figure 7. L'appareil reproducteur (androcée et gynécée) de la fleur hermaphrodite de tulipe.

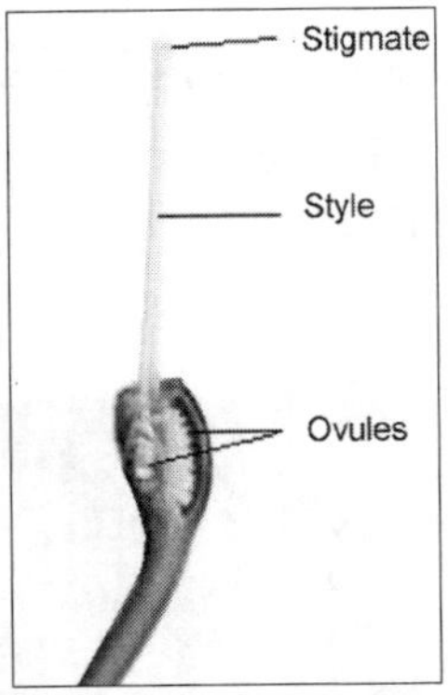


Figure 8. Pistil de narcisse en coupe longitudinale.

**Fleur hermaphrodite** : une fleur est hermaphrodite, lorsqu'elle contient à la fois des étamines et des carpelles.

**Fleur unisexuée** : une fleur est unisexuée lorsqu'elle contient seulement des étamines (fleur mâle ou **staminée**) ou seulement un gynécée (fleur femelle ou **pistillée**).

(2) Angiospermes et gymnospermes

## II-2. La fécondation

### *II-2.1. L'autofécondation*

L'autofécondation est la fécondation d'un ovule par du pollen issu de la même plante. Les mécanismes qui interviennent sont le plus souvent d'ordre morphologique :

- contact direct des stigmates (organes femelles) avec des étamines (organes mâles), ou proximité des deux organes reproducteurs ;
- protection vis-à-vis du pollen étranger, la fleur ne s'ouvrant pas ou peu.

L'autofécondation est le mode de reproduction habituel des **plantes autogames**, par exemple du blé, de l'orge, du haricot et du pois. Leurs fleurs sont bisexuées ou hermaphrodites, c'est-à-dire qu'elles possèdent des organes mâles et femelles dans la même fleur, et la maturité des gamètes est simultanée.

Les individus se reproduisant uniquement par autofécondation sont **homozygotes** pour tous les gènes. Il y a donc stabilité des caractères au fil des générations, puisque tous les gamètes mâles et femelles sont identiques. Ce sont des **lignées pures**.

(3) Autofécondation provoquée par le sélectionneur pour les plantes allogames

*II-2.2. La fécondation croisée*

Chez beaucoup de plantes, les fleurs sont bisexuées et pourraient réaliser au hasard, l'autofécondation ou la fécondation croisée. Des systèmes d'incompatibilité permettent de favoriser ou même de rendre obligatoire la fécondation croisée ; Il existe différentes stratégies pour la fécondation croisée.

- **Anatomiques (en relation souvent avec la pollinisation par les insectes)**
- **Exemples** : la sauge et la primevère.
- **Exemple des Orchidées** : la fleur, auto-compatible, est caractérisée par la présence d'une membrane, le rostellum, séparant les organes mâles (une seule étamine couchée dépassant le stigmate) et femelle (Fig. 9). Chez la plupart des espèces, ce rostellum recouvre totalement le stigmate, faisant obstacle à la fécondation des ovules. Ces espèces nécessitent l'intervention d'un pollinisateur pour permettre au pollen d'atteindre le stigmate de la fleur et produire des fruits.

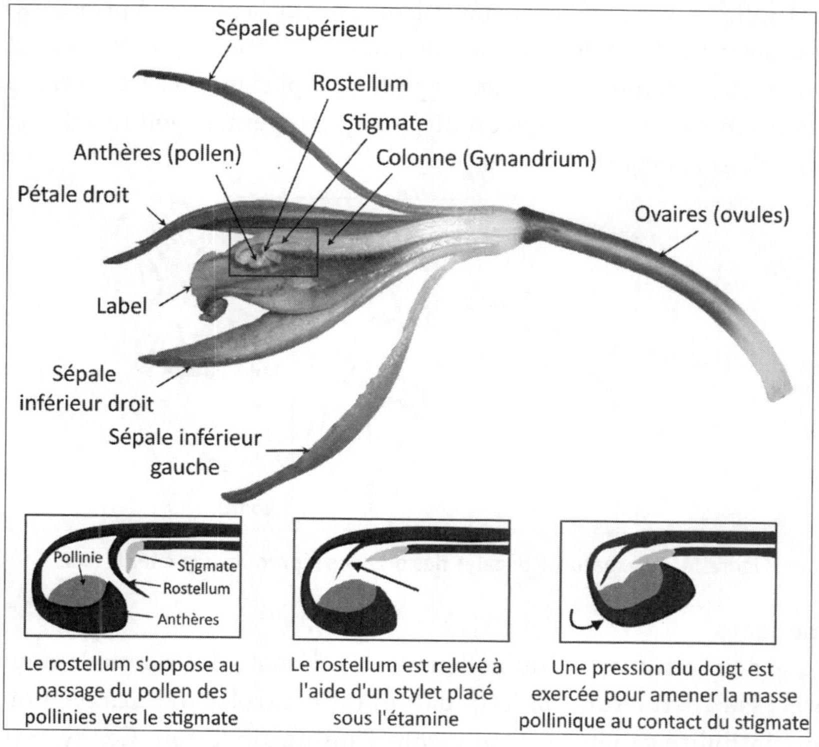


Figure 9. Quand la structure de la fleur s'oppose à l'autofécondation.

• **Exemple des primevères** : il existe des fleurs chez lesquelles le style de l'organe femelle est long (fleur longistylée) et les anthères disposées sous le stigmate. Chez d'autres plantes, au contraire, les fleurs ont le style court (brévistylées) et les anthères disposées au-dessus du stigmate (Fig. 10). Ces deux dispositions relatives des organes mâle et femelle rendent difficile l'autofécondation.

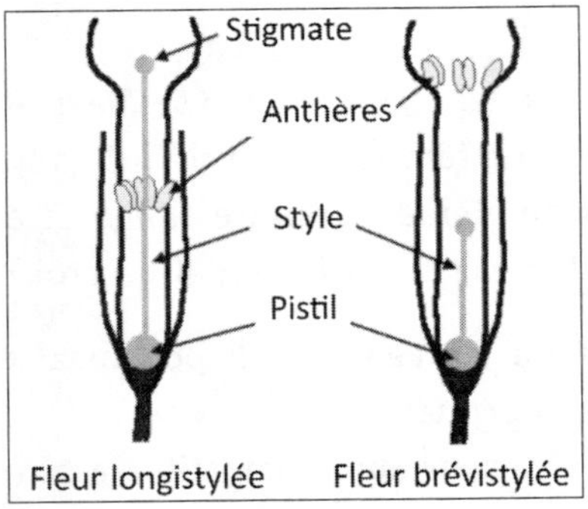


Figure 10. Un style trop court ou trop long !

- **Temporelles (maturité différée des organes mâles et femelles)**

• **Exemple du maïs** : chez le maïs, les inflorescences mâles et femelles sont séparées (Fig. 11). L'inflorescence femelle, qui donnera l'épi, est à l'aisselle d'une feuille. L'inflorescence mâle se trouve au sommet de la plante. A priori, les fleurs femelles peuvent être pollinisées par du pollen de la même plante ou de plantes différentes. Cependant, l'émission du pollen est plus précoce que la réceptivité des stigmates. Comme le pollen est dispersé par le vent, la pollinisation croisée se réalise dans la majorité des cas.

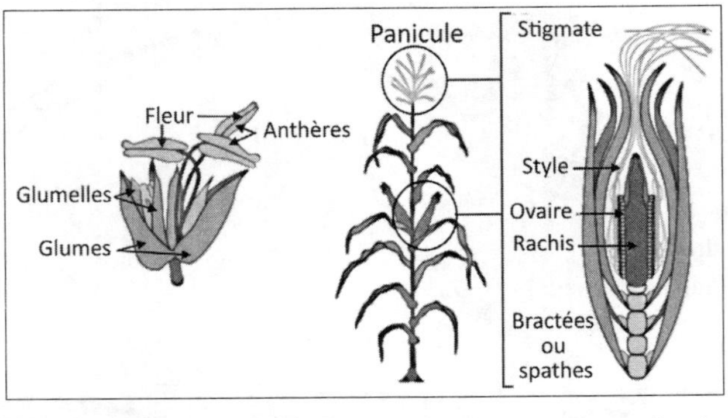


Figure 11. Une maturité décalée des organes reproducteurs chez le Maïs.

- **Génétiques**

Quel que soit le transport du pollen sur le stigmate des fleurs, la poursuite des processus permettant la fécondation est contrôlée par des phénomènes d'incompatibilité génétique interdisant l'autofécondation. Ces systèmes se

situent au niveau de la germination ou du développement du grain de pollen sur le stigmate et font appel à des gènes d'incompatibilité (S) existant sous forme de nombreux allèles (S1, S2, S3..., Sx).
On distingue l'auto-incompatibilité gamétophytique et l'auto-incompatibilité sporophytique.

- **Auto-incompatibilité gamétophytique**

Les plantes hétérozygotes diploïdes disposent pour le gène S de deux allèles (Fig. 12). Le pollen, gamétophyte mâle haploïde, ne contient qu'un de ces allèles. Si l'allèle du pollen est le même que l'un des deux allèles de l'ovaire (diploïde) de l'organe femelle, le développement du tube pollinique sera bloqué et la fécondation ne pourra avoir lieu. Dans ce cas, l'autofécondation est impossible. Seule la fécondation entre deux plantes éloignées disposant d'allèles différents est possible. Le schéma ci-dessous montre un cas dans lequel un allèle diffère entre les deux plantes.

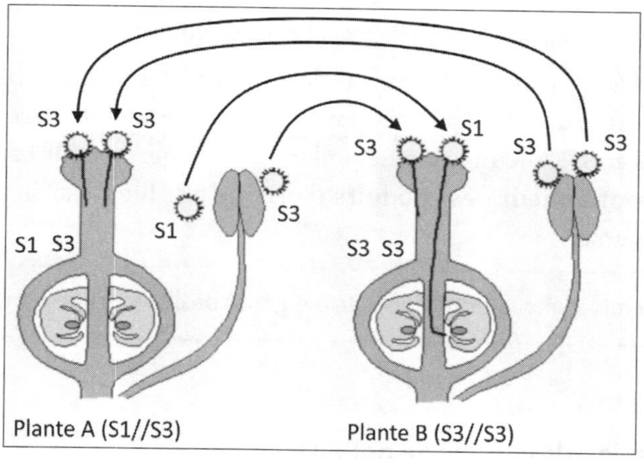


Figure 12. Auto-incompatibilité gamétophytique.

La plante A (S1/S3) produit des grains de pollen S1 ou S3. Seul le pollen S1 pourra germer puis féconder la plante B (S3/S3). En revanche, la plante B (S3/S3) ne produit que des grains de pollen S3. Ils ne pourront germer sur la plante A (S1/S3) car l'ovaire diploïde contient l'allèle S3.

- **Auto-incompatibilité sporophytique**

Les plantes hétérozygotes disposent pour le gène S de deux allèles. Le pollen, gamétophyte mâle haploïde, ne contient qu'un de ces allèles. Mais une partie des composants de sa paroi a été synthétisée par les cellules nourricières du pollen (le tapis) au cours de sa formation. Ces cellules étaient diploïdes et contenaient donc les deux allèles. Si l'un des deux allèles de la plante diploïde qui a généré le pollen est le même que l'un des deux allèles de l'ovaire (diploïde), le développement du tube pollinique sera bloqué et la fécondation ne pourra avoir lieu (Fig. 13).

Dans ce cas, l'autofécondation est impossible. Seule la fécondation entre deux plantes éloignées disposant d'allèles différents est possible. Le schéma ci-dessous montre un cas dans lequel un allèle diffère.

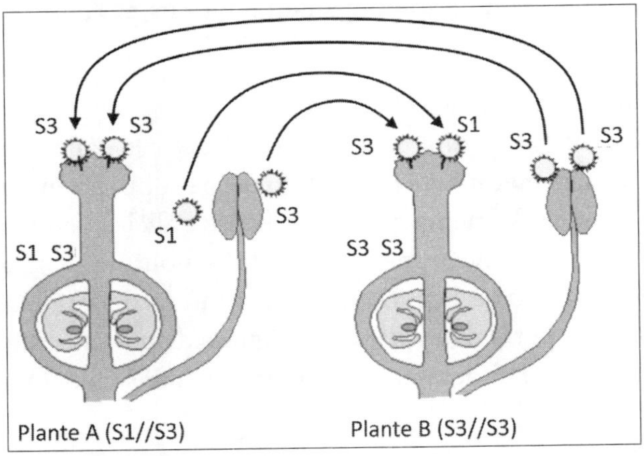


Figure 13. Auto-incompatibilité sporophytique.

La plante A (S1//S3) produit des grains de pollen S1 ou S3 qui contiennent dans leur paroi des produits synthétisés par le tapis diploïde et correspondant aux deux allèles S1 et S3. Aucun grain de pollen ne peut germer sur la plante B (S3//S3) car tous contiennent des produits d'origine S3. Il en est de même pour le croisement inverse.

La fécondation croisée implique une mobilité des grains de pollen d'une plante à une autre.

### II-3. La formation des grains de pollens

**Dans les sacs polliniques de l'étamine :** les archéspores évoluent en sporocytes ou cellules-mères de microspores qui subissent la méiose. Dans la plupart des cas, le cloisonnement des cellules se réalise après les deux divisions méiotiques et conduit à la formation d'une tétrade de cellules haploïdes. Celles-ci finissent par s'individualiser en microspores isolées dont la paroi externe (l'exine) s'imprègne de sporopollénine pour former les grains de pollen (Fig. 14).

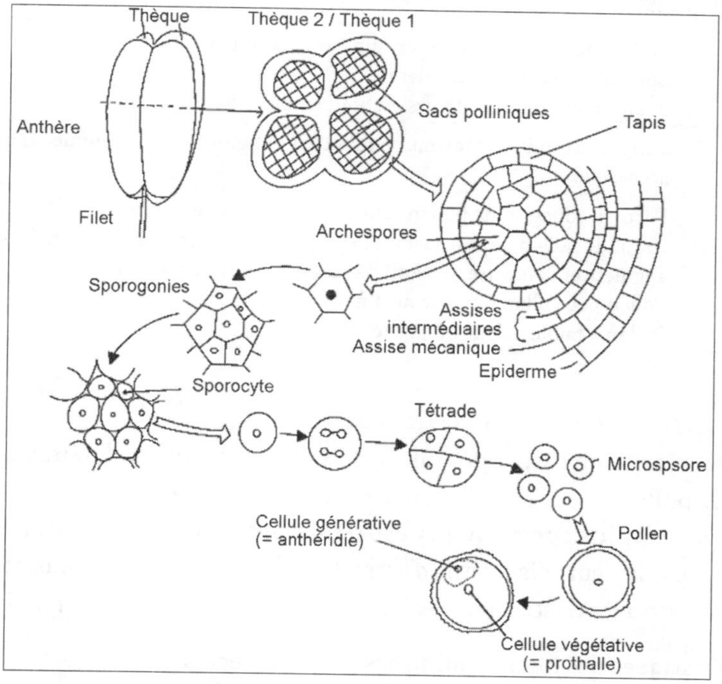


Figure 14. Formation des grains de pollen.

## II-4. La pollinisation/fécondation

La fécondation croisée impose le transport du pollen. Les fleurs pollinisées par le vent, les insectes et les vertébrés présentent des caractères typiques.

### *II-4.1. Dispersion par le vent (anémochorie) ou l'eau (hydrochorie)*

Le vent peut transporter le pollen. Seule une petite partie du pollen produit sera déposée sur le pistil de la bonne fleur : le transport est **peu spécifique** et impose une production importante de pollen pour assurer la perpétuation de l'espèce (Fig. 15).

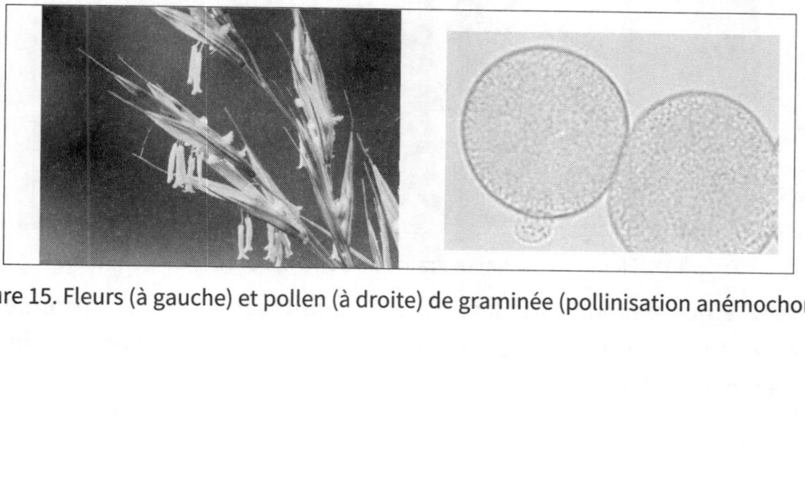

Figure 15. Fleurs (à gauche) et pollen (à droite) de graminée (pollinisation anémochore).

- Caractéristiques des fleurs pollinisées par le vent (Pollinisation anémophile)

| | |
|---|---|
| Fleur | Périanthe (calice, corolle) invisible ou manquant<br>Longue durée de vie des fleurs<br>Position exposée des fleurs en bout de branche |
| Étamines | Longues étamines souvent pendantes et stigmate grand, plumeux, bien accessible |
| Pollen | Forte production de pollen (plusieurs millions de grains)<br>Grain de pollen petit à surface lisse, parfois présence de dispositifs pour augmenter l'emprise au vent, par exemple des sacs aériens<br>Pollen peu collant, pas de nectar<br>Pollen à faible valeur nutritive |

### *II-4.2. Dispersion par les animaux (zoochorie)*

Dans une majorité de cas, la pollinisation repose sur une collaboration entre la plante et le pollinisateur en relation avec la structure florale.
Le transport est **plus spécifique** et est rendu **plus efficace** par des adaptations développées par la fleur : dispositifs d'attraction des animaux par l'émission d'odeur, par la fabrication de nectar, par des formes ou de motifs floraux particuliers.

- Caractéristiques des fleurs pollinisées par les insectes

| | |
|---|---|
| Fleur | Enveloppe florale constituée de calice et corolle, attrayante, avec des signes distinctifs bien visibles (couleur, forme, taille, signes distinctifs pour les insectes)<br>Odeur<br>Nectar |
| Pollen | Production de pollen relativement faible (quelques 1 000 ou 10 000 grains)<br>Pollen collant<br>Pollen avec une haute valeur nutritive (jusqu'à 30 % de protéine, 10 % de graisse, 7 % d'amidon, vitamines et sels minéraux)<br>Pollen avec surface rugueuse |

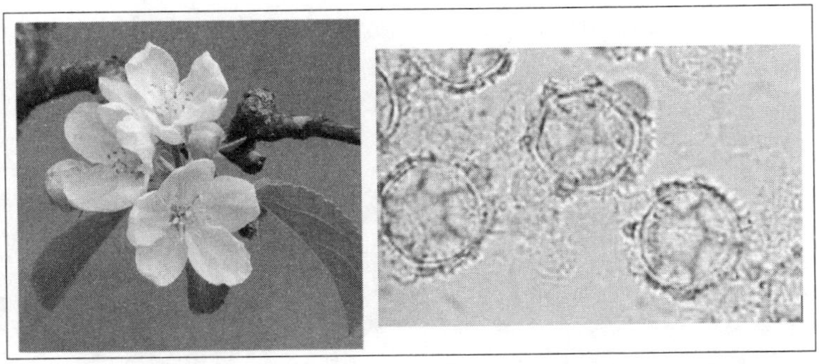

Figure 16. Fleur (à gauche) et grains de pollen (à droite) de pommier.

On constate que de leur côté, les animaux pollinisateurs (principalement des insectes) ont développé des organes adaptés à l'accrochage des grains de pollen (poils, peignes...) (Fig. 17).

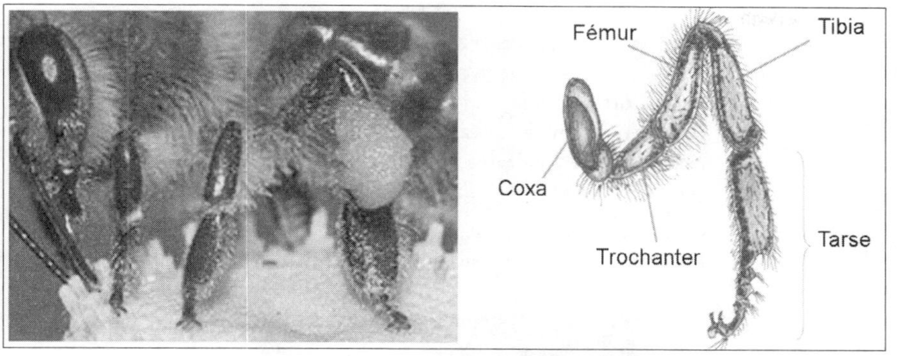


Figure 17. Des organes adaptés à l'accrochage des grains de pollen chez l'abeille.

- Caractéristiques des fleurs pollinisées par des oiseaux (Fig. 18)

| | |
|---|---|
| Fleur | Grandes fleurs<br>En général, corolles claires ; rouge intense, orange, jaune, blanc<br>Sans odeur<br>Longue corolle tubulaire<br>Très riches en nectar<br>Nectar riche en hydrates de carbone, souvent visqueux |

Figure 18. Caractéristiques des fleurs pollinisées par des oiseaux.

- Caractéristiques des fleurs pollinisées par des chauves-souris (Fig. 19)

| | |
|---|---|
| Fleur | Fleurs robustes, nocturnes, souvent à grandes inflorescences<br>Fleurs colorées de façon moins voyante, souvent blanches ou verdâtres<br>Odeur forte et acide<br>Grande quantité de nectar facilement accessible<br>Nectar riche en hydrates de carbone, contient certains acides aminés spécialement appropriés à la diète des chauves-souris |
| Pollen | Grande quantité de pollen<br>Pollen facilement accessible |

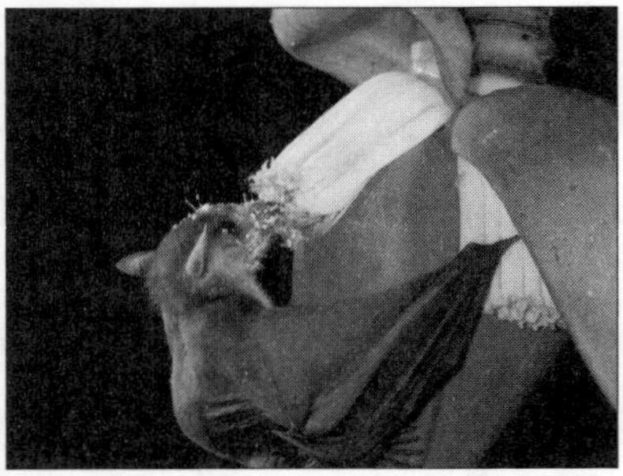

Figure 19. Chauve-souris pollinisant une fleur de banane.

Il existe une parfois une relation très étroite entre les dispositifs développés par les plantes et les insectes pollinisateurs : on parle de **coévolution** (situation dans laquelle les adaptations des deux espèces partenaires s'influencent réciproquement).

**Existence de traces d'orientation (« Saftmale » en allemand)**

- **Signalisation optique**

Chez bon nombre de fleurs, des motifs vivement colorés de la corolle indiquent, lors d'un examen attentif, l'entrée de la fleur et l'emplacement du pollen et des nectaires. Christian Conrad Sprengel a établi, il y a deux cents ans, la théorie sur la signification fonctionnelle des traces d'orientation et a décrit les couleurs souvent attrayantes, les structures, les lignes ou les points (bien visibles chez la digitale) comme étant des indicateurs optiques sur la fleur (Fig. 20).

Figure 20. Indicateur optique chez la digitale pourpre (*Digitalis purpurea*).

- **Signaux ultraviolets (UV)**

Bon nombre de motifs sur les fleurs ne nous sont visibles qu'avec l'aide d'une lampe UV, par exemple chez la renoncule des marais, le cytise des Alpes, l'onagre, la pervenche. Les insectes quant à eux perçoivent aussi dans le spectre UV. Les marquages UV des pétales, étamines, grains de pollen et pistils leur servent à s'orienter (Fig. 21).

Figure 21. Marques UV de la renoncule de marais (*Caltha palustris*) ; pour chacune des deux espèces la photo de gauche est prise en lumière naturelle et celle de droite en éclairage UV.

## III. La transformation de la fleur en fruit

### III-1. Formation du sac embryonnaire

Très précocement au cours de la différenciation de l'ovaire, une cellule, le plus souvent sous-épidermique, augmente en volume et devient l'unique cellule archésporiale puis le mégasporocyte. Celui-ci subit la méiose donnant 4 cellules haploïdes, les mégaspores, qui sont disposées en tétrade linéaire. Le plus souvent, les 3 cellules les plus proches du micropyle dégénèrent et le sac embryonnaire est formé à partir de la mégaspore la plus profonde qui prend un accroissement considérable en se développant au détriment des cellules du nucelle qui l'entourent (Fig. 22).

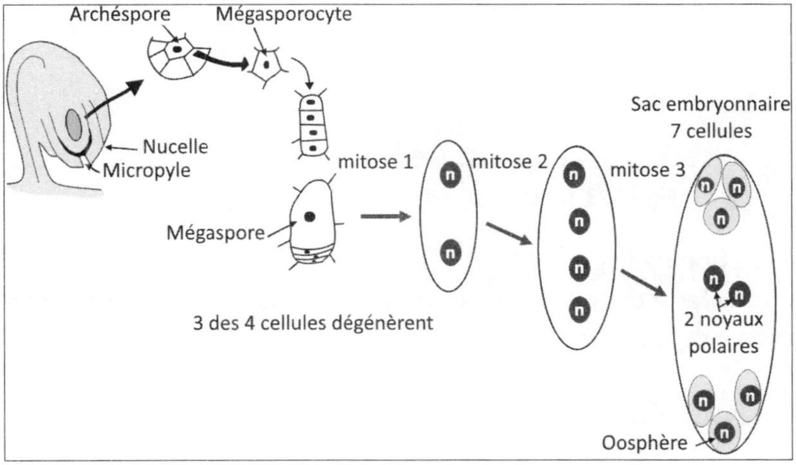


Figure 22. Formation du sac embryonnaire.

### III-2. Les phénomènes cytologiques de la fécondation

Le grain de pollen contient deux noyaux haploïdes. Un de ces noyaux est destiné à féconder l'oosphère, ce qui donnera l'embryon, à l'origine de la future plante. Le deuxième s'unit aux noyaux polaires à l'origine de l'**albumen**, tissu alors triploïde (3n chromosomes) qui fait partie de la graine et qui servira généralement à nourrir l'embryon.

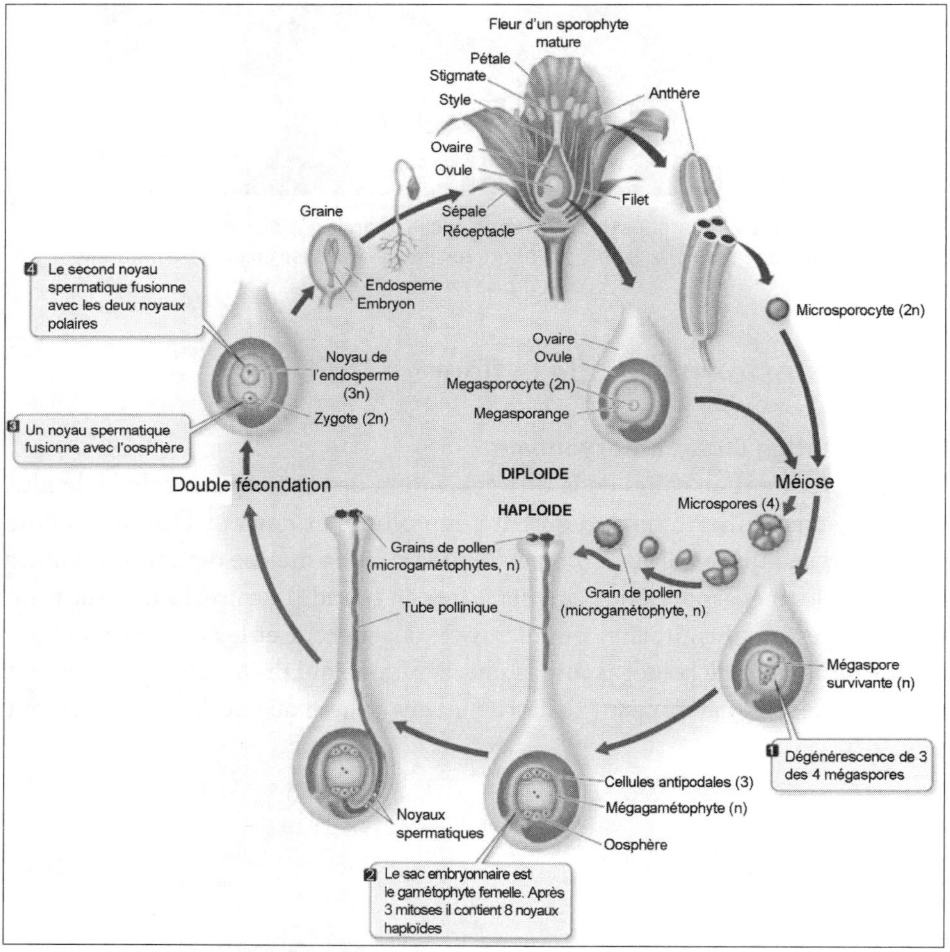


Figure 23. Cycle de développement d'une Angiosperme.

### III-3. Formation de la graine

À l'issue de la fécondation, la fleur qui porte des ovules se transforme en un fruit qui renferme des graines.

## III-4. La graine contient l'embryon

La graine contient l'embryon d'une future plante qu'elle protège (enveloppe résistante) et nourrit à la germination en utilisant des molécules de réserve préalablement accumulées.

## III-5. La dispersion des graines et des fruits

Après fécondation, la fleur se transforme en fruit et les ovules fécondés en graines qui en germant donneront de nouveaux plants.

Sans transport, les graines ne peuvent germer qu'au pied de la plante mère. La colonisation de nouveaux milieux est alors très limitée et les nouveaux plants subissent la concurrence des parents pour l'accès à la lumière, l'eau et les sels minéraux.

### *III-5.1. Le transport par le vent (anémochorie) ou l'eau (hydrochorie)*

Les graines les plus légères sont souvent transportées par le vent. Beaucoup possèdent des structures en forme de parachute afin d'augmenter leur chance de déplacement.

Le pissenlit officinal (*Taraxacum officinale*) et d'autres nombreuses mauvaises herbes de la famille des Asters (*Asteraceae*) possèdent ce type de mécanisme. Ces « parachutes » sont formés par des excroissances qui ressemblent à des poils et qui peuvent porter les graines sur de très longues distances (Fig. 24).

Figure 24. « Parachute » des graines de pissenlit.

Une alternative à la méthode du parachute se retrouve chez les graines possédant des ailes. Certaines agissent ainsi comme des hélicoptères miniatures. La famille de l'Érable (*Aceraceae*) a optimisé avec succès cette méthode. Les graines ont typiquement une aile rigide ou membraneuse à une de leurs extrémités (Fig. 25). La nature a astucieusement créé l'aile avec une légère excroissance (sorte d'hélice ou lame de ventilateur) qui permet à la graine de tourner sur elle-même augmentant sa capacité à voler à mesure qu'elle tombe.

Figure 25. Graines à « ailes » des Aceracées.

Lorsque les arbres sont situés près de l'eau, ils utilisent cet élément pour disperser leurs graines. Les graines tombent dans l'eau et flottent jusqu'à ce qu'un jour elles atteignent une berge. Si elles sont assez chanceuses et trouvent un endroit qui leur convient alors elles pousseront et le cycle continuera. Un bon exemple est La noix de coco qui peut rester dans la mer pendant un laps de temps considérable avant de s'échouer sur une plage.

### *III-5.2. Le transport par éclatement du fruit*

Les plantes peuvent agir de façon très surprenante. Certaines peuvent exploser comme de petites bombes vertes. Ce mécanisme est très efficace. Les gousses explosent lorsqu'elles sont mûres et envoient les graines à de très grandes distances (Fig. 26).

Figure 26. Gousse « explosive ».

Un bon exemple est le Cornichon sauvage (*Ecballium elaterium*) : les graines sont projetées hors du fruit par une sorte d'explosion provoquée par le détachement de son pédoncule. Le fruit est littéralement « sous pression », de telle sorte que l'ouverture provoquée par le détachement du pédoncule permet la projection des graines à quelques mètres (Fig. 27).

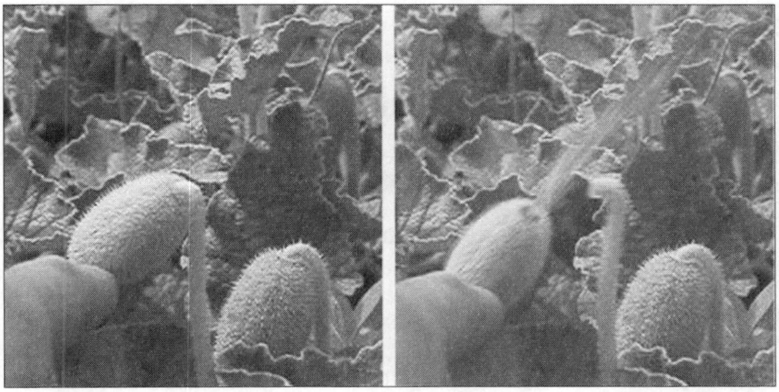

Figure 27. Projection des graines hors du fruit provoquée par le détachement de son pédoncule chez le Cornichon sauvage.

Les animaux peuvent transporter des graines accrochées à leurs plumes ou poils (Fig. 28).

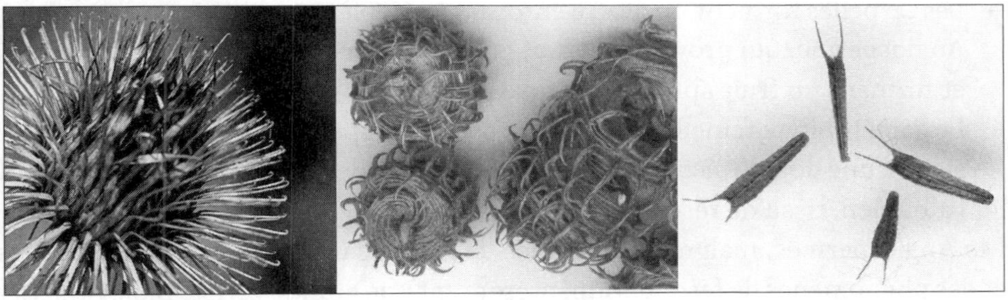

Figure 28. Différents systèmes d'accrochage.

Les animaux consomment les fruits contenant les graines. Celles-ci sont alors dispersées avec les excréments.

> Le transport des grains de pollen, des graines et des fruits est une étape de mobilité dans la reproduction de la plante. Elle repose sur un mutualisme animal disperseur/plante et sur des agents physiques (vent, eau) ou des dispositifs spécifiques à la plante.

# Je me perfectionne

## (1) Croissance indéfinie et évolution

Grâce aux fossiles, on sait que la croissance indéfinie n'existait pas chez les premières plantes terrestres. Celles-ci avaient une croissance "définie" et formaient des tiges très petites, sans feuilles et qui ne mesuraient pas plus de quelques centimètres. Ces végétaux anciens ont disparu mais il subsiste sur la planète un groupe de plantes qui possèdent toujours ces caractéristiques ancestrales : les mousses.

## (2) Angiospermes et gymnospermes

Les Angiospermes se distinguent des Gymnospermes essentiellement par les trois caractères suivants :

- Les organes reproducteurs sont groupés en fleurs bisexuées (chez 90 % des Angiospermes, les fleurs sont hermaphrodites).
- Les carpelles forment un ovaire entourant complètement l'ovule (d'où le nom Angiosperme, qui provient du mot grec « aggeion » signifiant « petite urne ») et forment un fruit après la fécondation.
- Le gamétophyte femelle, situé dans l'ovule et appelé sac embryonnaire, est le siège d'une double fécondation, l'une à l'origine de l'embryon, l'autre formant l'albumen, tissu de réserve des graines.

Les Angiospermes, malgré la constance de leur organisation des gamétophytes et des phénomènes de fécondation, présentent une grande variété biologique, au niveau de leur appareil végétatif et de leur appareil reproducteur.

## (3) Autofécondation provoquée par le sélectionneur pour les plantes allogames

Les plantes allogames s'autofécondent rarement. Cependant, le sélectionneur peut souhaiter provoquer l'autofécondation. Par exemple, pour le maïs, on tire avantage du fait que les fleurs mâles et femelles sont séparées. Les inflorescences femelles sont placées sous sachet pour éviter toute fécondation par du pollen étranger. Sur l'inflorescence mâle du même pied, le pollen est recueilli par la pose d'un sachet. Il est ensuite apporté sur les fleurs femelles (Fig. 29).

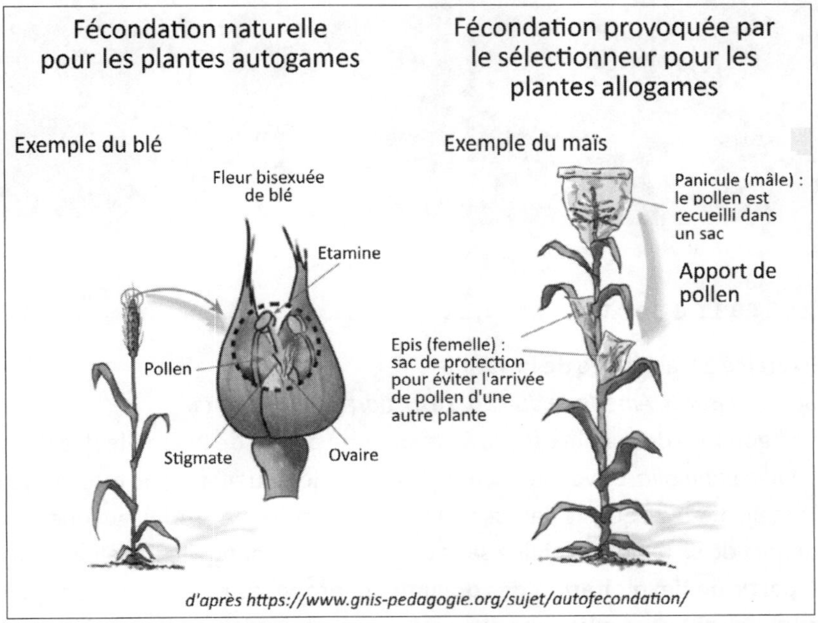


Figure 29. Autofécondation provoquée des plantes allogames.

# Je m'exerce et je fais la différence

## Entraînement

**Exercice 1 : la culture de la vanille**

*Sujet du Bac S, Amérique du Sud, 2015, partie 2.2 (5 points)*

La « gousse » de vanille est produite par une plante de la famille des Orchidées, *Vanilla planifolia*. La vanille est une des épices les plus chères au monde, du fait de la main d'œuvre qu'elle nécessite. En effet, la vanille ne produit aucune gousse en dehors de sa région d'origine sans une opération manuelle appelée « mariage ».

**À partir de l'exploitation des documents proposés mise en relation avec vos connaissances, expliquer pourquoi la culture de la vanille en dehors de son aire géographique d'origine nécessite une opération manuelle afin de produire des « gousses ».**

Document 1 : **répartition de *Vanilla planifolia* dans le monde (régions de culture et région d'origine de l'espèce)**

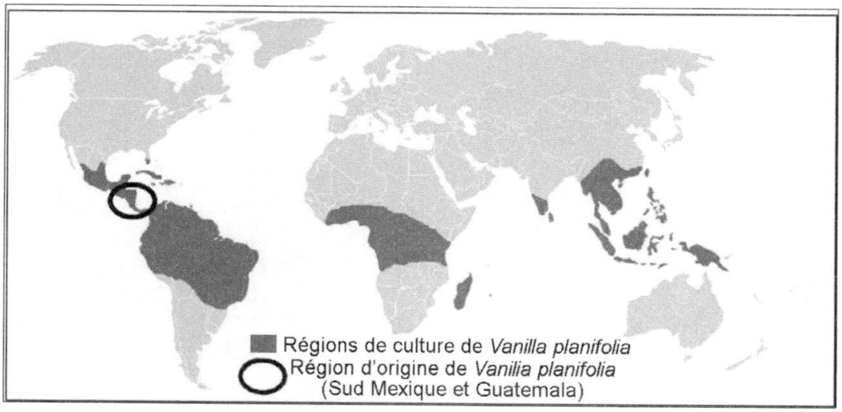


Figure 30. Répartition de *Vanilla planifolia* dans le monde.

*D'après le site http://bioweb.uwlax.edu*

Document 2 : **caractéristiques de la fleur de vanille**

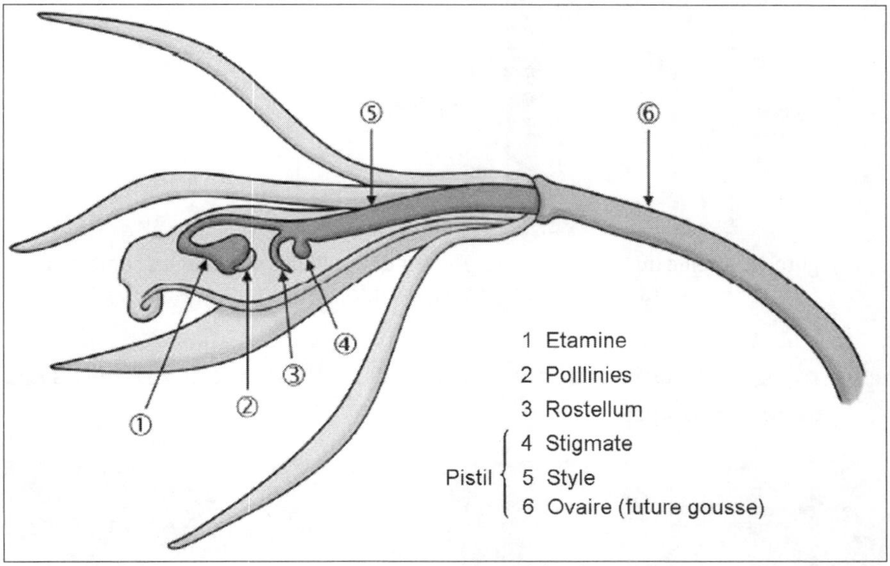


Figure 31. Les caractéristiques de la fleur de vanille.

La fleur de vanille présente une membrane, le rostellum, recouvrant le stigmate empêchant tout contact entre les pièces mâles et femelles.

Les pollinies, particularité des orchidées, sont des petites masses gluantes de grains de pollen.

La fleur de vanille ne produit aucun nectar (liquide sucré attractif pour des insectes ou d'autres animaux). Cependant, elle dégage des molécules odorantes telles que : 1,2-diméthylcyclopentane, acétate d'éthyle, 1,8-cinéole et trans-ocimène.

Document 3 : **l'insecte pollinisateur de la vanille**

Pendant longtemps, une abeille du genre Melipona fut considérée comme l'insecte pollinisateur naturel de la vanille. Cependant, bien que la Melipona visite habituellement les fleurs de vanille, sa taille serait insuffisante pour accrocher les pollinies au moment de son entrée dans la fleur. L'abeille de l'espèce *Euglossa viridissima* est aujourd'hui considérée comme le pollinisateur naturel le plus probable de *Vanilla planifolia*.

L'abeille présente une taille permettant l'accrochage des pollinies. En outre, des abeilles *Euglossa viridissima,* porteuses de pollinies de vanille, ont été observées.

Cette abeille est connue pour être fortement attirée par des substances odorantes comme le 1,8-cinéole.

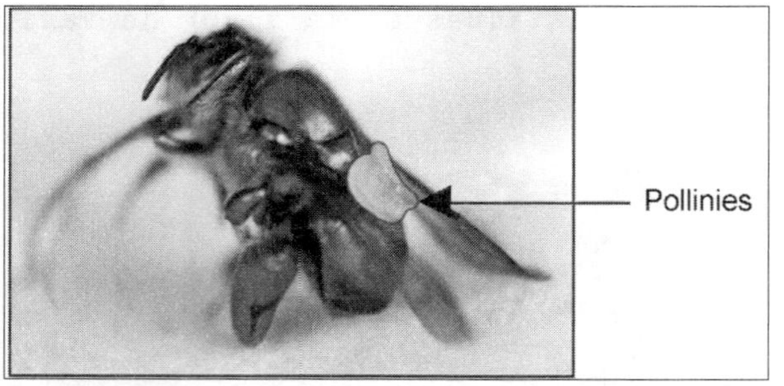


Figure 32. Abeille du genre *Euglossa* portant des pollinies d'orchidées sur le dos (d'après le site http://www.infojardin.com).

---

## Document 4 : **distribution de l'abeille *Euglossa viridissima* dans le monde**

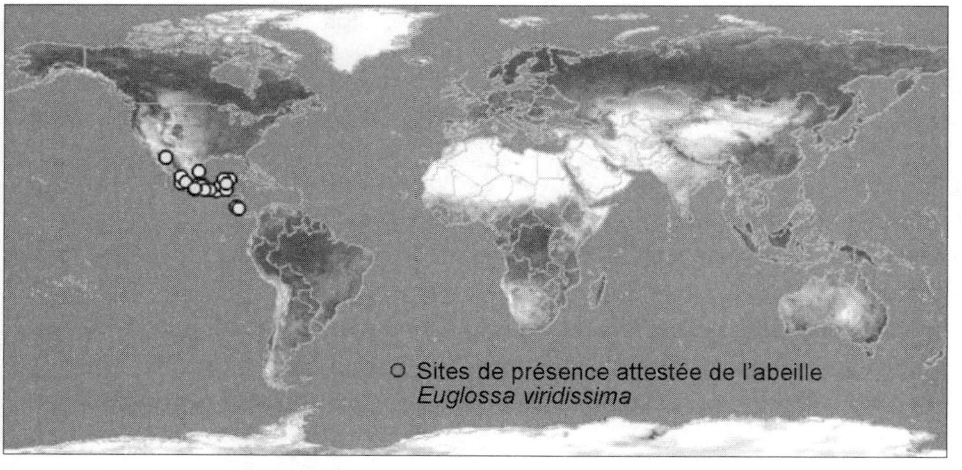


Figure 33. Distribution de l'abeille *Euglossa viridissima* dans le monde (d'après le site http://www.discoverlife.org).

---

## Document 5 : **le « mariage » de la fleur de vanille, opéré manuellement**

Lorsque la vanille fut introduite en 1819 à la Réunion, la production naturelle d'une gousse était un fait rarissime.

C'est en 1841 qu'un jeune esclave, Edmond Albius, mit au point la technique (qui sera ensuite nommée « mariage ») permettant la production de gousses, avec des taux de réussite très importants.

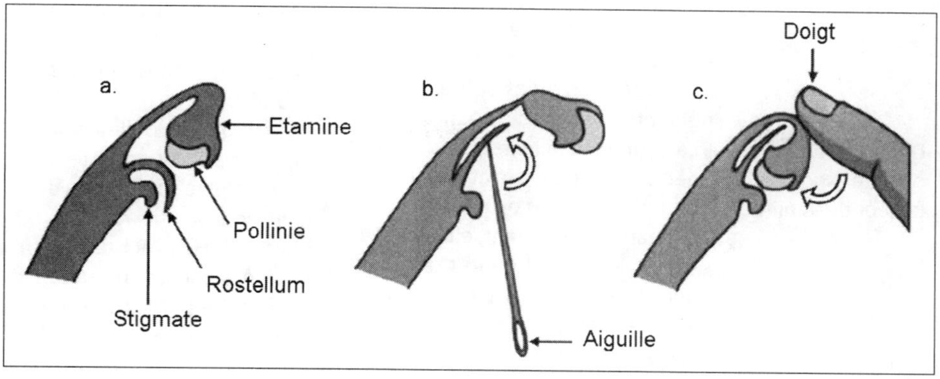


Figure 34. Le « mariage » de la fleur de vanille, opéré manuellement (d'après le site http://www.mi-aime-a-ou.com).

Protocole de la technique de mariage :

a. Déchirer les pétales pour mettre à jour les organes sexuels.

b. À l'aide d'une aiguille, soulever le rostellum.

c. Avec le bout d'un doigt, rabattre l'étamine pour mettre en contact les pollinies avec le stigmate.

## Correction

### Exercice 1

| | Informations tirées des documents | Informations tirées des connaissances ou déduites de l'analyse des documents |
|---|---|---|
| **Introduction :** à partir de l'exploitation des documents proposés mise en relation avec mes connaissances, j'expliquerai pourquoi la culture de la vanille en dehors de son aire géographique d'origine nécessite une opération manuelle afin de produire des « gousses ». | | |
| **Document 1 :** répartition de *Vanilla planifolia* dans le monde (régions de culture et région d'origine de l'espèce) | La vanille est originaire du Sud Mexique et du Guatemala ; elle est aujourd'hui cultivée dans toute la zone intertropicale. | La culture de la vanille semble nécessiter un climat tropical. |

| | | |
|---|---|---|
| **Document 2 :** caractéristiques de la fleur de Vanille | Le rostellum empêche tout contact entre les pièces mâles et femelles.<br>Les pollinies, particularité des Orchidées, sont des petites masses gluantes de grains de pollen.<br>La fleur de Vanille ne produit aucun nectar (liquide sucré attractif pour des insectes ou d'autres animaux). Cependant, elle dégage des molécules odorantes telles que : 1,2- diméthylcyclopentane, acétate d'éthyle, 1,8-cinéole et trans-ocimène. | La présence du rostellum rend impossible l'autofécondation pour la vanille.<br>Le fait que les pollinies soient gluantes va favoriser leur accrochage sur le corps de l'insecte pollinisateur.<br>Les molécules odorantes libérées par la fleur de vanille sont susceptibles d'attirer les insectes qui y sont sensibles. |
| **Document 3 :** l'insecte pollinisateur de la Vanille | L'abeille *Euglossa viridissima* présente une taille permettant l'accrochage des pollinies et des abeilles porteuses de pollinies de Vanille ont été observées.<br>*Euglossa viridissima* est fortement attirée par des substances odorantes comme le 1,8-cinéole. | L'abeille de l'espèce *Euglossa viridissima* est aujourd'hui considérée comme le pollinisateur naturel le plus probable de *Vanilla planifolia*. |
| **Document 4 :** distribution de l'abeille *Euglossa viridissima* dans le monde. | Les sites de présence attestée de *l'abeille Euglossa viridissima* se superposent à la région d'origine de *Vanilla planifolia.* (Sud Mexique et Guatemala) | Cet argument confirme que l'abeille Euglossa viridissima est le pollinisateur naturel de la vanille le plus probable. |
| **Document 5 :** le ***mariage*** de la fleur de Vanille, opéré manuellement. | Le « mariage » consiste à mettre manuellement en contact les pollinies avec le stigmate. | De cette façon l'autofécondation redevient possible. |
| **Synthèse :** la vanille est originaire du Sud Mexique et du Guatemala **(Doc. 1)** ; Cette fleur, du fait de l'existence d'un rostellum, est incapable de s'autoféconder **(Doc. 2)**. Dans sa zone d'origine **(Doc. 4)**, sa fécondation fait intervenir une abeille *Euglossa viridissima* **(Doc. 3)** dont la taille permet l'accrochage des pollinies et qui est attirée par les odeurs particulières émises par la fleur **(Doc. 2)**. Le transport du pollen d'une fleur à l'autre par l'insecte est favorisé par le fait que les grains de pollens sont regroupés en des masses gluantes (les pollinies) qui s'accrochent plus facilement au corps de l'insecte **(Doc. 2)**. Il semble que l'introduction de la vanille dans de nouvelles aires géographiques se soit faite sans l'introduction simultanée de son insecte pollinisateur spécifique, puisqu'en l'absence de l'intervention humaine, les fécondations naturelles sont très rares. Dans ces régions, il convient donc de féconder à la main (« mariage ») les fleurs, en mettant en contact direct les pollinies et le stigmate **(Doc. 5)**. Ceci explique le coût élevé des gousses de vanille. | | |

Chapitre C-4

# La domestication des plantes

# Je révise et je me perfectionne

Aujourd'hui, les plantes cultivées n'ont plus rien à voir avec les plantes sauvages dont elles sont issues. L'Homme a utilisé diverses techniques pour domestiquer les plantes comme la **sélection massale**, les **croisements** intra et interspécifiques ou la **transgénèse**, de sorte qu'aujourd'hui, les plantes cultivées ne sont plus aptes à vivre en milieu sauvage. Les pratiques culturales (par exemple pour la production de graines) constituent un enjeu majeur pour nourrir l'humanité.

## I. La domestication des plantes sauvages

### I-1. De la cueillette à la culture des plantes sauvages

L'agriculture est née indépendamment en plusieurs points du globe, avec la mise en terre volontaire des premières semences.

Le premier foyer de développement de l'agriculture serait situé au Proche-Orient il y a –11 500 ans ; Il s'agissait de plantes céréales dont on récolte les graines annuellement : le blé (engrain, amidonnier), l'orge et des légumes secs comme les pois chiches, les pois et les lentilles. (On note cependant que du riz cultivé daté de plus de 15 000 ans aurait été découvert en Corée).

(1) Les foyers de l'agriculture

On note l'existence d'autres foyers d'apparition de l'agriculture au sud du Mexique et nord du Guatemala (piments, courges, millet puis maïs, à partir de –5 000 ans), en Chine, notamment dans le nord où poussent encore le millet et le soja (le riz y apparaît plus tard, vers –6 000 ou –5000, dans le Sahel, en Amérique du Sud et en Nouvelle-Guinée).

Les espèces sauvages, sont constituées de nombreux écotypes adaptés aux conditions environnementales auxquelles ils sont exposés. Elles sont le plus souvent fortement hétérozygotes et donc, du fait du brassage génétique lié à la méiose, instables génétiquement.

Les espèces cultivées se composent de variétés sélectionnées par l'homme, qui sont distinctes, homogènes, stables et reproductibles. Elles peuvent être propagées sous forme de lignées pures homozygotes, ou de clones propagés végétativement, très hétérozygotes (voir plus loin).

## I-2. Des plantes sauvages aux plantes domestiquées

Une évolution convergente caractérise les plantes sauvages qui ont été progressivement domestiquées et sont entrées progressivement dans la maison (latin, *domus*) des humains. On parle du **syndrome de domestication**.

- **Illustration avec la domestication de la Téosinte (Fig. 1)**

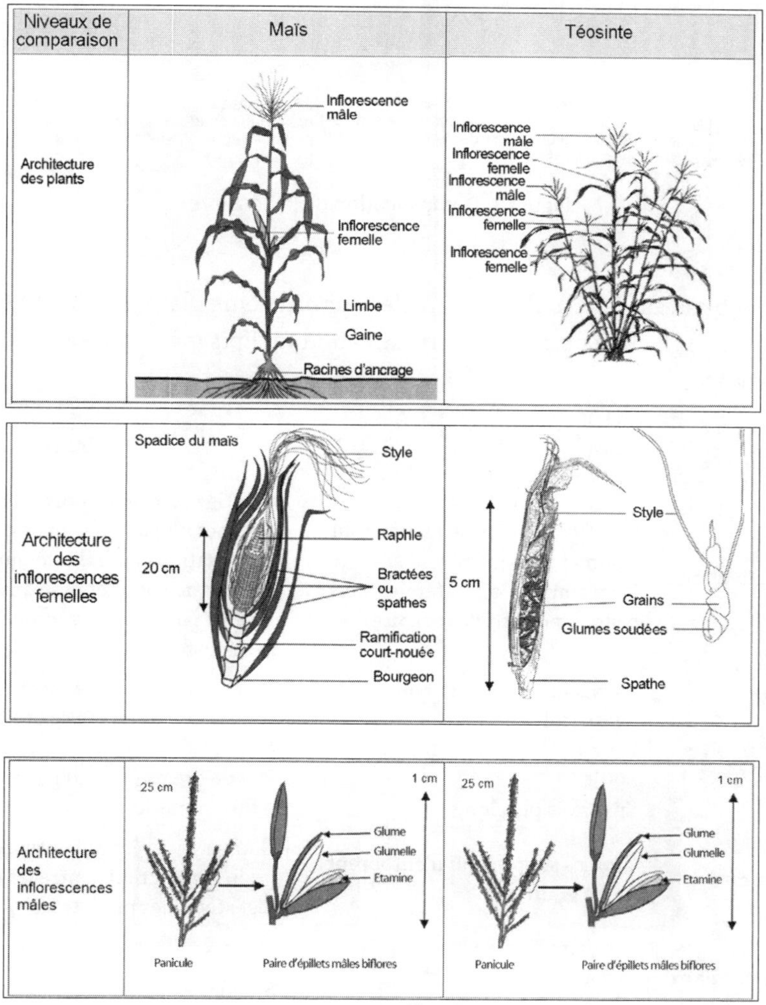

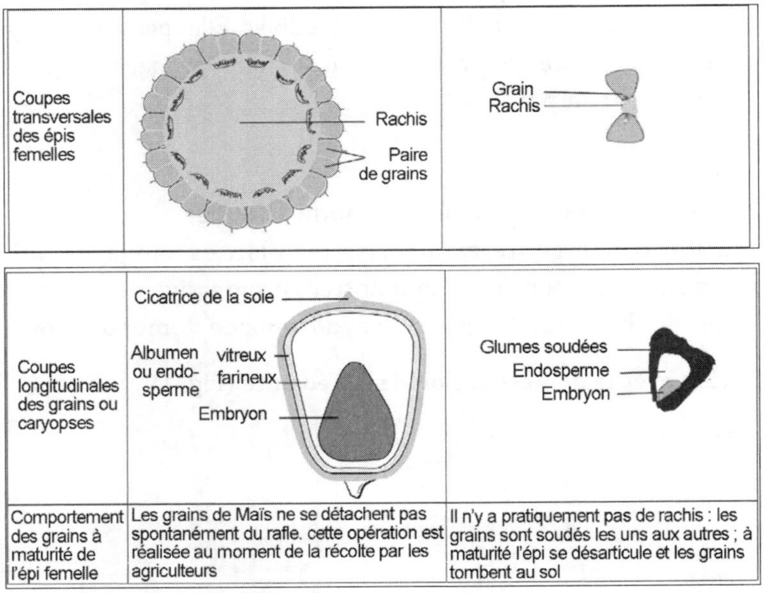


Figure 1. Domestication de la Téosinte

- Comparaison :
- ressemblances : épis mâles et femelles sur un même plant. Grains fixés sur un rachis, dont l'endosperme contient de l'amidon. Épis mâles qui se ressemblent ;
- différences :

| Éléments comparés | Maïs | Téosinte |
|---|---|---|
| **Port de la plante** | Une tige principale qui porte au sommet un panicule<br>Des ramifications latérales très courtes portant des spadices | Une tige principale portant au sommet un panicule, mais des ramifications latérales longues portant au sommet des panicules et sur des ramifications secondaires des épis femelles |
| **Épis femelles** | Rachis important, qui ne se désarticule pas<br>Grand nombre de grains (jusqu'à 500)<br>Épi 4 fois plus long | Pratiquement pas de rachis, grains soudés entre eux qui se désarticulent à maturité<br>Peu de grains (8 à 10) par épi ; épis 4 fois moins long |
| **Glumes** | Glumes souples qui n'entourent pas le grain | Glumes indurées qui entourent le grain : protection contre les enzymes digestives des prédateurs |
| **Grains par paire ou simple** | Par paire, 2 fois plus longs et 4 à 5 fois plus lourds : la domestication a permis une augmentation de rendement | Simple |

| Éléments comparés | Maïs | Téosinte |
|---|---|---|
| **Nombre de rangées de grains** | Plusieurs rangées de grains dans la rafle | Deux rangées de grains |
| **Égrenage** | À maturité ces grains ne tombent plus car l'épi ne peut pas se désarticuler, donc la récolte est complète (sans perte) et plus rapide. De ce fait la dissémination des grains est impossible, la plante ne peut donc plus se reproduire à l'état sauvage | Spontané, les grains tombent sur le sol |
| **Résistance aux enzymes digestives des prédateurs et dissémination** | Les grains de maïs ne possèdent pas de glumes indurées formant une cupule protectrice contre les enzymes digestives des prédateurs ; la graine est détruite et ne peut être disséminée par ceux-ci ; la plante ne peut donc plus se reproduire à l'état sauvage et **sans intervention humaine, le maïs ne pourrait persister** | Les grains de Téosinte tombés sont mangés par les prédateurs mais la cupule résiste aux enzymes digestives, ce qui permet leur dissémination |

La **domestication** d'une espèce est l'acquisition, la perte ou le développement de caractères morphologiques, physiologiques nouveaux et héréditaires, résultant d'un contrôle voire d'une sélection délibérée de la part des communautés humaines. L'espèce devient alors dépendante de l'Homme pour sa survie.

La sélection des caractères intéressants et utiles pour l'Homme, le plus souvent liés à des **mutations récessives**, entraîne la perte d'autres caractères nécessaires ou favorables à la survie de l'espèce en milieu sauvage, c'est le **syndrome de domestication** caractérisé par :

- perte de dormance des graines (inhibition temporaire de la germination de la graine même si les conditions sont favorables)
- suppression des mécanismes de dispersion (indéhiscence)
- maturité groupée
- changement du système de reproduction
- changement du niveau de ploïdie

Gigantisme ;

- changement du port de la plante
- changement de forme de vie (annualisation des vivaces ou bisannuelles)
- changements biochimiques
- changements physiologiques (par exemple modification de la photopériode).

La perte de certaines caractéristiques des plantes sauvages (comme des défenses chimiques ou des capacités de dissémination) et l'extension de leur culture favorisent le développement des maladies infectieuses végétales. **Ces fragilités doivent être compensées par des pratiques culturales spécifiques.**

(2) Histoire évolutive du blé

## I-3. La sélection massale ou phénotypique

Depuis les débuts de l'agriculture, l'Homme repère à chaque récolte les individus présentant des caractères phénotypiques qui lui sont utiles (meilleure résistance aux maladies, aux intempéries, plants produisant les meilleurs résultats qualitatifs et quantitatifs...) et les utilise comme producteurs de semences pour la récolte suivante.

- **Exemple de sélection phénotypique : le caractère sélectionné ici est la masse du grain (Fig.** 2).

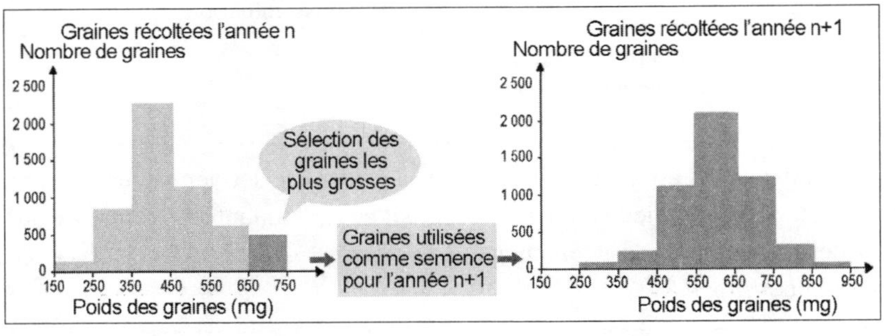


Figure 2. Évolution d'un caractère suite à une sélection massale.

Les caractéristiques phénotypiques qui distinguent une espèce cultivée des espèces sauvages proches sont codées par des **allèles** de certains gènes. En favorisant la reproduction des individus porteurs de ces allèles, l'Homme a augmenté leur fréquence (et celle des caractères phénotypiques associés) d'une génération à la suivante. Répétée pendant des millénaires, cette **sélection massale** ou **phénotypique** a contribué de façon lente et limitée à la modification des caractéristiques génétiques des populations de départ, tout en **maintenant une importante diversité génétique**.

La sélection massale permet uniquement de sélectionner des caractères que l'on peut qualifier de subjectifs comme le goût, l'aspect visuel, etc. ; elle ne peut pas s'appliquer lorsque le caractère concerné ne s'extériorise pas chez les candidats à la sélection (teneur en certains composés...). La sélection massale est **empirique**, c'est-à-dire sans bases scientifiques.

### I-4. Les variétés paysannes

Les caractères que l'Homme a sélectionnés sont ceux qui facilitent la **culture**, la **récolte** et l'**utilisation** de l'espèce cultivée. Les critères de sélection varient donc selon les lieux et les époques. Cette sélection a mené à la création des **variétés paysannes** (ou de pays) au sein d'une espèce.
Les variétés paysannes sont remarquablement adaptées à des conditions locales et constituent une biodiversité cultivée d'origine paysanne.

La sélection (empirique ou programmée) exercée par l'être humain sur les plantes cultivées au cours des siècles a retenu des caractéristiques différentes de celles qui étaient favorables à leurs ancêtres sauvages. Cette sélection s'est opérée au cours de l'établissement d'une relation mutualiste entre plantes et êtres humains. Une même espèce cultivée comporte souvent plusieurs variétés sélectionnées selon des critères différents ; c'est une forme de biodiversité.

## II. La création de nouvelles variétés

Aujourd'hui, de nombreuses techniques favorisent la création de plus en plus rapide de nouvelles variétés végétales (par hybridation, par utilisation des biotechnologies...). La production de semences commerciales est devenue une activité spécialisée.

### II-1. L'obtention de variétés « élites » par autofécondation et sélection

Les brassages génétiques liés à la méiose et la fécondation sont sources de variabilité au sein de la descendance d'une plante. Or la mécanisation de l'agriculture ainsi que l'industrialisation des filières de transformation nécessitent des plantes calibrées adaptées, aux machines.
Pour limiter cette variabilité génétique des descendants, on doit utiliser des variétés présentant une grande homogénéité génétique, c'est-à-dire homozygote pour de nombreux allèles (on parle de **lignées pures**). Ainsi, deux individus appartenant à une lignés ne redonneront dans leur descendance que des individus présentant exactement les mêmes caractéristiques qu'eux-mêmes. Il est de plus nécessaire d'augmenter les rendements pour nourrir une population croissante et amortir le prix des machines : c'est l'origine des **variétés « élites »**.
Le sélectionneur choisit des plantes dans une population hétérogène (variété paysanne) ou dans une population issue d'un croisement préalable ; les principaux critères sélectionnés sont :
- la précocité,
- la résistance aux maladies,

– la résistance aux effets du vent et de la sécheresse,
– l'aspect général de la plante,
– la qualité de la fructification et des graines.

À partir d'une plante hétérozygote, le sélectionneur provoque l'autofécondation des plantes de façon à augmenter peu à peu leur taux d'homozygotie (Fig. 3).

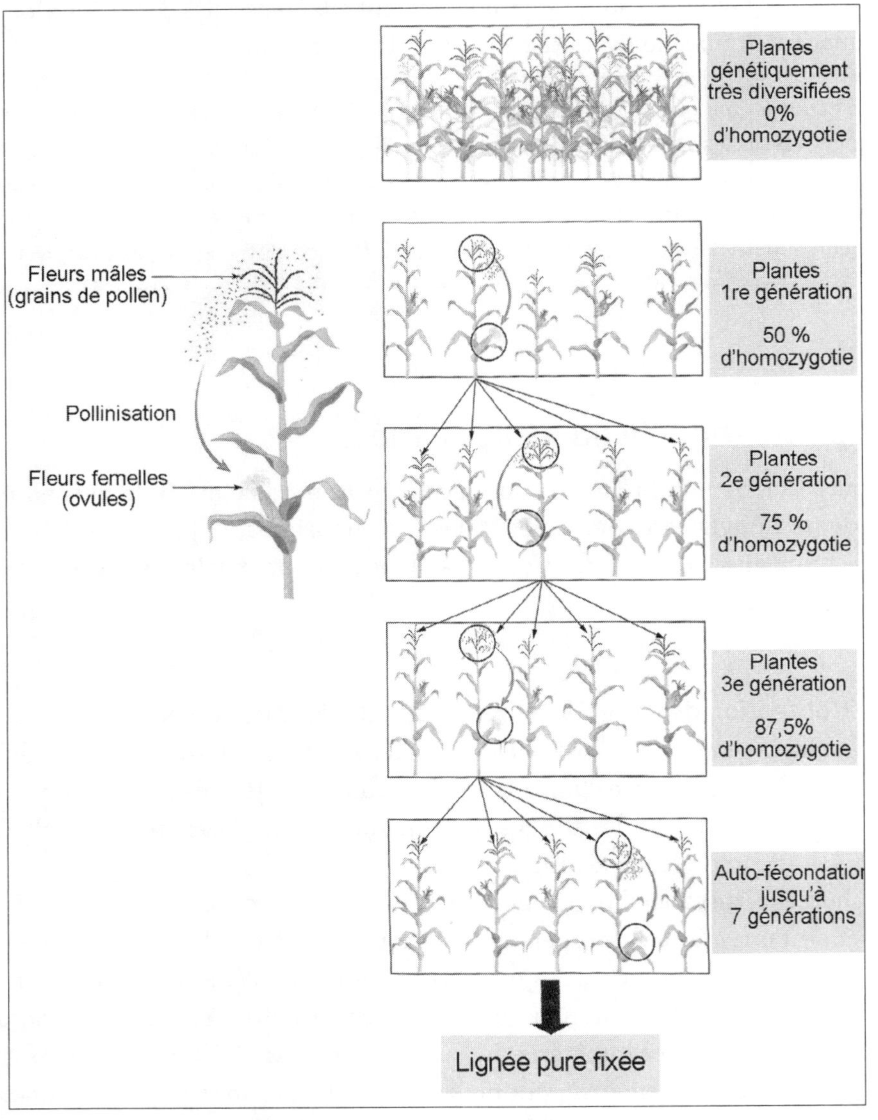


Figure 3. Obtention de lignées pures par autofécondation.

Cette opération répétée sur 7 à 8 générations, rend les plantes **homozygotes** (en particulier pour les allèles responsables des caractères sélectionnés) : ces plantes sont dites de **variétés ou lignées pures.** Elles sont **génétiquement homogènes et stables**.

Cette technique conduit à une diminution de la diversité génétique des plantes, les plantes étant homozygotes. Dans de nombreux cas cela va entraîner un affaiblissement de la plante.

(3) Les biotechnologies permettent de créer rapidement des lignées pures

- Schéma récapitulatif : de la plante sauvage à la variété élite (Fig. 4).

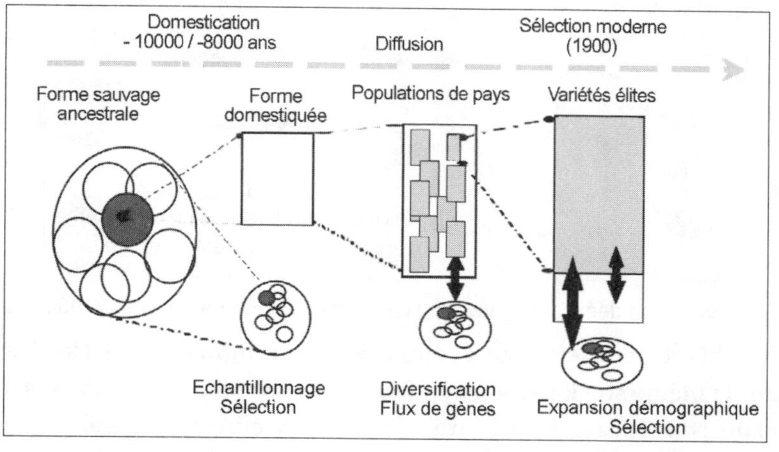


Figure 4. Les différentes étapes de la création d'une variété élite.

## II-2. Les techniques d'hybridation

### *II-2.1. Introduction d'un caractère intéressant d'une autre lignée par rétrocroisement intraspécifique*

Pour introduire dans une lignée élite un caractère intéressant, tel que la résistance aux maladies, la tolérance au stress, la stérilité, l'amélioration de critères de qualité, le sélectionneur procède par rétrocroisement, encore appelé **back-cross**. Pour cela, il réalise une série de croisements entre la **lignée receveuse ou élite**, et la **lignée donneuse du caractère** (Fig. 5). Les descendants sont ensuite croisés pendant plusieurs générations par la lignée receveuse. Ceci permet d'augmenter la part génétique de la lignée élite dans le fond génétique des descendants, tout en veillant à conserver le caractère intéressant, par élimination des individus n'ayant pas le caractère désiré.

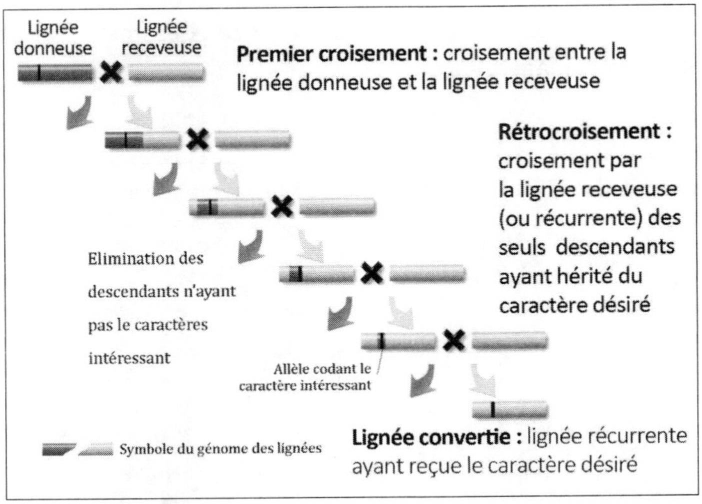


Figure 5. Introduction dans une lignée d'un caractère intéressant (d'après GNIS pédagogie).

Le résultat du rétrocroisement est l'obtention d'une **lignée convertie**, c'est-à-dire possédant le même stock chromosomique à un ou quelques allèles près (celui ou ceux codant pour le caractère désiré) que la lignée élite receveuse.

### *II-2.2. L'hybridation interspécifiques*

**L'hybridation interspécifique naturelle** (croisement entre deux espèces différentes) est très rarement naturelle, car, dans plupart des cas, soit la fécondation est impossible, soit l'embryon produit avorte, soit le descendant du croisement est stérile.

Il existe cependant quelques exemples d'hybridations interspécifiques naturelles : le blé tendre, (résultat d'une hybridation entre blés sauvages et le colza), l'hybridation naturelle entre la navette et le chou (Fig. 6).

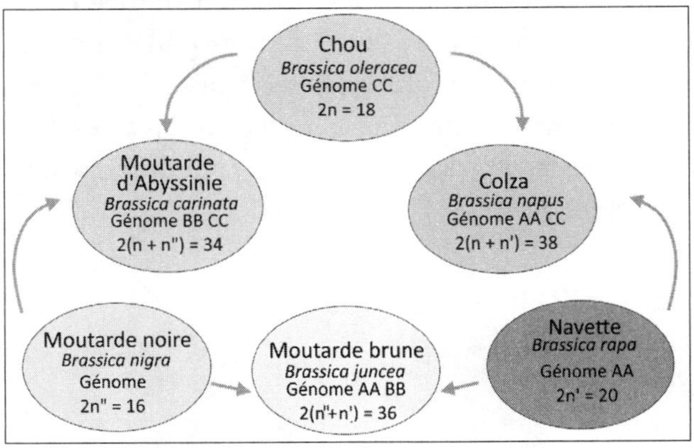


Figure 6. Des exemples d'hybridations interspécifiques naturelles
*(d'après U. 1935 cité dans « Amélioration des espèces végétales cultivées », INRA).*

L'hybridation interspécifique fait donc le plus souvent appel aux techniques du génie génétique.

### II-3. L'utilisation des biotechnologies

Les techniques du génie génétique permettent d'agir directement sur le génome des plantes cultivées. En lien avec la possibilité de régénérer une plante entière à partir d'une seule cellule (revoir la notion de protoplaste), elles permettent de s'affranchir des limites liées à la reproduction sexuée :

- difficultés de réaliser des croisements interspécifiques ;
- risques d'introduction dans la nouvelle variété de caractères indésirables : la transgénèse permet de cibler et d'introduire un gène d'intérêt dans un fond génétique ;
- délais pour créer une nouvelle variété liée aux cycles de végétation et au nombre de générations successives : il faut compter 5 à 15 ans, selon les espèces, pour créer une nouvelle variété et la mettre sur le marché. Les techniques d'**haplodiploïdisation** et de **culture d'embryons** permettent de raccourcir la durée des cycles de sélection, en diminuant le temps nécessaire à la fixation et à la multiplication des génotypes intéressants.

#### *II-3.1. La culture in vitro des cellules haploïdes et la mutagénèse artificielle*

Beaucoup de mutations apparaissent naturellement. Si certaines sont létales, d'autres, en faibles proportions, peuvent présenter un intérêt agronomique et être mises à profit pour obtenir de nouvelles variétés : nectarine, colza sans acide érucique (huile ainsi non toxique), fruit de pamplemousse sans pépin ou à pulpe rose, etc. Ces mutations sont en général récessives et ne s'expriment pas dans la plante hétérozygote, d'où l'intérêt de régénérer des plantes haploïdes à partir de cellules haploïdes (revoir le chapitre sur la diversification génétique).

**Haplodiploïdisation** : processus d'obtention de plantes haploïdes, dont le stock chromosomique est ensuite doublé, à partir des cellules reproductrices appelées gamétophyte mâle ou femelle.

Ainsi, la mise à profit des mutations naturelles ou induites, conduit à la création d'un nombre croissant de nouvelles variétés (plus de 2 000).

#### *II-3.2. L'hybridation somatique*

Il s'agit de la fusion, par des méthodes chimiques ou électriques de protoplastes. La fusion de protoplastes conduit à une hybridation des noyaux, mais aussi à celle des cytoplasmes. Ceci est très intéressant pour le transfert et l'amélioration de caractères à **hérédité cytoplasmique**, comme la stérilité mâle. On parle d'hybridation somatique (car issue de cellules non reproductrices de la plante, Soma = corps) (Fig. 7).

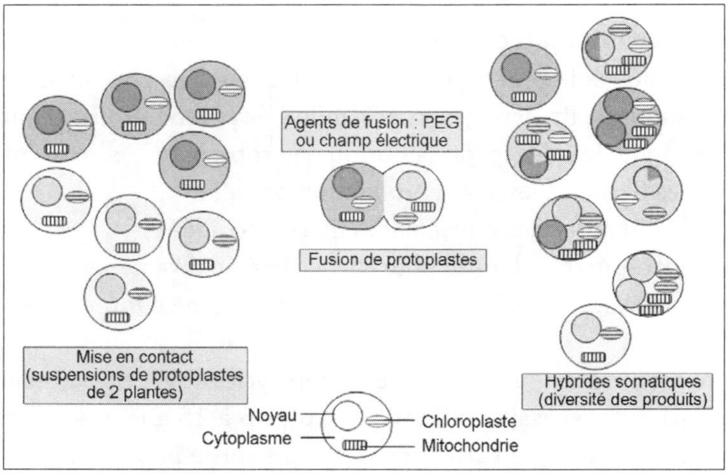


Figure 7. Illustration schématique d'une hybridation somatique (fusion de protoplastes).

(4) Utilisation de marqueurs moléculaires

Les techniques du génie génétique permettent d'agir directement sur le génome des plantes cultivées.

### *II-3.3. La transgénèse*

**Transgénèse** : fait d'introduire un ou plusieurs gènes (transgènes) dans un organisme vivant en utilisant un vecteur de transfert. Les transgènes pourront être exprimés dans l'organisme transformé. La transgénèse permet l'obtention de variétés végétales ou animales résistantes au stress biotique (parasites, insectes…) ou abiotique (sécheresse, faible luminosité…). Ces nouvelles variétés sont généralement regroupées sous le terme d'organismes génétiquement modifiés (OGM). (Revoir le chapitre sur la différenciation des génomes)

(5) Les biotechnologies surnommées Terminator

## II-4. La production de semences commerciales

Les semences et plants constituent un matériel végétal vivant dont la qualité peut fortement évoluer. De sa pureté et de sa germination, dépend l'espérance de récolte. Il est donc nécessaire que les professionnels spécialisés apportent le plus grand soin à la production, au conditionnement, au stockage, aux conditions de conservation, à la manipulation et à la vente de ce matériel végétal.

Les acteurs de la filière des semences et plants forment les différents maillons d'une chaîne allant de la création des variétés à l'utilisation des productions végétales qui en sont issues : les entreprises de création variétale, les agriculteurs multiplicateurs, les entreprises de production de semences, les distributeurs, les utilisateurs de semences, les utilisateurs industriels qui ont en charge la transformation de nombreuses productions agricoles pour faire d'autres produits tels que de la farine, du sucre, des pâtes, des huiles, etc.

## II-5. La commercialisation de semences commerciales (d'après GNIS)

Pour commercialiser des semences ou des plants des espèces, il faut que les variétés soient inscrites sur les catalogues officiels français ou européen des espèces et variétés.

Pour être inscrites au catalogue, les variétés doivent respecter plusieurs critères. Une variété doit être distincte des variétés déjà inscrites, homogène et stable. En ce qui concerne les plantes agricoles, la variété doit également posséder une valeur agronomique, technologique et environnementale, suffisante par rapport aux variétés les plus utilisées du moment.

Les variétés de conservation pour les espèces de grandes cultures et potagères (races primitives et variétés naturellement adaptées aux conditions locales et régionales et menacées d'érosion génétique), ainsi que les variétés sans valeur intrinsèque pour les espèces potagères, font l'objet d'un dispositif particulier d'inscription en vue de permettre l'utilisation durable de ces ressources génétiques.

## II-6. La protection des nouvelles variétés

Les créateurs peuvent faire protéger de nouvelles variétés par un titre de propriété appelé "Certificat d'Obtention Végétale". Ce certificat interdit à quiconque la production et la commercialisation des semences de la variété sans l'accord express de son propriétaire.

Le système de protection permet cependant d'utiliser des variétés protégées pour l'expérimentation et pour la sélection afin d'en créer de nouvelles, sans qu'il soit nécessaire d'avoir l'accord du propriétaire ; cela contribue à empêcher d'éventuelles situations de monopole et surtout le ralentissement du progrès génétique, en laissant l'accès à la diversité génétique pour la création de nouvelles variétés.

# III. Risques induits par l'homogénéisation génétique des populations végétales

## III-1. Une espèce cultivée présente souvent de nombreuses variétés

Une espèce cultivée présente souvent de nombreuses variétés (forme de biodiversité). Cette diversité résulte de mutations dans des gènes particuliers.

## III-2. La domestication entraîne un appauvrissement global de la diversité allélique

### *III-2.1. L'affaiblissement génétique des plantes*

Le remplacement des variétés paysannes par les variétés élites à fait fortement diminuer la biodiversité cultivée (Fig. 8) ; en effet les variétés élites et les plantes transgéniques présentent une faible variabilité intra et interspécifique ce qui réduit leur capacité d'adaptation aux stress climatiques, aux maladies, à la diversité des sols… ; la réhabilitation des variétés paysannes se heurte à des difficultés techniques mais aussi juridiques. En effet, depuis la seconde guerre mondiale, toute nouvelle variété doit obtenir une autorisation pour être commercialisée.

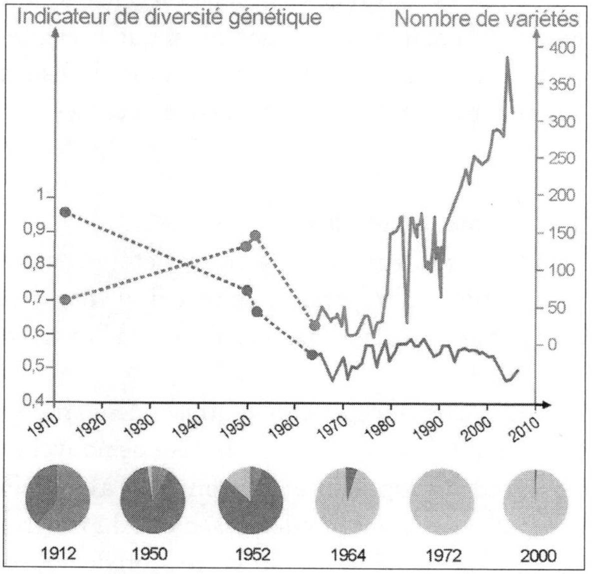


Figure 8. Diversité variétale et génétique des blés cultivés en France.

Il est possible de mettre en évidence expérimentalement les conséquences de l'accroissement de l'homozygotie ou consanguinité. On constate, au fil des générations, une diminution quantitative de certains caractères (Fig. 9).

**La consanguinité** est définie comme étant le résultat d'une reproduction sexuée entre deux individus apparentés (c'est-à-dire ayant un ou plusieurs ancêtres communs).
On appelle **dépression de consanguinité**, l'effet de la consanguinité sur la moyenne d'un caractère quantitatif. Elle est la conséquence de la perte d'hétérozygotie résultant de croisements consanguins.

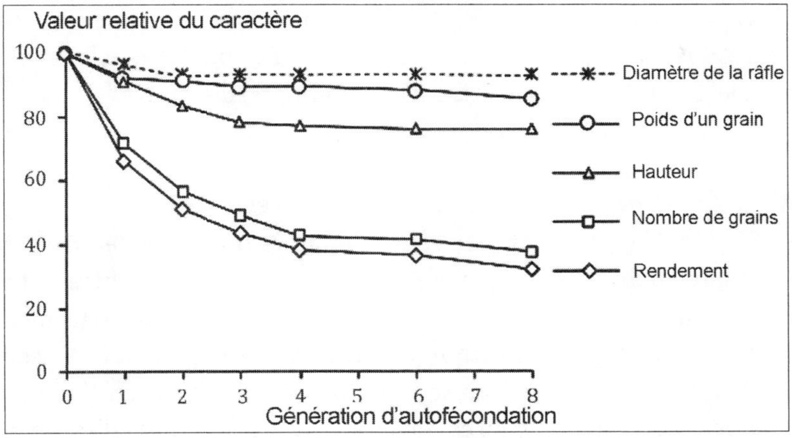


Figure 9. La dépression de consanguinité chez le maïs pour différents caractères (d'après Hallauer et Miranda, 1987).

On observe, au fil des générations, une diminution quantitative de certains caractères appelée **dépression de consanguinité**. Elle aurait pour origine l'expression d'allèles récessifs nuisibles au développement de la plante (l'homozygotie permet aux allèles récessifs de s'exprimer).

### *III-2.2. L'hybridation intraspécifique et l'effet d'hétérosis*

**Hybridation**: en génétique végétale, le terme « hybride » désigne toujours le résultat du croisement entre deux populations parentales différentes appartenant à la même espèce (croisement intraspécifique).

Par exemple, dans les pays industrialisés, les variétés commerciales de maïs sont des variétés hybrides. Lorsque l'on pratique l'union entre géniteurs appartenant à deux espèces différentes, on le précise en employant le terme d'hybridation interspécifique.
L'hybridation intraspécifique (croisements entre variétés de la même espèce) permet de contrer les effets de la dépression de consanguinité par **effet d'hétérosis**.

**Hétérosis**: (du grec ancien *heterosis*, « changement ») désigne l'augmentation des capacités et ou de la vigueur d'un hybride par rapport aux lignées pures issues de la sélection par autofécondation (plus exactement une annulation des « tares » des lignées « pures »). L'hétérosis résulte du brassage des différents allèles des lignées pures parentales.

| Espèce et caractère | Hétérosis % |
|---|---|
| **Blé** | |
| Hauteur de la plante | + 6 |
| Rendement en grain | + 9 |
| Nombre de grains par épi | + 4 |
| Poids de 1 000 grains | + 6 |

Les critères imposés par la réglementation font que les lignées pures « modernes » sont encore plus homogènes que les précédentes. Depuis 1964, elles sont le seul type de variétés cultivées et autorisées à la commercialisation.

### III-3. Envisager de nouvelles méthodes de cultures

Environ 60 % de l'augmentation des rendements observée depuis 1950, est attribuable aux qualités génétiques des plantes des variétés « élites », donc à la sélection « moderne » menée par la recherche publique et privée (semenciers). Le reste est dû aux progrès des techniques de culture (irrigation, fertilisation...). La plante « élite » n'est « supérieure » que parce qu'elle est cultivée dans un environnement particulier qui lui est favorable avec des apports d'eau, d'engrais, de pesticides... Dans des environnements plus difficiles, elle est au contraire nettement « inférieure » ; l'utilisation des plantes élites s'accompagne donc de pratiques agricoles intensives coûteuses en énergie, non renouvelables et polluantes, contribuant au réchauffement climatique.

Les variétés paysannes, mieux adaptées aux aléas climatiques, à la diversité des terroirs, plus économe en intrants, possédant des qualités organoleptiques et nutritionnelles intéressantes, constitue pour les semenciers un réservoir de gènes pour améliorer les variétés existantes.

La culture des plantes OGM s'est développée à partir des années 2000 ; elle concerne principalement le soja, le coton, le colza et le maïs ; deux caractères ont été transférés par transgénèse : la résistance à un herbicide et la production par la plante d'un insecticide.

De nombreuses plantes transgéniques sont en attente d'autorisation de culture. Les caractères transgéniques impliquent la sécurité alimentaire, la pharmacie, la production de matériaux innovants, les énergies renouvelables...

Le développement des cultures OGM soulève cependant un certain nombre de problèmes :

- marché des semences transgéniques en situation de quasi-monopole (Beyer) ;
- effets sur la santé animale et humaine insuffisamment évaluées (effet cancérigène, allergie...) ;
- effets négatifs sur l'environnement (pertes de biodiversité, pollution par les herbicides, dissémination des transgènes...) ;

– sélection de mauvaises herbes et de ravageurs résistants aux herbicides et pesticides.

L'exploitation des ressources génétiques (historiques ou sauvages si elles existent) permet d'envisager de nouvelles méthodes de cultures (réduction de l'usage des intrants, limitation des ravageurs par lutte biologique).

### III-4. Le rôle de la domestication des plantes dans l'histoire des populations humaines

L'Homme a domestiqué de nombreuses espèces végétales pour se nourrir, se procurer de l'énergie, se protéger ou se distraire. La sélection artificielle a façonné ces organismes à son avantage, rendant leurs parents sauvages parfois difficilement identifiables. Mais symétriquement, et subrepticement, ces organismes l'ont aussi modifié. Ainsi, la domestication des végétaux riches en amidon, un sucre complexe présent en grande quantité dans le riz, les pommes de terre, les carottes, le manioc et d'autres tubercules, a peut-être été déterminante pour l'évolution du cerveau de l'Homme et pour son expansion géographique. Beaucoup plus facile à se procurer que la viande, ils ont pu fournir le carburant indispensable au développement de sa boîte crânienne.

Source d'aliments, les espèces domestiquées ont favorisé les traits génétiques et culturels qui nous permettent de mieux les digérer, comme les gènes aidant à hydrolyser l'amidon des céréales. Ainsi, une étude récente montre que les humains possèdent jusqu'à 15 copies du gène codant pour la synthèse de l'amylase (l'enzyme indispensable à la digestion de l'amidon), alors que les chimpanzés n'en possèdent en moyenne que deux. Les duplications géniques successives du gène ancestral de l'amylase à l'origine de cette famille multigénique, se seraient produites assez récemment, probablement en liaison avec le développement de l'agriculture il y a 10 000 ans. Parce qu'elle devait conférer un avantage adaptatif, la possession de multiples copies du gène de l'amylase s'est répandue dans les populations humaines (voir exercices).

# Je me perfectionne

## (1) Les foyers de l'agriculture

On recense actuellement trois centres primaires pour les plantes cultivées (Fig. 10).

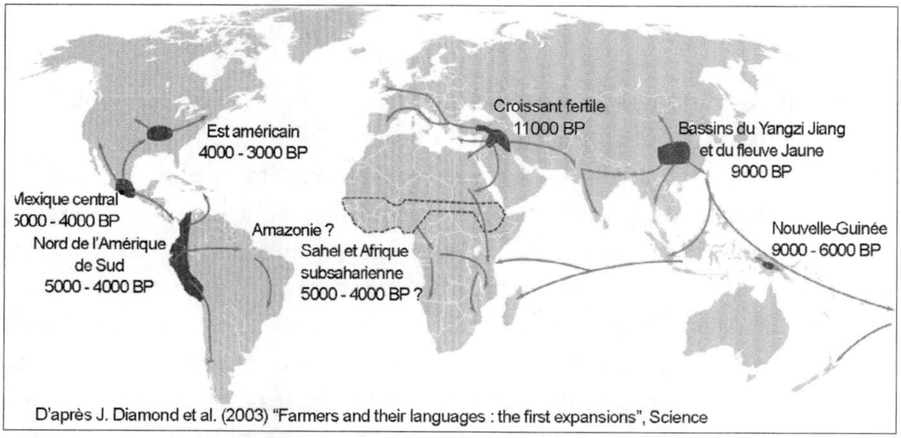


Figure 10. Les foyers d'apparition de l'agriculture.

Le Proche-Orient avec le fameux **Croissant fertile** est probablement la première région où l'agriculture apparaît il y a plus de 10 000 ans dans sa partie ouest qui comporte la vallée du Jourdain et le sud-est de la Turquie. Il s'agissait de plantes céréales dont on récolte les graines annuellement : le blé (engrain, amidonnier), l'orge et des légumes secs comme les pois chiches, les pois et les lentilles.
Le deuxième centre primaire est la **Méso-Amérique** (sud du Mexique et nord du Guatemala). Les premières plantes domestiquées sont sans doute les piments et les courges. Le millet (disparu depuis) y a précédé le maïs, apparu vers –5 000.
Le troisième centre primaire est la **Chine**, notamment dans le nord où poussent encore le millet et le soja. Le riz apparaît plus tard, vers –6 000 ou –5000, lorsque la civilisation des Hans se répand vers le sud. (On note cependant que du riz cultivé daté de plus de 15 000 ans aurait été découvert en Corée).
L'agriculture apparaît également de manière indépendante dans le Sahel, en Amérique du Sud et en Nouvelle-Guinée (Fig. 11).

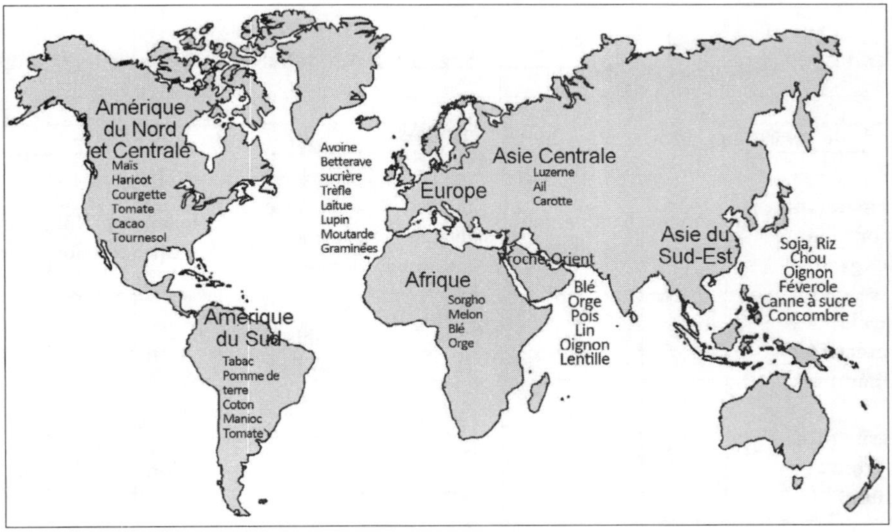


Figure 11. L'apparition de l'agriculture.

### (2) Histoire évolutive du blé

Il y a 12 000 ans, dans un contexte de réchauffement climatique, certains groupes humains se sédentarisent au Moyen-Orient, en Amérique centrale, en Chine, en Indonésie... et commencent à cultiver des céréales.

Les variétés originelles de blé ont des épis qui à maturité se fragmentent et dont les graines tombent au sol (ressèmage naturel), ce qui rend difficile la récolte ; après 1 000 ans de culture, des variétés mutantes apparaissent dont l'épi ne se fragmente plus : la récolte est plus facile, mais ces plantes doivent être ressemées. Il y a donc eu **domestication** de plantes naturelles par l'Homme, celles-ci devenant incapables de survivre en dehors des champs.

Les blés sélectionnés ont continué d'évoluer grâce à des innovations génétiques spontanées. Ainsi, l'hybridation de **l'amidonnier cultivé**, (lui-même résultat d'une hybridation) et d'une **égilope** (céréale sauvage) a donné naissance il y a 8 500 ans environ, à un blé hexaploïde dont la farine à la propriété d'être panifiable (elle permet de fabriquer du pain). Ce blé « tendre » a connu un essor remarquable alors que le blé « dur » est toujours cultivé pour produire de la semoule.

- Quelques caractéristiques de plantes de la famille du blé

| Caryotype | Égilope de Sears | Égilope de Taush | Engrain | Amidonnier | Blé dur | Blé tendre |
|---|---|---|---|---|---|---|
| **Mode de vie** | 2n = 14 | 2n = 14 | 2n = 14 | 4n = 14 + 14 | 4n = 14 + 14 | 6n = 14 + 14 + 14 |
| **Dispersion spontanée des grains** | Uniquement sauvage | Uniquement sauvage | Formes sauvages et domestiques | Formes sauvages et domestiques | Uniquement domestique | Uniquement domestique |
| **Enveloppes protectrices adhérentes** | Oui | Oui | Oui | Faible et tardive | Non | Non |
| **Résistance au froid et à l'humidité** | Oui | Oui | Oui | Oui | Non | Non |
| **Rendements** | Très faibles | Très faibles | Faibles | Faibles | Élevés | Élevés |
| **Utilisation alimentaire** | Non | Non | Pâtes non levées | Semoules, pâtes non levées | Semoules, pâtes non levées | Pâtes levées (pain) |

### (3) Les biotechnologies permettent de créer rapidement des lignées pures

Le sélectionneur effectue un croisement entre deux lignées parentales présentant des caractéristiques intéressantes et complémentaires. Ce croisement produira la génération F1. Ce sont les plantes mères pour l'obtention de la phase haploïde. À partir des organes porteurs des cellules reproductrices, appelés **gamétophyte** mâle ou femelle, on prélève des cellules haploïdes. Par traitement enzymatique, on digère la paroi de ces cellules pour obtenir des protoplastes chez lesquels on induit un doublement chromosomique grâce à la colchicine. Ces cellules « double-haploïde » seront utilisées pour régénérer des plantes entières qui seront homozygotes pour l'ensemble de leurs gènes et constitueront donc immédiatement des lignées pures (Fig. 12).

Cette technique est communément utilisée chez l'orge, le blé, le riz, le melon, le poivron, le tabac.

**Le gamétophyte :** c'est un individu haploïde (ne possédant que n chromosomes) qui produit les gamètes de la plante. Chez les Angiospermes, plantes à fleur, le gamétophyte femelle est le sac embryonnaire, qui contient l'oosphère (gamète femelle) et le gamétophyte mâle est réduit au grain de pollen, structure bi- ou tri-cellulaire donnant des gamètes mâles.

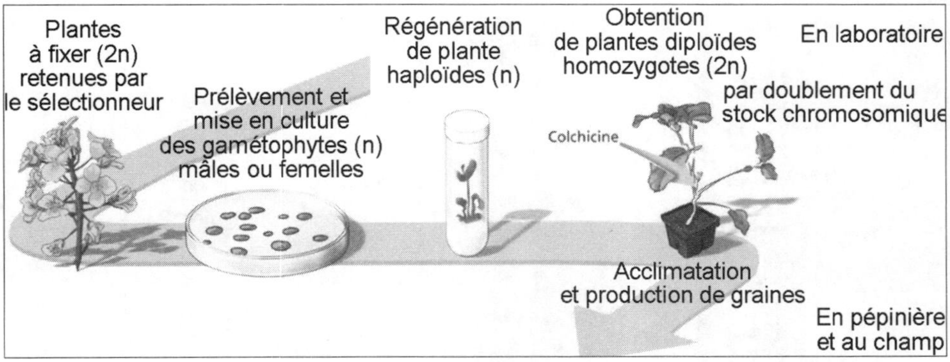


Figure 12. Obtention rapide de variétés homozygotes (lignées pures).

## (4) Utilisation de marqueurs moléculaires

Les enzymes de restrictions découpent l'ADN chaque fois qu'elles rencontrent une séquence particulière de quelques nucléotides. On appelle site de restriction le site de coupure ; il est spécifique à chaque enzyme de restriction. Soit n le nombre de site de restriction présent dans un ADN (pour une enzyme de restriction donnée), alors cette enzyme découpera l'ADN en n+1 fragments dont la longueur ne dépendra que du nombre de nucléotides séparant deux sites de restriction successifs. Il est possible de séparer ces fragments par électrophorèse. Après coloration on obtient une sorte de code-barres caractéristique d'un ADN particulier. Chaque barre ou « bande » correspond à un fragment d'ADN d'une longueur particulière.

Dans certains cas, il est possible d'associer à la présence d'une bande particulière, la présence dans le génome d'un allèle particulier. La présence (ou l'absence) de cette barre permet donc de déterminer le génotype de la plante relatif à cet allèle.

• **Étude d'un exemple : on croise une variété de tournesol sensible au mildiou [S] et une variété résistante à cette maladie [R].**

- On peut trier parmi les plantules issues de ce croisement celle qui seront résistantes au mildiou et portent donc le gène de résistance au mildiou, mais cela prendra plusieurs mois.
- On compare directement leur génotype en utilisant un marqueur moléculaire spécifique du gène de résistance (ici le fragment 1 caractérise l'allèle de sensibilité au mildiou, alors que les fragments 2 et 3 sont indépendants de ce caractère). On identifie immédiatement parmi les descendants, ceux qui sont porteurs de l'allèle de résistance au mildiou (Fig. 13).

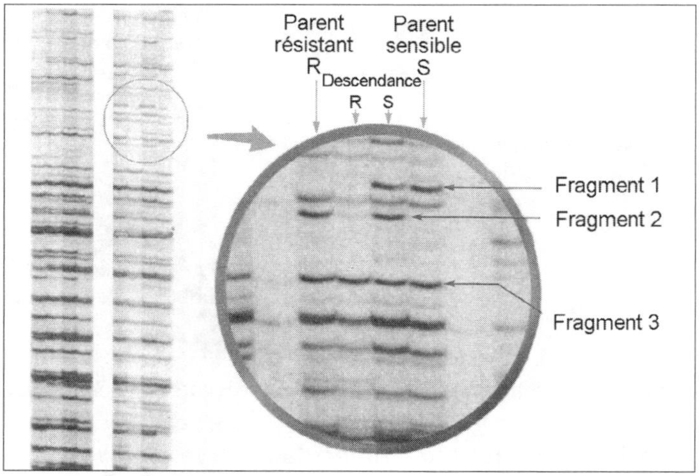


Figure 13. Utilisation de marqueurs moléculaires.

### (5) Les biotechnologies surnommées Terminator

Les technologies surnommées **Terminator** sont des technologies utilisées pour rendre les plantes génétiquement modifiées stériles. Ces technologies permettent de stopper la dissémination des plantes dans la nature. Elle permet aussi d'empêcher l'utilisation des graines obtenues pour une nouvelle semence (semences de ferme). Ces gènes n'ont pas été intégrés dans des variétés commerciales.

L'intérêt et la justification théorique de cette technologie seraient d'éviter que les transgènes ne se répandent dans l'environnement.

Le concept Terminator désigne une technique visant l'introduction d'un transgène (gène exogène tueur) qui bloque le développement du germe d'un grain : la plante se développe normalement et donne une récolte normale, cependant les **grains** produits sont **stériles**.

La technologie Terminator (Fig. 14) fait intervenir trois gènes et un inducteur chimique :

– Le **gène 1** est un **gène répresseur** codant pour une protéine régulatrice qui se fixe sur un site opérateur en amont des gènes de structure et inhibe leur transcription. La **protéine régulatrice du gène 1** (répresseur) se fixe sur le site de fixation (binding site du gène 2).
– Le **gène 2** ou **gène de l'enzyme recombinase** est placé sous le contrôle d'un promoteur. Le site de fixation du répresseur est localisé entre le promoteur et le gène de la recombinase. Le gène 2 produit une **enzyme de restriction** (recombinase) qui coupe et élimine l'ADN Blocker du gène 3.
– Le **gène 3** ou **gène de la toxine létale pour l'embryon** est sous le contrôle d'un promoteur tardif qui est activé seulement durant le développement de la graine, pendant la croissance de l'embryon. L'ADN Blocker est localisé entre le promoteur tardif (**late promoter**) et le gène 3. L'excision de L'ADN

Blocker par la recombinase favorise, la transcription et l'expression du gène de la toxine létale. Une toxine, ainsi produite, tue l'embryon et rend stériles les nouvelles semences.

– Afin d'activer les gènes 2 (recombinase) et le gène 3 (toxine), un **inducteur chimique (tétracycline**, par exemple) est répandu sur les semis par les compagnies de semences comme Monsanto et Syngeta. Une fois ces gènes activés dans les semences, la plante se développe normalement et donne une récolte normale, cependant les **grains** produits sont **stériles.**

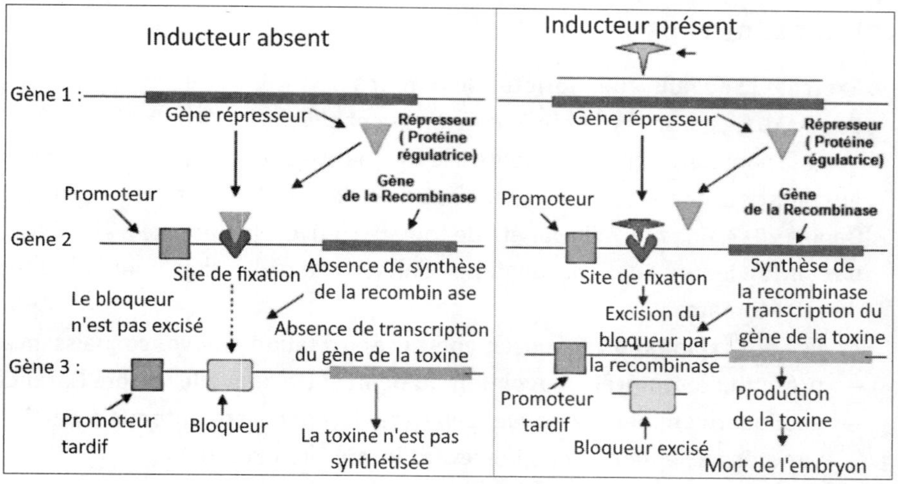


Figure 14. L'activation du gène Terminator.

Étapes d'activation du gène Terminator dans les semences vendues aux agriculteurs :
1/ Introduction de l'inducteur (par exemple de la **tétracycline**) dans les semences.
2/ L'inducteur bloque le binding site au niveau du gène 2 (recombinase) et empêche la fixation du répresseur.
3/ L'ARN polymérase se lie au promoteur et commence la transcription du gène de la recombinase (isomérase) en ARN d'où synthèse de l'enzyme recombinase.
4/ La recombinase taille et coupe la séquence bloqueur.
5/ L'ARN polymérase se lie au promoteur tardif et transcrit le gène de la toxine. Il en résulte la synthèse de la toxine qui tue les embryons des graines avant les récoltes.

# Je m'exerce et je fais la différence

## Entraînement

### Exercice 1 : de nouvelles variétés de tomates

*Bac S, 2016, Émirats Arabes Unis, enseignement obligatoire (5 points)*

Après la pomme de terre, la tomate est le légume le plus consommé dans le monde. Au cours de la domestication, des milliers de variétés différentes ont été produites. Depuis 2013, une nouvelle variété de tomate cultivée, la Garance a été obtenue par l'INRA. Il aura fallu une vingtaine d'années de recherches pour l'obtention de cette tomate.

**À l'aide de l'exploitation des documents mise en relation avec vos connaissances :**

- **présenter les intérêts d'avoir mis au point cette nouvelle variété Garance,**
- **expliquer comment la nouvelle variété Garance a été obtenue à partir de variétés anciennes, tout en recevant le label « sans OGM* ».**

*Organisme génétiquement modifié.

---

Document 1 : **quelques critères de variétés de tomates cultivées**

**Document 1a** *Comparaison de quelques critères agronomiques entre 3 variétés de tomates cultivées*

| Variétés | Nombre de résistances aux nuisibles | % de tomates déclassées | Aspect esthétique (note sur 10) | Qualité gustative (note sur 10) |
|---|---|---|---|---|
| DCC84 (tomate Cœur de bœuf rouge) | 3 | 5,8 | 8 | 6,0 |
| Garance (tomate ronde rouge) | 8 | 0,5 | 7,8 | 6,5 |
| DN 75 (tomate ronde noire) | 4 | 2,1 | 7,5 | 6,5 |

* Une tomate qui présente des défauts est dite « déclassée ».

*D'après C. Mazolier, Tomate en Agriculture Biologique : variétés de type ancien en tunnel froid. 2010*

Des études ont révélé que les consommateurs préfèrent, esthétiquement, des tomates de gros calibres et de couleur rouge vif.

**Document 1b** *Teneurs (moyennes) des tomates de la variété Garance, en différentes substances par rapport à une tomate standard*

| | |
|---|---|
| Lycopène | + 65 % |
| Vitamine C | + 90 % |
| Sucres | + 32 % |

*D'après INRA, 2010*

Document 2 : **nature et propriétés physiologiques du lycopène et de la vitamine C**

La vitamine C participe à la synthèse des globules rouges et contribue au bon fonctionnement du système immunitaire. Il est recommandé d'en consommer quotidiennement entre 75 et 90 mg.

Le lycopène est un pigment rouge vif dont la consommation régulière réduit le risque de souffrir d'une maladie cardio-vasculaire, du diabète ou encore de l'ostéoporose, et aurait un effet protecteur contre certains cancers.

Document 3 : **l'obtention de nouvelles variétés végétales par croisement**

La fleur de tomate est capable de s'autoféconder, c'est-à-dire que son pollen peut venir féconder ses propres ovules.

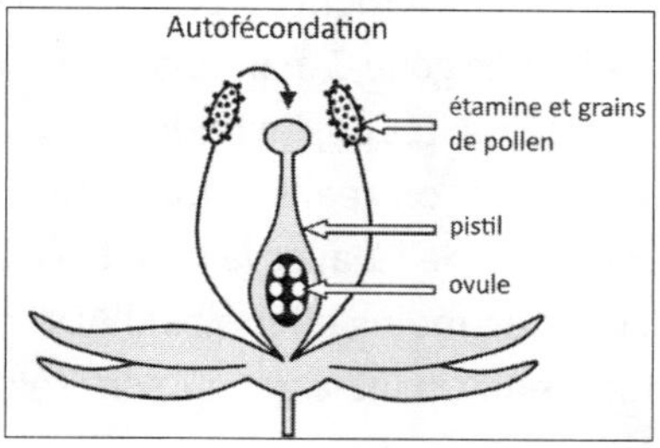


Figure 15. Autofécondation.

Pour forcer deux variétés, A et B, à se croiser, il est donc nécessaire de retirer les étamines de la plante qui sera utilisée comme femelle et d'apporter le pollen de la plante utilisée comme mâle.

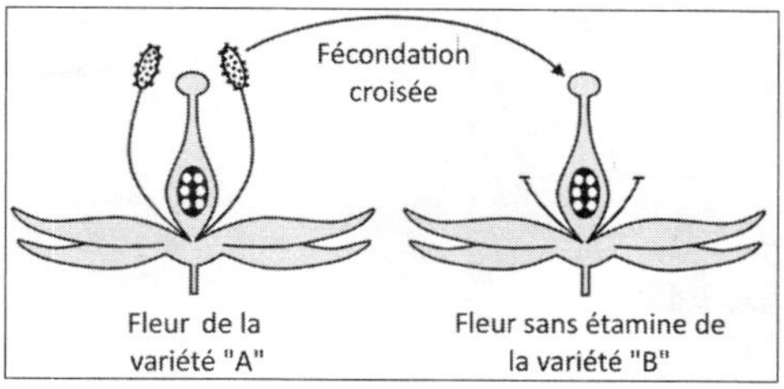


Figure 16. Fécondation croisée.

## Document 4: caractéristiques d'une variété de tomate sauvage

| Variété | Couleur | Taille du fruit | Qualités |
|---|---|---|---|
| *Solanum cheesmanii* | jaune-orange | 1 à 2 cm | – multiples résistances<br>– richesse en sucres |

*D'après S. D. Tanksley, The Plant Cell, 2004*

## Document 5: la sélection de variété végétale par rétrocroisement

**Document 5a** *le brassage intra-chromosomique ou crossing-over*

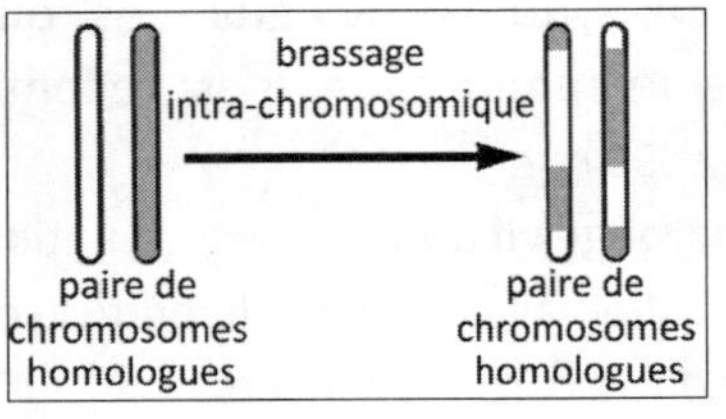


Figure 17. Le brassage intra-chromosomique ou crossing-over.

**Document 5b** *le principe de la sélection par rétrocroisements*

Soit une variété M de faible intérêt agronomique qui possède dans son génome, un gène Z codant un caractère que l'on souhaite transférer à une autre variété cultivée N présentant de nombreux caractères agronomiques intéressants (liés au fruit : forme, fermeté, couleur, taille…). Par le croisement de ces 2 variétés, on obtient un hybride F1 dont le génome renferme bien le gène Z mais aussi la moitié de l'ADN de la variété M, ce qui diminue beaucoup les qualités de l'hybride F1.

Afin de remédier à ce phénomène, on réalise alors une série de rétrocroisements lesquels consistent à croiser l'hybride F1 avec la variété N. Les hybrides (F2, F3, etc.) qui se forment ainsi possèdent de moins en moins d'ADN de la variété M. À chaque génération, seuls les hybrides renfermant le gène Z sont sélectionnés.

**Document 5c** *schéma décrivant le principe de la sélection par rétrocroisements*

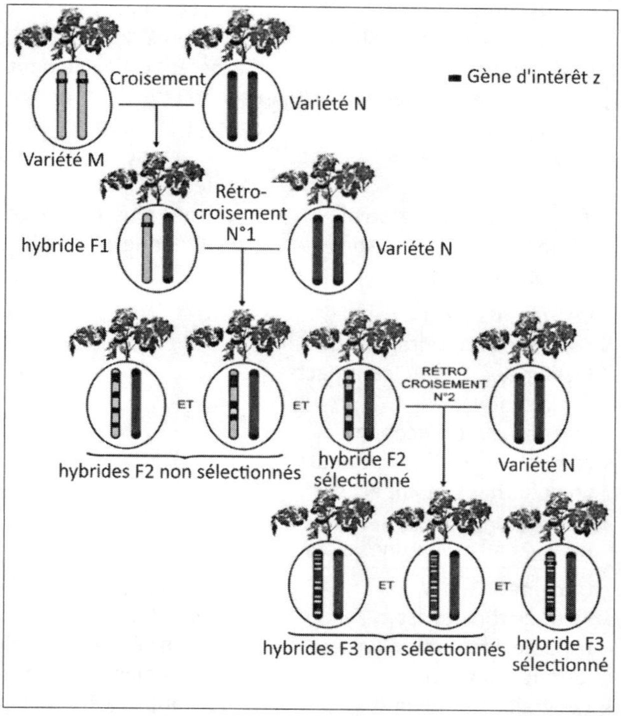


Figure 18. Schéma décrivant le principe de la sélection par rétrocroisements.

## Correction

### Exercice 1

| | Informations tirées des documents | Informations tirées des connaissances ou déduites de l'analyse des documents |
|---|---|---|
| **Introduction :** À l'aide de l'exploitation des documents mise en relation avec mes connaissances nous présenterons les intérêts d'avoir mis au point cette nouvelle variété Garance, et expliquerons comment la nouvelle variété Garance a été obtenue à partir de variétés anciennes, et pourquoi elle peut recevoir le label « sans OGM ». | | |

| | | |
|---|---|---|
| **Intérêts de Garance** | **Document 1**<br>Avantages de Garance :<br>– visiblement très résistante aux nuisibles<br>– peu de tomates déclassées (= peu de défauts)<br>– très bonne note sur l'aspect esthétique<br>– bonne qualité gustative<br>– tomate rouge, prisée des consommateurs | La bonne résistance aux nuisibles permet de limiter les coûts de traitements ; le faible % de tomates déclassées est également avantageux économiquement ; pour les autres aspects, la garance a des résultats sensiblement équivalents aux autres variétés<br>Il est donc plus intéressant pour un agriculteur de cultiver la Garance |
| | **Documents 1b et 2**<br>Forte teneur en vitamine c (et voir Doc. 2 pour les impacts sur la santé)<br>Forte teneur en lycopène (aspect rouge vif de la tomate, voir plus haut, et impact sur la santé<br>Prélever au moins une valeur | |
| **Comment Garance a été obtenue** | **Document 3**<br>Fleur de tomate est capable de s'autopolliniser (autofécondation)<br>Les grains de pollen (contenant les gamètes mâles) peuvent atteindre le stigmate du pistil, et germer jusqu'aux nombreux ovules | Pour obtenir Garance, il faut croiser deux variétés différentes de tomates.<br>Il faut donc éviter l'autofécondation en coupant les étamines d'une fleur, ce qui l'oblige à être pollinisée par une autre fleur d'une autre variété (elle ne se comporte finalement que comme un pied femelle) |
| | **Document 4**<br>La variété de tomate *Solanum cheesmanii* possède certains caractères intéressants (multiples résistances et la richesse en sucre), mais ses fruits sont très petits | Les multiples résistances et la richesse en sucre sont des caractères que l'Homme peut sélectionner pour chercher à les introduire dans sa nouvelle variété Garance). Par contre, il doit éviter de transférer en même temps le caractère « petite taille des fruits » |

| | | |
|---|---|---|
| **Comment Garance a été obtenue (suite)** | **Document 5**<br>Le **doc. 5a** montre l'existence d'un brassage intrachromosomique ayant pour origine des crossing-overs.<br>Le **doc. 5b** présente la sélection par rétrocroisement. Pour obtenir une nouvelle variété associant les multiples avantages d'une variété et le seul allèle d'intérêt d'une autre, il est nécessaire de procéder à plusieurs générations de rétrocroisements et de sélections. | Les crossing-over permettent d'obtenir de nouvelles combinaisons d'allèles d'origine paternelle et maternelle sur une même chromatide.<br>Au cours des rétrocroisements successifs, seuls les plants F1 présentant les caractères intéressants sont utilisés (sélection positive sur certains caractères et négatives sur d'autres) ; ainsi les allèles non-intéressants sont progressivement éliminés, alors que les intéressants, donc l'allèle Z, sont conservés.<br>Au bout de n générations, on a gardé l'intégralité des caractères de N, et supprimé la presque totalité des ceux de M, sauf le caractère lié à l'expression de l'allèle Z.<br>On a introduit dans le génome de la variété N un allèle provenant d'une autre variété de tomate, sans utiliser les outils permettant d'obtenir des OGM, c'est donc une tomate non OGM. |

**Synthèse :** la Garance présente une bonne résistance aux nuisibles, un faible % de tomates déclassées, et, pour les autres aspects, a des résultats sensiblement équivalents aux autres variétés. Il est donc économiquement plus intéressant pour un agriculteur de cultiver la Garance. La garance a été obtenu en procédant par des rétrocroisements successifs de l'hybride entre *Solanum cheesmanii* et la variété N, en n'utilisant comme parent à chaque génération, que les individus F1 présentant les caractères intéressants (sélection positive sur les caractères résistances aux nuisibles, qualité esthétique et gustative, % de tomates déclassées et taille importante des fruits) ; ainsi les allèles non-intéressants sont progressivement éliminés, alors que les intéressants, donc l'allèle Z, sont conservés.
On a réussi de la sorte, à introduire dans le génome de la variété N, un allèle provenant d'une autre variété de tomate, et ce, sans utiliser les outils permettant d'obtenir des OGM, c'est donc une tomate non OGM.

Chapitre D-1

# Reconstituer et comprendre les variations climatiques passées

# Je révise et je me perfectionne

Le **climat** est l'ensemble des états de l'atmosphère (température, vents, précipitations, ensoleillement, humidité, etc.) en un lieu donné ou sur le globe tout entier, et sur une période donnée.

Il convient de rappeler la distinction entre climatologie et météorologie :

La **climatologie** est la science des climats. Elle a pour objet, la reconstitution de l'histoire climatique du globe, la recherche de ses causes et la prévision des grandes évolutions à venir.

La **météorologie** est la science du climat appliquée à la prévision du temps.

L'idée que les climats puissent évoluer émerge au XVIIIe siècle suite à différentes observations faites par des paléontologues, géologues et autres naturalistes, comme par exemple la présence de fossiles d'animaux de climat chaud tels les éléphants et les rhinocéros, en Europe et au Canada ou encore l'observation de blocs erratiques (voir Fig. 10) transportés et déposés par de gigantesques glaciers.

Par ce qu'elles ont une action sur la morphologie des paysages, sur la nature et le mode de dépôt de sédiments, sur la nature des roches ou des sol formés, sur la composition isotopique et gazeuse des glaces, sur la répartition de la faune et de la flore, les variations climatiques passées ont laissé de nombreux indices. L'étude de ces indices permet de mettre en évidence l'existence de variations climatiques passées.

## I. Des indices révélant des variations climatiques passées

### I-1. Des éléments de paysage caractéristiques

Les glaciers sont des agents d'érosion, de transport et de sédimentation qui façonnent les vallées (Fig. 1) et laissent après leur disparition, de nombreuses traces de leur passage. La présence d'un glacier, aujourd'hui disparu, est révélée.

- **Par la forme en U de la vallée affluente, avec ses flancs en « auge » et ses épaulements (Fig. 1)**

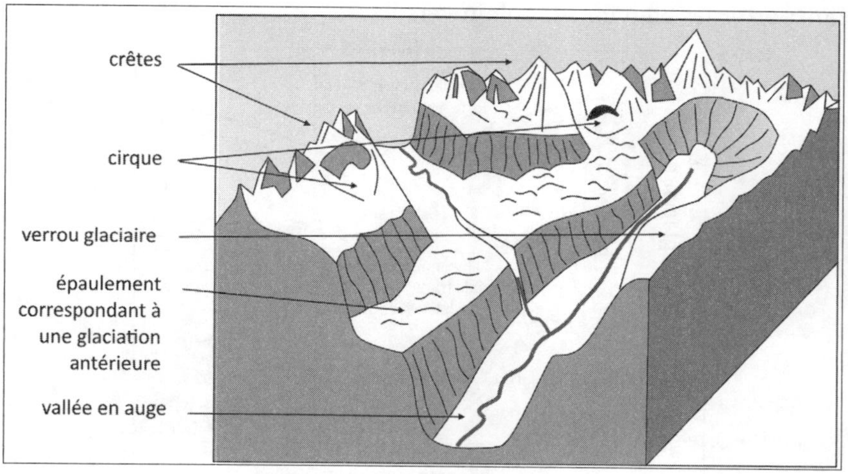


Figure 1. Bloc-diagramme d'une vallée glaciaire.

- **Par la présence de lacs de cirque (Fig. 2)**

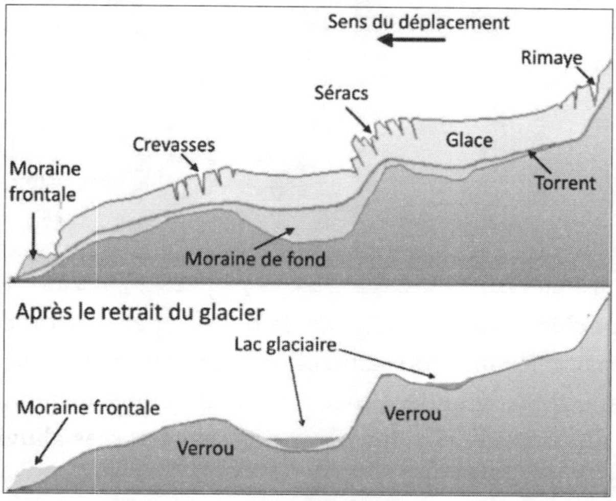


Figure 2. Fonte du glacier et formation de lacs glaciaires.

- **Par l'existence de terrasses fluvioglaciaires (Fig. 3)**

Une période de glaciation débute par un épisode climatique humide car des précipitations abondantes sont nécessaires à une croissance rapide des glaciers. **Pendant la glaciation**, l'eau est piégée sous forme de glaces continentales : le niveau marin s'abaisse et le climat devient froid et aride. Le faible développement du couvert végétal expose les versants à l'érosion. Les cours d'eau sont soumis à d'importantes variations de débit saisonnières : les débâcles printanières génèrent un alluvionnement important que le débit de la rivière ne permet pas toujours de transporter les alluvions très loin vers l'aval.

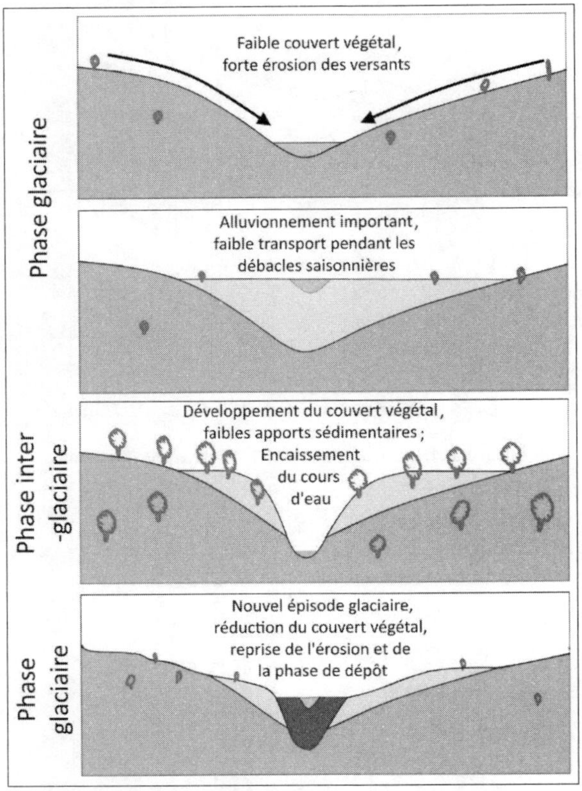


Figure 3. Processus de formation des terrasses fluvioglaciaires.

**Pendant les périodes interglaciaires**, le développement du couvert végétal protège les versants : les apports sédimentaires sont plus faibles mais la dynamique des cours d'eau est plus grande. L'incision des alluvions anciennes aboutit à un encaissement du cours d'eau dont les anciennes terrasses alluviales dominent les alluvions en cours de dépôt.

La succession de périodes d'érosion (ablation de matière > sédimentation) pendant les périodes interglaciaires, et de phases de sédimentation (sédimentation > ablation) lors des glaciations, est à l'origine de ces terrasses étagées ou emboîtées (Fig. 4).

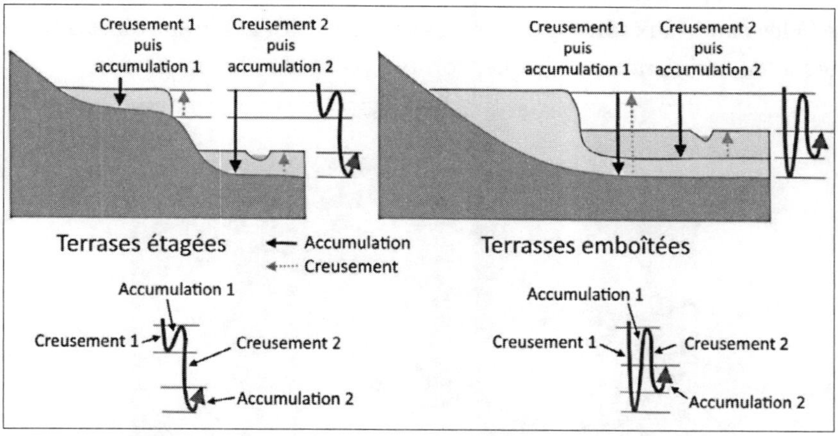


Figure 4. Formation des terrasses étagées et emboîtées.

(1) L'étude des terrasses fluviatiles glaciaires a permis de mettre en évidence dans les alpes, l'existence d'une succession de phases glaciaires

## I-2. Des sédiments et roches caractéristiques

Aujourd'hui, la nature des sédiments, et donc la nature des roches sédimentaires qui en résulte, varie considérablement en fonction du climat. En transférant aux périodes passées nos connaissances sur la formation à notre époque, des roches sédimentaires (**principe d'actualisme**), on peut reconstituer les paléoclimats à de grandes échelles de temps.

### *I-2.1. Indices des périodes glaciaires*

- **Les dépôts glaciaires**

Les glaciers abandonnent de grandes quantités de matériaux à leur base, sur leur bordure et à leur front. Ces matériaux constituent les moraines (Fig. 5).

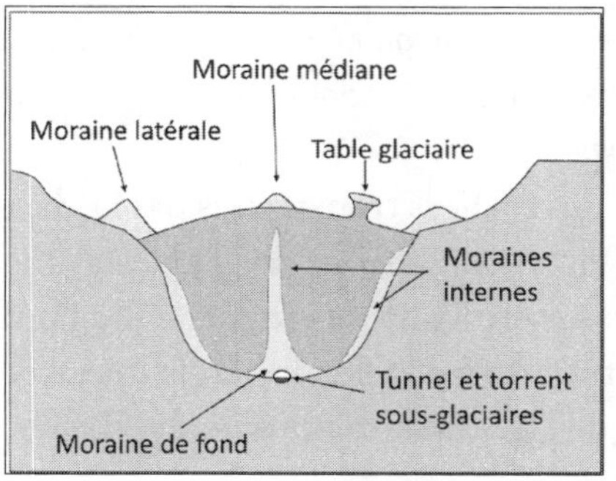


Figure 5. Coupe transversale d'une vallée glaciaire montrant la localisation des différentes moraines.

La caractéristique principale d'une moraine est un classement granulométrique faible (= les matériaux sont de tailles très variables, de l'argile aux blocs de plusieurs tonnes et de forme non sphérique, comme visible sur la Fig. 6).

Figure 6. Moraine du Boulou (commune française située dans le département des Pyrénées-Orientales, en région Occitanie).

Si le glacier se stabilise à la même cote pendant quelques années, les dépôts s'accumulent :

- En rive droite et en rive gauche jusqu'à former de longues crêtes parallèles : ce sont les **moraines latérales** (Fig. 7).

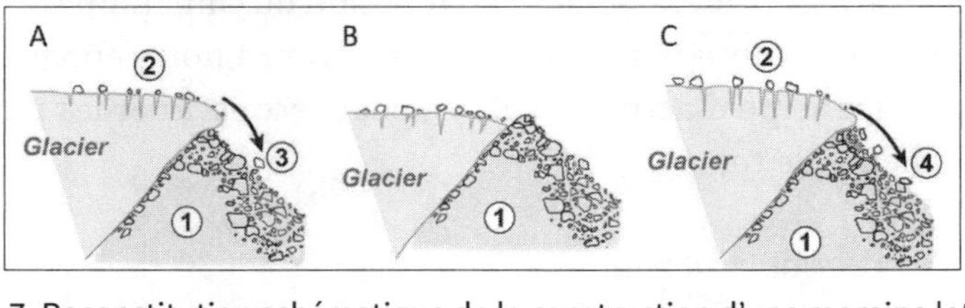


Figure 7. Reconstitution schématique de la construction d'une moraine latérale.

*A. Lors de l'avancée du glacier les débris de surface (2) sont rejetés (3) sur les flancs de la moraine (1).*

*B. La glace fond en été, le glacier ne domine plus la moraine.*

*C. Au cours de l'hiver suivant, le glacier reprend du volume et les débris de surface (2) entraînés par les eaux de fonte sont rejetés au printemps (4) sur les flancs de la moraine (1), d'où l'exhaussement de la moraine.*

- Au front du glacier, les rochers transportés par la glace tombent et forme une moraine frontale (Fig. 8). Si le front de la glace avance à nouveau, les débris glaciaires sont poussés en avant, à la manière d'un bulldozer. Lors de la fonte de la glace et du retrait du front du glacier, la moraine est laissée en place, de sorte **qu'elle marque l'avancée maximale du glacier**.

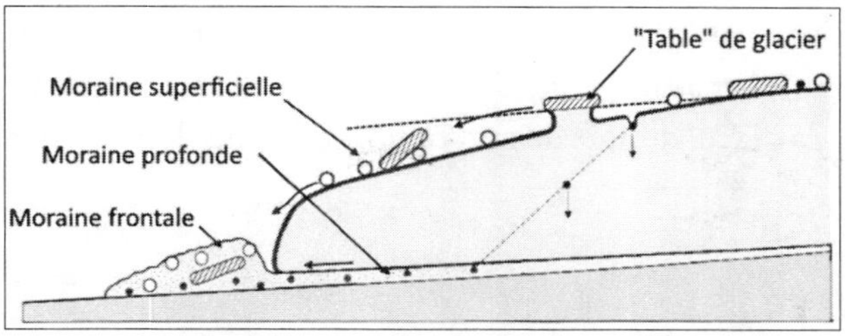


Figure 8. Formation d'une moraine frontale.

La récession abandonne des moraines frontales généralement en forme de croissant. Leur profil transversal oppose un versant interne en pente raide développée par un éboulement lors de la fusion de la glace, et un versant externe en pente douce formant un croissant convexe vers l'aval (Fig. 9).

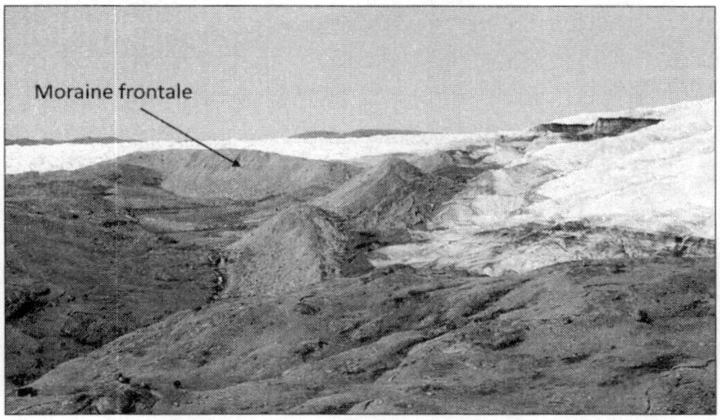


Figure 9. Glacier Isunnguata Sermia avec moraine frontale sur la partie centrale de l'image au nord-est de Kangerlussuaq, Groenland (https://commons.wikimedia.org/wiki/File:Isunnguata_Sermia_in_summer_2010_(4).jpg).

– Blocs et débris accumulés à la surface du glacier **forme la moraine superficielle**. Les blocs erratiques sont les plus gros d'entre eux. Ces roches isolées, parfois très grosses, sont « déposées », lors de la fonte de la glace assurant leur transport, sur un sol de composition différente, ce qui prouve qu'elles ont été transportées lors de l'avance d'un glacier (Fig. 10).

Figure 10. À gauche*: table glaciaire à deux pieds* dans le glacier du Mont-Blanc (http://www.geologie-montblanc.fr/Formes.html) ; à droite : bloc erratique de Saint-Fons, Rhône, France (@ Tusco).

– À la base du glacier, des blocs et galets striés, fortement compactés par le poids du glacier forment la **moraine de fond** ; celle-ci repose sur une surface polie et striée (Fig. 11) par le ripage des blocs de la moraine et de l'intense érosion exercée par la glace, du fait de son poids et de son déplacement par gravité.

Figure 11. Stries glaciaires dans le parc national du Mont Rainier (Wikipédia).

- **Les dépôts périglaciaires**

Ces dépôts peuvent être remaniés par les eaux qui sortent du glacier durant sa fonte puis déposés : ce sont les sédiments fluvio-glaciaires et glacio-marins.
Les formations périglaciaires sont distinguées en fonction du milieu de sédimentation : fluvial, lacustre ou marin.
**Alluvions fluvio-glaciaires** : formé à partir d'un torrent glaciaire qui construit une plaine alluviale. Les éléments transportés ne sont ni usés ni arrondis car le temps de transport est très court. De plus les sédiments présentent parfois des figures de basculement de couches, des failles, des plis consécutifs de leur dépôt sur de la glace qui fondera.
**Les tillites ou tills** sont des roches sédimentaires formées par compaction d'un dépôt fluvio-glaciaire ancien (sédiments continentaux contenant des matériaux entraînés par des glaciers) ou d'un dépôt morainique c'est-à-dire l'accumulation de débris de roches qui sont entraînés puis abandonnés par les glaciers.

- **Dépôts glacio-marins**

Les IRD (Ice-Rafted Detritus, terme donné par le géologue H. Heinrich) sont des débris rocheux de tailles diverses, arrachés par les glaciers continentaux et les calottes glaciaires à leur substratum. Si le glacier se déverse ensuite dans un océan, les icebergs qui en résultent vont transporter avec eux ces fragments détritiques. Ceux-ci ne se déposeront au fond des océans que lorsque l'iceberg se mettra à fondre (Fig. 12). Or, par le jeu des courants marins, une grande distance peut exister entre le glacier et le dépôt de ces IRD (voir sujet Bac, session septembre 2015, métropole).

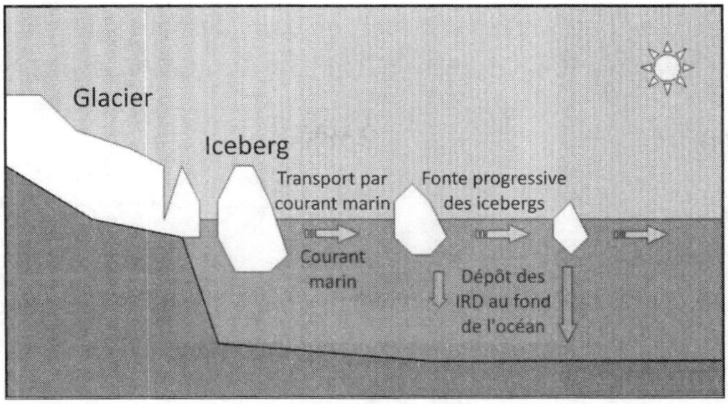


Figure 12. Augmentation des dépôts d'IRD lors des événements d'Heinrich (d'après acces-lyon)

- **Le lœss**

Le lœss est un limon éolien (qui s'est déposé par l'action du vent). En Europe, le lœss s'est formé **pendant les périodes glaciaires** de l'ère quaternaire. Pendant ces périodes, des vents violents arrachaient de fines particules argilo-calcaires en passant près des inlandsis, les vastes calottes glaciaires. Ces poussières se déposaient ensuite dans des régions plus abritées ou sans végétation (Fig. 13). Les particules qui forment le lœss ont une taille comprise entre 0,002 et 0,05 mm. Le lœss donne un sol meuble, beige à jaunâtre. Lorsque la partie supérieure du lœss se décalcifie à cause du passage d'eaux d'infiltration, on obtient une argile jaune ou rougeâtre : le loehm ou lehm. Les terres contenant du lœss sont réputées comme fertiles et donc favorables à l'agriculture.

Figure 13. Dépôts lœssiques presqu'île de Reykjanes (Islande) (photo André Sarra-Bournet).

### *I-2.2. Les indices de climats secs : les évaporites*

Les roches caractéristiques des climats secs sont principalement les **évaporites**. Ce terme désigne des roches d'origine chimique formées par précipitation d'une solution aqueuse (saumure) riche en chlorures et sulfates alcalins ($K^+$, $Na^+$, $Mg^{2+}$,

Cl- et $SO_4^{2-}$). Les évaporites sont des **formations salifères**. C'est généralement dans des lagunes peu, ou pas, reliées à la mer, ou dans des lacs salés ou des sebkhas[3], qu'à la suite d'évaporations intenses a lieu la précipitation de ces sels (Fig. 14).

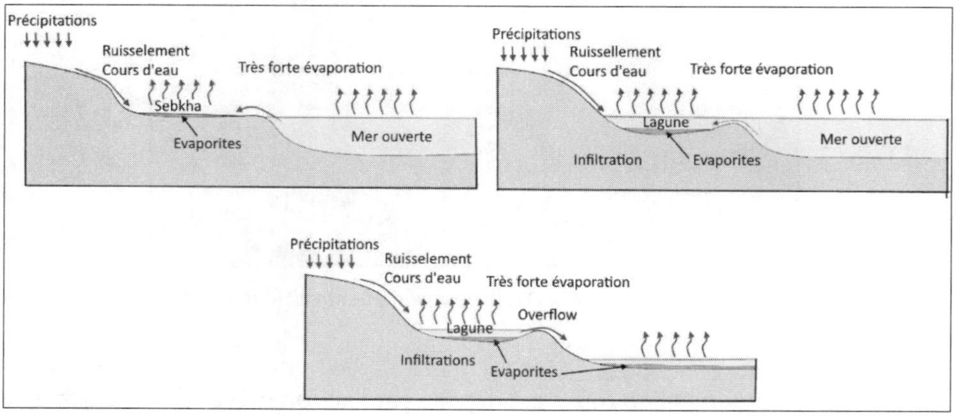


Figure 14. Formation des roches évaporitiques.

Au fur et à mesure de l'évaporation, les sels se concentrent de plus en plus dans la solution et les minéraux précipitent dans l'ordre suivant : le carbonate de calcium, $CaCO_3$ (calcite et aragonite) précipite en premier et se dépose sous forme de cristaux de $CaCO_3$. Avec la poursuite de l'évaporation, la solution devient sursaturée par rapport au $CaSO_4$ hydraté et le gypse précipite (Fig. 15) ; vient ensuite la phase de précipitation du chlorure de sodium (NaCl ou halite, le sel commun) (Fig. 16) et enfin la précipitation du chlorure de potassium (KCl ou sylvite, communément appelée potasse).

Figure 15. Gypse rose des sables (photo J.-L. Cheverry).

3 Les sebkhas (Golfe Persique, nord-ouest de l'Australie) sont de grandes plaines en bordure de mer dont la surface est à peine quelques mètres au-dessus du niveau marin.

Figure 16. Halite (NaCl), Kopalnia soli Wieliczka, Polska (photo Lech Darski).

C'est ainsi que ce sont formés, tout au long des temps géologiques, les grands dépôts de sels. Les évaporites se forment principalement sous un **climat aride/semi-aride** (aujourd'hui entre 10 et 30° de latitude = ceinture tropicale des hautes pressions).

### *I-2.3. Les indices de climats chauds et humides : les latérites, la kaolinite, les roches carbonées*

La **latérite** est une roche rouge ou brune, qui se forme par altération des roches sous les climats tropicaux (Fig. 17).

Une latérite peut se former à partir de n'importe quel type de roche, mais seulement si le **climat est chaud et humide sur une période prolongée**. Aujourd'hui, on trouve des latérites surtout en domaine intertropical. Il se forme autant de types de latérites qu'il y a de roches d'origine. Lors de l'altération, les minéraux les plus instables disparaissent (comme les feldspaths), et les ions les plus solubles s'échappent en solution. Les autres restent sur place en formant de nouvelles roches.

– Dans le cas des roches volcaniques, on obtient après lessivage des **cuirasses latéritiques**, caractérisée par leur couleur rouge (Fig. 17).

Figure 17. Carrière de bauxite à Otrento (photo Luca Conti).

Cette couleur est due à la présence d'oxydes de fer et d'aluminium. Les anciennes cuirasses latéritiques peuvent donner naissance à des gisements de **bauxite** qui est un minerai d'aluminium (Fig. 18).

Figure 18. Bauxite ou minerai permettant la production d'aluminium (http://resourcescommittee.house.gov/subcommittees/emr/usgsweb/photogallery/images).

– Dans le cas des roches plutoniques, surtout le granite, une érosion en milieu chaud et humide donne naissance à une argile blanche, le kaolin, dont le minéral principal est la kaolinite (Fig. 19).

Figure 19. Kaolinite (photo J.-L. Cheverry).

D'un point de vue industriel, le kaolin est la matière première de la porcelaine.

Le **charbon** est une roche carbonée qui résulte de la mise à l'abri de l'air par enfouissement de matière organique végétale provenant de forêts de type tempéré ou équatorial (Fig. 20).

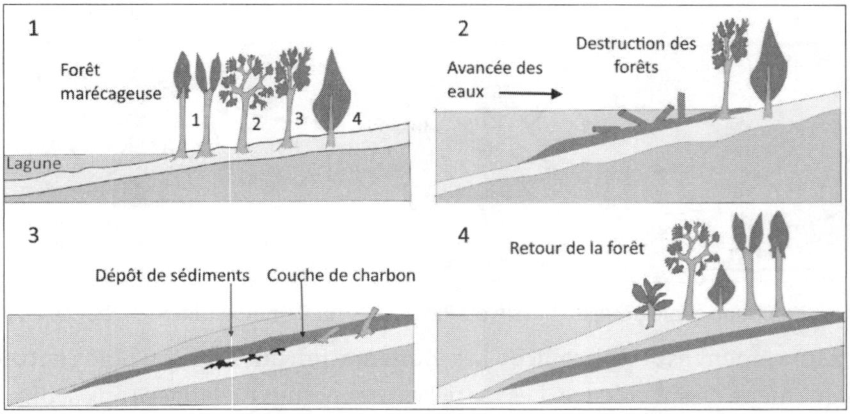


Figure 20. Hypothèse sur la formation des gisements de charbon.

Dans ces roches, il est possible de trouver des vestiges de la flore qui leur a donné naissance (principalement des fougères arborescentes) (Fig. 21).

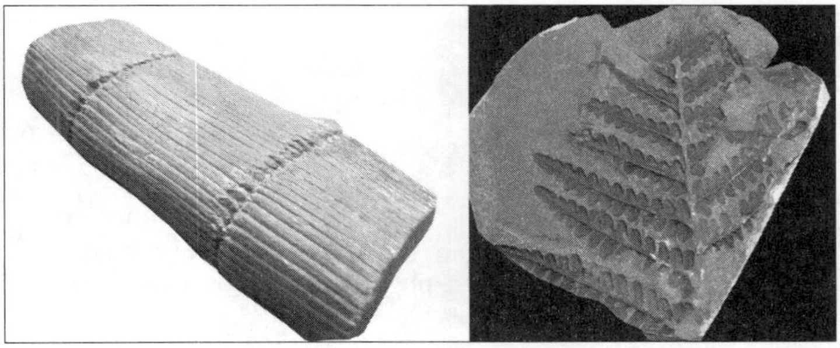

Figure 21. Empreinte de fougères du Carbonifère.

- **Le pétrole**

La formation d'un gisement de pétrole débute par une importante accumulation de matières organiques, surtout végétales. En milieu marin, celle-ci a pour origine l'apport de matière organique par les fleuves et le phytoplancton qui à sa mort se dépose sur le fond océanique. Pour que cette biomasse ne soit pas totalement décomposée, elle doit échapper aux décomposeurs et donc être enfouie au plus vite, notamment sous des sédiments. Les marges passives (plateformes continentales), proches des continents sont donc favorables à cette accumulation (forte productivité primaire, important apport sédimentaire).

Mais la matière organique ne peut se transformer en hydrocarbures qu'après avoir atteint une certaine profondeur. L'enfoncement progressif est rendu possible au niveau des marges passives par la présence de nombreuses failles normales vestiges de leur formation lors de l'ouverture d'un océan. Ce phénomène s'appelle la **subsidence** : sous le poids des sédiments, les blocs s'enfoncent glissant le long de failles normales (Fig. 22).

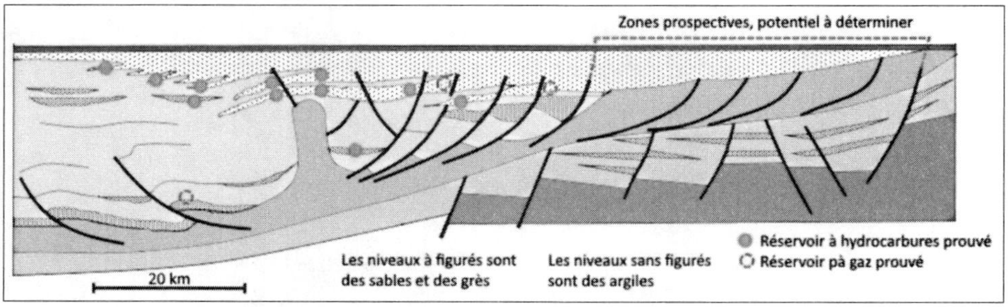


Figure 22. Coupe géologique du bassin du Rio del Rey au Cameron (d'après Ohayon Lucie).

Cet enfoncement est très propice à la sédimentation qui sous son poids entretien ce phénomène de subsidence. Les matières organiques mélangées aux sédiments se transforment en profondeur en hydrocarbures et ces fluides se mélangent à la couche sédimentaire. L'ensemble de ces processus peut durer des centaines voire des millions d'années.

Nous pouvons résumer ces informations sous la forme d'un tableau :

| **Roches sédimentaires** | **Bauxite et latérite** | **Évaporite** | **Pétrole** | **charbon** | **Tillite** |
|---|---|---|---|---|---|
| **Processus de formation** | Altération continentale des roches siliceuses | Précipitation d'une solution sursaturée | Accumulation puis transformation du phytoplancton | Accumulation puis transformation de végétaux continentaux | Accumulation et compaction de produits de l'érosion glaciaire des continents |
| **Conditions de formation** | Climat chaud et humide | | Marge continentale anoxique à forte productivité primaire | Bassin continental subsident à forte productivité primaire | Présence d'une calotte glaciaire ou d'un glacier |
| **Aires climatiques** | | | | | |
| **Polaire** | | | x | | x |
| **Tempéré froid** | | | | x | |
| **Tempéré** | | | x | x | |
| **Aride** | | x | x | | |
| **Tropical** | x | | x | x | |

## II. Des indices géologiques des variations du niveau marin

Les modifications du niveau marin laissent de nombreuses empreintes sur la forme des côtes, la nature et la disposition des dépôts sédimentaires dans l'espace.

## II-1. Les ripple-marks

On appelle ripple-marks (de l'anglais ripple : ride, et mark : marque), les ondulations parallèles qu'on peut observer sur le sable des plages des estrans (parties du littoral inondées lors des marées hautes et exondées lors des marées basses) ou en profondeur dans la mer, les lacs, voire les cours d'eau.

En vertu de l'actualisme (principe selon lequel les lois actuelles de la nature peuvent s'appliquer dans les temps anciens pour expliquer a posteriori l'évolution de la Terre, les mêmes causes produisant les mêmes effets), les processus de formation des ripple-marks actuelles peuvent s'appliquer aux empreintes minérales des ripple-marks engendrées au cours de l'histoire géologique de la Terre, comme ces rides que l'on peut observer sur certaines dalles dont le recouvrement a été dégagé soit accidentellement suite à des travaux, soit naturellement par l'érosion (Fig. 23).

Figure 23. Ripple marks dans la formation rocheuse de Moenkopi (Capitol Reef Scenic) (photo Daniel Mayer).

## II-2. Les terrasses marines

L'océan, par le jeu des vagues et des marées, par l'altération chimique ou biologique, peut soit éroder la côte soit permettre le dépôt de sédiments. Les formes d'érosion côtières sont essentiellement représentées par des plateformes subhorizontales d'abrasion, présentes en avant des falaises côtières. Si la côte considérée se soulève (tectonique, rebond glaciaire), ces morphologies vont être fossilisées en position émergée : on parle alors de terrasse marine. Les dépôts de plage sont quant à eux, des accumulations hétérogènes de galets, sables et coquilles, ou encore les récifs coralliens.

Le niveau de la mer fluctue au rythme des variations climatiques. En période glaciaire, froide, une partie de l'eau de mer est transférée dans les calottes glaciaires et le niveau de la mer est plus bas qu'en période interglaciaire, chaude.

L'interaction entre le soulèvement et les oscillations du niveau de la mer conduit à la conservation de ces différentes terrasses, chacune correspondant à un haut niveau marin interglaciaire (Fig. 24). Ainsi, lorsqu'on « monte » dans une séquence, on remonte dans le temps, chaque « marche » dans la séquence étant séparée de la précédente par environ 100 000 ans (durée d'un cycle glaciaire).

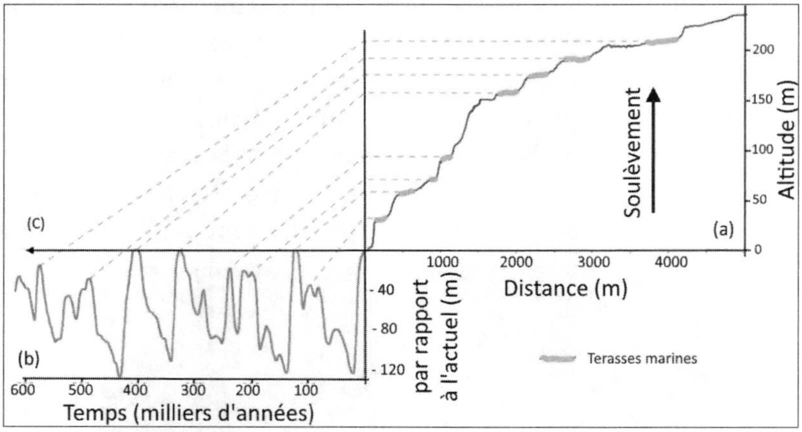


Figure 24. Mise en relation des variations du niveau marin et de la formation de terrasses marines.

## II-3. L'analyse des grains de sable

L'analyse de la forme et de l'aspect des grains d'un sable lavé permet la recherche de la nature de l'agent de transport au travers de l'identification de critères d'usure des grains. Ceux-ci permettent de répartir les grains en 3 grandes catégories (Fig. 25) :

- **N.U.** : les **grains non usés**, transparents ou colorés, anguleux ont subi un **faible transport** ;
- **E.L.** : les **grains émoussés luisants**, ont des arêtes estompées par un **transport hydrique** ;
- **R.M.** : les **grains ronds mats** sont dépolis et arrondis par un **transport éolien**.

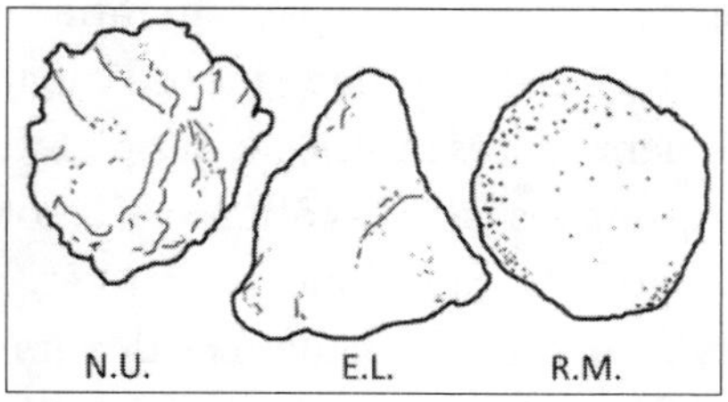


Figure 25. Morphologie des grains de sable
(N.U. = non usé, E.L. = émoussé luisant, R.M. = rond mat).

L'analyse des autres constituants du sable comme les microfossiles, permet de déterminer l'origine du sable et les conditions de sa mise en place.

Ainsi par exemple dans ce sable de Fontainebleau (Fig. 26), **les « émoussés-luisants »** dominent ce qui témoigne d'**une origine marine** mais le sable présente environ **30 % de grains ronds et mats** témoignant d'un **remaniement éolien** des dunes après émersion de la région à la fin de l'oligocène.

Figure 26. Sable de Fontainebleau (https://svt.ac-versailles.fr/).

### II-4. La dynamique de dépôts des sédiments

Si la mer s'avance lentement sur le continent (on dit qu'il y a **transgression**), les galets se déposent le long du rivage, mais par suite du déplacement de celui-ci, ils sont bientôt recouverts par du sable, lui-même recouvert par de la vase. Ainsi, en un point donné, la plate-forme rocheuse porte de bas en haut : un banc de galets ou de conglomérat, un niveau de sable ou de grès, une couche d'argile ou de marne (fig. 27).

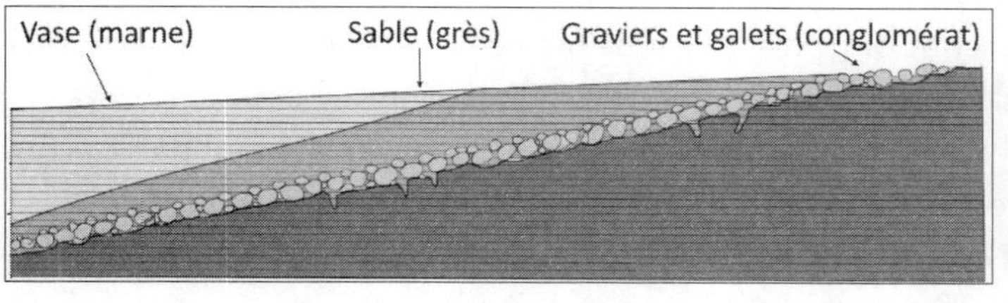


Figure 27. Succession des dépôts sédimentaires lors d'une transgression marine.

Si, au contraire, la mer se retire (on dit qu'il y a **régression**), les mêmes phénomènes se produisent en sens inverse, et ce sont les sédiments grossiers qui couronnent la série. Souvent, le retrait de la mer s'accompagne d'un cortège de lagunes qui s'évaporent sur place en abandonnant un dépôt caractéristique d'argiles bariolées, de gypse et de sel.

# III. Exploitation des archives climatiques des glaces polaires et des carbonates

## III-1. La notion de thermomètre isotopique

Les deux isotopes de l'oxygène les plus fréquents sont l'oxygène 16 ($^{16}O_2$) et l'oxygène 18 ($^{18}O_2$) avec une abondance respective de 99 % et de 0,2 %. Ces deux isotopes entrent dans la composition de la molécule d'eau. On trouve donc dans les océans actuels 99 % d'eau constituée d'oxygène 16 et 0,2 % d'eau constituée d'oxygène 18.

(2) Le rapport deutérium/hydrogène

Le cycle de l'eau a pour conséquence que l'eau des océans est naturellement plus riche en $H_2{}^{18}O$ que les glaces des pôles. En effet, quand l'eau change d'état, de l'état liquide des océans à l'état gazeux dans l'atmosphère ou de l'état gazeux dans l'atmosphère à l'état liquide dans les océans, les rapports entre $H_2{}^{16}O$ et $H_2{}^{18}O$ sont modifiés : ce phénomène est appelé le **fractionnement isotopique de l'eau**. Celui-ci est la conséquence du fait que les molécules d'eau contenant du $^{18}O$ sont légèrement plus massives que les autres. Ceci a une double conséquence :

- Lors des changements d'état de l'eau, on observe que les molécules les plus légères ($H_2{}^{16}O$) s'évaporent plus facilement et que les molécules les plus lourdes ($H_2{}^{18}O$).
- Les molécules $H_2{}^{18}O$ se condensent plus vite que les molécules $H_2{}^{16}O$ et précipitent donc plus vite sous forme de pluie que les molécules $H_2{}^{16}O$.

**En période froide,** les températures diminuent, la condensation est accentuée et la proportion d'eau évaporée par les océans n'atteignant pas les continents est supérieure. Ainsi ce sont donc des nuages très appauvris en $O^{18}$ qui vont précipiter au-dessus des continents (Fig. 28).

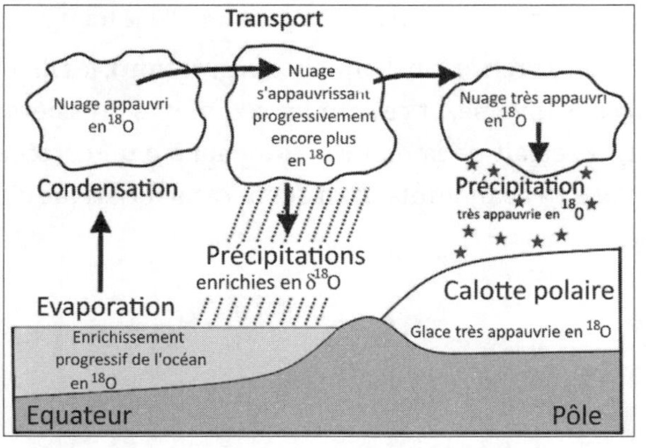


Figure 28. Le cycle de l'eau conditionne le $\delta^{18}O$ de la glace.

**En période chaude**, une partie plus faible de l'eau évaporée par l'océan précipite avant d'avoir atteint les continents. Les nuages contiendront donc une eau légèrement plus riche (ou moins pauvre !) en $^{18}O$ que dans les périodes plus froides. La glace formée renfermera donc davantage de $^{18}O$.
Ceci se traduit par une modification des rapports $^{18}O/^{16}O$ en fonction de la température.
On peut mesurer les rapports $^{18}O/^{16}O$ avec un spectrographe de masse. Ces rapports peuvent être comparés aux rapports actuels dans les océans qui servent de référence.
Ainsi, on peut définir **l'indice $\delta^{18}O$** :

$$\delta^{18}O = \frac{(^{18}O/^{16}O)_{\text{échantillon}} - (^{18}O/^{16}O)_{\text{smow}}}{(^{18}O/^{16}O)_{\text{smow}}} \times 1\,000$$

Avec :
$(^{18}O/^{16}O)_{\text{échantillon}}$ est la valeur mesurée par spectrophotométrie de masse de l'échantillon d'eau.
$(^{18}O/^{16}O)_{\text{smow}}$ est la valeur de référence actuelle des océans. Smow est l'abréviation de Sandard Mean Ocean Water.

### III-2. Le $\delta^{18}O$ de la glace, un thermomètre isotopique

La valeur de ce rapport est donc fonction de la température.
Expérimentalement, on peut montrer que la valeur de $\delta$ varie linéairement avec la température aussi bien pour la glace que pour les carbonates (Fig. 29).

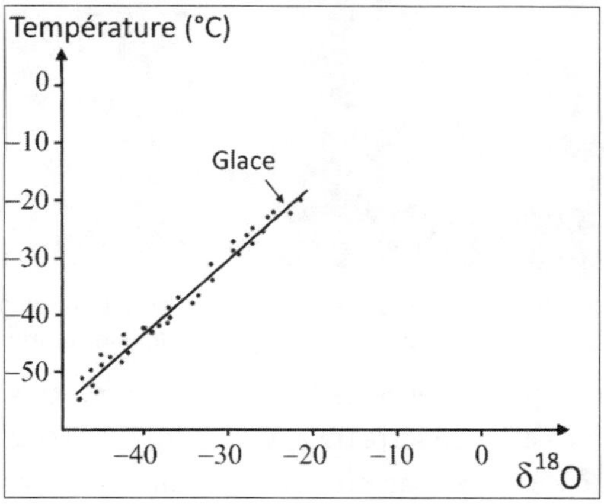


Figure 29. Variation du $\delta^{18}O$ de la glace en fonction de la température.

Il existe également une incorporation différentielle du dioxyde de carbone dans les carbonates ($CaCO_3$) en fonction de la température, selon qu'il s'agisse de $C^{18}O_2$ ou de $C^{16}O_2$.

### III-3. Le $\delta^{18}O$ des carbonates, un autre thermomètre isotopique

En ce qui concerne les roches carbonatées (= contenant l'ion $CO_3^{2-}$), l'évolution des $\delta^{18}O$ est inversée : en période froide, les océans étant plus riches en $^{18}O$, les carbonates le seront aussi, donc le $\delta^{18}O$ des carbonates sera plus élevé et inversement pendant les périodes plus chaudes.

Ainsi, en période froide :
- le $\delta^{18}O$ des glaces sera plus faible que dans les périodes plus chaudes.
- le $\delta^{18}O$ des carbonates sera plus élevé que dans les périodes plus chaudes.

La mesure de $\delta^{18}O$ des glaces et des carbonates constitue donc un thermomètre permettant de déterminer la température régnant au moment de leur formation (encore faut-il arriver à dater cette formation !).

### III-4. L'analyse des bulles d'air emprisonnées dans les glaces montre l'importance de la teneur de l'atmosphère en gaz à effet de serre

La porosité de la neige permet la circulation de l'air dans le névé, mais, à cause du tassement des couches neigeuses amoncelées année après année, la neige se transforme en glace et les pores se ferment : des bulles d'air se retrouvent isolées les unes des autres. Ainsi, environ 10 % du volume de la glace naturelle sont ainsi constitués de gaz (Fig. 30).

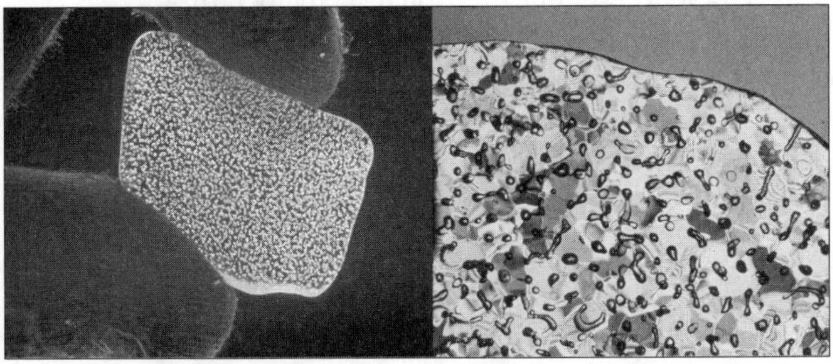

Figure 30. Bulles d'air emprisonnées dans la glace (photo en lumière polarisée by CSIRO, CC BY 3.0, https://commons.wikimedia.org/w/index.php?curid=35439336).

L'analyse de la composition gazeuse de l'air fossile des carottes de glace, renseigne sur l'évolution des gaz à effet de serre ($CO_2$, $CH_4$ et le $N_2O$). On peut ainsi quantifier l'impact de l'activité humaine par rapport aux teneurs naturelles et préciser la relation entre gaz à effet de serre et climat.

(3) Autres informations apportées par l'analyse de la composition en gaz des bulles d'air fossiles

# IV. Les indices biotiques ou bio-indicateurs : utilisation de la paléofaune et de la paléoflore

Chaque espèce présente des exigences écologiques qui lui sont propres : toute modification climatique aura donc de grands impacts sur la répartition et le développement de la faune et de la flore. On utilise cette caractéristique pour reconstituer l'évolution des climats, en s'intéressant à des fossiles significatifs (= bio-indicateurs), c'est-à-dire caractéristique à la fois du climat et de l'époque considérée.

Un **bio-indicateur**, est un indicateur constitué par une espèce végétale, fongique ou animale ou par un groupe d'espèces (groupe éco-sociologique) ou groupement végétal dont la présence ou l'état, renseigne sur certaines caractéristiques écologiques (c'est-à-dire physico-chimiques, microclimatique, biologique et fonctionnelle) de l'environnement.

Les bio-indicateurs fossiles sont très variés et incluent aussi bien des microorganismes marins (les Foraminifères) que des végétaux (empreintes de feuilles, grains de pollen) et des animaux de toutes tailles.

## IV-1. Utilisation de la paléofaune illustrée par l'exemple des Foraminifères

Les foraminifères sont des organismes unicellulaires marins eucaryotes. Ils ont la particularité de posséder une coquille appelée « test ». Le test est perforé de pores d'où le nom « foraminifère » (foramen = trou, ferre = porter) (Fig. 31).

Figure 31. Tests de foraminifères extraits du sable de la plage de Ngapali (Myanmar) (http://www.arenophile.fr/Pages_IMG/P991d.htm ; photo Psammophile).

On distingue des **espèces planctoniques** qui occupent les premières centaines de mètres des océans et des mers du globe, depuis les zones polaires jusqu'à l'équateur et des espèces **benthiques** qui vivent au fond des mers et océans, dans les premiers millimètres/centimètres du sédiment et qui occupent des habitats très variés (estuaires, barrières récifales, zones hydrothermales abyssales, etc.).
Les foraminifères sont des organismes bio-indicateurs fiables, particulièrement précieux pour les reconstitutions paléo-océanographiques et les études de suivis environnementaux.
Ce sont des bio-indicateurs très sensibles ; par exemple le sens d'enroulement des coquilles de *Neogloboquadrina pachyderma* (un foraminifère) est vers la droite (dextre) ou vers la gauche (sénestre) en fonction de facteurs environnementaux tels que la température :

- si la température de surface est froide, les formes sénestres sont abondantes ;
- si la température de surface est chaude, les formes sénestres sont rares (Fig. 32).

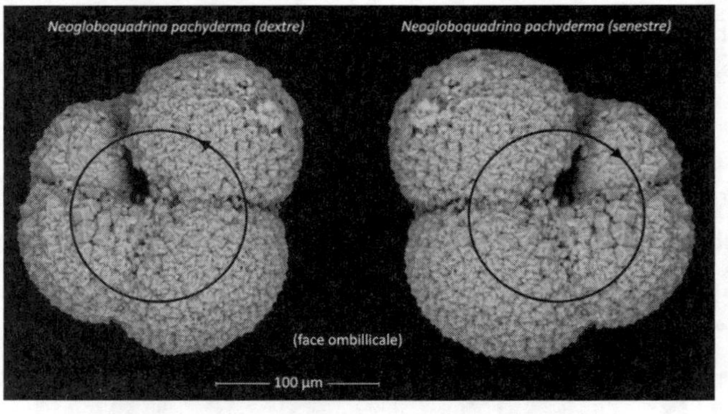


Figure 32. Neogloboquadrina pachyderma (http://jean-jacques.auclair.pagesperso-orange.fr/meb/12meb_detail.htm).

Ils sont présents sur près de 2/3 de la surface du globe, dans presque toutes les mers du globe et dans tous les océans. Leur habitat s'étend des zones côtières aux fosses océaniques les plus profondes.

Du fait de leur abondance et de leur fort potentiel de fossilisation, il est possible d'étudier les faunes vivantes et fossiles des foraminifères benthiques et planctoniques avec seulement quelques $cm^3$ de sédiment.

Leur test en calcaire contient des traces de nombreux éléments chimiques (Mn, Sr, Mg, B...) dont l'analyse permet de définir les conditions géochimiques des milieux de vie des foraminifères, milieux naturels ou affectés par l'activité de l'homme.
Du fait de leur rapide évolution au cours des temps géologiques, les foraminifères sont d'excellents marqueurs biostratigraphiques qui permettent de dater les dépôts sédimentaires dans lesquels ils ont fossilisé depuis des centaines de millions d'années.

Les tests de foraminifère peuvent finalement servir de support à des datations $^{14}C$ et à des analyses isotopiques (par exemple le $\delta^{18}O$) permettant d'établir des repères chronologiques solides dans les archives sédimentaires étudiées.

L'utilisation de micros fossiles tant marins que continentaux (foraminifères, pollens, micro mammifères) est systématique pour déterminer des variations locales des conditions climatiques. Ces espèces par leur exigence écologique (température, salinité de l'eau, etc.) ont permis un approfondissement important dans la connaissance des climats passés par leur simple présence ou absence.

## IV-2. Utilisation de la paléoflore illustrée par l'exemple des grains de pollen

### *IV-2.1. Les peuplements végétaux, témoins des climats locaux*

Chaque plante présente des exigences écologiques qui lui sont propres.

| Essences | Sols | Contraintes | Climat/altitude | Milieux de vie | Associations |
|---|---|---|---|---|---|
| **Aulne** | Sols humides (temporairement). | Sécheresse. | Jusqu'à 1 800 m | Europe du Nord ou en montagne. Bords de zones humides | Souvent avec bouleau et noisetier |
| **Bouleau** | Sols pauvres et humides, souvent acides. | Sécheresse. | Climats océaniques ou jusqu'à 2000 m | Versants humides en montagne. | Essence secondaire |
| **Charme** | Bois argileux peu acides, tolère le calcaire. | Pas en montagne. | Climat continental jusqu'à 1 000 m | Bois caducifoliés. Besoin d'ombre. | Essence secondaire chêne |
| **Épicéa** | Sols très acides à neutres. | | Humidité, résiste au froid. De 700 à 2000 m | | Sapin, hêtre, mélèze, pin |
| **Hêtre** | Sols drainés de qualité indifférente. | Gel pour les jeunes pousses et les feuilles. | Humidité atmosphérique. | Plaines ou montagne (de moins de 400 à 1 700 m). | Sapin en montagne, chêne en plaine. |
| **Fougères** | Sur sol humide, au moins temporairement. | Besoin d'eau pour la reproduction et le début de croissance. | Très répandues. | Forêts. | |

| Essences | Sols | Contraintes | Climat/altitude | Milieux de vie | Associations |
|---|---|---|---|---|---|
| **Graminées (=poacées)** | Peu d'exigences. Très variable. | Peu de contraintes. | | Partout, mais en grande quantité dès qu'il n'y a pas de forêt. | Composées, carex... |

Du fait de ces exigences écologiques, les peuplements végétaux (forêt tempérée de feuillus, forêts tempérées de conifères, etc.) ne peuvent se rencontrer que sous certaines conditions de température et de précipitation, donc seulement sous certains climats : ils constituent des **bio-indicateurs** (Fig. 33).

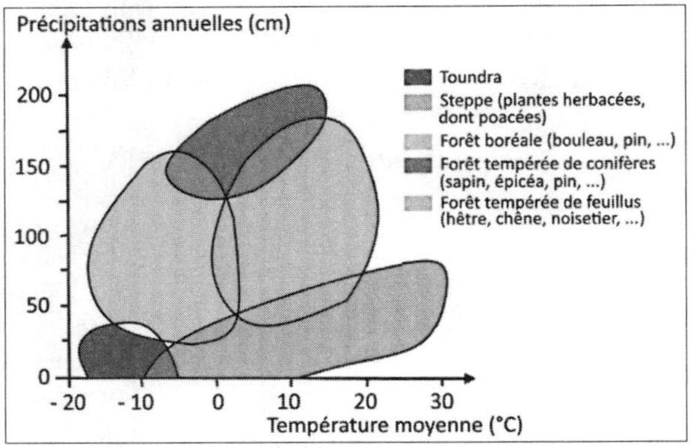


Figure 33. Exigences climatiques de différents peuplements végétaux.

*IV-2.2. Les informations apportées par la palynologie (étude des grains de pollen)*

Les arbres et les plantes herbacées produisent de grande quantité de pollen. Ces grains de pollen possèdent une paroi très résistante qui leur permet, lorsqu'ils sont piégés dans les sédiments, de ne pas être totalement dégradés (Fig. 34).

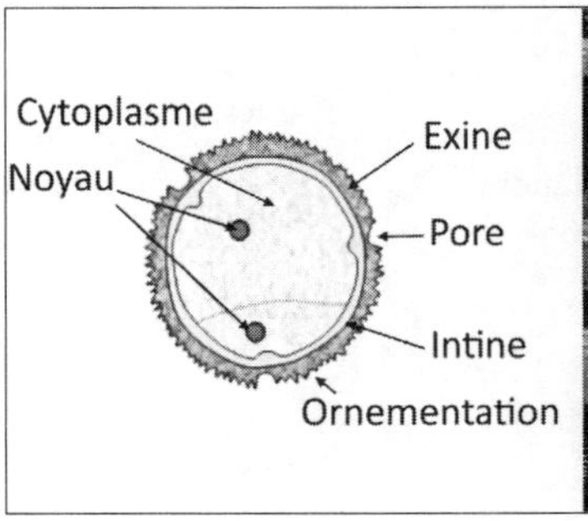


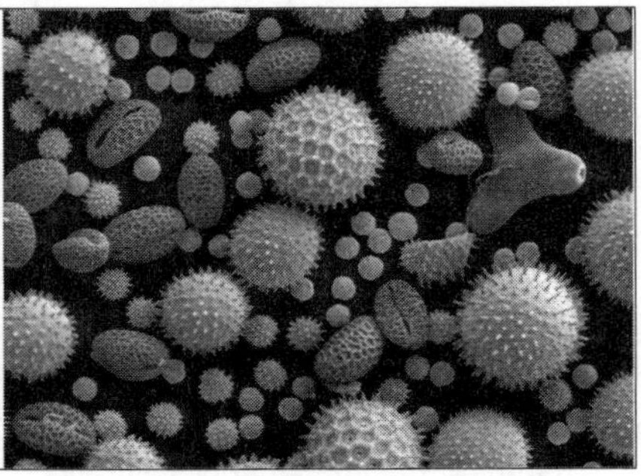

Figure 34. À gauche : schéma d'un grain de pollen et à droite : grains de pollen de différentes espèces végétales en MEB (Dartmouth Electron Microscope Facility, Dartmouth College).

C'est le cas dans les tourbières. Les grains de pollen peuvent ainsi rester identifiables après des milliers d'années et constituent alors des témoins des conditions climatiques régnant au moment de leur production.

---

**Tourbière** : marécage acide où se forme la tourbe, matière organique non décomposée à base de plantes primitives affiliées aux mousses.

---

Les grains de pollen ont une morphologie **caractéristique de** l'espèce (Fig. 35).

| | | | |
|---|---|---|---|
| Grain isolé | sans pore ni sillon | sans ballonnet | Peuplier |
| | | avec ballonnets | Pin, Epicéa |
| | avec pore | un pore | Graminée |
| | | trois pores | Bouleau, Noisetier |
| | | plus de trois pores | Aulne, Charme |
| | avec sillon | un sillon | Fougère (spore) |
| | | trois sillons | Chêne, Erable |
| | avec pore et ballon | trois pores et trois sillons | Hêtre, Tilleul |
| | | plus de trois pores et trois sillons | Pissenlit |
| grains multiples | deux grains | | Scheuchzeri |
| | quatre grains | | Bruyère |
| | plus de quatre grains | | Robinier |

Figure 35. Clé de détermination des grains de pollens.

L'étude des grains de pollen fossilisés (archives polliniques) permet de reconstituer des environnements climatiques. En effet, en supposant que la morphologie des grains de pollen n'a pas changé au cours du temps, de même que les exigences écologiques des plantes qui les produisent (**principe d'actualisme**), il est possible, si l'on est capable de déterminer l'âge de ces pollens, de déterminer les plantes présentes à un moment donné de l'histoire de la Terre et d'en déduire l'environnement climatique à cette époque : c'est l'objet de la science appelée **palynologie**.

Les grains de pollen sont le plus souvent obtenus par carottage. En raison de la gravité, les sédiments les plus anciens abritant des grains de pollens sont aussi les plus profonds. Analyser une carotte de sédiments revient donc à remonter dans le temps. On appelle **diagramme pollinique** une représentation schématique de l'évolution des proportions (en %) des différents types de grains de pollen le long d'une carotte de sondage (Fig. 36 et 37).

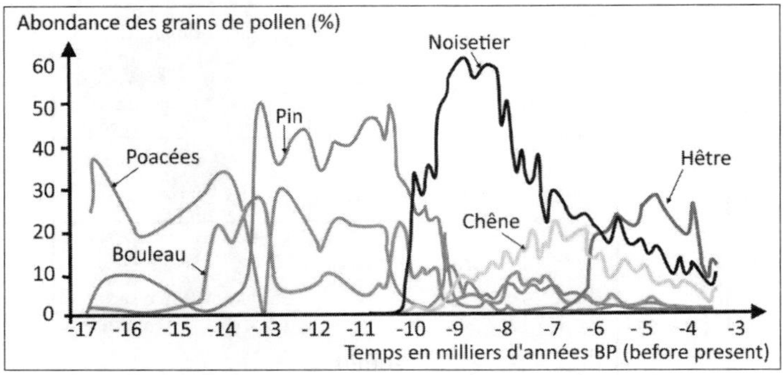


Figure 36. Diagramme pollinique de la vallée de la Wormsa (Vosges).

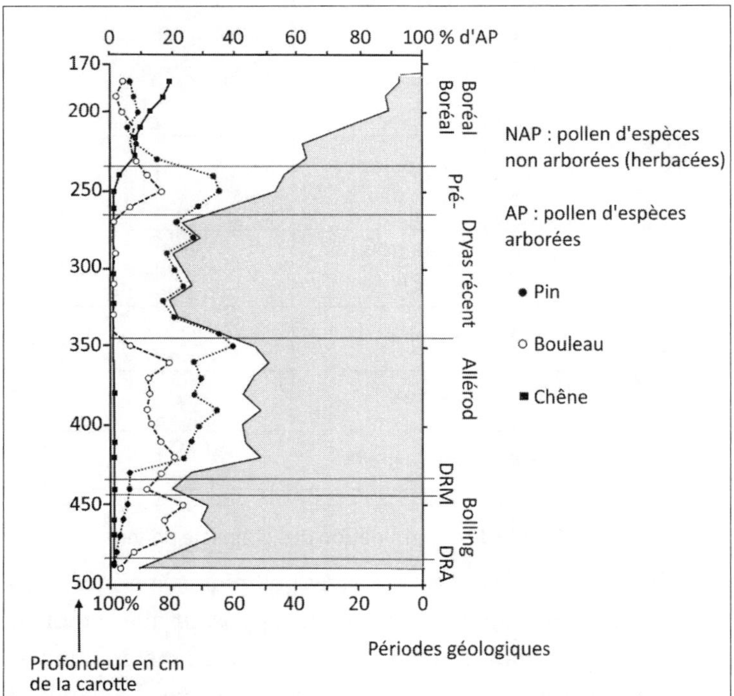


Figure 37. Diagramme pollinique de Godivelle-nord (Massif Central).

La palynologie permet d'établir des cartes de végétation à différentes époques. Leur comparaison révèle des changements climatiques.

(4) D'autres méthodes d'étude des climats récents existent

### IV-3. Les indices archéologiques

L'entrée de la grotte de Cosquer se trouve aujourd'hui à 37 mètres de profondeur. Elle abrite près de 500 gravures rupestres réalisées entre –27 000 ans et –18 000, période où le rivage de la Méditerranée se situait encore à plusieurs kilomètres de l'entrée de la grotte. À cette époque, la mer était de cent dix à cent vingt mètres plus bas qu'aujourd'hui car, il y a 20 000 ans, lors de la dernière glaciation, une grande quantité d'eau était mobilisée sous forme de calottes glaciaires. Lorsque le niveau de la mer s'est élevé progressivement au début de l'Holocène, l'entrée de la grotte a été submergée (Fig. 38).

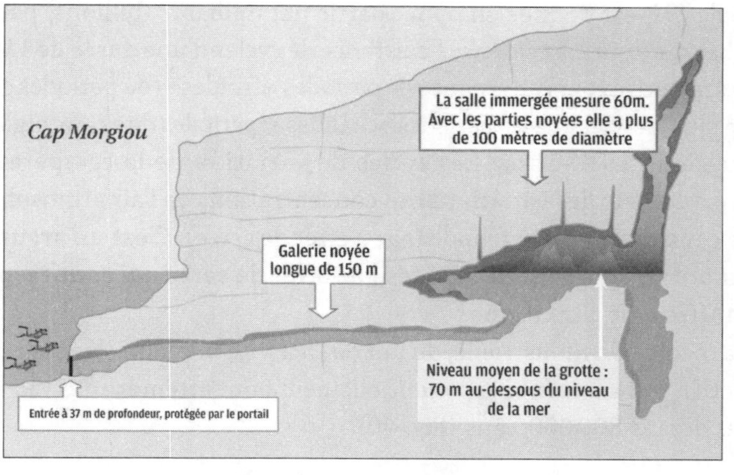


Figure 38. Plan de la grotte de Cosquer.

## V. Les principaux facteurs pouvant influencer le climat et la composition atmosphérique

### V-1. Une corrélation entre les variations de la température de l'atmosphère et sa teneur en $CO_2$

Le $CO_2$ et le $CH_4$ sont des gaz à effet de serre. Sur la figure suivante (Fig. 39), les anomalies de température correspondent aux variations par rapport à la moyenne du dernier millénaire.

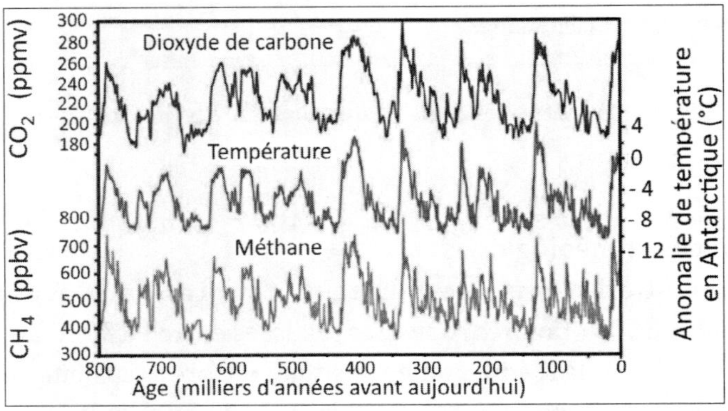


Figure 39. Variation des températures passées par rapport aux températures actuelles (en °C) et variations des taux de méthane ($CH_4$) et dioxyde de carbone révélées par l'analyse des bulles d'air fossiles, et de la température, révélée par le $\delta^{18}O$ des glaces (d'après EPICA Dôme C. @ Université de Berne, LGGE).

La quantité de $CO_2$ est donnée en ppmv : partie par millions par volume. La quantité de $CH_4$ est donnée en ppbv : partie par milliards (billions) par volume. Ces courbes mettent en évidence l'existence de cycles d'une durée de 110 000 ans environ caractérisés par l'alternance de périodes « froides » (ou périodes glaciaires), beaucoup plus longues que les périodes « chaudes » (périodes dites « interglaciaires »), d'une durée de 15 000 ans. Les cycles de variation de la température sont synchrones de ceux des variations des concentrations de l'air atmosphérique en méthane et en dioxyde de carbone (gaz à effet de serre). **C'est un argument fort pour démontrer que ce sont bien les gaz effet de serre qui sont responsables du réchauffement climatique !**

Depuis la révolution industrielle, du fait de l'activité humaine, les concentrations en $CO_2$ et $CH_4$ ont augmenté exponentiellement pour atteindre des valeurs jamais observées depuis 800 0000 ans (Fig. 40).

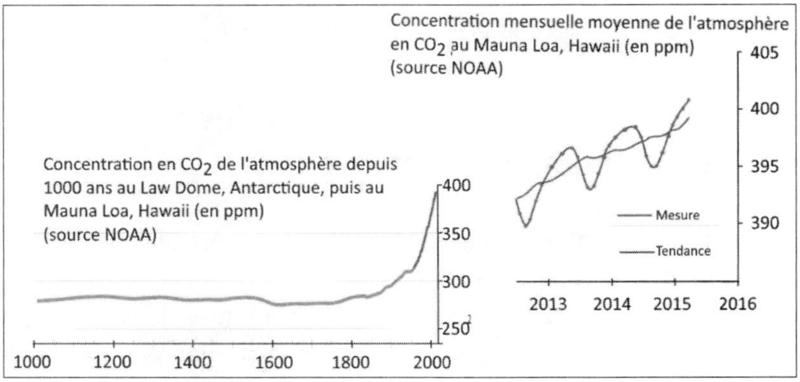


Figure 40. Évolution de la concentration atmosphérique mondiale en dioxyde de carbone (© NOAA).

Les sources humaines (anthropiques) de méthane dépassent actuellement le double des sources naturelles. L'agriculture à elle seule génère plus de méthane que les sources naturelles.

| **Sources naturelles de $CH_4$ (en millions de tonnes/ans)** | | **Sources anthropiques de $CH_4$ (en millions de tonnes/ans)** | |
|---|---|---|---|
| Zones humides (Marécages, tourbières) | 115 | Rizières | 100 |
| Termites | 20 | Bovins | 80 |
| Océans | 10 | Exploitation de gaz et de charbon | 75 |
| Décomposition des hydrates de méthane (Océans, permafrost) | 5 | Feux de forêts | 53 |
| | | Décharges | 40 |

D'environ 1 °C en 150 ans, le réchauffement climatique observé au début du XXIe siècle est corrélé à la perturbation du cycle biogéochimique du carbone par l'émission de gaz à effet de serre liée aux activités humaines.

(5) Certains gaz d'origines humaines sont également détectables dans les couches récentes des glaces polaires

## V-2. Variation de la quantité de $CO_2$ atmosphérique au cours des temps géologiques

La teneur de l'atmosphère en $CO_2$ est déterminée de façon indirecte en utilisant des indices « climatiques » laissés dans les sédiments : par exemple, il y a 3,8 milliards d'années, la présence au Groenland de galets indique l'existence d'eau à l'état liquide ; avec le rayonnement solaire de l'époque et un taux de $CO_2$ atmosphérique identique à l'actuel, la température de la Terre aurait dû être de –20 °C : Il y avait donc plus probablement plus de $CO_2$ dans l'atmosphère (peut-être 1 atm de $CO_2$). Il y a 3 milliards d'années, on trouve des glaciers. Si on suppose un taux de $CO_2$ équivalent à celui d'il y a 3,8 milliards d'années, compte tenu du rayonnement solaire de l'époque, il aurait fait trop chaud. Il faut donc supposer un effet de serre moins important, et donc un taux plus faible de $CO_2$ dans l'atmosphère… Bien évidemment, les valeurs ainsi estimées le sont avec une très grande marge d'incertitude !

Pour les périodes plus récentes (à partir de –600 MA), on suppose que la quantité de carbone en surface est à peu près constante, et se partage entre ses principaux réservoirs : le $CO_2$ stocké dans les roches carbonatées, le $CO_2$ stocké dans les roches carbonées (charbon, pétrole), le $CO_2$ dissout sous diverses formes dans les océans. Dans ces conditions, la teneur en $CO_2$ de l'atmosphère dépend essentiellement de la quantité de roches sédimentaires existant à une époque donnée, et du pH

de la mer qui, en contrôlant la solubilité du $CO_2$ dans l'eau, règle l'équilibre $CO_2$ gaz-$CO_2$ dissout. Connaissant la courbe de l'évolution phanérozoïque des dépôts de carbonates, la courbe de formation des roches carbonées et celle de l'évolution du pH marin, il devient possible d'estimer les variations de la teneur en $CO_2$ atmosphérique. Depuis 600 millions d'années, la quantité de $CO_2$ atmosphérique aurait varié de façon très importante (entre 0,5 et 20 fois la quantité actuelle).
Depuis 300 MA, l'utilisation de l'indice stomatique des feuilles fossiles de plantes vasculaires permet d'évaluer plus précisément la teneur atmosphérique en $CO_2$ (revoir (4) D'autres méthodes d'étude des climats récents existent).
On montre ainsi qu'au carbonifère (300 millions d'années), la teneur en $CO_2$ était probablement aussi faible que maintenant, puis qu'elle aurait augmenté jusqu'au Crétacé jusqu'à 5 fois la valeur actuelle. Des valeurs relativement élevées de la teneur en $CO_2$ se seraient maintenues pendant le Mésozoïque (de 240 à 100 millions d'années) pour diminuer jusqu'à aujourd'hui (Fig. 41).

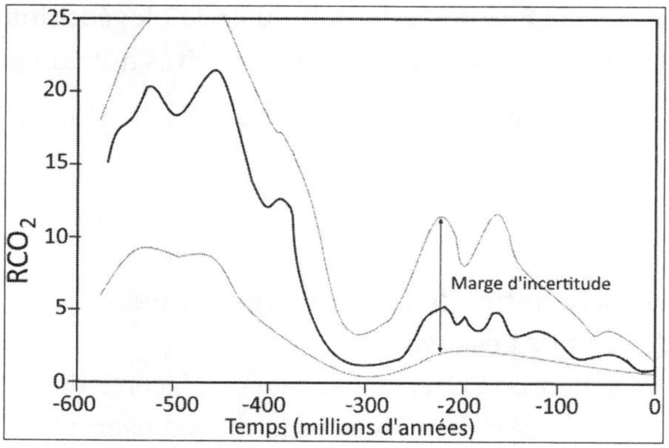


Figure 41. Variation de la teneur atmosphérique en $CO_2$ depuis 600 MA (simplifié d'après Berner, Science, 1997)

Le $RCO_2$ est défini comme le rapport entre la masse de $CO_2$ atmosphérique à un temps donné du passé sur la masse actuelle (valeur pré-industrielle de 300 ppmv).
L'analyse de l'extension maximale des dépôts glaciaires au cours des temps géologiques (tillites : revoir le paragraphe I-.2.1. Indices des périodes glaciaires) (Fig. 42), permet de confirmer la corrélation mise en évidence pour les périodes les plus récentes, entre la teneur en $CO_2$ atmosphérique et le climat via l'effet de serre.

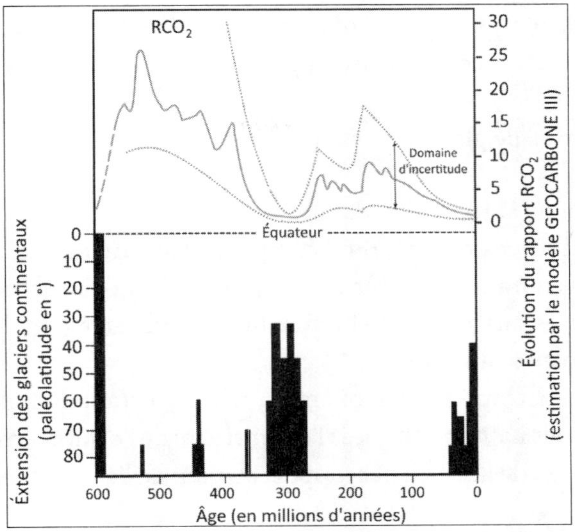


Figure 42. Évolution de $RCO_2$, depuis 600 millions d'années (courbe du haut) et compilation de données continentales témoignant de l'étendue des glaciations (en bas) (simplifié d'après Berner, Science, 1997).

## V-3. Influence de paramètres astronomiques sur le climat

### *V-3.1. L'irradiance*

Au Quaternaire, nous venons de voir qu'une glaciation majeure s'installe tous les 110 000 ans. Entre deux maxima glaciaires on observe également l'existence de cycles de réchauffement/refroidissement avec des périodes de 43 000, 24 000, 19 000 ans.

Le flux d'énergie rayonnée par le Soleil, l'**irradiance**, a longtemps été considéré comme constant, d'où son appellation de « constante solaire ». Il a fallu attendre les mesures extrêmement précises obtenues par satellites pour démontrer que cette « constante » est en fait variable, mais très faiblement (de l'ordre de 0,1 % aux échelles de temps en jeu ici) (Fig. 43).

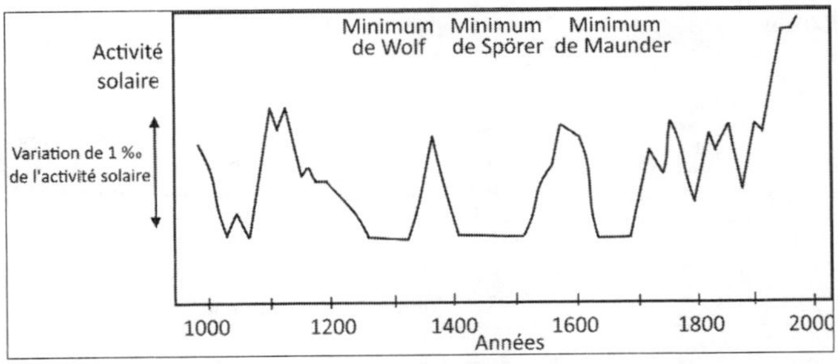


Figure 43. Variation de l'activité solaire depuis 1 000 ans.

Des modèles montrent que ces variations d'ensoleillement devraient entraîner des variations de température d'environ 0,5 à 1 °C. Or, on constate qu'elles sont beaucoup plus fortes, ce qui laisse supposer que des **facteurs amplificateurs existent**.
L'origine des cycles de glaciation est donc à rechercher ailleurs.

### *V-3.2.* La théorie de Milutin Milankovitch

Cette théorie élaborée en 1941, rend compte de l'alternance des cycles glaciaires et interglaciaires durant le Quaternaire : elle stipule qu'une glaciation se produit lorsque les hautes latitudes de l'hémisphère nord reçoivent un minimum de rayonnement solaire durant l'été.
Trois paramètres astronomiques jouent un rôle important dans la distribution de l'insolation sous les hautes latitudes : l'excentricité de l'orbite terrestre, l'obliquité de l'axe de rotation de la Terre par rapport au plan de l'écliptique et la précession des équinoxes.
**L'excentricité de l'orbite terrestre.** L'orbite terrestre est une ellipse, dont le Soleil est l'un des foyers. L'excentricité de l'ellipse mesure la différence de distance entre les deux foyers (Fig. 44). Lorsque l'excentricité est faible, l'orbite terrestre est presque circulaire. L'excentricité est engendrée par les attractions gravitationnelles exercées entre la Terre et les autres planètes. Les périodes caractéristiques de variation de ce paramètre sont de 100 000 et 413 000 ans. Bien qu'il fasse varier de 1 % seulement l'énergie solaire reçue sur Terre, ce paramètre est pourtant le plus influant.

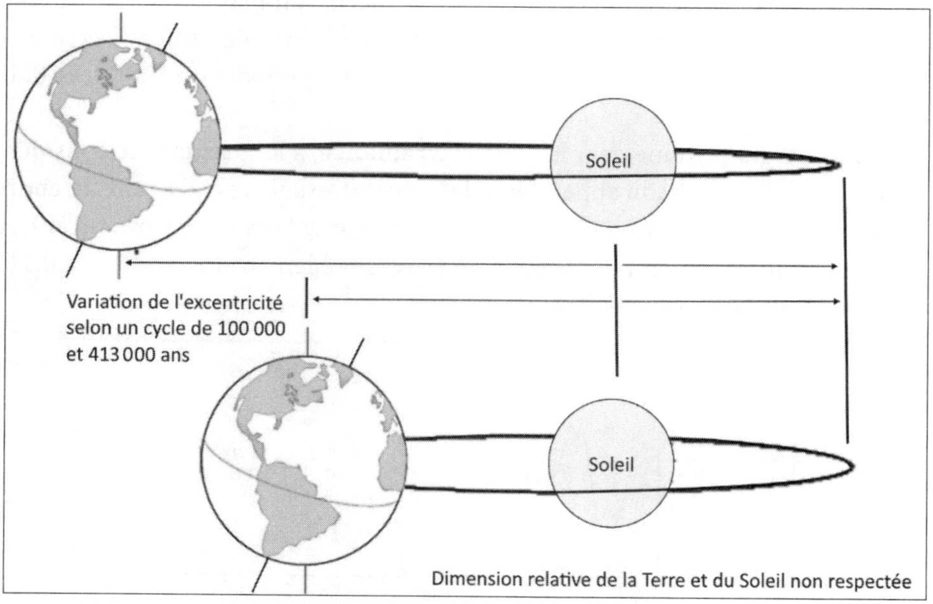


Figure 44. L'excentricité de l'orbite terrestre varie selon un cycle de 100 000 et de 400 000 ans.

Ce cycle influe sur l'intensité des saisons : plus l'excentricité est grande, plus les saisons sont contrastées (hiver rigoureux et été chaud)

**L'angle d'inclinaison de la Terre par rapport au plan de l'écliptique (= obliquité de l'écliptique).** L'angle formé par la direction des pôles et celle de la normale au plan de l'écliptique n'est pas constant. Il varie entre 21°5° et 24,5° suivant une période de 41 000 ans. Ainsi, suivant l'obliquité, les pôles ne recevront pas le même éclairement (Fig. 45).

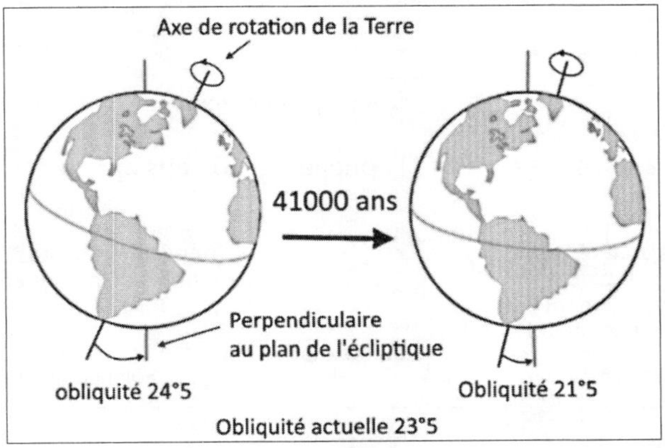


Figure 45. L'angle d'inclinaison de la Terre par rapport au plan de l'écliptique varie selon un cycle de 41 000 ans.

Plus l'angle d'inclinaison de l'axe de rotation de la Terre est faible, moins les saisons sont contrastées.

**Précession des équinoxes.** La Terre tourne sur elle-même telle une toupie. L'axe de rotation de la Terre balaie un cône, avec une double périodicité (19 000 et 23 000 ans), et a deux effets directs : le déplacement des pôles célestes (qui pointent alternativement vers l'étoile Polaire (actuellement) ou vers l'étoile Véga et l'inversement des saisons (Fig. 46).

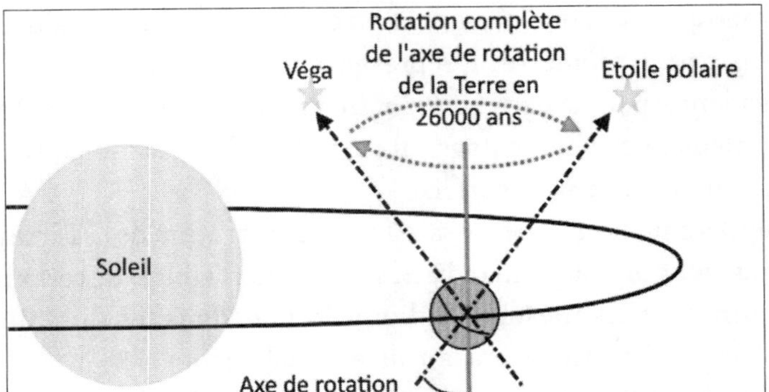


Figure 46. La Précession des équinoxes.

L'inclinaison de l'axe de rotation terrestre n'affecte pas la quantité totale de chaleur solaire reçue sur Terre, mais sa distribution (Fig. 47).

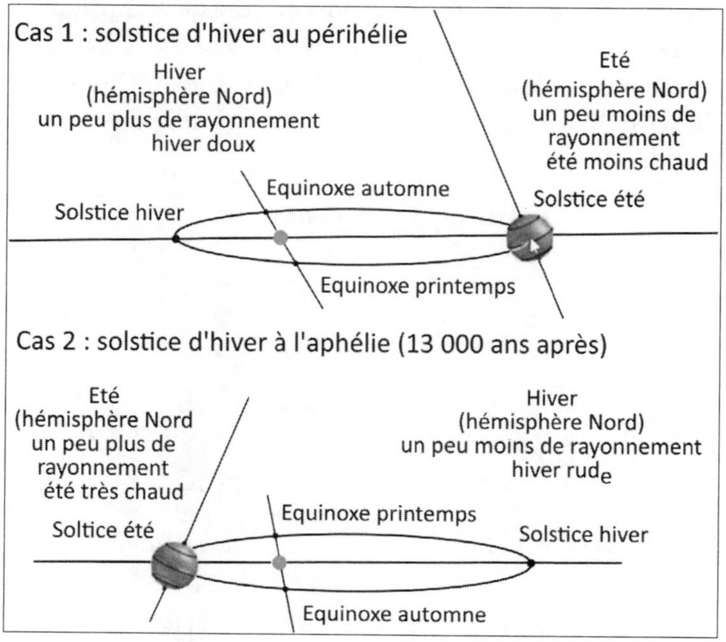


Figure 47. Conséquences climatiques de la précession des équinoxes.

Cependant, ces modifications astronomiques, si elles rendent compte de la cyclicité des phénomènes observés, ne rendent pas compte de leur amplitude : des phénomènes amplificateurs et modulateurs doivent exister.

### *V-3.3. Existence de boucles de rétroactions positives et négatives*

**L'effet amplificateur de l'albédo sur les variations climatiques du Quaternaire**

Tout objet à la surface de la Terre émet, diffuse ou réfléchit des radiations électromagnétiques. Chaque objet peut être caractérisé par son albédo. L'albédo est mesuré par un radiomètre ; il représente le rapport de l'énergie réfléchie à l'énergie incidente, pour la partie du spectre solaire allant de 0,3 à 1 µm. L'albédo s'exprime également en pourcentages. Il s'agit donc de la fraction du rayonnement solaire global réfléchi par une surface.

Les radiomètres embarqués sur les satellites d'observation de la Terre permettent de faire des estimations du bilan radiatif solaire et de l'albédo de certaines surfaces au sol en cumulant les mesures radiométriques dans les domaines visibles (canaux XS1 et XS2) et proche infra-rouge (canal XS3).

La valeur de l'albédo est comprise entre 0 et 1. Plus une surface est réfléchissante, plus son albédo est élevé. Aujourd'hui, toutes surfaces confondues, l'albédo moyen terrestre est de 30 %, ce qui reflète la proportion actuelle de nuages et de surfaces de nature différente à la surface de la Terre (végétation, sols nus, glace, océan).

| Type de surface | Extension actuelle | Albédo |
|---|---|---|
| Surface continentale supportant une calotte glaciaire | 3,10 % | 0,90 |
| Surface océanique englacée (banquise) | 2,95 % | 0,90 |
| Surface continentale émergée | 26,20 % | 0,34 |
| Surface océanique liquide | 67,75 % | 0,26 |

Les variations des paramètres orbitaux de la Terre modifient la répartition de l'énergie solaire en fonction de la latitude ; aux hautes latitudes, la diminution de la quantité d'énergie solaire absorbée par unité de surface provoque une augmentation des surfaces recouvertes de glace, ce qui augmente l'albédo de la Terre, amplifiant le refroidissement initial (rétroaction positive).

**Deux facteurs influencent l'augmentation de l'albédo.**

**La position des continents par rapport au pôle**

La position des continents par rapport au pôle joue un rôle décisif, amplificateur de la glaciation. En effet un continent polaire permet, en immobilisant l'eau sous forme de glace, la constitution d'inlandsis parfois considérables (exemple : il y a 28 000 ans Los Angeles se trouvait sous près de 500 m de glace !). L'albédo de la glace étant proche de 1, le total de l'énergie absorbée par la Terre va diminuer, entraînant une accentuation du refroidissement.

**Le rapport surface continent/surface océan**

Lors d'une glaciation, l'eau immobilisée dans les inlandsis ne retournant pas à la mer, le volume global des océans diminue aboutissant à une baisse du niveau marin. De telles variations du niveau marin ont été enregistrées au cours du quaternaire (Fig. 48). La proportion de surface occupée par les continents augmente alors. Or les continents, ont un albédo plus élevé (0,34) que celui des océans (0,26). Ainsi l'albédo de la Terre est encore augmenté, ce qui renforce le refroidissement.

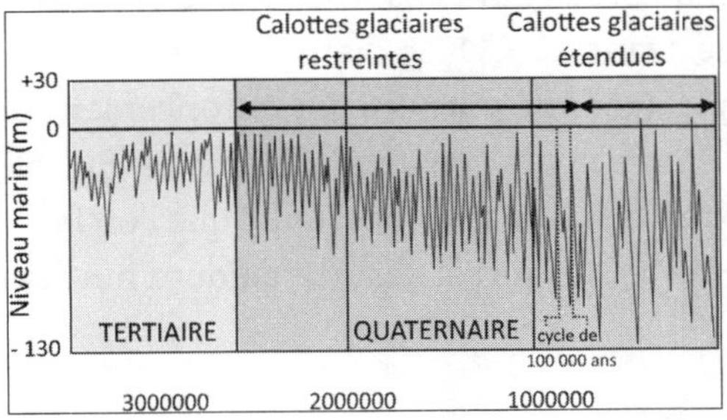


Figure 48. Variation du niveau marin depuis 3 millions d'années (données IFREMER).

Un autre facteur de variation est lié à l'activité tectonique du globe : une importante activité volcanique des dorsales océaniques provoque une élévation du niveau des océans, et donc une réduction de la surface occupée par les continents. Les continents ayant un albédo plus élevé (0,34) que celui des océans (0,26), l'albédo moyen terrestre baissera, ce qui induira un réchauffement.

- **La solubilité océanique du $CO_2$**

La solubilité du $CO_2$ dans l'eau augmente avec la baisse de la température (et inversement). Ainsi, une légère baisse de température ayant par exemple pour cause une variation d'un paramètre orbital, augmentera la solubilité du $CO_2$ dans l'océan, donc diminuera la quantité de $CO_2$ atmosphérique, ce qui diminuera l'effet de serre, provoquant une baisse supplémentaire de la température, et ainsi de suite, avec effet boule de neige. L'inverse sera observé dans le cas d'un léger réchauffement (Fig. 49).

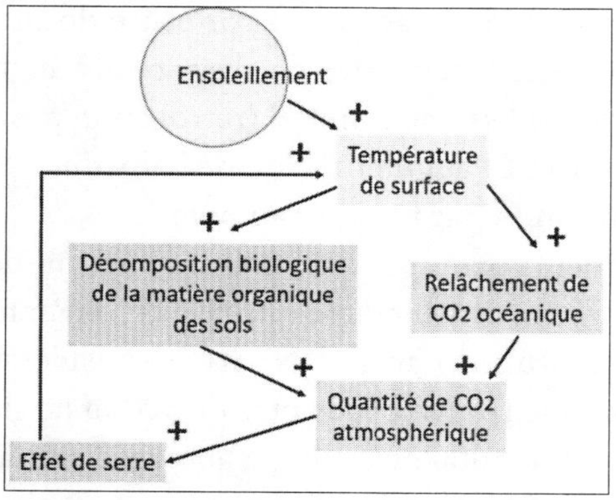


Figure 49. Boucle de rétroaction positive à la suite d'une augmentation de l'ensoleillement.

Cette boucle de rétroaction fonctionne « géologiquement vite », c'est-à-dire à la vitesse de réaction des océans. C'est vraisemblablement ce qui se passe depuis 3 millions d'années : de très faibles variations d'ensoleillement (Milankovich) ont probablement provoqué d'importantes variations climatiques.

Aujourd'hui, l'augmentation de la teneur de l'atmosphère en $CO_2$ est limitée par sa dissolution dans l'océan. Cette limitation est provisoire. Elle s'arrêtera théoriquement quand l'océan aura absorbé tout ce qu'il est capable d'absorber. Elle s'arrêtera même avant. Le $CO_2$ se dissout dans les eaux polaires froides. La circulation océanique générale entraîne un enfoncement du $CO_2$ dans l'océan Atlantique profond et une migration vers le Pacifique (Fig. 50). Ce $CO_2$ ressortira dans 2 000 ans au Nord d'Hawaï (Fig. 50). Quoi que l'on fasse, dans 2 000 ans, le Pacifique « recrachera » le $CO_2$ qui est absorbé aujourd'hui dans l'Atlantique Nord.

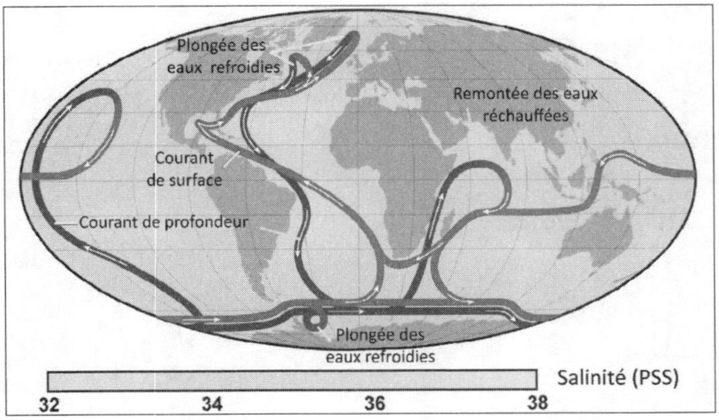


Figure 50. La circulation océanique.

### V-4. Le paramètre de continentalité

La compacité des masses continentales ne permet que des circulations circumcontinentales pour les courants marins, ce qui limite les échanges thermiques entre les eaux du globe et limite ainsi la dispersion de l'énergie thermique. À l'inverse, des courants équatoriaux tels que ceux existant il a 200 millions d'années ou méridiens (actuels) permettent un bien meilleur brassage. Ainsi, au Crétacé supérieur, le haut niveau marin ainsi que l'absence de calotte polaire ont pour conséquence un albédo relativement faible à cette époque, qui participe au maintien d'un climat chaud.

### V-5. L'altération continentale

À l'opposé, une augmentation de température va favoriser l'altération continentale. Cette altération (notamment celle des plagioclases et des silicates calciques) va libérer des ions $Ca^{2+}$, qui vont piéger du $CO_2$ sous forme de $CaCO_3$ et vont donc diminuer le $CO_2$ atmosphérique.
Par exemple l'altération de l'anorthite, silicate calcique s'écrit :

$$CaAl_2Si_2O_8 + 3\,H_2O + 2\,CO_2 \rightleftarrows Al_2Si_2O_5(OH)_4 \text{ (kaolinite)} + Ca^{2+} + 2\,HCO_3^-$$

On observe donc la consommation de 2 moles de $CO_2$ par altération d'une mole d'anorthite. Lorsque $HCO_3^-$ arrive en mer, la précipitation de calcite $CaCO_3$ selon la réaction :

$$Ca^{2+} + 2\,HCO_3^- \rightleftarrows CO_2 + H_2O + CaCO_3$$

libère 1 mole de $CO_2$ (Fig. 51). Donc finalement l'altération d'une mole d'anorthite a pompé une mole de $CO_2$ dans l'atmosphère.

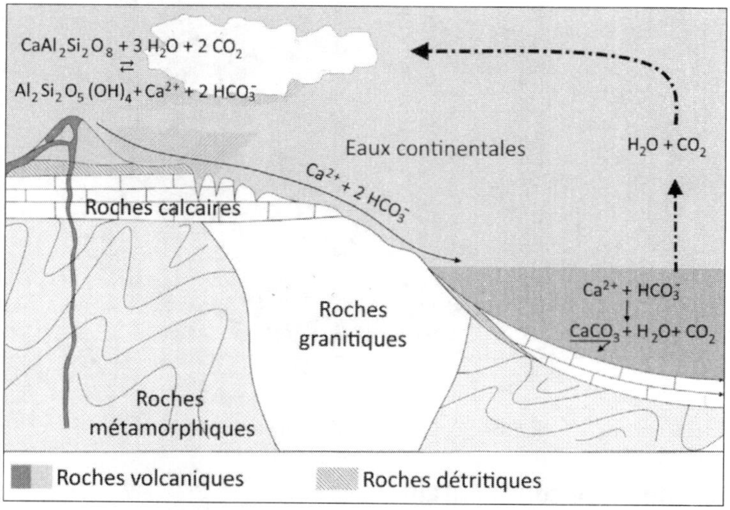


Figure 51. L'altération continentale.

La diminution du $CO_2$ atmosphérique va entraîner une diminution de l'effet de serre et donc une diminution de la température (effet modérateur). Cette rétroaction est beaucoup plus lente, car elle fait intervenir l'altération continentale, phénomène lent (Fig. 52).

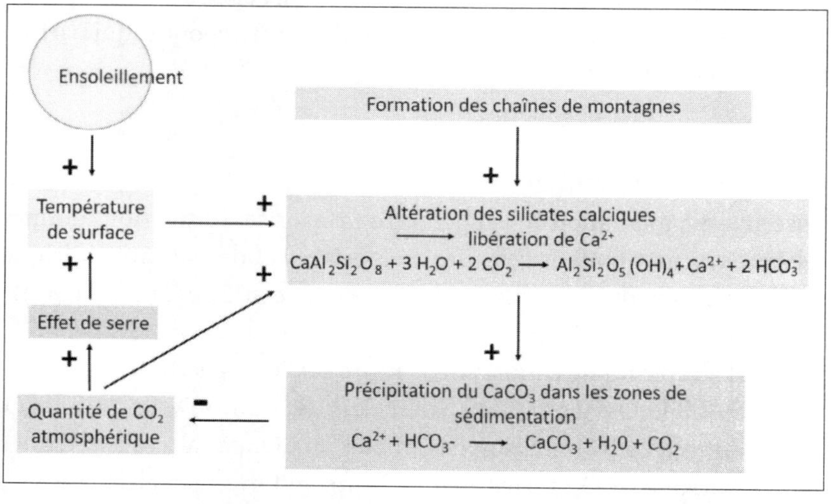


Figure 52. Exemple de rétroactions positive et négative sur la température terrestre.

## V-6. Le piégeage du $CO_2$ par la photosynthèse

La photosynthèse prélève du $CO_2$ (gazeux ou dissout) pour incorporer son C dans de la matière organique. Une partie de cette matière organique produite par la photosynthèse peut être mise à l'abri de la décomposition par enfouissement dans

le sol : c'est l'origine des gisements de charbon et d'hydrocarbures. La photosynthèse est favorisée par une élévation de la teneur atmosphérique en $CO_2$. Ainsi, une élévation de la teneur atmosphérique en $CO_2$ en favorisant la photosynthèse, augmente la quantité de $CO_2$ soustrait à court terme de l'atmosphère (rétroaction négative). Si, en parallèle, les conditions de fossilisation sont elles aussi favorisées, le C est immobilisé sur le long terme (centaines de millions d'années) ce qui a pour conséquence une baisse de la teneur en $CO_2$ atmosphérique.
Au cours des temps géologiques plusieurs périodes favorables au piégeage du $CO_2$ sous forme organique par la photosynthèse ont été identifiées (Fig. 53).

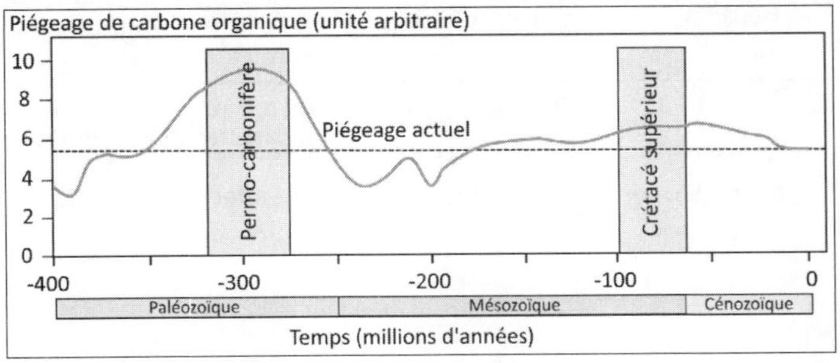


Figure 53. Piégeage du $CO_2$ par la photosynthèse au cours des temps géologiques.

## V-7. Les émissions de gaz volcaniques

L'activité volcanique est une source importante de dioxyde de carbone ; lors d'une éruption volcanique, le dioxyde de carbone représente 5 à 25 % des gaz émis, la vapeur d'eau 50 à 90 % et le dioxyde de soufre de 3 à 25 %.
Les volumes de $CO_2$ libérés par l'activité volcanique ont varié au cours des temps géologiques (fig. 54), faisant varier la teneur de l'air en $CO_2$ et donc l'intensité de l'effet de serre qu'il exerce.

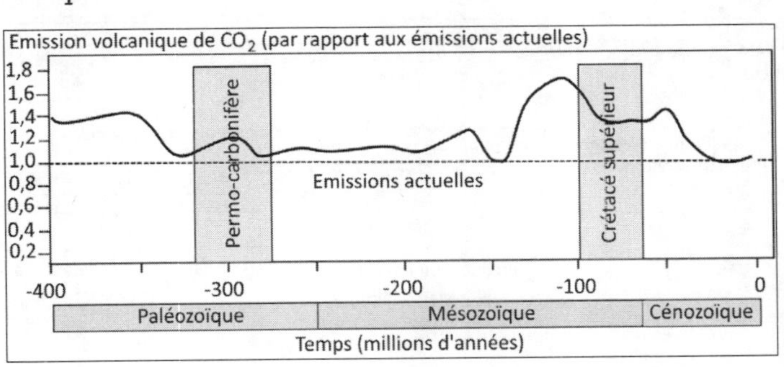


Figure 54. Variations des volumes de $CO_2$ libérés par l'activité volcanique au cours des temps géologiques.

**Conclusion : les boucles de rétroaction sont à l'origine des entrées et des sorties de glaciation.**

L'échelle de temps sur laquelle jouent ces différents facteurs est variable, de sorte que leur étude fournira des indications sur les variations récentes pour certains, et des indications sur des variations plus anciennes pour d'autres (Fig. 55).

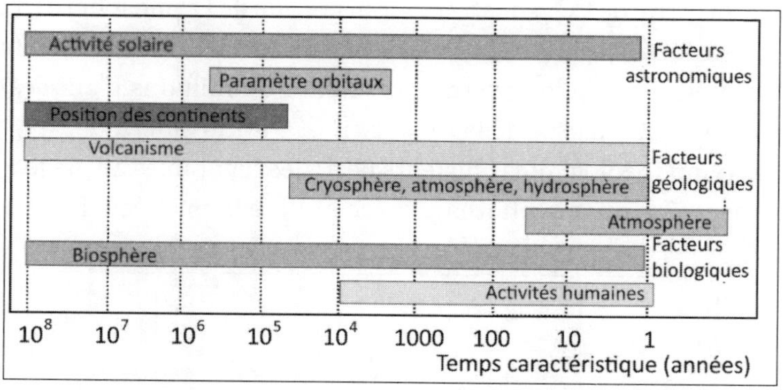


Figure 55. Les principaux facteurs pouvant affecter le climat.

# VI. Des variations climatiques à l'échelle des temps géologiques

## VI-1. L'échelle des temps géologiques (Fig. 56)

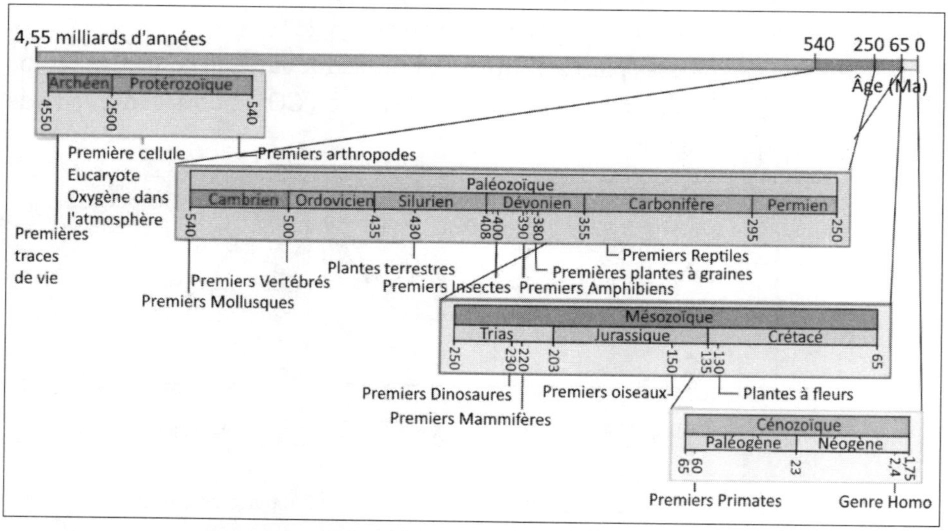


Figure 56. L'échelle des temps géologiques et les grands repères chronologiques.

## VI-2. Une alternance de périodes glaciaires et interglaciaires à l'échelle du Quaternaire

D'après le principe de superposition, plus un échantillon de glace est prélevé profondément, plus il sera ancien. En réalisant des forages dans les glaciers (Fig. 57), il est donc possible de recueillir des glaces de plus en plus anciennes et donc de déterminer, grâce au $\delta^{18}O$, la température régnant au moment de leur formation.

Figure 57. Une carotte de glace en cours d'extraction du carottier (photo de Lonnie Thompson, Byrd Polar Research Center, Ohio State University ; http://www.NCDC.NOAA.GOV/paleo/globalwarming/Gallery.html, domaine public).

Les glaces les plus profondes se trouvent sur le continent Antarctique (Fig. 58) et permettent de remonter de plus de 700 000 ans dans le passé.

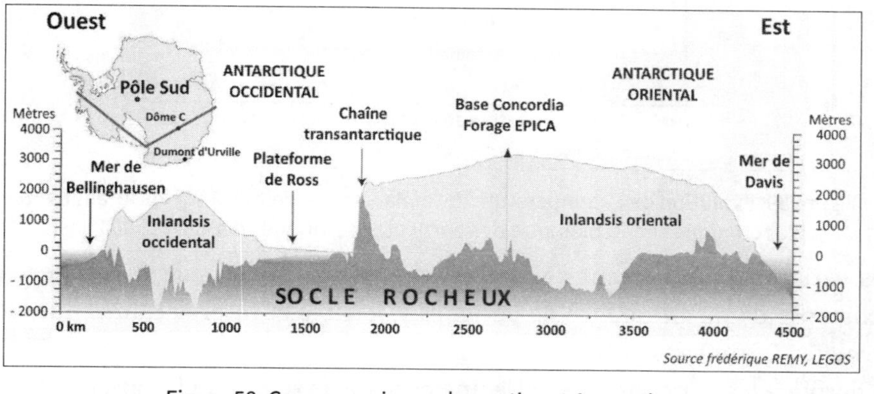


Figure 58. Coupe au niveau du continent Antarctique.

(6) Antarctique, Groenland : des forages de plus de trois kilomètres

La mesure des rapports isotopiques de l'oxygène dans les carottes polaires antarctiques et dans les sédiments carbonatés marins fait apparaître, à plusieurs reprises au cours des 700 000 dernières années, des variations de la température moyenne de l'air, (Fig. 35), de près de 10 °C (de –8 °C à +2 °C), par rapport à la moyenne de l'année 1980.

Les résultats suivants ont été obtenus en particulier à partir de l'analyse de carottes glaciaires provenant de plusieurs sites (Vostock, Taylor Dome, EPICA Dome C) (Fig. 59).

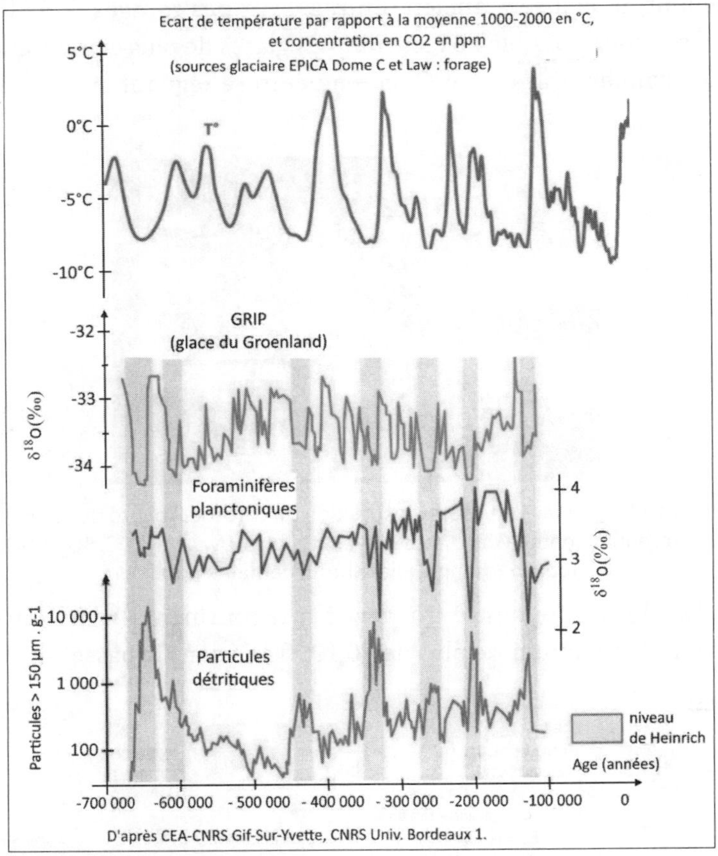


Figure 59. Évolution de la température de la planète, du delta $^{18}O$ sur les foraminifères planctoniques et du diamètre des particules détritiques depuis 700 000 ans.

Ces variations permettent de mettre en évidence, à l'échelle du Quaternaire, l'existence d'une alternance de périodes glaciaires et interglaciaires durant les derniers 700 000 ans.

La dernière glaciation (c'est-à-dire une période de temps où la baisse planétaire des températures conduit à une vaste extension des calottes glaciaires) serait intervenue entre –120 000 et –11 000 ans. Cette glaciation s'est traduite par un abaissement de plus de 120 m du niveau des mers, en raison de l'immobilisation sur les continents d'une partie de l'eau évaporée par les océans. Cette conclusion est confirmée par des données géologiques (témoignages glaciaires par les moraines), paléo-écologiques et préhistoriques.

Depuis 11 000 ans, une période de grande stabilité a été observée (Fig. 60).

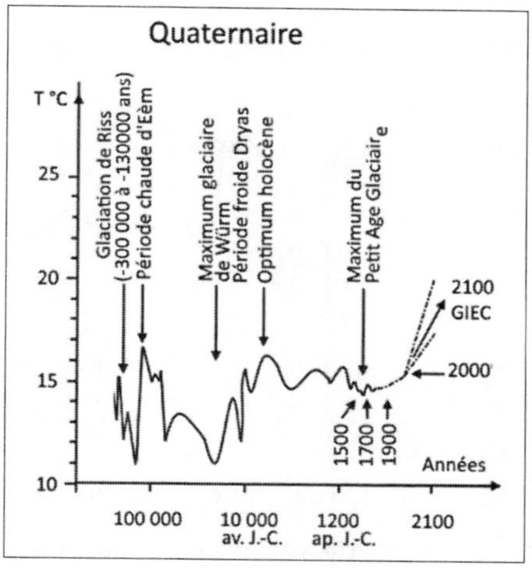


Figure 60. Variation de la température au quaternaire.

## VI-3. À l'échelle du Cénozoïque (–66 Ma à aujourd'hui) et depuis 30 millions d'années

Les indices géochimiques des sédiments marins montrent une tendance générale à la baisse de température moyenne du globe. Celle-ci apparaît associée à une baisse de la concentration atmosphérique de $CO_2$ en relation avec l'altération des matériaux continentaux, notamment à la suite des orogénèses du Tertiaire

## VI-4. À l'échelle du Mésozoïque (–251 Ma à –66 M), pendant le Crétacé

Le crétacé est caractérisé par une **augmentation de l'activité géodynamique** de la Terre : formation de nombreux points chauds et ouverture du rift medio-atlantique (Fig. 61 et 62).

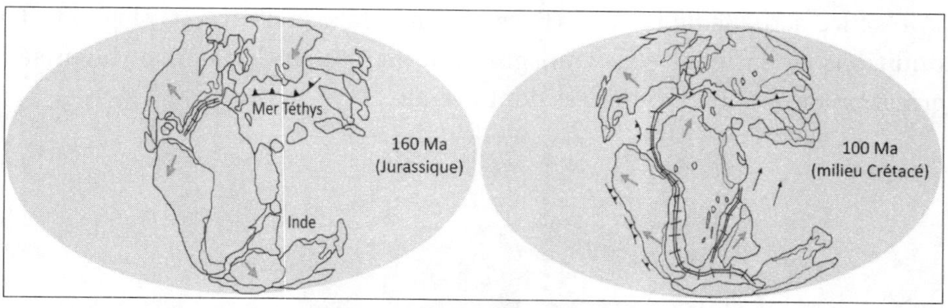


Figure 61. Positions relatives des continents aux Jurassique et Crétacé.

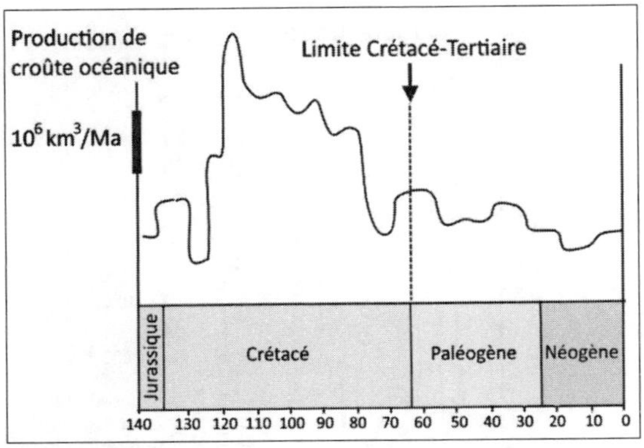


Figure 62. Production de croûte océanique au Crétacé.

Cette augmentation de l'activité volcanique se traduit par la libération d'énormes quantités de $CO_2$ dans l'atmosphère, dont la teneur devient 4 à 5 fois supérieure à sa valeur actuelle.

| | Crétacé | Actuel |
|---|---|---|
| **Teneur de l'atmosphère en $CO_2$** | 1 700 ppm | 390 ppm |
| **Température moyenne** | 18 °C (ou plus) | 15 °C |

Il en résulte une augmentation de l'effet de serre et par suite une élévation globale de la température de la planète. L'augmentation de la température de l'eau de mer entraîne une diminution de la capacité de dissolution du $CO_2$ des océans, qui, de **puits** peuvent éventuellement devenir des **sources** de $CO_2$.

Au crétacé, la « mer de la craie » recouvrait une bonne partie de l'Europe occidentale. Son nom vient de la craie, sédiment calcaire obtenu par accumulation de particules calcaires produites par des algues unicellulaires : les coccolithophoridés.

Cette accumulation s'est déroulée pendant plusieurs millions d'années expliquant la présence actuelle de falaises (Pays de Caux, falaise d'Étretat) (Fig. 63). Les conditions climatiques et la transgression marine au Crétacé ont favorisé la formation de dépôts carbonatées dont la craie.

Figure 63. Falaises d'Étretat (photo Lieu Song).

L'analyse des indices géochimiques, géologiques et paléontologiques a permis de reconstituer les aires climatiques au Crétacé (Fig. 64).

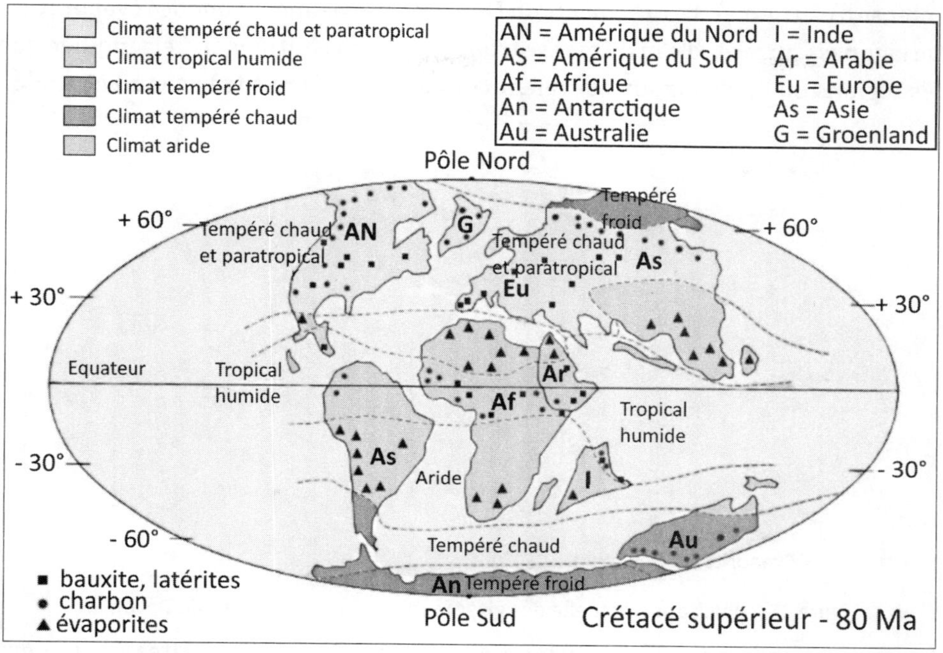


Figure 64. Reconstitution des aires climatiques au Crétacé supérieur.

La géodynamique terrestre interne, du fait de l'augmentation de l'activité des dorsales, semble être le principal responsable des variations climatiques du Crétacé. Les valeurs du $\delta^{18}O$ obtenues à partir des carbonates sont particulièrement basses au Crétacé : cela correspond à une température moyenne de l'eau tropicale aux alentours de 29-30 °C. Au Jurassique (150 Ma), cette température était de 20 °C et à l'Éocène (50 Ma), elle n'était plus que de 15 °C. Le Crétacé est donc une période chaude qui a permis la construction de grandes barrières récifales. La fin du crétacé est marquée par un refroidissement climatique.

## VI-5. À l'échelle du Paléozoïque (–541 Ma à –251 Ma)

L'évolution du climat entre le Dévonien (de –410 à –360 Ma) et le Carbonifère (–360 Ma à –295 Ma) a pu être reconstituée à partir de l'étude d'un certain nombre d'indices paléontologiques et géologiques, corrélés à l'échelle planétaire en tenant compte des paléolatitudes.

**Au Dévonien**, on retrouve sur les différents continents des évaporites datant de cette époque (Fig. 65). Une évaporite est une roche se formant par évaporation intense d'eau de mer. Les gisements du Dévonien proviennent donc de l'**évaporation** de lagunes (surfaces d'eau de mer se trouvant sur un continent). Cela indique que les régions où l'on en trouve devaient connaître un **climat très chaud et aride**.

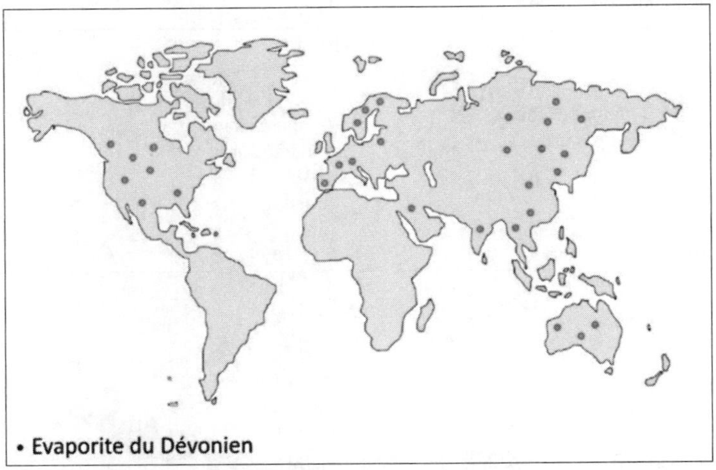


Figure 65. Localisation actuelle des gisements d'évaporite formés au Dévonien.

La figure 66 indique que les continents où l'on trouve des évaporites se situaient au Dévonien à des latitudes intertropicales. Les continents se trouvant alors au niveau du pôle sud n'en ont pas.

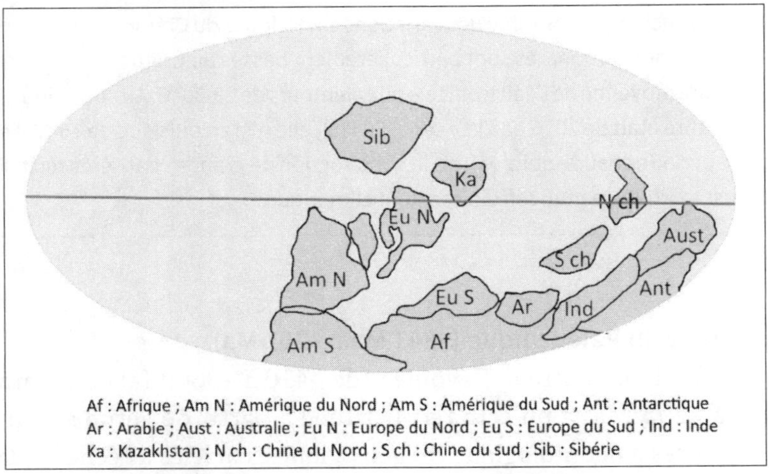


Figure 66. Répartition des masses continentales au Dévonien.

**Le Carbonifère** (–360 Ma à –245 Ma) débute par une importante transgression qui répand les eaux chaudes de la Paléotéthys sur les plates-formes continentales et permet le développement des récifs coralliens. La collision des plaques européenne, américaine et gondwanienne entraîne la formation de la chaîne hercynienne (Massif central, Bretagne et Vosges) et soude la quasi-totalité des masses continentales en un seul supercontinent : la Pangée (Fig. 67).

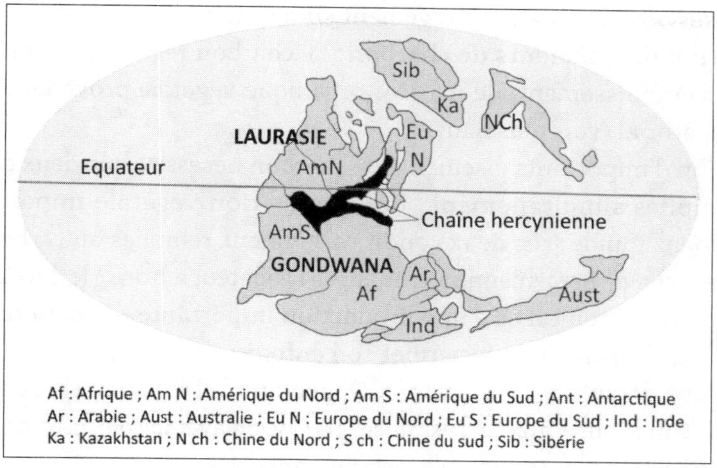


Figure 67. Reconstitution de la position des continents au Carbonifère supérieure (–300 Ma).

Des indicateurs permettent de déterminer le climat régnant au cours du Carbonifère. Ainsi, on trouve au niveau des continents sud des **tillites**, c'est-à-dire des sédiments **périglaciaires** fossiles (les moraines étant les indices de présence de glaciers). Les gisements de **charbon** dans les continents du nord ont pour origine l'existence de forêts très denses (Fig. 68).

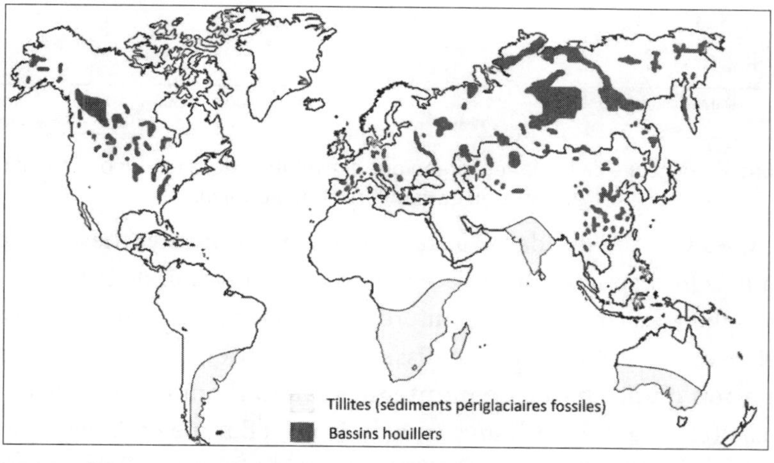


Figure 68. Localisation actuelle des tillites fossiles et des bassins houillers du Carbonifère.

Les continents du sud montrant des sédiments périglaciaires se trouvaient au niveau du pôle sud et ceux du nord possédant des gisements de charbon étaient intertropicaux. Cela indique que le climat du carbonifère était contrasté : **froid aux pôles, chaud et humide à l'équateur**. Globalement, la température moyenne au carbonifère devait être **inférieure** à celle du Dévonien.

Ainsi, le **climat chaud et aride du Dévonien** évolue en un climat **carbonifère contrasté plus frais** (froid aux pôles, chaud et humide à l'équateur).

- **Les causes possibles de ce changement climatique**

**La formation de gisements de charbon** : Le charbon résulte de la mise à l'abri de l'air par enfouissement, de matière organique végétale provenant de forêts de type équatorial (voir plus haut).

La formation d'importants gisements de charbon nécessite que deux conditions soient remplies simultanément : une production végétale importante, un enfouissement rapide : ces deux conditions étaient remplies au carbonifère : la position de la chaîne hercynienne au niveau de l'équateur autorise le développement de forêts de type tropical et d'une production importante de matière végétale, alors que l'activité orogénique permet son enfouissement rapide.

La baisse considérable de la teneur en $CO_2$ pendant le Dévonien et le Carbonifère (de 400 à 300 millions d'années) est mise en relation avec la colonisation du milieu continental par les plantes vasculaires (Fig. 69).

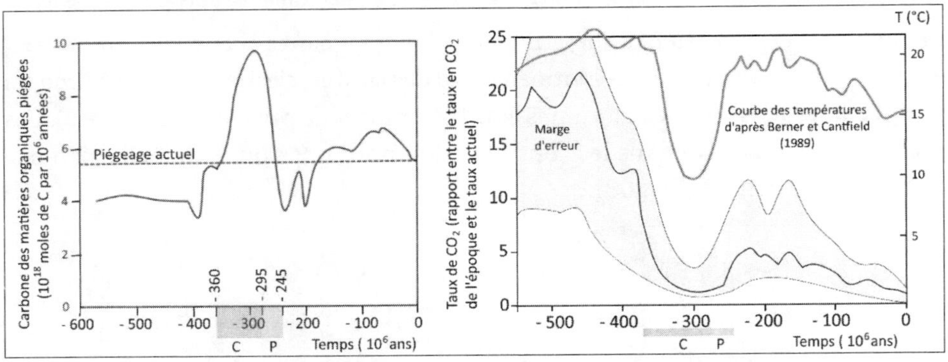


Figure 69. Piégeage de la matière organique et évolution de la teneur de l'air en $CO_2$ au cours du Carbonifère et du Permien.

Ainsi, le C du $CO_2$ prélevé dans l'atmosphère par la photosynthèse, se retrouve piégé dans la lithosphère. On assiste donc à une réduction de la teneur en $CO_2$ de l'atmosphère au cours du carbonifère, avec pour conséquence une réduction de l'effet de serre, et donc un refroidissement climatique.

**La formation d'une chaîne de montagnes** : au Carbonifère, la collision entre la Laurasie (bloc formé par l'Amérique du Nord, l'Europe et l'Asie du Nord) et le Gondwana (bloc formé par l'Amérique du Sud l'Afrique et l'Inde) provoque la formation d'une chaîne de montagnes, la chaîne hercynienne (phase d'orogénèse) (revoir la Fig. 67).

Du fait de sa position géographique au niveau de l'équateur où le climat est chaud et humide, la chaine hercynienne a dû s'éroder rapidement sous l'effet des importantes précipitations. Or le bilan de cette altération (notamment celle des feldspaths calciques et les silicates calciques très abondants en montagne) est une consommation de $CO_2$ (pour plus de détails, voir le paragraphe V-4. L'altération continentale). Le $CO_2$ étant un gaz à effet de serre, une diminution de son taux atmosphérique aboutit donc à une diminution de l'effet de serre et ainsi à une diminution de la température (Fig. 70).

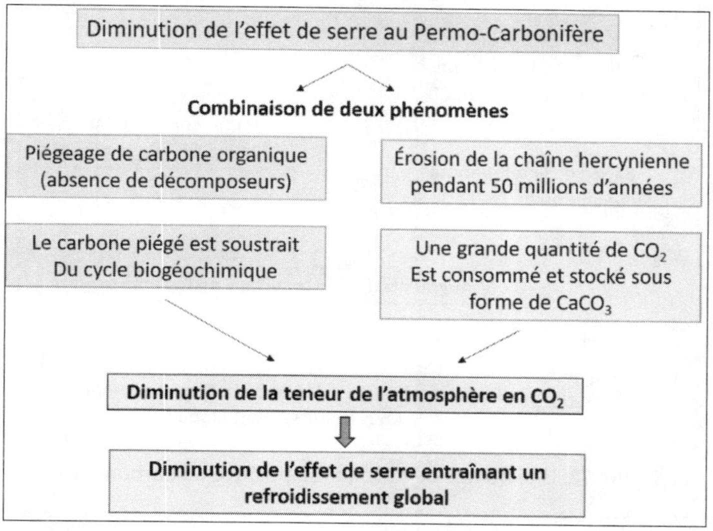


Figure 70. Les phénomènes à l'origine du refroidissement observé au cours du Carbonifère.

- **Rétroaction positive liée à l'augmentation de l'albédo**

Au Carbonifère, le pôle Sud est occupé par une importante masse continentale formée par le Sud de l'Afrique et de l'Amérique du Sud, par l'Australie, par l'Inde et par l'Antarctique (Fig. 71).

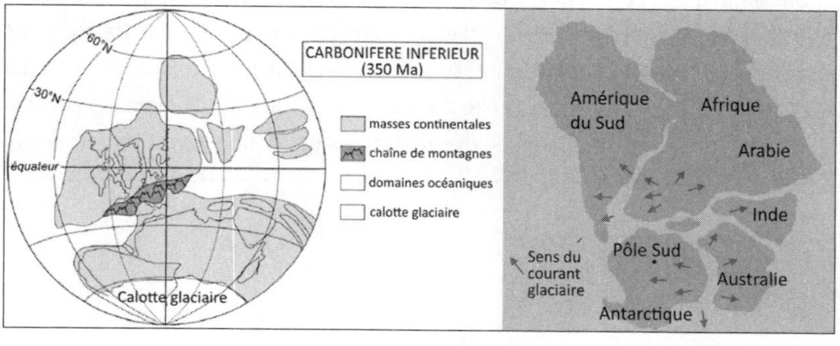


Figure 71. Le pôle Sud recouvert par un inlandsis au Carbonifère.

Cette masse continentale est recouverte d'un inlandsis. Le refroidissement, lié à la baisse de l'effet de serre, a eu pour conséquence d'augmenter la surface de cet inlandsis, augmentant donc la surface recouverte de glace. Or la glace à un très fort albédo (rapport de l'énergie réfléchie sur l'énergie incidente). L'albédo global de la Terre a donc augmenté, diminuant la quantité d'énergie absorbée par la surface terrestre et augmentant celle réfléchie vers l'espace, avec pour conséquence une amplification de la baisse de la température (rétroaction positive) (Fig. 72).

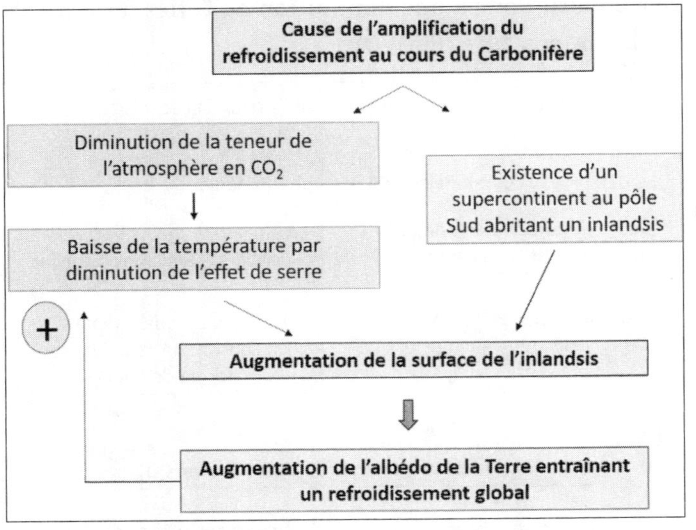


Figure 72. Une boucle de rétroaction positive au Carbonifère.

Le climat de la Terre est donc la somme d'un grand nombre d'interactions, rapides ou lentes, positives ou négatives, qui sont loin d'être toutes comprises. Toute modélisation fiable est donc difficile. Mais les exemples cités plus haut montrent que la quantité de $CO_2$ peut, par son augmentation, complètement perturber notre environnement actuel à brève échéance (quelques siècles), mais qu'à l'échelle géologique, tout peut redevenir comme avant en quelques millions d'années.
Remarquons enfin que de telles perturbations ont lieu naturellement. Depuis le début de l'ère primaire, le taux de $CO_2$ (qui était de 5 à 10 fois la teneur actuelle au début du Paléozoïque) varie sans cesse entre 0,5 fois la teneur actuelle (au Carbonifère), jusqu'à 5 fois la teneur actuelle (au Crétacé) et même 20 fois la teneur actuelle au début de l'Ordovicien. Cela n'a pas été la fin de la Terre, ni même de la vie, mais la fin de très nombreux environnements et biotopes fragiles.

# Je me perfectionne

## (1) L'étude des terrasses fluviatiles glaciaires a permis de mettre en évidence dans les alpes, l'existence d'une succession de phases glaciaires

L'étude des terrasses fluviatiles glaciaires a permis de mettre en évidence dans les alpes, l'existence d'une succession de phases glaciaires (Donau, Günz, Mindel, Riss, Würm) et interglaciaires (Fig. 73).

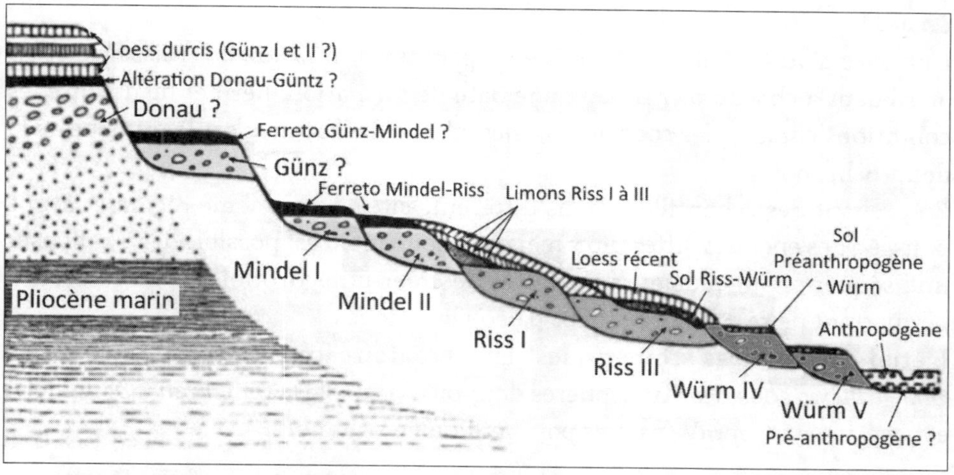


Figure 73. Terrasses fluviatiles glaciaires a permis de mettre en évidence dans les alpes.

## (2) Le rapport deutérium/hydrogène

L'élément hydrogène possède également deux isotopes stables qui diffèrent par leur nombre de neutron : le protium $^1H$ ou H le plus abondant et le plus léger et le deutérium $^2H$ ou D (0,015 %) ; On peut mesurer les rapports D/H avec un spectrographe de masse. Le fractionnement isotopique décrit pour $H_2{}^{16}O$ et $H_2{}^{18}O$ existe également pour $^2H_2{}^{16}$ et $^1H_2{}^{16}O$. Ainsi le rapport $^2H/^1H$ comme le rapport $H_2{}^{18}O/H_2{}^{16}O$ dépend de la température et peut constituer un thermomètre isotopique.

## (3) Autres informations apportées par l'analyse de la composition en gaz des bulles d'air fossiles

Les molécules des gaz à effet de serre séjournent longtemps dans l'air avant d'être détruites (durée de vie de quelques années pour le $CO_2$, de dix ans pour le $CH_4$). Ces temps de séjour, très supérieurs au temps caractéristique de mélange de l'atmosphère, conduisent à des concentrations en gaz à effet de serre remarquablement homogènes sur le globe. Le profil de variation des gaz à effet de serre au cours du temps est donc le même sur toute la surface du globe et peut être utilisé pour dater, par comparaison, des glaces prélevées sur différents sites.

### (4) D'autres méthodes d'étude des climats récents existent

**L'étude des cernes des troncs** : sous des latitudes moyennes, les arbres poussent en produisant du bois lorsque les conditions climatiques sont favorables (du début du printemps à la fin de l'été). L'épaisseur d'un cerne est donc en partie liée à la pluviométrie et à la température qu'il faisait au moment où l'arbre produisait le cerne.

L'analyse d'un échantillon de bois en repérant ses anneaux de croissance et en attribuant à chacun d'entre eux une date de formation, permet de déduire les conditions climatiques contemporaines à la vie de l'arbre. C'est le principe de la dendrochronologie.

En prenant des échantillons dans différents sites d'une même région et ayant poussé à des époques différentes mais se recoupant, il est possible de recomposer une séquence sur plusieurs siècles et de créer une chronologie de référence permettant de réaliser des études paléo-climatiques.

**L'étude des indices stomatiques :** en laboratoire, on a cultivé des plants de *Ginkgo biloba* sous des atmosphères dont on a contrôlé la teneur en $CO_2$. Celle-ci est exprimée en ppmV (parties pour million en volume).

Figure 74. Étude des indices stomatiques d'une feuille fossile
et utilisation du principe d'actualisme.

L'indice stomatique correspond au nombre de stomates trouvés sur la face inférieure des feuilles par rapport au nombre total de cellules épidermiques (les deux cellules stomatiques ne comptent que pour un seul stomate) (Fig. 74 et 75).

Relation entre le taux de $CO_2$ et l'indice stomatique de *Ginkgo biloba*. La relation entre l'indice stomatique et la teneur de l'atmosphère en $CO_2$ semble être une droite.

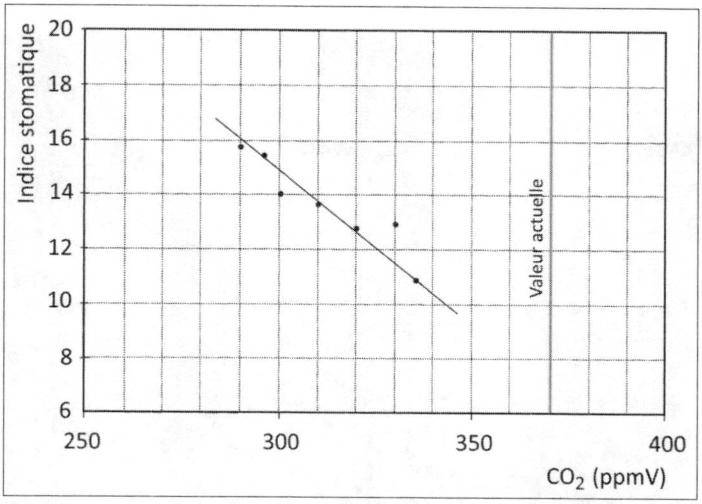


Figure 75. Relation entre le taux de $CO_2$ et l'indice stomatique de *Ginkgo biloba*.

## (5) Certains gaz d'origines humaines sont également détectables dans les couches récentes des glaces polaires

C'est le cas en particulier des CFC qui ont été utilisés comme gaz réfrigérant et comme gaz propulseur dans les bombes aérosols avant leur interdiction en 1987 en raison de leur rôle dans la destruction de la couche d'ozone stratosphérique. La couche d'ozone, qui s'étend entre vingt et quarante kilomètres d'altitude, absorbe la plus grande partie du rayonnement solaire ultraviolet, protégeant ainsi les organismes vivants.
Suite à cette interdiction, le trou dans la couche d'ozone au-dessus de l'Antarctique, continue à se résorber, selon un article publié jeudi 30 juin 2016 dans la revue américaine *Science*. Selon les chercheurs, il a diminué de plus de 4 millions de $km^2$ depuis 2000.

## (6) Antarctique, Groenland : des forages de plus de trois kilomètres

Un système de forage extrait des morceaux de glace de près de deux mètres de longueur sur une dizaine de centimètres de diamètre (Fig. 76). Cette opération est lourde et coûteuse ce qui explique pourquoi très peu de forages glaciaires ont été menés à bien à ce jour, en comparaison des forages en milieux océanique ou continental (lacs, tourbières).
Au centre de l'Antarctique et du Groenland, des forages poursuivis sur plusieurs années ont permis d'atteindre des profondeurs de plus de trois kilomètres et de remonter de près de 700 000 ans en arrière.
Après le forage, les cylindres de glace sont découpés sur le site (« tranchée scientifique »). Une première série de mesures, non destructives, sert à déterminer la stratigraphie de la glace.

Figure 76. Analyses in situ. Dès la remontée de la carotte, les analyses (non destructives) commencent dans la tranchée scientifique creusée à même la glace (ici à GRIP, au Groenland) (© Helle Astrid Kjær).

La carotte est ensuite échantillonnée pour les différents types de mesures. En général, la moitié de la carotte est conservée comme archive en cas de développement de nouvelles techniques d'analyse. L'ensemble des carottes est ensuite transporté en respectant la chaîne du froid (moins de –15 °C), puis stocké dans des chambres froides (–25 °C) à proximité des laboratoires d'analyse.

# Je m’exerce et je fais la différence

## Entraînement

### Exercice 1

*Bac sujet spé SVT, Métropole, 2004*

L’exploitation des données océaniques et continentales suggère que la déglaciation amorcée il y a 18 000 ans a été associée à des oscillations climatiques brutales et de forte amplitude.

À l’aide d’informations extraites des documents 1 à 3, montrez que le Dryas récent, intervalle de temps compris entre –11 000 et –10 000 ans, est la dernière oscillation du climat dans l’hémisphère nord avant la relative stabilité observée depuis.

---

Document 1

**Document 1a** *Courbe isotopique $\delta^{18}O$ obtenue à partir du sondage de Camp Century dans les glaces du Groenland*

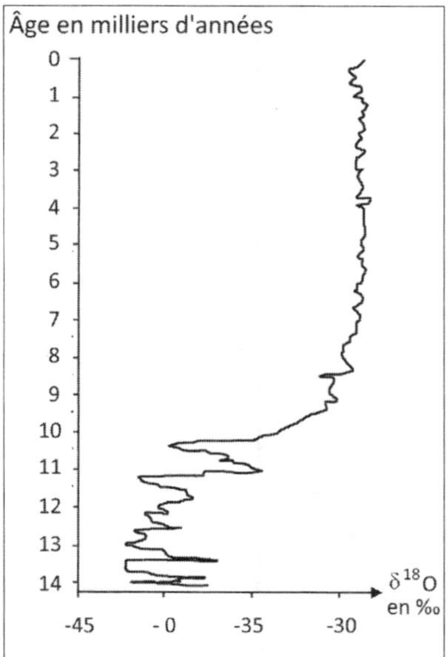


D'après une Histoire du climat M. Magny

Figure 77. Courbe isotopique $\delta^{18}O$ obtenue à partir du sondage de Camp Century dans les glaces du Groenland.

**Document 1b** *Document de référence*

La concentration de la neige en oxygène 18 varie de façon linéaire avec la température. En mesurant la composition isotopique des couches de glace d'une carotte prélevée dans un inlandsis, il est donc possible de déterminer la température qui régnait lors du dépôt de la neige à l'origine de la glace.

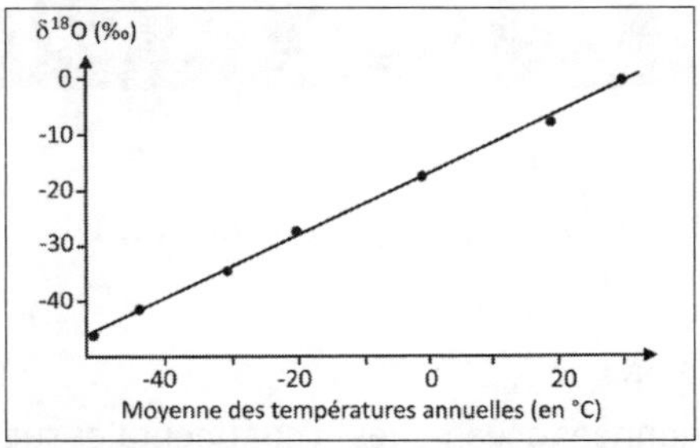


Figure 78. Variation de la concentration de la neige en oxygène 18 avec la température.

---

Document 2

**Document 2a** *Diagramme pollinique de sédiments de remplissage des grottes Jean-Pierre 1 et 2 de Saint Thibaud de Couz (Savoie)*

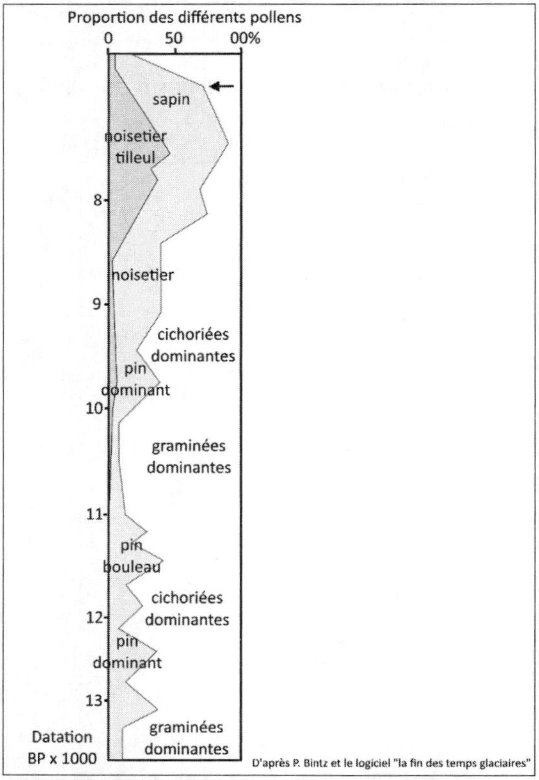


Figure 79. Diagramme pollinique de sédiments de remplissage des grottes Jean-Pierre 1 et 2 de Saint Thibaud de Couz (Savoie).

**Document 2b** *Document de référence*

| Végétaux actuels | Préférence climatique |
|---|---|
| Noisetier, tilleul | Climat tempéré température +3 à +18 °C |
| Pin, bouleau, sapin | Climats tempérés (domaines continental et montagnard) ou froid température –10 à +5 °C |
| Graminées (= poacées), cichoriées (plantes apparentées aux pissenlits) | Climat froid et sec les cichoriées deviennent dominantes par rapport aux graminées si la température s'élève |

*D'après P. Bintz et logiciel « la fin des temps glaciaires »*

---

Document 3

**Document 3a** *Microfossiles d'une carotte de sédiments prélevée près des côtes de Norvège*

*Neogloboquadrina pachyderma* est un foraminifère dont l'enroulement du test (coquille) dépend de la température de l'eau de surface de la mer : enroulement dextre (vers la droite) lorsque l'eau de surface est chaude ; enroulement senestre (vers la gauche) lorsque l'eau de surface est froide.

Figure 80. Un formaminifère *Neogloboquadrina pachyderma*.

**Document 3b** *Proportion de Neogloboquadrina pachyderma à enroulement dextre au cours du temps*

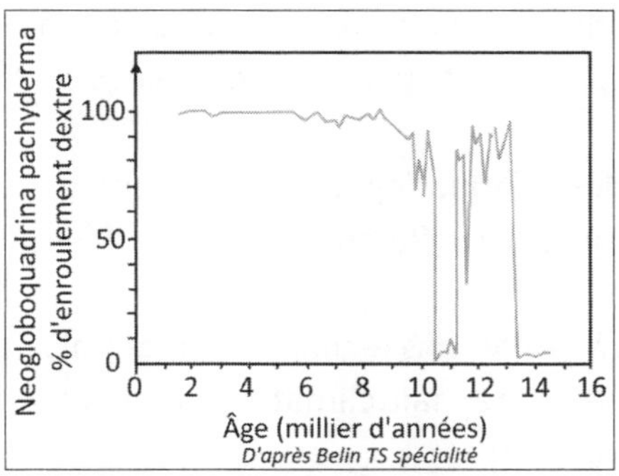


Figure 81. Proportion de *Neogloboquadrina pachyderma* à enroulement dextre au cours du temps.

## Correction

### Exercice 1

**Informations tirées du document 1a** : ce document montre l'évolution de la concentration en isotope 18 de l'oxygène dans les glaces du Groenland depuis –14 000 ans jusqu'à aujourd'hui. On peut noter sur ce graphique qu'il existe une période de stabilité de la concentration en oxygène 18 (depuis 9 000 ans) successive à une période de grandes variations (de –14 000 ans à –9 000 ans).

**Informations tirées du document 1b** : ce document nous apprend que la concentration en oxygène 18 est proportionnelle à la température extérieure. Nous lisons sur le graphique qu'une concentration en oxygène 18 de 40 pour mille correspond à une température extérieure de –40 °C. Une concentration en oxygène 18 de 35 pour mille correspond à une température extérieure de –35 °C. Une concentration isotopique de l'oxygène de 10 pour mille indique que la température extérieure est de 20 °C. Nous utiliserons ces données pour interpréter le document 1a.

**Mise en relation des informations** : en se référant aux données apportées par le document 1b, nous pouvons déduire que :

- de –14 000 ans à –10 000 ans, la température extérieure était de –40 °C : il s'agit d'une période glaciaire ;
- depuis 10 000 ans, la température extérieure s'est radoucie (20 °C) et l'on est entré dans une période post-glaciaire.

**Informations tirées du document 2a** : ce document donne le diagramme pollinique d'une zone continentale (gisement pris en Savoie) sur une période allant de –13 500 ans à l'actuel.

Nous observons que les graminées sont dominantes dans la région de –13 500 ans à –10 000 ans, puis pendant 1 000 ans les cichoriées dominent. Depuis 8 500 ans, une végétation arborée a pris le relais et c'est le règne des bétulacées et des conifères.

**Informations tirées du document 2b** : ce document nous indique les préférences climatiques d'un certain nombre d'espèces actuelles : les graminées préfèrent un climat froid et sec, le tilleul et le noisetier préfèrent un climat tempéré et le pin, le bouleau et le sapin, climats tempérés (domaines continental et montagnard) ou froid.

**Mise en relation des informations** : en appliquant le principe d'actualisme (les exigences écologiques des différentes espèces citées n'ont pas varié), on peut en déduire que :

- de –13 500 ans à –10 000 ans régnait un climat froid et sec ;
- de –10 000 à –8 500 régnait climats tempérés (domaines continental et montagnard) ou froid ;
- depuis –8 500 règne un climat tempéré.

**Informations tirées du document 3a :** ce dernier document nous présente un foraminifère Néogloboquadrina et les conditions de formation de sa coquille :

- lorsque l'eau de mer est chaude, l'enroulement du test est dextre, ce qui est le cas, d'après le graphique proposé, depuis 9 000 ans ;
- lorsque l'eau de mer est froide, l'enroulement du test est senestre, ce qui est le cas entre –14 000 ans et –9 000 ans.
- **Informations tirées du document 3b :**
- depuis –9 000 ans on observe une majorité de foraminifère *Neogloboquadrina pachyderma* à enroulement dextre ;
- entre –14 000 et –9 000 ans une majorité de foraminifère *Neogloboquadrina pachyderma* à enroulement sénestre.

**Mise en relation des informations :** en appliquant de nouveau le principe d'actualisme, on peut en déduire l'existence, en milieu océanique, d'une période froide entre 11 000 et 12 000 ans suivie d'un réchauffement depuis 11 000 ans.

**Synthèse :** les documents proposés nous permettent de reconstituer le climat depuis 14 000 ans grâce à l'étude de données obtenues en milieux continental et océanique.

**En milieu continental**

- De –14 000 ans à –10 000 ans, la température extérieure de –40 °C est le témoin d'une période glaciaire.
- Depuis 10 000 ans, la température extérieure s'est radoucie (20 °C) et l'on est dans une période postglaciaire.
- Ces conclusions sont confirmées par l'étude du document 2 :
- de –13 500 ans à –8 500 ans, l'abondance des graminées et des pissenlits sont le signe d'une période froide. Vers la fin de cette période, la domination des cichoriées indique que la température commence à se réchauffer et que l'on sort progressivement de la glaciation ;
- depuis 8 500 ans, la prédominance pollinique d'une végétation arborée est le témoin d'une période postglaciaire.

**En milieu océanique**

Cette tendance se confirme comme le montre le document 3 : entre –14 000 ans et –9 000 ans, l'enroulement senestre de la coquille indique que la température de l'eau est froide, une preuve supplémentaire de cette période glaciaire. Depuis 9 000 ans, l'enroulement dextre du test s'est généralisé, preuve du réchauffement de l'eau.

En conclusion, nous pouvons comprendre que depuis 9 000 ans, la Terre est sortie de sa dernière glaciation. Nous sommes donc actuellement dans une période postglaciaire.

Chapitre D-2

# Comprendre les conséquences du réchauffement climatique et les possibilités d'actions

# Je révise et je me perfectionne

Le réchauffement climatique est aujourd'hui un fait avéré. Un effort de recherche scientifique majeur est mené depuis quelques dizaines d'années pour élaborer un modèle fiable sur le changement climatique, ses causes et ses conséquences, et pour définir les actions qui peuvent être conduites pour y faire face. En dehors des effets abiotiques, le réchauffement climatique a des impacts importants sur la biodiversité et la santé humaine.

## I. Le réchauffement climatique est un fait avéré

### I-1. L'évolution des températures moyennes

L'évolution des températures moyennes est la preuve la plus évidente du changement climatique. Au niveau mondial on observe une tendance nette au réchauffement depuis 1850, avec une forte accélération depuis le milieu des années 1970. Bien que ce réchauffement ne soit pas égal sur l'ensemble du globe, la température moyenne à sa surface a augmenté de plus de 1,1 °C depuis la fin du XIX^e^ siècle (Fig. 1).

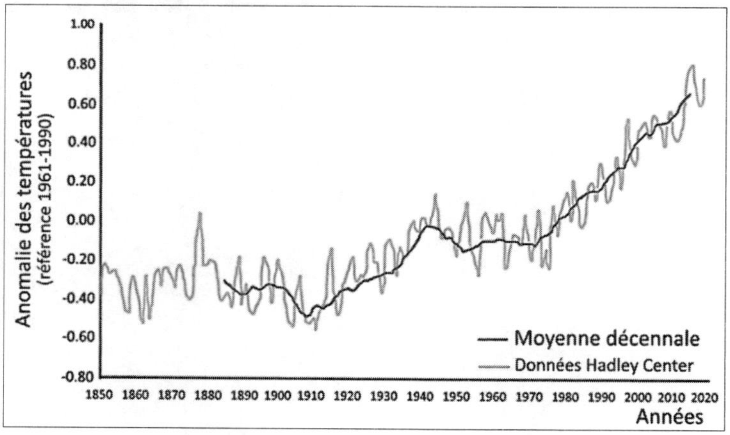


Figure 1. Évolution de la température moyenne annuelle mondiale représentée sous forme d'écart à la moyenne sur la période de référence 1961-1990.

### I-2. La température des océans

Grâce à des mesures de température de la mer collectées au cours des 5-6 dernières décennies sur les 1 000-2 000 premiers mètres des océans, les océanographes ont observé que les océans se sont réchauffés de façon importante sur cette période (Fig. 2).

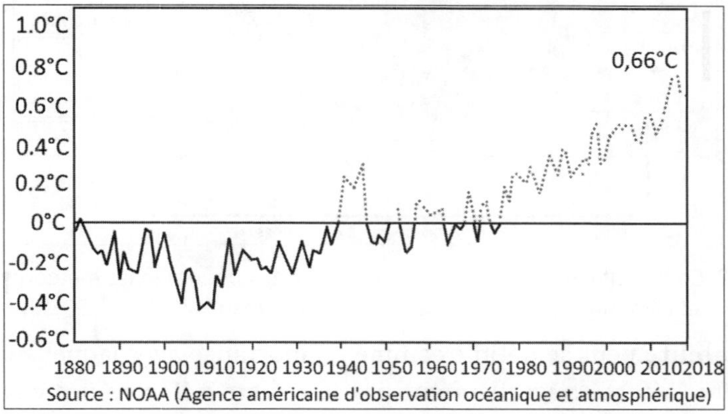


Figure 2. Anomalies de la température mondiale des océans par rapport à la moyenne du XXe siècle.

La capacité de l'océan à stocker la chaleur est bien plus efficace que les continents (6 %) et l'atmosphère (1 %). Ainsi, les océans ont absorbé 93 % de l'excédent d'énergie résultant de l'augmentation de la concentration atmosphérique des gaz à effet de serre due aux activités humaines.

En absorbant la chaleur, les océans ont un important effet modérateur sur le climat et ses changements. Ils sont aussi particulièrement vulnérables au réchauffement climatique global et à l'augmentation du contenu atmosphérique en gaz à effet de serre.

## II. Réchauffement climatique et risques majeurs

### II-1. Notion de risque

Le risque peut être représenté comme la **probabilité d'occurrence d'événements dangereux**. Les risques naissent de la conjonction d'un phénomène physique déclencheur et d'une situation de vulnérabilité et d'exposition des personnes et des biens (Fig. 3).

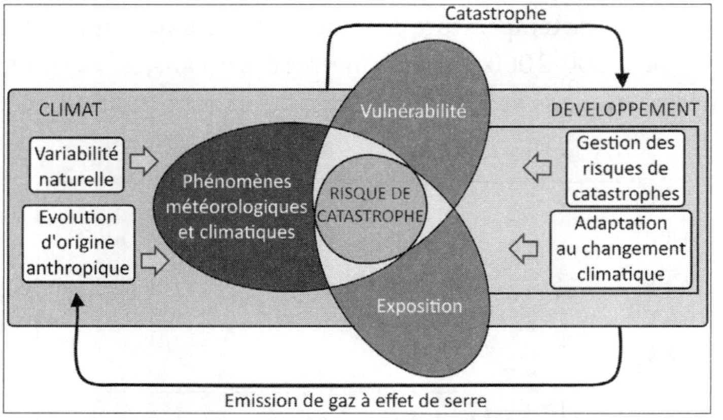


Figure 3. Comment l'exposition et la vulnérabilité aux phénomènes météorologiques et climatiques déterminent le risque de catastrophe (GIEC, SREX).

La **vulnérabilité** peut se définir comme l'importance avec laquelle un système risque d'être affecté négativement par les effets néfastes des changements climatiques. La vulnérabilité d'un système dépend du caractère, de l'ampleur, et du rythme des changements climatiques auxquels ce système est exposé, ainsi que de sa sensibilité, et de sa capacité d'adaptation. La vulnérabilité englobe divers concepts ou éléments, notamment les notions de sensibilité (propension à subir des dommages) ou de fragilité (prédisposition à subir des dommages) et l'incapacité de faire face et de s'adapter (Fig. 4).

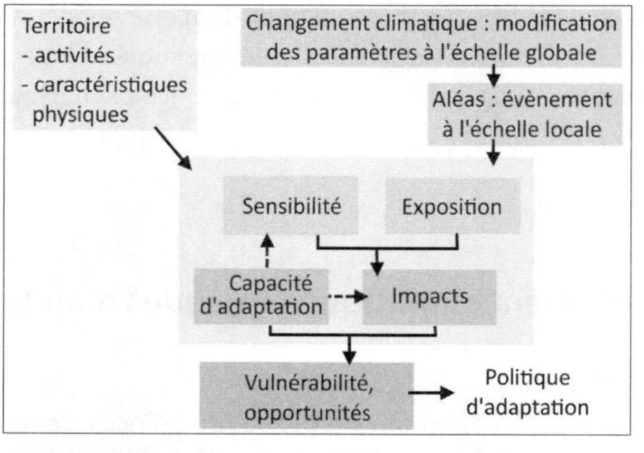


Figure 4. Schéma explicatif des concepts associés à la vulnérabilité au changement climatique (MTES, CGDD).

## II-2. Notion de risque majeur

On parle de **risque naturel « majeur »** lors de la survenue d'un événement d'origine naturelle dont les effets peuvent affecter un grand nombre de personnes, occasionner des dommages importants et dépasser les capacités de réaction de la société. Les risques majeurs sont caractérisés à la fois par leur **faible probabilité** d'occurrence et leur **forte gravité**.

# III. Autres effets abiotiques du réchauffement climatique

## III-1. La hausse du niveau marin

Les marégraphes et les données satellites démontrent sans équivoque une hausse du niveau des mers (Fig. 5) qui s'accélère et est presque deux fois plus rapide depuis 20 ans qu'au siècle dernier.

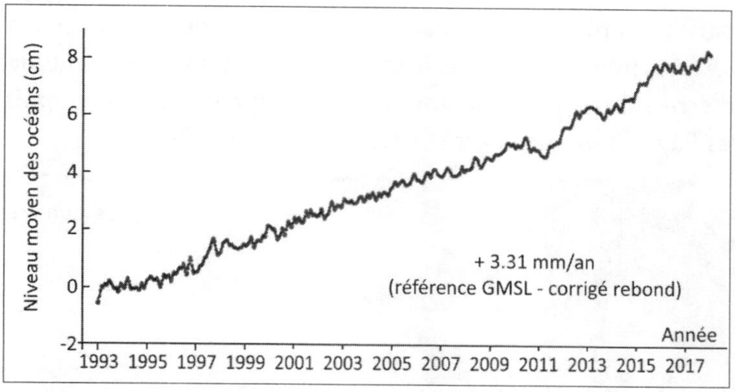


Figure 5. Élévation du niveau moyen des océans (d'après ONERC).

Trois facteurs par ordre décroissant d'importance jouent un rôle majeur :
- la fonte des glaces des calottes polaires,
- le gonflement dû à la dilatation de l'eau des océans,
- la fonte des glaciers terrestres.

En fonction des hypothèses d'évolution des émissions anthropiques de gaz à effet de serre dans l'atmosphère, les scénarios du GIEC (Groupement International d'Étude des Climats) envisagent, à l'horizon 2100, une augmentation de 40 cm à plus de 2 m dans l'hypothèse extrême d'une fonte d'une partie significative des calottes polaires. Cette hausse du niveau de la mer ne serait pas uniformément répartie sur le globe, voire on assisterait dans certaines régions à une baisse (Fig. 6).

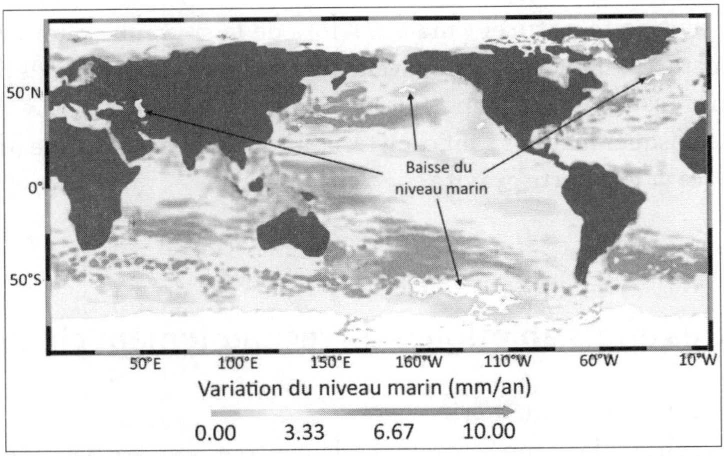


Figure 6. Élévation du niveau des mers, en millimètre par an entre 1993 et 2019. (Copernicus/ Collecte Localisation Satellites (CLS)/Centre national d'études spatiales (CNES)/Laboratoire d'Études en Géophysique et Océanographie Spatiales (LEGOS)).

Cette élévation du niveau des océans aura des conséquences dramatiques pour les atolls du Pacifique ou certains littoraux asiatiques notamment, qui risquent à terme d'être submergés, entraînant un flux inéluctable de populations. En Europe, les Pays Bas seront particulièrement affectés (Fig. 7).

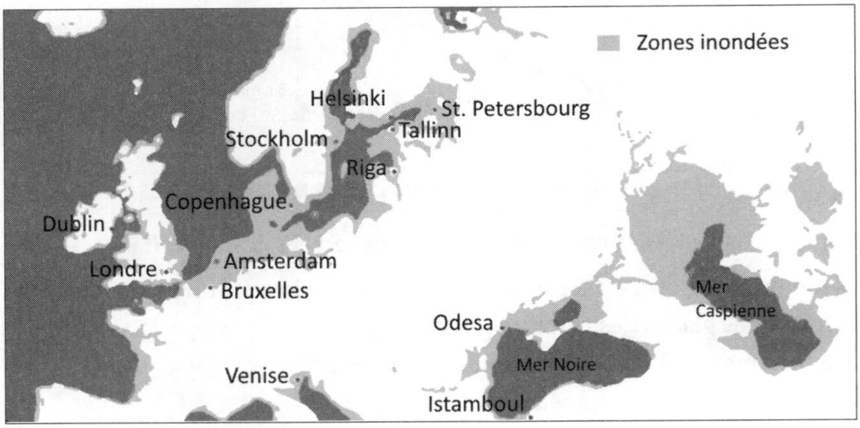


Figure 7. Carte de l'Europe si le niveau de la mer montait de 1 m, montrant les zones qui seront immergées.

### III-2. Le volume de la cryosphère est en diminution constante

Au niveau mondial, l'augmentation des températures atmosphériques s'accompagne d'une fonte généralisée (diminution de la superficie et du volume) de plusieurs compartiments de la cryosphère : les glaces de montagne et de mer, la banquise arctique, la couverture neigeuse et les calottes glaciaires ainsi que le pergélisol (sol gelé en permanence).

Les **calottes glaciaires** sont les glaciers d'eau douce étendus sur la terre ferme. Les deux calottes glaciaires les plus étendues sont les glaciers du Groenland et de l'Antarctique.

**Tableau de la perte de volume des calottes glaciaires**

| Calottes glaciaires | 1992-2001 | 2002-2011 |
|---|---|---|
| Groenland | 34 Gt/an | 215 Gt/an |
| Antarctique | 30 Gt/an | 147 Gt/an |
| Calottes glaciaires | 1901-2010 | 1993-2010 |

Ainsi la perte de volume de la calotte glaciaire augmente et s'accélère.

La **banquise** est une couche de glace qui se forme sur l'eau : sur la mer mais aussi les lacs et les rivières.

En ceci elle diffère des calottes glaciaires, qui se forment sur la terre. Les observations montrent que l'extension de la banquise en Arctique fin septembre a diminué d'environ 11 % (entre 9 et 13 %) par décennie entre 1979 et 2012.

## III-3. Modification de l'importance et de la répartition des précipitations

Au niveau mondial, le changement climatique se traduit par une modification non uniforme des précipitations terrestres.

Même si les prévisions divergent selon les scénarios retenus et les modélisations utilisées, on considère comme fortement probable un accroissement des précipitations aux hautes latitudes (Fig. 8), alors que dans les zones subtropicales elles devraient se raréfier (Fig. 9).

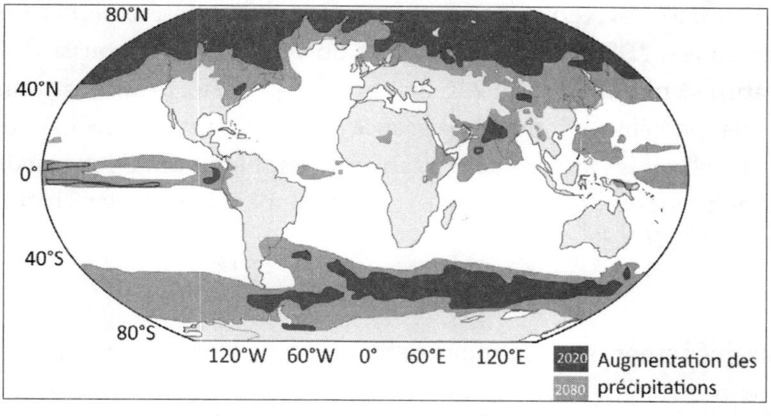


Figure 8. Modifications prévisionnelles de la répartition des précipitations selon le scénario PRC8.5 : les zones qui seront davantage arrosées à l'horizon 2020 et 2080.

Les scénarios RCP (pour Representative Concentration Pathway) sont quatre scénarios de trajectoire du forçage radiatif (différence entre l'énergie radiative reçue et l'énergie radiative émise par un système climatique donné) jusqu'à l'horizon 2100. Ces scénarios ont été établis par le Groupe d'experts intergouvernemental sur l'évolution du climat (GIEC) pour son cinquième rapport, AR5. Le scénario PRC8.5 est le plus pessimiste, prévoyant un forçage radiatif de +8,5 W/m$^2$ à l'horizon 2100 (réchauffement).

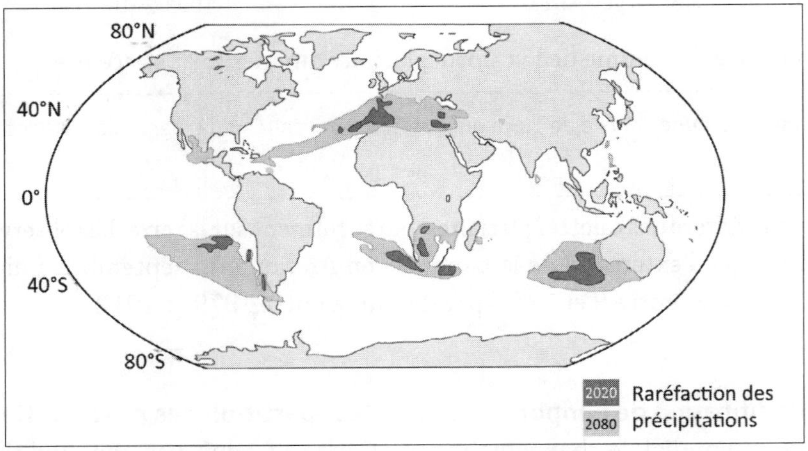


Figure 9. Modifications prévisionnelles de la répartition des précipitations selon le scénario PRC8.5 : les zones qui seront moins arrosées à l'horizon 2020 et 2080.

### III-4. Une augmentation de la température des pergélisols

Le **pergélisol** désigne un sol gelé (et dont la température reste en dessous de 0 °C pendant plus de deux ans consécutifs). Les pergélisols représentent aujourd'hui 20 % de la surface de la terre (notamment en Alaska, Canada, Sibérie et Groenland). Entre les années 1980 et les années 2000, on a constaté une hausse de 3 °C des températures en Alaska, et de 2 °C au nord de la Russie, provoquant une fonte partielle des pergélisols donnant naissance à des millions de lacs. Ces petits plans d'eau sont colonisés par des microorganismes dont les interactions favorisent la production de **méthane** et de $\mathbf{CO_2}$. Ces gaz s'échappent ensuite dans l'atmosphère et amplifient l'effet de serre.

### III-5. Des événements climatiques extrêmes plus intenses et plus fréquents

La fréquence et/ou l'intensité des événements extrêmes (canicules, vagues de froid, pluies torrentielles, sécheresses, cyclones, tempêtes et autres) devraient augmenter. Ces événements météorologiques extrêmes ont des impacts considérables sur les sociétés et l'environnement : ils peuvent détruire des habitations, accroître la mortalité et la morbidité, et avoir des fortes conséquences sur les écosystèmes et par suite, sur la production alimentaire, sur la disponibilité en eau, mais aussi sur la santé mentale et le bien-être humain.

### *III-5.1. Extrêmes de température : les vagues de chaleur et de froid*

Une vague de chaleur (ou de froid) est identifiée comme des températures anormalement chaudes (ou froides) observées pendant plusieurs jours consécutifs. Un indicateur national des vagues de chaleur et de froid a été mis en place par Météo France en 2006.

**Les vagues de chaleur** : elles font partie des extrêmes climatiques les plus préoccupants au regard de la vulnérabilité de nos sociétés et de l'évolution attendue de leur fréquence et de leur intensité au XXIe siècle (GIEC, 2013).

L'augmentation de la fréquence et de l'intensité des vagues de chaleur en France est sans équivoque : les vagues de chaleur recensées depuis 1947 à l'échelle nationale ont été deux fois plus nombreuses au cours des trente-quatre dernières années que sur la période antérieure (fig. 10).

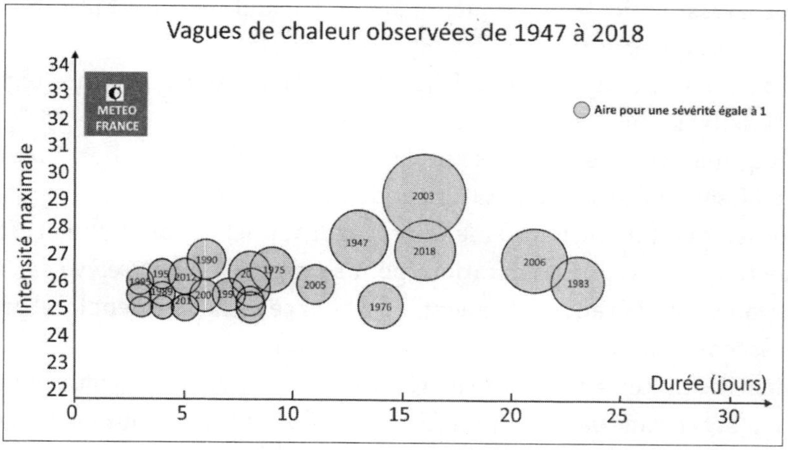


Figure 10. Recensement des vagues de chaleur en France de 1947 à 2018 à partir de l'indicateur thermique national.

Cette évolution se matérialise aussi par l'occurrence d'événements plus forts (durée, intensité globale) ces dernières années. Ainsi, les quatre vagues de chaleur les plus longues et trois des quatre plus intenses se sont produites après 1981.

**Les vagues de froid** : les vagues de froid recensées depuis 1947 à l'échelle nationale sont légèrement moins nombreuses mais surtout moins intenses sur les trente-quatre dernières années que sur la période antérieure. Ce type d'événement reste bien présent dans notre climat de début du XXIe siècle comme en témoigne l'épisode de février 2012.

### *III-5.2. Le réchauffement va aggraver le risque de sécheresse dans certaines régions du globe*

Une **sécheresse** se définit comme un déficit hydrique d'une composante (au moins) du cycle hydrologique. Une sécheresse est définie en un endroit donné, par rapport à un seuil, dont la définition se base sur la variabilité naturelle dans cet endroit ; on analyse alors les anomalies par rapport à cette variabilité naturelle. On distingue 4 types de sécheresse :

- les **sécheresses météorologiques** liées à un déficit du cumul de précipitations sur une période donnée ;
- les **sécheresses hydrologiques** liées à une diminution de débit des cours d'eau ou à une baisse du niveau des nappes soit par manque de précipitations, soit par trop d'irrigation ou d'évaporation ;
- les **sécheresses agricoles** ou édaphiques concernant l'humidité moyenne des sols et où trop peu d'eau est présente dans les sols, alors secs, par manque de précipitations ou par trop d'évapotranspiration (c'est-à-dire d'évaporation de l'eau par le sol ou par la transpiration du couvert végétal) ;
- la **sécheresse socio-économique**, lorsque la demande en eau est plus importante que la ressource.

Le réchauffement va aggraver le risque de sécheresse dans certaines régions du globe de deux manières :

- en augmentant l'intensité et de la durée des phases sèches par suite de l'accroissement de la température et du rayonnement ;
- en provoquant un réchauffement local additionnel de l'air. Celui-ci est lié à la réduction de l'évapotranspiration (pour s'évaporer, l'eau prélève de l'énergie calorique dans son environnement. En retour ce réchauffement local provoque un assèchement atmosphérique supplémentaire.

On a identifié un certain nombre de régions qui ont des risques plus importants de sécheresse comme par exemple l'Afrique du Sud et le pourtour méditerranéen. On détecte déjà clairement dans ces régions une tendance à l'assèchement.

### *III-5.3. Cyclones tropicaux et tempêtes tropicales*

- **Le nombre de cyclones va-t-il augmenter ?**

La naissance d'un cyclone est conditionnée principalement par le différentiel de température entre la couche superficielle de l'océan (où l'eau doit être suffisamment chaude sur les premières dizaines de mètres de profondeur) et l'atmosphère au-dessus d'elle.

Sous l'effet du réchauffement, on observe à la fois l'augmentation de la température de l'océan et de celle de l'air, sans changement majeur du différentiel de température. On ne devrait donc pas, dans l'avenir, observer une recrudescence des cyclones (actuellement on compte, sur l'ensemble du globe, une cinquantaine de cyclones par an et une centaine de tempêtes tropicales).

- **Qu'en est-il de leur intensité ?**

Un air plus chaud peut contenir plus de vapeur d'eau, ce qui accroît le transfert d'humidité dans l'atmosphère et potentiellement la puissance cyclonique.

Le changement climatique anthropique modifie déjà et va continuer à modifier la probabilité des aléas météorologiques.
La plupart des phénomènes extrêmes (par exemple les canicules, les fortes pluies, les cyclones) sont rendus plus fréquents et/ou intenses, certains deviennent moins probables (par exemple les vagues de froid), tandis que pour d'autres, les signaux sont contrastés (par exemple les tempêtes).
L'Homme ne peut être tenu pour seul responsable de tel ou tel événement observé ; en revanche on peut estimer comment il a modifié la probabilité que l'événement survienne.
La variabilité climatique et l'hétérogénéité des données historiques compliquent la détection de tendances dans les observations.
L'amélioration des outils de modélisation numérique du climat permettra de réduire les incertitudes associées à l'évolution future des événements extrêmes.

## IV. Impacts biotiques du changement climatique sur la santé humaine et sur la biodiversité

Le terme « **impacts du changement climatique** » désigne généralement :

1) les conséquences sur les vies, les moyens de subsistance, la santé, les écosystèmes, les économies, les sociétés, les cultures, les services et les infrastructures liées à l'interaction des changements climatiques ou des événements climatiques dangereux, se produisant à une période donnée, et la vulnérabilité d'une société ou d'un système exposé ;
2) les conséquences et résultats sur les systèmes géophysiques, notamment les inondations, les sécheresses et l'élévation du niveau de la mer.

## IV-1. Des effets directs sur les populations (effectifs, état sanitaire, répartition à la surface du globe) et sur leur évolution

### *IV-1.1. Effet d'une élévation de la température sur la mortalité humaine*

L'étude de l'influence de la température sur la mortalité met en évidence un seuil au-delà duquel la température quotidienne moyenne de l'air de surface et l'humidité relative deviennent mortelles. Ainsi des températures très extrêmes se traduisent par une surmortalité massive, concentrée sur quelques jours. Cette surmortalité concerne la quasi-totalité de la population, et non seulement les personnes vulnérables du fait de leur état de santé, de leur âge ou de leur exposition professionnelle comme dans le cas d'une chaleur « modérée ».
Ce réchauffement dangereux pour la thermorégulation de l'Homme, devrait être localisé sous l'équateur. L'Afrique, l'Asie du Sud et l'Amérique du Sud seraient aux premières lignes de ce changement climatique ; L'Europe semble épargnée par les prévisions.

### *IV-1.2. Les déplacements de population liés aux catastrophes dans un climat en évolution*

Le déplacement de population dû aux conditions climatiques est déjà une réalité (Fig. 11). L'Observatoire des situations de déplacement interne (IDMC) a estimé qu'en moyenne, entre 2008 et 2014, au moins 22,5 millions de personnes ont fui chaque année la menace directe ou les conséquences sur leur sécurité, leur logement et leurs moyens de subsistance, d'inondations, de glissements de terrain, de tempêtes, d'incendies ou de températures extrêmes.

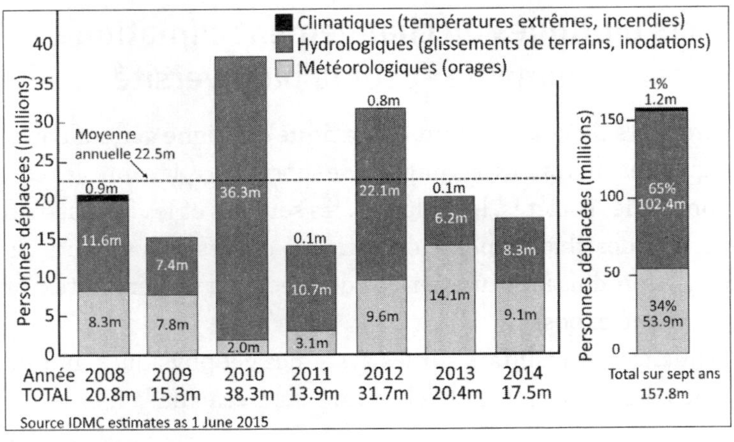


Figure 11. Déplacement de population liée à des catastrophes naturelles (2008-2014).

La **migration** se définit comme le « déplacement volontaire d'individus ou de populations d'un pays à un autre ou d'une région à une autre ».

## IV-2. Des effets indirects liés aux perturbations des écosystèmes naturels et agricoles (approvisionnement et régulation)

### *IV-2.1. Impacts observés sur la ressource en eau potable*

Dans de nombreuses régions, notamment en Europe, en Afrique et en Amérique du Sud, la modification des schémas des précipitations (des pluies plus fortes mais plus rares par exemple), ainsi que la fonte plus rapide des neiges et des glaces, modifient les systèmes hydrologiques, et perturbent les ressources en eau. Il y a par exemple moins d'eau potable disponible dans certaines régions. Dans d'autres régions, cette eau est désormais de moins bonne qualité.

Dans les zones côtières, le réchauffement climatique risque d'augmenter la contamination de l'eau douce des nappes phréatiques littorales servant à l'alimentation des populations, par de l'eau salée.

En effet, en zone côtière, du fait de la porosité des roches, la nappe d'eau douce est en contact direct avec la nappe d'eau salée (Fig. 12). L'eau salée de la mer étant plus dense que l'eau douce, l'eau douce flotte sur l'eau salée et la limite entre les deux milieux (interface) prend un profil en biseau (« le biseau salé »). L'eau salée pénètre sous le continent sur une distance variable d'un secteur à l'autre et peut dépasser le kilomètre formant un « biseau salé ».

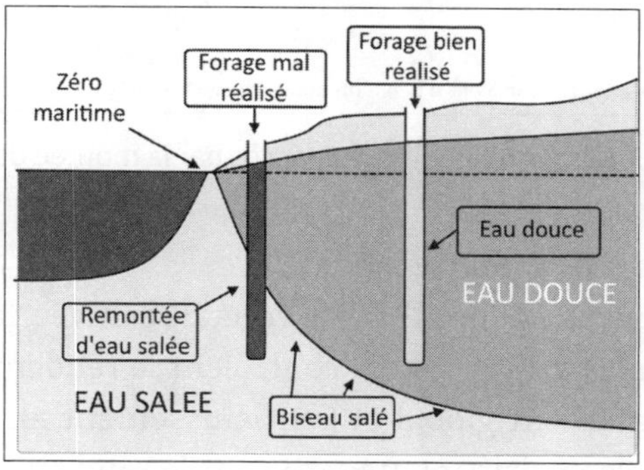


Figure 12. Les risques d'un mauvais positionnement du forage ou d'un surpompage.

Lors de la réalisation d'un forage, il ne faut jamais traverser ce biseau salé car cela provoque la remontée de l'eau salée dans l'eau douce et une pollution à long terme de celle-ci (Fig. 12). En bordure de mer et le long des rivières où remonte la mer, il ne faut pas descendre le niveau de la nappe sous le zéro maritime pour éviter tout risque d'invasion saline (la pompe doit être installée au-dessus du zéro maritime).

Le réchauffement de la planète, qui se traduit par la fonte des glaces, provoque une élévation du niveau des mers (zéro maritime), ce qui va donc limiter considérablement le volume d'eau douce exploitable sans risque d'invasion marine. En effet, il faut savoir qu'un rabattement de 1 mètre dans l'eau douce provoque la remontée du biseau salé de 40 mètres, du fait de la différence de densité entre les deux milieux.

Le risque est bien réel car la moitié de la population mondiale vit à moins de 60 kilomètres des côtes et 8 des 10 plus grandes villes de la planète sont situées sur le littoral, d'autant plus que le réchauffement climatique risque d'augmenter les besoins en eau douce et de diminuer les précipitations à l'origine de l'approvisionnement en eau de ces nappes (Fig. 13).

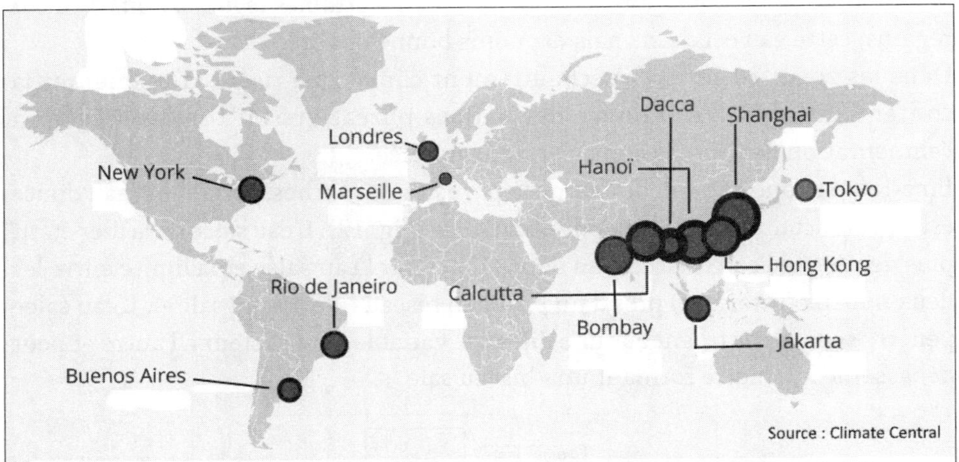


Seules les agglomérations de plus de 10 millions d'habitants sont représentées à l'exception de Londres et Marseille

Figure 13. Les grandes villes menacées par la montée des eaux.

### *IV-2.2. Impacts sur la production alimentaire*

De nombreux paramètres, comme l'espèce végétale cultivée, la latitude de culture, les techniques agricoles utilisées, etc., contrôlent le rendement des cultures de sorte que le réchauffement global et l'enrichissement en $CO_2$ peuvent avoir des impacts potentiels **positifs** ou **négatifs** sur le rendement des cultures. Des simulations montrent que :

- Un **accroissement des rendements** aux latitudes moyennes et hautes qui serait essentiellement causés par les effets physiologiques positifs du $CO_2$ (photosynthèse accrue).
- Les causes essentielles des **réductions des rendements** dans les autres régions du globe seraient :
  - Une **dégradation des terres** : on peut la définir comme « Toute forme de dégradation du potentiel naturel des sols qui altère l'intégrité de l'écosystème, soit en réduisant sa productivité écologiquement durable, soit en amoindrissant sa richesse biologique originelle et sa capacité de récupération » ; la pression exercée par l'homme sur les terres les rend plus vulnérables à l'action du climat par érosion, salinisation… On estime que

lors des quarante prochaines années, la perte de terres cultivées par suite d'une détérioration de leur qualité (forte baisse de productivité) serait chaque année de l'ordre de 3,5 Mha, soit environ 0,25 % du capital actuel de terres cultivées (1 550 Mha). Si l'on y rajoute les terres perdues par suite d'un changement d'usage, la perte annuelle de terres cultivables serait de l'ordre de 10 à 12 Mha, soit 0,7 à 1 % du capital disponible).

› Le **raccourcissement de la période de croissance** : des températures plus élevées pendant la période de croissance hâtent les cultures annuelles dans leur développement, ce qui entraîne généralement une moindre production de grains.
› Une **diminution de la disponibilité en eau** : celle-ci est due à une combinaison de hausses des flux d'évapotranspiration en climat plus chaud, de pertes accrues d'humidité du sol et, dans certains cas, d'une diminution projetée des précipitations ;
› Une **vernalisation médiocre** : la vernalisation est une exigence de certaines cultures de céréales tempérées (par ex., le blé d'hiver), de subir une période de basses températures hivernales pour initier ou accélérer la floraison. Une faible vernalisation résulte en une initiation ralentie des bourgeons floraux et, en fin de compte, à des rendements réduits.

– Selon les projections de l'International Food Policy Research Institute (IFPRI), le changement climatique **aggraverait l'insécurité alimentaire mondiale**, il pourrait induire une diminution des rendements céréaliers et accroître de plusieurs millions la population des enfants victimes de malnutrition.

### *IV-2.3. Impacts sur la propagation des maladies*

On constate des changements dans la répartition géographique de certaines maladies liées à l'eau ou dites « à vecteur », c'est-à-dire des maladies transportées par des mammifères, des oiseaux, des arthropodes et des insectes. C'est le cas en Europe de la dengue ou du Chikungunya transmises par les moustique-tigres (Fig. 14).

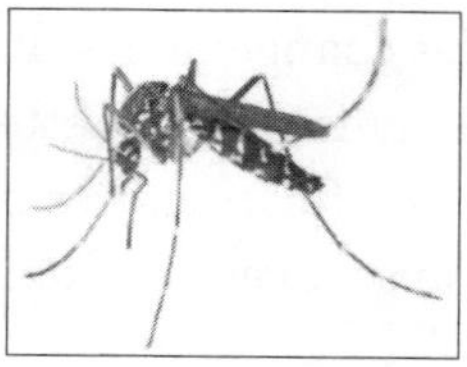

Figure 14. Moustique tigre (*Aedes albopictus*) vecteur du Chikungunya.

Du fait du réchauffement climatique, certaines zones deviennent et deviendront de plus en plus propices au développement du moustique, comme la France, l'Irlande, le sud de la Grande-Bretagne, le nord-ouest de la péninsule Ibérique, l'est des États-Unis et de la Chine. Cette évolution est déjà observable (Fig. 15).

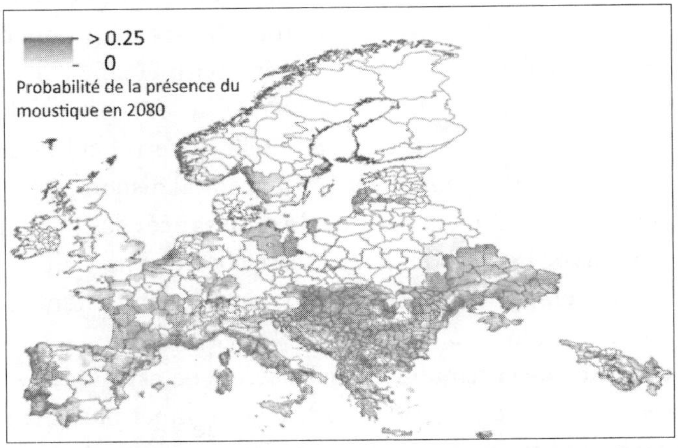


Figure 15. Expansion de l'aire de répartition d'*Aedes albopictus* entre 2020 et 2080 en suivant le scénario moyen RCP6.0 (d'après Moritz U. G. Kraemer, Open Access).

Le changement climatique a aussi une influence sur le développement interne des moustiques : l'augmentation de température accélère le métabolisme des moustiques et donc des virus dont ils sont les hôtes. Avec une augmentation de 10 °C, on observe une multiplication par 10 de l'accélération du cycle. Ainsi, alors que la période d'incubation de la dengue est d'environ 3 semaines, elle peut descendre à moins de 2 semaines, voire à 5 jours avec des températures de 30 °C. De même, la fréquence des morsures par les moustiques et la virulence des souches virales augmentent avec une température plus importante.

### *IV-2.4. Impacts sur les inégalités économiques et sociales*

Les impacts des changements climatiques tendent à creuses les inégalités économiques et sociales et sont facteurs de stress, en ayant une incidence directe sur les moyens de subsistance, en réduisant le rendement des cultures, ou en détruisant des habitations mal adaptées ; Ainsi, les peuples marginalisés au niveau social, économique, culturel, ou politique se trouvent d'autant plus marginalisés lorsqu'ils subissent les effets des changements climatiques. Les conflits sociaux violents qui risquent de naître, renforceront cette vulnérabilité au changement climatique en portant atteinte aux infrastructures, aux institutions, aux ressources naturelles, au capital social et aux moyens de subsistance.

### *IV-2.5. Impacts sur la biodiversité terrestre et marine*

- **La notion de biodiversité**

La notion de biodiversité est complexe, car elle comprend trois niveaux interdépendants :
- la diversité des milieux de vie
- la diversité des espèces

– la diversité des individus (diversité génétique) au sein de chaque espèce.

La biodiversité et le climat ont une histoire commune qui remonte à l'apparition de la vie, il y a 3,5 milliards d'années. Les variations du climat ont modifié les zones de vie des espèces et la structure des communautés biologiques, des paysages et des zones biogéographiques. Ces variations sont responsables de la disparition et de l'apparition d'innombrables espèces, comme des transformations des sociétés humaines.

- **Le changement climatique affecte la biodiversité**

Le changement climatique actuel, se déroule sur un laps de temps très court à l'échelle des temps géologiques. Il modifie d'ores et déjà les interactions entre les espèces et leurs milieux de vie dans les écosystèmes.

– Le réchauffement climatique augmente le risque de disparition des espèces animales et végétales (de 20 à 30 % pour un réchauffement mondial de 2 à 3 °C selon les experts).
– La hausse des températures atmosphériques ou des eaux modifie la répartition géographique des espèces terrestres, ainsi que les espèces d'eau douce et d'eau de mer.

En eaux douces, par exemple, le saumon pourrait ne plus être présent dans l'Adour, la Garonne, les bassins bretons et normands, si les tendances actuelles étaient amenées à se poursuivre.

En milieu marin, l'accroissement de la température de l'eau (un demi-degré au cours des dernières décennies) en Méditerranée a attiré de nombreuses espèces marines non autochtones, du barracuda au poisson-lion (Fig. 16), en passant par le poisson-scie.

Figure 16. Le poisson-lion envahit la Méditerranée (@ J.-L. Cheverry).

Ces poissons proviennent en général d'eaux plus chaudes, comme l'Atlantique occidental ou la mer Rouge. L'aire géographique de ces espèces de poissons a donc été modifiée au gré des modifications climatiques. Si la vitesse du changement est supérieure à la capacité de migration d'une espèce, celle-ci sera menacée.

Le réchauffement climatique affecte également **les déplacements migratoires** ainsi que les activités saisonnières d'un certain nombre d'espèces. Par exemple 28 343 oies cendres ont hiverné en France en 2011 contre 10 en 1968.
La baisse de la rigueur climatique est également favorable **à l'expansion d'espèces nuisibles** vers des altitudes et des latitudes jusque-là épargnées : par exemple on observe la progression vers le Nord de la chenille processionnaire du pin à une vitesse de 4 km/an depuis les dix dernières années (revoir ci-dessus le cas du moustique *Aedes albopictus*).
Les **interactions entre les différentes espèces** sont également modifiées.
Par exemple, la hausse des températures en réduisant la rigueur climatique peut allonger les périodes de végétation, rompant ainsi la synchronisation temporelle entre la période de reproduction d'espèces et le développement saisonnier des végétaux dont ils se nourrissent. Il en va de même pour la désynchronisation entre les cycles de développement des proies et celui des prédateurs.

- **L'acidification des eaux**

Les océans sont des puits de carbone : ils absorbent une (grande) partie des émissions anthropiques de $CO_2$, ce qui amortit les effets du changement climatique. Mais ce processus modifie la chimie des océans en diminuant leur pH et en augmentant leur acidité (Fig. 17).

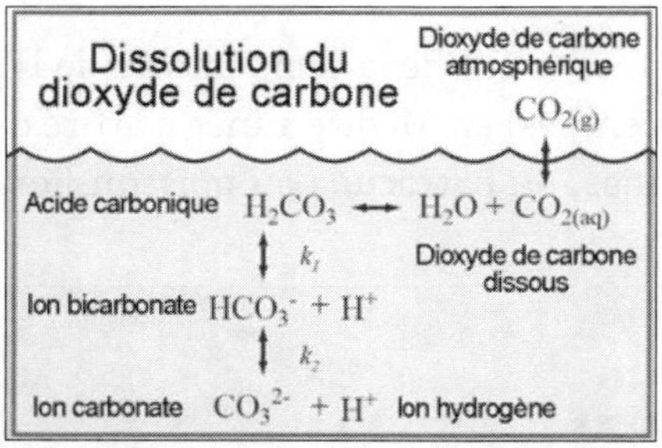

Figure 17. L'acidification des océans.

Cette acidification réduit la capacité des organismes marins comme les moules, les crustacés et les coraux, de se calcifier.
Pour les coraux, se surajoute les effets néfastes d'une élévation de la température de l'eau. En effet si celle-ci s'élève durablement au-dessus de 31 °C, ils expulsent leurs algues symbiotiques, ce qui provoque leur blanchiment, et à plus longue échéance leur mort. Ce phénomène a déjà été observé dans certaines régions du globe (par exemple la Grande Barrière de Corail australienne).
Les récifs coralliens constituant une grande réserve de biodiversité, leur disparition risque de la réduire de façon conséquente.

L'acidification des océans modifie également le comportement de certains poissons vis-à-vis de leurs prédateurs, car l'acidification de l'eau modifie la propagation et l'absorption des sons par l'eau, ce qui modifie la perception des sons par le système auditif des poissons et des mammifères marins.
L'acidification des océans réduit également la productivité du plancton qui est à la base des chaînes alimentaires en milieu marin.

- **La désoxygénation des océans**

L'absorption de $CO_2$ entraîne également la **désoxygénation** des océans (depuis le milieu du siècle dernier, la teneur en oxygène de l'océan à l'échelle du monde a diminué de 1 à 2 %), ce qui représente une menace majeure pour les écosystèmes.

- **La biodiversité influence le changement climatique**

À l'inverse, la biodiversité contribue à l'atténuation des effets du changement climatique. En influençant directement le climat au niveau local (humidité, température…), elle agit sur les grands cycles biogéochimiques (eau, $CO_2$, etc.) dont dépend la régulation du climat mondial. Par exemple, les plantes absorbent du $CO_2$ et produisent de l'oxygène : c'est ainsi que certaines régions du monde très riches en biodiversité, comme l'Amazonie, jouent un rôle fondamental dans la régulation du climat. La biodiversité contribue également à l'atténuation de l'érosion du littoral, à l'atténuation de l'intensité des crues et des inondations, etc. La relation entre climat et biodiversité est donc complexe. Modifier l'un a des conséquences sur l'autre et vice-versa.

### *IV-2.6. La disponibilité en nouvelles terres agricoles*

Pour diminuer la sous-alimentation chronique dans les pays en développement, sans la réduire dans les pays où elle sévit sévèrement actuellement (là où la croissance démographique est forte et les ressources agricoles limitées), il faudrait, selon la FAO (d'ailleurs contesté par les écologistes, qui parient eux sur la diminution de consommation de viande, la réduction drastique des déchets, etc.), doubler la production agricole mondiale entre 2000 et 2050.
Cette augmentation pourrait provenir, pour partie d'un accroissement des rendements et de l'intensité culturale (nombre de récoltes par an sur une même superficie), ce qui pose le problème de l'évolution des surfaces cultivées en OGM…, et pour partie de l'extension des superficies cultivées évaluée à 200 millions d'ha. Il existe en effet à la surface du globe, des réserves de terres utilisables en culture pluviale supérieures aux superficies nécessaires pour assurer tout à la fois des conditions de sécurité alimentaire satisfaisantes pour l'ensemble de l'humanité et un certain développement des cultures pour les agrocarburants (Fig. 18).

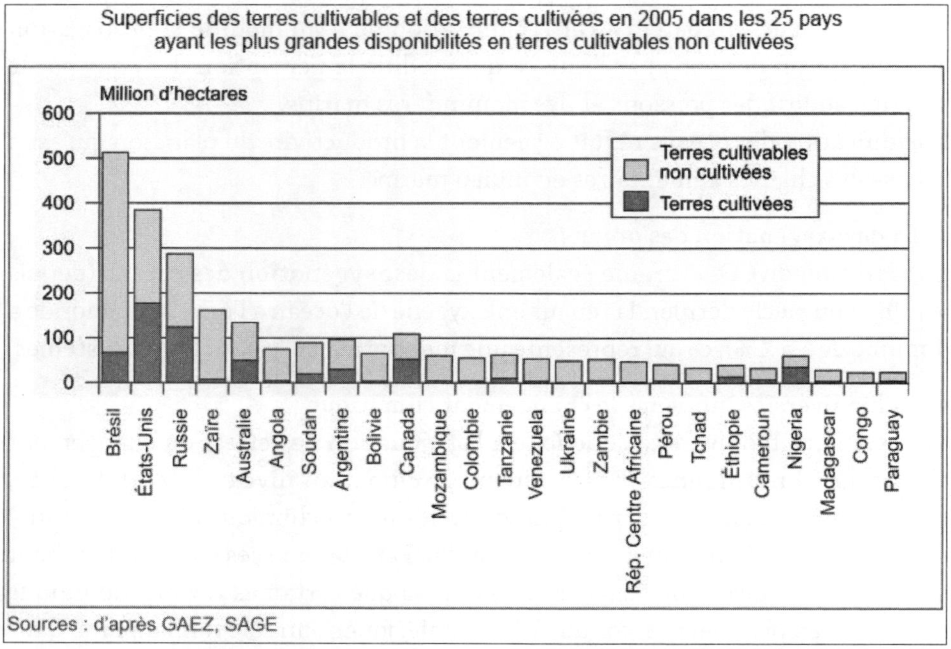


Figure 18. Superficies des terres cultivables et des terres cultivées en 2005 dans les 25 pays ayant les plus grandes disponibilités en terres cultivables non cultivées.

Cependant, les ressources en terre sont mal distribuées sur la planète. Les terres convenables pour l'agriculture sont plus rares, voire épuisées, au Moyen-Orient et en Asie alors qu'elles restent abondantes en Amérique du Sud et en Afrique subsaharienne.

Les changements climatiques entraîneront probablement un accroissement modeste des superficies cultivables au niveau mondial, mais une diminution dans les pays en développement, notamment en Asie du Sud et du Sud-Est et au Moyen-Orient où cette ressource est déjà rare.

Ces distorsions sont en large partie à l'origine de la progression des transactions pour le contrôle des terres qui peut être observée à l'échelle mondiale. Ainsi, les pays qui n'ont pas – ou plus – chez eux suffisamment de surfaces exploitables pour assurer leur autonomie alimentaire (Chine, le Japon, la Corée du Sud, l'Égypte ou certains États du Golfe) se portent acquéreurs de ces biens agricoles dans les régions du monde qui disposent encore de ressources hydriques et de larges terres arables inexploitées

# V. Mener des recherches et entreprendre des actions aux niveaux individuel et collectif pouvant permettre la maîtrise des émissions de gaz à effet de serre ($CO_2$, $CH_4$, $N_2O$, etc.)

## V-1. Augmenter l'efficacité énergétique

La production d'énergie est responsable de presque 80 % des émissions de $CO_2$ (Fig. 19).

**L'efficacité énergétique** ou efficience énergétique désigne l'état de fonctionnement d'un système pour lequel la consommation d'énergie est minimisée pour un service rendu identique.

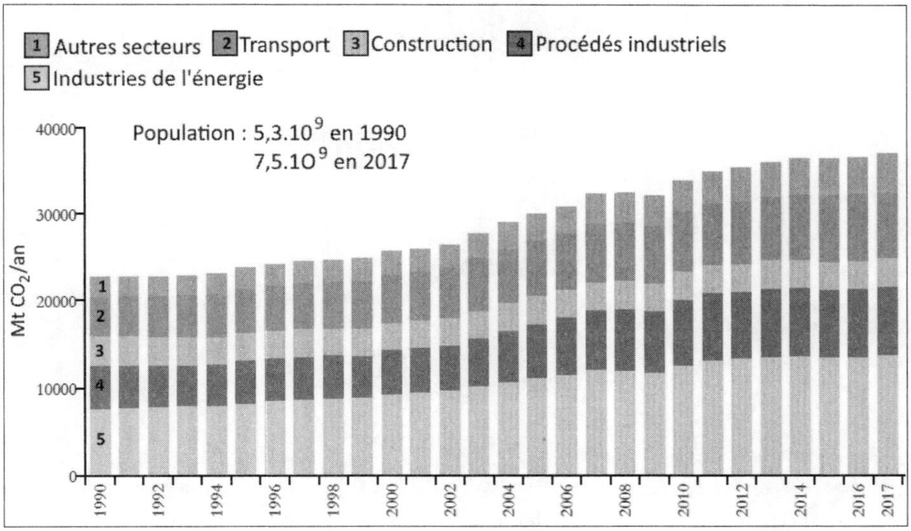


Figure 19. Émissions mondiales de $CO_2$ provenant de carbone fossile (charbon, gaz, pétrole et fabrication du ciment) 1990/2017 (JRC Commission Européenne, rapport 2018).

Le potentiel d'amélioration de l'efficacité énergétique en UE est très élevé et relativement peu exploité. Elle concerne notamment les transports motorisés, mais aussi les métiers du bâtiment et l'industrie.

L'efficacité énergétique s'appuie généralement sur l'optimisation des consommations, qui passe :

– par la recherche des processus et outils les plus efficaces pour une moindre consommation énergétique à service égal ;
– à la réduction des gaspillages et les consommations inutiles.

L'efficacité énergétique vise :

– à réduire les coûts (directs et indirects) écologiques, économiques et sociaux induits par la production, le transport et la consommation d'énergie ;

- à réduire **l'empreinte écologique** en diminuant l'empreinte énergétique et parfois l'empreinte carbone (lutte contre les émissions de gaz à effet de serre) ; L'empreinte écologique mesure la quantité de surface terrestre bioproductive nécessaire pour produire les biens et services que nous consommons et absorber les déchets que nous produisons ;
- à augmenter la sécurité énergétique, et l'adaptation au changement climatique.

Des stratégies, des politiques et des directives ont été introduites ou publiées pour renforcer l'efficacité énergétique.

En voici quelques-unes parmi les plus importantes :

**L'amélioration de l'information du consommateur (l'étiquette-énergie)** : elle qui indique le classement du produit en fonction de son efficacité énergétique sur une échelle allant de A (efficacité énergétique maximale) à G (Fig. 20)

Figure 20. L'étiquette énergie.

**L'amélioration de l'efficacité énergétique des bâtiments** : les bâtiments sont responsables de presque 40 % de la consommation d'énergie et de 36 % des émissions de $CO_2$ dans les 27 États membres de l'UE2.

**L'efficacité énergétique des transports** : les transports comptent pour presque 20 % de l'énergie consommée dans l'UE dont 98 % proviennent de la combustion d'énergie fossile. C'est un secteur ou des économies importantes d'énergie peuvent être réalisées. C'est pourquoi, une étiquette indiquant la consommation de carburant et l'émission de $CO_2$ doit obligatoirement Figurer sur toutes les voitures neuves ou être affichée sur le lieu de vente.

Prise en compte du cycle de vie complet d'un produit (coût énergétique de production, de fonctionnement, de recyclage ou d'élimination) lors de sa conception. On appelle **éco-conception** l'« intégration systématique des aspects environnementaux dès la conception et le développement de produits (biens et services, systèmes) ; elle a pour objectif la réduction des impacts environnementaux négatifs tout au long de leur cycle de vie à service rendu équivalent ou supérieur. La qualité de cette prise en compte est évaluée par **l'écolabel** reconnaissable au logo en forme de fleur présent sur les produits.

En France, la consommation globale en énergie a baissé en raison des économies importantes d'énergie réalisée, ce qui montre l'efficacité des mesures prises. (Fig. 21).

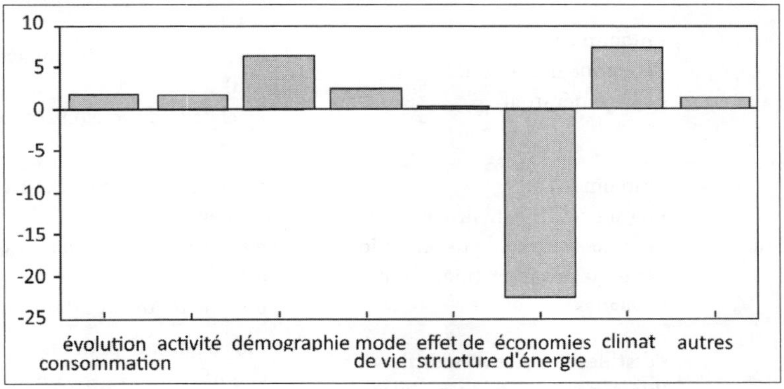


Figure 21. Évolution de la consommation énergétique finale entre 2000 et 2013, en Mtep (Odyssée).

## V-2. Développer les énergies renouvelables

On appelle **énergie renouvelable** une source d'énergie dont le renouvellement naturel est immédiat ou très rapide, de telle façon qu'on peut la considérer comme inépuisable à une échelle de temps humaine.

Les énergies renouvelables sont très diverses (solaire, l'éolien, l'hydraulique, la biomasse et la géothermie) mais elles proviennent toutes de deux sources naturelles principales :

- le Soleil qui émet des rayonnements transformables en électricité ou en chaleur, qui génère des zones de températures et de pression inégales à l'origine des vents, qui est à l'origine du cycle de l'eau et qui permet la croissance des plantes et la génération de la biomasse ;
- la Terre, dont la chaleur interne peut être récupérée (géothermie).

### *V-2.1. Les cinq familles d'énergie renouvelable*

| Source d'énergie | Comment la capter et la transformer | Sous quelle forme l'utiliser |
|---|---|---|
| photovoltaïque | • cellules photovoltaïques | • électricité directe ou stockée en batteries<br>• électricité injectée dans le réseau |
| thermique | • serres, murs capteurs<br>• capteurs solaires basse température<br>capteurs solaires haute température<br>• chaleur thermique des océans | • chauffage<br>• eau chaude sanitaire<br>• chauffage par le plancher<br>• électricité injectée dans le réseau<br>• chaleur à très haute température dans un four |
| éolien | • moulin à vent<br>• éolienne mécanique<br>• aérogénérateur | • force mécanique (mouture de céréales…)<br>• force mécanique (pompage de l'eau)<br>• électricité directe ou stockée en batteries |
| hydraulique | • moulin à eau<br>• petite centrale hydroélectrique<br>• grande centrale hydroélectrique<br>• énergie des mers (marées, courants et vagues) | • force mécanique (mouture de céréales…)<br>• électricité directe ou stockée en batteries<br>• électricité injectée dans le réseau |
| biomasse | • distillerie, unité d'estérification (blé, betterave, colza, tournesol)<br>• chaudière (bois, sciure, paille, rafles de maïs…)<br>• biodigesteur, méthaniseur<br>• (déchets organiques, poubelles | • biocarburants pour les transports<br>• chauffage<br>• électricité (par cogénération) injectée dans le réseau<br>• biogaz pour les transports<br>• biogaz pour le chauffage ou l'électricité |
| géothermie | • pompes à chaleur (source à moins de 30 °C)<br>• centrales basse et moyenne énergie (130 °C à 150 °C)<br>• centrales haute énergie (plus de 150 °C)<br>• centrales sur roches chaudes fracturées | • chauffage<br>• climatisation<br>• chauffage<br>• électricité injectée dans le réseau |

(1) L'amélioration de la photosynthèse

(2) la fausse bonne idée des biocarburants

(3) La feuille artificielle

### *V-2.2. Quel est l'intérêt d'exploiter les énergies renouvelables ?*

En utilisant les énergies renouvelables, on lutte contre l'effet de serre, en réduisant notamment les rejets de gaz carbonique dans l'atmosphère. On qualifie les énergies renouvelables d'énergies "flux" par opposition aux énergies "stock", elles-mêmes constituées de gisements limités de combustibles fossiles : pétrole, charbon, gaz, uranium (Fig. 22)

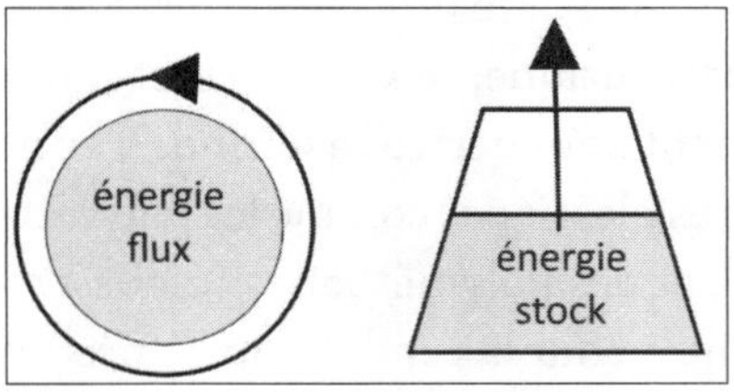


Figure 22. Énergies renouvelables d'énergies "flux" par opposition aux énergies "stock".

En développement dans le monde entier, les énergies renouvelables permettent de gérer de façon intelligente les ressources locales et de créer des emplois.

(4) La géothermie

(5) L'énergie thermique des océans (ETM)

## V-3. Valoriser le $CO_2$

Le principe de la valorisation du dioxyde de carbone consiste à le considérer comme une matière première, que l'on capte à la sortie des fumées industrielles et que l'on exploite pour réaliser un certain nombre de produits ou d'opérations commercialement rentables.

- **La valorisation du $CO_2$ se heurte à des difficultés de base**

Collecter le $CO_2$ est une opération difficile et encore coûteuse qui n'est vraiment réalisable que sur les installations industrielles fortement émettrices (le $CO_2$ émis par les transports, l'agriculture ou l'habitat n'est pas concerné).

Les unités industrielles qui utilisent le $CO_2$ doivent être proches des sources qui l'émettent, sinon les coûts du transport deviendraient insupportables.

Le produit fabriqué grâce au $CO_2$ doit disposer de marchés commerciaux déjà existants.

Le bilan carbone du processus réalisé avec le recours au dioxyde de carbone doit être meilleur que celui du processus traditionnel, c'est-à-dire avoir des émissions plus faibles une fois pris en compte tout le cycle de l'opération.

La valorisation du $CO_2$ n'est donc qu'un faible levier pour permettre la maîtrise des émissions de $CO_2$.

**Plusieurs méthodes de valorisation** ont déjà atteint un niveau industriel.

**Valorisation sans transformation**: par exemple la récupération assistée des hydrocarbures où le $CO_2$ est injecté dans les puits de pétrole pour « chasser » celui-ci et permettre d'épuiser le gisement, gazéification des boissons, neige carbonique des extincteurs, liquides réfrigérants...

**La valorisation chimique**, par réaction avec un autre composant: le $CO_2$ est utilisé dans la production de l'urée utilisée en agriculture comme engrais azoté; dans l'industrie pharmaceutique, le $CO_2$ permet aussi de produire de l'acide salicylique, un médicament dont dérive l'aspirine; Il entre aussi dans le processus de fabrication de matières plastiques comme les polycarbonates (verres optiques, CD et DVD, lentilles...), et des polyméthanes (mousses, caoutchoucs...). Le $CO_2$ peut être également utilisé pour la production de produits à valeur énergétique, comme des carburants (méthanol, méthane): Les volumes seraient potentiellement très importants mais les processus exigent de l'hydrogène, qui devrait alors être produit sans émissions de $CO_2$, ce qui est très coûteux.

**La valorisation biologique**: la croissance des organismes photosynthétiques comme les micro-algues, nécessite d'importantes quantités de $CO_2$. L'objectif est la production par des algues de composés chimiques à haute valeur ajoutée (comme les pigments et les omégas 3) et la production de biocarburants pour l'automobile et l'aviation.

## V-4. Stocker le $CO_2$ dans des réservoirs géologiques

### *V-4.1. Stocker le $CO_2$ dans des réservoirs géologiques de surface (onshore) ou sous-marins (offshore)*

Il s'agit de remettre dans le sous-sol, sous forme de $CO_2$, une partie du carbone qu'on y a extrait sous forme d'hydrocarbures ou de charbon. Le $CO_2$, capté par séparation des autres gaz au niveau des sources d'émissions industrielles, est ensuite comprimé et transporté par pipeline ou bateau jusqu'au lieu de stockage géologique.

Dans le sol, le $CO_2$ injecté finit par devenir liquide et très dense: son volume est alors 700 fois inférieur à ce qu'il est dans l'air. Si la méthode est bien maîtrisée, on pourrait ainsi stocker des quantités énormes de $CO_2$ qui, au bout de quelques centaines d'années, se transformeront en calcaire.

On projette de stocker le $CO_2$ dans différents types de réservoirs souterrains (Fig. 23).

- **Réservoirs « onshores »**

Les gisements d'hydrocarbures en fin d'exploitation : les capacités de stockage sont faibles ;

**Les aquifères profonds (salins)** : Ccs sites, constitués d'eau salée posée sur un lit de sable à plus d'un kilomètre de profondeur, ont l'avantage d'être couverts d'une roche très imperméable empêchant les fuites de $CO_2$. De plus, il y a beaucoup d'aquifères tout autour du monde, les capacités de stockage sont énormes.

**Les veines de charbon profondes inexploitées** : ces veines sont peu profondes, mais elles présentent le risque que le $CO_2$ ressorte et leurs capacités de stockage sont relativement faibles,

D'autres formations géologiques comme par exemple des basaltes.

- **Réservoir « offshore » : les sédiments marins**

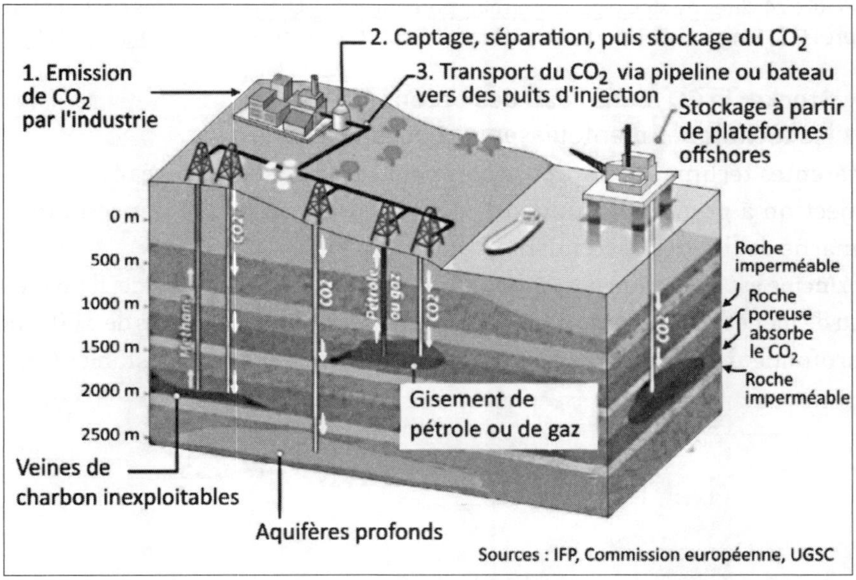


Figure 23. Captage et stockage du carbone.

### *V-4.2. Stocker le $CO_2$ dans les sédiments marins (stockage offshore)*

Il s'agirait d'injecter du $CO_2$ liquide dans les couches superficielles (à des profondeurs ne dépassant pas 300 m) de sédiments marins situés à des profondeurs comprises entre 3 000 et 4 000 m.

Les marges continentales extracôtières, dominées par des sédiments épais du Cénozoïque, fournissent de vastes volumes de roches souterraines largement susceptibles de servir de réservoir (faible compactage, diagenèse limitée et porosité élevée) (Fig. 24). Les sites potentiels de stockage du $CO_2$ dans les sédiments marins sont donc immenses.

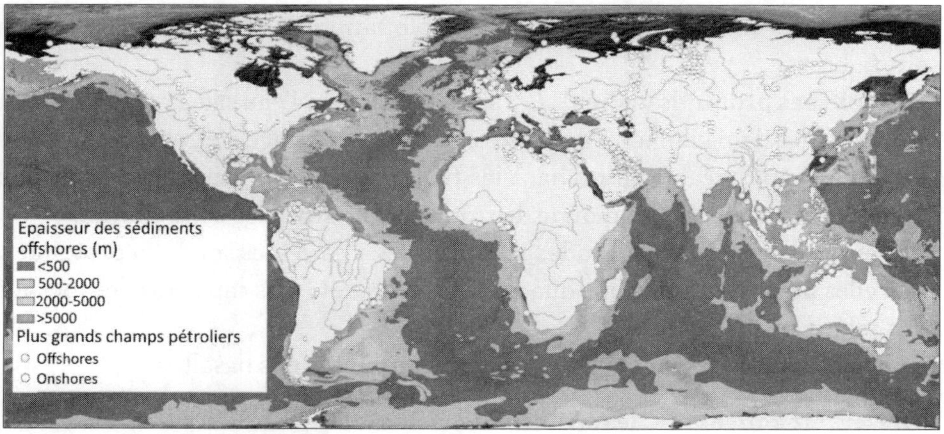


Figure 24. Sites de stockage souterrains potentiels du $CO_2$ sur les marges continentales (d'après P.S. Ringrose et T.A. Meckel, Scientific Reports volume 9, Article number: 17944, 2019).

## V-5. Stocker le $CO_2$ dans l'eau des océans : les techniques d'enfouissement océanique

Différentes techniques sont possibles pour l'enfouissement océanique.

L'injection à grande profondeur (> 3 000 m) (« technique dense-plume » ou « panache de densité descendant »)

Le principe est l'injection par carboduc ou à partir d'une plate-forme, d'un mélange d'eau de mer et de $CO_2$ comprimé, dans des fosses océaniques à plus de 3 000 mètres de profondeur, avec comme objectif la formation de lacs de $CO_2$ stables (Fig. 25).

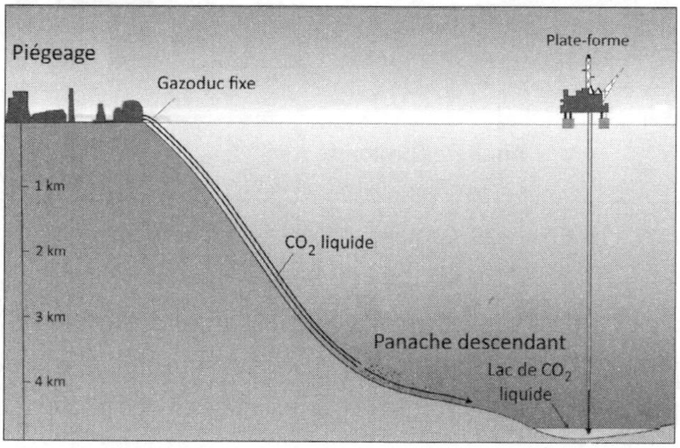


Figure 25. Enfouissement océanique : la technique Dense plume, ou « panache de densité descendant » (d'après © CO2CRC).

Cette technique repose sur le fait que l'eau de mer chargée en $CO_2$ dissous est plus dense que l'eau de mer normale et qu'en dessous de 3 000 mètres de profondeur, le $CO_2$ liquide est plus dense que l'eau de mer. Ainsi, lorsque la concentration en dioxyde de carbone est forte, cela crée un courant de densité qui plonge vers les fonds océaniques. Le $CO_2$ s'accumule alors sur les fonds sous la forme de lac de $CO_2$ liquide et d'hydrate de $CO_2$ solide (clathrate) (Fig. 26 et 27). La formation des clathrates ralentit la dissolution du $CO_2$.

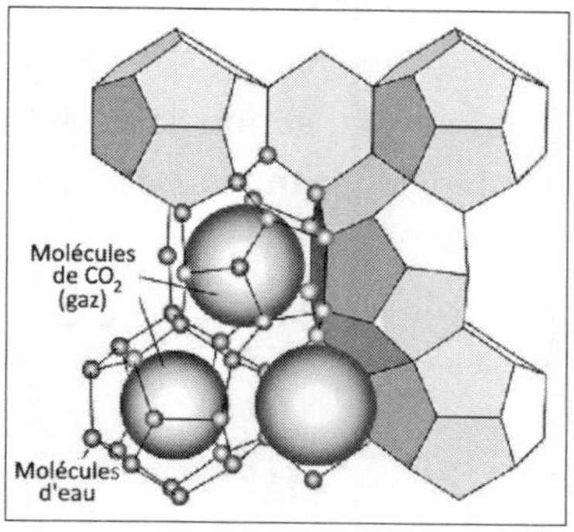


Figure 26. Clathrate de $CO_2$ (d'après http://eduterre.ens-lyon.fr)

En fonction des conditions de profondeur et de courantologie, la durée de vie d'un lac de $CO_2$ peut-être de plusieurs millénaires.

- **La technique Droplet plume, ou « panache ascendant de gouttelettes »**

Le principe est l'injection à des profondeurs intermédiaires (1500-2000 m) de fines gouttelettes de $CO_2$ sous forme liquéfiée, à partir de navires méthanier de surface ou par pipelines immergés le transportant le depuis la côte (Fig. 34). Le dioxyde de carbone liquide étant moins dense que l'eau de mer aux profondeurs intermédiaires et l'eau de mer enrichie en $CO_2$ dissous étant plus dense que l'eau de mer normale, un panache ascendant de gouttelettes se crée alors, propice à la dispersion et à la dissolution du $CO_2$ dans l'eau de mer.

Ces eaux riches en $CO_2$ se diluent ensuite et, grâce aux courants, se dispersent horizontalement. La mobilité du point d'injection par déplacement de bateaux permet de renforcer la dispersion du carbone dissous, donc de réduire l'impact environnemental sans changer les temps de rétention.

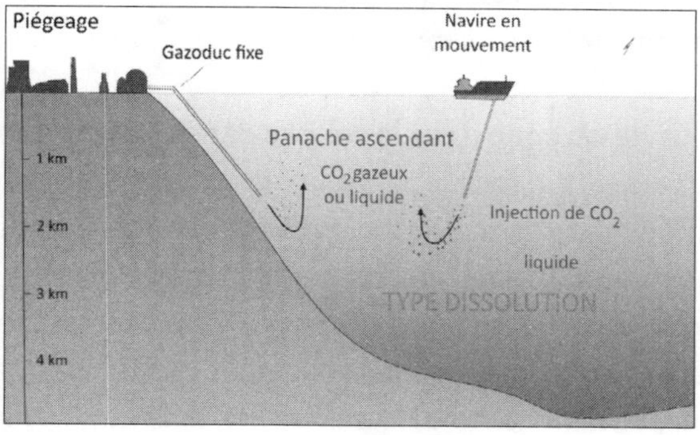


Figure 27. Enfouissement océanique : la technique Droplet plume, ou « panache ascendant de gouttelettes » (d'après © CO2CRC).

- **Le largage de blocs de $CO_2$ solides**

Le dernier procédé consiste à larguer depuis des bateaux des blocs de CO2 solides (glace carbonique) (Fig. 28). Avec une densité de 1,5 t/m$^3$ (supérieure à celle de l'eau de mer), ces blocs devraient rapidement se décomposer sur les fonds océaniques et pourraient même être partiellement enfouis dans les sédiments. À l'heure actuelle, cette technique d'injection dans les fonds océaniques n'est pas encore au point : elle est au stade de la modélisation mathématique.

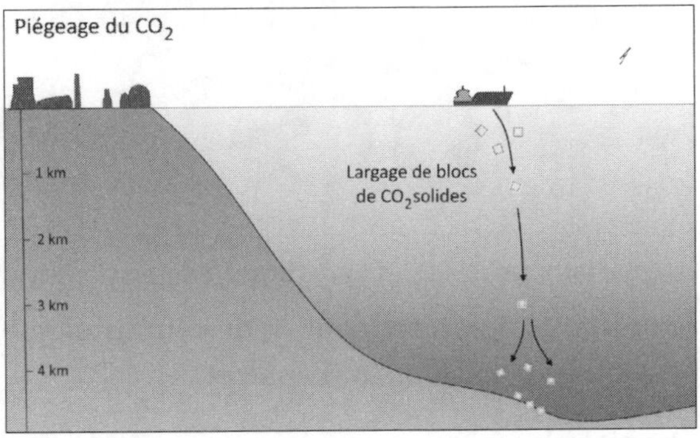


Figure 28. Enfouissement océanique par largage de bloc de $CO_2$ (© CO2CRC).

## V-6. Modifier les pratiques culturales

### *V-6.1. La matière organique, un stock de carbone*

Les molécules organiques produites par la photosynthèse, donc à partir de $CO_2$ capté dans l'atmosphère, constituent un stock de carbone dans les biomasses aériennes (tiges et feuilles) et souterraine (racines). Après la mort du végétal, cette matière organique restant ou retournant au sol est décomposée sous l'action de microorganismes. Toutefois, cette décomposition étant lente et partielle, du **carbone se trouve transitoirement stocké dans le sol**, sous différentes formes : litières, humus, biomasse microbienne (la matière organique des sols est constituée pour plus de 50 % de carbone).

Il y a, au total, plus de carbone dans le sol que dans la végétation qui le recouvre et l'atmosphère réunies, puisqu'il s'agit d'un minimum estimé de 1 500 milliards de tonnes de carbone dans la matière organique des sols mondiaux, soit plus de deux fois le carbone du $CO_2$ atmosphérique.

Les flux de carbone dans les sols dépendent de nombreux facteurs : nature des écosystèmes, nature et quantité des apports de matières organiques, activité biologique dont dépendent à la fois l'humification et la minéralisation (l'équilibre

entre les deux étant principalement fonction des conditions physicochimiques, de la température et des possibilités de liaisons entre les matières organiques et des particules minérales).
On peut augmenter le stock de carbone dans les sols en y accumulant de la matière organique (par exemple en augmentant les restitutions de matière organique dans les sols ou en ralentissant sa minéralisation) et en augmentant la biomasse. La biomasse végétale et le sol peuvent ainsi constituer des **puits** de carbone et contribuer à réduire la concentration en $CO_2$ dans l'atmosphère.

**La séquestration** de dioxyde de carbone ($CO_2$) ou puits de carbone est l'augmentation des stocks de carbone dans ces réservoirs. L'estimation de la séquestration carbone est devenue obligatoire dans le cadre de l'élaboration d'un Plan Climat-Air-Énergie Territorial (décret n° 2016-849).

Le climat influe sur la teneur en carbone organique des sols et donc sur la séquestration de dioxyde de carbone en jouant sur les entrées (à travers la productivité végétale par exemple) et les sorties (par exemple par l'intermédiaire de l'activité biologique et de l'érosion ou par le réchauffement des pergélisols).

### *V-6.2. Les choix réalisés sur l'exploitation agricole modifient les stocks de carbone*

Les stocks de carbone ainsi créés ne sont ni illimités ni permanents. Au bout d'un certain temps une forêt ou une prairie ne peut plus stocker davantage. Les stocks peuvent aussi être en partie perdus ou détruits à terme, par exemple, en cas de **changement d'usage des terres** (artificialisation des terres agricoles, déforestation, retournement de prairies, drainage d'une zone humide...), en cas **d'incendie des forêts ou des tourbières**, en cas de pratiques conduisant à **une dégradation de la végétation ou des sols**.

Les choix réalisés sur l'exploitation agricole (usage des sols, techniques culturales mises en œuvre) peuvent modifier les stocks de carbone sur l'exploitation soit dans le sens d'un stockage accru (**puits de carbone**), soit dans le sens d'une réduction du stock (**source de $CO_2$ pour l'atmosphère**).

Cette prise de conscience de l'impact considérable de l'agriculture sur l'effet de serre est à l'origine d'une réflexion sur les nouvelles orientations à suivre pour passer d'une agriculture « source de carbone » à une agriculture dans l'idéal « puits » de carbone : c'est l'objet de l'**agroécologie**.
L'agroécologie a pour objectif est de passer d'une logique d'exploitation du sol et d'autres ressources naturelles à une logique de « gestion d'écosystèmes cultivés ». C'est une façon de concevoir des systèmes de production amplifiant les fonctionnalités offertes par les écosystèmes tout en visant à diminuer les pressions sur l'environnement en réduisant les émissions de gaz à effet de serre,

en limitant le recours aux produits phytosanitaires et en préservant les ressources naturelles. Il s'agit d'utiliser au maximum la nature comme facteur de production en maintenant ses capacités de renouvellement.

Ces objectifs peuvent être atteints en :

- en développant des techniques culturales **sans labour** susceptibles de stocker du carbone dans les sols : le labour, une opération culturale forte consommatrice de carburant fossile, perturbe en effet l'organisation des agrégats du sol et accélère ainsi la décomposition et la minéralisation de la matière organique ;
- en augmentant la superficie ou le temps de couvert dans les systèmes de culture, en généralisant les cultures intermédiaires (semées entre deux cultures de vente) en grande culture, les cultures intercalaires en verger et vignoble (enherbement permanent ou temporaire du sol) et les bandes enherbées en périphérie de parcelles ;
- en développant l'agroforesterie (lignes d'arbres implantées dans des parcelles cultivées ou les prairies) et les haies (en périphérie des parcelles) pour favoriser le stockage de carbone dans le sol et la biomasse végétale ;
- en optimisant la gestion des prairies : accroître la durée de vie des prairies temporaires (leur retournement accélère le déstockage du carbone par dégradation des matières organiques du sol), réduire la fertilisation des prairies les plus intensives, intensifier modérément les prairies permanentes les plus extensives (landes...).

En mettant en œuvre l'ensemble des pratiques agricoles favorables identifiées (couverts intermédiaires, agroforesterie, plantation de haies, utilisation de composts ou produits résiduaires organiques, insertion de prairies temporaires dans les rotations, changements du mode de gestion des prairies permanentes...) sur la totalité des surfaces où cela est réalisable, il est possible d'atteindre, en France, un stockage additionnel de +1,9‰ par an pour l'ensemble des surfaces agricoles et forestières (Fig. 29).

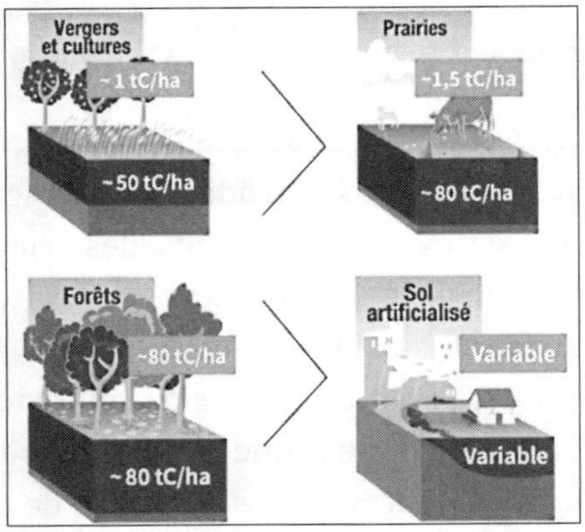


Figure 29. Une séquestration de quantités variables de carbone en fonction de l'utilisation des sols (ADEME).

Pour les forêts et les prairies permanentes, pour lesquelles le taux de carbone dans le sol est déjà très élevé, l'enjeu est d'entretenir et de protéger ces stocks par des pratiques permettant de les pérenniser.

#### *V-6.3. Les choix réalisés sur l'exploitation agricole modifient l'émission d'autres gaz à effet de serre élevé : le méthane ($CH_4$) et le protoxyde d'azote (également appelé Oxyde nitreux) $N_2O$*

En dehors des émissions nettes de $CO_2$ qui résultent de la consommation d'énergie et de carburants fossiles dans les exploitations agricoles, l'agriculture est responsable de l'émission de deux gaz à pouvoir de réchauffement global très élevé qui lui sont très spécifiques : le $CH_4$ et le $N_2O$. Ces deux gaz ont pour origine la fermentation entérique des ruminants, la gestion des effluents d'élevage et les émissions des sols agricoles (engrais minéraux, fertilisation organique, déjections au pâturage, mise en culture des sols organiques, riziculture).

(6) Le $N_2O$ et le $CH_4$

## VI. Des risques et impacts environnementaux et sanitaires à maîtriser

Si les bénéfices du stockage sont évidents en termes de réduction de la teneur de l'air en $CO_2$, les risques et impacts environnementaux et sanitaires liés au stockage restent à évaluer.

### VI-1. Stockage géologique

Même s'il n'est pas toxique, le $CO_2$ devient néanmoins dangereux lorsque sa proportion dans l'air atteint un certain seuil. Les risques comprennent donc les fuites lors du transport ou du stockage, des risques industriels liés au captage, la possibilité d'une migration du $CO_2$ stocké sur le long terme, l'incertitude sur le rôle des composés minoritaires (oxydes d'azote, de soufre…) injectés avec le $CO_2$. Pour tout type de stockage, il est donc nécessaire de développer des méthodologies de gestion des risques, des techniques de fermeture des sites ainsi que des technologies permettant le suivi du comportement du $CO_2$.

- **Le stockage onshore**

Dans le sous-sol et jusqu'à sa dissolution, le $CO_2$ est plus léger que les fluides environnants : il cherche donc à monter et l'intégrité du couvercle est donc un élément essentiel. Il est possible que l'injection à grande échelle de $CO_2$ dans le sous-sol puisse induire des séismes, et que ces derniers, quoique sans danger pour l'homme, puissent faire rejouer des failles préexistantes, ce qui compromettrait l'intégrité du « couvercle » géologique étanche. Le risque de fuite existe si on se réfère aux fuites enregistrées lors de l'exploitation des gisements d'hydrocarbure de la Mer du Nord, mais leurs débits sont très faibles en regard des débits d'injection (généralement d'une à 10 tonne.an$^{-1}$, à comparer aux débits d'injection qui dépassent 1 million de tonnes.an$^{-1}$. S'il est difficile aujourd'hui de garantir qu'un gisement soit 100 % étanche, on peut garantir un taux de fuite inférieur à 1 %. D'autre part, le $CO_2$ finit par se dissoudre dans la saumure qui sature naturellement la couche d'injection. Il devient alors plus lourd que le liquide environnant, et son dépôt peut être considéré comme définitif.

- **Le stockage offshore**

Les conditions physiques pour le stockage souterrain marin y sont meilleures que dans le sous-sol terrestre, car, en raison de la pression et des basses températures qui règnent dans toute cette zone des fonds marins, le $CO_2$ liquéfié, plus dense que l'eau de mer, ne devrait pas remonter à la surface. Ceci est un avantage par rapport au stockage souterrain terrestre où les fuites et les remontées sont possibles. De plus à une certaine pression, le $CO_2$ forme des cristaux d'hydrates qui pourraient former une couche imperméable d'hydrates de carbone (clathrates de $CO_2$) en haut de la nappe de $CO_2$ et constituer une sorte de couvercle étanche.

## VI-2. Stockage marin du $CO_2$

Le principal problème environnemental associé aux techniques d'enfouissement océanique concerne l'acidification des eaux, principalement au voisinage du site d'injection et l'impact néfaste de cet abaissement du pH (qui peut passer de 8 à 4) sur les écosystèmes marins. L'autre paramètre mal connu est la durée du stockage qui peut varier suivant la technique de stockage, du siècle au millénaire, car le $CO_2$ dissous dans l'eau de mer finit par rejoindre le cycle du carbone et par retourner dans l'atmosphère.

De plus amples études sont donc nécessaires, notamment pour :

- optimiser le choix des sites d'injection : en choisissant les zones d'injection les plus turbulentes et où les courants sont les plus rapides, on maximise la dispersion du $CO_2$ (nocif pour les organismes marins) et on limite la baisse locale du pH ;
- mesurer et contrôler le devenir des gouttelettes de $CO_2$ dans l'océan profond ;

étudier la formation et la dissolution des hydrates de $CO_2$ formés à haute pression et basse température ;

- étudier le comportement des nappes de $CO_2$ profondes et denses sur les fonds marins.

Le CSC (pour Carbon Capture and Storage) semble être la voie d'avenir pour limiter l'augmentation, voir faire baisser la teneur de l'atmosphère en $CO_2$. Hélas, le coût du CSC reste élevé : capter et enterrer le $CO_2$ augmente de 75 % le coût du kilowattheure produit par une centrale à charbon. Même si ce surcoût va baisser, il restera toujours élevé : il faut donc nécessairement, pour que la technologie se développe, soit une taxe ou un marché du carbone, soit un règlement limitant les émissions… Bref : une véritable politique climatique.

## VII. Proposer des adaptations

### VII-1. Une complémentarité entre atténuation et adaptation

Atténuer le changement climatique et s'y adapter sont les deux voies indispensables pour réduire les risques que génère le changement climatique.

- **Qu'est-ce que l'atténuation ?**

Une activité contribue à l'atténuation du changement climatique si elle contribue à la stabilisation des concentrations de Gaz à effet de serre (GES) dans l'atmosphère à un niveau qui empêche toute perturbation anthropique dangereuse du système climatique. Il s'agit d'activités permettant de réduire ou limiter les émissions de gaz à effet de serre ou permettant la protection et l'amélioration des puits et réservoirs des GES (ex. forêts et sols).

En France, près de 80 % des émissions de GES sont liés à la consommation d'énergie fossile.

- **Qu'est-ce l'adaptation au changement climatique ?**

Une action contribue à l'adaptation au changement climatique dès lors qu'elle permet de limiter les impacts négatifs du changement climatique et d'en maximiser les effets bénéfiques. Ces actions d'adaptation peuvent concerner : les modes d'organisation, la localisation des activités, les techniques employées.

Contrairement aux politiques d'atténuation qui présentent des effets immédiats dès leurs mises en œuvre, les politiques d'adaptation sont des politiques dont les résultats sont visibles sur les court, moyen et long termes. Elles nécessitent d'être anticipées et planifiées dès aujourd'hui en ciblant en priorité les secteurs et les activités qui sont ou seront les plus exposés aux aléas climatiques actuels et futurs.

### VII-2. Des gestes simples au niveau individuel

En France, près de 80 % des émissions de GES sont liés à la consommation d'énergie fossile. Pour économiser l'énergie il faut adopter des **comportements économes**, faciles à mettre en œuvre concernant divers postes de consommation : le chauffage, l'eau chaude, les appareils électriques et l'éclairage

On peut envisager des **travaux de rénovation** : isolation des toitures, des murs, des planchers isolants.

### VII-3. Des politiques d'adaptation nationales et internationales volontaires pour faire face au réchauffement climatique : exemple l'adaptation à l'élévation du niveau des mers

L'élévation du niveau des mers va affecter de manière croissante le littoral et les zones côtières où se concentrent de nombreuses populations et activités économiques à l'échelle mondiale et aura des conséquences sur les populations, sur l'environnement et les ressources naturelles, sur l'agriculture. Les zones de delta, les îles, les bandes côtières de faible altitude sont particulièrement exposées au risque de submersion marine et de dommages lors de tempêtes.

L'adaptation des territoires littoraux et la sécurisation à court, moyen et long terme de leurs populations vont nécessiter des investissements considérables et la mise en place :

**Une action coordonnée à l'échelle mondiale** : La maîtrise de la hausse du niveau de la mer dépend du risque climatique et suppose une action coordonnée à l'échelle mondiale, pour limiter les dégagements de gaz à effet de serre ;

**Des politiques et des actions locales** : L'adaptation du littoral à la hausse du niveau de la mer relève de politiques et de la prise d'un certain nombre de mesures plus ou moins contraignantes :

- contrôle de l'urbanisation et la croissance démographique littorale anticipant les reculs prévisibles du trait de côte par des retraits appropriés ;
- mise en place des barrières artificielles ou naturelles ;
- renforcement de la sécurité sanitaire et alimentaire, de la résilience des infrastructures énergétiques, de communication et de transport face aux événements climatiques extrêmes ;
- développement d'une culture de la sobriété dans l'ensemble des domaines d'activité économique conduit à réduire les émissions de gaz à effet de serre et à limiter le niveau d'élévation de la mer ;
- mise en place de stratégies de repli, abandon du littoral.
- D'après : « La montée du niveau de la mer, conséquences et anticipations d'ici 2100 : l'éclairage de la prospective » de *l'Alliance nationale de recherche pour l'environnement.*

### VII-4. Un risque de fragmentation du monde

En l'absence de mesures volontaires prise au niveau national et international, on peut craindre que sous l'effet de l'emballement du moteur climatique, les écosystèmes se dégradent de façon irréversible et la vitesse de recul du trait de côte accélère progressivement. On risque alors d'assister à une fragmentation du monde entre :

– **les États les plus riches** qui mèneront de front une politique de lutte contre l'élévation du niveau de la mer et un retrait stratégique progressif des zones littorales les plus vulnérables ;
– **les États les plus pauvres**, où en l'absence d'anticipation des changements littoraux, les mégalopoles côtières se développeront toujours et verront leur vulnérabilité s'accroître face à la hausse du niveau marin. Cela se traduira par l'abandon du littoral en deux temps : d'abord par les élites qui organiseront un repli systématique de leurs intérêts les plus stratégiques vers l'arrière-pays et délaissent les franges littorales les plus vulnérables, puis par l'exode massif des populations les plus pauvres lorsque les conditions de vie seront devenues intenables, amenant à une brutalisation des rapports sociaux et à des crises environnementales, économiques et humanitaires répétées.

# Je me perfectionne

## (1) La fausse bonne idée des agrocarburants

Les agrocarburants sont des carburants produits à partir de matières organiques **issus** de la production agricole, à la différence des carburants fossiles (dérivés du pétrole par exemple).

Remplacer les carburants fossiles, fortement émetteurs de gaz à effet de serre (GES), par ces nouveaux carburants, supposés renouvelables, peut sembler être une bonne idée face aux dérèglements climatiques. En réalité, cela ne fait que déplacer le problème car pour produire plus d'agrocarburants, il faut augmenter la superficie des terres agricoles elle-même génératrice de gaz à effet de serre.

Si on prend en compte l'émission de GES liée à sa production, biodiesel qu'il soit produit avec des huiles végétales européennes, comme le colza français, ou importées de pays du Sud et à base d'huile de palme, émet lors de sa combustion en moyenne 80 % plus de gaz à effet de serre que le diesel d'origine fossile.

Ainsi les émissions de GES par les véhicules baissent dans les pays industrialisés, mais celles des zones forestières transformées en terres arables augmentent dans les pays en développement. Il y a donc déplacement zones d'émission des GES des pays riches en direction des pays en développement, mais pas de réduction.

## (2) L'amélioration de l'efficacité de la photosynthèse (projet international RIPE)

L'amélioration de l'efficacité de la photosynthèse présente deux avantages : le premier est d'augmenter la fixation du C du $CO_2$ atmosphérique dans la matière organique, donc de réduire la teneur de l'air en $CO_2$ et par suite diminuer l'effet de serre ; le second est d'augmenter la productivité des cultures ce qui permettrait de sécuriser la production alimentaire risquant d'être mise en danger par l'augmentation globale de la température.

Plusieurs pistes sont à l'étude. L'une d'elles, très prometteuse, est l'amélioration de l'efficacité de la carboxylase-oxygénase (RuBisCO), l'enzyme clé de la photosynthèse. La RuBisCO est l'enzyme qui incorpore le C du $CO_2$ dans le ribulose-1,5-bisphosphate (RuBP) pour former des molécules de 3-phosphoglycérate qui par une suite de réactions chimiques connues sous le nom de cycle de Calvin permettront la synthèse de matière organique nouvelle (Fig. 30). Dans les cultures vivrières telles que le soja, le riz et le blé, on estime que 20 à 50 % de l'activité de la RuBisCO sont détournés au profit d'une réaction parasite d'oxydation où la RuBisCO incorpore de l'oxygène à la place du C pour former du phosphoglycolate, un composé toxique qui sera dégradé par une suite de réactions connues sous le nom de **photorespiration** et consommatrice d'énergie (Fig. 30).

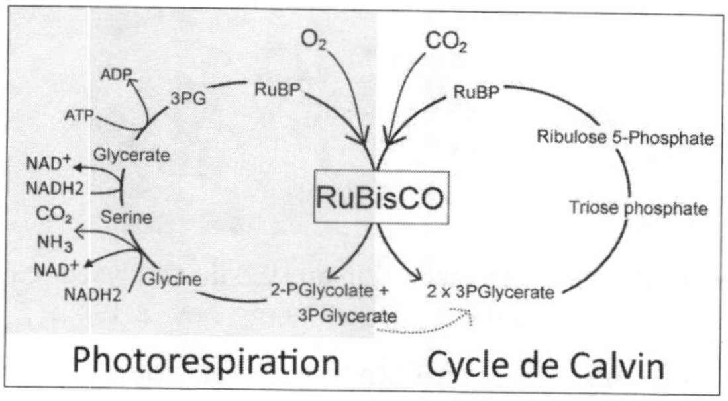


Figure 30. Voies métaboliques simplifiées de la photorespiration et du cycle de Calvin.

Ainsi, la photorespiration réduit l'efficacité de la photosynthèse en réduisant à la fois l'incorporation du C du $CO_2$ dans la matière organique et en coûtant de l'énergie qu'elle aurait pu utiliser lors de la photosynthèse pour produire plus de croissance et un meilleur rendement.

Afin de lutter contre le coût énergétique de la photorespiration, une équipe de scientifiques a travaillé à la mise au point de voies photorespiratoires plus efficaces. Ce travail a essentiellement créé des voies de substitution au sein d'une cellule végétale afin que les sous-produits toxiques puissent être éliminés plus efficacement en utilisant moins d'énergie.

Testées sur des cultures de tabac, il a été constaté que les cultures modifiées poussaient plus hautes, plus rapidement et développaient jusqu'à 40 % de biomasse de plus que leurs homologues non optimisés.

La prochaine étape de cette recherche consistera, dans les dix ans à venir, à appliquer cette technique à des cultures vivrières plus courantes telles que le soja, le riz, la pomme de terre et la tomate, dans l'espoir d'améliorer les rendements de ces cultures et à modifier la réglementation pour rendre possible la culture à grande échelle ces plantes génétiquement modifiées.

- **(3) La feuille artificielle**

Une approche nouvelle pour améliorer la photosynthèse consiste à développer une « feuille artificielle » inspirée de la façon dont les plantes utilisent l'énergie du soleil pour transformer le dioxyde de carbone en glucose tout en libérant de l'$O_2$. La feuille artificielle, elle, produirait du méthanol et de l'oxygène.

Faire du méthanol à partir du dioxyde de carbone, le principal contributeur au réchauffement climatique, permettrait à la fois de réduire les émissions de gaz à effet de serre et de remplacer les combustibles fossiles qui les produisent.

La clé du processus est la synthèse d'un catalyseur à base oxyde cuivreux (Fig. 31) à partir de quatre substances (glucose, acétate de cuivre, hydroxyde de sodium et dodécyl sulfate de sodium) ajoutées à de l'eau chauffée à une température particulière.

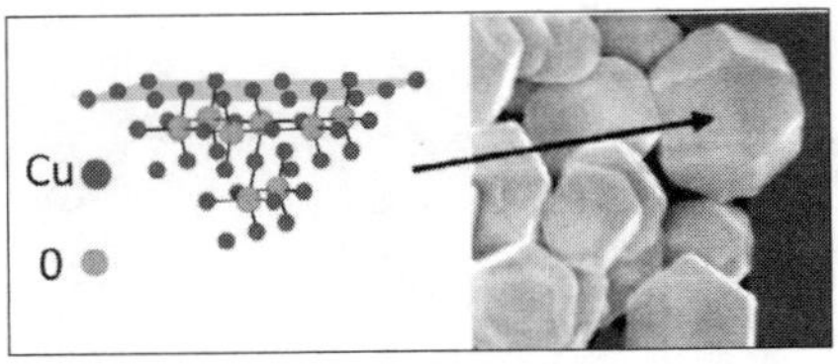


Figure 31. Structure et observation au MEB du catalyseur cuivreux (d'après la revue Nature Energy, nov. 2019).

Ce catalyseur permet, lorsqu'il est mélangé à de l'eau dans laquelle du dioxyde de carbone est soufflé et qu'un faisceau de lumière blanche est dirigé avec un simulateur solaire, de déclencher la production d'$O_2$ (comme dans la photosynthèse), tout en convertissant le dioxyde de carbone en méthanol. Le méthanol est recueilli à mesure qu'il s'évapore lorsque la solution est chauffée.
Les prochaines étapes de la recherche comprennent l'augmentation du rendement en méthanol et la commercialisation du processus breveté.

### (4) La géothermie

La géothermie est une source d'énergie au service du développement durable : **inépuisable à l'échelle humaine**, propre, écologique, disponible presque partout et économique. L'énergie géothermique a pour origine l'énergie libérée par la désintégration d'éléments radioactifs (Thorium 232, Uranium 238, Potassium 40, l'Uranium 235) présents naturellement dans les enveloppes terrestres. Cette libération d'énergie est à l'origine du **flux géothermique** (en $W.m^{-2}$) et du **gradient géothermique** (°C/100 m).
Dans les régions à fort flux et gradient géothermique on peut capter l'énergie géothermique en extrayant les calories de l'eau présente ou apportée dans le sous-sol, pour produire soit du frais, de la chaleur ou de l'électricité.
Les installations peuvent être domestiques (Fig. 32) ou industrielles (Fig. 33).

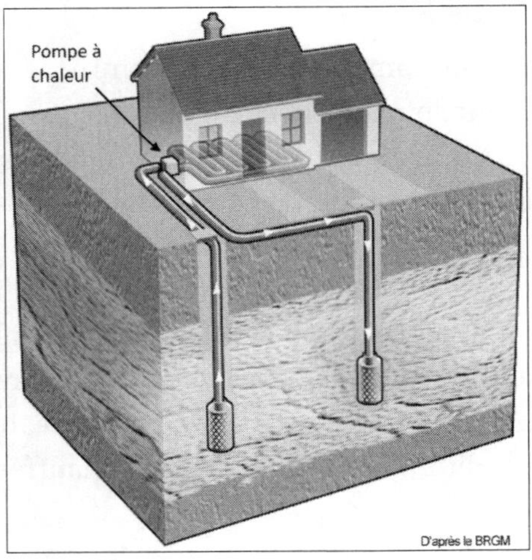


Figure 32. Schéma d'un échangeur sur aquifère.

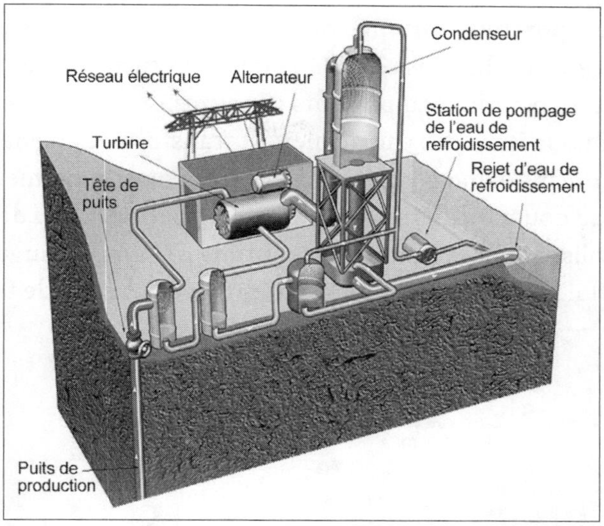


Figure 33. Centrale géothermique de Bouillante (Guadeloupe).

Une fois l'eau ramenée en surface, les calories en sont extraites grâce un échangeur thermique le plus souvent couplé à une pompe à chaleur (Fig. 34).

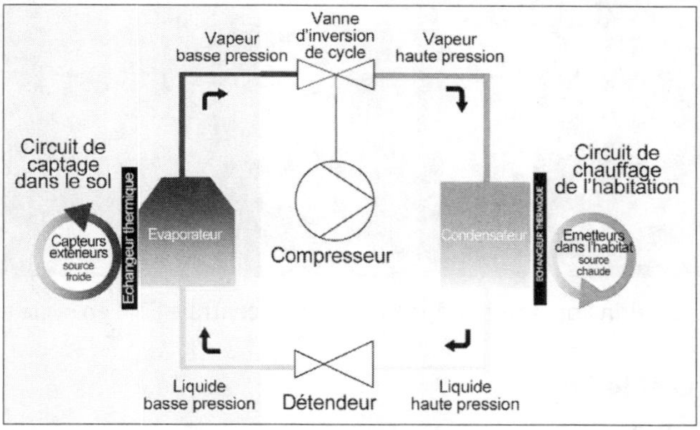


Figure 34. Schéma du fonctionnement d'une pompe à chaleur.

## (5) L'énergie thermique des océans (ETM)

### • Principe de l'ETM

L'énergie solaire absorbée par l'eau diminue avec la profondeur. La masse volumique de l'eau augmente avec la baisse de température, ce qui empêche les volumes d'eau froide des fonds océaniques (4 °C à une profondeur de 1 000 m) de se mélanger avec les volumes d'eau chaude en surface (température supérieure à 24 °C dans la zone intertropicale) : il existe donc un différentiel thermique entre la surface et le fond des océans. Ce différentiel de température peut être exploité afin de produire de l'électricité s'il dépasse 20 °C.

Les différents éléments composant une unité de production d'ETM sont : un ensemble évaporateur-turbine-condenseur, des conduites et des pompes d'alimentation en eau chaude et froide pompée en surface et en profondeur et une infrastructure pour les équipements connexes.
L'énergie thermique issue de l'eau de mer est transformée en énergie électrique en suivant le principe d'une pompe à chaleur. Le dispositif permet également de produire de l'eau douce ou du froid pour la climatisation. L'eau de mer peut être directement utilisée dans le circuit de la centrale ETM ou échanger de la chaleur avec un autre fluide comme l'ammoniac (centrale ETM en cycle fermé, Fig. 35).

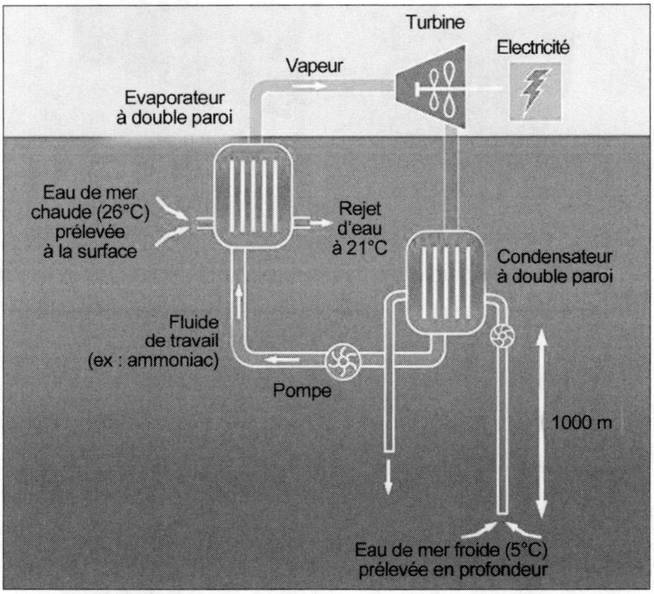


Figure 35. Principe de fonctionnement d'une centrale ETM en cycle fermé.

## (6) Le $N_2O$ et le $CH_4$

Parmi tous les GES responsables du changement climatique, le protoxyde d'azote ($N_2O$) possède un très fort pouvoir radiatif, de l'ordre de 300 fois supérieur à celui du dioxyde de carbone ($CO_2$). Avec plus des trois quarts des émissions de $N_2O$, l'agriculture incarne le premier secteur producteur de ce gaz. Les émissions provenant des sols agricoles ont pour origine des processus microbiens et sont attribuées pour l'essentiel à la transformation de l'azote minéral des sols.
En France, les émissions de $N_2O$ représentent 13 % de la contribution au réchauffement global, ce qui fait globalement du $N_2O$ le second GES en puissance après le $CO_2$.

En raison de son très fort pouvoir radiatif, la prise en compte de l'émission de $N_2O$ dans la filière agricole relativise l'intérêt des biocarburants dans la réduction de l'effet de serre (le $N_2O$ représente 57 % des émissions totales de GES de la culture du colza, du semis à la récolte).

Les émissions de méthane de l'agriculture comptent pour plus de 50 % des émissions totales de méthane planétaire. Le $CH_4$ possède un fort pouvoir radiatif, de l'ordre de 25 fois supérieur à celui du dioxyde de carbone ($CO_2$), et ce gaz contribuerait ainsi à hauteur de 15 % aux effets des émissions anthropiques mondiales de gaz à effet de serre.

Les émissions de méthane par l'agriculture proviennent principalement de la fermentation entérique des ruminants et le reste de la fermentation des déjections animales et des matières organiques des sols humides ou inondés en déficit d'oxygène.

En dehors de l'agriculture, la fonte accélérée des pergélisols liée au réchauffement climatique est à l'origine d'une libération accrue du $CH_4$ qui y est emprisonné.

# Je m'exerce et je fais la différence

## Entraînement

### Exercice 1

*Sujet Bac, Polynésie, 2019, partie 2.2 enseignement de spécialité*

Les régions arctiques sont caractérisées par un sol constamment gelé depuis des milliers d'années, appelé pergélisol ou permafrost. Sous l'effet du réchauffement climatique, ce pergélisol a amorcé un dégel qui inquiète les climatologues.

**À partir de l'étude des documents, de leur mise en relation et de l'utilisation des connaissances, expliquer pourquoi certains scientifiques pensent que la fonte du pergélisol pourrait accélérer le réchauffement climatique.**

---

Document 1: **le pergélisol de l'hémisphère nord**

**Document 1a** *répartition actuelle du pergélisol dans l'hémisphère nord*

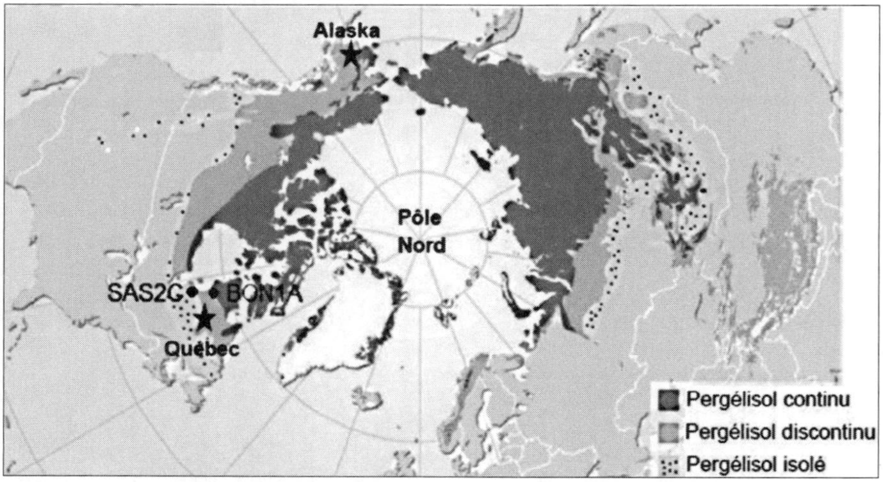


Figure 36. Répartition actuelle du pergélisol dans l'hémisphère nord.

Le pergélisol représente 25 % des terres émergées dans l'hémisphère nord. C'est le plus gros réservoir de carbone continental de la planète, devant les réserves de combustibles fossiles. Cela représente deux fois plus de carbone que n'en contient actuellement l'atmosphère.

*D'après https://lejournal.cnrs.fr/articles/pergelisol-le-piege-climatique, consulté en novembre 2018*

**Document 1b** *évolution de la température du pergélisol à 20 mètres de profondeur en Alaska entre 1978 et 2008*

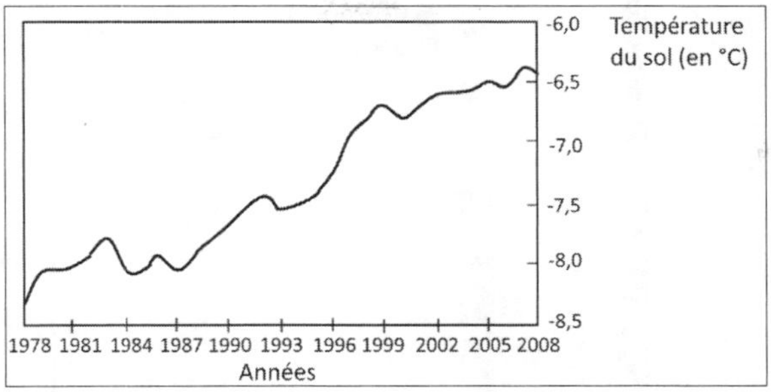


Figure 37. Évolution de la température du pergélisol à 20 mètres de profondeur en Alaska entre 1978 et 2008.

*D'après https://leau-vive.ca/Societe/pergelisol-et-impacts-sur-les-communautes-nordiques, consulté en novembre 2018.*

---

## Document 2 : évolution des mares de thermokarst liée au réchauffement du pergélisol

**Document 2a** *résultat de la fonte du pergélisol : les mares de thermokarst*

La fonte de la glace du pergélisol provoque des affaissements qui se remplissent d'eau, formant des mares de thermokarst. Les points 1 à 4 marquent l'évolution de certaines mares de thermokarst entre 2010 et 2012 dans la région de Québec, Canada. Au point « 4 », nous pouvons remarquer la fusion de deux mares. Par ailleurs, on constate que plus les mares sont grandes, plus elles sont profondes.

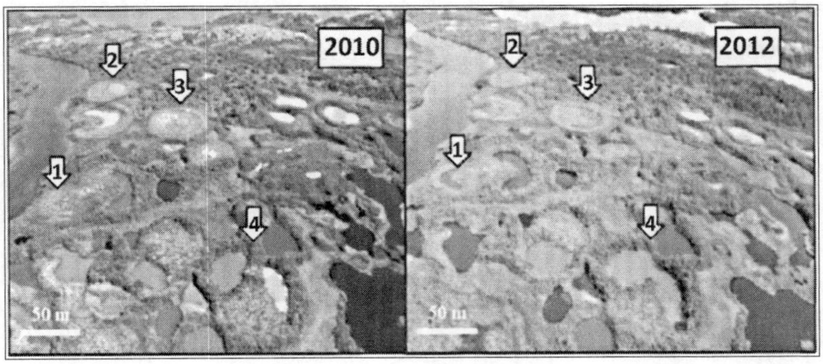


Figure 38. Les mares de thermokarst.

*D'après Alex Matveev, Université de Laval, Québec, 2018*

**Document 2b** *évolution de la fréquence des mares de thermokarst entre 1959 et 2006 au nord du Québec, Canada*

Ce document présente la fréquence des mares de thermokarst en fonction de leur superficie. Les lignes verticales en pointillé indiquent pour chaque année la taille moyenne et la taille maximale des mares de thermokarst.

n = nombre de mares de thermokarst comptabilisé.

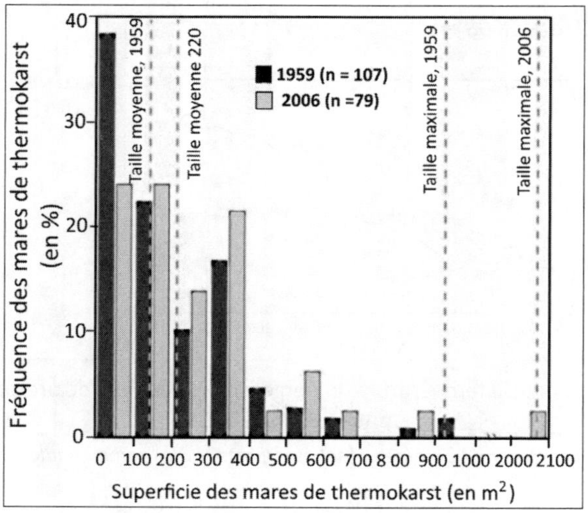


Figure 39. Évolution de la fréquence des mares de thermokarst entre 1959 et 2006 au nord du Québec, Canada.

*D'après Bouchard et coll., 2014, Artic, Antartic, and Alpine Research, Vol.46.*

---

## Document 3 : concentration de $CH_4$ et de $CO_2$ en fonction de la profondeur de mares de thermokarst à deux stades différents de développement

$CH_4$ et $CO_2$ sont des gaz à effet de serre. Plus la concentration de ces gaz dissous présents dans les mares de thermokarst augmente plus ils diffusent dans l'atmosphère.

**Document 3a** *concentration de $CH_4$ et de $CO_2$ en fonction de la profondeur d'une mare de thermokarst en début de développement (site BON1A localisé au nord du pergélisol canadien)*

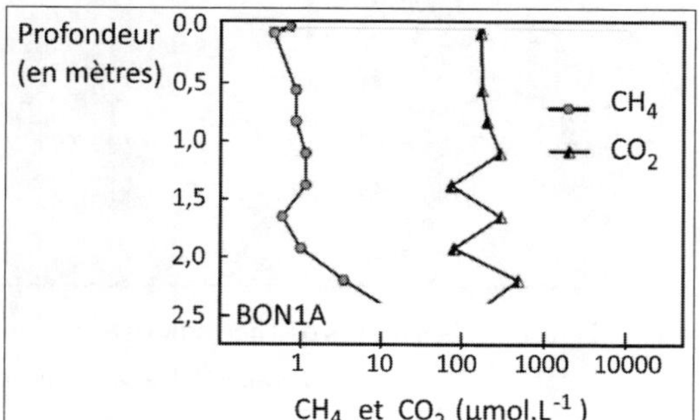


Figure 40. Concentration de $CH_4$ et de $CO_2$ en fonction de la profondeur d'une mare de thermokarst en début de développement.

*D'après Alex Matveev, Université de Laval, Québec, 2018*

**Document 3b** *concentration de $CH_4$ et de $CO_2$ en fonction de la profondeur d'une grande mare de thermokarst (SAS2C localisé au sud du pergélisol canadien)*

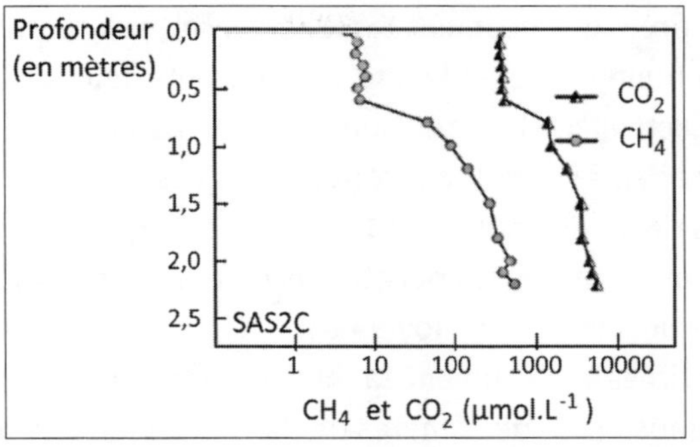


Figure 41. Concentration de $CH_4$ et de $CO_2$ en fonction de la profondeur d'une grande mare de thermokarst.

*D'après Alex Matveev, Université de Laval, Québec, 2018*

---

## Document 4 : **modélisation de l'évolution de la dégradation du pergélisol (a) et des émissions de carbone cumulé (b)**

La modélisation de la dégradation du pergélisol (diminution du volume de sol gelé) et des émissions de carbone cumulé se fait selon 4 scénarios possibles et pour 3 années : 2040, 2100 et 2300. Du scénario **RCP 2.6** au scénario **RCP 8.5**, les émissions de carbone prises en compte sont de plus en plus importantes.

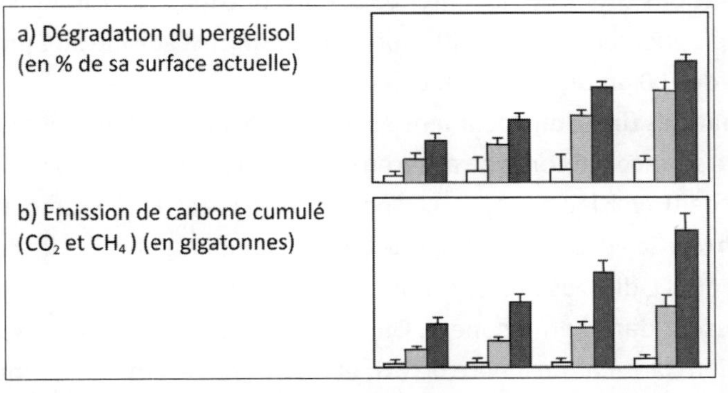


Figure 42. Modélisation de l'évolution de la dégradation du pergélisol (a) et des émissions de carbone cumulé (b).

*D'après Schuur et coll. Climatic Change, Vol. 119, 2013, pp. 359-374*

## Correction

### Exercice 1

**Informations tirées du document 1a :** le pergélisol représente le plus gros réservoir de carbone continental de la planète, et représente deux fois plus de carbone que n'en contient actuellement l'atmosphère. Dans l'hémisphère Nord, les pergélisols représentent en surface 25 % des terres émergées.

**Informations tirées du document 1b :** on observe qu'en Alaska, à la profondeur de 20 m, la température des pergélisols reste négative mais s'élève de façon régulière chaque année d'en moyenne 0,6 °C.

**Informations tirées du document 2a :** on observe entre 2010 et 2012 dans la région de Québec, la fusion de deux mares de thermokarst, et on apprend que plus la surface d'une mare est grande, plus elle est profonde.

**Mise en relation des informations :** on peut en déduire que le volume de la mare résultant de la fusion des deux mares est plus grand ; on peut émettre l'hypothèse que cette augmentation de volume d'eau est liée à la fonte d'une partie du pergélisol, donc que la température des sols en surface est devenue localement positive.

**Informations tirées du document 2b :** on constate qu'au Québec, la taille maximale des mares en 2006 est supérieure à celle en 1959 ; les mares de thermokarst deviennent moins nombreuses (79 contre 107) mais ont en moyenne une plus grande superficie.

**Mise en relation des informations :** l'observation du phénomène ponctuel observé dans le document 2a est donc un phénomène général qui intéresse tout le Québec.

**Informations tirées du document 3a :** dans une mare de thermokarst en début de développement, la concentration en méthane est voisine de 1 $\mu mol.L^{-1}$ et celle de $CO_2$ de 100 $\mu mol.L^{-1}$ en surface.

**Informations tirées du document 3b :** dans une mare de thermokarst développée (grande surface), la concentration en méthane en surface a été multipliée par un facteur de 10 (voisine de 10 $\mu mol.L^{-1}$ pour le méthane et de 1000 $\mu mol.L^{-1}$ pour le $CO_2$.

**Mise en relation des informations :** le texte nous indique que plus les concentrations en $CH_4$ et $CO_2$ dissous présents dans les mares de thermokarst augmentent plus ils diffusent dans l'atmosphère. On en déduit qu'il y a une augmentation de la libération dans l'atmosphère de $CH_4$ et de $CO_2$ par les mares de thermokarst en raison de leur approfondissement lui-même lié à leur agrandissement.

On nous rappelle que le $CH_4$ et le $CO_2$ sont deux gaz à effet de serre : on peut donc craindre une augmentation de l'effet de serre lié à l'augmentation de la teneur de l'atmosphère en ces deux gaz, ce qui s'accompagnerait d'une élévation globale de la température de la Terre.

**Informations tirées du document 4a :** dans les 4 modèles, à une augmentation donnée de la surface de pergélisol altéré en 2040 correspond en 2100 et 2300 des surfaces encore plus importantes surface de pergélisol altéré ; on observe que cette augmentation n'est pas linéaire : à une faible différence d'augmentation entre les 4 modèles en 2040, correspond une forte différence dans l'accroissement des surfaces dégradées en 2100 et 2300.

**Informations tirées du document 4b :** dans les 4 modèles, à une augmentation donnée des émissions de carbone cumulées en 2040 correspond en 2100 et 2300 des quantités encore plus importantes des émissions de carbone cumulée ; on observe que cette augmentation n'est pas linéaire : à une faible différence d'augmentation entre les 4 modèles en 2040, correspond une forte différence dans l'accroissement des surfaces dégradées en 2100 et 2300.

**Mise en relation des informations :** la non-linéarité des modifications suggère l'existence d'un phénomène de rétroaction positive.

**Synthèse : pourquoi certains scientifiques pensent que la fonte du pergélisol pourrait accélérer le réchauffement climatique ?**

Le réchauffement du sol observé depuis les années 1980 (Doc. 1) se traduit par une augmentation de la fonte du pergélisol, visible par une augmentation de la surface et de la profondeur moyenne des mares de thermokarst (Doc. 2). L'augmentation de la surface et de la profondeur moyenne des mares de thermokarst a pour conséquence une augmentation de la libération dans l'atmosphère de gaz à effet de serre ($CH_4$ et $C0_2$) par ces mares. L'augmentation de la teneur de l'atmosphère en gaz à effet de serre (GES) se traduira par une élévation de la température moyenne de la Terre par effet de serre, ce qui amplifiera la fonte des pergélisols, augmentant d'autant la libération de gaz à effet de serre. On se trouve donc ici dans un cas de rétroaction positive où la modification dans un sens d'un paramètre (ici la libération de GES par les thermokarsts) amplifie dans le même sens la variation de ce paramètre.

On peut donc craindre qu'en effet la fonte du pergélisol puisse accélérer le réchauffement climatique.

Chapitre E-1

# Les réflexes

# Je révise et je me perfectionne

La contraction musculaire résulte d'une commande nerveuse. Le mouvement induit peut-être **involontaire** et lié à un **réflexe**, ou **volontaire**. Les réflexes mettent en jeu différents éléments qui constituent l'arc-réflexe.
Dans ce chapitre nous étudierons les éléments constitutifs du **réflexe myotatique** qui est un exemple de commande réflexe du muscle.

## I. La notion de réflexe

### I-1. Qu'est-ce qu'un réflexe

**Réflexe :** au sens physiologique du terme, un réflexe est une réponse motrice involontaire, stéréotypée, déclenchée par l'apparition d'un stimulus.
**Stimulus :** c'est une modification du milieu extérieur capable d'engendrer une réaction sensorielle, physique ou psychologique de la personne. Il engendre une forme d'excitation du système nerveux qui adapte un comportement-réponse propre à chacun.

**Exemples de réflexes**

- Le **réflexe pupillaire** qui, en réponse à une stimulation lumineuse, conduit à une diminution du diamètre de la pupille par contraction de l'iris et inversement dans l'obscurité.
- Le **réflexe de triple retrait** qui est un réflexe de défense faisant suite à une stimulation nociceptive (flexion de la jambe lorsqu'on marche sur une punaise ou retrait de la main lorsqu'on se brûle).
- Les **réflexes ostéotendineux**, comme le réflexe rotulien dans lequel on observe une extension de la jambe suite à la percussion du tendon sous-rotulien.
- Le **réflexe myotatique** qui est la contraction réflexe d'un muscle suite à son étirement (ici, le stimulus est l'étirement du muscle).

### I-2. Les éléments constitutifs d'un réflexe

Tout réflexe met en jeu (Fig. 1) :

- un récepteur périphérique activé par le stimulus et qui le transforme en influx nerveux (transduction)
- une voie afférente qui transmet cet influx nerveux
- un centre nerveux qui intègre les informations afférentes
- une voie efférente qui transmet l'ordre moteur vers l'effecteur
- un effecteur, responsable de l'exécution de la commande motrice.

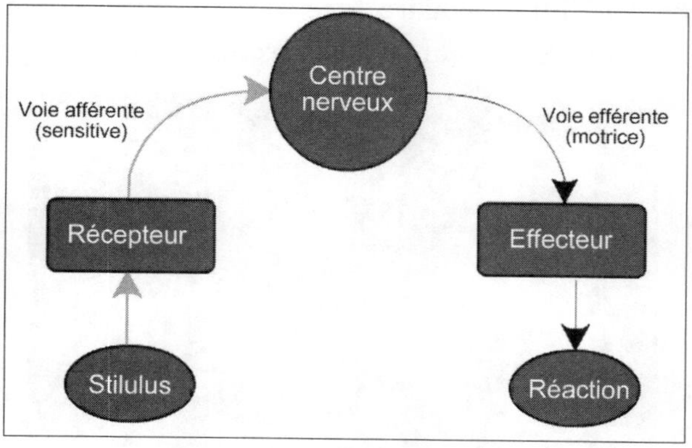


Figure 1. Les éléments de l'arc réflexe.

### I-3. Les cellules nerveuses ou neurones impliqués dans le réflexe myotatique

Le neurone est une cellule spécialisée qui comprend un corps cellulaire, des fibres nerveuses (dendrites et axones). Un neurone possède des centaines de dendrites pour un seul axone. Deux types principaux de neurones sont impliqués dans le réflexe myotatique (Fig. 2).

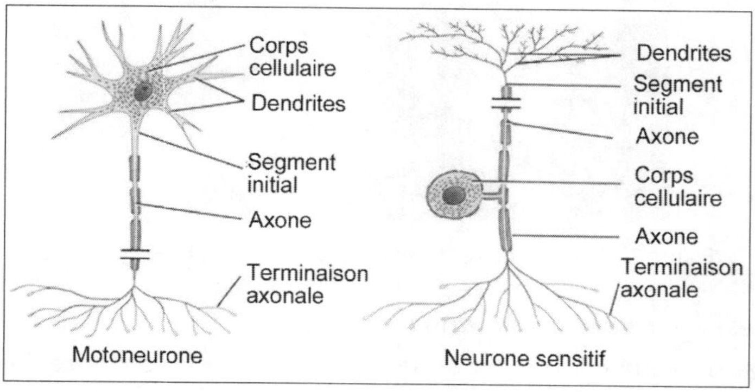


Figure 2. Le motoneurone et le neurone sensitif.

Les dendrites permettent de capter des informations dans un environnement plus ou moins proche. Ces informations sont véhiculées de l'extrémité des dendrites vers le corps cellulaire.

- L'axone se distingue de la dendrite car il peut être recouvert d'une gaine de myéline (contrairement à la dendrite) et parce qu'il peut véhiculer des messages nerveux sous forme de trains de potentiel d'action.
- Le corps cellulaire intègre l'ensemble des messages.
- La terminaison axonique transmet le message à un autre neurone ou à un muscle au niveau d'une jonction spécialisée appelé une **synapse**.

Au sein d'un neurone le message nerveux circule en sens unique des dendrites vers la terminaison de l'axone. Un neurone peut établir 10 000 connexions avec d'autres neurones par l'intermédiaire de ces fibres nerveuses. On appelle **réseau neuronique**, un ensemble de neurones connectés par des synapses (Fig. 3).

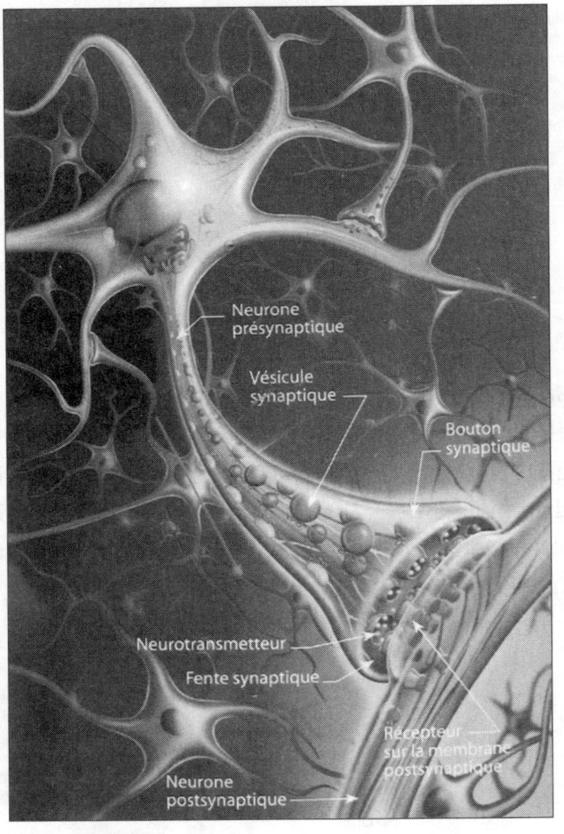


Figure 3. Un neurone reçoit et établit de nombreuses synapses.

## I-4. Le message nerveux (ou influx nerveux)

Le message nerveux est constitué de petits signaux électriques élémentaires, appelés potentiels d'action (PA), qu'il est possible d'enregistrer en plaçant une microélectrode à la surface et une autre dans le cytoplasme d'une cellule excitable (cellule nerveuse ou musculaire). Les 2 microélectrodes sont reliées à un oscilloscope (Fig. 4).

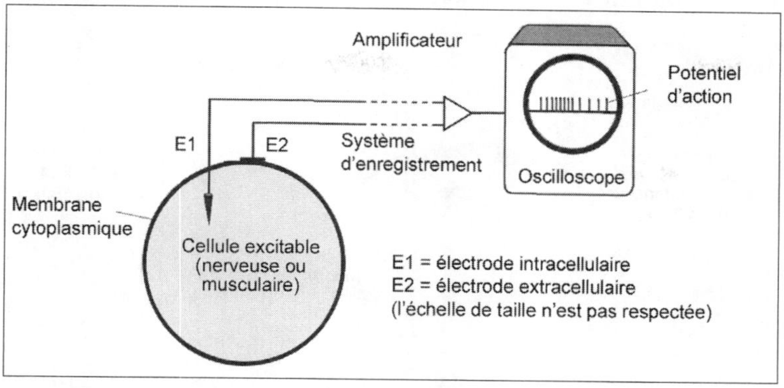


Figure 4. Dispositif d'enregistrement du message nerveux.

Les signaux électriques (PA) sont visualisés sur l'écran de l'oscilloscope sous forme de petites variations verticales du spot lumineux. À vitesse de balayage de l'écran élevée, le message nerveux apparaît comme une succession de petits traits verticaux de hauteur égale (Fig. 4), dont il est possible de mesurer la fréquence. Le potentiel d'action correspond à une variation transitoire et stéréotypée des propriétés électriques de la membrane cytoplasmique.

## II. Le réflexe myotatique

### II-1. Le tonus musculaire

**Le tonus musculaire :** le tonus peut se définir comme une tension légère auquel est soumis tout muscle strié à l'état de repos, cet état permet de lutter contre la pesanteur, de répondre rapidement à une excitation, de conserver une posture. Le tonus musculaire assure la fermeté des muscles mais il ne fournit pas une force assez importante pour produire un mouvement.

## II-2. Le réflexe achilléen et rotulien : des exemples de réflexes myotatiques

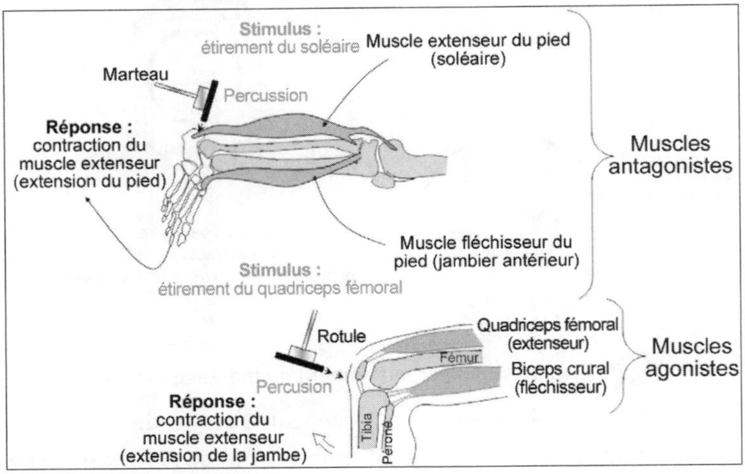


Figure 5. Deux exemples de réflexe myotatique.

Dans le cas du réflexe achilléen, la percussion du tendon achilléen provoque un étirement du muscle soléaire (muscle extenseur) avec pour conséquence une extension du pied.

Dans le cas du réflexe rotulien, la percussion du tendon provoque un étirement du muscle quadriceps fémoral (muscle extenseur) avec pour conséquence une extension de la jambe.

Le réflexe myotatique est un système réglé ou le paramètre à régler est l'état d'étirement du muscle. Tout étirement va être compensé par une contraction réflexe, il s'agit d'une **rétroaction négative ou rétrocontrôle** (Fig. 6).

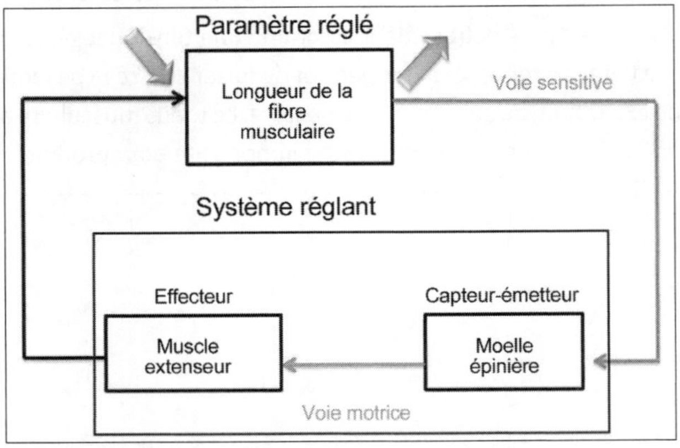


Figure 6. Schéma d'une boucle de régulation négative.

**Le réflexe myotatique** se définit comme la contraction d'un muscle en réponse à son propre étirement. Ce type de réflexe est omniprésent dans la posture de l'organisme, c'est lui qui permet le maintien du squelette dans la position verticale.

## III. Les éléments du réflexe myotatique

### III-1. Le récepteur sensoriel

Le récepteur sensoriel (Fig. 7) est capable de détecter un étirement du muscle : c'est un mécanorécepteur. Il s'agit du fuseau neuromusculaire localisé dans le muscle étiré, capable de convertir l'étirement (mécanisme de transduction) en un message nerveux afférent sensitif.

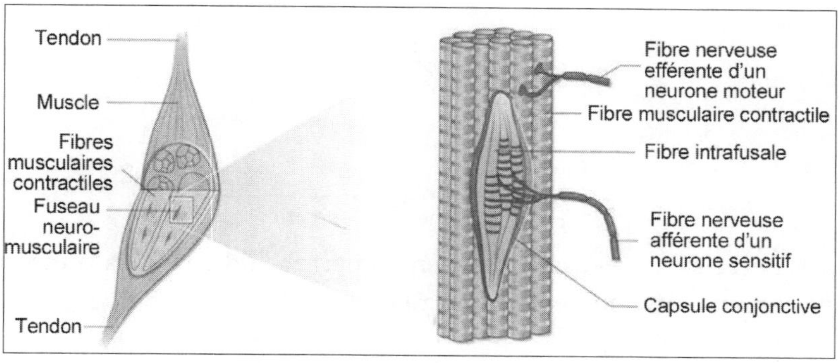


Figure 7. Le fuseau neuromusculaire.

Le message nerveux prend naissance au niveau du fuseau neuromusculaire chemine vers la moelle épinière par l'intermédiaire d'un neurone sensoriel.
L'intensité de l'étirement correspond à une augmentation de la fréquence des potentiels d'action dans la fibre nerveuse sensitive (Fig. 8).

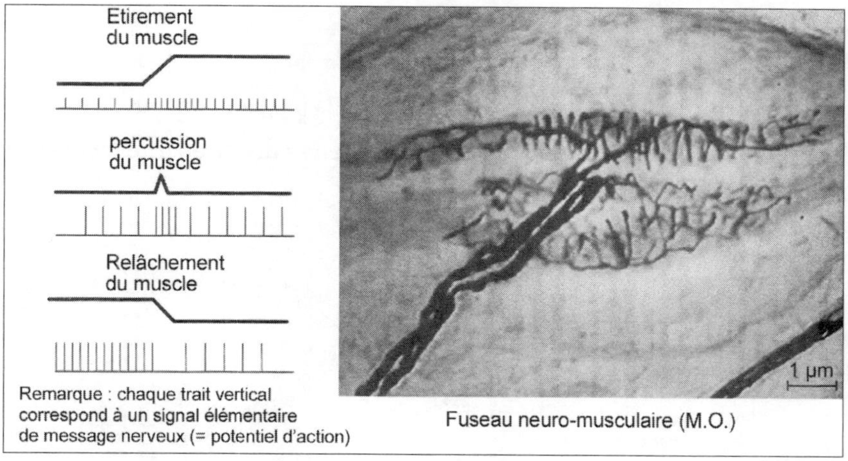


Figure 8. Enregistrement de l'activité électrique de la fibre nerveuse sensitive issue du fuseau musculaire dans différentes conditions.

### III-2. La voie nerveuse sensitive

Les fuseaux neuromusculaires sont reliés à la moelle épinière par des fibres nerveuses sensitives ou afférentes (qui conduisent le message nerveux de la périphérie vers le centre nerveux) (Fig. 9).

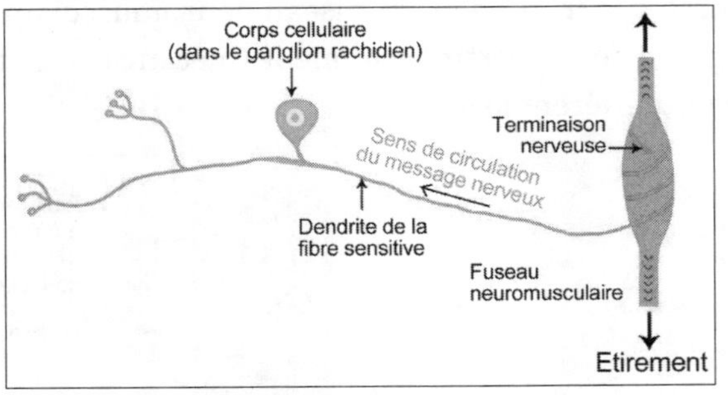


Figure 9. Le neurone sensitif.

Les fibres nerveuses sont assemblées en un nerf rachidien qui va transporter le message nerveux afférent vers un centre nerveux (nerf sensitif) (Fig. 10).

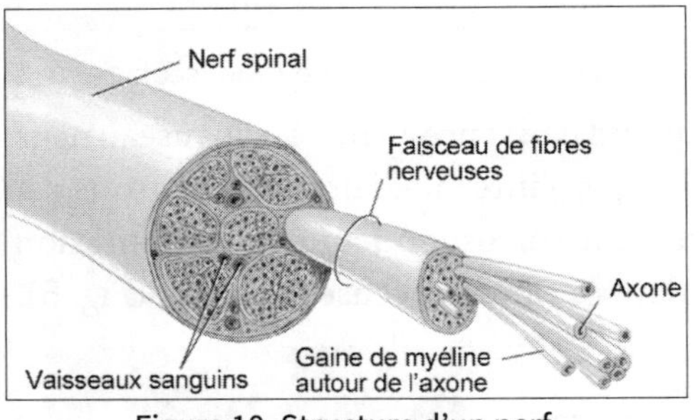


Figure 10. Structure d'un nerf.

(1) La boucle gamma et l'ajustement de la longueur du muscle

À son arrivée à la moelle épinière, le nerf rachidien se divise en une racine ventrale et une racine dorsale (Fig. 11).

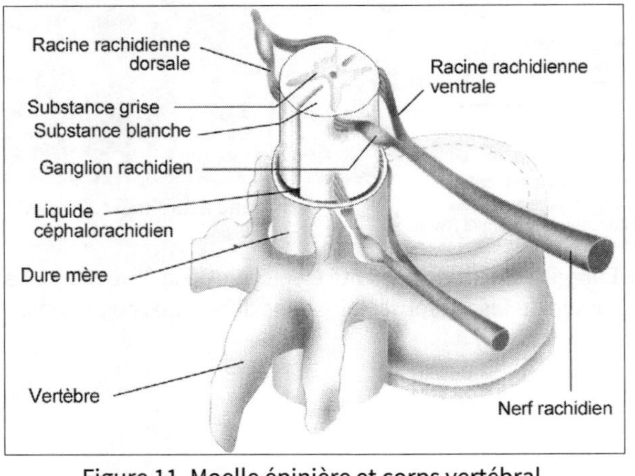


Figure 11. Moelle épinière et corps vertébral.

Les neurones sensitifs afférents véhiculent des messages nerveux centripètes, des fuseaux neuromusculaires à la moelle, en passant par les racines dorsales des nerfs rachidiens. Le corps cellulaire (péricaryon) des neurones sensitifs se trouvent dans le ganglion rachidien (Fig. 12).

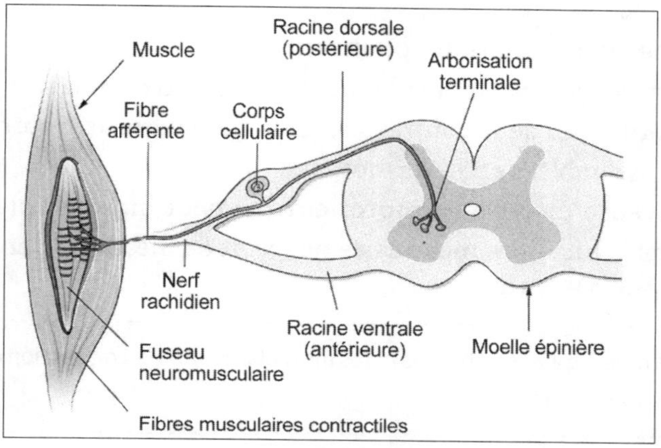


Figure 12. Localisation anatomique du ganglion rachidien.

## III-3. Le centre nerveux : la moelle épinière

Le centre nerveux du réflexe myotatique est la moelle épinière (Fig. 13), qui va intégrer, analyser le message afférent et élaborer une réponse motrice. Sa destruction entraîne la disparition du réflexe myotatique.

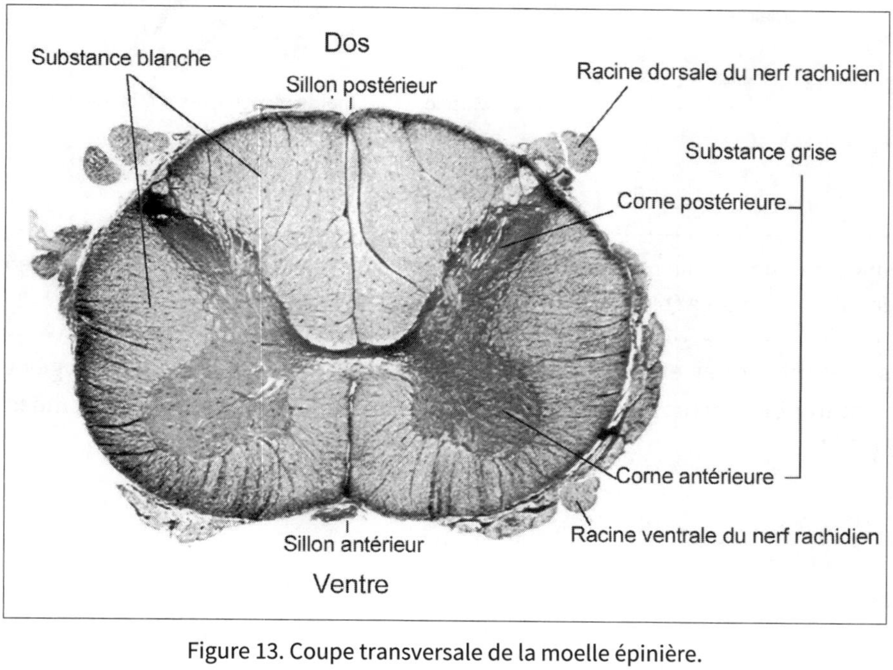


Figure 13. Coupe transversale de la moelle épinière.

Les fibres nerveuses des neurones se regroupent à la périphérie pour former la substance blanche de la moelle épinière et les 31 paires de nerfs rachidiens qui quittent la moelle épinière.

### III-4. La voie nerveuse efférente ou motrice

La fibre nerveuse qui transporte le message nerveux efférent vers le muscle étiré pour lui ordonner de se contracter, est la fibre nerveuse motrice. Les fibres motrices sont assemblées en nerfs moteurs.

Une fibre nerveuse motrice ou **motoneurone** peut innerver plusieurs fibres musculaires, mais une fibre musculaire ne reçoit de messages nerveux que d'un seul motoneurone (Fig. 14).

On appelle **unité motrice**, l'ensemble des fibres musculaires dont la contraction est commandée par un même motoneurone.

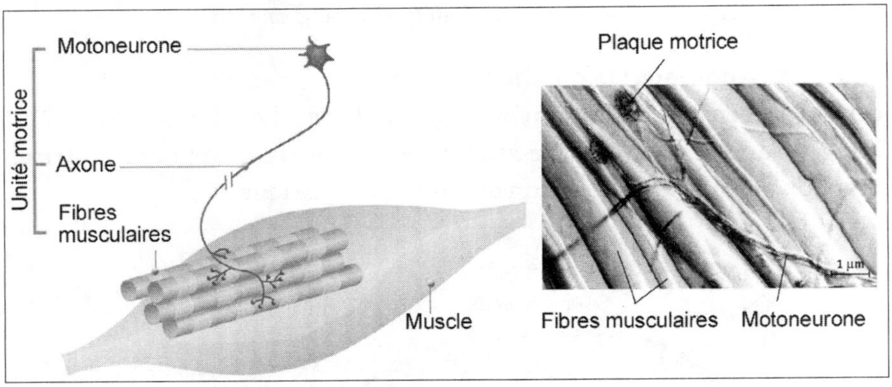


Figure 14. Schéma d'une unité motrice.

Le **motoneurone** est un neurone dont le corps cellulaire se situe dans la corne antérieure (ventrale) de la moelle épinière pour former la substance grise.

Les motoneurones efférents émettent des messages nerveux centrifuges qui empruntent les racines ventrales des nerfs rachidiens et parviennent aux muscles (Fig. 15).

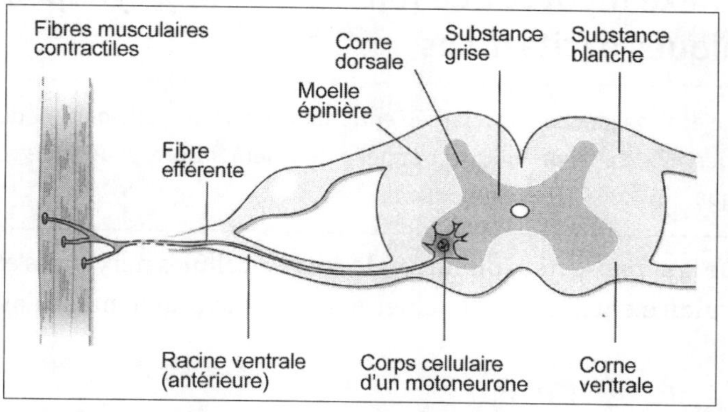


Figure 15. Localisation du corps cellulaire du motoneurone.

Les racines ventrale et dorsale fusionnent pour former le nerf rachidien qui contient donc à la fois des fibres motrices et sensitives (nerf mixte).
L'axone du motoneurone forme avec les fibres musculaires (ou cellules musculaires) du muscle étiré, une **synapse neuromusculaire** qui conduit à leur contraction (Fig. 16).

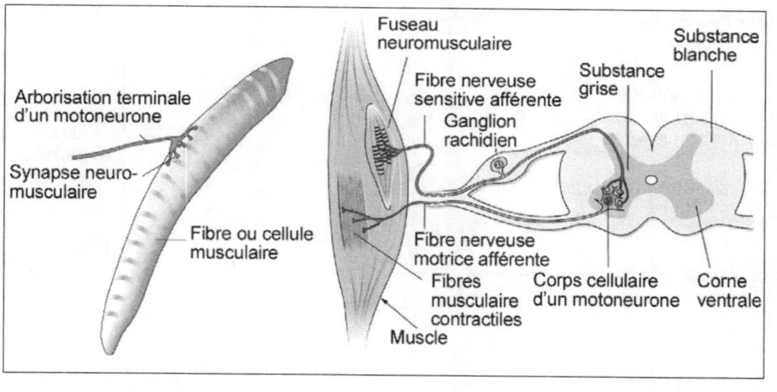


Figure 16. La synapse neuromusculaire.

## III-5. L'effecteur

Il s'agit du muscle étiré ; le résultat étant la contraction d'un muscle préalablement étiré, il s'agit d'une **rétroaction négative**.

**Conclusion : le réflexe myotatique est un exemple simple du travail d'analyse, d'intégration qu'opèrent les centres nerveux, ici la moelle épinière.**

# IV. Le réflexe myotatique fait intervenir 2 synapses chimiques excitatrices

**La synapse** : c'est une jonction spécialisée entre deux neurones. Elle permet de faire passer le message nerveux, de façon unidirectionnelle de l'élément présynaptique vers l'élément postsynaptique.

On distingue la synapse **neuroneuronale** entre 2 cellules nerveuses et la **synapse neuromusculaire** entre une cellule nerveuse et une cellule musculaire.

## IV-1. Organisation de la synapse chimique excitatrice neuro-neuronale

La synapse neuroneuronale permet de faire passer le message nerveux entre deux cellules nerveuses avec un délai (retard) de l'ordre de 0,5 ms soit à une vitesse de l'ordre de 0,1 mm/s.

Toute synapse chimique est constituée de trois éléments (Fig. 17).

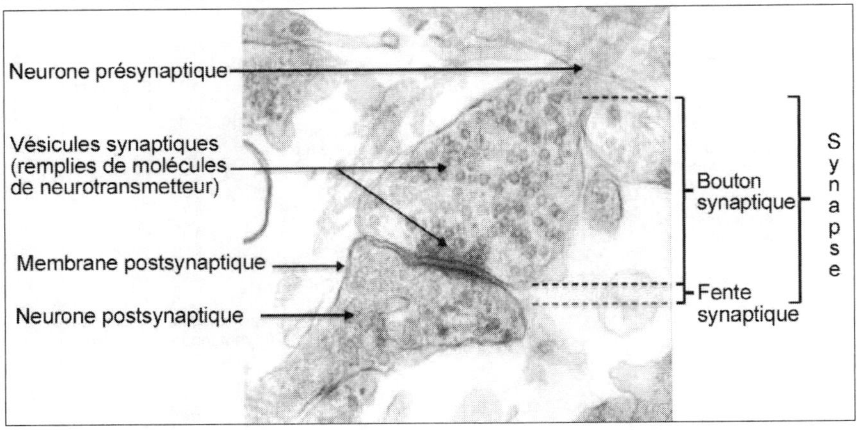


Figure 17. Électronographie d'une synapse (MEB × 25 000).

L'élément présynaptique, par lequel arrive le PA, est le seul à posséder des vésicules synaptiques. Il s'agit toujours de la terminaison d'un axone. Ces vésicules renferment des molécules de neurotransmetteur.

La fente synaptique a une largeur de 20 à 50 nm ce qui empêche la propagation du PA. En effet, le PA qui est une dépolarisation membranaire, a besoin de la membrane pour se propager et ne peut donc pas traverser la fente.

L'élément postsynaptique est situé sur les dendrites ou le corps cellulaire d'un neurone ou d'une cellule musculaire ; il possède des récepteurs capables de fixer spécifiquement les molécules de neurotransmetteurs.

## IV-2. Le fonctionnement de la synapse chimique excitatrice neuroneuronale

La transmission du message nerveux d'une cellule nerveuse à une autre cellule (nerveuse ou musculaire) se déroule en plusieurs étapes.

L'arrivée des potentiels d'action au niveau de la terminaison axonique (bouton synaptique) provoque l'exocytose des vésicules synaptiques et la libération dans la fente synaptique des molécules chimiques ou neurotransmetteurs localisés dans les vésicules (Fig. 18).

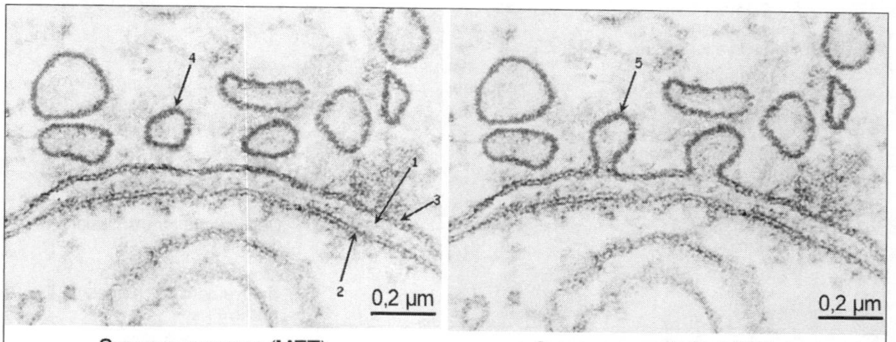


Synapse au repos (MET) — Synapse en activité (MET)

1 : Fente synaptique, 2 : Membrane postsynaptique, 3 : Membrane présynaptique, 4 : Vésicule synaptique, 5 : Vésicule synaptique en exocytose.

Figure 18. Électronographie d'une synapse chimique au repos et après stimulation.

Les neurotransmetteurs libérés dans la fente synaptique, diffusent et vont se fixer sur des récepteurs spécifiques présents sur la membrane de l'élément postsynaptique.

La quantité de molécules de neurotransmetteur libérée est proportionnelle à l'intensité du message présynaptique (fréquence de PA).

Cette association neurotransmetteur/récepteur postsynaptique provoque la naissance d'un **Potentiel PostSynaptique Excitateur (= PPSE)** au niveau de la membrane postsynaptique.

L'amplitude du PPSE est proportionnelle à la quantité de molécules de neurotransmetteur libérée, donc à l'intensité du message présynaptique.

Les molécules de neurotransmetteurs pourront être dégradées (retirées du récepteur) et capturées par l'élément présynaptique pour être de nouveau stockées et réutilisées. L'élément postsynaptique peut alors de nouveau répondre aux PA.

Au niveau d'une synapse, seul l'élément présynaptique contient les neurotransmetteurs, la synapse ne peut donc fonctionner **qu'en sens unique, de l'élément pré- vers le postsynaptique**.

On peut résumer le fonctionnement d'une synapse chimique excitatrice par le schéma suivant (Fig. 19).

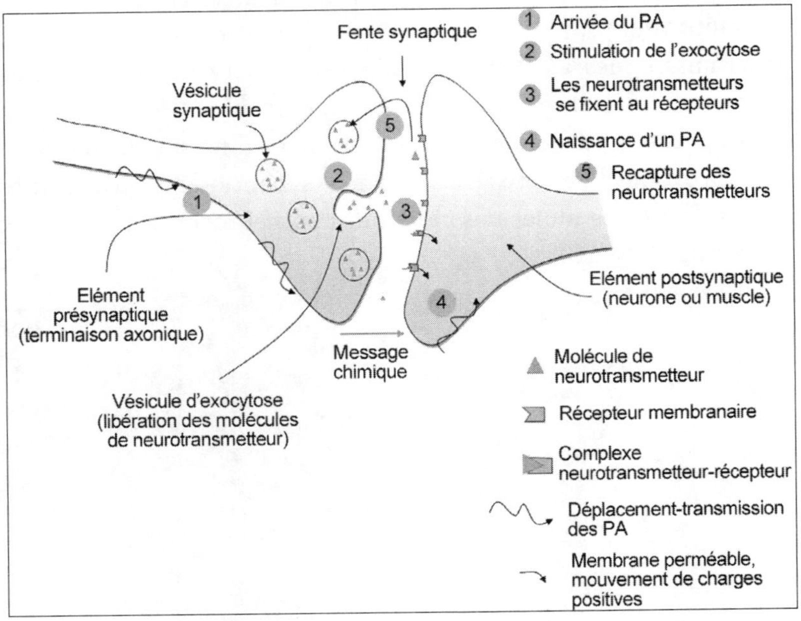


Figure 19. Schéma de synthèse du fonctionnement d'une synapse chimique excitatrice.

La transmission du message nerveux (ionique) d'un neurone à une autre cellule s'effectue donc **par voie chimique** en utilisant des molécules chimiques très variées appelées des **neurotransmetteurs** (exemples de neurotransmetteurs : l'acétylcholine, l'adrénaline, le GABA, la sérotonine, les endomorphines…).

Le message est codé en quantité de neurotransmetteur libérée (**codage chimique en amplitude**). La fréquence des PA qui arrivent au niveau de l'élément présynaptique **est codée, traduite en concentration de neurotransmetteurs libérés dans la fente synaptique** (nombre de vésicules en exocytose). Une fréquence élevée de PA dans l'élément présynaptique est traduite en concentration élevée de neurotransmetteurs au niveau de la fente, ce qui sera traduit, codée de nouveau en fréquence de PA au niveau de l'élément postsynaptique.

En fait à aucun moment le PA n'a traversé la fente synaptique, il est plus juste de dire qu'un nouveau PA a pris naissance au niveau de l'élément postsynaptique. **Comme le PA est invariant, la nature et les caractéristiques du message sont conservées au niveau de la synapse.**

(2) Notion de muscle antagoniste et de réflexe myotatique inversé

## IV-3. Organisation de la synapse chimique excitatrice neuromusculaire ou plaque motrice

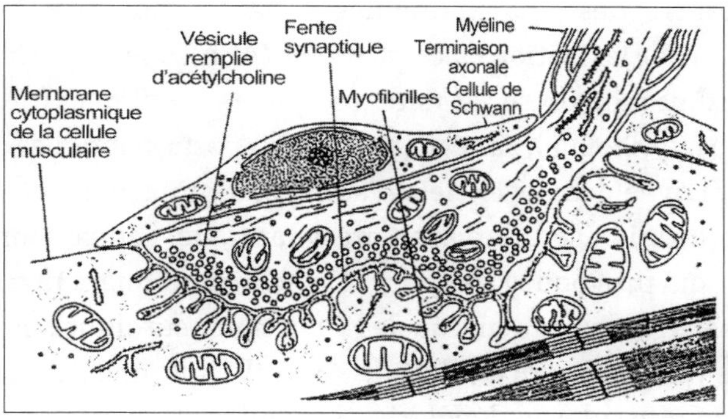


Figure 20. Schéma de la plaque motrice.

On retrouve les mêmes éléments que dans la synapse neuroneuronale (Fig. 20). Le fonctionnement de la plaque motrice est similaire à celui de la synapse neuroneuronale : la fixation des neurotransmetteurs, sur les récepteurs situés sur la membrane postsynaptique de la fibre musculaire, est à l'origine du départ (éventuel) de potentiels d'action musculaires au niveau de l'élément postsynaptique (muscle).

## IV-4. Le potentiel d'action musculaire

Le neurone-moteur conduit le message nerveux jusqu'à la synapse neuromusculaire, qui met en jeu l'acétylcholine (ACh) (Fig. 21). La formation puis la propagation d'un potentiel d'action dans la cellule musculaire entraînent l'ouverture de canaux calciques à l'origine d'une augmentation de la concentration cytosolique en ions calcium, provenant du réticulum sarcoplasmique pour les muscles.

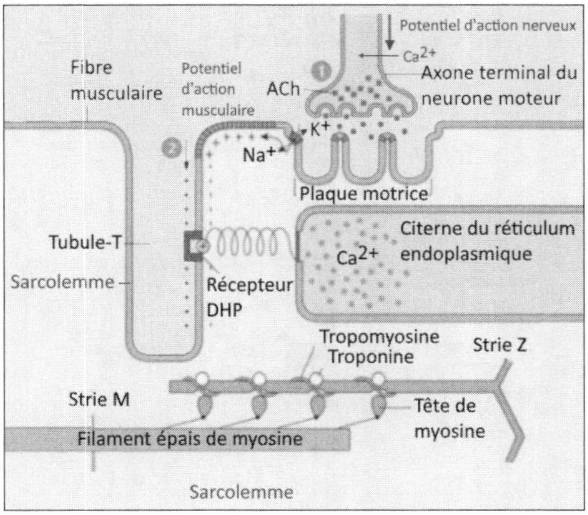


Figure 21. Phénomènes ioniques au niveau de la plaque motrice.

La plaque motrice est électriquement inexcitable car elle ne contient pas de protéines canal sensibles aux variations du potentiel de membrane (Vm). Elle contient, par contre, des canaux ioniques (canaux cationiques $Na^+$ et $K^+$), dont l'ouverture dépend de la fixation d'acétylcholine (ACh), libérée par les terminaisons nerveuses de l'axone moteur, sur des sites récepteurs spécifiques (nACh : récepteurs nicotiniques à l'acétylcholine), situés dans les replis postsynaptiques de la membrane musculaire. L'arrivée des potentiels d'action du motoneurone (1) déclenche, au niveau de la terminaison nerveuse présynaptique, l'apparition d'un courant entrant de $Ca^{2+}$, qui provoque la libération synchrone d'une centaine de vésicules d'ACh. On enregistre alors, au niveau de la jonction neuromusculaire, un courant ou potentiel de plaque motrice (PPM de –80 mV) soit une dépolarisation lente de la membrane musculaire, dépolarisation qui reste locale et excite la partie voisine du sarcolemme, dont les propriétés sont fondamentalement différentes : la **membrane conductrice**.

La membrane conductrice (sarcolemme) est **électriquement excitable** ; elle contient des protéines canal dont la probabilité d'ouverture est réglée par la différence de potentiel transmembranaire. Ce n'est que lorsque le potentiel de plaque motrice est suffisant, qu'est induit, par la membrane conductrice, un potentiel d'action musculaire (2).

Les tubules transverses du sarcolemme pénètrent dans la profondeur du cytoplasme (Fig. 22) où ils conduisent le potentiel d'action musculaire (3). L'arrivée du potentiel d'action musculaire dans la profondeur du cytoplasme permet le relargage du $Ca^{2+}$ contenue dans le réticulum endoplasmique dans le sarcoplasme de la fibre musculaire (4). Ce calcium va pouvoir se fixer sur les protéines régulatrices de la contraction musculaire (troponine formant les myofibrilles) (5), ce qui sera à l'origine de la contraction musculaire (6 et 7).

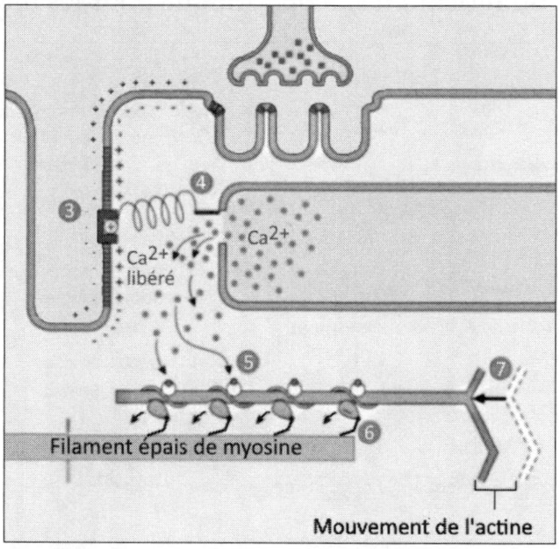


Figure 22. Phénomènes ioniques au niveau de la citerne du réticulum.

(3) La synapse chimique inhibitrice

(4) L'intégration synaptique : la sommation spatiale et temporelle

Le réflexe myotatique est un réflexe monosynaptique (au niveau de la moelle épinière). Il met en jeu différents éléments qui constituent l'arc-réflexe. Le neurone moteur conduit un message nerveux codé en fréquence de potentiels d'action. La commande de la contraction met en jeu le fonctionnement de la synapse neuromusculaire.

## V. L'excitabilité et la conductivité des neurones

Les neurones ont deux propriétés physiologiques : l'**excitabilité**, c'est-à-dire la capacité de répondre aux stimulations et de convertir celles-ci en impulsions nerveuses, et la **conductivité**, c'est-à-dire la capacité de transmettre les impulsions.

### V-1. Les propriétés électriques de la membrane cytoplasmique et l'existence d'un potentiel transmembranaire

Pour toutes les cellules vivantes de l'organisme, on peut, à l'aide d'un dispositif approprié, mesurer la tension qui règne de part et autre de la membrane cytoplasmique (entre le cytoplasme et le milieu extracellulaire). On utilise, pour l'étude, un axone géant de calmar qui est la cellule nerveuse la plus grande connue à ce jour dans le règne animal. Cet axone peut avoir un diamètre de plus de 1 mm et mesurer presque un mètre (Fig. 23).

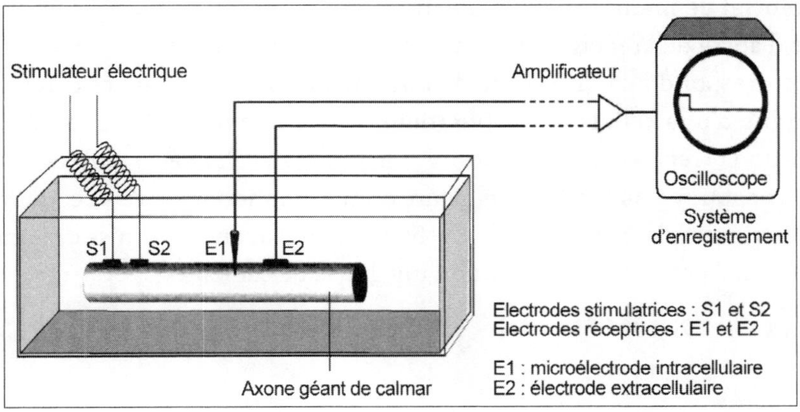


Figure 23. Dispositif d'enregistrement du potentiel de membrane.

Au temps $t_0$, les électrodes réceptrices E1 et E2 sont placées en surface de la membrane cytoplasmique de l'axone. Au temps $t_1$, la microélectrode E1 est introduite dans le milieu intracellulaire. La tension mesure la différence de potentiel électrique (**ddp**) entre les deux milieux. Le potentiel électrique représente l'état de charge électrique globale d'un milieu (Fig. 24).

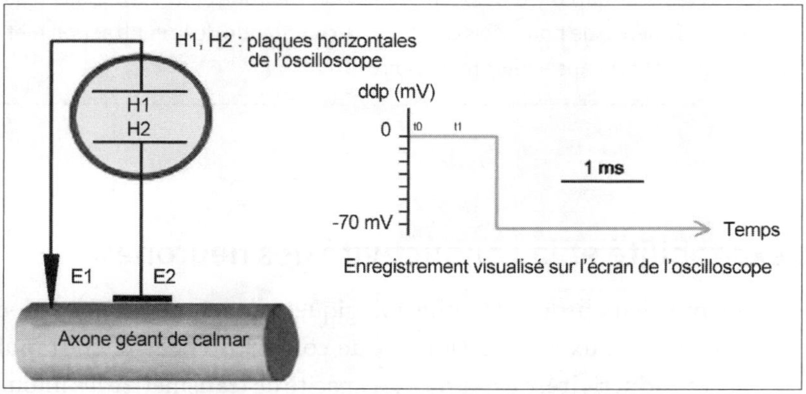


Figure 24. Mise en évidence du potentiel transmembranaire.

On observe à l'oscilloscope une tension de –70 mV. Le côté intracellulaire de la membrane présente donc un potentiel négatif (charges négatives) par rapport à la face externe. La membrane du neurone est donc polarisée (Fig. 25).

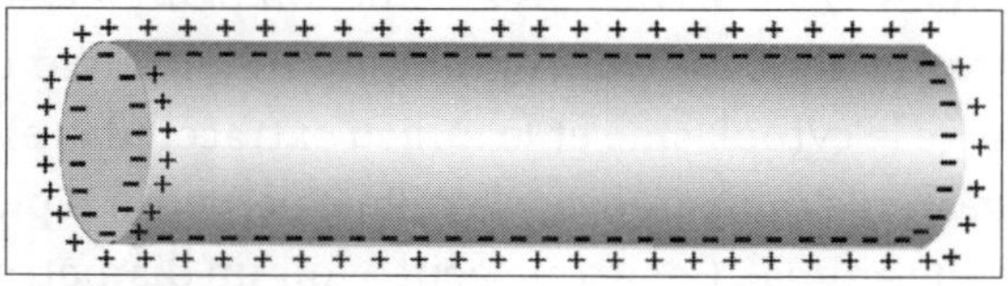

Figure 25. État électrique de la cellule au repos.

Le **potentiel de membrane** correspond à la différence de potentiel existant de part et d'autre de la membrane d'une cellule vivante, alors que le **potentiel de repos** correspond à la différence de potentiel existant de part et d'autre de la membrane d'une cellule **excitable** (neurone, cellule musculaire) en l'absence d'excitation (« repos »). À température constante, sa valeur est stable au cours du temps, constante pour un type cellulaire donné et fonction du tissu et de l'espèce concernés (exemples : sa valeur est de –56 mV pour l'axone myélinisé de grenouille et de –68 mV pour l'axone géant non myélinisé de calmar).

(5) L'origine du potentiel transmembranaire

## V-2. Le potentiel d'action

### *V-2.1. Définition*

Le potentiel d'action (PA) est une brusque modification transitoire (environ 3 mS) et stéréotypée du potentiel de repos d'une amplitude totale d'environ 100 mV (de –70 mV à + 30 mV). C'est une caractéristique des seules cellules excitables : neurone, cellule bêta des îlots de Langerhans, cellules des récepteurs sensoriels, cellule neuroendocrine, cellule musculaire striée.

Les potentiels d'action naissent :

– dans le cas d'un neurone sensitif, au niveau d'un récepteur périphérique et se propage le long de la fibre nerveuse jusqu'à son arborisation terminale. La naissance des potentiels d'action (= influx nerveux) est donc la conséquence de phénomènes physico-chimiques qui ont lieu au niveau du récepteur ;
– dans le cas d'un neurone moteur, les potentiels d'action prennent naissance à la jonction du corps cellulaire et de l'axone. Ils sont la conséquence de modifications temporaires des propriétés électriques de la membrane du corps cellulaire à la suite d'une stimulation du neurone moteur par un autre neurone (voir paragraphe « la transmission synaptique »).

Expérimentalement, il est possible de faire naître des potentiels d'action chez une cellule excitable en stimulant électriquement sa membrane grâce à des microélectrodes (Fig. 23).

---

**Le seuil de stimulation** est la valeur minimale (en mV) que doit atteindre une stimulation pour déclencher le départ de potentiels d'action au niveau de l'axone.

---

(6) Les phénomènes ioniques à l'origine du potentiel d'action

### *V-2.2. Description de l'enregistrement d'un potentiel d'action*

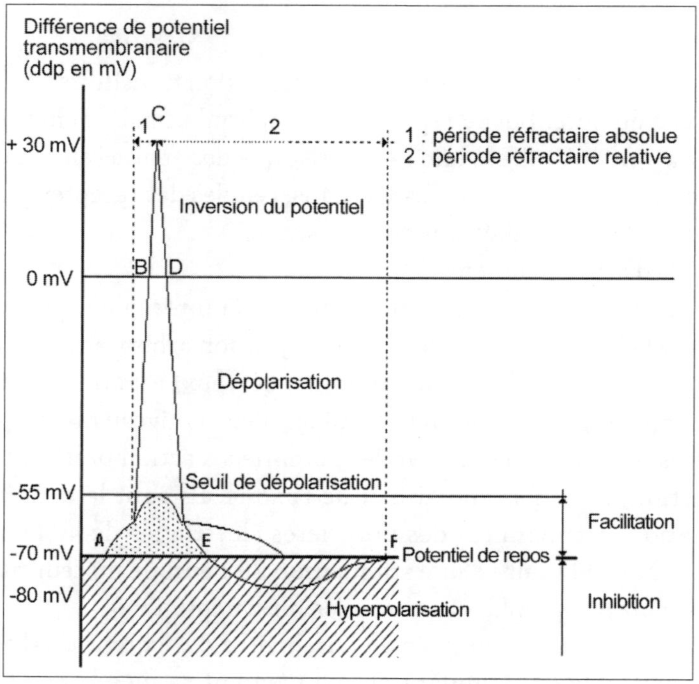


Figure 26. Enregistrement électrique d'un potentiel d'action.

Le potentiel d'action est constitué d'une succession d'événements (Fig. 26) :

- une dépolarisation transitoire et locale du potentiel de repos suivie d'une inversion du potentiel, d'une amplitude de +100 mV (A, B, C) ; le potentiel de la membrane passe de –70 à +30 mV ;
- une repolarisation de la membrane (C, D, E) dont le potentiel repasse à –70 mV ;
- une hyperpolarisation (E, F), où le potentiel diminue plus qu'à l'état basal (–80 mV), pour ensuite retourner à –70 mV. Durant ce temps on ne peut plus induire d'autre potentiel d'action, c'est la **période réfractaire**.

Le potentiel d'action dure entre 1 et 3 millisecondes.

### *V-2.3. Les caractéristiques du PA*

- **Le seuil de dépolarisation (potentiel seuil)**

À l'aide d'un stimulateur, on applique des stimulations d'intensité croissante afin de dépolariser ou d'hyperpolariser la membrane de l'axone. On obtient les enregistrements suivants (les différents enregistrements sont superposés sur l'illustration) (Fig. 27).

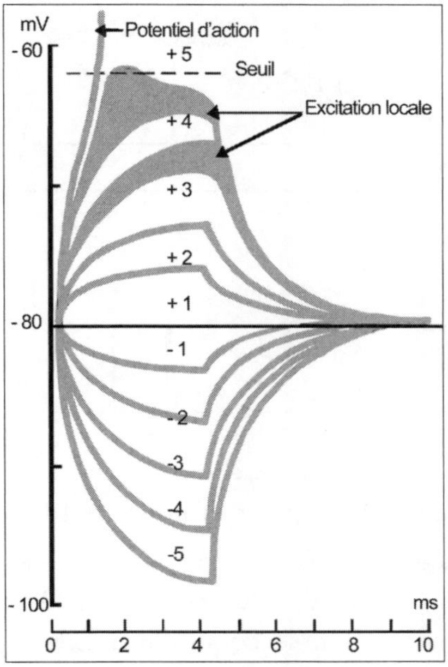


Figure 27. Dépolarisation et hyperpolarisation expérimentale d'un neurone.

Pour qu'un PA prenne naissance au niveau d'un neurone, le potentiel de membrane doit dépasser un seuil de dépolarisation (Fig. 27). Si la dépolarisation est inférieure à ce seuil aucun PA ne prend naissance. Une hyperpolarisation éloigne le neurone de son seuil de déclenchement.
Le seuil de dépolarisation des membranes varie de 15 mV à 20 mV (en valeur absolue). Il diminue avec l'intensité de stimulation.

- **Le PA obéit à la loi du tout ou rien.**

En dessous du seuil de stimulation aucun PA. Lorsque l'intensité de la stimulation permet de dépasser le seuil de dépolarisation, le PA a d'emblée son amplitude maximale (110 mV) et sa durée constante de 3 ms. Même si l'intensité de la stimulation augmente, le PA garde les mêmes caractéristiques (amplitude et durée) : **le PA est invariant.**

### *V-2.4. La propagation d'un PA*

La propagation du PA peut être visualisée à l'aide du montage suivant (Fig. 28).

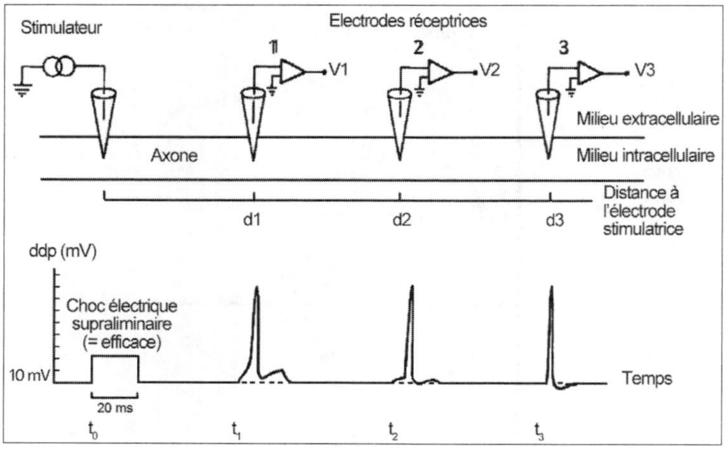


Figure 28. La propagation du potentiel d'action.

Un stimulateur est placé à la surface de l'axone. Des électrodes réceptrices sont placées à la surface de l'axone, à des distances d1, d2, d3 de plus en plus grandes du stimulateur. On applique un choc électrique d'intensité supraliminaire (au-dessus du seuil de stimulation = choc efficace) de façon à créer un PA. Le PA créé est enregistré au niveau de l'électrode 1 au temps t1, au niveau de l'électrode 2 au temps t2 et de l'électrode 3 au temps t3.
On observe que le message nerveux se « propage » sans amortissement le long de l'axone.
On peut montrer que v = d1/t1 = d2/t2 = d3/t3 : le message nerveux se propage donc à **vitesse constante** le long de la fibre sans modification ni atténuation (amortissement).

---

Le message nerveux se propage à vitesse constante le long de la fibre sans modification ni atténuation (amortissement).

---

(7) La propagation du message nerveux

(8) La propagation « unidirectionnelle du potentiel d'action »

La vitesse de conduction du PA est d'autant plus grande que le diamètre des fibres nerveuses est important, mais c'est surtout la présence de gaine de myéline (chez les vertébrés) qui permet d'augmenter la vitesse de conduction. La propagation se fait dans ce cas par sauts successifs d'un étranglement à l'autre, ce qui augmente la vitesse du message nerveux (propagation saltatoire).

# Je me perfectionne

## (1) La boucle gamma et l'ajustement de la longueur du muscle

Au repos, les fibres nerveuses sensitives (Ia) reliant le fuseau neuromusculaire à la moelle épinière, sont le siège d'une faible activité électrique (fréquence basse des potentiels d'action). Celle-ci augmente si le muscle est étiré (Fig. 29).

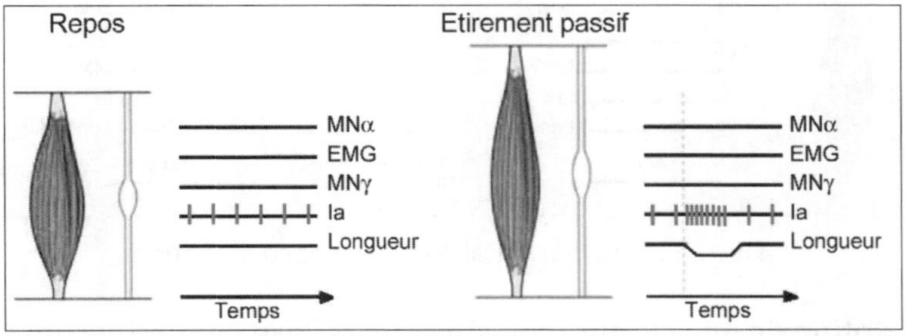


Figure 29. Enregistrement du tonus musculaire

La contraction isotonique du muscle s'accompagne d'une diminution de sa longueur (raccourcissement des fibres musculaires extrafusales). Ce raccourcissement induit une distension des fibres musculaires intrafusales, et donc une diminution de leur sensibilité à l'étirement. Ainsi, s'il n'existait que les seules fibres sensitives issues du fuseau neuromusculaire (fibres Ia) et alpha (motoneurone de la moelle épinière), le muscle ne pourrait avoir qu'une longueur fixe.

En réalité cette situation est fictive (Fig. 30) car toute contraction des fibres musculaires extrafusales est accompagnée par une contraction des fibres musculaires intrafusales, en raison de l'existence de fibres motrices γ innervant spécifiquement les fibres intrafusales (co-activation alpha-gamma).

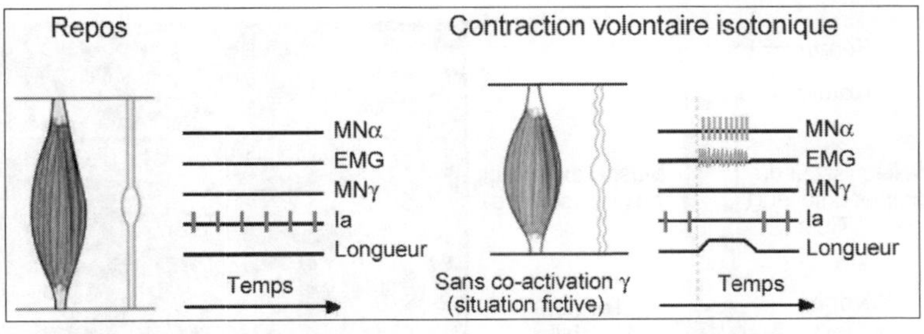


Figure 30. Illustration d'une situation fictive sans contraction des fibres intrafusales.

(MNα : motoneurone α ; EMG : électromyogramme ; MNγ : motoneurone γ ; Ia : fibre nerveuse sensitive Ia)

Ainsi, lors d'une contraction volontaire par la voie descendante venant des différentes aires cérébrales, via l'activation des motoneurones alpha, une activation des motoneurones γ va également se produire, ce qui va permettre la contraction des fibres musculaires intrafusales. Cette co-activation alpha-gamma vise à ajuster en permanence la longueur des fibres intra-fusales, et donc la sensibilité à l'étirement des fuseaux neuromusculaires lors des changements de longueur du muscle (Fig. 31).

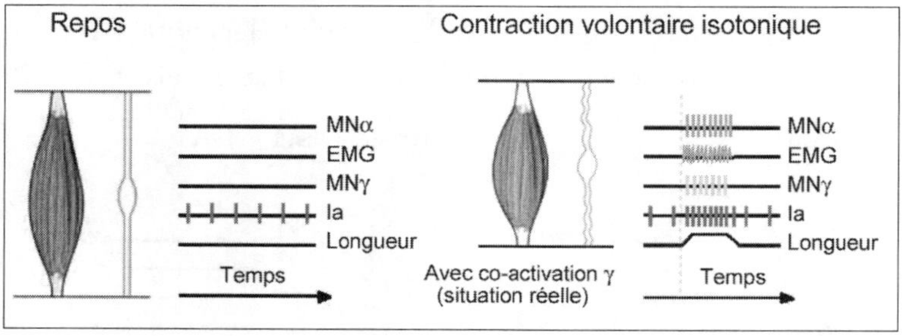


Figure 31. Situation physiologique avec co-activation

### (2) Notion de muscle antagoniste et de réflexe myotatique inversé

On appelle muscles antagonistes, des muscles à effet mécanique opposé, ce qui est le cas, dans l'exemple suivant du jambier antérieur (muscle fléchisseur) et du soléaire (muscle extenseur).

Le sujet est placé sur une planche basculante maintenue horizontale par un expérimentateur. Une bascule arrière imposée par l'expérimentateur provoque une extension du soléaire du sujet (le muscle postérieur du mollet) qui de façon réflexe se contracte induisant un étirement du muscle opposé, le muscle fléchisseur (muscle antérieur du mollet) qui par conséquent devrait lui aussi se contracter. Pour éviter qu'une contraction presque synchrone des muscles antagonistes conduise à un blocage du mouvement, intervient une coordination des muscles antagonistes, comme le montrent les enregistrements suivants (Fig. 32).

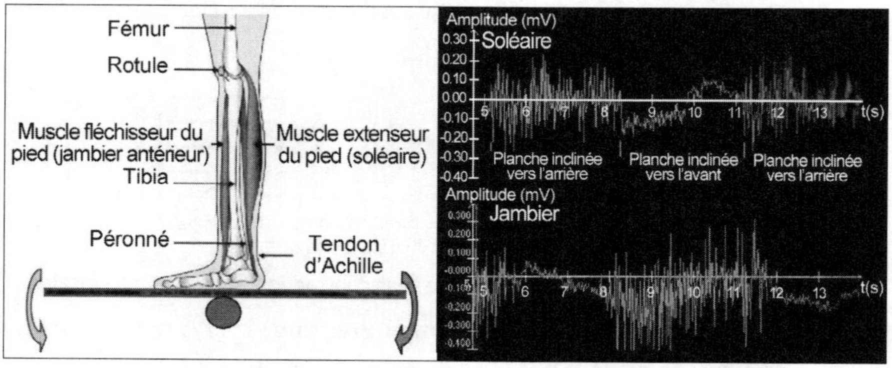


Figure 32. Enregistrement de l'activité électrique de muscles antagonistes dans différentes situations expérimentales.

Cette coordination fait intervenir un neurone supplémentaire qui s'intercale entre le neurone sensitif relié au muscle étiré, et le motoneurone du muscle antagoniste : il s'agit d'un interneurone situé dans la moelle épinière.
Le message sensoriel né à la suite de l'étirement du muscle conduit donc à 2 réponses :

– Le muscle extenseur étiré (muscle soléaire) reçoit l'ordre de se contracter via la synapse excitatrice.
– Le muscle antagoniste fléchisseur (jambier antérieur) reçoit, au même moment, un message inhibiteur via une **synapse inhibitrice** de l'interneurone, ce qui conduit à une inhibition du motoneurone du muscle fléchisseur et à son relâchement (voir plus loin le fonctionnement d'une synapse inhibitrice).

Il s'agit d'un circuit **réflexe polysynaptique** qui met bien en évidence l'intégration, le traitement de l'information sensorielle qui conduit à 2 réponses motrices différentes (Fig. 33).

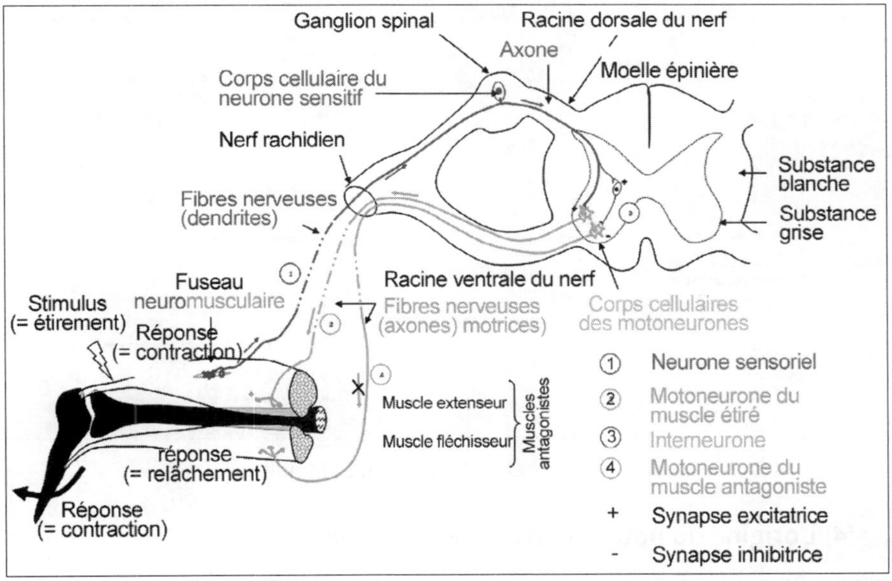


Figure 33. Schéma du réflexe myotatique inverse.

### (3) La synapse chimique inhibitrice

Toutes les synapses fonctionnent de la même façon. La seule différence réside dans les effets que peuvent avoir les neurotransmetteurs sur la nature du Potentiel PostSynaptique (PPS) qui apparaît sur l'élément postsynaptique.

– Dans le cas de la synapse inhibitrice, la fixation du neurotransmetteur sur ses récepteurs provoque une légère hyperpolarisation de la membrane postsynaptique : il se forme un **potentiel postsynaptique inhibiteur = PPSI** ; il s'agit alors d'une **synapse inhibitrice** portée par un interneurone.

- Le **PPSI** résulte de la fixation des molécules de neurotransmetteurs sur les récepteurs postsynaptiques qui permet une **sortie d'ions $K^+$ ou une entrée d'ions $Cl^-$** d'où une légère hyperpolarisation.
- La synapse inhibitrice (Fig. 34) permet d'éloigner le potentiel de la membrane du potentiel seuil nécessaire pour faire naître un PA. **Elle empêche la naissance d'un PA dans l'élément postsynaptique.**

(Voir interneurone dans le réflexe myotatique inverse)

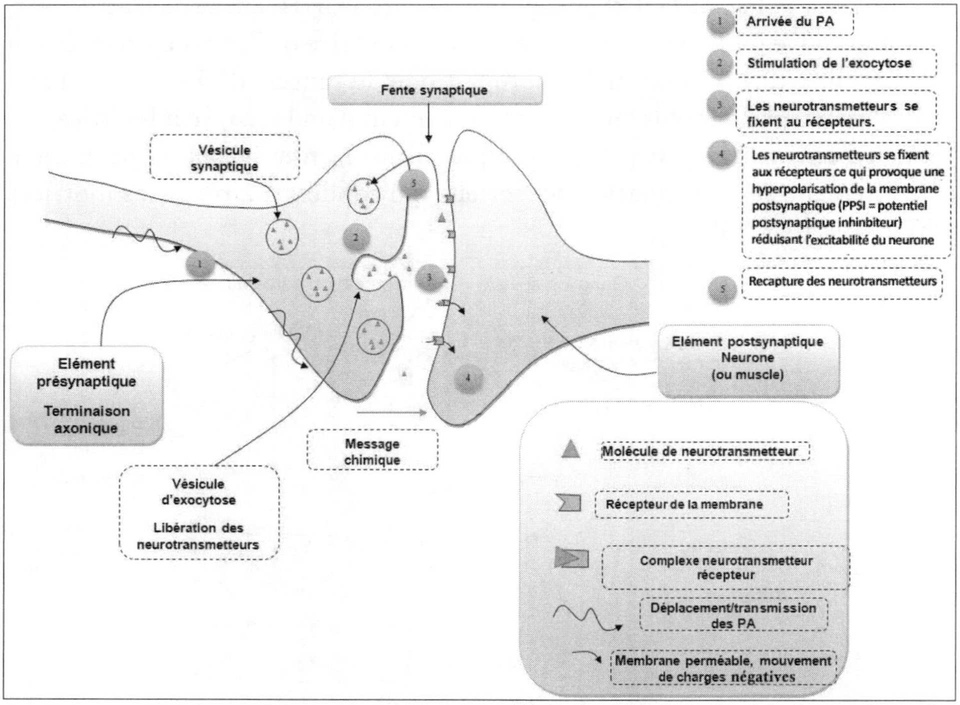


Figure 34. Schéma d'une synapse inhibitrice

- **(4) L'origine du potentiel transmembranaire**

Il existe une différence de concentration ionique entre les milieux intra et extracellulaire (Fig. 35).

Le potentiel de repos est dû à une inégale répartition des ions de part et d'autre de la membrane cellulaire du neurone. On peut observer que la face interne de la membrane cellulaire du neurone présente un excès de charge négative (ou un déficit en charges positives) par rapport à la face externe de la membrane du neurone.

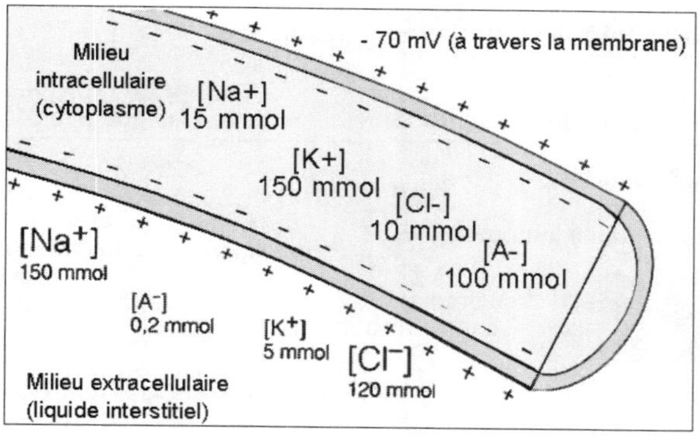


Figure 35. Différence de concentration ionique entre les milieux intra et extracellulaire.

**La membrane cytoplasmique est perméable aux ions.**

La membrane du neurone (Fig. 36) est principalement constituée d'une bicouche de phospholipides hydrophobe, forme une barrière s'opposant au passage des ions solubles dans l'eau.

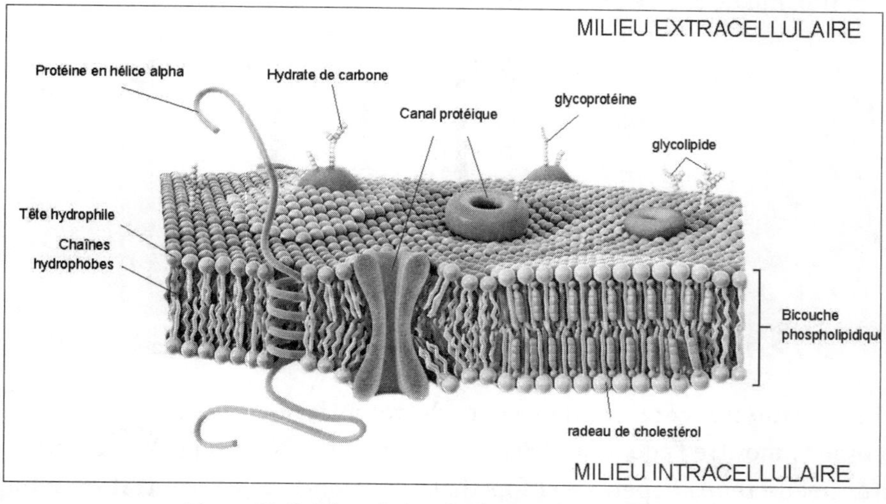


Figure 36. Schéma de la membrane cytoplasmique.

Les protéines transmembranaires sont des protéines particulières qui sont incorporées et traversent la bicouche de phospholipides.

Les canaux ioniques de fuite $K^+$, les canaux ioniques de fuite $Na^+$ et les pompes ioniques sont des protéines transmembranaires.

Les canaux ioniques de fuite sont ouverts en permanence et laissent diffuser les ions au travers de la membrane en suivant leur gradient de concentration.

La membrane cytoplasmique est donc perméable à certains ions en raison de la présence dans sa bicouche lipidique de canaux de fuite spécifiques de ces ions.

- **Les gradients de concentration et les gradients électrochimiques à l'origine de mouvements d'ions (Fig. 37)**

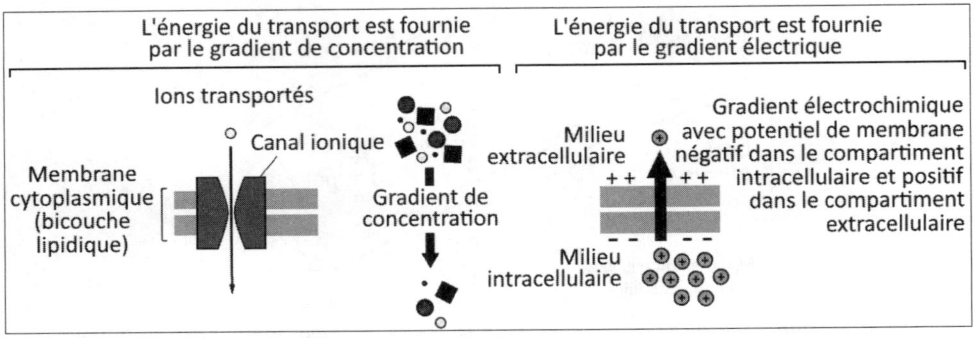


Figure 37. Différents types de gradients.

On obtient ainsi (Fig. 38) :
- un flux net entrant de sodium dû à la somme des gradients ;
- un flux net sortant de potassium dû à la différence des gradients ;
- un flux nul de chlore puisque les deux gradients s'annulent.

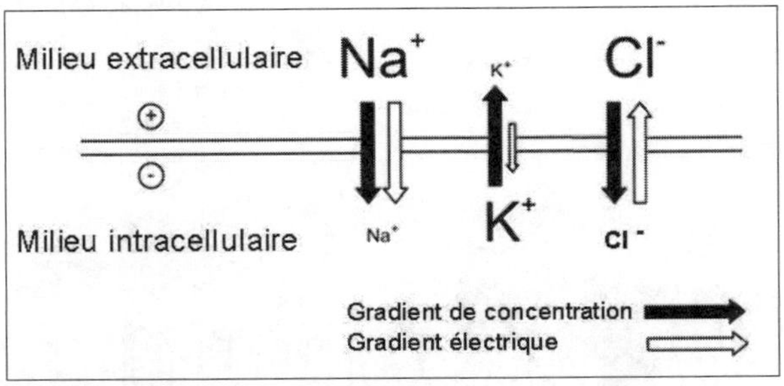


Figure 38. Des flux nets d'ion au travers la membrane de l'axone.

- **Les paramètres contrôlant la valeur du potentiel de membrane**

Comme le montre l'équation de Goldman-Hodgkin-Katz (Fig. 39), la valeur du potentiel de repos dépend à la fois de la différence de concentration ionique entre les milieux intra et extracellulaire et de la perméabilité de la membrane cytoplasmique aux différents ions et de la température (on ne prend en compte que les ions pour lesquels existent la membrane cytoplasmique est perméable).

$$E_m = \frac{RT}{F} \ln \left( \frac{P_{Na^+}[Na^+]_{ext} + P_{K^+}[K^+]_{ext} + P_{Cl^-}[Cl^-]_{int}}{P_{Na^+}[Na^+]_{int} + P_{K^+}[K^+]_{int} + P_{Cl^-}[Cl^-]_{ext}} \right)$$

Figure 39. L'équation de Goldman-Hodgkin-Katz.

Dans la situation ou la membrane ne serait perméable qu'à un seul ion, l'équation de Goldman se simplifie et sa valeur correspond au **potentiel d'équilibre** de l'ion considéré (Fig. 40).

- **Exemple pour le sodium :**

$$E_{Na^+} = \frac{RT}{F} \ln \left( \frac{P_{Na^+}[Na^+]_{ext}}{P_{Na^+}[Na^+]_{int}} \right)$$

Figure 40. Équation de Goldman pour une membrane seulement perméable au $Na^+$.

où R représente la constante des gaz parfaits, T la température absolue, F la charge électrique portée par un ion-gramme et $P_{Na+}$ la perméabilité de la membrane aux $Na^+$.
Dans les conditions physiologiques :

– $E_{Na+} = +60$ mV
– $E_{K+} = -90$ mV

Dans la membrane cytoplasmique, le nombre de canaux de fuite au potassium est beaucoup plus important que celui des canaux de fuite au sodium (plus grande perméabilité de la membrane aux $K^+$ qu'aux $Na^+$). Les ions potassium étant alors en plus grand nombre à l'intérieur de la cellule qu'à l'extérieur, ils ressortent passivement selon leur gradient de concentration. Quant aux ions sodium, ils ont tendance à réintégrer le milieu intracellulaire mais la membrane au repos étant bien moins perméable aux ions sodium qu'aux ions potassium, ils rentrent beaucoup moins facilement que ne sortent les ions potassium. Il en résulte que le potentiel de repos est principalement dû à une sortie de potassium de la cellule, ce qui a pour effet de rendre négatif le milieu intracellulaire aux abords de la membrane. Il reste maintenant à expliquer pourquoi le potentiel est stable au cours du temps. En effet, si le potassium sort en permanence de la cellule, il finira par annuler son gradient de concentration. Il faut donc concevoir un mécanisme faisant entrer du potassium à l'intérieur de la cellule contre son gradient de manière à maintenir son équilibre ionique.
Un tel mécanisme existe : il s'agit de la pompe membranaire à activité ATPasique, la pompe $Na^+/K^+$ qui transporte activement, contre leurs gradients, trois ions $Na^+$ du milieu intracellulaire vers le milieu extracellulaire en échange de deux ions $K^+$ du milieu extracellulaire vers le milieu intracellulaire (Fig. 41 et 42).

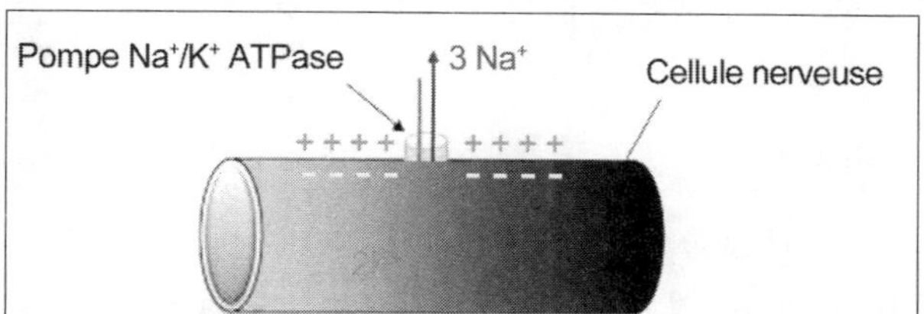


Figure 41. Schéma du fonctionnement de la pompe $Na^+/K^+$.

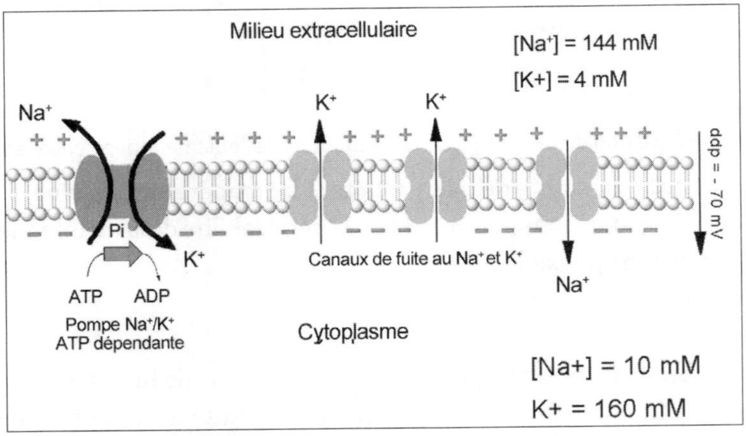


Figure 42. L'origine ionique du potentiel transmembranaire.

### (5) Les phénomènes ioniques à l'origine du potentiel d'action

Le PA est donc caractérisé par une modification brève (3 ms) et locale et stéréotypée de la polarisation membranaire. Celle-ci correspond à une modification passagère de la perméabilité membranaire pouvant s'interpréter ainsi :

- **Ouverture dans un premier temps** (Fig. 43), de canaux protéiques membranaire à $Na^+$ ; l'entrée massive d'ions $Na^+$ qui suivent leur gradient de concentration, crée une dépolarisation de la membrane, tant que les forces dues à la tension électrique (**gradient électrique**) n'équilibrent pas les forces dues au **gradient de concentration** (jusqu'à + 30 mV).

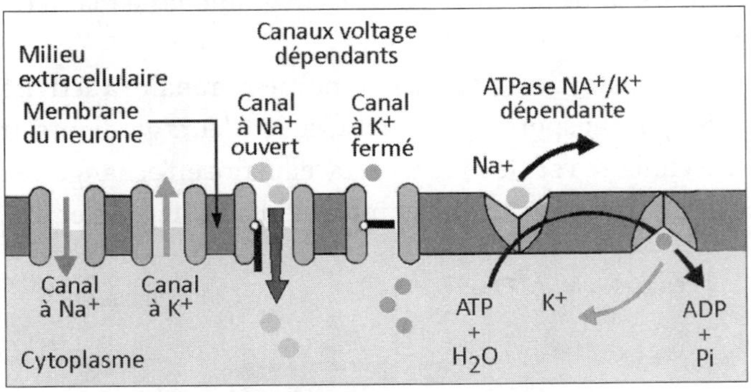


Figure 43. Phase de dépolarisation du PA.

- **Fermeture des canaux $Na^+$**, ouverture des canaux à $K^+$ (Fig. 44). La sortie des $K^+$ (qui suivent leur gradient de concentration) vers le milieu extracellulaire permet le retour du potentiel de repos (repolarisation de la membrane).

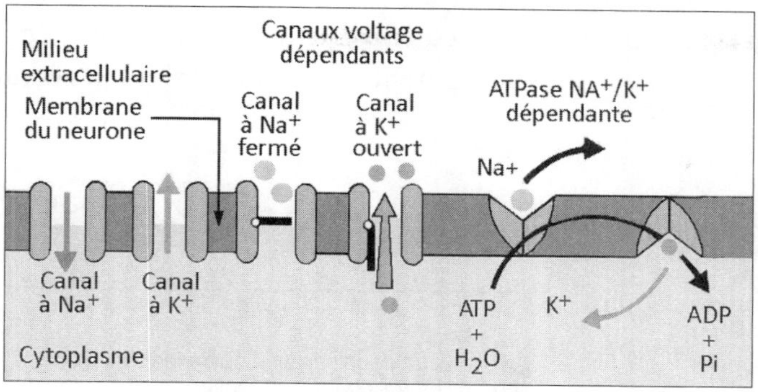


Figure 44. Phase de repolarisation du PA.

**Synthèse :** des courants ioniques au travers de la membrane cellulaire, constitue un message nerveux appelé un Potentiel d'action (PA).

## (6) La propagation du message nerveux

- **Cas d'un axone non myélinisé**

Prenons pour exemple un axone à l'entrée duquel apparaît un potentiel d'action (Fig. 47). À cet endroit, l'intérieur de la cellule est positif, tandis que tout le reste de l'axone est au repos, c'est-à-dire négatif. Entre les zones intracellulaires positive et négative, un courant électrique local va circuler. Extérieurement, la charge de la membrane est inverse de celle que nous venons de décrire : négative au point où se trouve le potentiel d'action et positive où l'axone est au repos. Le courant circule du + vers le – dans l'axone il va en direction de l'extrémité et à l'extérieur, il revient vers le potentiel d'action. Ce courant local a un effet sur la partie de membrane située en avant du potentiel d'action : on l'appelle encore **courant de déplacement** car il déplace les charges de part et d'autre de la membrane : sous son effet, le potentiel de la cellule est dépolarisé jusqu'à la valeur seuil à partir de laquelle des canaux $Na^+$ voltage-dépendant s'ouvrent. Le $Na^+$ entre dans l'axone par les canaux qui viennent de s'ouvrir, la dépolarisation s'accentue et permet, en ce point, l'apparition du potentiel d'action. Localement, la membrane va devenir positive à l'intérieur et provoquer plus loin en avant le même processus : dépolarisation jusqu'au seuil, naissance du potentiel d'action.
Voyons le mécanisme de la propagation par circuits locaux. Bien évidemment, au fur et à mesure que le potentiel d'action avance vers l'extrémité de l'axone, la membrane revient au repos dans la portion de membrane qu'il vient de franchir (Fig. 45). Cela tient au fait que l'ouverture des canaux sodiques qui permet l'inversion de polarité, est brève et suivie par l'ouverture retardée des canaux potassiques qui en laissant sortir des ions $K^+$ repolarisent la membrane. La

propagation est lente car le potentiel d'action doit occuper successivement tous les points de la membrane. Amorcé au niveau du corps cellulaire, ce processus de courants locaux s'achève lorsque le potentiel d'action atteint l'extrémité de l'axone.

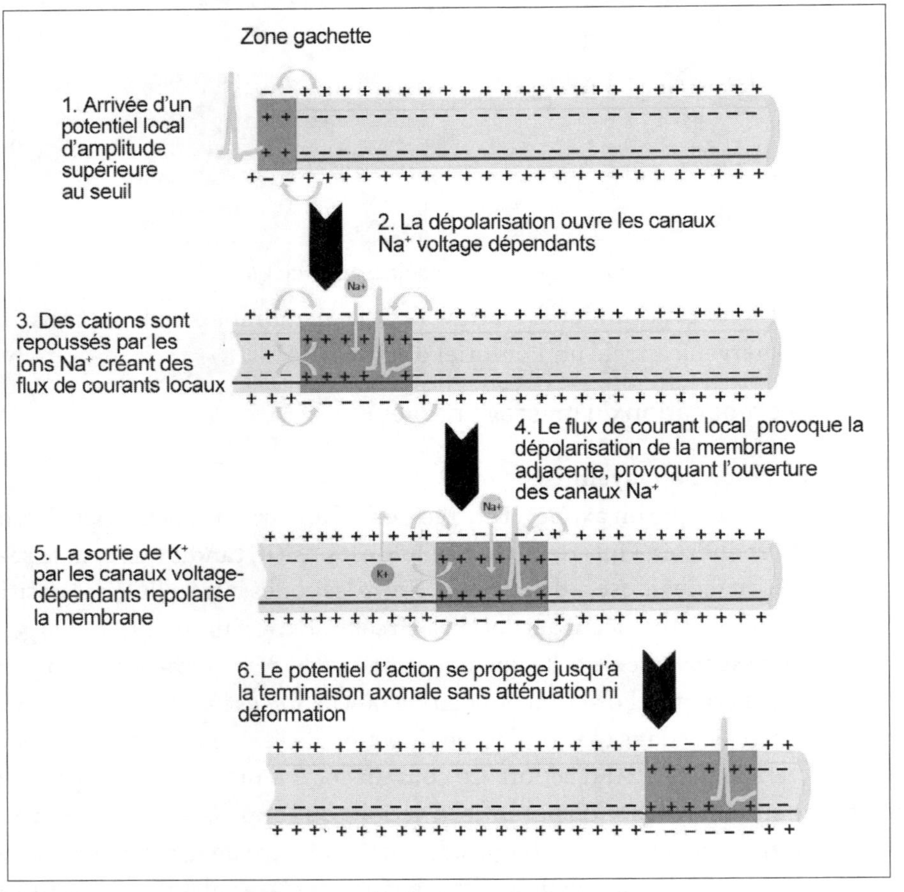


Figure 45. La propagation du potentiel d'action.

- **Cas d'un axone myélinisé**

La myéline entoure l'axone sur des portions de longueur de l'ordre du millimètre (Fig. 48). Régulièrement, la myéline s'interrompt, laissant localement, au niveau des **nœuds de Ranvier,** la membrane au contact du milieu extérieur. Les canaux sodium et potassium voltage-dépendant sont confinés aux seuls nœuds de Ranvier et la portion de membrane située entre deux nœuds peut être considérée comme isolée par rapport au milieu extérieur. Le mécanisme de propagation est le même que dans le cas de la fibre non myélinisée. Toutefois, le courant local interne partant du potentiel d'action ne peut pas agir sur la membrane dans toute la zone myélinisée. Le courant de déplacement va donc s'établir au nœud de Ranvier le plus proche et dépolariser la membrane jusqu'au seuil d'ouverture des canaux sodiques. Brusquement, le PA va « apparaître « à ce nœud de Ranvier et disparaître du point précédent. Le potentiel d'action semble sauter d'un nœud de Ranvier au nœud suivant, donnant à cette conduction beaucoup plus rapide que la précédente le nom de **conduction saltatoire** (par sauts) (Fig. 46).

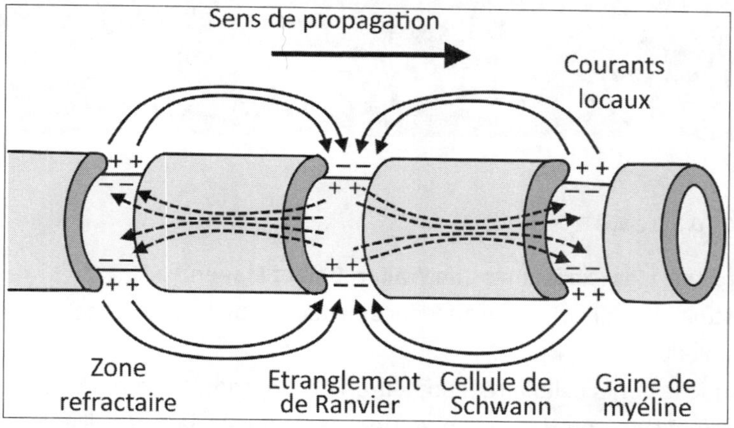


Figure 46. Propagation saltatoire de l'influx nerveux.

## (7) La propagation « unidirectionnelle » du potentiel d'action

À l'aide d'un stimulateur, il est expérimentalement possible de faire naître une dépolarisation de la membrane de l'axone qui se propagera dans les deux directions (Fig. 49). Si l'amplitude de cette dépolarisation dépasse le seuil de dépolarisation, alors on assistera au départ de PA dans les deux directions. Cette situation n'est pas physiologique : dans l'organisme, la propagation des PA est unidirectionnelle du fait de l'existence de la période réfractaire : une fois parti, le PA ne peut pas faire demi-tour ! (Fig. 47)

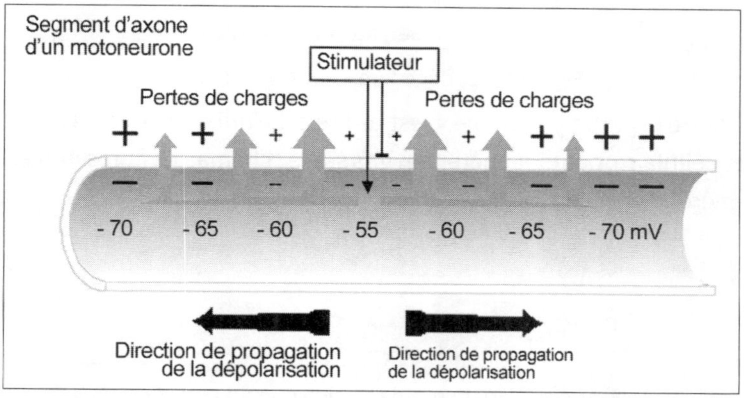


Figure 47. Les courants électriques locaux responsables de la dépolarisation.

# Je m'exerce et je fais la différence

## Entraînement

**Exercice 1 : les expériences de Waller, Bell et Magendie**

**Question :** à partir de l'analyse des documents, compléter la colonne « interprétation » du tableau.

Lorsque le corps cellulaire d'un neurone est détruit, la fibre nerveuse dégénère totalement. Lorsque la fibre nerveuse est sectionnée, la partie distale, c'est-à-dire la partie qui est séparée du corps cellulaire, dégénère. C'est le phénomène de la dégénérescence wallérienne (Fig. 48).

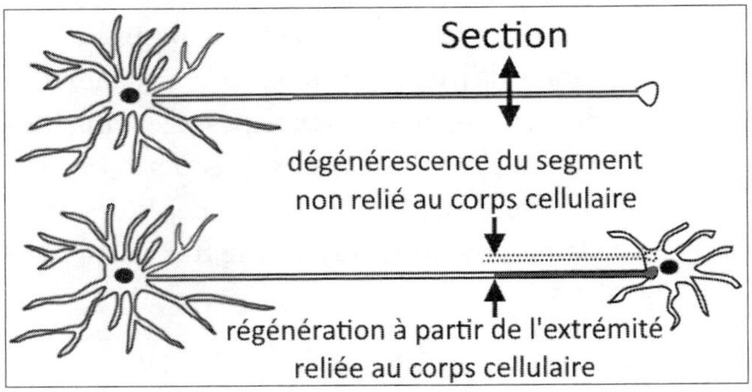


Figure 48. La dégénérescence wallérienne.

Par contre la partie proximale, c'est-à-dire celle qui est restée en rapport avec le corps cellulaire, peut régénérer (en gris sur le schéma, les fibres nerveuses ayant dégénéré) (Fig. 49).

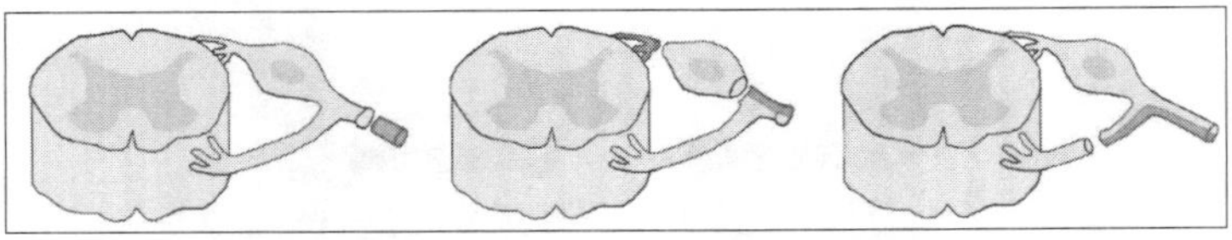

Figure 49. Expérience de section du nerf rachidien.

| Expérience de section | Conséquences immédiates | Observations à plus long terme | Interprétation |
|---|---|---|---|
| 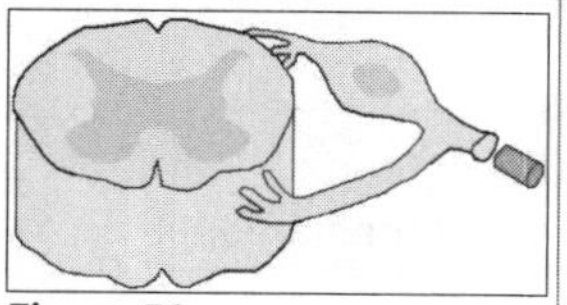 Figure 50. | La région du corps innervée par le nerf rachidien sectionné perd toute sensibilité et motricité. | Toutes les fibres nerveuses de la portion du nerf séparé de la moelle épinière dégénèrent. | |
| 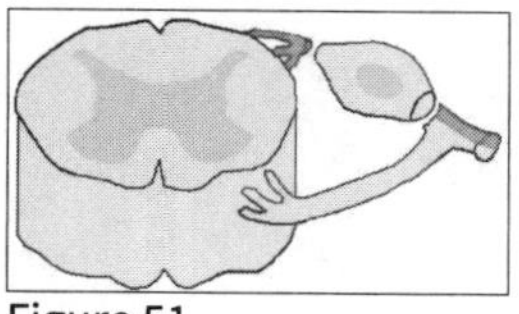 Figure 51. | La région du corps innervée par le nerf rachidien sectionné perd toute sensibilité ; la motricité est maintenue que la section soit réalisée d'un côté ou de l'autre du ganglion. | Les fibres nerveuses dégénèrent de part et d'autre du ganglion spinal isolé ainsi que dans la racine dorsale du nerf rachidien. | |
| 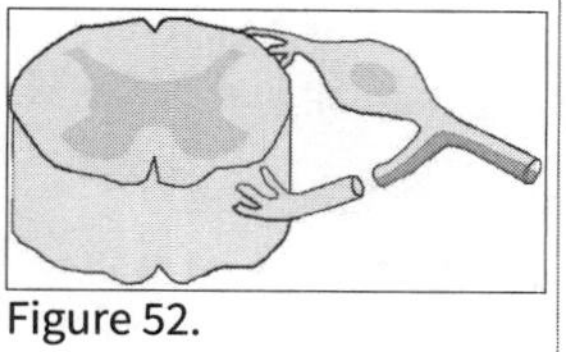 Figure 52. | La région du corps innervée par le nerf rachidien sectionné perd sa motricité. | Les fibres nerveuses dégénèrent dans la partie de la racine ventrale séparée de la moelle épinière ainsi que dans la partie ventrale du nerf. | |

▸ **Exercice 2**

*Bac, sujet de SVT, session 2016, Amérique du Nord, partie 2.2 enseignement obligatoire (5 points)*

*Caenorhabditis elegans* est un petit ver nématode dont le système nerveux, formé de 302 neurones et 7000 synapses, est bien connu. Il constitue un animal modèle pour étudier le fonctionnement de la synapse neuromusculaire.

Des études de la synapse sont réalisées sur des vers portant une mutation au niveau du gène unc-13 et présentant une paralysie complète des muscles.

**À partir des informations extraites des documents et de vos connaissances, expliquer la paralysie des mutants *unc-13* et le rôle possible de la protéine codée par le gène *unc-13* chez le ver sauvage.**

Document de référence : **les grandes étapes du fonctionnement synaptique**

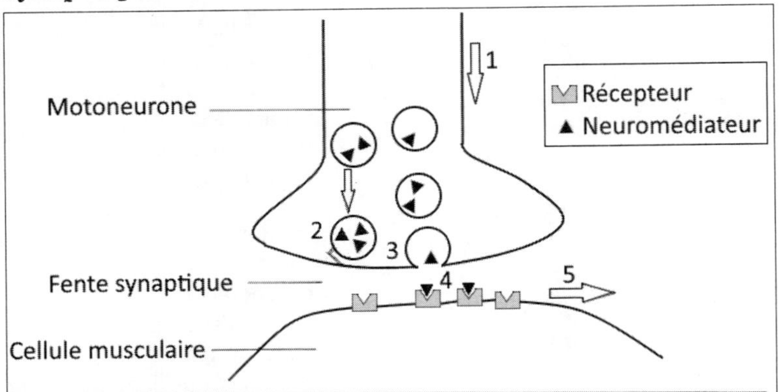


1. Arrivée d'un message nerveux de nature électrique.
2. Arrimage des vésicules synaptiques sur la membrane présynaptique. Cet arrimage nécessite la participation de nombreuses protéines.
3. Exocytose des vésicules nécessitant la participation de nombreuses protéines et la libération du neuromédiateur dans la fente synaptique.
4. Fixation du neuromédiateur sur les récepteurs post-synaptiques.
5. Naissance d'un potentiel d'action musculaire qui provoquera la contraction.

Figure 53.

Document 1 : **résultats de la stimulation de motoneurones chez un ver sauvage et un ver mutant *unc-13***

**Dispositif expérimental**

Il permet :

– de stimuler électriquement les motoneurones qui innervent le muscle
– d'enregistrer des phénomènes électriques au niveau du muscle.

**Enregistrements obtenus**

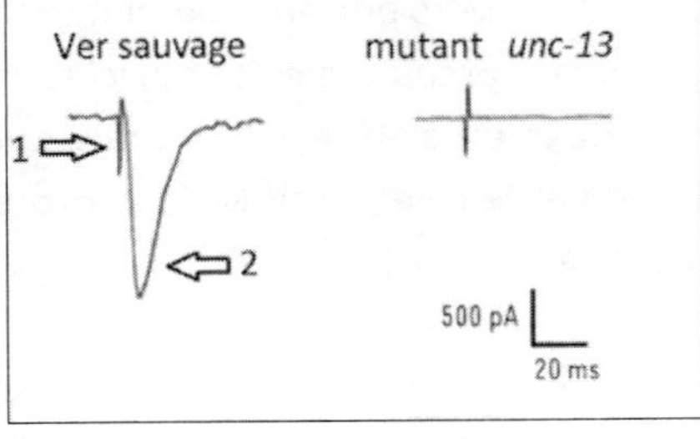


1. Artefact de stimulation provoqué par le courant de stimulation
2. Réponse électrique du muscle

Unités :
pA : picoampère
ms : milliseconde

Figure 54.

*D'après Gracheva E. O et al. J. Physiol, 2007 et Christelle C., Bessereau J.-C., Médecine Sciences, 2003*

**Document 2 : nombre de vésicules dans les terminaisons synaptiques après stimulation des motoneurones (Fig. 57)**

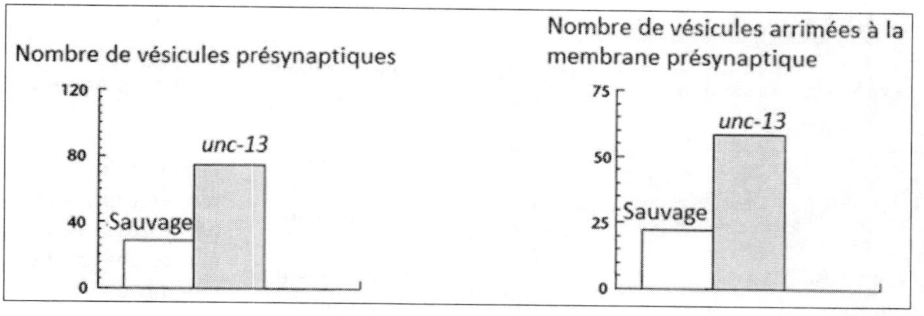


Figure 55.

*D'après Richmond J.E. et al. Nature America Inc 1999*

**Document 3 : contenu des vésicules présynaptiques et réponse électrique du muscle lors de l'injection de nicotine dans la fente synaptique chez le ver sauvage et le ver mutant *unc-13***

| | Ver sauvage | Ver mutant *unc-13* |
|---|---|---|
| **Contenu des vésicules présynaptiques** | Acétylcholine | Acétylcholine |
| **Injection de nicotine* dans la fente synaptique** | Contraction de la cellule musculaire | Contraction de la cellule musculaire |

* La nicotine est une molécule ayant une structure tridimensionnelle proche de celle de l'acétylcholine.

*D'après Boulin T. et al, 2008*

## Correction

### Exercice 1

La localisation des corps cellulaires : les expériences de dégénérescence Wallerienne (1850)

| Expérience de section | Conséquences immédiates | Observations à plus long terme | Interprétation |
|---|---|---|---|
| 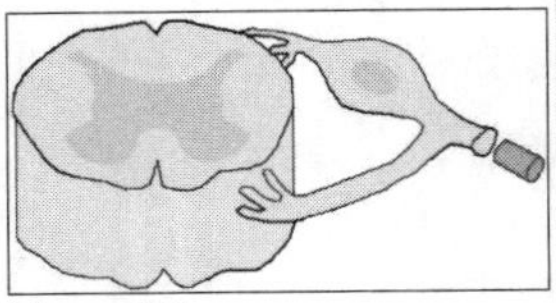 Figure 56. | La région du corps innervée par le nerf rachidien sectionné perd toute sensibilité et motricité. | Toutes les fibres nerveuses de la portion du nerf séparé de la moelle épinière dégénèrent. | Le nerf rachidien renferme des fibres nerveuses sensitives et motrices : c'est un nerf mixte. |
| 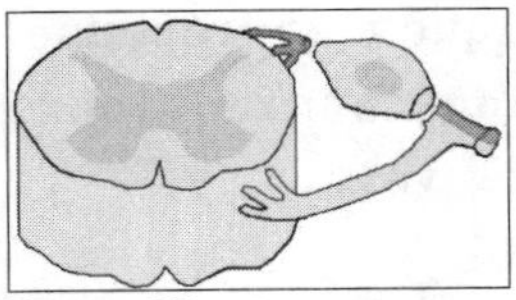 Figure 57. | La région du corps innervée par le nerf rachidien sectionné perd toute sensibilité ; la motricité est maintenue que la section soit réalisée d'un côté ou de l'autre du ganglion. | Les fibres nerveuses dégénèrent de part et d'autre du ganglion spinal isolé ainsi que la partie dorsale du nerf rachidien. | Les fibres nerveuses sensitives empruntent la racine dorsale du nerf rachidien ; la dégénérescence des fibres nerveuses de part et d'autre du ganglion indique que les corps cellulaires des neurones sensitifs sont localisés dans le ganglion rachidien. |
| 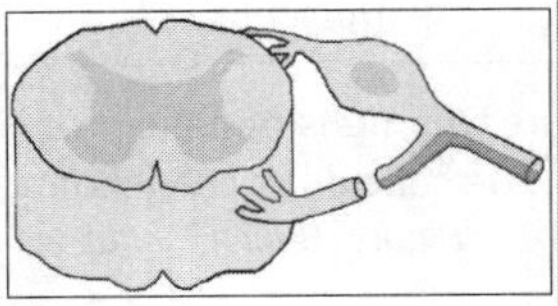 Figure 58. | La région du corps innervée par le nerf rachidien sectionné perd sa motricité. | Les fibres nerveuses dégénèrent dans la partie de la racine ventrale séparée de la moelle épinière ainsi que dans la partie ventrale du nerf. | Les fibres motrices empruntent la racine ventrale du nerf rachidien ; les corps cellulaires des motoneurones se trouvent à gauche de la section c'est-à-dire dans la moelle épinière |

### Exercice 2

| | Informations tirées des documents | Informations tirées des connaissances ou déduite de l'analyse des documents |
|---|---|---|
| **Introduction :** À partir des informations extraites des documents et de nos connaissances, nous tenterons d'expliquer la paralysie des mutants *unc-13* et le rôle possible de la protéine codée par le gène *unc-13* chez le ver sauvage. | | |
| Expliquer la paralysie des mutants *unc-13* | | |

| | | |
|---|---|---|
| Rôle possible de la protéine codée par le gène *unc-13* chez le ver sauvage | L'exocytose des vésicules (étape 3 du fonctionnement de la synapse) nécessite la participation de nombreuses protéines (document de référence) | Les protéines sont codées par les gènes. On peut donc penser que le gène unc-13 code pour l'une de ces protéines. Cette protéine est fonctionnelle chez le ver sauvage et la mutation la rend non fonctionnelle, ou absente, chez le ver mutant d'où la paralysie. |
| **Synthèse :** chez le vers mutant, la cellule musculaire est fonctionnelle, l'acétylcholine est synthétisée, les vésicules s'arriment correctement à la membrane présynaptique mais l'exocytose des vésicules présynaptique est impossible. Le message ne passe pas donc pas entre l'élément pré et l'élément postsynaptique ce qui empêche la contraction musculaire et provoque la paralysie.<br>L'exocytose des vésicules (étape 3 du fonctionnement de la synapse) nécessite la participation de nombreuses protéines. Or les protéines sont codées par les gènes.<br>On peut donc penser que le gène unc-13 code pour l'une de ces protéines. Cette protéine est fonctionnelle chez le ver sauvage et la mutation la rend non fonctionnelle, ou absente, chez le ver mutant, d'où la paralysie. | | |

Chapitre E-2

# Cerveau et mouvement volontaire

# Je révise et je me perfectionne

Le système nerveux est formé du système nerveux central et du système nerveux périphérique (Fig. 1).

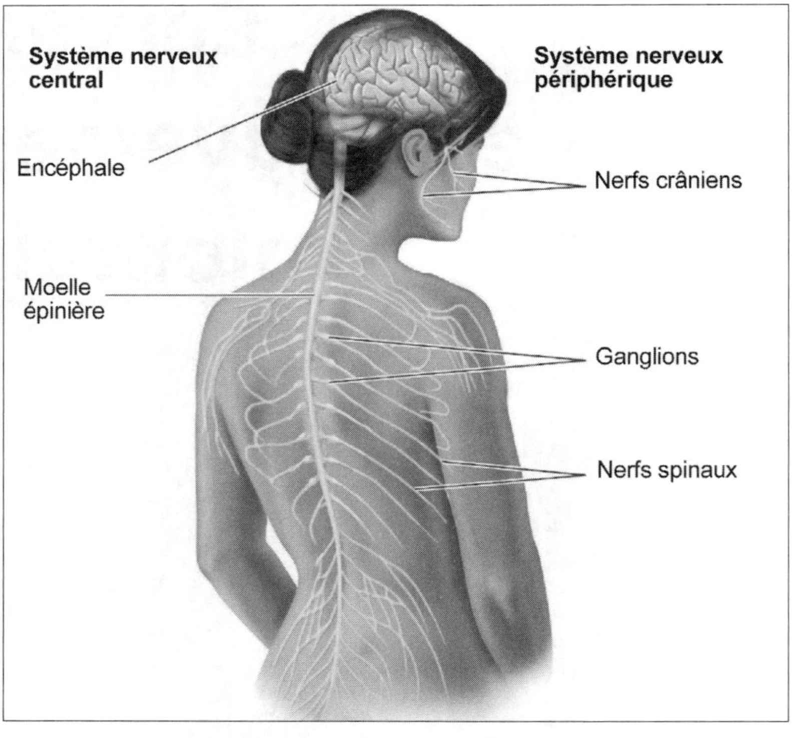


Figure 1. Système nerveux central et périphérique.

Le **système nerveux central** est constitué par l'encéphale (comprenant le cerveau, le tronc cérébral, et le cervelet) situé dans la boîte crânienne et la moelle épinière située dans le canal rachidien.

Le **système nerveux périphérique** est constitué par les nerfs crâniens et les nerfs spinaux (ou rachidiens) qui sont rattachés au système nerveux central. Son rôle est de conduire jusqu'au système nerveux central les informations issues des récepteurs périphériques de la sensibilité ou de la douleur, et de transmettre les ordres moteurs émis par les centres nerveux.

# I. Le cerveau

## I-1. Organisation du cerveau

Le cerveau est composé de neurones et de cellules gliales assurant le bon fonctionnement de l'ensemble. Son rôle est de recevoir, enregistrer, interpréter les signaux qui parviennent de la périphérie, et d'organiser la réponse à envoyer. Le cerveau est le centre du système nerveux, capable d'intégrer les informations, de contrôler la motricité et d'assurer les fonctions cognitives. D'un poids d'environ 1,3 kg, il baigne dans le liquide céphalorachidien et est protégé par trois enveloppes : les méninges. Le cerveau est formé de 2 hémisphères cérébraux (droit et gauche), réunis par le corps calleux (réseau de fibres), et du cervelet, sorte de petit cerveau archaïque présent à sa base, qui est responsable de l'équilibre.

Chaque hémisphère cérébral est formé du lobe frontal (lieu du raisonnement, fonctions du langage, coordination motrice volontaire), du lobe pariétal (siège de la conscience du corps et de l'espace environnant), du lobe occipital (permettant l'intégration des messages et du lobe temporal (centre de l'audition, de la mémoire et des émotions) (Fig. 2).

Le cerveau est très vascularisé (donc très oxygéné) et utilise préférentiellement le glucose comme nutriment.

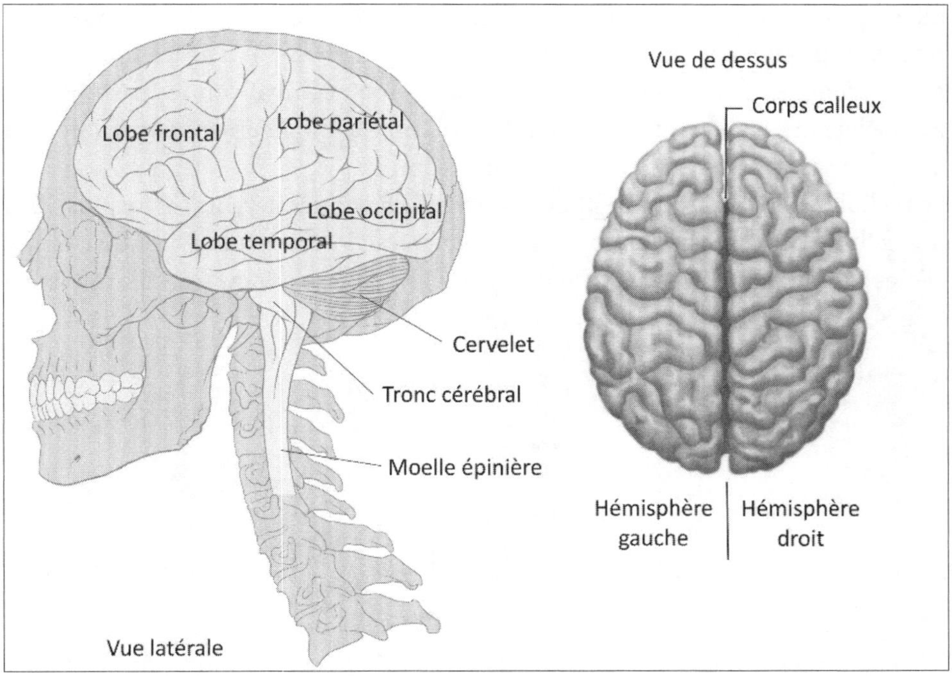


Figure 2. Cerveau en vue latérale et de dessus.

Le cerveau est composé de 100 milliards de cellules nerveuses : les **neurones** et les **cellules gliales** assurant le bon fonctionnement de l'ensemble.

La partie la plus superficielle du cerveau est le **cortex** (ou **substance grise**), ainsi appelée en raison de la présence des corps cellulaires des neurones. Le cortex recouvre la **substance blanche**, formée par les prolongements des neurones entourés d'une gaine de myéline. Il regroupe également 4 cavités où circule le Liquide céphalo-rachidien : les ventricules cérébraux. Enfin, au centre, les noyaux gris centraux, encore appelés ganglions de la base, sont impliqués dans le contrôle du comportement et dans l'apprentissage (Fig. 3).

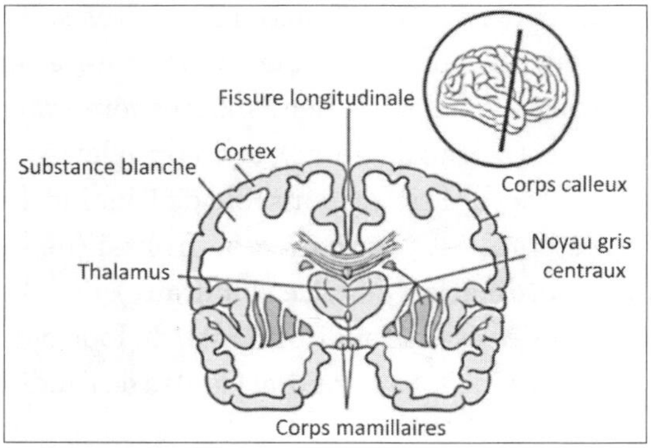


Figure 3. Coupe transversale du cerveau.

Les **cellules gliales** sont les cellules qui forment l'environnement des neurones. Elles assurent le maintien de l'homéostasie, produisent la myéline et jouent un rôle de soutien et de protection du tissu nerveux en apportant les nutriments et l'oxygène, en éliminant les cellules mortes et en combattant les pathogènes. Elles exercent également une action modulatrice sur la neurotransmission bien que le détail de ces mécanismes reste mal compris.

Les cellules gliales représentent environ 50 % du volume cérébral et au plus 50 % des cellules du cerveau. On distingue en général 4 principaux types de cellules gliales : les astrocytes, les oligodendrocytes, les cellules de Schwann et la microglie (Fig. 4).

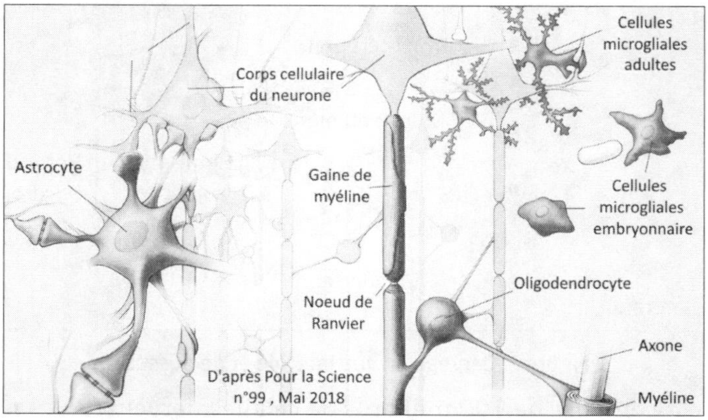


Figure 4. Les cellules gliales.

Les **cellules microgliales,** au cours de leur développement embryonnaire ressemblent beaucoup aux cellules du système immunitaire et remplissent des fonctions analogues : ce sont à la fois les éboueurs du cerveau et ses agents immunitaires (elles sont capables d'avaler les agents pathogènes et les déchets cellulaires). À l'état différencié, elles émettent des prolongements qui explorent leur environnement et sont capables d'éliminer des synapses inutiles.
Les **astrocytes** sont en des cellules en forme « d'étoile », qui constituent la majeure partie des cellules gliales. Elles s'agglutinent autour des neurones, des autres cellules gliales, des synapses et des vaisseaux sanguins. Elles aident à structurer les réseaux de neurones et stimulent la formation des synapses (un neurone qui se trouve dans le voisinage d'un astrocyte reçoit, en moyenne, plus de synapse). L'astrocyte peut éliminer le surplus de neurotransmetteur libéré dans la fente synaptique et peut lui-même en libérer.

(1) Les astrocytes peuvent isoler une synapse entre deux neurones

## I-2. Le cortex cérébral

Le cortex cérébral (Fig. 5) est un tissu organique aussi appelée substance grise, recouvrant les deux hémisphères du cerveau sur une épaisseur de quelques millimètres. Le cortex cérébral est composé de différentes couches, plus ou moins nombreuses selon la région de l'hémisphère recouverte. Le cortex cérébral est découpé en aires ayant des fonctions nerveuses élaborées notamment sensorielles, motrices et d'association.

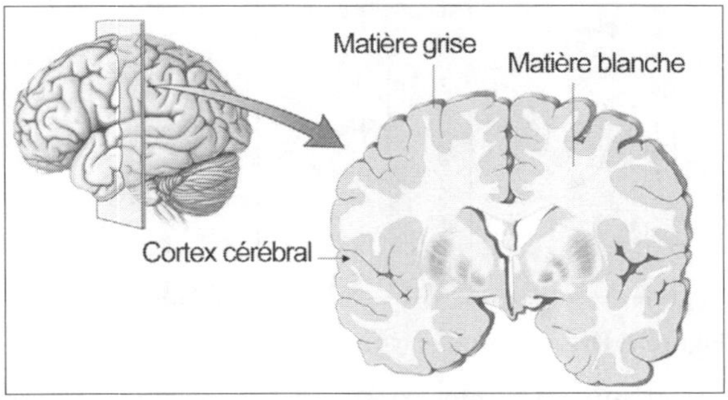


Figure 5. Le cortex cérébral.

## I-3. Le connectome

Le connectome est un plan complet des connexions neuronales d'un cerveau. Cartographier le « connectome » humain requiert d'identifier les connexions anatomiques constituées par les fibres blanches.

(2) Différentes techniques pour cartographier le connectome

# II. Les aires corticales et leurs fonctions

## II-1. La notion d'aire corticale

Au début du XXe siècle Brodmann subdivise le cortex cérébral en 52 aires distinctes (Fig. 6).

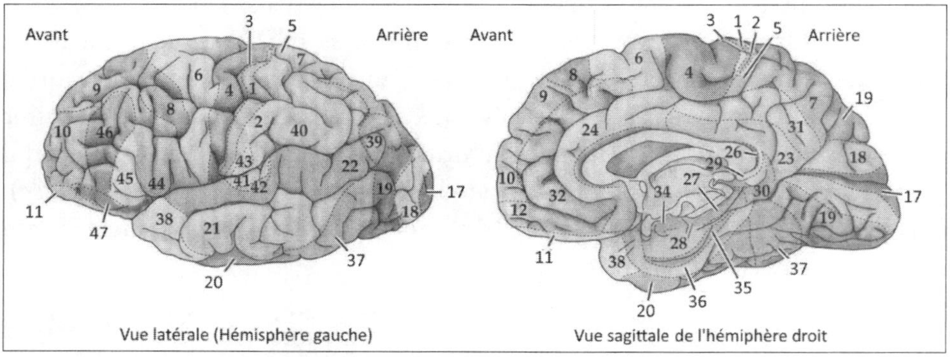


Figure 6. Les aires de Brodmann (d'après Neuroscience 5e, 2012 Sinauer Associates, Inc.).

Cette division est opérée sur des critères de densité et taille des neurones et du nombre de couches de neurone observées sur une coupe histologique (6 couches au maximum, d'épaisseur variable) (Fig. 7).

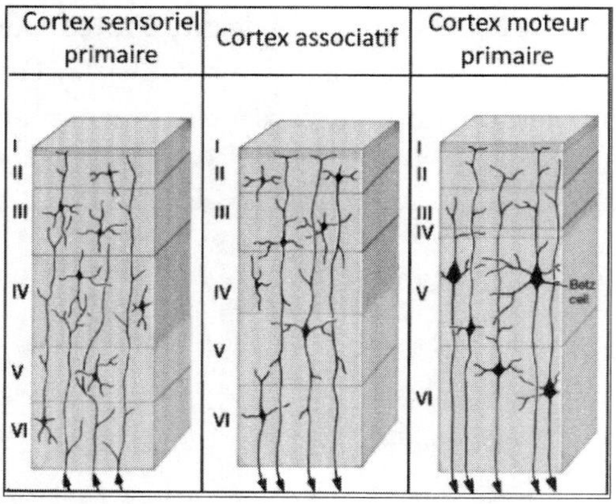


Figure 7. Organisation en couches de neurones du cortex.

Les expériences de stimulation électrique et d'ablation du cortex ont permis de dresser une cartographie du cortex cérébral et ainsi de localiser les aires corticales et déterminer leurs fonctions. Cette cartographie a été mise à jour grâce aux techniques d'imagerie cérébrale (voir chapitre « Plasticité cérébrale ») (Fig. 8).

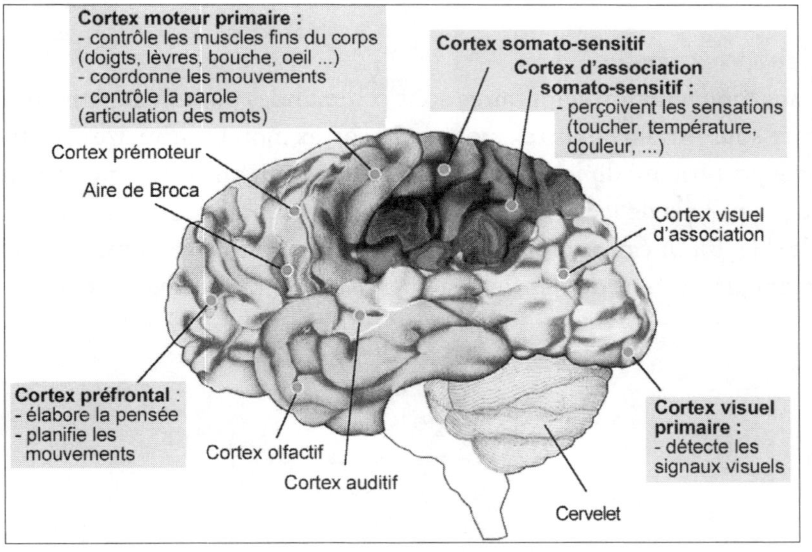


Figure 8. Les aires corticales et leur fonction.

On distingue trois grands types de zones : les aires sensorielles, les aires motrices et les aires d'association. Ces zones sont à peu près identiques pour tous les êtres humains, mais présentent de petites différences.

## II-2. Les aires sensorielles

Les aires sensorielles, au nombre de trois, sont spécialisées dans le traitement des données sensorielles : le cortex auditif (dans le lobe temporal), le cortex visuel (dans le lobe occipital), et le cortex somatosensoriel (dans le lobe pariétal).
Le **cortex auditif** comprend une aire auditive primaire qui identifie les fréquences et une aire auditive secondaire qui reconstitue les sons.
Le **cortex visuel** est divisé en deux zones : le cortex visuel *primaire* qui est une projection directe de la rétine et effectue un traitement de bas niveau sur les données visuelles (identification des lignes, des couleurs, des sens de déplacements) et un cortex visuel *secondaire* qui rassemble ces éléments pour obtenir des objets ayant une forme, une couleur et un mouvement précis.
Le **cortex somatosensoriel** est le reflet exact du cortex moteur primaire. Il reçoit les afférences sensorielles de chaque organe primaire de façon somatotopique. La taille de la zone affectée à chaque partie du corps est proportionnelle à la discrimination spatiale de la zone : main et visage y disposent donc des surfaces les plus importantes. Cette disposition est matérialisée par le (concept d'**homonculus sensitif** qui fait pendant au concept d'homonculus moteur).

## II-3. Les aires motrices et le cortex moteur primaire

### *II-3.1. Le cortex moteur*

Tous nos mouvements volontaires sont commandés par une région du cerveau désignée sous le nom de cortex moteur. Le cortex moteur primaire est situé dans la partie postérieure du lobe frontal. La stimulation du cortex moteur chez des patients a permis de localiser les aires responsables de la commande de chaque muscle (Fig. 8). Une cartographie du cortex moteur primaire, connue sous le nom d'**homoncule moteur de Penfield**, a pu ainsi être établie (Fig. 9 et 10).

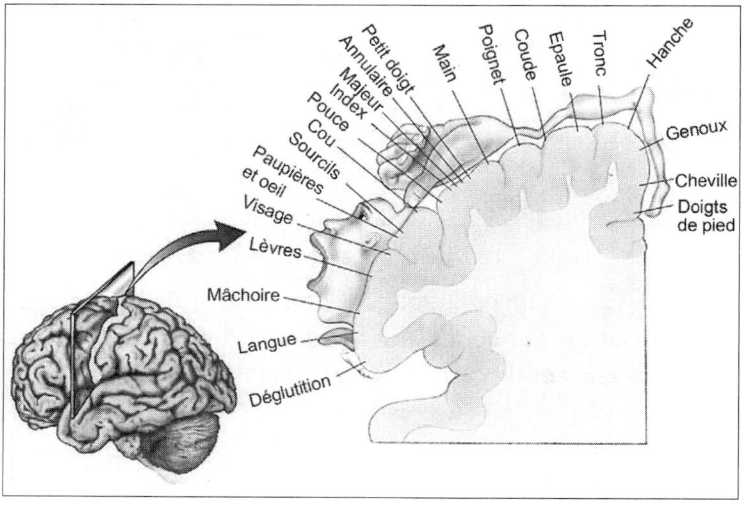


Figure 9. Des aires spécialisées dans la commande des muscles.

Figure 10. L'homoncule moteur de Penfield.

L'exploration du cortex cérébral permet de découvrir les aires motrices spécialisées à l'origine des mouvements volontaires. Ainsi les mouvements volontaires sont contrôlés par le système nerveux central.

### *II-3.2. Les voies motrices*

Les messages nerveux moteurs qui partent du cerveau cheminent par de faisceaux de neurones qui « descendent » dans la moelle jusqu'aux neurones moteurs et constituent la voie motrice descendante principale.

Cette voie constituée, par les motoneurones centraux, achemine les commandes motrices qui permettent la contraction des muscles squelettiques et la régulation des mouvements volontaires (Fig. 11).

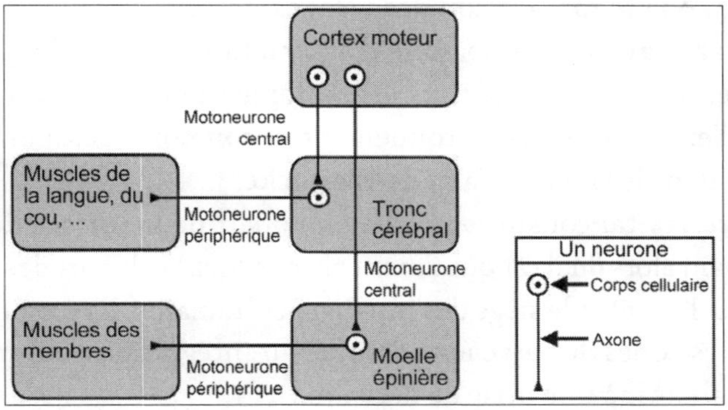


Figure 11. Les motoneurones centraux et périphériques.

Au niveau du bulbe rachidien, les fibres motrices des motoneurones centraux croisent la ligne médiane et se poursuivent dans la moelle épinière jusqu'à entrer en contact synaptique avec les motoneurones périphériques (Fig. 12). Ce croisement des fibres motrices descendantes explique qu'une lésion d'un côté du cerveau entraîne un disfonctionnement du corps du côté opposé du corps.

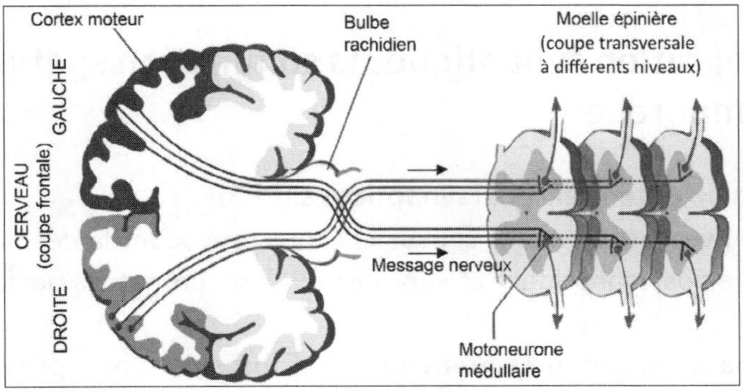


Figure 12. La voie motrice descendante principale.

Les messages nerveux moteurs qui partent du cerveau cheminent donc par des faisceaux de neurones qui descendent dans la moelle jusqu'aux motoneurones. C'est ce qui explique les effets paralysants des lésions médullaires.

(3) La séquence d'activation des aires motrices

### II-4. Les aires associatives

Les aires d'association sont toutes les aires néocorticales qui ne sont ni motrices, ni sensorielles, ce qui représentent la majeure partie du cortex cérébral chez l'être humain (75 % du volume du cortex). Elles ont des fonctions très diverses.

On en trouve dans trois lobes cérébraux :

- Le **lobe temporal** dispose d'aires impliquées dans la **mémorisation**. Il contribue à des fonctions évoluées telles que **le langage** (aire Broca ou aires 44 et 45 de Brodmann) ou **l'identification des visages**.
- Le **lobe pariétal** contient la zone d'association sensorielle qui intègre les données en provenance de tous les systèmes sensoriels pour donner une image de l'ensemble de l'environnement. Il comporte aussi une petite zone impliquée dans le langage, l'aire de **Wernicke**.
- Le **lobe préfrontal** constitue presque un quart de la surface du cortex chez l'être humain alors qu'il est quasiment absent chez la plupart des mammifères. C'est ici que l'on situe le siège de l'intelligence humaine. Il reçoit des afférences de toutes les zones du cerveau et assure leur intégration pour matérialiser la pensée et aboutir à une prise de décision.

Les différentes aires corticales communiquent entre elles par des voies neuronales où se propagent des potentiels d'action dont la fréquence d'émission est modulée par un ensemble de neurotransmetteurs.

## III. L'intégration synaptique : la sommation spatiale et temporelle

### III-1. Notion de potentiels postsynaptiques (PPS)

Les liaisons avec les **neurones sensoriels** vont provoquer la dépolarisation de la membrane postsynaptique : ce sont des PPSE ou potentiels postsynaptiques excitateurs.

Les liaisons avec des **interneurones inhibiteurs** vont provoquer une hyperpolarisation de la membrane postsynaptique : ce sont les PPSI ou potentiels postsynaptiques inhibiteurs.

Les différents potentiels postsynaptiques (PPS) qui sont produits dans le corps cellulaire du motoneurone vont se propager avec amortissement vers une zone proche du départ de l'axone = zone de déclenchement des potentiels d'action (= **cône d'émergence**).

### III-2. Notion d'intégration synaptique

Un motoneurone possède des interconnections multiples avec d'autres neurones : son corps cellulaire et ses ramifications portent un grand nombre de synapses (Fig. 13). Par celles-ci il reçoit des informations diverses qu'il intègre sous la forme d'un message moteur unique et chaque fibre musculaire reçoit le message d'un seul neurone moteur : ce processus est appelé **intégration synaptique**.

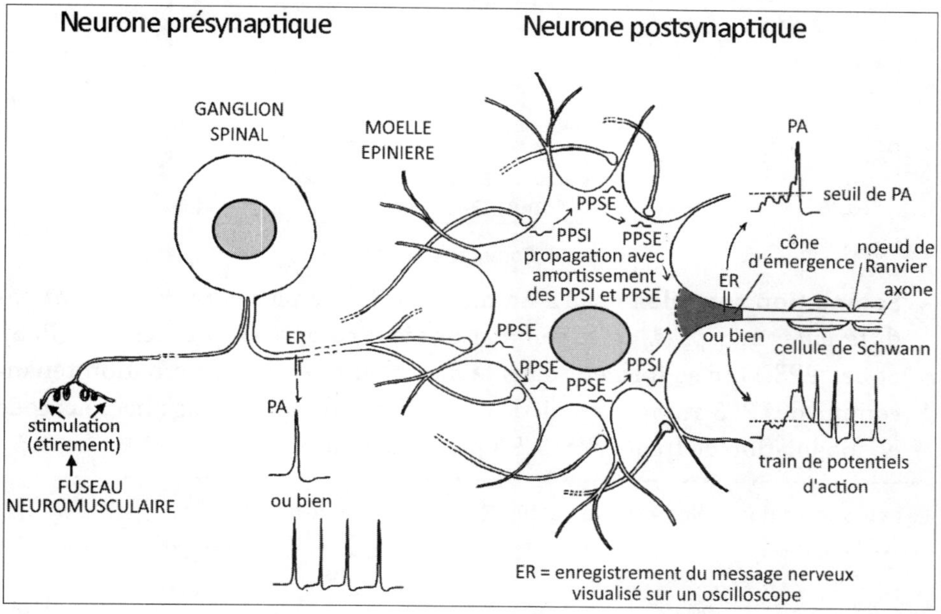


Figure 13. La sommation spatiale et temporelle des PA.

En général, l'arrivée d'un PA au niveau d'un élément présynaptique libère une quantité de neurotransmetteurs insuffisante pour faire naître un PA dans l'élément postsynaptique. En conséquence, pour déclencher un PA au niveau du neurone postsynaptique, le neurone va devoir réaliser la **sommation des PPSE et PPSI** engendré par le fonctionnement des différentes synapses qu'il reçoit (Fig. 13).

Pour qu'il y ait production d'un message nerveux afférent il faut que la valeur des PPS atteigne une valeur seuil.

### III-3. Sommation spatiale et temporelle

Un neurone étant en contact avec des milliers d'autres neurones, peut être stimulé par des centaines de neurones dans un intervalle de temps très court ; le neurone réalise une véritable intégration des différents messages qu'il reçoit. Cette intégration consiste en une :

– **Sommation temporelle** au niveau d'une même synapse, lorsque des PA arrivent à quelques millisecondes d'intervalles (Fig. 14). Cette sommation tient compte de la fréquence des PA afférents ; Les neurotransmetteurs s'additionnent et on observe la naissance éventuelle d'un PA dans l'élément postsynaptique.

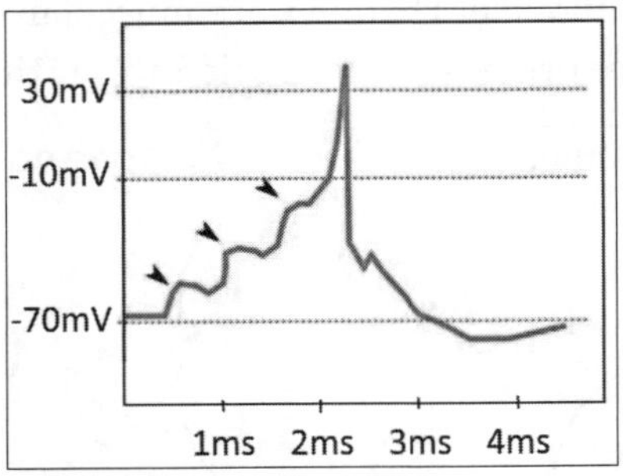


Figure 14. Sommation temporelle.

– **Sommation spatiale** lorsqu'à un moment donné plusieurs PA arrivent par différentes synapses. Cette sommation tient compte de tous les PPS (PPSE et des PPSI) qui se forment dans le motoneurone ; si la sommation tenant compte des PPS atteint le seuil de déclenchement, un message nerveux codé en modulation de fréquence de PA prend naissance.

Le **neurone** est donc l'élément intégrateur de base du système nerveux.

## IV. Certains dysfonctionnements du système nerveux modifient le comportement et ont des conséquences sur la santé

### IV-1. Des atteintes de la moelle épinière

Chaque année, environ mille personnes sont victimes d'un traumatisme de la moelle épinière à la suite de la chute d'un échafaudage, d'un accident de la route, d'un plongeon en eau peu profonde (Fig. 15).

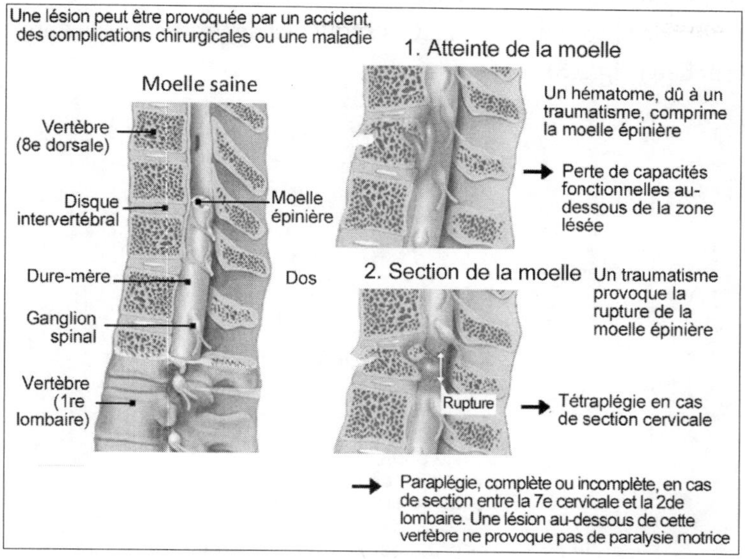


Figure 15. Diverses atteintes de la moelle épinière.

Suivant l'importance et la localisation de la lésion, les conséquences motrices sont différentes :

– la compression de la moelle épinière suite à un hématome peut entraîner une perte fonctionnelle au-dessous de la zone lésée ;
– la rupture complète de la moelle épinière entraîne une tétraplégie en cas de section cervicale et une paraplégie en cas de section entre la 7e cervicale et la deuxième lombaire. En dessous de cette vertèbre, une lésion ne provoque pas de paralysie motrice.

Les commandes du cerveau qui actionnent d'ordinaire les muscles des jambes ne répondent plus.

La moelle épinière conduit des informations **sensitives** et **motrices.** Les nerfs qui contrôlent les membres empruntent la moelle épinière. Lorsque la moelle épinière est lésée, la transmission du message nerveux du cerveau vers les muscles est altérée : le contrôle volontaire des mouvements devient impossible.

## IV-2. Des atteintes du cortex primaire

**AVC :** c'est un accident vasculaire cérébral, soit une hémorragie (Hématomes Intra-Cérébraux ou HIC) ou un arrêt de la circulation sanguine dans le cerveau (Accidents Ischémiques Constitués ou AIC), entraînant la mort des neurones dans cette zone.

Si l'AVC se produit dans le cortex moteur, il peut y avoir des séquelles au niveau de la motricité de l'individu touché. Ces séquelles dépendent de la zone du cortex moteur touchée (Fig. 16).

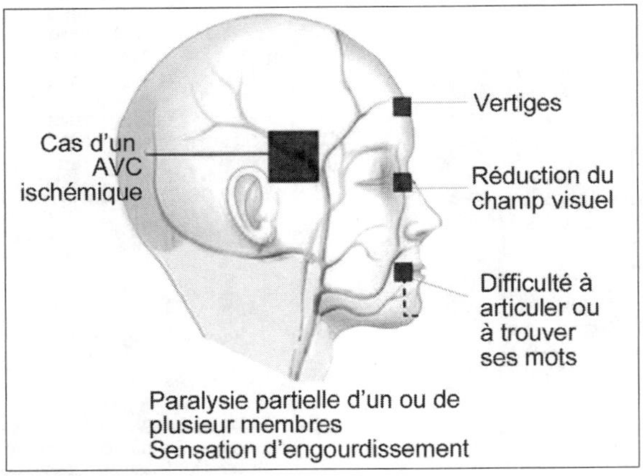


Figure 16. Les principaux symptômes d'un AVC.

Les images anatomiques du sujet 12 211 (Fig. 17) permettent de mettre en évidence un AIC (accident ischémique cérébral) avec atrophie du tissu cérébral de l'hémisphère droit.

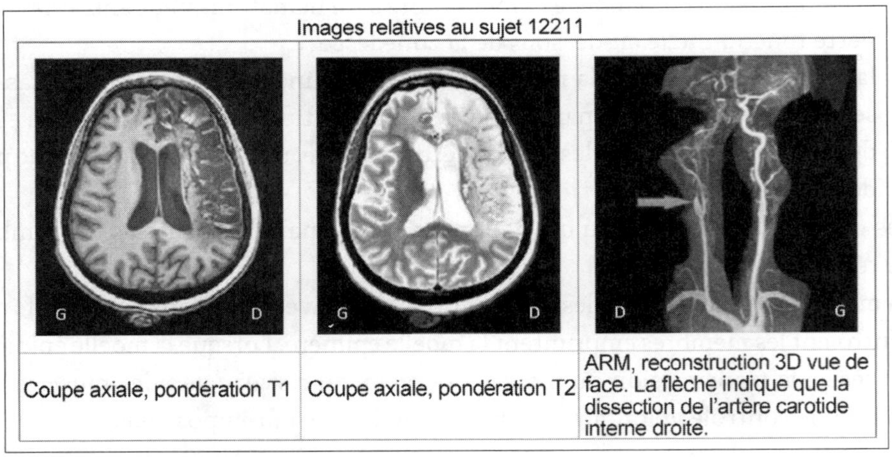


Figure 17. IRM et angiographie relatives au sujet 12 211.

L'acquisition des images a été réalisée lors du séjour du patient en rééducation, 6 mois après l'apparition des symptômes.

L'angiographie-IRM (ARM) des vaisseaux du cou montre un déchirement de l'artère carotide interne droite provoquant un hématome et une diminution du flux sanguin en aval, responsable de l'AVC.

Le patient présente :

– une hémiplégie gauche (paralysie du côté gauche du corps : face, membre supérieur, membre inférieur) ;

- une incapacité à détecter, s'orienter vers ou répondre à des stimuli présentés dans l'hémi-espace gauche) ;
- une perte de l'hémichamp visuel gauche, concernant aussi bien l'œil droit que l'œil gauche ;
- une atteinte de la sensibilité extéroceptive élémentaire, c'est-à-dire le toucher, la douleur et la température du côté gauche du corps.

Une lésion du cortex moteur lors d'un accident vasculaire cérébral (par exemple) entraîne un engourdissement voire une paralysie du corps du côté opposé à l'aire touchée (hémiplégie controlatérale totale ou partielle du visage, du bras, de la jambe).

Certaines anomalies peuvent résulter d'anomalies touchant le système nerveux central et se traduire aussi par des dysfonctionnements musculaires.

### IV-3. Les maladies neurologiques

**La maladie de Parkinson** : elle est liée à une destruction massive des neurones dopaminergiques. Elle se traduit par des tremblements et une raideur musculaire associée à des troubles de la marche. Le traitement actuel de cette maladie fait appel au précurseur de la dopamine, à des dérivés de ce neurotransmetteur, appelés des agonistes, qui visent à restaurer des concentrations normales de dopamine ou encore à la stimulation cérébrale profonde.

**L'épilepsie** : cette maladie se manifeste par la décharge électrique anormale et paroxystique (très brève) des neurones du cortex cérébral, et prend la forme de crises aiguës appelées crises d'épilepsie. Le patient devient inconscient et peut être agité de convulsions susceptibles de mettre sa vie en danger. L'épilepsie peut être liée à de nombreuses causes : lésion liée à une tumeur cérébrale, séquelles d'un AVC ou d'un traumatisme crânien grave ou encore être d'origine génétique.

**La sclérose en plaques** : c'est une maladie inflammatoire et auto-immune, la Sclérose En Plaques (SEP), se caractérise par une destruction de la myéline dans de multiples régions. Les neurones n'étant plus protégés, le trajet des influx nerveux se retrouve perturbé. La recherche s'oriente vers l'identification de molécules naturellement présentes dans l'organisme et pouvant stimuler la synthèse de la gaine de myéline, vers l'identification de cellules-souches pouvant fabriquer de la myéline et susceptibles d'être transplantées chez les malades, ou enfin d'utilisation de molécules de synthèse, capables de réduire l'apparition des lésions inflammatoires et de restaurer la production de la myéline (des dérivés de la vitamine E sont à l'étude).

**Les troubles moteurs** : le cerveau moteur contrôle les gestes et les mouvements. L'aire motrice (ou aire de Brodmann) se situe au niveau du cortex frontal et est responsable des commandes de chaque muscle du corps. Les neurones présents à ce niveau sont appelés les **cellules pyramidales**. Leur particularité est de posséder des axones très longs regroupés en un faisceau qui atteint la partie basse du cerveau, **le bulbe**. Ce faisceau pyramidal croise et descend le long des parties latérales de la moelle épinière, pour aller activer les motoneurones lesquels seront responsables de la stimulation musculaire. Le cervelet coordonne le mouvement et les ganglions de la base le rendent plus précis.

**La dystonie** : la dystonie est une maladie neurologique qui se caractérise par un mauvais contrôle des mouvements par le cerveau. Celui-ci envoie des signaux erronés aux différentes parties du corps, ce qui se traduit par des postures anormales, des torsions et des mouvements anormaux. Les personnes atteintes de dystonie souffrent également de contractions involontaires des muscles. Ce dysfonctionnement pourrait trouver son origine dans une altération des structures profondes du cerveau : les noyaux gris centraux et le thalamus (le thalamus contrôle la planification et la mise en œuvre des mouvements volontaires et involontaires). La cause pourrait également être un déséquilibre entre les neurotransmetteurs, comme la dopamine. Les signaux transmis d'une cellule nerveuse à l'autre seraient incorrects et altèreraient la coordination des mouvements. La plupart des médicaments utilisés agissent sur les neuromédiateurs du système nerveux qui exécutent les instructions du cerveau pour effectuer des mouvements (myorelaxants, anticholinergiques, benzodiazépines). On peut également **paralyser de manière temporaire les muscles** touchés par les contractions involontaires par injection de la toxine botulique.

**La sclérose latérale amyotrophique (SLA)** : c'est une maladie neurodégénérative grave caractérisée par une paralysie musculaire progressive due à une dégénérescence des motoneurones du cortex moteur primaire, du tronc cérébral et de la moelle épinière.

# V. Récupération de la fonction cérébrale après un accident

## V-1. L'IRM fonctionnelle permet de localiser les zones activées du cortex cérébral lors d'une tache motrice

L'imagerie par résonance magnétique (IRM) est une technique d'imagerie médicale bien adaptée à l'observation des tissus mous comme le système nerveux central (encéphale et moelle épinière) qui ne présente aucun danger pour le sujet. Elle permet d'obtenir des coupes (tomographies) de l'intérieur du corps selon trois plans de référence perpendiculaires aux trois axes de polarité (Fig. 18) :

- le **plan coronal** (ou frontal), perpendiculaire à l'axe dorso-ventral, divise le corps en 2 parties l'une ventrale et l'autre dorsale ;
- le **plan axial** (ou transversal), perpendiculaire à l'axe antéro-postérieur, divise le corps 2 parties l'une supérieure (ou antérieure) et l'autre inférieure (ou postérieure) ;
- le **plan sagittal**, perpendiculaire à l'axe gauche droite, divise le corps en 2 parties, l'une droite et l'autre gauche (il ne passe pas forcément par le plan de symétrie bilatérale).

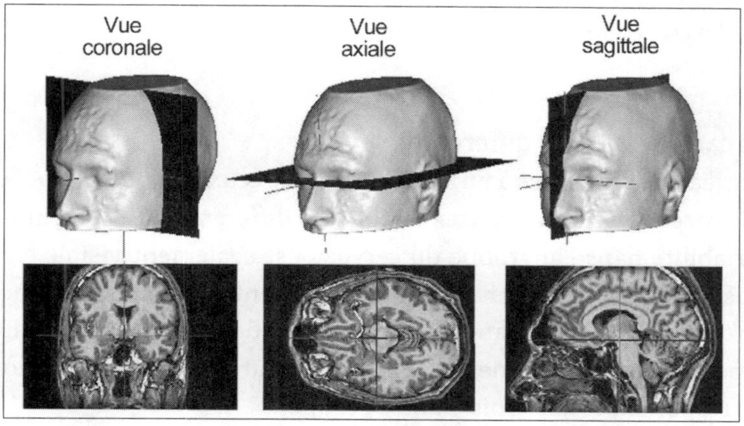


Figure 18. Images obtenues avec EduAnatomist (individu 1 232).

L'IRMf (Imagerie par Résonnance Magnétique Fonctionnelle) et la TEP (Tomographie par Émission de Positons) reposent sur la visualisation des minimes variations du flux sanguin liées à l'activité synaptique.

(4) Principes de fonctionnement de l'IRMf et de la TEP

Les images IRM permettent donc de localiser les régions corticales activées lors d'une tâche motrice. La superposition des différentes images fonctionnelles contrastées sur les images anatomiques correspondantes permet de localiser les aires impliquées dans chaque réponse motrice (Fig. 19).

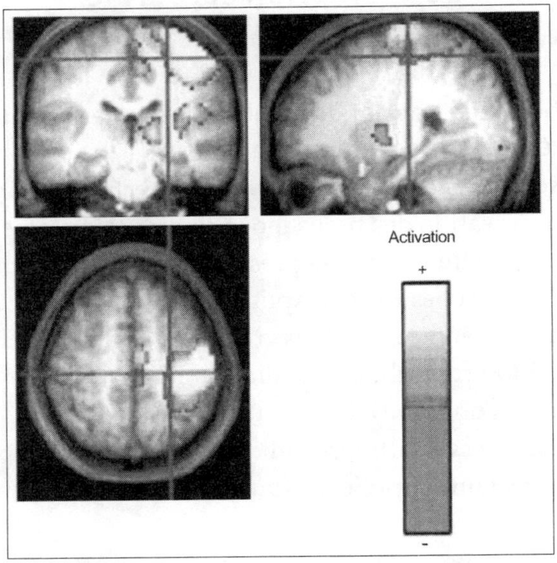


Figure 19. Modèle statistique des effets obtenus pour le contraste « clic main gauche/clic main droite » pour 81 sujets.

Ce type d'étude a permis de préciser la cartographie des aires cérébrales (voir chapitre « Le cortex moteur primaire »).

## V-2. Des cartes motrices différentes

Aucun cerveau ne ressemble à un autre, y compris ceux des jumeaux. À l'œil nu, le dessin des circonvolutions du cortex cérébral est différent d'une personne à l'autre. Cette variabilité dans l'anatomie du cerveau est également visible en IRM. La comparaison des images d'activation correspondant à la même tâche motrice (ici un clic effectué avec la main gauche ; Fig. 20), pour deux sujets (nommés 13 111 et 13 112), permet d'observer une variabilité dans leur localisation (coordonnées X, Y et Z correspondants aux trois plans de coupe).

L'épaisseur de la matière grise du cortex varie largement entre les individus (les différences cérébrales entre les personnes d'un même sexe dépassent les différences entre les sexes).

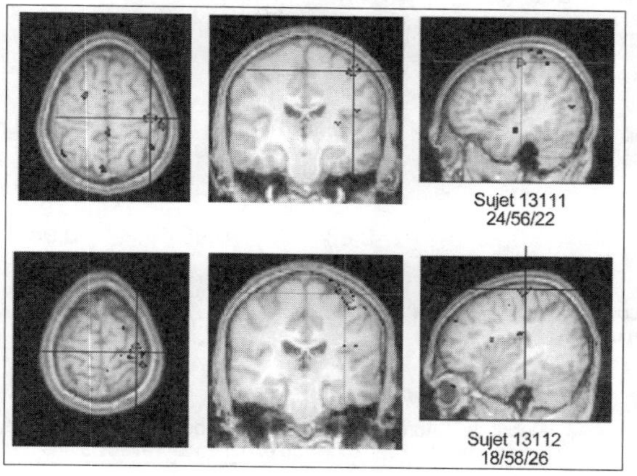


Figure 20. Comparaison des cartes motrices de deux individus (sujet 13 111 et 13 112).

La comparaison des cartes motrices de plusieurs individus montre des différences importantes.

L'ensemble de ces résultats, illustre le fait que les connexions nerveuses, au sein du cerveau, se réorganisent en permanence dans le temps et dans l'espace, selon l'histoire propre à chacun de nous. Ces variations sont le fait de la **plasticité cérébrale**.

## V-3. Plasticité cérébrale et apprentissage

Les variations observées entre les cartes motrices des individus s'expliquent par leur mise en place qui dépend du **développement**, des **apprentissages** et de l'**entraînement**.

On appelle **plasticité cérébrale,** la capacité du cerveau à réorganiser ses connexions en fonction des apprentissages et de l'entraînement (capacité du cerveau à modifier son organisation fonctionnelle de façon adaptative).

Grâce aux techniques d'imagerie cérébrale par IRM, on peut désormais « voir » le cerveau se modifier en fonction de l'apprentissage et de l'expérience. Par exemple, dans le cerveau de musiciens, on a pu montrer des modifications du cortex cérébral liées à la pratique intensive de leur instrument depuis l'enfance.
Les données sont traduites sous la forme d'un modèle topographique d'activité cérébrale. Ici, l'activité du cerveau (Fig. 21) a été enregistrée dans deux situations stimulantes différentes : les sujets écoutent un court morceau de piano ou pianotent sur un clavier muet. Les mesures sont faites chez des personnes « naïves » ne connaissant pas la musique et soumises à un entraînement plus ou moins long, et chez des pianistes professionnels ayant au moins vingt ans d'expérience.

Les valeurs numériques (exemple : 0,83) indiquent la **mesure de la similarité** entre les deux cartes.

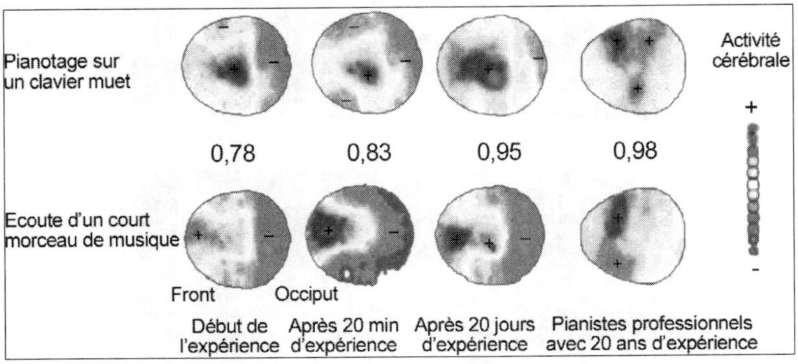


Figure 21. D'après « The musician's brain as a model of neuroplasticity » (Münte et collègues, Nature vol 3, p. 476, 2002).

Chez un sujet non musicien, on constate que les zones activées sont sensiblement différentes lors des deux exercices : l'écoute active principalement le cortex frontal médian, alors que le pianotage active le cortex moteur dans la partie médiane correspondant aux aires motrices droite et gauche de la main.
Avec l'entraînement, la distribution topographique des zones activées dans les deux situations, est modifiée : elles deviennent de plus en plus similaires ; chez les pianistes professionnels, elles sont virtuellement identiques.

(5) Circuit nerveux et apprentissage

Outre la modification de la topographie des zones activée, les images IRM ont également révélé un épaississement du cortex cérébral dans les zones spécialisées dans la motricité des mains et l'audition chez les musiciens professionnels. Ce phénomène est dû à la fabrication de connexions supplémentaires entre les neurones.
Les chercheurs ont également pu montrer au cours d'une autre étude que les modifications cérébrales sont proportionnelles au temps consacré à la pratique de l'instrument pendant la petite enfance.
Ce résultat montre l'impact majeur de l'apprentissage sur la construction du cerveau des enfants dont les capacités de plasticité sont particulièrement prononcées.

Ainsi, loin d'être innées, ces différences interindividuelles s'acquièrent au cours du développement, de l'apprentissage des gestes et de l'entraînement.

# VI. Récupération de la fonction cérébrale après un accident et plasticité cérébrale

## VI-1. Récupération après un AVC

Dans l'étude suivante (Fig. 22), il a été demandé à onze patients affectés par un AVC touchant le cortex moteur de l'hémisphère gauche de fermer le poing gauche ou le poing droit. L'IRMf présentée est la moyenne de l'IRMF de chacun des patients. Tous les patients présentaient un déficit moteur de la main droite.

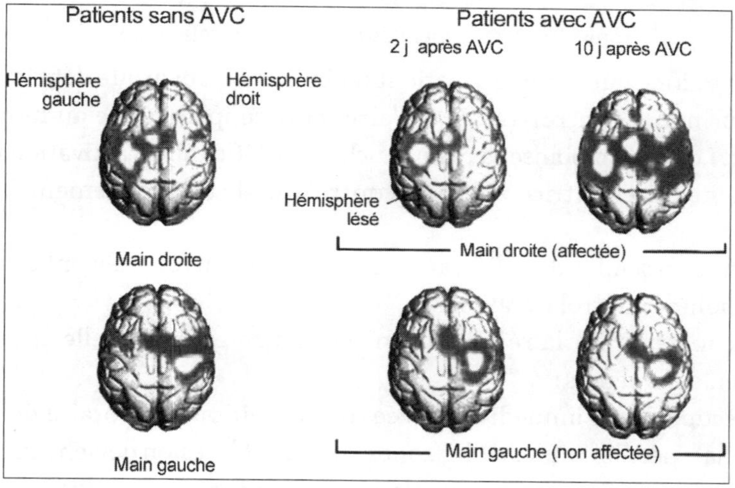


Figure 22. AVC et récupération motrice.

On observe, par comparaison à des individus témoins n'ayant pas subi d'AVC, que la fermeture du poing droit chez les patients ayant subi un AVC actif après 10 jours de nouvelles zones dans l'hémisphère gauche lésé, ainsi que des zones de l'hémisphère droit normalement affectées au contrôle de la main gauche. La récupération semble donc liée, au moins en partie, au recrutement de nouveaux neurones entourant la zone lésée (activation péri-lésionnelle).

Dans une autre étude (Fig. 23), un patient présentait, à la suite d'un AVC touchant son hémisphère gauche, une hémiplégie droite. Un mois et demi après l'AVC, il avait récupéré en partie la motricité de la partie droite de son corps. On a alors comparé l'activation du cortex moteur pour une tâche motrice de la main droite déficitaire et pour une tâche motrice de la main gauche non déficitaire (les pixels activés en rouge sont superposés sur les images anatomiques du patient).

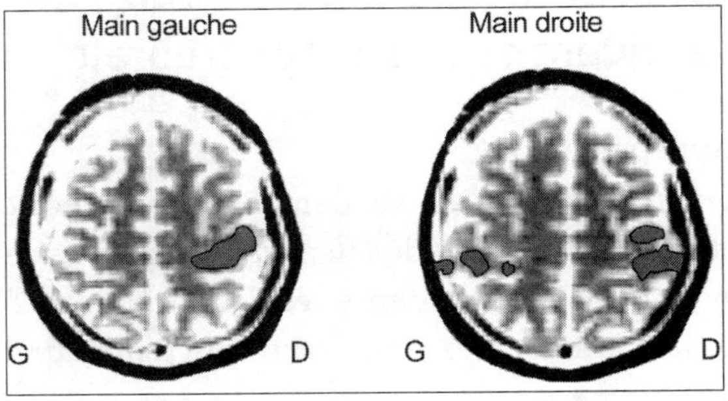


Figure 23. Recrutement de neurones controlatéraux.

On observe alors, que lorsque le patient mobilise sa main droite déficitaire, l'aire motrice primaire controlatérale et l'aire motrice ipsilatérale au mouvement s'activent. Lorsqu'il mobilise sa main gauche non déficitaire, l'activation intéresse uniquement l'aire motrice primaire controlatérale au mouvement (situation normale).

La récupération semble donc liée, au moins en partie, au recrutement de neurones de l'hémisphère controlatérale sain.

D'une façon générale, la récupération spontanée est habituelle et intervient souvent en deux temps :

- une récupération immédiate (levée de l'inhibition temporaire de l'activité neuronale péri-lésionnelle : des zones entourant la lésion deviennent actives) ;
- une récupération tardive : le contrôle de la fonction motrice perdue fait intervenir la plasticité cérébrale des aires corticales homolatérales et le recrutement d'aires controlatérales.

Cette plasticité cérébrale explique les capacités de récupération du cerveau après la perte de fonction accidentelle d'une petite partie du cortex moteur.

### VI-2. Récupération à la suite d'une perte d'une fonction motrice et réversibilité

Le cas emblématique est celui d'un homme auquel on a greffé deux mains après la section accidentelle des deux siennes, 4 ans plus tôt.

Quatre examens avec IRMf ont été réalisés : le premier, 6 mois avant l'opération, les suivants, 2, 4 et 6 mois après la greffe. À chaque fois, le sujet a réalisé 4 tâches :

- flexion et extension des 4 derniers doigts de la main droite
- flexion et extension du coude droit
- flexion et extension des 4 derniers doigts de la main gauche
- flexion et extension du coude gauche.

Avant la greffe, les tâches concernant les doigts étaient réalisées en suivant la contraction des muscles de l'avant-bras dédiés au mouvement des doigts.
Le résultat a été présenté sous la forme de carte corticale (Fig. 24 et 25) contenant la zone du cortex moteur primaire activée, et en plaçant le centre de gravité de la zone activée.

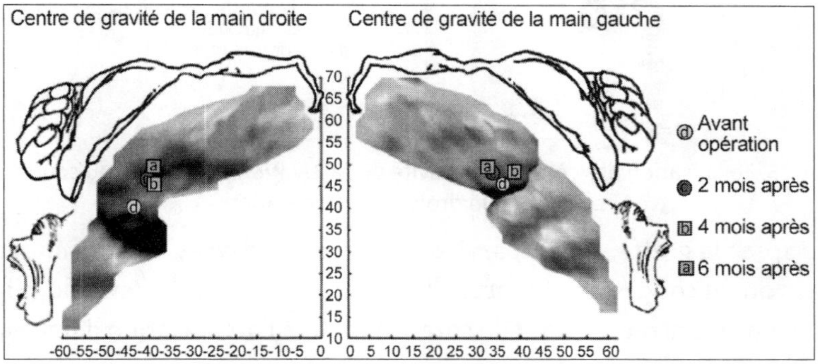


Figure 24. Déplacement du centre de gravité des activations des mains après une greffe des deux mains.

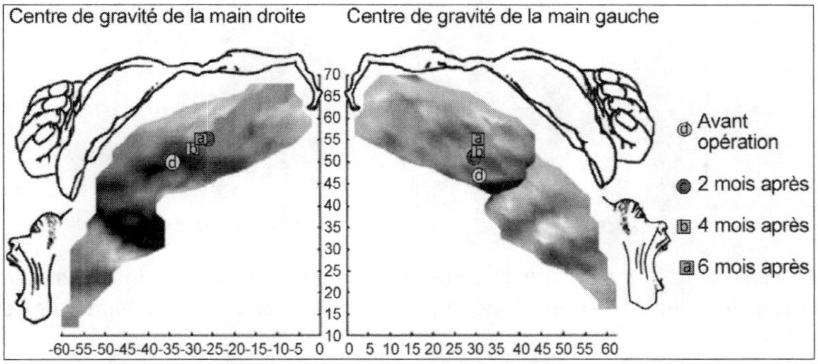


Figure 25. Déplacement du centre de gravité des activations des coudes après une greffe des deux mains.

Six mois après la greffe des mains, la région du cortex M1 activée par le mouvement des mains n'est plus à l'endroit initial : elle s'est déplacée vers le haut. La même constatation est faite pour les coudes.
Cela montre que d'autres neurones ont été dédiés à la commande motrice des mains et des coudes.
Les coordonnées et la représentation du centre de gravité des activations corticales de M1 concernant la motricité du coude avant l'opération et la motricité de la main 6 mois après la greffe (Fig. 26) montrent une grande proximité spatiale : tout se passe comme si la zone initialement dévolue au coude avait été (ré) affectée à la main.

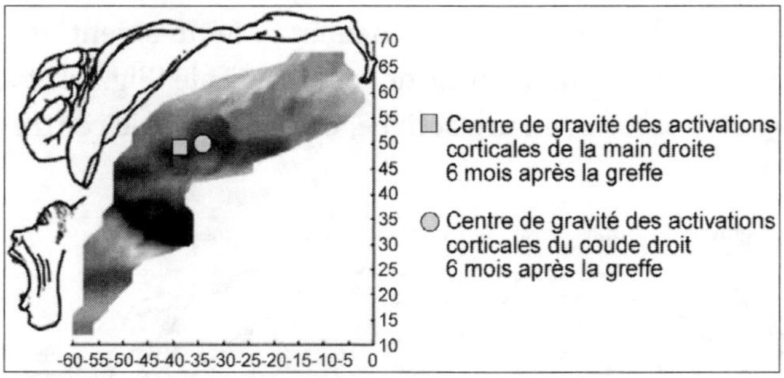


Figure 26. Localisation des centres de gravité des activations corticales du coude droit et de la main droite avant opération.

Six mois après la greffe, la comparaison des zones activées lors de mouvements de la main ou du coude par rapport à l'homoncule moteur de Penfield (Fig. 27 et 28), permet de montrer le retour du cortex moteur à l'organisation d'une personne n'ayant jamais perdu ses mains.

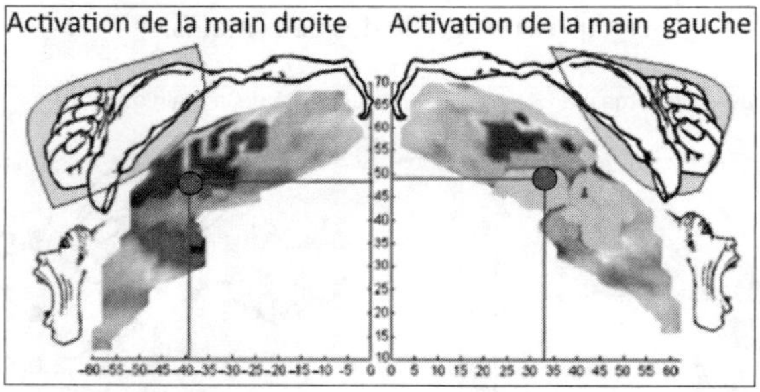


Figure 27. Représentation corticale du cortex moteur primaire activées lors de mouvements des mains et de leur centre de gravité (point rouge) 6 mois après la greffe bilatérale des mains.

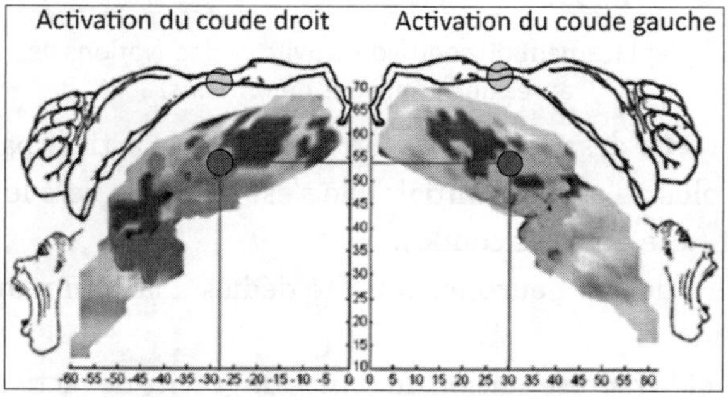


Figure 28. Représentation corticale du cortex moteur primaire activées lors de mouvements des coudes et de leur centre de gravité (point rouge) 6 mois après la greffe bilatérale des mains.

Les zones activées et leur centre de gravité se situent bien au niveau des organes habituellement commandés par le cortex M1 : la greffe des mains a donc permis que le cortex moteur retrouve l'organisation d'une personne n'ayant jamais perdu ses mains.
La réorganisation du cortex moteur induite par l'absence de sollicitation des muscles, après l'amputation des mains, est donc été annulée et remplacée par l'organisation normale, grâce au rétablissement des sollicitations après la greffe des mains. Ces changements sont donc réversibles même chez un adulte.
Ces expériences démontrent donc la **plasticité** du cortex moteur et la **réversibilité** des changements qui s'y produisent.

### VI-3. Âge et plasticité cérébrale

La plasticité est **maximale pendant l'enfance** et commence in utero dès la 18$^{e}$ semaine d'aménorrhée. Durant la croissance, la plasticité est très importante et les cartes motrices varient plus avec des apprentissages démarrant dans l'enfance que durant l'âge adulte. Elle est maximale vers 5 ans.
La plasticité cérébrale est à l'œuvre également **pendant la vie d'adulte** rendant possible :

- Les apprentissages chez le sujet sain, comme le montre l'expérience ou il est demandé à des sujets adultes d'apprendre à jongler avec trois balles. Après trois mois de pratique, l'IRM montre un épaississement des régions spécialisées dans la vision et la coordination des mouvements des bras et des mains. Et si l'entraînement cesse, les zones précédemment épaissies rétrécissent. L'apprentissage de notions abstraites peut aussi entraîner des modifications cérébrales : chez des mathématiciens professionnels, on a observé en IRM un épaississement des régions impliquées dans le calcul et la représentation visuelle et spatiale. Ainsi, la plasticité cérébrale se traduit non seulement par la mobilisation accrue de régions du cortex pour assurer une nouvelle fonction, mais aussi par des **capacités de réversibilité quand la fonction n'est plus sollicitée**.
- Une éventuelle récupération à la suite d'une lésion cérébrale. Les temps de rééducation plus longs chez les sujets âgés suggèrent cependant un déclin probable, même s'il existe en ce domaine, une grande variabilité interindividuelle.

Différents facteurs influencent le maintien de la plasticité dans le temps.
**L'alimentation** : une alimentation saine aide à préserver la plasticité.
**L'activité sportive** : la pratique d'une activité sportive permet de préserver la plasticité.
**La stimulation intellectuelle** : elle permet d'entretenir la plasticité.

### VI-4. Facteurs influençant la plasticité cérébrale

En fait, les études effectuées au sein de l'Institut montrent que cette plasticité disparaît au contact de 4 facteurs :

- si nous sommes soumis à un stress du monde urbain important (pollution sonore et visuelle),
- si nous consommons de façon chronique des psychotropes,
- si nous cessons de faire des efforts physiques (sédentarité),
- si nous sommes isolés socialement.

À la suite d'un AVC, Il est difficile de distinguer entre l'effet de l'âge sur la plasticité cérébrale et l'influence de l'état général du patient au moment de l'AVC. La faculté de récupération dépend notamment de l'état neurologique antérieur, des antécédents de pathologies cardiovasculaires et de pathologies du système locomoteur.

Dans le cerveau, le renouvellement neuronal est faible. Après une importante mort neuronale, il n'y a donc pas de possibilité de divisions cellulaires pour remplacer les neurones touchés. La plasticité permet de réorganiser la carte motrice de l'individu, et d'utiliser des connexions existantes pour compenser les dommages. De la sorte, il est possible de récupérer en partie ou en totalité, les capacités perdues.

Les capacités de remaniements se réduisent tout au long de la vie, de même que le nombre de cellules nerveuses. C'est donc un capital à préserver et entretenir.

# Je me perfectionne

## (1) Les astrocytes peuvent isoler une synapse entre deux neurones

Les astrocytes peuvent isoler une synapse entre deux neurones (Fig. 29). Grâce à ses propres récepteurs à neurotransmetteur, il perçoit l'intensité des transmissions synaptiques entre ces deux neurones et peut répercuter cette information plus loin sous forme d'ondes de calcium.

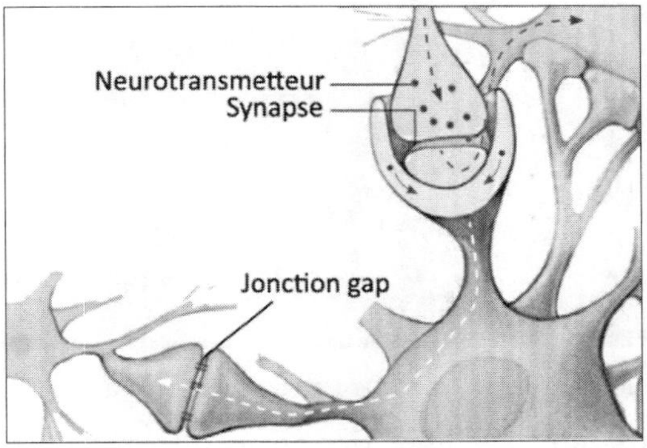


Figure 29. Astrocyte isolant par l'un de ses prolongements une synapse.

Ces ondes de calcium sont transmises à d'autres astrocytes via des jonctions gap. Les jonctions communicantes, ou jonctions gap, sont des jonctions intercellulaires mettant en relation le cytoplasme de deux cellules voisines (Fig. 30).

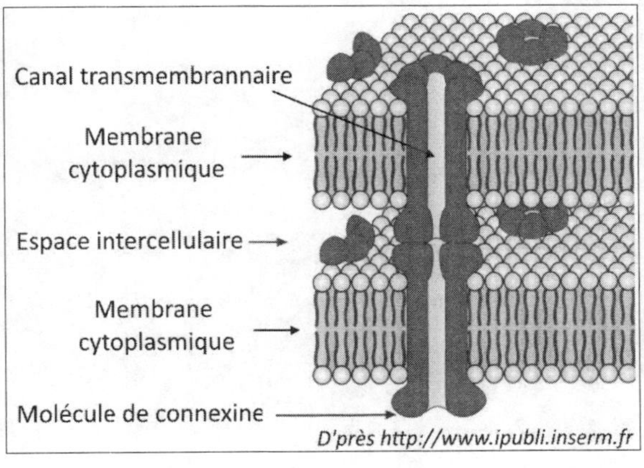


Figure 30. Schéma d'une jonction gap.

Cette transmission est plus lente que celle des neurones, mais est multidirectionnelle et à longue distance.
Contrairement à la grande majorité des neurones, les cellules gliales peuvent se diviser par mitose.

## (2) Différentes techniques pour cartographier le connectome

Il existe différentes techniques.

On peut par exemple utiliser des marqueurs spécifiques comme avec la technique de marquage Brainbow de Jeff Lichtman de l'université d'Harvard (Fig. 31).

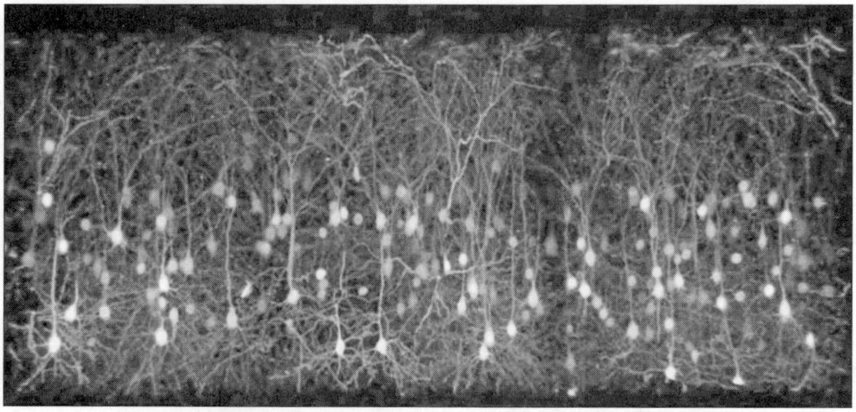

Figure 31. Neurones visualisés par la technique de marquage Brainbow.

D'autres chercheurs ont développé des outils informatiques de mappage des connections neuronale à l'échelle nanométrique en utilisant une nouvelle méthode de microscopie électronique en série (Fig. 32).

Figure 32. Neurones visualisés en microscopie à balayage et colorés en fausses couleurs.

Avec la technologie VAST, il est possible de marquer individuellement chaque neurone, chaque cellule gliale, vaisseaux sanguins par des couleurs différentes, aussi bien que des structures plus petites comme des dendrites ou des mitochondries. Après marquage, le cylindre est découpé en de très nombreuses tranches très fines et l'on a demandé à des internautes d'établir les identités de structure entre les tranches successives de façon à reconstituer l'architecture en 3D ! (Fig. 33).

Figure 33. Cylindre de cortex visuel d'une souris visualisé par la technique VAST (d'après Science AAAS).

Pour l'instant, cette technique a permis de visualiser l'organisation de cylindres du cortex visuel d'une souris.
On peut également utiliser l'imagerie par résonance magnétique de diffusion (IRMd) qui permet de mettre en évidence in vivo les faisceaux de matière blanche du cerveau humain en mesurant la diffusion des molécules d'eau, notamment le long des axones. Il est alors possible par tractographie de reconstituer de proche en proche les trajets des faisceaux de fibres nerveuses représentés alors sous la forme d'un tractogramme (Fig. 34).

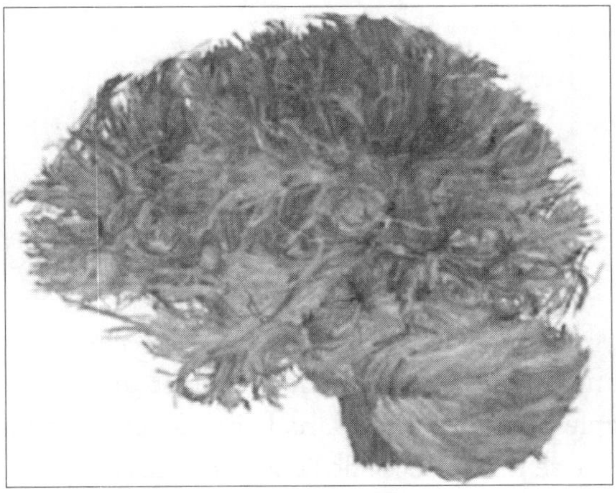

Figure 34. Tractogramme représentant l'organisation anatomique de la matière blanche prise in vivo dans sa globalité. Il est fait de millions de fibres virtuelles dont le code couleur représente leur orientation dans la matière blanche et produit de remarquables.

Plusieurs résultats récents basés sur les données de neurovisualisation du Projet du connectome humain et des données psychologiques semblent montrer :

- que les régions corticales sensorielles primaires auraient plutôt une organisation de type « feedforward », c'est-à-dire hiérarchique, alors que les régions associatives auraient une architecture en réseaux interconnectés ;
- que les différences individuelles dans la connectivité cérébrale pourraient prédire de façon fiable le comportement d'une personne. Ainsi, la connaissance du connectome d'un patient, pourrait mieux orienter son traitement.

### (3) La séquence d'activation des aires motrices

Dans la réalité, plusieurs aires corticales participent à l'élaboration d'un mouvement. La planification d'un mouvement se fait principalement dans la partie antérieure du lobe frontal. Celui-ci est informé par plusieurs autres régions du cortex de la situation dans laquelle se trouve l'individu. Il intègre ces informations et transmet ensuite ses « ordres » à l'aire prémotrice et à l'aire motrice supplémentaire (Fig. 35). Le cortex prémoteur interviendrait dans la régulation de la posture, en dictant au cortex moteur une position optimale pour un mouvement donné. L'aire motrice supplémentaire, quant à elle, semble influencer la planification et l'initiation des mouvements en fonction des expériences passées.

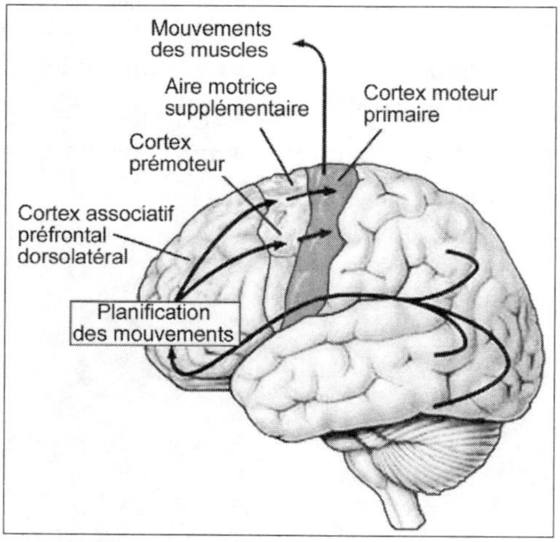


Figure 35. Séquence d'activation des aires motrices.

Le simple fait d'anticiper un mouvement déclenche une transmission nerveuse dans la zone supplémentaire. C'est dans le cortex prémoteur et l'aire motrice supplémentaire que se fera le choix de l'ensemble des muscles à contracter pour réaliser un mouvement. Les neurones corticaux de ces deux aires transmettent ensuite leurs ordres aux neurones du cortex moteur primaire **qui vont activer des muscles ou des groupes de muscles précis** par l'entremise des motoneurones de la moelle épinière.

### (4) Principes de fonctionnement de l'IRMf et de la TEP

Lorsqu'ils sont soumis à un champ magnétique, des composants d'atomes changent d'orientation puis reviennent à leur position initiale en émettant un signal. Ils se réalignent plus ou moins rapidement en fonction de la densité des tissus. Une caméra spéciale capte ces signaux et les convertit en image. En pratique, une bobine magnétique est placée autour du patient et balaye la zone du corps à étudier en créant un champ magnétique.

L'IRMf repose sur la méthode "BOLD" (pour Blood Oxygen Level Dependent contrast) qui exploite les propriétés magnétiques de l'hémoglobine oxygénée et désoxygénée. Les zones activées dans le cerveau vont recevoir un apport d'oxygène par voie sanguine plus important qu'en l'absence du stimulus. Les échanges d'oxygène entre le sang et les neurones modifient le signal IRM. Cette différence de signal IRM entre les états de repos et de stimulation est analysée par informatique. Les images IRM dont le signal est rehaussé correspondent à la zone du cerveau impliquée dans la réponse au stimulus.

La TEP repose sur le principe de la scintigraphie qui consiste à injecter un traceur pour obtenir une image du fonctionnement d'un organe. Ce traceur est marqué par un atome radioactif (carbone, fluor, azote, oxygène…) qui émet des positons dont l'annihilation produit deux photons. C'est la détection de ces photons qui permet la localisation du lieu de leur émission et donc la concentration du traceur en chaque point de l'organe. C'est cette information quantitative que l'on représente sous la forme d'une image faisant apparaître en couleurs les zones de forte concentration du traceur.

### (5) Circuit nerveux et apprentissage

Les circuits nerveux sont constitués d'un certain nombre de cellules nerveuses (ou neurones) qui communiquent entre elles par des jonctions appelées synapses. Chaque fois que nous apprenons quelque chose, ces circuits nerveux sont modifiés dans notre cerveau.

Par exemple, lorsqu'on entend un nouveau mot, des connexions entre certains de nos neurones sont sollicitées : connexions entre des neurones du cortex visuel pour en reconnaître l'orthographe et d'autres du cortex auditif pour en entendre la prononciation, et encore d'autres dans les régions associatives du cortex pour relier ce mot à des connaissances. Lorsque l'on veut apprendre un mot, on se le répète un certain nombre de fois, ce qui a pour effet de sélectionner et de renforcer les connexions entre ces neurones du cortex, créant un nouveau circuit. C'est cette nouvelle association durable entre certains neurones qui formera le souvenir de ce mot.

Pour se remémorer ce mot, il suffit de réactiver ces circuits nerveux. On comprend qu'il sera plus facile de le faire lorsque le circuit aura été fortement façonné par un passage répété de l'influx nerveux dû à un long apprentissage. Au contraire, si le mot n'est répété que quelques fois, les connexions entre les nouveaux neurones sont plus faibles et plus labiles : le nouveau circuit peut s'estomper et le souvenir disparaître.
La caractéristique fondamentale qui permet la mémoire (et l'apprentissage) est la plasticité de notre cerveau. Autrement dit, la capacité des neurones à modifier leurs connexions pour rendre certains circuits nerveux plus efficaces.

# Je m'exerce et je fais la différence

## Entraînement

**Exercice 1 : le Ice Bucket Challenge, aider la recherche sur la maladie de Charcot**

*Bac S, sujet de SVT, session 2015, Amérique du Sud, partie 2.1 (3 points)*

Le Ice Bucket Challenge consiste à se renverser un seau d'eau glacée sur la tête, puis à inviter son entourage à reproduire ce geste. Le but de ce défi est de médiatiser la lutte contre la Sclérose Latérale Amyotrophique (SLA), également appelée maladie de Charcot.

Selon le journal Huffingtonpost du 25/08/2014, le Ice Bucket Challenge serait responsable du triplement des dons en faveur de la recherche sur cette maladie.

On cherche à identifier les causes et les conséquences de la SLA.

**À partir de l'étude des documents proposés, cocher la bonne réponse dans chaque série de propositions du QCM et remettre la fiche-réponse annexe avec la copie.**

---

Document 1 : **la sclérose latérale amyotrophique**

Le nom de cette maladie s'explique par ses symptômes. En effet, dans la **SLA** la dégénérescence des motoneurones centraux et périphériques provoque l'apparition d'un tissu cicatriciel, appelé aussi « *Sclérose* ». Les axones des neurones moteurs centraux impliqués se trouvent dans la partie « *Latérale* » de la moelle épinière. Et, l'absence de stimulation nerveuse, liée à la disparition des motoneurones, entraîne une fonte musculaire, appelée « *Amyotrophie* ».

L'apparition de la maladie de Charcot peut être subtile avec des symptômes souvent négligés. Mais, tôt ou tard, le patient finit par perdre le contrôle de ses mouvements.

Une caractéristique essentielle de la SLA est qu'en dehors de la motricité, elle respecte les autres fonctions du système nerveux, telles que les fonctions intellectuelles et sensorielles, tout le long de la maladie. Cette maladie épargne également certains muscles tels ceux de l'œil, du cœur, de la vessie, de l'intestin et des organes sexuels.

D'autres symptômes peuvent toutefois s'ajouter aux troubles moteurs, notamment constipation, amaigrissement, douleurs, œdèmes, troubles du sommeil et troubles respiratoires.

On distingue deux formes de SLA selon le site où débute l'atteinte des motoneurones périphériques :

- la forme « spinale » dans laquelle les premiers motoneurones périphériques atteints se trouvent dans la moelle épinière. Elle se traduit par des troubles de la motricité des membres supérieurs et/ou inférieurs (contractions musculaires, crampes, raideur ou faiblesse musculaire) ;
- la forme « bulbaire » dans laquelle les premiers motoneurones périphériques atteints se trouvent dans le tronc cérébral. Il en résulte des troubles de la parole et de la déglutition.

*D'après les sites http://www.maladiedecharcot.org et http://www.arsla-asso.com*

---

### Document 2 : l'organisation du système nerveux central

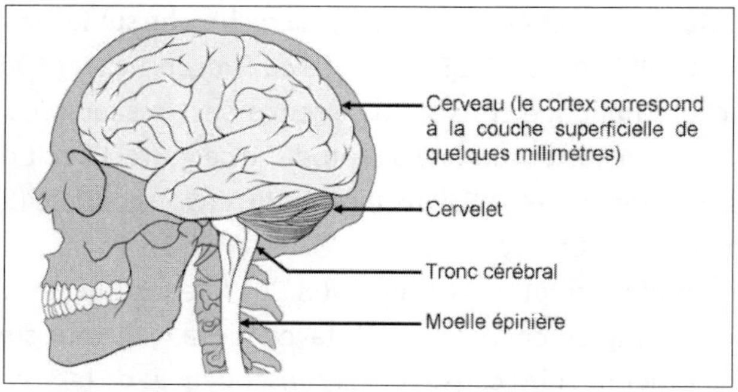


Figure 36. Organisation du système nerveux central.

*D'après Wikipédia*

---

### Document 3 : motoneurones et commande volontaire

Pour réaliser un mouvement, les messages véhiculés par les motoneurones centraux sont transmis aux motoneurones périphériques :

- le corps cellulaire d'un motoneurone central est localisé dans le cerveau, au niveau du cortex moteur ;
- le corps cellulaire d'un motoneurone périphérique se trouve dans le tronc cérébral ou dans la moelle épinière. Ce type de motoneurone est directement connecté à un muscle à qui il transmet l'ordre de contraction à l'origine du mouvement.

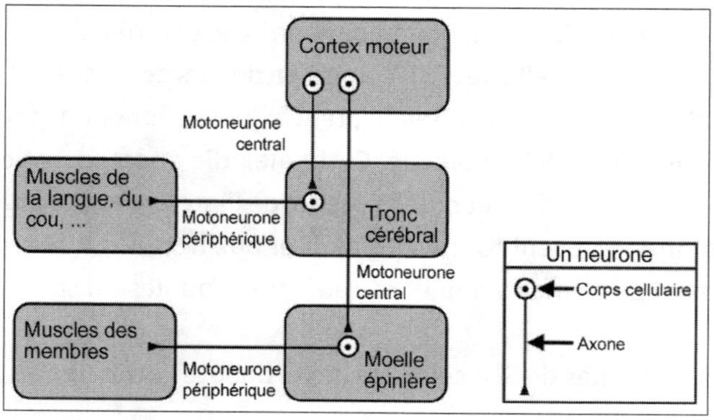


Figure 37. Motoneurones et commande volontaire.

**QCM**

*Cocher la réponse exacte pour chaque proposition.*

**1. Le système nerveux central est constitué :**

☐ des différents lobes du cerveau
☐ du tronc cérébral et de la moelle épinière
☐ du cerveau et du cervelet
☐ du cerveau, du tronc cérébral, du cervelet et de la moelle épinière

**2. Les motoneurones centraux sont :**

☐ localisés entièrement dans le cerveau
☐ connectés aux motoneurones périphériques
☐ connectés aux cellules musculaires
☐ impliqués dans la sensibilité

**3. La forme « bulbaire » de la SLA :**

☐ affecte exclusivement des motoneurones centraux
☐ affecte exclusivement des motoneurones périphériques
☐ provoque des troubles de la motricité des membres inférieurs et/ou supérieurs
☐ provoque des troubles de la parole et de la déglutition

**4. La SLA correspond à une dégénérescence :**

☐ des motoneurones du cortex moteur, suivie d'une atteinte du cervelet
☐ des cellules musculaires, suivie d'une atteinte des motoneurones
☐ des motoneurones, suivie d'une atteinte musculaire
☐ du cervelet, suivie d'une atteinte des motoneurones du cortex moteur

**5. Les conséquences de la SLA sont :**

☐ une paralysie progressive des muscles de l'œil, du cœur et de la vessie
☐ une paralysie progressive des muscles et des troubles de la motricité
☐ la perte progressive des fonctions intellectuelles et des troubles de la motricité

## Correction

### ▶ Exercice 1

**1. Le système nerveux central est constitué :**
☒ du cerveau, du tronc cérébral, du cervelet et de la moelle épinière.

**2. Les motoneurones centraux sont :**
☒ connectés aux motoneurones périphériques.

**3. La forme « bulbaire » de la SLA :**
☒ provoque des troubles de la parole et de la déglutition.

**4. La SLA correspond à une dégénérescence :**
☒ des motoneurones, suivie d'une atteinte musculaire.

**5. Les conséquences de la SLA sont :**
☒ une paralysie progressive des muscles et des troubles de la motricité.

Chapitre E-3

# Le cerveau, un organe fragile à préserver

# Je révise et je me perfectionne

## I. Un exemple de communication entre aires cérébrales mieux connu : le système de la récompense

### I-1. Le système de récompense

Le système de la récompense a été défini à partir d'expériences montrant que si l'on place une électrode dans certaines zones précises du cerveau d'un rat, l'animal apprend à appuyer sur une pédale qui, parce qu'elle ferme un circuit électrique, entraîne une stimulation de la zone implantée. Le rat s'autostimule ainsi sans interruption à tel point que si on lui donne le choix entre cette pédale et une autre qui délivre de la nourriture, il choisit la stimulation électrique et s'impose un jeûne fatal. Ont alors été définies comme appartenant au « **circuit de la récompense** » les zones sensibles à ce type de stimulation, c'est-à-dire l'aire tegmentale ventrale, le noyau accumbens, le septum, l'amygdale, l'hippocampe et une structure corticale, le cortex préfrontal.

Le circuit de la récompense relie par des neurones dopaminergiques l'aire tegmentale ventrale (ATV) au noyau accumbens (Fig. 1) ainsi qu'aux autres structures composant le circuit de la récompense : amygdale, hippocampe, septum et cortex préfrontal.

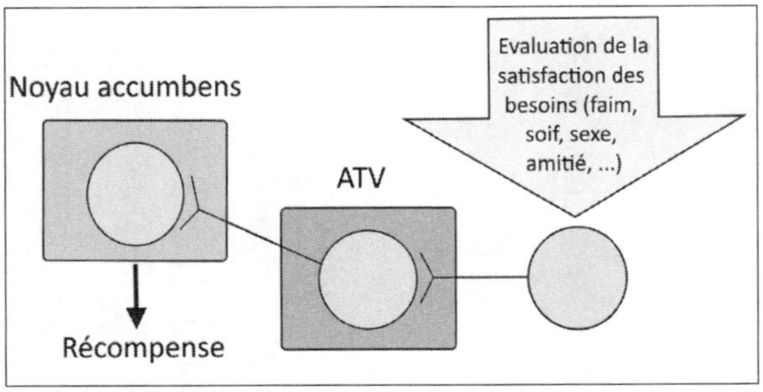


Figure 1. Les principales structures de circuit de la récompense.

Il a été possible de déterminer le rôle de ces différentes structures au sein du système de la récompense :

– L'ATV réagit à des stimuli associés à la nourriture, à l'activité sexuelle, etc.

- Le cortex préfrontal est impliqué dans la focalisation de l'attention et la prise de décision.
- Le noyau accumbens permet l'évaluation de la valeur « hédonique » d'une action, et motive pour effectuer cette action.
- L'amygdale est responsable de l'évaluation du caractère plaisant ou non d'une expérience.
- L'hippocampe permet l'enregistrement des souvenirs liés à une expérience.

(1) Comment visualiser les zones constituant le circuit de récompense ?

### I-2. La circulation des informations vers le circuit de la récompense

Les signaux annonçant une récompense entrent dans le cortex préfrontal. Ils sont ensuite relayés à l'hippocampe et au noyau accumbens (Fig. 2). À partir de ce noyau, ils sont transmis à l'hypothalamus puis à l'aire tegmentale ventrale qui voit son activité augmenter.

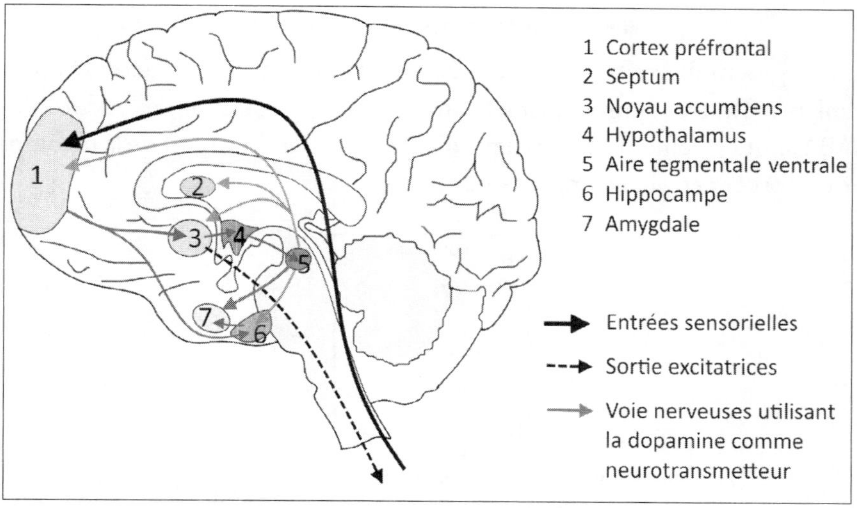


Figure 2. Localisation cérébrale du circuit de la récompense.

### I-3. L'activation du circuit de la récompense

La stimulation de l'ATV se traduit par l'activation des **neurones dopaminergiques** ; ceux-ci libèrent alors de la dopamine dans le noyau accumbens, mais aussi dans le septum, l'amygdale, l'hippocampe et le cortex préfrontal.

## I-4. La dopamine est l'un des neurotransmetteurs du circuit de la récompense

La dopamine est libérée en plus grande quantité par les neurones à dopamine lorsque la personne ou l'animal éprouve du désir et du plaisir, comme le montrent les dosages de la dopamine dans le noyau accumbens avant et après la présentation de nourriture (Fig. 3a) ou d'un partenaire sexuel (Fig. 3b).

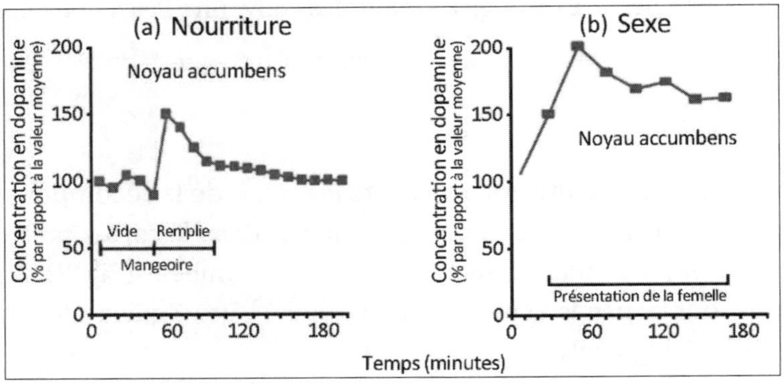


Figure 3. Le désir, le plaisir et la dopamine.

Si l'aire tegmentale ventrale utilise la dopamine pour moduler l'activité du noyau accumbens, d'autres neurotransmetteurs comme la sérotonine, les endorphines et le GABA sont également utilisés dans d'autres parties du circuit de la récompense pour renforcer certains comportements (Fig. 4).

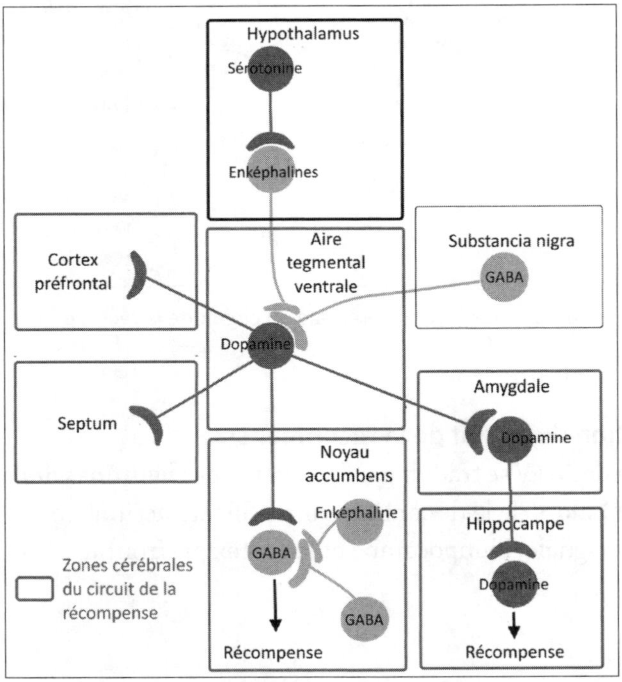


Figure 4. Contrôle de la sécrétion de dopamines.

### I-5. Le contrôle en retour de la sécrétion de dopamine par l'hypothalamus

L'hypothalamus reçoit des informations qui ont été d'abord filtrées et traitées par les autres structures du système de la récompense qui sont en relation entre elles et projettent toutes vers l'hypothalamus. L'hypothalamus est donc vraisemblablement une des cibles finales du circuit de la récompense.

L'hypothalamus est responsable de la genèse des comportements et du contrôle de survie en agissant sur les fonctions végétatives et endocrines de tout le corps via les hormones sécrétées par l'hypophyse. De plus, l'hypothalamus renvoie des projections vers l'aire tegmentale ventrale, et peut également donc au moins en partiellement, **contrôler en retour** l'activité des neurones dopaminergiques (Fig. 5).

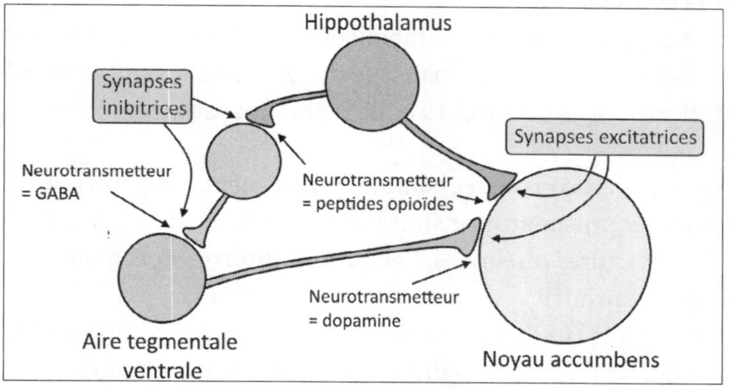


Figure 5. Le contrôle de la sécrétion de dopamine par les neurones de l'Aire Tegmentale Ventrale.

Lorsqu'une récompense est attendue, l'hypothalamus sécrète plus d'enképhaline, ce qui augmente l'inhibition des neurones gabaergiques. Or les neurones gabaergiques ont pour fonction d'inhiber les neurones dopaminergiques. Les neurones dopaminergiques vont pouvoir donc libérer plus de dopamine que d'habitude. La quantité de dopamine revient ensuite à son niveau initial lorsque la récompense a été obtenue.

Si la récompense attendue ne vient pas, l'hypothalamus sécrète moins d'enképhalines et les neurones gabaergiques sont moins inhibés (et sont donc plus actifs). L'augmentation de GABA inhibera davantage les neurones dopaminergiques, ce qui va réduire la libération de dopamine.

## II. La prise de substances exogènes (alcool, drogues) peut entraîner la perturbation des messages nerveux et provoquer un phénomène de tolérance à l'origine des comportements de dépendance et d'addiction

### II-1. La tolérance

La **tolérance** se définit comme une réduction de l'effet d'une drogue sur le cerveau suite à une exposition antérieure.

Au niveau physiologique, l'affaiblissement de la réponse de l'organisme à une drogue est la conséquence :

- soit d'une augmentation du métabolisme et de l'élimination de cette drogue,
- soit d'une diminution de la sensibilité du système nerveux à cette drogue par des modifications des neurones et de leurs synapses,
- soit des deux.

La tolérance peut être considérée comme un mécanisme de protection du cerveau visant à retrouver une neurotransmission normale alors qu'il y a une activation anormale des structures cérébrales. Cette adaptation n'empêche en rien la toxicité du produit de s'exprimer.

La tolérance conduit l'individu à majorer sa consommation afin d'obtenir l'effet recherché ce qui peut être à l'origine du phénomène d'addiction.

### II-2. Dépendance ou addiction ?

Dépendance et addiction définissent des aspects différents de la réponse de l'organisme à la prise de substances psychoactives ou face à une activité :

- La **dépendance** est due à un déséquilibre du fonctionnement neurobiologique à la suite d'une consommation régulière d'une substance psychoactive. Ce déséquilibre entraîne l'envie de consommer à nouveau la substance psychoactive, pour ne pas subir les effets désagréables consécutifs à l'arrêt de sa prise. La dépendance est donc définie par rapport à l'existence d'un **syndrome de sevrage** à l'arrêt brusque de la consommation d'une drogue. Le sevrage est un état de manque qui s'accompagne de symptômes physiques incommodants qui varient selon le produit (douleurs avec les opiacés, tremblements majeurs avec l'alcool, convulsions avec les barbituriques et les benzodiazépines). Il s'agit ici de retrouver son état normal, et non pas de se sentir mieux. La dépendance est un état physiologique/psychique.
- L'**addiction**, quant à elle, définit l'incapacité pour l'individu de s'empêcher de consommer une substance produisant du plaisir ou soulageant un malaise intérieur, bien qu'ayant connaissance des conséquences négatives qui s'ensuivront. Elle se traduit par des comportements compulsifs incontrôlés

et irraisonnés, qui peuvent donc s'appliquer non seulement à des produits mais aussi à des activités telles que le jeu, le sexe, l'exercice physique ou le shopping. L'addiction est un comportement dirigé.

## II-3. La perturbation de la transmission des messages nerveux

L'activation de plusieurs zones cérébrales peut avoir des effets gratifiants, mais c'est la stimulation des axones des neurones dopaminergiques du circuit de la récompense qui provoque le plaisir le plus intense.

Les drogues (ou médicaments) qui déclenchent une addiction chez l'homme (sauf les benzodiazépines) ont toute un point commun : elles induisent des changements majeurs dans le fonctionnement de synapses excitatrices et inhibitrices au niveau du système de la récompense. Ces changements ont pour conséquence une augmentation de la libération de la dopamine dans le circuit de la récompense induisant le cortex préfrontal à associer la sensation de plaisir à la prise d'une drogue (voir plus bas).

L'élévation du taux de dopamine dans le cerveau peut, en fonction des drogues, être le fait de mécanismes différents, qui tous perturbent la transmission normale des messages nerveux au sein du circuit de la récompense.

- **Certaines substances imitent les neuromédiateurs naturels.**

En effet, notre organisme utilise naturellement des substances similaires aux opiacés comme neurotransmetteurs. Il s'agit des endorphines, des enképhalines et de la dynorphine, que l'on désigne souvent sous l'appellation d'**opioïdes endogènes**. Ces molécules modulent de nombreux mécanismes : réactions aux stimuli douloureux, régulation de fonctions vitales comme la faim ou la soif, contrôle de l'humeur et de la réponse immunitaire.

Les effets très puissants des opiacés comme l'héroïne ou la morphine s'expliquent par le fait que ces substances exogènes vont se fixer sur les mêmes récepteurs que nos opioïdes endogènes, en particulier au niveau des **interneurones inhibiteurs au GABA** de **l'aire tegmentale ventrale du cerveau** (ATV) (revoir la Fig. 3).

En se fixant sur leurs récepteurs, les opioïdes endogènes **diminuent l'excitabilité** des interneurones inhibiteurs au GABA provoquant une diminution de la quantité de GABA relâchée (fig. 6). Or le GABA diminue normalement la quantité de dopamine relâchée dans le noyau accumbens. En inhibant un inhibiteur, les opioïdes endogènes augmentent donc en bout de ligne la production de dopamine et la sensation de plaisir ressenti.

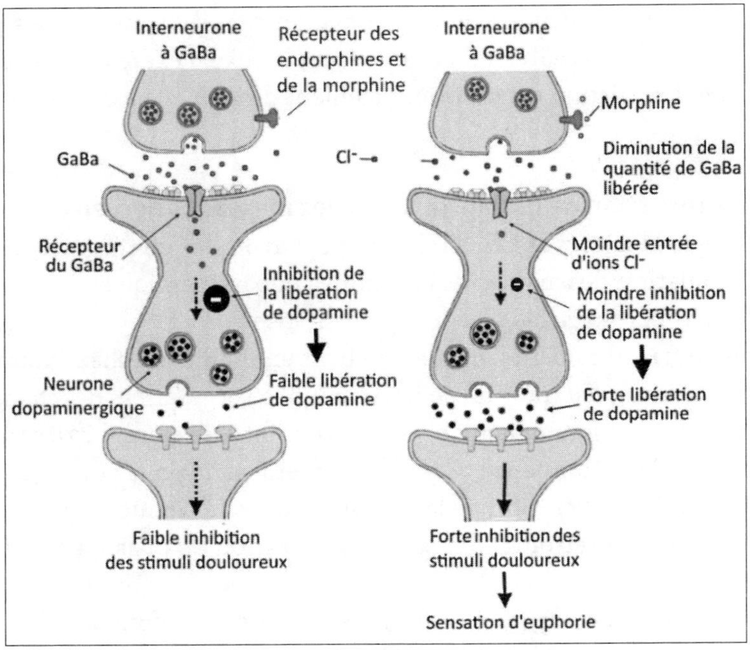


Figure 6. Le mode d'action de la morphine.

- **Certaines substances augmentent la sécrétion d'un neuromédiateur naturel.** La cocaïne, par exemple, augmente surtout la présence de dopamine dans les synapses du circuit de la récompense ; Cette activation est liée au blocage de la réabsorption de la dopamine par les transporteurs présynaptiques de dopamines. La dopamine séjourne plus longtemps dans la fente synaptique ce qui en amplifie, dans un premier temps, ses effets (Fig. 7).

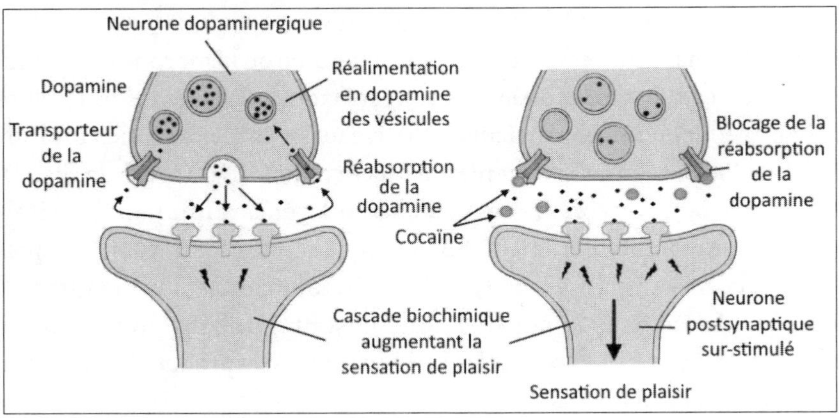


Figure 7. L'effet de la cocaïne sur la transmission synaptique.

L'alcool pourrait contribuer aussi à l'augmentation de la libération de dopamine par un processus encore mal compris, mais qui impliquerait la diminution de l'activité de l'enzyme qui détruit la dopamine.

(2) Les effets de l'ecstasy

- **Certaines substances bloquent l'action d'un neuromédiateur naturel.**

Par exemple, l'alcool bloque les récepteurs nommés NMDA du glutamate. Le glutamate est libéré par des neurones du noyau accumbens qui ont la particularité de pouvoir libérer deux neurotransmetteurs différents : le glutamate et l'acétylcholine. Ces neurones, qui sont en quelque sorte bilingues, sont capables à la fois d'activer (via l'acétylcholine) et d'inhiber (via le glutamate) la sécrétion de dopamine. L'effet physiologique de l'alcool est donc une inhibition de l'inhibition exercée par le glutamate (!) et donc une augmentation de la libération de dopamines.

- **Certaines substances amplifient l'action d'un neuromédiateur naturel.**

Par exemple, **l'alcool,** à la suite d'une intoxication aiguë, est également capable d'inhiber la libération de dopamine (!) en amplifiant l'effet inhibiteur du GABA sur les neurones dopaminergiques du circuit de la récompense (Fig. 8). Le GABA ouvre des canaux ioniques aux $Cl^-$ sur les neurones dopaminergiques, ce qui en hyperpolarisant leur membrane, réduit leur activité électrique et par voie de conséquence, diminue la libération de la dopamine. La fixation de l'alcool en maintenant ouvert plus longtemps les canaux ioniques aux $Cl^-$, permet la pénétration de davantage d'ions $Cl^-$ dans ces neurones, ce qui amplifie l'effet inhibiteur du GABA sur la libération de dopamine. L'effet physiologique est donc une inhibition de la libération de dopamines*, d'où l'effet **sédatif** de l'alcool.

* Les effets de l'alcool sur le circuit de la récompense sont complexes et variables car l'alcool agit aussi bien sur le taux et le métabolisme du GABA par les neurones gabaergiques que sur les récepteurs du GABA des neurones dopaminergiques. L'alcool agit également sur la libération d'autres neurotransmetteurs. Ainsi, selon la dose d'alcool ingérée, la nature du neurotransmetteur ou de la structure du centre de la récompense considérée, l'effet de l'éthanol sera plus ou moins accusé. Il s'ensuivra une rupture de l'équilibre des interactions au sein des différentes structures du circuit de la récompense qui entraîneront les perturbations neurosensorielles et comportementales que l'on connaît chez l'alcoolique.

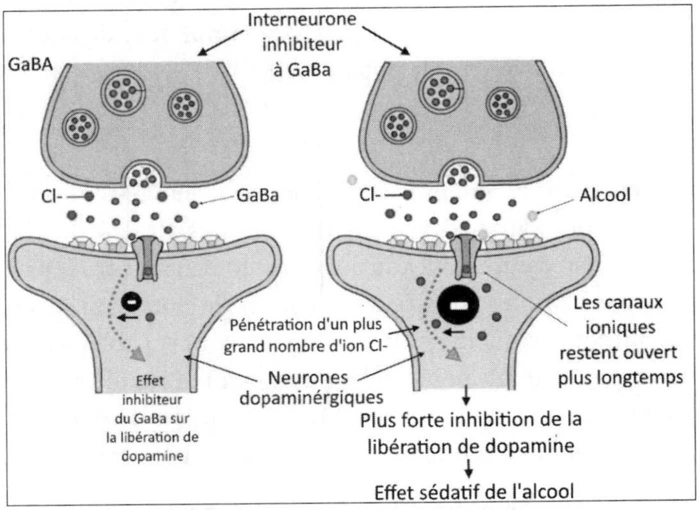


Figure 8. L'effet sédatif de l'alcool.

## II-4. L'addiction est liée au fonctionnement des circuits d'apprentissages

La libération de dopamine peut être obtenue par la seule présence d'une récompense, même inaccessible : chez le singe, le contact visuel avec un morceau de pomme active les neurones de l'aire tegmentale ventrale et chez un chat habitué à son environnement, le même effet est obtenu par l'ouverture de la porte de l'animalerie annonçant l'arrivée de la nourriture. Cette activation des neurones libérant la dopamine s'accompagne d'un changement dans le comportement de l'animal, qui initie un mouvement destiné à atteindre la récompense. Ainsi, la dopamine intervient dans l'**anticipation**, la **motivation**, la **projection d'émotions positives**. Un bon niveau de dopamine encourage l'activité, trop de dopamine incite à rechercher des situations à risque, mais à l'inverse, un déficit de cette substance rend léthargique.

Dans l'expérience précédente du chat, la libération de la dopamine est (comme chez le chimpanzé) initialement activée par les caractéristiques primaires de la récompense, ici l'odeur, le goût ou la texture de la nourriture. Le déclenchement de l'activation des neurones libérant la dopamine par l'ouverture de la porte de l'animalerie (qui annonce l'arrivée de la nourriture), indique que la libération de dopamine a été progressivement associée à un signal de l'environnement (ici l'ouverture de la porte de l'animalerie). Après l'apprentissage, la seule présence de ce signal active la libération de dopamine qui, en retour, permet de déclencher un comportement adapté à l'obtention de la récompense. Cette augmentation progressive des associations entre certains éléments particuliers de l'environnement et l'effet du produit est appelée la **sensibilisation comportementale** et serait liée à la libération de la dopamine.

La dépendance à une drogue peut s'expliquer si la drogue active artificiellement cette chaîne de signifiants : la drogue, en activant la libération de dopamine, reproduit les signaux qui informent le sujet de l'existence d'une récompense qu'il se met en capacité d'obtenir. Cette hypothèse est renforcée par l'observation que si expérimentalement on empêche la dopamine de se fixer à ses récepteurs en injectant des substances antagonistes qui bloquent son action, on observe une réduction des comportements orientés vers la recherche du plaisir (les animaux ainsi traités perdaient par exemple toute envie de manger).

**Christian Lüsche**, professeur de neurosciences fondamentales à l'Université de Genève résume la situation ainsi : « Lorsque l'on consomme une substance addictive, la dopamine est libérée en excès, ce qui crée un signal d'apprentissage inapproprié que la personne ne contrôle plus. On peut donc dire que l'addiction est la face obscure de l'apprentissage ».

## II-5. L'addiction : une dérégulation du circuit de prise de décisions

La perte de contrôle observée lors d'une addiction résulte de la rupture de l'équilibre existant naturellement en l'absence de prise de drogue, entre quatre circuits, dont le fonctionnement coordonné aboutit aux actions adaptées à la situation émotionnelle et aux besoins du moment :

- le circuit de la récompense (reward) qui associe une valeur au besoin ;
- le circuit de la motivation (la saillance) qui régule la quantité de temps, d'énergie et de risques qu'un individu est prêt à consacrer ou accepter pour atteindre un objectif particulier ;
- les voies de la mémoire et des habitudes conditionnelles qui mettent en jeu les associations apprises ;
- le contrôle par le cortex préfrontal, intellectuel et exécutif qui permet de résoudre les conflits.

Tous ces circuits sont interconnectés : ainsi la décision d'entreprendre une action (cortex préfrontal) tient compte de l'importance de la motivation pour cette action, qui est fonction de sa valeur de récompense (circuit de la récompense et de la motivation) qui est elle-même liée au souvenir du plaisir qu'elle a entraîné précédemment (voies de la mémoire et des habitudes conditionnelles).

**Dans le cerveau d'un individu non addict**, le cortex préfrontal a la capacité d'inhiber les comportements impulsifs, en fonction du contexte et du désir anticipé et mémorisé.

**En cas d'addiction**, on assiste à une augmentation de la motivation à se procurer un produit en raison :

- du renforcement de sa valeur,
- d'une survalorisation du besoin

– d'un renforcement du rôle des circuits de mémoire (mémoire exacerbée du plaisir impliquant l'hippocampe)
– d'une déconnexion au moins partielle du circuit de contrôle inhibiteur exercé par le cortex préfrontal (Fig. 9).

Ainsi le cerveau devient hypersensible à la drogue et aux stimuli environnementaux qui lui sont associés, et accorde beaucoup moins d'importance aux autres intérêts, objectifs et motivations devenus secondaires par rapport au besoin obsédant du produit. Le contrôle « raisonnable » n'arrive plus à s'exercer et à contrebalancer le sentiment de besoin majeur exigeant une action immédiate du cortex préfrontal pour le satisfaire.

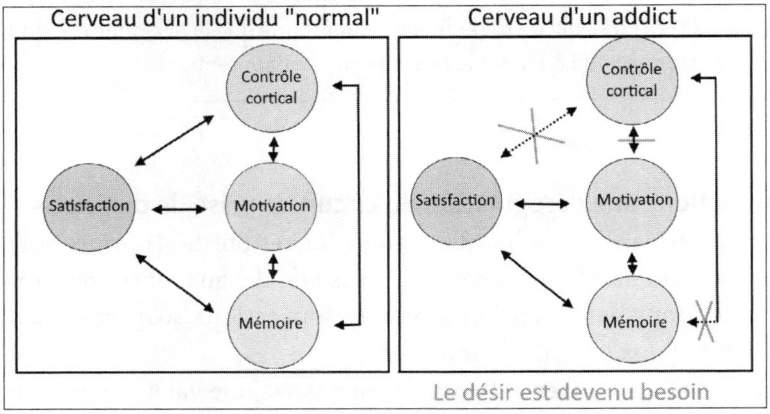


Figure 9. Perte du contrôle cortical chez les personnes souffrant d'une addiction.

# Je me perfectionne

## (1) Comment visualiser les zones constituant le circuit de récompense ?

L'IRM fonctionnelle permet de visualiser les zones du cerveau qui composent le système de récompense : ce sont les zones cérébrales qui sont activées lorsqu'un stimulus agréable est présenté ou appliqué au sujet (par exemple, regarder une image érotique ou recevoir une récompense monétaire) (Fig. 10).

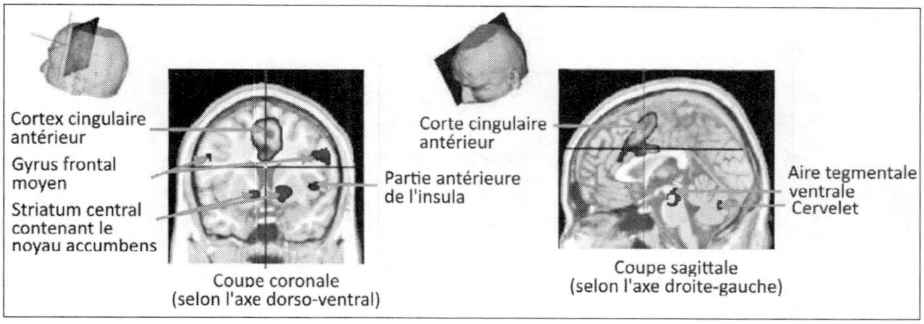


Figure 10. Voies communes du système de récompense : zones du circuit de la récompense traitant indifféremment tous les types de récompenses quelle qu'en soit la nature (G. Sescousse, J. Redouté, J.C. Dreher, logiciel Eduanatomist).

→ **Remarque** : le cerveau est une structure à explorer en trois dimensions ; aucune coupe ne passe par l'ensemble des zones les plus activées lors de la stimulation.

## (2) Les effets de l'ecstasy

L'effet à la fois stimulant et hallucinogène de l'ecstasy (une drogue synthétique aussi appelée MDMA), lui vient de sa structure moléculaire proche de celle des amphétamines et du LSD. Comme les amphétamines ou la cocaïne, l'ecstasy bloque les pompes à recapture de certains neurotransmetteurs. L'ecstasy agit principalement sur les neurones sérotinérgiques, augmentant ainsi la présence de sérotonine dans la fente synaptique et son effet sur les récepteurs des neurones post-synaptiques.

On assiste donc dans un premier temps à une libération accrue de sérotonine par les neurones sérotoninergiques. L'individu peut alors ressentir un regain d'énergie, une euphorie et la suppression de certains blocages ou interdits dans les relations avec les autres.

Quelques heures après, on assiste à une diminution de la sécrétion de sérotonine dans la fente synaptique. Les vésicules n'étant plus réalimentées en sérotonine s'appauvrissent en sérotonine : il y a de moins en moins de sérotonine libérée. Cette réduction peut être beaucoup plus prolongée que celle de l'augmentation initiale de sérotonine d'où une sensation de manque (Fig. 11).

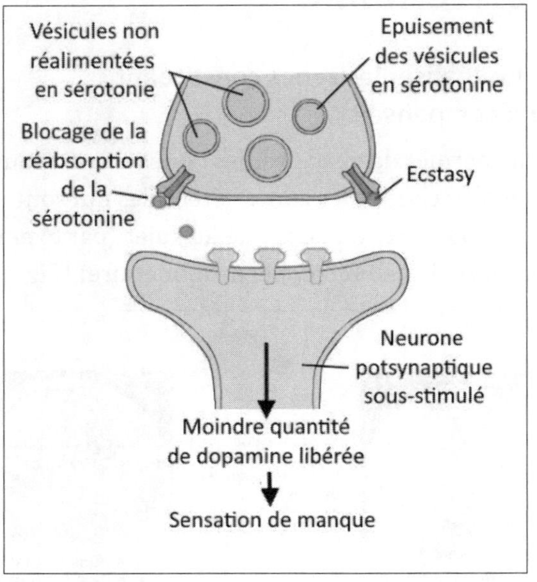


Figure 11. Les effets de l'ecstasy.

# Je m'exerce et je fais la différence

## Entraînement

### Exercice 1

*Bac, sujet ES, enseignement scientifique, session 2011, Amérique du Nord*

Le cannabis déclenche des effets comparables à ceux des autres drogues.

**Document 1 : libération de dopamine**

La THC est la substance active présente dans le cannabis. L'héroïne est une drogue provoquant une addiction très importante chez l'homme et le rat.

La production de dopamine (en unités arbitraires u.a.) a été étudiée chez des rats dans le noyau accumbens, une région du cerveau impliquée dans le circuit de la récompense, après une injection de THC (0,15 mg/kg) ou d'héroïne (0,018 mg/kg). Les doses utilisées provoquent un comportement addictif chez le rat. La Naxolone est une molécule antagoniste, bloquant les récepteurs opioïdes.

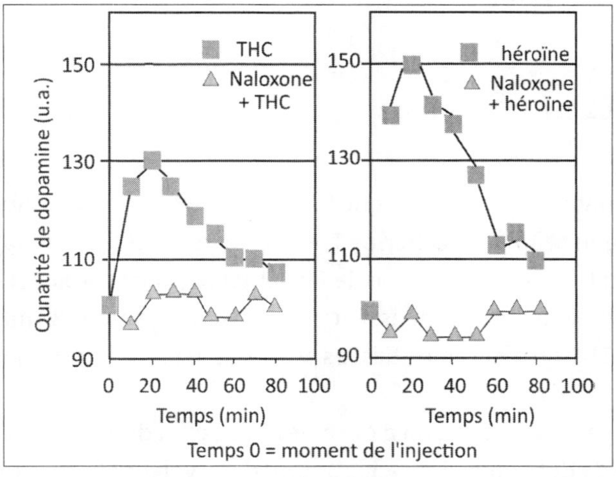


Figure 12. Production de dopamine chez des rats après une injection de THC ou d'héroïne.

*D'après Tanda et al, Science-276-juin 1997*

Document 2: **libération de corticolibérine**

« Au début des années 1990, deux neuropharmacologues ont observé que le sevrage de nombreuses drogues provoque une humeur anxieuse et négative analogue à la réponse émotionnelle au stress. Cela les a conduits à penser que les systèmes mis en jeu par le stress dans le cerveau jouaient probablement un rôle dans la dépendance aux drogues. Le sevrage et le stress devaient recruter les mêmes structures et médiateurs cérébraux. Le lien entre le stress émotionnel et la libération de corticolibérine (CRF) dans une structure cérébrale appelée amygdale avait déjà été mis en évidence. Ils ont donc pensé que le sevrage pouvait lui aussi déclencher une libération de CRF. Les signes émotionnels du sevrage de l'alcool, des opiacés, ou de la cocaïne s'accompagnent effectivement d'une élévation du CRF.

Des scientifiques ont cherché à savoir si le malaise et le stress ressentis lors de l'arrêt du cannabis par les consommateurs de longue date étaient également attribuables au CRF. Lorsque les chercheurs ont mesuré les taux de CRF dans l'amygdale des rats, ils ont constaté qu'ils étaient deux à trois fois plus élevés chez les animaux en syndrome de sevrage que chez les témoins. En plus, il y a un parallélisme entre cette augmentation de CRF et les niveaux apparents d'anxiété et de stress. Selon les experts, ces résultats fournissent les premiers arguments neurochimiques en faveur de l'existence d'un syndrome de sevrage du cannabis, ce syndrome comportant, comme pour d'autres drogues, une forte composante émotionnelle. »

*D'après La recherche, Le cannabis, une drogue comme les autres ? http://www.larecherche.fr*

**Question :** À partir de l'exploitation des documents, retrouver les arguments qui montrent que le cannabis déclenche des effets comparables à ceux des autres drogues.

## Correction

- **Exercice 1**

**Informations tirées du document 1 :** la quantité de dopamine libérée augmente très rapidement après injection de THC ou d'héroïne ; 30 minutes après l'injection, l'augmentation est de 130 % pour le THC et 150 % pour l'héroïne ; l'effet s'estompe progressivement ensuite, mais reste encore sensible après 80 minutes.

Les doses THC ou d'héroïne utilisées provoquent un comportement addictif chez le rat.

En présence de Naloxone, on n'observe plus d'effet du THC ou de l'héroïne sur la libération de dopamine qui oscille autour de sa valeur normale (en dehors d'une injection de THC, héroïne ou Naloxone).

La Naxolone est une molécule antagoniste, bloquant les récepteurs opioïdes.

**Mise en relation des informations :** on peut émettre l'hypothèse que l'addiction est liée à l'augmentation de la sécrétion de dopamine dans le noyau accumbens sous l'effet du THC ou de l'héroïne, et que ces deux molécules se fixent sur le même récepteur : le récepteur aux opioïdes ; On peut émettre l'hypothèse que le Naloxone bloque l'action stimulante du THC ou de l'héroïne sur la production de dopamine, en prenant leur place sur les récepteurs opioïdes des cellules du noyau accumbens (inhibition compétitive).

**Informations tirées de document 2 :** le sevrage de nombreuses drogues provoque une humeur anxieuse et négative analogue à la réponse émotionnelle au stress ; la corticolibérine (CRF) est libérée par une structure cérébrale appelée amygdale ; cette libération est deux à trois fois plus élevée chez les animaux en syndrome de sevrage que chez les témoins ; il y a un parallélisme entre cette augmentation de CRF et les niveaux apparents d'anxiété et de stress en situation de sevrage.

**Mise en relation des informations :** on peut émettre l'hypothèse que le syndrome de sevrage est lié à la production par l'amygdale des rats de CRF.

**Synthèse :** les drogues comme l'héroïne ont un effet euphorisant lié à l'augmentation de la libération de dopamine au niveau du noyau accumbens, une région du cerveau impliquée dans le circuit de la récompense ; elles peuvent également induire une addiction très importante chez l'homme.

La prise de cannabis a les mêmes effets :

- les THC contenu dans le cannabis se fixe sur les mêmes récepteurs aux opiacées des cellules du noyau accumbens que l'héroïne et déclenche les mêmes effets : l'augmentation de la libération de dopamine. Cette libération accrue de dopamine dans le circuit de la récompense est à l'origine de l'effet euphorisant ;
- comme pour l'héroïne, la prise cannabis engendre comportement addictif (= dépendance) ;
- comme l'héroïne, on observe que le sevrage au cannabis s'accompagne de manifestations comparables à celles associées au stress (humeur anxieuse et négative) ;
- comme pour l'héroïne ces manifestations sont liées à la libération de corticolibérine (CRF) par une structure cérébrale appelée amygdale.
- Le cannabis déclenche donc bien des effets comparables à ceux des autres drogues.

Chapitre F-1

# La cellule musculaire : une structure spécialisée permettant son propre raccourcissement

# Je révise et je me perfectionne

## I. L'organisation du muscle strié squelettique

### I-1. Définition

Il existe trois types de muscles : le muscle squelettique, le muscle strié cardiaque (myocarde) et le muscle lisse ou viscéral.
Les muscles striés squelettiques ont pour fonction d'assurer la motricité du corps, en permettant de faire bouger le squelette. Ils sont à motricité volontaire, c'est-à-dire sous contrôle volontaire par le système nerveux central.
Les muscles striés squelettiques représentent pour un homme environ 40 % du poids corporel, soit 30 kg chez un individu de 80 kg. Chez les vertébrés, la masse musculaire est variable et sa répartition dans le corps est dépendante des adaptations de l'animal à son milieu.
Le corps humain possède plus de 600 muscles, tous composés de tissu musculaire strié (Fig. 1).

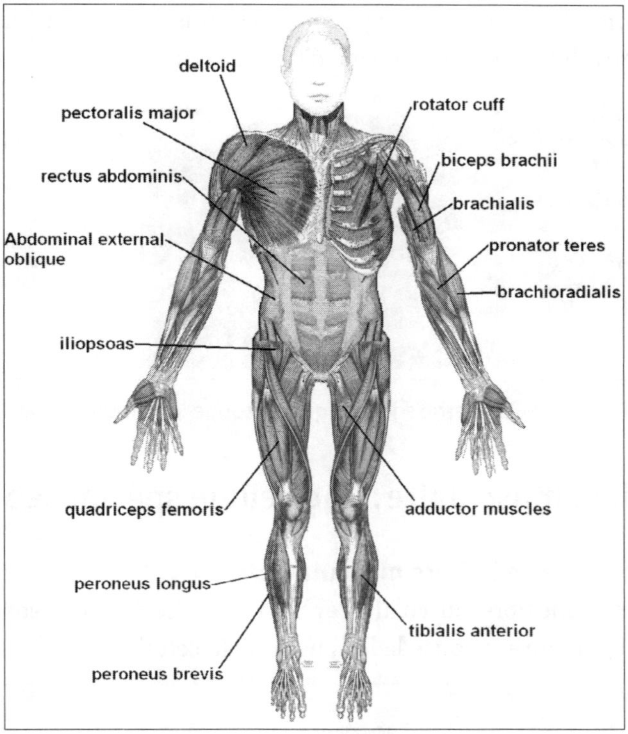


Figure 1. Le corps humain comprend environ 600 muscles (d'après Häggström, Mikael).

### I-2. Organisation d'un muscle

Chaque muscle comprend des vaisseaux sanguins, des nerfs, des organes sensoriels, du tissu conjonctif commun, et des cellules musculaires (Fig. 2).

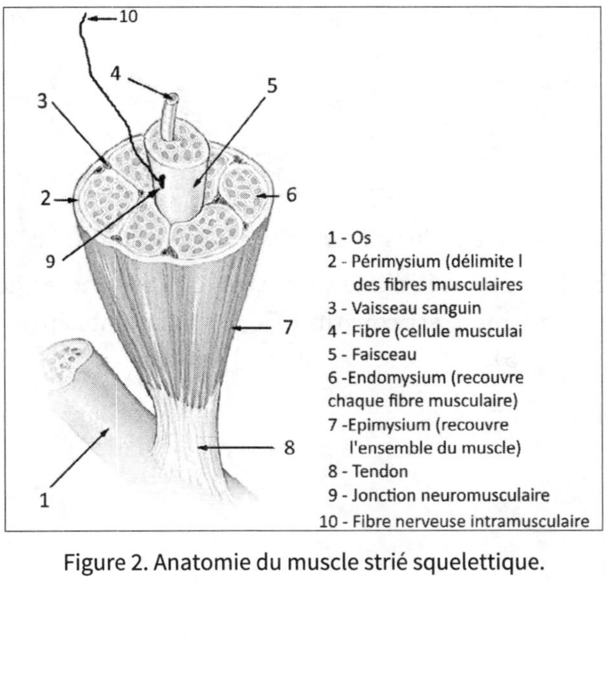


Figure 2. Anatomie du muscle strié squelettique.

En microscopie photonique (ou optique), les muscles présentent une double striation longitudinale et transversale d'où leur nom (Fig. 3).

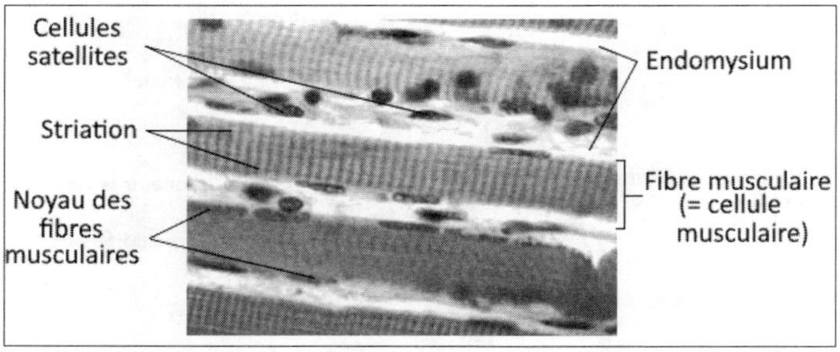


Figure 3. Muscle strié squelettique en coupe longitudinale (MO).

# II. La cellule musculaire : une cellule spécialisée

## II-1. Ultrastructure de la fibre musculaire

L'ultrastructure d'une fibre musculaire révèle la présence de nombreuses myofibrilles parallèles, qui parcourent toute la longueur de la cellule (Fig. 4).

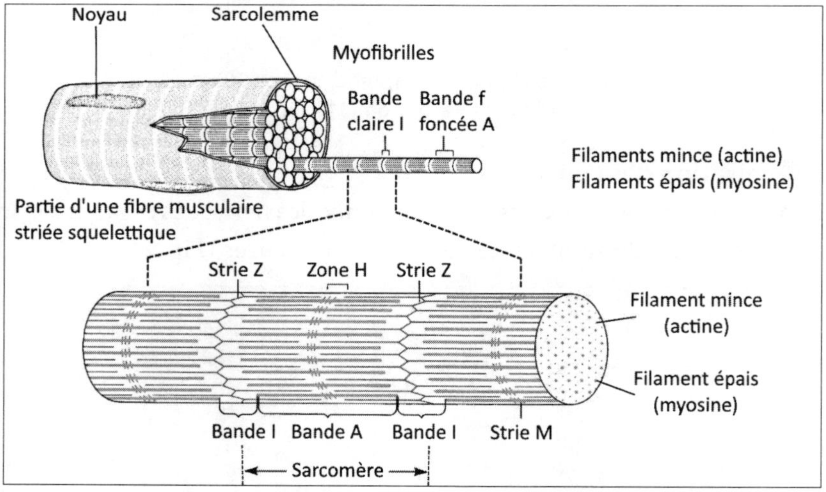


Figure 4. Ultrastructure d'une fibre musculaire.

Chaque myofibrille est formée d'une succession de **sarcomères** délimités par les stries Z. Chaque sarcomère est constitué de myofilaments épais de **myosine** et minces d'**actine** (Fig. 5).

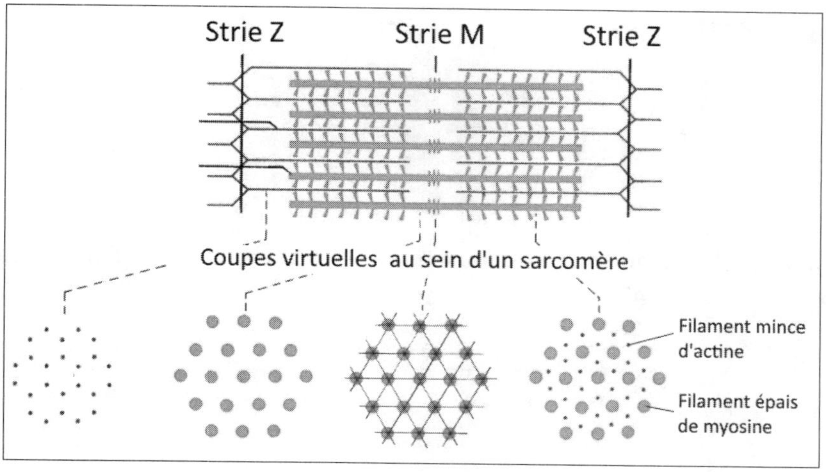


Figure 5. Représentation schématique d'un sarcomère.

Les bandes I ne renferment que des filaments d'actine, alors que les bandes A renferment à la fois des filaments d'actine et de myosine sauf au niveau de la strie M où ne sont présents que les filaments de myosine.

## II-2. Les myofibrilles sont composées de myofilaments

- **Les myofilaments fins (Fig. 6) sont formés :**

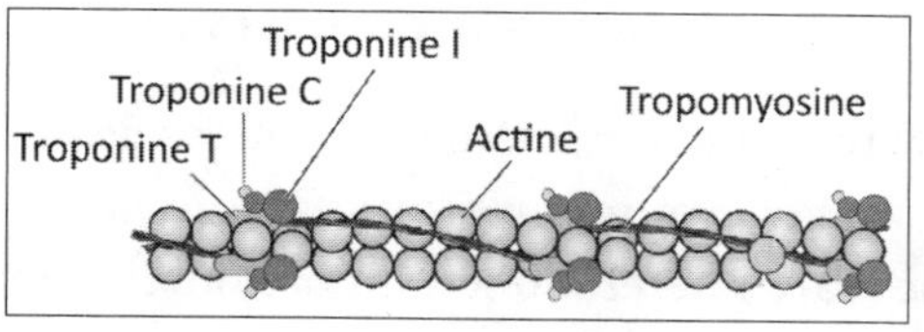


Figure 6. Myofilament d'actine.

– des molécules d'actine polymérisées (protéines globulaires) qui s'associent en collier de perles (actine G).
– des molécules de tropomyosine qui s'enroule autour de l'axe longitudinal formé par les molécules d'actine.
– des molécules de troponine sur l'actine : la troponine i (inhibitrice) qui masque au repos le site d'interaction actine/myosine ; la troponine C qui fixe le $Ca^{2+}$ ; la troponine T qui se lie à la tropomyosine.

- **Les myofilaments épais**

Ce sont des sssemblages d'environ 300 molécules de myosine. Les têtes des molécules de myosine émergent régulièrement le long des myofilaments épais selon une disposition hélicoïdale (Fig. 7).

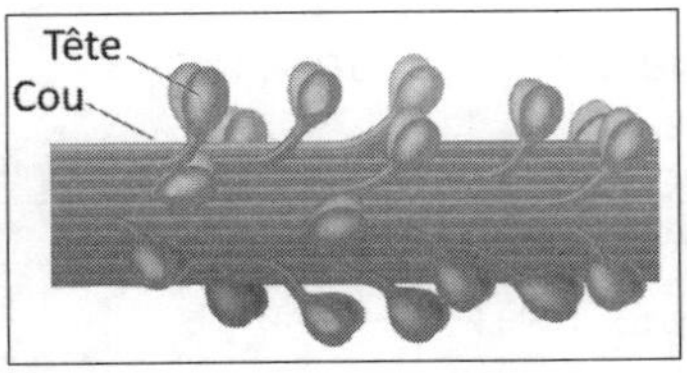


Figure 7. Filament épais de myosine.

La myosine est une molécule à « double tête » présentant un site de liaison à l'actine et un site à activité ATPase qui est actine dépendante (Fig. 8).

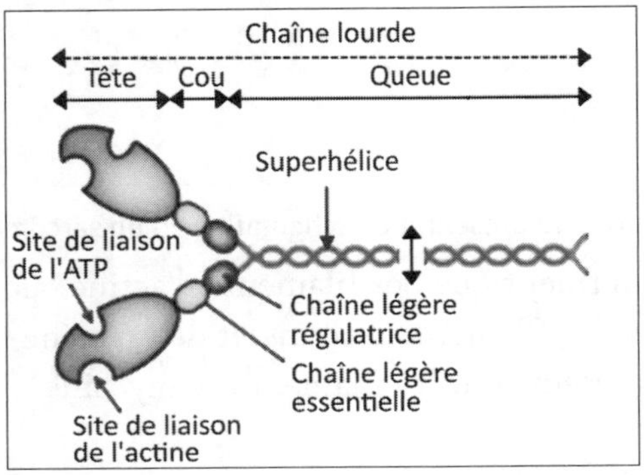


Figure 8. Schématisation de la molécule de myosine.

## II-3. Raccourcissement de la fibre musculaire et contraction musculaire

- **La contraction correspond à un raccourcissement des sarcomères**

Les observations au MET montrent que la contraction correspond à un raccourcissement des sarcomères, donc à un raccourcissement des myofibrilles, c'est-à-dire de l'ensemble de la cellule (Fig. 9).

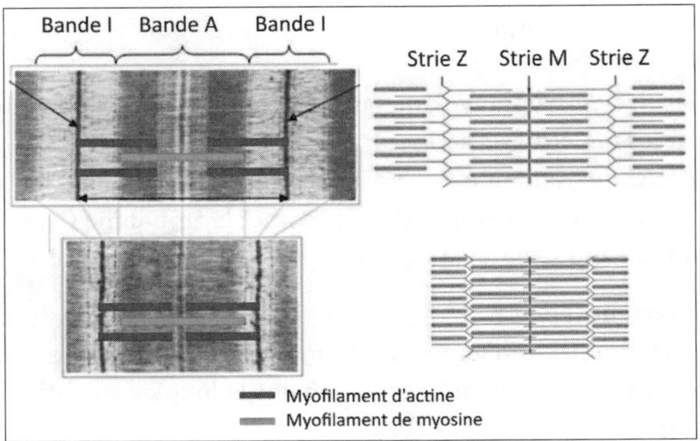


Figure 9. Sarcomère relâché et contracté (observation en MET et interprétation).

La contraction ne s'accompagne pas du raccourcissement de la bande A du sarcomère ce qui indique que les myofilaments épais ne se contractent pas. En revanche, les demi-bandes I de chaque sarcomère diminuent de longueur. Le document montre que cela ne résulte pas d'une contraction des filaments fins d'actine mais d'un **coulissage** des filaments fins par rapport aux filaments épais. Ce phénomène se produisant simultanément pour tous les sarcomères de la cellule, il en résulte un raccourcissement global de la cellule musculaire selon l'axe longitudinal.

**Le raccourcissement est lié à la déformation des têtes de la molécule de myosine (Fig. 10).**

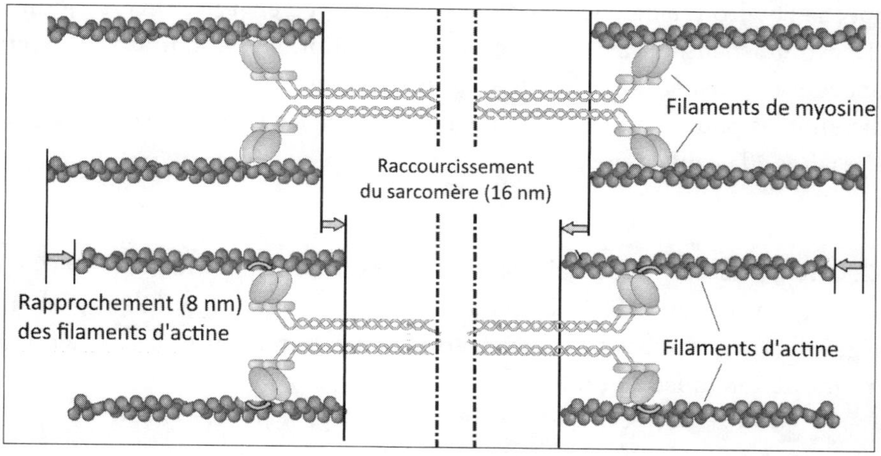


Figure 10. Le raccourcissement du sarcomère est lié au pivotement des têtes de myosine.

Les myofibrilles sont reliées à la membrane plasmique des fibres musculaires.

## III. La contraction musculaire nécessite des ions calcium et l'utilisation d'ATP comme source d'énergie

### III-1. Étude d'une expérience

Des myofibrilles, éléments contractiles des fibres musculaires, sont isolées. On mesure la force de contraction de ces myofibrilles dans deux situations expérimentales (Fig. 11) :

- après l'ajout successif d'ATP puis de salyrgan (qui est un poison qui bloque l'utilisation de l'ATP) ;
- après l'ajout successif d'ATP puis d'un chélateur des ions $Ca^{2+}$ (substance qui fixe les ions $Ca^{2+}$ bloquant ainsi leur action).

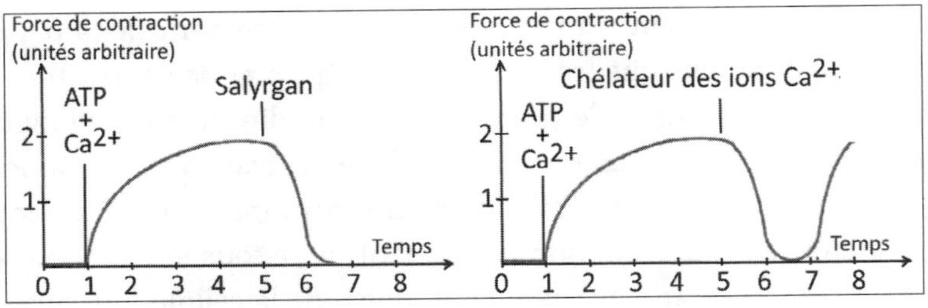


Figure 11. Effet du Salyrgan ou d'un chélateur des ions calcium sur la contraction musculaire.

La mesure de la tension d'une myofibrille, montre que l'ajout d'ATP provoque sa contraction. En présence de Salyrgan, la contraction est inhibée. Le Salyrgan empêche l'hydrolyse de l'ATP et donc la libération d'énergie. On en déduit que l'ATP est indispensable à la contraction des myofibrilles et donc à la contraction musculaire. L'utilisation d'un chélateur des ions $Ca^{2+}$ qui rend les ions $Ca^{2+}$ indisponibles pour d'autres réactions montre que les ions $Ca^{2+}$ sont également nécessaires à la contraction.

## III-2. Origine du $Ca^{2+}$ nécessaire à la contraction musculaire

Sur la figure suivante (Fig. 12) est schématisée la succession d'événements à l'origine de l'augmentation de la concentration intracellulaire en $Ca^{2+}$ nécessaire à la contraction musculaire.

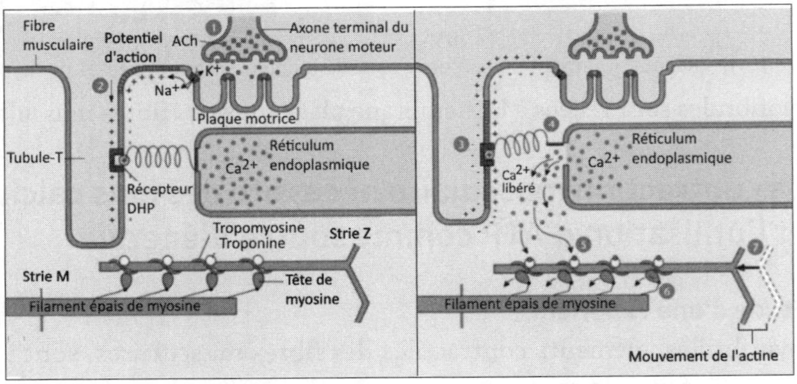


Figure 12. Les potentiels d'action musculaires à l'origine de l'augmentation de la concentration du hyaloplasme en $Ca^{2+}$.

(1 et 2) Le potentiel d'action (dépolarisation membranaire), se propage le long des tubules transverses du sarcolemme (Tubule-T).

(3) Le potentiel d'action parvient à proximité des citernes du réticulum endoplasmique.

(4) La dépolarisation de la membrane permet l'ouverture des canaux $Ca^{2+}$ contenus dans leur membrane. L'ouverture des canaux $Ca^{2+}$ permet le relargage

du $Ca^{2+}$ contenu dans le réticulum endoplasmique dans le sarcoplasme de la fibre musculaire. La concentration intracellulaire en $Ca^{2+}$ est multipliée par 1 000 (elle passe de 0,01 µm/l au repos à 10 µm/l).

### III-3. L'hydrolyse de l'ATP et la libération de l'énergie nécessaire au raccourcissement des sarcomères

L'élévation de la concentration intracellulaire de la fibre musculaire en $Ca^{2+}$ va permettre l'hydrolyse de l'ATP et la libération de l'énergie nécessaire à la contraction du sarcomère (les chiffres entre parenthèse font référence à la figure 12).

(5) Le $Ca^{2+}$ intracellulaire se fixe sur le site spécifique de la troponine C. Cette fixation modifie la conformation de la molécule de tropomyosine, ce qui rend accessible, sur la molécule d'actine, les sites de fixation spécifiques des molécules de myosine.

(6) Les têtes globulaires myosines se fixent alors sur les molécules d'actine. Dans le même temps, la fixation du $Ca^{2+}$ sur la troponine C déclenche l'activité ATPasique de la tête de myosine et donc l'hydrolyse de l'ATP en ADP et phosphate inorganique (cette hydrolyse est $Mg^{2+}$ dépendante). La scission libère l'énergie nécessaire à la formation d'un complexe Actine-Myosine-ADP-Pi (A-M-ADP-Pi).

(7) Le Pi puis l'ADP se détachent de ce complexe, ce qui permet le pivotement des têtes de myosine, et donc un glissement des filaments d'actine sur les filaments de myosine. La traction au niveau des deux extrémités d'un filament épais de myosine s'effectue en sens opposé : un seul cycle de glissement raccourcit le sarcomère de $2 \times 8$ nm (1 %).

Le complexe actine-myosine (A-M) reste stable (« complexe de rigidité ») et seule la présence d'une nouvelle molécule d'ATP permet la rupture de la liaison entre l'actine et la myosine, le redressement des têtes de myosine et la formation d'un nouveau complexe myosine-ATP.

En l'absence de nouveaux potentiels d'action musculaires, les canaux calciques du réticulum endoplasmique se ferment et le calcium cytosolique est transporté activement vers les citernes réticulaires. Le $Ca^{2+}$ se libère de la troponine. La tropomyosine reprend sa position pour bloquer le site de fixation avec la myosine. La fibre se relâche et le muscle se décontracte.

(1) La recapture du calcium cytosolique

Plus le nombre de cycles est grand (nombre contrôlé par la fréquence des potentiels d'action émis par le motoneurone alpha), plus le raccourcissement est important : une secousse musculaire peut entraîner jusqu'à 50 % de raccourcissement du muscle.

(2) Le cycle de la contraction musculaire au niveau moléculaire

# IV. La dégénérescence musculaire à l'origine de certaines myopathies

Les myopathies sont des maladies neuromusculaires qui touchent directement le muscle.

## IV-1. Les myopathies, des maladies du muscle

Les myopathies sont des maladies du muscle proprement dit. Il en existe différentes formes selon les manifestations et les mécanismes de l'atteinte musculaire :

- dans les myopathies congénitales, c'est la structure de la fibre musculaire qui est touchée ;
- dans les myopathies métaboliques, les processus chimiques qui permettent à la cellule musculaire d'assurer sa fonction sont perturbés ;
- dans les dystrophies musculaires (dystrophie musculaire de Duchenne, dystrophie musculaire de Becker, myopathie facio-scapulo-humérale, dystrophies musculaires des ceintures…) on observe au microscope, des cellules musculaires en dégénérescence et d'autres en régénération (contrebalançant, jusqu'à un certain point, la perte cellulaire) ;
- dans les myopathies inflammatoires, certains constituants du muscle sont l'objet d'une réaction immunitaire (réaction auto-immune) ;
- dans d'autres cas plus rares, l'inflammation musculaire est due à des médicaments ou à des agents infectieux.

## IV-2. Dystrophies et myopathie musculaires, des maladies ayant pour origine une dégénérescence des fibres musculaires

- **La dystrophine, une molécule essentielle à la solidité de la fibre musculaire**

La **dystrophine** est une molécule allongée en bâtons localisée sous la membrane cytoplasmique de la fibre musculaire. Par l'une de ses deux extrémités, elle est associée à un complexe protéique, le complexe DAP qui traverse la membrane de la fibre musculaire et qui est relié, à l'extérieur, à la matrice extracellulaire. L'autre extrémité de la dystrophine est liée à l'actine des myofilaments fins. En interagissant avec des protéines de la cellule musculaire, la dystrophine contribue à sa **solidité** et à **l'intégrité** de l'ensemble du tissu musculaire (Fig. 13).

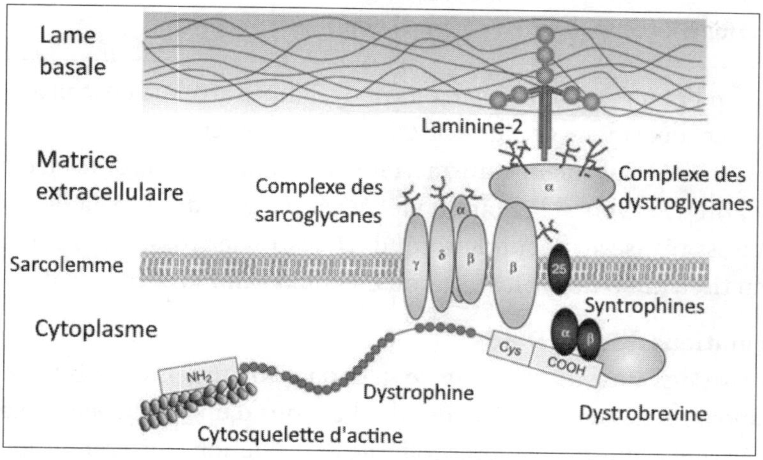


Figure 13. La dystrophine assure la liaison entre le cytosquelette d'actine et la membrane de la fibre musculaire.

- **La dystrophine est à l'origine de différentes dystrophies (ou myopathies)**

L'absence de dystrophine pour la **dystrophie de Duchenne**, son déficit partiel ou la réduction de sa taille pour la **dystrophie de Becker** déstabilisent le complexe DAP et fragilisent la membrane des fibres/cellules musculaire qui s'abîment plus facilement au cours des cycles contraction/relaxation et finissent par se nécroser. Parallèlement à cette nécrose, il existe une régénération des fibres musculaires à partir de cellules-souches (les cellules satellites) du muscle, mais ce processus est vite débordé et la dégénérescence finit par l'emporter.

Les biopsies du muscle montrent la présence de tissu nécrosé remplacé par du tissu adipeux ou fibreux et de zone de régénération de fibres musculaires. Un phénomène d'inflammation accompagne la dégénérescence du muscle. L'atteinte des muscles squelettiques entraîne une altération de la force musculaire.

Le muscle cardiaque est atteint ainsi que les muscles commandant la ventilation pulmonaire. Peu à peu le fonctionnement cardiaque et la respiration sont altérés.

- **L'origine des dystrophies**

La dystrophie musculaire est une maladie d'**origine génétique** qui touche l'ensemble des muscles de l'organisme (muscles squelettiques, muscle cardiaque et certains muscles lisses) : c'est une myopathie. C'est une maladie dite rare.

Le **gène DMD** responsable de la maladie est situé sur le chromosome X, ce qui a pour conséquence que **99,9 % des malades sont des garçons**. Il code pour la synthèse de la dystrophine. Il existe plusieurs mutations récessives de ce gène. Les femmes peuvent être porteuses d'une mutation affectant ce gène, mais comme elles possèdent deux chromosomes X et que la mutation est récessive, elles ne développeront la maladie que si elles possèdent deux allèles mutés du gène DMD.

La dystrophie (ou myopathie) est une maladie génétique à transmission dite « **récessive liée au chromosome** X ».

Il y aurait en France, 100 à 150 garçons nouveau-nés atteints de la myopathie de Duchenne chaque année et plus de 3 000 personnes atteintes.
Les parents potentiellement transmetteurs peuvent avoir recours au diagnostic prénatal afin de savoir si l'enfant à naître est porteur de la maladie. L'examen génétique est réalisé au début du second trimestre de grossesse, à partir d'ADN extrait du tissu qui entoure le fœtus ou du liquide amniotique.

- **Les mutations du gène DMD**

La majorité des mutations sont de grands réarrangements intergéniques correspondant à des délétions ou des duplications d'un ou plusieurs exons.

- Les délétions sont majoritaires (plus de 260 délétions différentes identifiées dans la cohorte des patients français).
- Les duplications sont retrouvées plus fréquemment en début du gène, la duplication isolée de l'exon 2 étant la plus fréquente.
- Des réarrangements complexes impliquant des duplications et des délétions et dans certains cas, des triplications.

L'impact direct d'une mutation pathogène du gène DMD sur la dystrophine peut être quantitatif avec disparition ou diminution de cette protéine ou qualitatif entrainant une fonction ou localisation aberrantes. L'étude de la biopsie musculaire permet de cibler efficacement l'analyse moléculaire (Fig. 14).

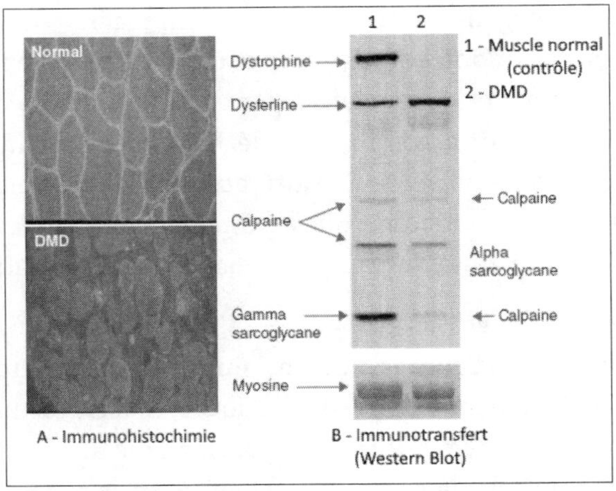


Figure 14. Étude des protéines à partir de la biopsie musculaire (d'après Aspects génétiques et moléculaires des dystrophinopathies, Leturcq, S. Tuffery-Giraud).

Sur cette biopsie, le patient DMD montre une absence de dystrophine (et une diminution de la Gamma sarcoglycane).

(3) Thérapie génique : la micro-dystrophine restaure la force musculaire dans la myopathie de Duchenne

# Je me perfectionne

## (1) La recapture du calcium cytosolique

Le réticulum sarcoplasmique repompe le $Ca^{2+}$ en utilisant une $Ca^{2+}$-ATPase : 1 ATP pour 2 ions qui entrent dans le réticulum sarcoplasmique. La concentration en $Ca^{2+}$ cytosolique chute. Le réticulum sarcoplasmique contient une glycoprotéine : la calsequestrine qui fixe le calcium libre dans la citerne, ce qui favorise son accumulation. Les mitochondries peuvent aussi capturer le $Ca^{2+}$ cytosolique via une pompe à $Ca^{2+}$.

## (2) Le cycle de la contraction musculaire au niveau moléculaire

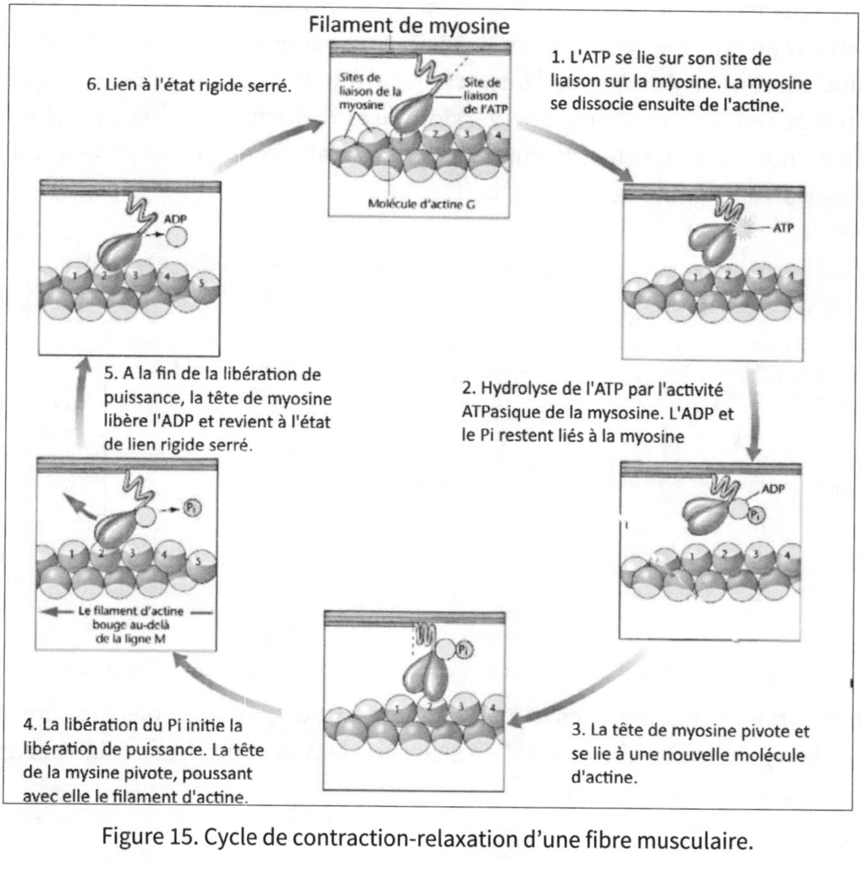


Figure 15. Cycle de contraction-relaxation d'une fibre musculaire.

### (3) Thérapie génique : la micro-dystrophine restaure la force musculaire dans la myopathie de Duchenne (d'après https://www.inserm.fr/information-en-sante/dossiers-information/myopathie-de-duchenne)

La myopathie de Duchenne est une maladie génétique liée à des anomalies du gène DMD, responsable de la production de la dystrophine, une protéine essentielle au bon fonctionnement du muscle. Ce gène a la caractéristique d'être l'un des plus grands de notre génome (2,3 millions de paires de bases dont plus de 11 000 sont codantes). Du fait de cette taille, il est techniquement impossible d'insérer l'ADN complet de la dystrophine dans un vecteur viral (ni même les seules 11 000 paires de bases codantes), comme cela est habituellement fait pour la thérapie génique. Le saut d'exon est une nouvelle piste thérapeutique prometteuse. Cette technique de « chirurgie du gène » consiste, en associant un vecteur viral de type AAV et une version raccourcie du gène de la dystrophine (environ 4 000 paires de bases), à amener la cellule à produire une version de la dystrophine plus courte que la protéine normale mais fonctionnelle, en « sautant » la partie du gène qui porte la mutation à l'origine de la maladie (Fig. 16).

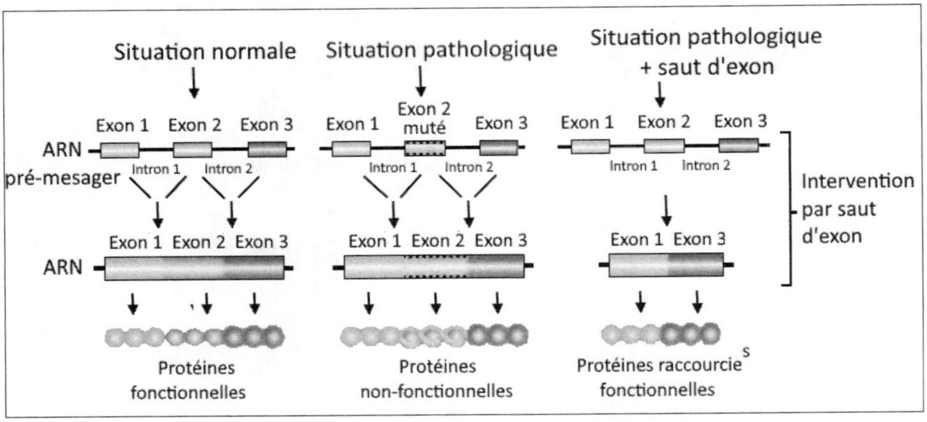


Figure 16. Le saut d'exon est une nouvelle piste thérapeutique prometteuse.

Pour y parvenir, les chercheurs mettent au point de petites molécules qui vont cacher la région mutée du gène MDM aux yeux de la machinerie cellulaire chargée de la production des protéines.

# Je m'exerce et je fais la différence

## Entraînement

**Exercice 1 : résoudre un problème scientifique**

*Bac S, sujet de SVT, session 2009, Amérique du Sud, partie 2.2 enseignement de spécialité (5 points)*

On distingue dans les muscles deux types de fibres (type I et type II) se caractérisant par des performances mécaniques différentes.

**À partir des données tirées de l'analyse des documents 1, 2 et 3 mises en relation avec vos connaissances, expliquez pourquoi certaines fibres peuvent rester contractées plus longtemps que d'autres.**

---

Document 1 : **résultats de quelques mesures effectuées sur des fibres musculaires**

Des fibres musculaires des deux types sont soumises à des stimulations qui provoquent leur contraction. Ces stimulations sont prolongées pendant une trentaine de secondes.

| Type de fibres | Contraction | Quantité d'ATP dans la cellule en fin de stimulation |
|---|---|---|
| I | Se maintenant toute la durée de la stimulation | Identique à celle de départ |
| II | Diminuant rapidement | Très faible par rapport à celle de départ |

---

Document 2 : **ATP et contraction musculaire**

Des myofibrilles, éléments contractiles des fibres musculaires, sont isolées. On mesure la force de contraction de ces myofibrilles suite à l'ajout successif de deux substances : l'ATP puis le salyrgan qui est un poison qui bloque l'utilisation de l'ATP.

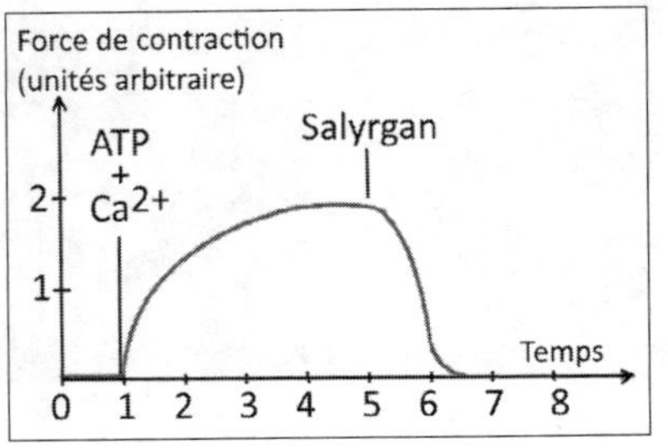


Figure 17. Effet du Salyrgan sur la force de la contraction.

---

## Document 3 : quelques caractéristiques des différents types de fibres

**Document 3a** *coupe transversale de muscle (MO × 260)*

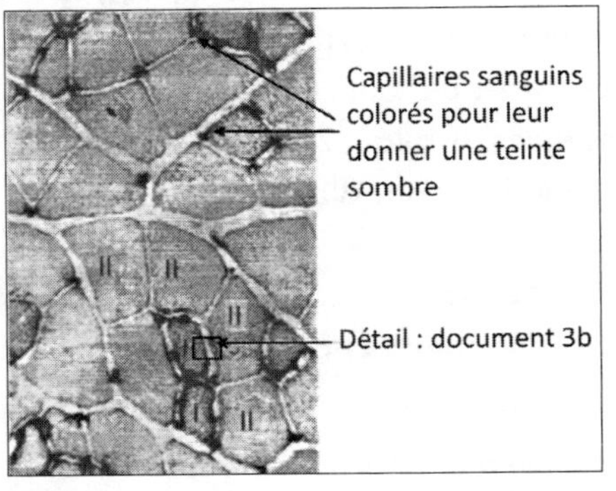


Figure 18. Coupe transversale de muscle (MO × 260).

**Document 3b** *coupe transversale partielle de deux types de fibres (MET × 16 000)*

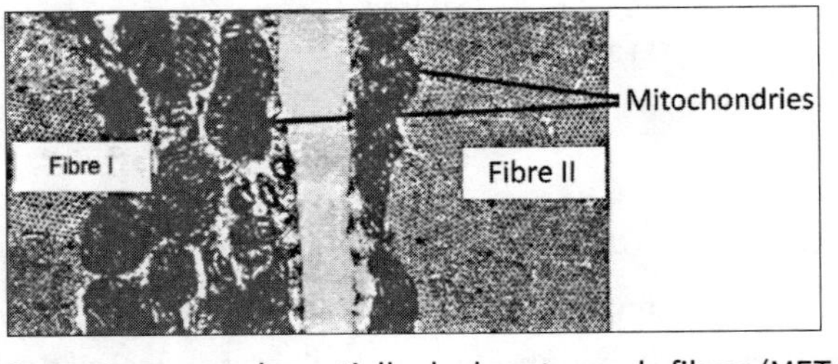


Figure 19. Coupe transversale partielle de deux types de fibres (MET × 16 000).

**Document 3c** *abondance relative en myoglobine des deux types de fibres*

| Type de fibre | Quantité de myoglobine par fibre |
|---|---|
| I | ++++ |
| II | + |

→ **Remarque** : la myoglobine est une protéine musculaire capable de stocker temporairement du dioxygène dans la cellule.

▸ **Exercice 2**

*Bac S, sujet de SVT, session 2007, Polynésie, partie 2.2 enseignement de spécialité (5 points)*

La myopathie de Duchenne est une maladie dégénérative des fibres musculaires. Les garçons atteints de myopathie ne synthétisent pas, ou de façon incorrecte, une protéine musculaire, la dystrophine. Des parents ayant eu un fils malade souhaiteraient savoir si leur enfant à naître présente un risque. Ils consultent un médecin. Celui-ci leur propose un diagnostic prénatal et les informe des progrès réalisés en biotechnologie.

**En utilisant les informations apportées par les documents :**

- **évaluez le risque pour l'enfant à naître d'être atteint de la maladie ;**
- **montrez que les connaissances modernes en génie génétique permettent de diagnostiquer la présence de l'allèle muté responsable de la myopathie de Duchenne et pourraient avoir des applications dans le traitement des maladies génétiques.**

---

Document 1 : **arbre généalogique de cette famille dont un des enfants présente la myopathie de Duchenne**

La myopathie de Duchenne est due à la transmission d'un allèle récessif d'un gène porté par le chromosome X.

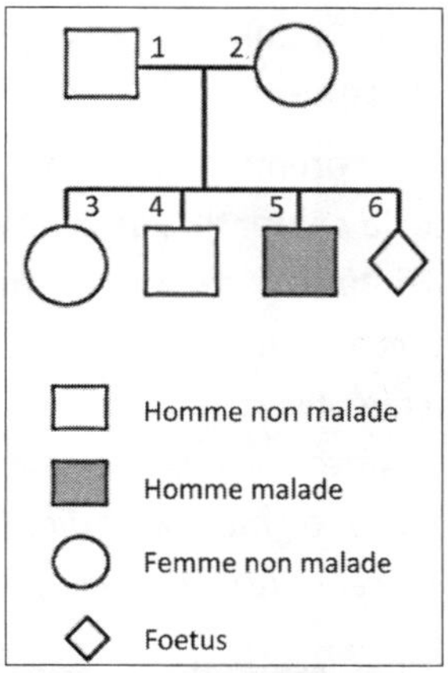


Figure 20. Arbre généalogique.

---

Document 2 : **diagnostic prénatal de la myopathie de Duchenne par analyse familiale de l'ADN génomique**

La technique du Southern permet une analyse du génome à partir de l'étude des différents fragments d'ADN de la famille.

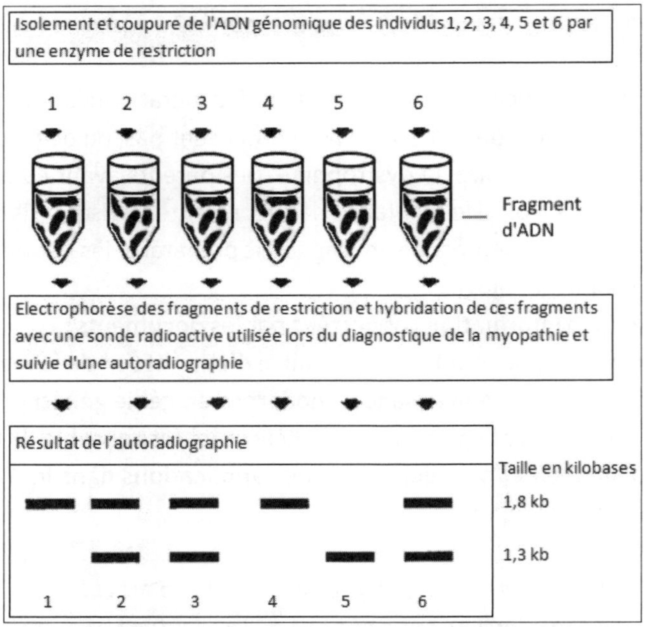


Figure 21. Diagnostic prénatal de la myopathie de Duchenne par analyse familiale de l'ADN génomique.

---

## Document 3 : technique de recombinaison de l'ADN et essai thérapeutique

Une thérapie génique a été pour la première fois pratiquée chez des Souris atteintes de myopathie proche de celle de la myopathie de Duchenne.

Cette technique a consisté à introduire dans l'organisme de l'animal malade un virus vecteur du gène de la dystrophine, inoffensif chez la souris et dans l'espèce humaine.

Les résultats de cette expérience réalisée dans trois groupes de souris et obtenus au bout de 16 à 18 semaines sont donnés ci-dessous :

**Document 3a** *coupes transversales de muscle de diaphragme chez trois Souris et observées au microscope à fluorescence (la fluorescence apparaît en grisé sur la photo)*

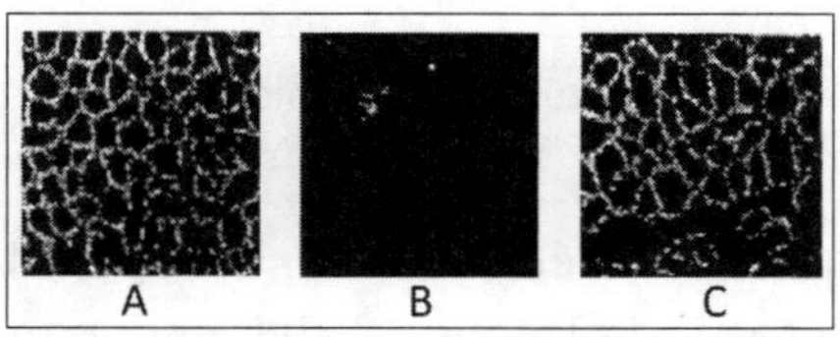


Figure 22. Coupes transversales de muscle de diaphragme chez trois Souris après incubation avec un anticorps fluorescent anti-dystrophine

A : Souris normale

B : Souris myopathe non traitée

C : Souris myopathe traitée par une injection d'un virus vecteur du gène de la dystrophine.

**Document 3b** *durée de vie enregistrée dans les trois groupes de Souris A, B et C*

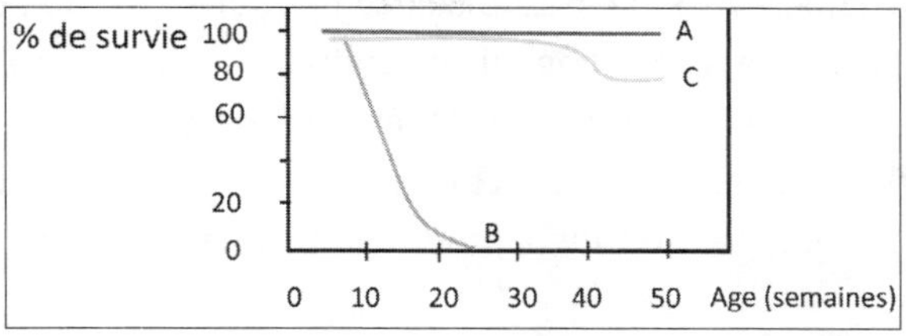


Figure 23. Durée de vie enregistrée dans les trois groupes de Souris A, B et C.

*D'après Gregorevic P. et al. 2006. Nature Médecine*

## Correction

- **Exercice 1**

**Informations tirées du document 1** : les fibres de type I se contractent pendant toute la durée de la stimulation et la quantité d'ATP dans la cellule reste inchangée ; la contraction des fibres de type II cesse rapidement et la quantité d'ATP en fin d'expérience est faible.

**Mise en relation des informations et des connaissances** : dans le cas des fibres de type II on peut émettre l'hypothèse que la contraction consomme de l'ATP et qu'elle cesse dès lors qu'il n'y en a plus dans la cellule. Dans le cas des fibres de type I, on peut émettre deux hypothèses : soit la contraction ne nécessite pas d'ATP, soit l'ATP consommé par la réaction est régénéré au fur et à mesure de sa consommation. Les résultats obtenus pour les fibres de type II laissent à penser que cette seconde hypothèse est la bonne.

**Informations tirées du document 2** : la contraction de la myofibrille est déclenchée par l'apport d'ATP ; elle cesse si on empêche l'hydrolyse de l'ATP par **le Salyrgan.**

**Mise en relation des informations et des connaissances** : ceci démontre que l'hydrolyse de l'ATP est nécessaire à la contraction de la fibre musculaire.

**Informations tirées du document 3a** : le muscle contient à la fois des fibres de type I et II.

**Informations tirées du document 3b** : les fibres de type II sont moins riches en mitochondries que les fibres de type I.

**Mise en relation des informations et des connaissances** : je sais que les mitochondries sont un lieu de production de l'ATP grâce aux chaînes respiratoires. On peut émettre l'hypothèse qu'un plus grand nombre de mitochondries dans les cellules de type I doit s'accompagner d'une plus grande disponibilité en ATP dans ces cellules.

**Informations tirées du document 3c** : la quantité de myoglobine est beaucoup plus importante dans les fibres de type I que dans les fibres de type II.

**Mise en relation des informations et des connaissances :** la myoglobine est une protéine musculaire capable de stocker temporairement du dioxygène dans la cellule. Je sais que la respiration mitochondriale productrice d'ATP, consomme du dioxygène. On peut émettre l'hypothèse qu'une quantité plus importante de myoglobine se traduit par un apport plus important et plus prolongé de dioxygène aux mitochondries, permettant la production d'une plus grande quantité d'ATP par celles-ci.

**Synthèse :** le muscle renferme deux types de fibres (Doc. 2) aux caractéristiques différentes (Doc. 1) : les fibres de type I qui peuvent rester contractées plus longtemps et les fibres de type II qui s'épuisent rapidement. La capacité des fibres de type I à rester contractées plus longtemps à plusieurs origines : une plus grande richesse en myoglobine (doc. 3c) qui permet un meilleur approvisionnement en dioxygène des mitochondries productrices d'ATP ; un plus grand nombre de mitochondries (Doc. 3b). Ces deux caractéristiques permettent aux fibres de type I de produire davantage et pendant une durée plus longue de l'ATP, dont on montre (doc. 1) qu'il est indispensable à la contraction musculaire.

▸ **Exercice 2**

**Information tirée de l'analyse du document 1 :** la maladie se transmet par un allèle récessif d'un gène porté par le chromosome X. Le père et la mère ont des phénotypes sains.

**Mise en relation des informations et des connaissances :** l'enfant 5 est un garçon : il a hérité du chromosome Y de son père et du chromosome X de sa mère ; étant malade, il possède au moins un allèle muté, ce qui indique que sa mère est porteuse. Sa mère étant de phénotype sain, elle est forcément hétérozygote pour l'allèle muté.

Si l'enfant à naître est une fille, elle héritera obligatoirement de l'allèle sain apporté par le chromosome X de son père. Si elle reçoit de sa mère l'allèle muté elle sera porteuse saine (la mutation est récessive), sinon elle possédera deux allèles sains. Ainsi, elle sera dans tous les cas de phénotype sain.

Si l'enfant à naître est un garçon, il héritera du chromosome Y de son père et soit de l'allèle sain, soit de l'allèle muté porté par le X de sa mère. Comme il n'existe chez le garçon qu'un seul chromosome X, l'allèle porté par celui-ci s'exprimera qu'il soit muté ou non. Ainsi le garçon à naître à une chance sur deux d'être malade et une chance sur deux d'être sain.

**Information tirée de l'analyse du document 2 :** la sonde radioactive reconnaît, suivant les individus, soit un soit deux fragments d'ADN de longueur différentes.

**Mise en relation des informations et des connaissances :** on peut émettre l'hypothèse que la sonde radioactive s'apparie avec une partie du gène responsable de la myopathie. Les deux fragments d'ADN reconnus par la sonde doivent donc correspondre à deux allèles de ce gène. Les résultats indiquent que les individus

1 et 4 ne possèdent qu'un allèle de ce gène (ils sont homozygotes, mais pas pour le même allèle), alors que les individus 2, 3 et 6 en possèdent 2 et sont donc hétérozygotes pour ce gène.

**Information tirée de l'analyse du document 3a :** la fluorescence est visible pour les souris A et C mais pas chez les souris B.

**Mise en relation des informations et des connaissances :** on sait que la fluorescence caractérise la fixation dans le muscle d'anticorps anti-dystrophine. On peut donc en déduire que les souris A et C fabriquent de la dystrophine. Les souris B n'en fabriquent pas, comme les souris C avant traitement. On peut en déduire que le traitement par le virus a redonné aux souris C l'information génétique nécessaire pour fabriquer la dystrophine (transgénèse).

**Information tirée de l'analyse du document 3b :** l'espérance de vie des souris myopathes est de 20 jours ; elle est considérablement augmentée à la suite du traitement par le virus.

**Synthèse :** l'analyse de l'arbre généalogique révèle que le risque d'avoir un enfant malade est fonction de son sexe :

si c'est un garçon, il a une chance sur deux d'être myopathe ;

si c'est une fille elle ne le sera pas mais peut-être, dans un cas sur deux, porteuse saine.

L'utilisation d'une sonde radioactive spécifique permet d'identifier la présence de l'allèle muté ou sain de la dystrophine dans une biopsie musculaire et d'en déduire le génotype de l'individu.

Des études récentes montrent qu'il est possible par transgénèse, de remplacer « in vivo » chez la souris, l'allèle défectueux responsable de la myopathie par un allèle sain, permettant ainsi sa guérison. Le transfert de cette technologie à l'Homme reste à faire.

Chapitre F-2

# Origine de l'ATP nécessaire à la contraction de la cellule musculaire

# Je révise et je me perfectionne

## I. L'ATP, une molécule énergétique

L'ATP est une molécule intermédiaire du métabolisme qui représente une forme d'énergie chimique nécessaire aux activités endergoniques (consommatrices d'énergie) de la cellule (synthèses de composés organiques, mouvements, etc.).

L'ATP est nécessaire à la contraction et à la relaxation de la fibre musculaire car :

- la liaison de l'ATP à la myosine est nécessaire à la dissociation des têtes de myosine du filament d'actine ;
- l'hydrolyse de l'ATP fournit l'énergie nécessaire au mouvement induit par la « rotation » des têtes de myosine ;
- l'hydrolyse de l'ATP au niveau de la pompe calcium-ATP ase permet la relaxation par recyclage du calcium.

L'ATP ou adénosine triphosphate est un nucléotide constitué d'adénine (une base azotée), de ribose (un sucre à 5 carbones) et de 3 groupements phosphate (Fig. 1).

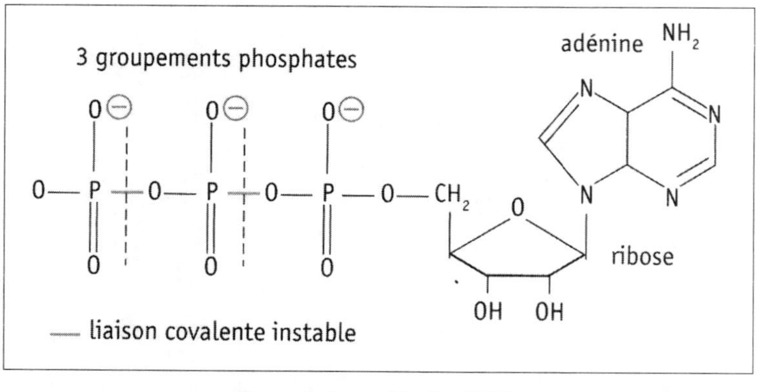


Figure 1. La molécule d'ATP.

C'est l'hydrolyse de l'ATP sous l'action de l'enzyme **ATP-hydrolase** qui est libératrice d'énergie (réaction exergonique). La quantité d'énergie libérée varie suivant les conditions de température et de pH du milieu.

$$ATP + H_2O \xrightarrow{\text{(ATP-hydrolase)}} ADP + Pi + 30{,}5 \text{ à } 50 \text{ kJ.mole}^{-1}$$

L'ATP est donc indispensable à la vie cellulaire, or les réserves des cellules musculaires en ATP sont extrêmement faibles et seraient presque immédiatement épuisées en quelques secondes, s'il n'existait pas plusieurs mécanismes de restauration de l'ATP.



## II. La production d'ATP à partir de molécules organiques

L'ATP peut être produit au sein des cellules par des métabolismes utilisant ou non le dioxygène (métabolisme aérobie = respiration, ou anaérobie = fermentation).

### II-1. La glycolyse, une étape commune à la respiration et aux fermentations

La glycolyse (Fig. 2) intervient dans le cytoplasme. En présence d'enzymes spécifiques, le glucose (molécule en C6) est progressivement transformé en acide pyruvique (molécule en C3) au cours d'une série de réactions dont certaines sont consommatrices et d'autres productrices de molécules d'ATP, avec un bilan en ATP positif. Dans le même temps, des molécules de transporteur (R') sont réduites en (R'H, $H^+$).

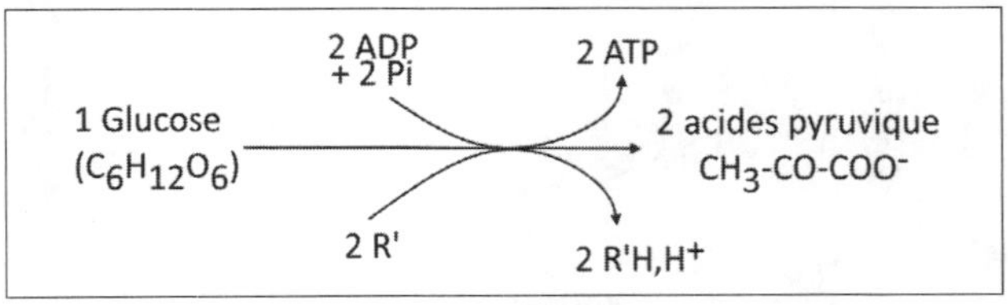


Figure 2. Bilan des réactions de la glycolyse.

**Bilan de la glycolyse** : l'hydrolyse partielle d'1 mole de glucose par la glycolyse libère 2 moles d'ATP, 2 moles de transporteur réduit et permet la synthèse de 2 moles d'acide pyruvique.

### II-2. La voie aérobie de production d'ATP : la chaîne respiratoire mitochondriale

Par définition, la respiration consiste en une oxydation totale de la matière organique et son bilan chimique peut s'écrire sous la forme :

$$C_6H_{12}O_6 + 6O_2 \longrightarrow 6\ CO_2 + 6\ H_2O$$

(Matière organique) (Matière minérale)

La respiration peut donc être mise en évidence de façon expérimentale par ExAO soit en mesurant avec une sonde oxymétrique la consommation d'$O_2$, soit en mesurant avec une sonde « $CO_2$ » la libération de $CO_2$.

**Les mitochondries sont les organites de la respiration.**

On montre ainsi facilement que la plupart des cellules eucaryotes respirent (y compris les cellules chlorophylliennes !).

Des observations suggèrent que les mitochondries sont les organites de la respiration (Fig. 3).

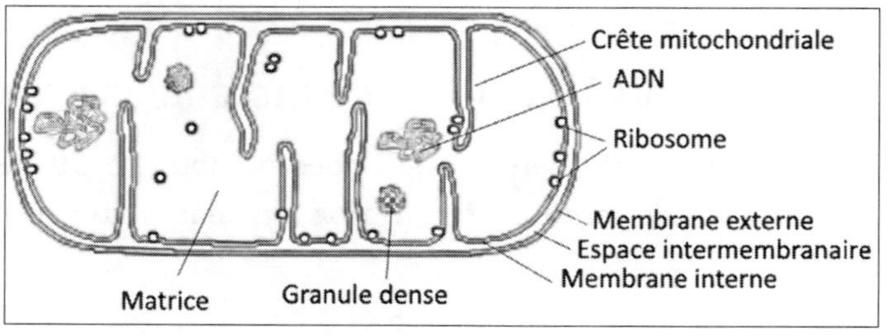


Figure 3. Représentation schématique d'une mitochondrie.

Elles sont présentes en grand nombre dans les cellules consommant beaucoup d'énergie comme les fibres musculaires, les spermatozoïdes (Fig. 4), les macrophages...

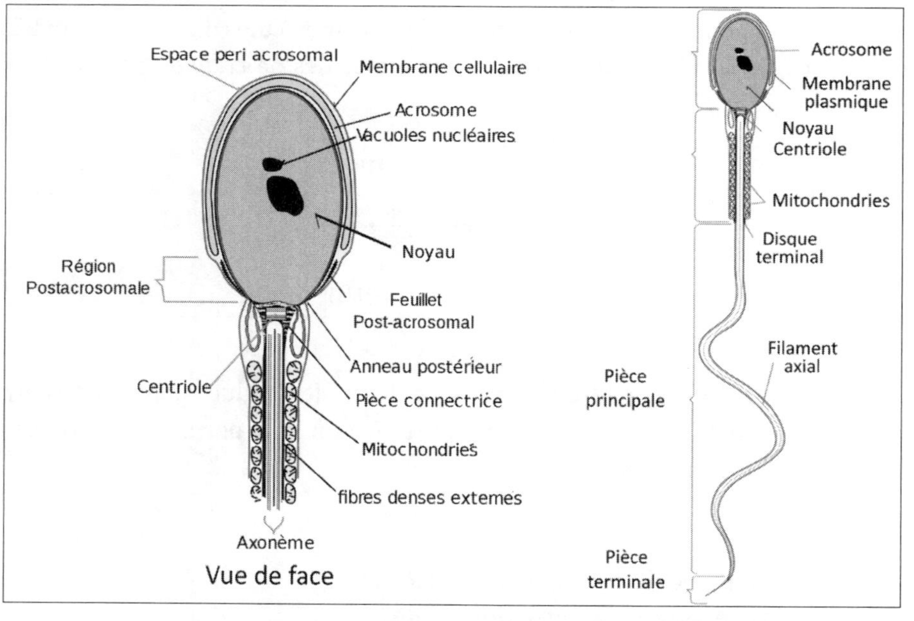


Figure 4. Le spermatozoïde est riche en mitochondries.

À l'inverse, les levures d'une souche mutante (notée P parce qu'elle ne peut donner naissance qu'à de petites colonies) qui ne respirent pas sont presque entièrement dépourvues de mitochondries par rapport à des levures d'une souche non mutante (notée G car capable de donner naissance à de grandes colonies).

Il est possible d'inhiber la production d'ATP par les mitochondries en utilisant des composés chimiques comme la metformine (elle inhibe l'activité de la chaîne respiratoire) (Fig. 5).

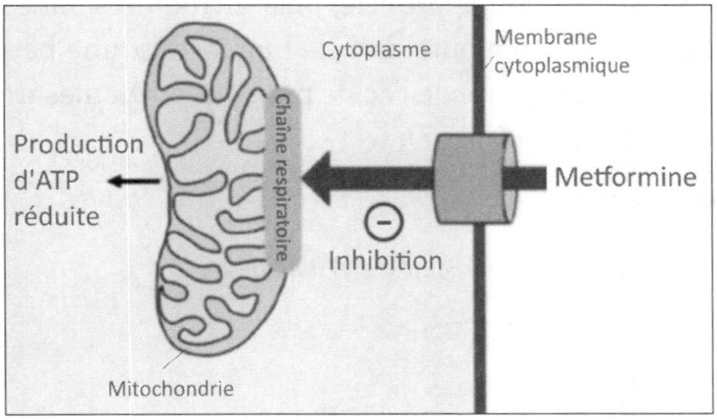


Figure 5. La metformine, un inhibiteur de la synthèse d'ATP.

L'organisation cellulaire des mitochondries de levures change selon qu'elles sont en conditions aérobie ou anaérobie (Fig. 6).

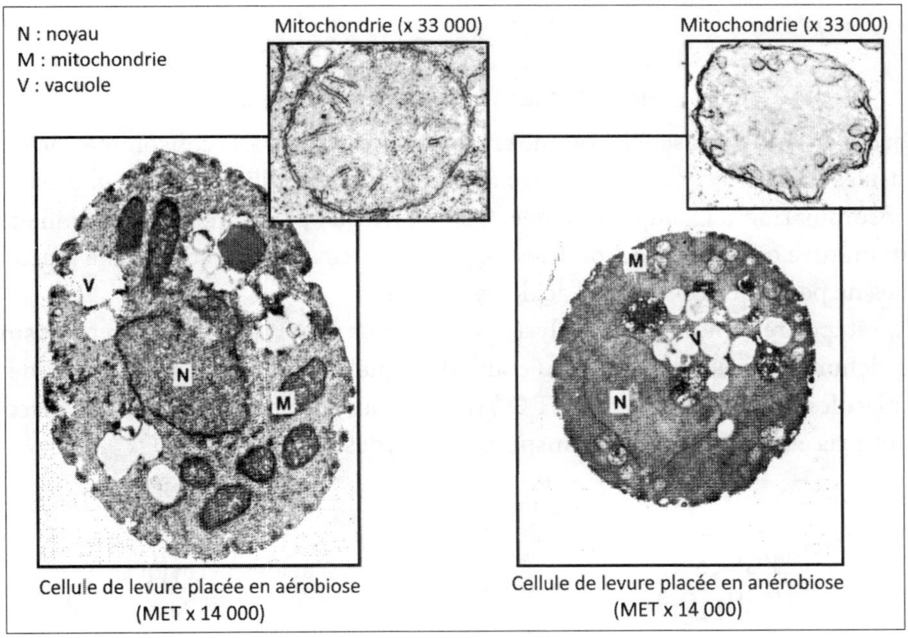


Figure 6. Aspect de mitochondries en aérobie et en anaérobie.

On constate une réduction du nombre et de la taille des mitochondries en milieu anaérobie ; de plus le nombre de crêtes internes (replis de la membrane interne) est réduit. Cette observation confirme l'implication des mitochondries dans la respiration cellulaire.

- **Le rôle des mitochondries**

L'expérience suivante précise le métabolisme des mitochondries.

Des mitochondries obtenues par centrifugation d'un broyat de cellules de rat sont placées dans un tampon approprié, puis introduites dans l'enceinte d'un bioréacteur. Au temps $t_1$ on ajoute dans le bioréacteur une petite quantité de glucose ; au temps $t_2$ on y ajoute de l'acide pyruvique. On mesure l'évolution de la teneur en $O_2$ de l'enceinte (Fig. 7).

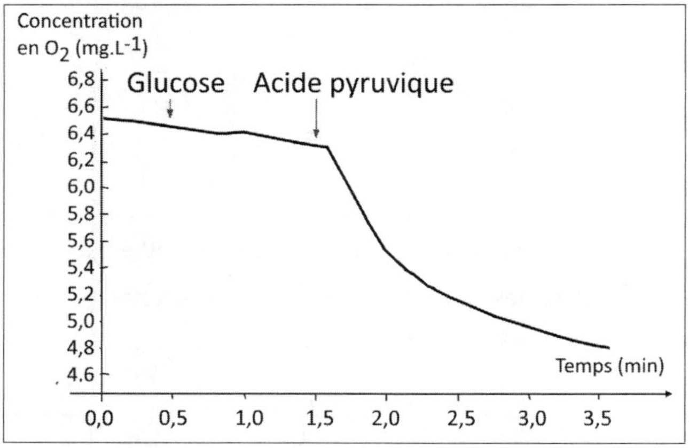


Figure 7. Mise en évidence de la glycolyse.

On observe qu'en absence, comme en présence de glucose, la consommation d'$O_2$ est très faible : ceci montre que les mitochondries n'utilisent pas le glucose. La consommation d'$O_2$ augmente dès l'apport d'acide pyruvique dans le milieu ce qui montre que les mitochondries ne consomment pas directement le glucose : elles ne peuvent utiliser que l'acide pyruvique.

Une étape préalable appelée la **glycolyse** doit donc se dérouler dans le **cytoplasme**, en dehors des mitochondries au cours de laquelle le glucose est oxydé en deux molécules d'acide pyruvique ($C_3H_4O_3$) (Fig. 8) ; des atomes d'hydrogène du glucose sont pris en charge par des transporteurs oxydés notés R'.

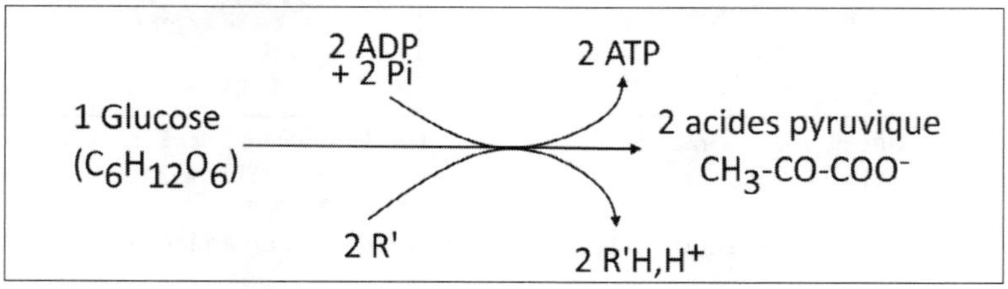


Figure 8. Bilan de la glycolyse

La glycolyse permet la synthèse de deux molécules d'ATP et la formation de deux molécules de transporteur réduit (R'H, $H^+$) par mole de glucose oxydée.

- **Le cycle de Krebs dans la matrice des mitochondries**

La dégradation de l'acide pyruvique se poursuit à l'intérieur des mitochondries grâce à la présence de décarboxylases et de déshydrogénases dans la matrice. Le pyruvate subit alors une série de décarboxylation et de déshydrogénation connues sous le nom de cycle de Krebs qui aboutissent à la formation de $CO_2$ de nombreuses molécules de transporteur réduit ($R'H, H^+$) et d'1 moles d'ATP par mole d'acide pyruvique dégradé (Fig. 9).

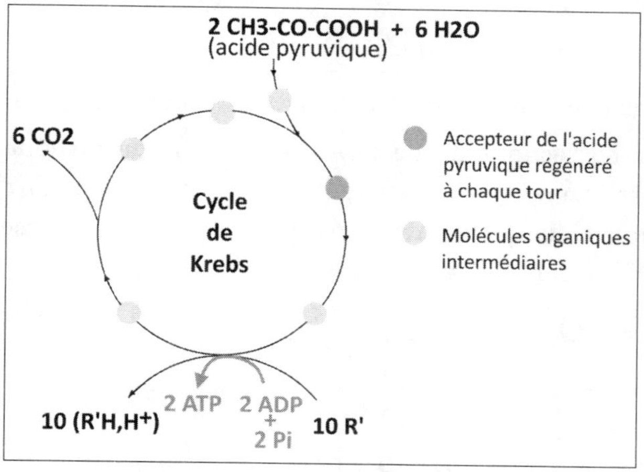


Figure 9. Le cycle de Krebs simplifié.

**Bilan du cycle de Krebs** : le cycle de Krebs permet donc la synthèse d'un peu d'ATP mais permet surtout la régénération des molécules de transporteur oxydé.

$$2\ CH_3\text{-CO-COOH} + 10\ R' + H_2O \longrightarrow 6\ CO_2 + 10\ (R'H,\ H^+)$$
$$2\ ADP + Pi \rightarrow 2\ ATP$$

- **Au niveau de la membrane interne des mitochondries**

En présence de dioxygène, au niveau de la membrane interne des mitochondries, les transporteurs réduits ($R'H, H^+$) sont oxydés (régénérés) en participant à des réactions d'oxydoréduction : leurs électrons sont transférés jusqu'au dioxygène (= accepteur final d'électrons et de protons) avec formation d'$H_2O$ ; on observe également un transfert de protons de la matrice vers l'espace intermembranaire avec création d'un gradient de protons dont l'énergie servira à la synthèse d'ATP au niveau d'une enzyme, l'**ATP synthase** (sphère pédonculée) intégrée dans la membrane interne (Fig. 10).

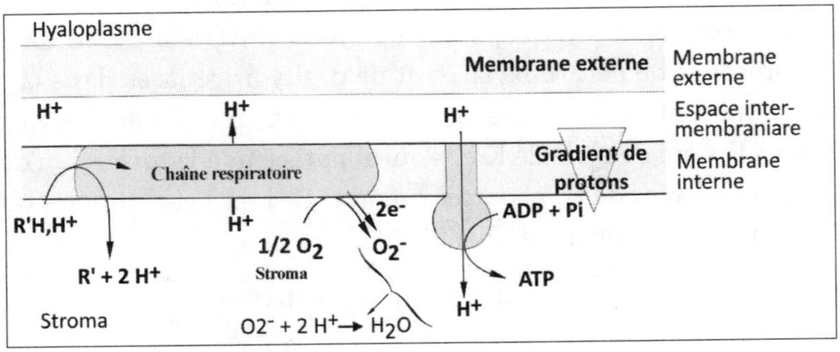


Figure 10. La production d'ATP au niveau des chaînes respiratoire.

La respiration correspond à une **oxydation totale** du carbone organique en carbone minéral. Le rendement énergétique est voisin de 40 %, c'est-à-dire que 40 % de l'énergie chimique contenue dans la molécule de glucose sont stockées dans l'ATP et 60 % perdues sous forme de chaleur.

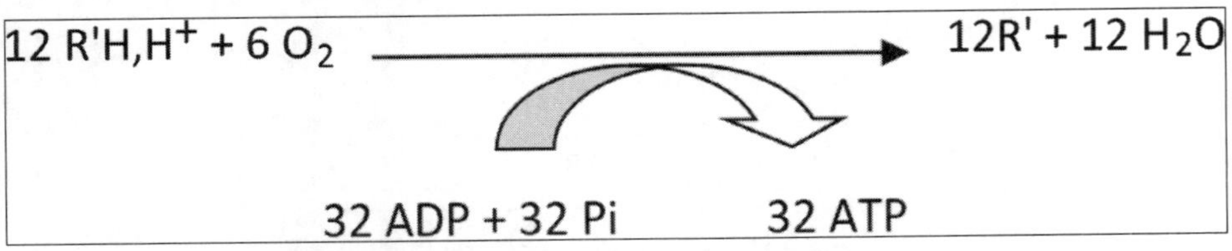


**Conclusion : la mitochondrie est présente dans toutes les cellules eucaryotes animales et végétales ; c'est un compartiment cellulaire qui permet, en présence de dioxygène, l'oxydation complète des molécules organiques (Fig. 11).**

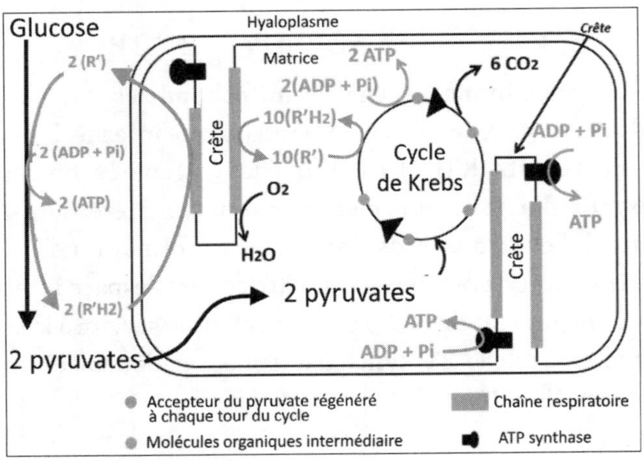


Figure 11. Schéma bilan de la respiration cellulaire.

## II-3. Les voies anaérobies de production d'ATP

- **Les fermentations**

En condition anaérobies, certaines cellules sont capables d'oxyder incomplètement des molécules organiques par fermentation. La fermentation intervient, comme la glycolyse, dans le cytoplasme.

La fermentation est un catabolisme anaérobie (en absence d'oxygène) incomplet des molécules organiques qui permet de produire de l'énergie (sous forme d'ATP) sans utiliser de chaîne de transport d'électrons ni de phosphorylation oxydative, mais avec un rendement plus faible. Elle aboutit à la formation de nouveaux composés organiques (éthanol, acide lactique...).

(1) Certains organismes alternent entre métabolisme fermentaire et respiratoire

Il existe différents types de fermentations nommées d'après le composé organique synthétisé : fermentation alcoolique (= éthylique), lactique...

- **La fermentation éthylique produit de l'éthanol (Fig. 12).**

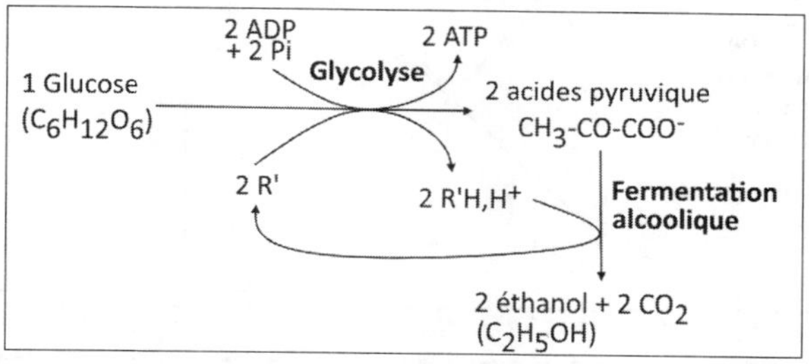


Figure 12. Glycolyse et fermentation alcoolique.

- **La fermentation lactique, qui produit de l'acide lactique (Fig. 13).**

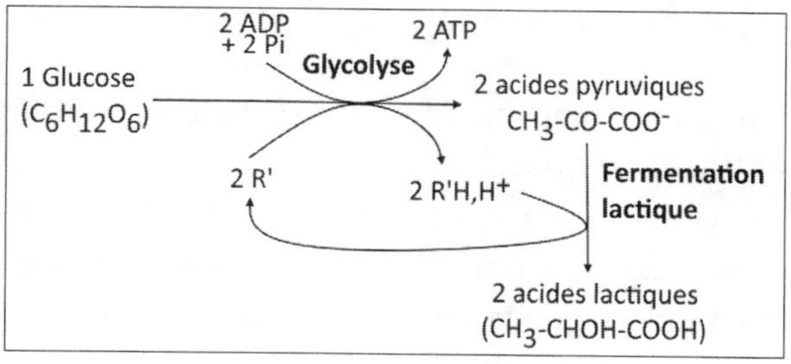


Figure 13. Glycolyse et fermentation lactique.

Lors de la fermentation, les R'H, H$^+$ permet la synthèse de nouveaux composés organiques (alcool, acide lactique...) qui seront progressivement éliminés par la cellule, mais pas la synthèse d'ATP. Ainsi le « rendement » en ATP est beaucoup plus faible que dans le cas de la respiration (2 molécules d'ATP pour une molécule de glucose consommée, alors que le processus de respiration cellulaire en produit 36 à 38).

Les fermentations permettent la régénération des transporteurs oxydés (R') nécessaires à la glycolyse.

**Synthèse**

L'ATP, continuellement phosphorylé et hydrolysé, n'est présent qu'en faible quantité dans la cellule et ne peut donc constituer une forme de stockage d'énergie. L'énergie est stockée sous forme d'énergie chimique potentielle stockée dans des molécules organiques réduites, susceptibles d'être oxydées en molécules minérales énergétiquement sans valeur pour la cellule.

Selon la durée de l'effort, les molécules oxydées et les métabolismes utilisés pour fournir l'ATP peuvent varier (Fig. 14).

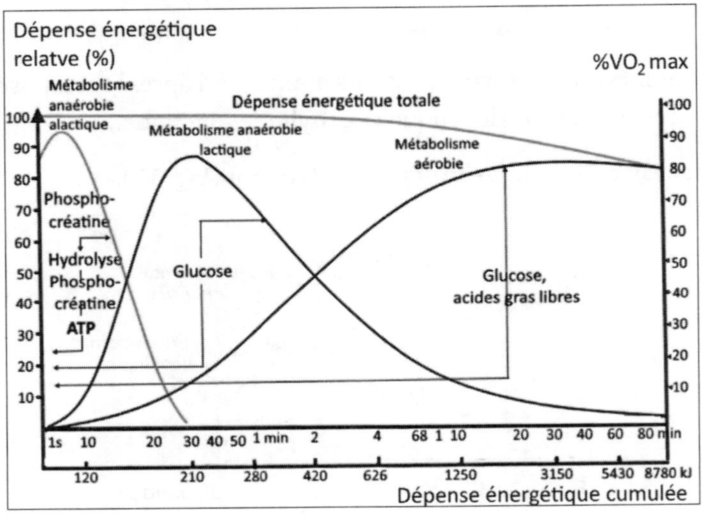


Figure 14. Les métabolismes varient au cours de l'effort.

(2) Le rôle des membranes dans les organites cytoplasmiques

## II-4. Synthèse par voie anaérobie alactique (réaction couplée de l'ADP avec la créatine phosphate)

Au début d'une activité musculaire, l'ATP emmagasiné dans les muscles actifs est consommé en 6 secondes environ. Un système de production rapide d'ATP se met en place, en attendant que les voies métaboliques s'adaptent à la demande accrue d'ATP.

Grâce à l'enzyme **créatine kinase**, l'ADP se couple à la créatine phosphate, composé à haute énergie emmagasiné dans les muscles (**voie anaérobie alactique**).

ADP + PCr —> ATP + Créatine

Il en résulte un transfert presque instantané d'énergie et la formation d'une molécule d'ATP. Une puissance musculaire maximale peut ainsi être maintenue pendant 10 à 15 secondes (sprint sur 100 m).

Cette synthèse s'effectue au début d'un exercice.

## III. Des substances exogènes peuvent intervenir sur la masse ou le métabolisme musculaire

Il existe un grand nombre de suppléments utilisés dans la pratique sportive, et il est souvent difficile de différencier l'efficace de l'inefficace, le dangereux de l'inoffensif, le légal de l'illégal.

### III-1. Les produits légaux

Il s'agit de molécules pouvant être bien souvent apportés directement par l'alimentation en plus ou moins grande quantité (**compléments/suppléments** à base de protéines, d'acides aminés ou encore de créatine…).
La majorité des compléments présente peu d'effets indésirables et pas de risque pour la santé et ne permettra pas une amélioration significative de la masse musculaire et des performances. Comme le nom l'indique, ils restent des « compléments/suppléments » et permettent seulement d'atteindre certains objectifs plus vite dans le cadre d'un entraînement maîtrisé et d'un régime adapté.

| | Pas d'effets indésirables recensés (aux doses usuelles) | Avec effets indésirables recensés | Gravité et type d'effets indésirables |
|---|---|---|---|
| **Amélioration notable des performances** | – Protéines en poudre<br>– BCAA | – Créatine<br>– Caféine | Faible : crampes, troubles digestifs<br>Modéré : insomnies, palpitations, digestif |
| **Amélioration discutable des performances** | – HMB<br>– Glucose/dextrose<br>– Konjac | – β-alanine<br>– Arginine<br>– Gainers | Faible : picotements aux extrémités Faible : troubles gastro-intestinaux Faible : augmentation du tissu adipeux |
| **Pas d'amélioration des performances** | – Glutamine<br>– Tyrosine<br>– Oméga-3<br>– CLA<br>– ZMA<br>– Tribulus<br>– Fenugrec<br>– Gomme de guar<br>– Guarana/maté | – Taurine | Modéré : insomnies, palpitations |

*Tableau d'après « Les suppléments utilisés en musculation pour améliorer la condition physique » Thèse de pharmacologie de Pierre Calot, UNIVERSITÉ DE LORRAINE 2017*

## III-2. Les principales substances illicites

Les principales substances illicites utilisées sont les stéroïdes ou les hormones de type peptidiques.

### *III-2.1. Agents anabolisants*

- **Stéroïdes anabolisants androgènes** (exemple : **la testostérone)**

Les hormones stéroïdiennes, comme leur nom l'indique, sont tous des stéroïdes à rôle hormonal qui dérivent du cholestérol.

Tous les stéroïdes ne sont pas anabolisants et ceux utilisés dans le sport sont des hormones stéroïdiennes appartenant au groupe des androgènes. Le chef de file de ce groupe est la **testostérone.**

Une **substance anabolisante** est une substance favorisant l'assimilation chez les êtres vivants et qui entraîne un accroissement du système musculaire.

Chez les mammifères, la testostérone est sécrétée essentiellement par les gonades, c'est-à-dire les testicules des mâles et les ovaires des femelles, à un degré moindre par les glandes surrénales et quelques autres tissus. C'est la principale hormone sexuelle mâle et le stéroïde anabolisant « originel ».

Les androgènes sont nécessaires au développement des organes génitaux masculins, des caractères sexuels secondaires masculins, et possèdent aussi une action anabolisante sur le squelette ainsi qu'une action stimulante sur la moelle hématopoïétique à forte dose.

L'apport externe en testostérone a un effet bénéfique sur les performances des sportifs dopés car c'est un psychostimulant (il augmente le potentiel de motivation du sportif). La testostérone permet également d'augmenter la synthèse des cellules musculaires (augmentation de la masse musculaire), et du sang et donc augmente la force ainsi que la résistance à la fatigue (Fig. 15).

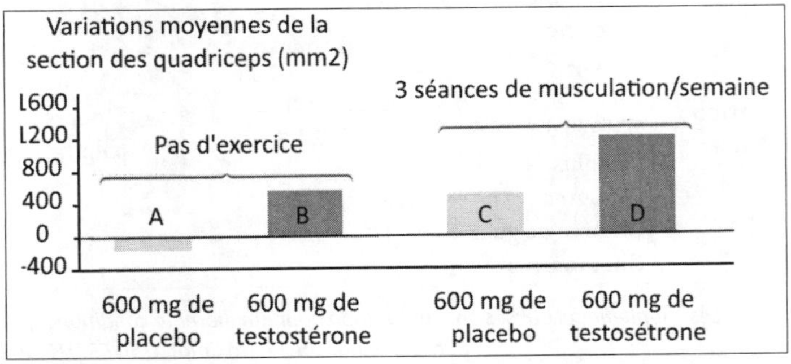


Figure 15. Effet d'un traitement à la testostérone sur la croissance du muscle quadriceps.

La consommation de testostérone exogène à visée de dopage est dangereuse pour la santé (Fig. 16).

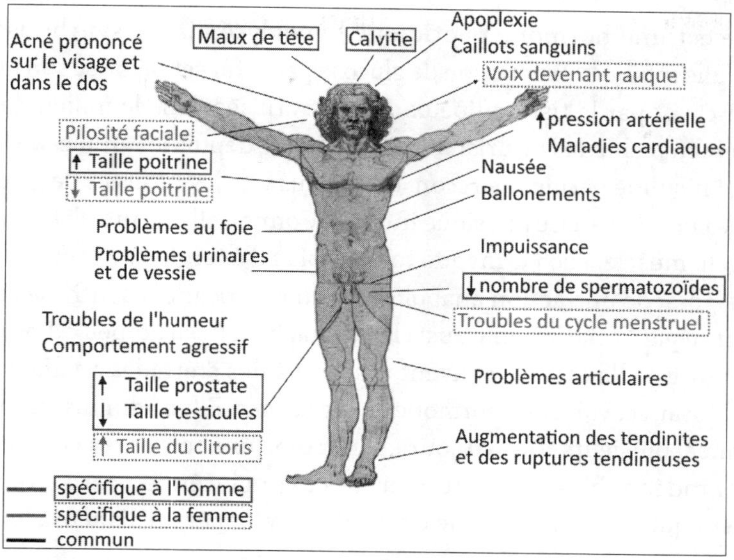


Figure 16. Effets secondaires de la testostérone sur l'homme et la femme.

- **Autres agents anabolisants**

Les substances classées dans cette catégorie sont des molécules qui s'apparentent aux hormones androgènes dans leur impact anabolisant mais qui n'appartiennent pas à cette classe chimique.

La plus connue et la plus utilisée dans les salles de sport est un b2-stimulant : le clenbutéro. Les récepteurs b2 situés au niveau des fibres musculaires des poumons et des artères coronaires sont stimulés, ce qui entraîne une broncho-dilatation et une vasodilatation des artères qui augmente la perfusion sanguine et la fréquence cardiaque. Le clenbutéro augmente également l'activité métabolique du corps humain en favorisant la thermogenèse et l'oxydation du tissu adipeux et est ainsi très efficace pour améliorer la masse sèche et perdre du tissu adipeux.

### *III-2.2. Hormones peptidiques, facteurs de croissance et substances apparentées*

- **Hormone de croissance (hGH)**

L'hormone de croissance (GH, pour growth hormone ou STH pour somatotrope hormone) est un polypeptide composé, pour sa forme majoritaire, de 191 acides aminés et qui est secrété par la partie antérieure de l'hypophyse. Elle a pour rôle de stimuler la croissance cellulaire en favorisant particulièrement le développement des cellules osseuses et musculaires. Cet effet anabolisant est accompagné d'une action lipolytique et d'une augmentation de la sécrétion d'insuline. Elle est aujourd'hui biosynthétisée par génie génétique à partir de souches d'*Escherichia coli* dans lesquelles un plasmide codant pour l'hGH a été introduit.

- **Insuline**

L'insuline est une hormone peptidique hypoglycémiante synthétisée par le pancréas. Elle inhibe la production de glucose par le foie et favorise son utilisation par le muscle et par le tissu adipeux. Elle est utilisée dans le milieu du dopage, principalement celui du culturisme et du cyclisme depuis les années 1990. Après un effort, l'insuline permet de reconstituer plus vite les réserves de glycogène et de mieux tolérer l'exercice physique intense. Comme elle facilite l'absorption des sucres par le muscle, elle permet de fournir plus d'énergie pour celui-ci.

L'insuline possède une action anabolisante en favorisant la synthèse protéique, mais point négatif, elle stimule aussi le stockage du tissu adipeux. Pour pallier à cet « inconfort », elle est très souvent associée à des stéroïdes anabolisants, des brûleurs de graisse, voire de l'hormone de croissance. Elle s'administre sous forme sous-cutanée, plusieurs fois par jour et au moins une fois après l'entraînement. Les effets indésirables pouvant aller de l'hypoglycémie passagère au coma hypoglycémique, en passant par le risque de développer un diabète à long terme.

- **EPO**

L'EPO ou érythropoïétine est une hormone glycopeptidique synthétisée par le rein et le foie qui agit sur la moelle osseuse et permet de stimuler la synthèse des érythrocytes. La majeure partie de la masse de ces globules rouges est constituée par l'hémoglobine, et c'est cette protéine qui, en transportant l'oxygène des poumons aux cellules, va fournir de l'énergie nécessaire au corps humain. Depuis 1983, elle est produite par génie génétique (R-HuEPO).

Dès sa mise sur le marché, son utilisation détournée permet aux sportifs d'améliorer leur consommation maximale en oxygène et donc d'être plus performants lors d'exercices d'endurance, paramètre qui jusque-là ne pouvait être modifié que par des entrainements en séjours en altitude ou par transfusion sanguine.

Lorsque l'hématocrite augmente (= volume occupé par les globules rouges circulants dans le sang exprimé en pourcentage par rapport au volume total du sang), le sang gagne en viscosité et le risque thromboembolique ne cesse de croître ; rappelons que peu de temps après son introduction dans le milieu du dopage de nombreux athlètes d'endurance sont morts dans des circonstances étranges.

On estime qu'une majorité de sports sont touchés et que le dopage par érythropoïétine est beaucoup plus répandu qu'on ne le pense. Proche de la molécule naturellement synthétisée par l'organisme, elle est en effet très difficilement détectable : de nouveaux tests combinant des techniques d'électrophorèse et d'immunoessai sont actuellement à l'étude, et l'Agence Mondiale Antidopage a mis en place depuis quelques années « le passeport biologique » qui permet de suivre individuellement l'évolution des critères sanguins de chaque athlète et repérer ainsi toutes les variations suspectes.

- **hCG et LH**

L'hCG (ou hormone Chorionique Gonadotrope humaine) est une hormone glycopeptidique secrétée au cours de la grossesse qui a pour fonction principale le maintien du corps jaune qui sécrète de la progestérone et des œstrogènes lors des premiers mois de grossesse.
La hCG et la LH sont utilisées pour favoriser la production de testostérone, via les cellules interstitielles des testicules.

# Je me perfectionne

## (1) Certains organismes alternent entre fermentation et respiration

Certains organismes utilisent exclusivement cette voie métabolique, d'autres alternent entre fermentation et respiration, en fonction des conditions (présence d'$O_2$, concentration en glucose, etc.).

Dans l'expérience ci-dessous, des levures préalablement oxygénées en faisant barboter de l'air dans un milieu de culture ont été placées dans un bioréacteur. En début d'expérience, on injecte dans le milieu de culture du glucose. On suit l'évolution de la teneur en glucose, en $O_2$, en $CO_2$ et en éthanol du milieu de culture (Fig. 17).

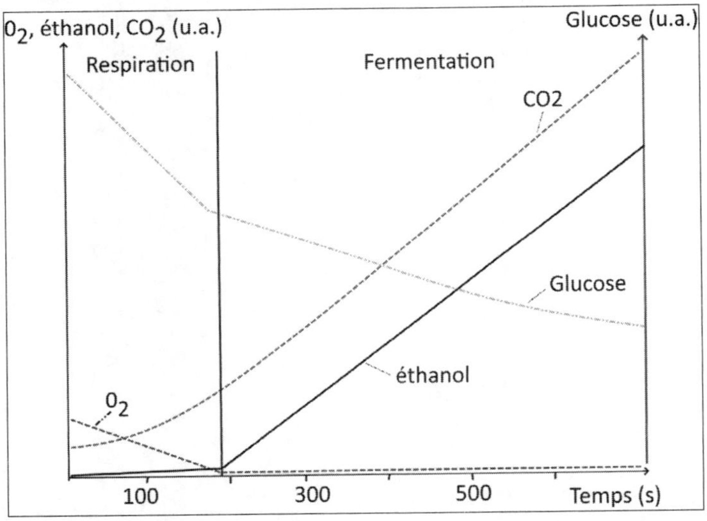


Figure 17. Mesure de la teneur en $O_2$, en $CO_2$ et en éthanol du milieu de culture de levures.

On observe dans un premier temps, une diminution rapide de la teneur en $O_2$ et de la concentration et glucose du milieu. Les levures respirent :

$$\text{Glucose} + O_2 \longrightarrow CO_2 + H_2O$$

Après environ 200 s le milieu ne contient plus d'$O_2$ et les levures ne peuvent plus respirer : elles fermentent le glucose, ce qui libère de l'éthanol (fermentation alcoolique).

$$\text{Glucose} \longrightarrow \text{éthanol} + CO_2$$

Les fermentations sont utilisées par un très grand nombre d'organismes, depuis la bactérie jusqu'à l'être humain.

## (2) Le rôle des membranes dans les organites cytoplasmiques

Dans les organites cytoplasmiques à rôle énergétique, les membranes, très développées, servent :

– de surface active, support de complexes moléculaires (antennes collectrices, chaînes d'oxydoréduction) ;
– de limites entre des compartiments aux propriétés différentes (gradient de protons à l'origine de la phosphorylation de l'ATP).

Les grandes voies du catabolisme se réalisent par étapes ce qui permet :
– de phosphoryler davantage de molécules d'ATP ;
– de réduire la dissipation de chaleur qui endommagerait les protéines cellulaires, en particulier les enzymes.

Le couplage entre réactions endergoniques et exergoniques est réalisé par la molécule d'ATP. La grande facilité de diffusion de cette dernière, la quantité d'énergie libérée par son hydrolyse, en fait l'agent de liaison énergétique idéal au sein de la cellule. De la même façon, les transporteurs (RH, $H^+$) et (R'H, $H^+$) permettent de transférer des électrons et des protons : ce sont les agents de liaison redox de la cellule.

# Je m'exerce et je fais la différence

## Entraînement

### Exercice 1

*Bac S, sujet de SVT, session 2007, Asie, partie 2.2 enseignement de spécialité (5 points)*

La respiration, à l'échelle cellulaire, aboutit à la régénération de l'ATP. Ce processus comporte plusieurs étapes présentées dans le document de référence (cas de la dégradation du glucose).

**Montrez en quoi les informations extraites des documents 1 à 3, mises en relation avec vos connaissances permettent d'identifier les compartiments cellulaires où se déroulent ces réactions.**

*Votre réponse sera accompagnée d'un schéma de synthèse.*

---

Document de référence

1ère étape : oxydation du glucose en acide pyruvique

$$C_6H_{12}O_6 + 2\,R' \longrightarrow 2\,CH_3COCOOH + 2\,R'H_2$$

glucose → acide pyruvique

2 ADP + 2 Pi → 2 ATP

2ème étape : série de décarboxylations oxydatives à partir du pyruvate avec production de composés réduits et d'ATP

$$2\,CH_3COCOOH + 10\,R' + 6\,H_2O \longrightarrow 6\,CO_2 + 10\,R'H_2$$

acide pyruvique

2 ADP + 2 Pi → 2 ATP

3ème étape : oxydation par le dioxygène des composés réduits couplée à une importante production d'ATP

$$12\,R'H_2 + 6\,O_2 \longrightarrow 12\,R' + 12\,H_2O$$

32 ADP + 32 Pi → 32 ATP

Figure 18. Ces réactions chimiques sont catalysées par des enzymes.

### Document 1

Deux souches de levures cultivées sur un milieu gélosé contenant du glucose, donnent pour l'une, des grandes colonies (levures G), pour l'autre des petites colonies (levures mutantes P).

**Document 1a**

Les levures sont transférées dans un nouveau milieu de culture. On mesure alors l'évolution de la quantité de dioxygène avant et après injection de glucose dans le milieu.

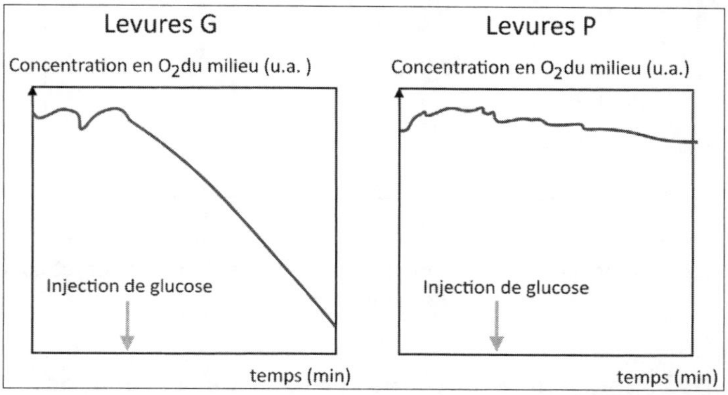


Figure 19. Évolution de la quantité de dioxygène avant et après injection de glucose dans le milieu.

**Document 1b** *ultrastructure cellulaire (MET × 40 000) et schéma d'interprétation*

Levures G : mitochondries abondantes

Levures P : mitochondries rares

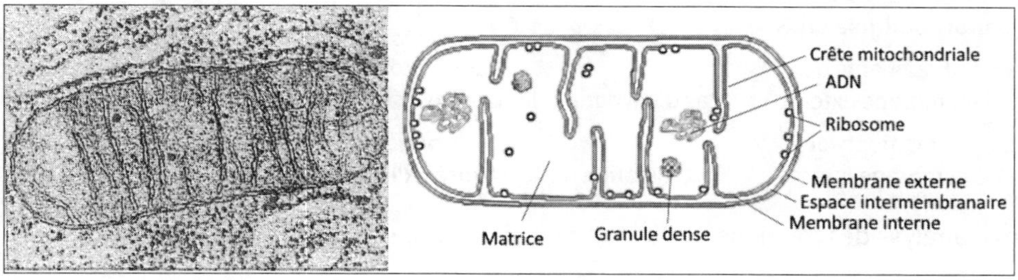


Figure 20. Mitochondrie (MET × 40 000) et schéma d'interprétation.

### Document 2

À partir d'un broyat de cellules, on a isolé un culot de mitochondries. Ces dernières sont placées dans un milieu bien oxygéné et contenant de l'ADP + Pi. On suit au cours du temps la concentration en $O_2$ du milieu dans différentes conditions expérimentales.

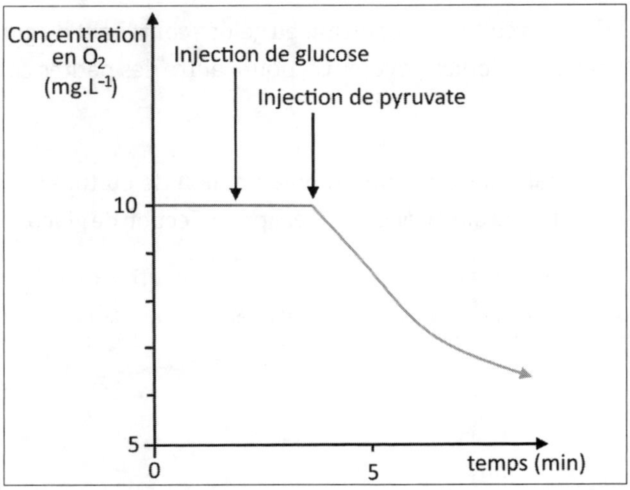


Figure 21. Évolution de la concentration en $O_2$ du milieu dans différentes conditions expérimentales.

---

**Document 3 : expérience sur des fractions mitochondriales**

Les mitochondries sont fragmentées par l'action d'ultrasons. On obtient différentes fractions.

a) Les fractions sont placées dans un milieu expérimental contenant du dioxygène, des composés réduits R'H², de l'ADP et du Pi :

| Fraction mitochondriale utilisée | Résultats |
|---|---|
| Fragments de membrane externe | Pas de production d'ATP<br>Pas d'oxydation des composés R'H² en R' (en présence d'oxygène) |
| Fragments de membrane interne | Production d'ATP<br>Oxydation des composés R'H² en R' (en présence d'oxygène) |

b) L'analyse des fractions révèle que seule la matrice contient des décarboxylases.

## Correction

▸ **Exercice 1**

**Informations tirées du document 1a** : en l'absence de glucose dans le milieu, la teneur du milieu en $O_2$ ne varie pas. En présence de glucose, la teneur en $O_2$ ne diminue que pour les seules les levures G.

**Mise en relation des informations et des connaissances** : en l'absence de glucose, les levures, ne consomme pas d'$O_2$ : elles ne respirent donc pas. Je peux émettre l'hypothèse qu'elles se développent en utilisant l'énergie libérée par la fermentation. En présence de glucose, seules les levures G consomment de l'$O_2$. Je peux émettre l'hypothèse qu'elles sont capables de métaboliser le glucose par la respiration. Ainsi, selon l'approvisionnement en glucose, les levures G peuvent fermenter (peu de glucose) respirer (glucose abondant) ; les levures P semblent avoir perdu la capacité de respirer.
**Informations tirées du document 1b** : le nombre de mitochondries est faible dans les levures P contrairement aux levures G.
**Mise en relation des informations et des connaissances** : je peux émettre l'hypothèse que l'impossibilité pour les levures P de respirer est liée à l'absence de mitochondries dans leur cytoplasme et donc que les mitochondries sont nécessaires à l'utilisation de l'$O_2$. J'en déduis que les mitochondries doivent être le lieu de l'étape 3 du document de référence.
**Informations tirées du document 2** : la teneur en $O_2$ du milieu ne varie pas après injection de glucose, mai chute rapidement après celle de pyruvate.
**Mise en relation des informations et des connaissances** : je peux en conclure que les mitochondries isolées sont incapables d'utiliser directement le glucose ; en revanche, elles sont capables d'utiliser le pyruvate. D'après le document de référence le glucose peut être transformé en pyruvate. J'en déduis que la transformation du glucose en pyruvate (= glycolyse) intervient dans l'hyaloplasme de la levure. Ainsi, la 1re étape du document de référence intervient dans l'hyaloplasme de la levure.
**Informations tirées du document 3a** : en présence de dioxygène, des composés réduits $R'H^2$, de l'ADP et du Pi, seuls les fragments de la membrane interne de mitochondries sont capables de produire de l'ATP et d'oxyder les transporteurs **réduits.**
**Mise en relation des informations et des connaissances** : ces réactions, qui nécessitent de fragments de la membrane interne des mitochondries, correspondent à celle de l'étape 3 du document de références. J'en déduis que ces réactions interviennent soit dans l'espace intermembranaire, soit dans la matrice de la mitochondrie.
**Informations tirées du document 3b** : les décarboxylases sont nécessaires à la réalisation de l'étape 2 du document de référence.
**Mise en relation des informations et des connaissances** : comme elles se trouvent dans la matrice des mitochondries, j'en déduis que c'est là que l'étape 2 intervient.
**Synthèse** : l'analyse des différents documents nous a permis de préciser que les mitochondries sont indispensables à la respiration cellulaire (Doc. 1), mais qu'elles sont incapables d'utiliser directement le glucose (Doc. 2). Celui doit être converti en pyruvate dans le cytoplasme (étape 1). L'analyse du document 3b nous

révèle que les décarboxylations successives nécessaires à la synthèse d'ATP et de transporteurs réduits interviennent dans la matrice de la mitochondrie. Enfin, l'analyse du document 3a révèle que les réactions de l'étape 3 interviennent soit dans l'espace intermembranaire, soit dans la matrice de la mitochondrie, soit en faisant intervenir les deux (création d'un gradient de protons à l'origine de la synthèse d'ATP par les ATP synthétases membranaires).

Chapitre F-3

# Le contrôle des flux de glucose, source essentielle d’énergie des cellules musculaires

# Je révise et je me perfectionne

Certains tissus (comme le cerveau, les globules rouges, la région médullaire du rein, le cristallin, la cornée de l'œil, et le muscle en contraction rapide) ont besoin d'un approvisionnement continu en glucose.
Le glucose est utilisé par l'ensemble des cellules, notamment les cellules cérébrales pour produire, grâce au métabolisme respiratoire et fermentaire, l'énergie dont elles ont besoin. Le glucose est l'aliment privilégié de certains tissus, et surtout du cerveau.

La **glycémie** correspond au taux de glucose présent dans le sang. À jeun, la glycémie normale est de l'ordre de 0,7 à 1,1 g.L$^{-1}$ (normoglycémie). Ce taux est en moyenne de 1 g.L$^{-1}$ et varie peu au cours de la journée (de l'ordre de 0,1 g).

## I. Les organes de stockage du glucose

### I-1. L'homéostat glucidique

On observe qu'après un repas, et en fonction de sa teneur en glucide, la glycémie augmente temporairement ; elle baisse à la suite d'une activité physique (Fig. 1). Ainsi, malgré une absorption digestive intermittente de glucose au moment des repas et une utilisation cellulaire permanente, mais variable en fonction notamment de l'activité musculaire, la **glycémie** est maintenue constante : c'est **l'homéostat glycémique** (Fig. 1).

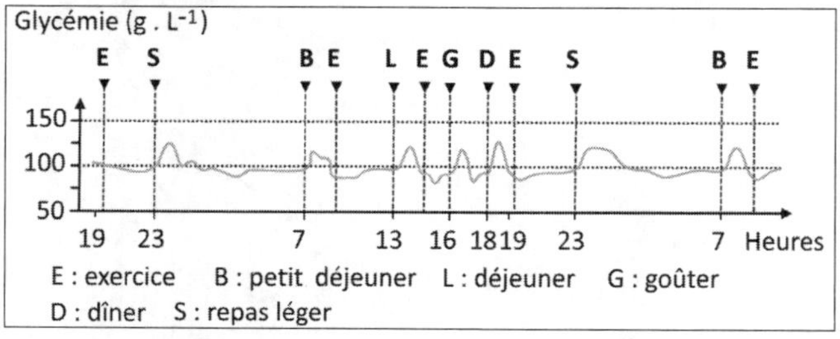


Figure 1. Illustration de l'homéostat glucidique.

L'homéostat glycémique impose l'existence d'organes capables de stocker et de déstocker des réserves de glucose. Parmi ces organes, le **foie** et **les muscles** jouent un rôle prépondérant dans la régulation de la glycémie.

## I-2. Le stockage du glucose par l'organisme

La glycémie peut baisser en raison soit de l'utilisation du glucose, soit de son stockage par l'organisme.

Dans l'expérience suivante on a fait ingérer à une personne du glucose radioactif. La radioactivité liée au $^{14}C$ est mesurée dans les différents tissus après 2 heures (Fig. 2).

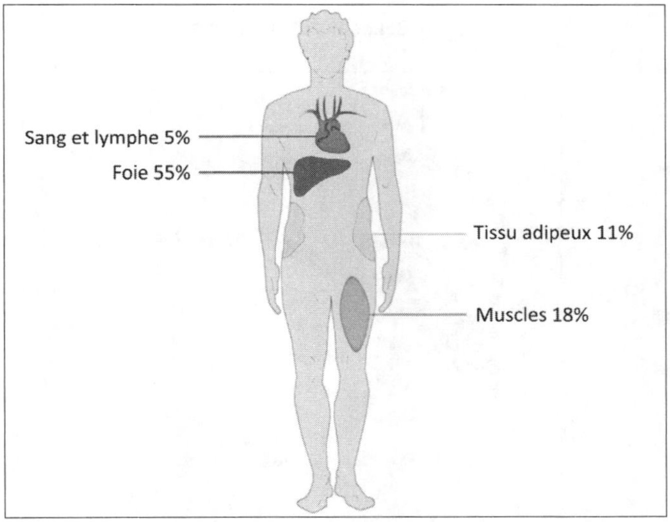


Figure 2. Localisation de la radioactivité 2 heures après l'ingestion de glucose radioactif.

On constate que les principaux organes de stockage du glucose sont le **foie**, les **muscles** et **le tissu adipeux**, que du glucose est transporté par le sang et la lymphe et qu'une partie du glucose a été consommée par la respiration.

### *I-2.1. Le stockage du glucose par le foie*

Le foie occupe une position clé dans l'organisme (Fig. 3) : il est le premier organe à recevoir, par l'intermédiaire de la veine porte-hépatique, le sang enrichi en nutriments libérés par la digestion (Fig. 4).

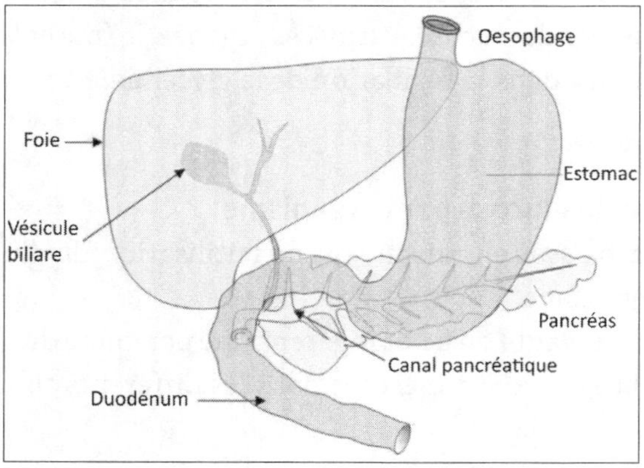


Figure 3. Localisation du foie.

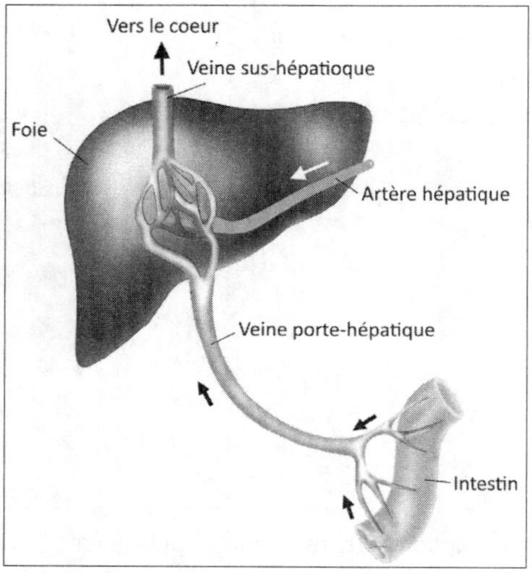


Figure 4. Irrigation du foie.

- **Mise en évidence expérimentale du rôle du foie**

– L'expérience du foie lavé du physiologiste Claude Bernard (Fig. 5).

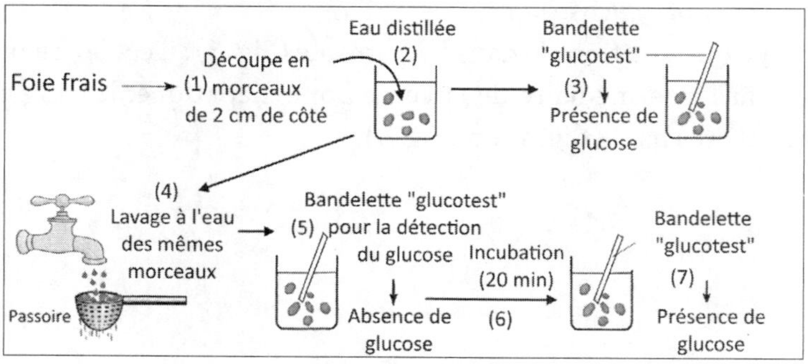


Figure 5. Expérience du foie lavé.

– Conséquence de l'ablation du foie chez un chien

Chez un chien en bonne santé et bien nourri, on suit l'évolution de la glycémie à la suite de l'ablation de son foie. Le chien n'a pas été nourri après l'ablation.

| Temps en min après l'ablation | 0 | 15 | 30 | 45 | 60 | 75 | 90 |
|---|---|---|---|---|---|---|---|
| Glycémie (g.L$^{-1}$) | 1 | 0,88 | 0,76 | 0,7 | 0,6 | 0,55 | 0,5 |

On observe un affaiblissement de l'animal quand la glycémie descend en dessous de 0,6 g.L$^{-1}$. Il entre dans le coma quand la glycémie atteint 0,5 g.L$^{-1}$.

Ces deux expériences démontrent que le foie est susceptible de libérer du glucose dans la circulation sanguine.

Le foie constitue ses propres réserves en glucose sous forme de glycogène (Fig. 6).

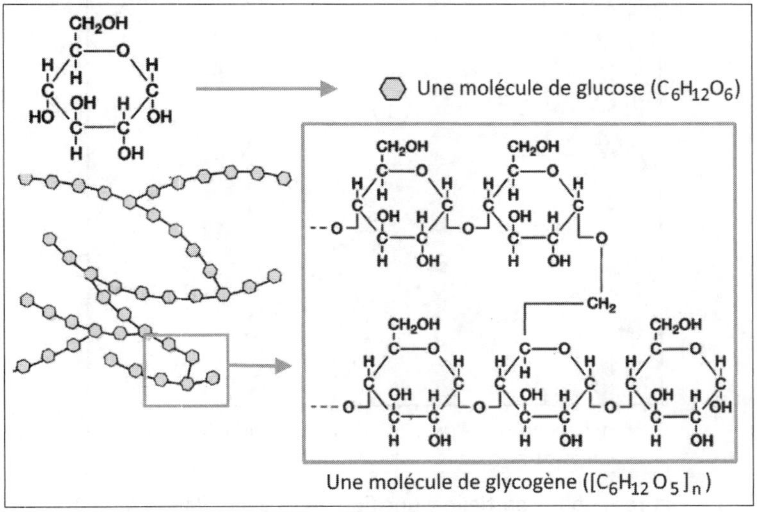


Figure 6. Structure de la molécule de glycogène.

Les cellules hépatiques du foie stockent 50 g de glycogène par kg de foie (Fig. 7).

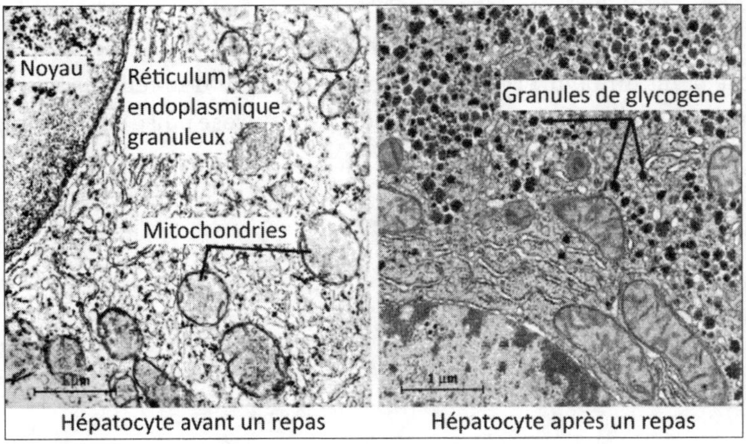


Figure 7. Granules de glycogène dans des hépatocyte (MEB).

Le foie stocke pour l'organisme : il libère du glucose dans le sang pour alimenter les cellules dépendantes de glucose.

### *I-2.2. Le stockage du glucose par les muscles*

Comme le foie, le muscle peut stocker du glucose sous forme de granules de glycogène (Fig. 8). Cependant, au contraire du foie, il ne peut en libérer dans la circulation générale.

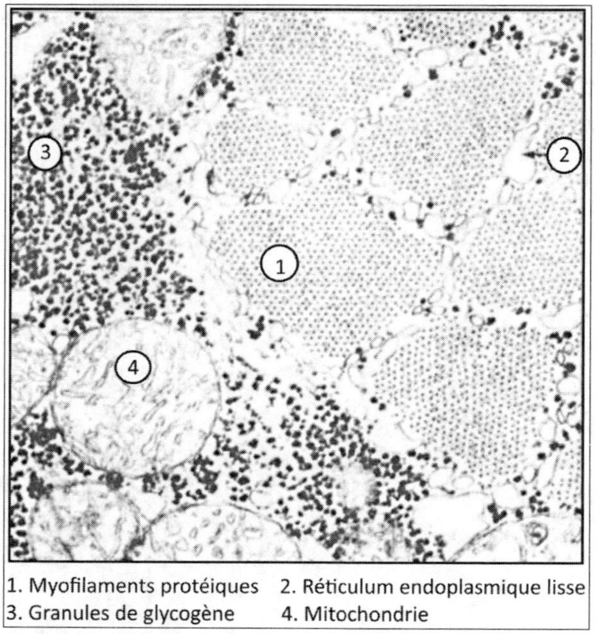


Figure 8. Coupe partielle d'une fibre musculaire (MET × 40 000).

Dans les muscles, la fonction du glycogène est de fournir du glucose pour le muscle lui-même. Les muscles stockent 10 g de glycogène par kg de muscle.

### *I-2.3. Le stockage du glucose par les adipocytes*

Le glucose sanguin peut être transformé au niveau des cellules adipeuses (ou **adipocytes**) en **triglycérides** (graisse) à partir du glucose puisé dans le sang (Fig. 9).

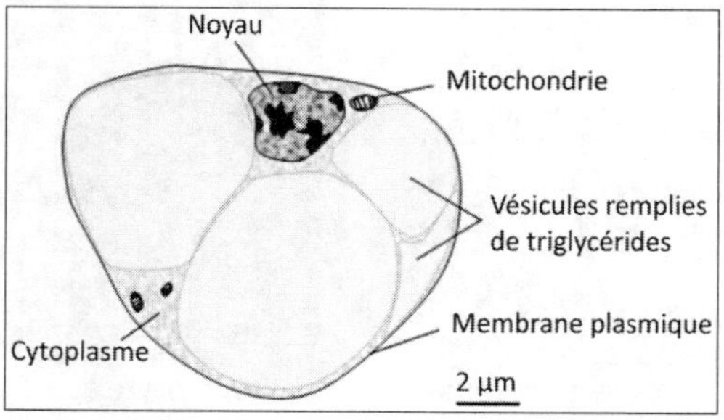


Figure 9. Les adipocytes contiennent des réserves de triglycérides.

# II. Les flux de glucose au sein de l'organisme

Il existe des flux de glucose, variables selon l'activité, entre les organes sources (intestin et foie) et les organes consommateurs (dont les muscles).

## II-1. La mise en réserve du glucose

### *II-1.1. La glycogénogenèse*

La glycogénogénèse transforme du glucose en glycogène (= produit du glycogène à partir du glucose), permettant ainsi le stockage du glucose (Fig. 10). Elle intervient dans le foie et les muscles.

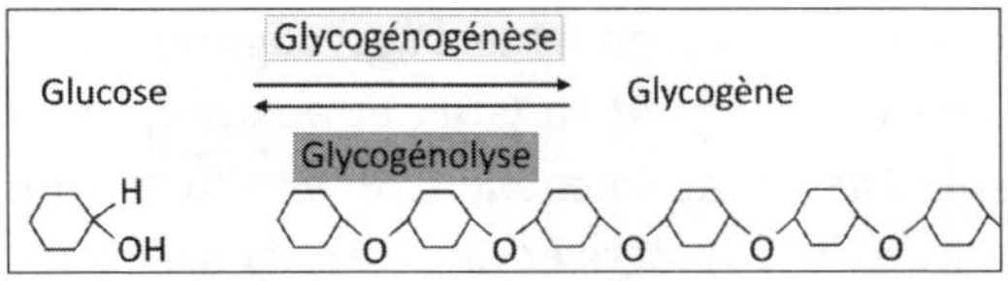


Figure 10. Glycogénogénèse et glycogénolyse.

Répartition du glycogène entre les organes pour un homme de 70 kg, 12 heures après un repas :

| Glycogène | Hépatique | Musculaire | Autres |
|---|---|---|---|
| (en g) | 75 | 300 à 500 | 2 |

### *II-1.2. La lipogenèse*

La lipogenèse transforme du glucose en triglycérides qui est stocké dans les adipocytes et constitue donc une réserve de glucose. Elle intervient dans le foie et le tissu adipeux mais pas dans les muscles.

## II-2. La libération du glucose

### *II-2.1. La glycogénolyse*

La glycogénolyse retransforme le glycogène en glucose (= produit du glucose à partir du glycogène). Elle intervient dans le foie et les muscles. Il y a déstockage du glycogène uniquement pour le foie car les muscles sont incapables de libérer du glucose dans la circulation sanguine.

### *II-2.2. La lipolyse*

La lipolyse retransforme les triglycérides en glucose (= produit du glucose à partir des triglycérides). Il y a déstockage car le glucose produit est libéré dans la circulation sanguine.

## II-3. Le métabolisme du glycogène dans les cellules hépatiques et musculaires

### *II-3.1. Métabolisme du glycogène dans les cellules hépatiques*

**La synthèse du glycogène :** lorsque le glucose est en excès dans le sang, une enzyme (la **glucokinase** hépatique) devient opérationnelle, et le glucose cytoplasmique est phosphorylé en **glucose-6-phosphate (G6P)** qui ne peut plus traverser la membrane plasmique.

Cette première étape est suivie de l'intervention d'une deuxième enzyme, la **glycogène synthase** qui polymérise le G6P sous forme de glycogène (Fig. 11).

**La dégradation du glycogène hépatique :** lorsque la quantité de glucose diminue dans le sang, les enzymes de la glycogenèse **sont inhibées** et les enzymes de la glycogénolyse **sont activées.** Un enzyme, la **glycogène phosphorylase** entraîne la dépolymérisation du glycogène en G6P, et ensuite, une deuxième enzyme, **la glucose 6 phosphatase** transforme le G6P en glucose qui peut traverser la membrane cellulaire de l'hépatocyte et diffuser dans le sang (Fig. 11).

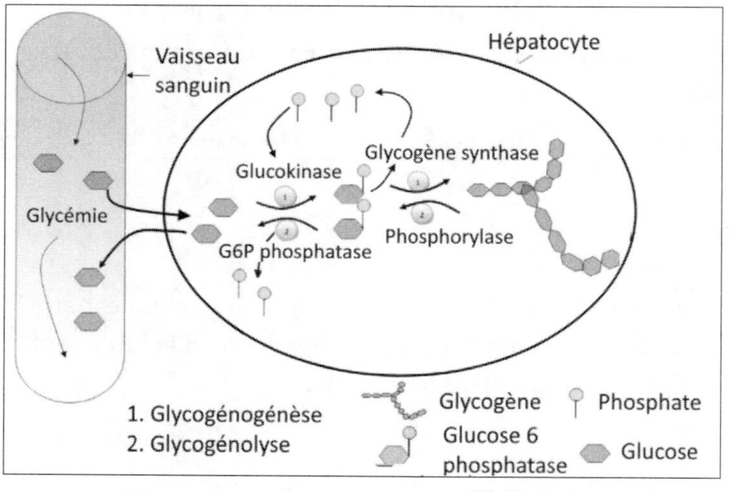


Figure 11. Métabolisme du glycogène hépatique.

### *II-3.2. Métabolisme du glycogène dans les cellules musculaires*

Le métabolisme est identique à l'exception du fait que les cellules musculaires ne possèdent pas l'enzyme glucose 6 phosphatase et ne peuvent donc pas libérer le glucose dans le sang. Le glucose libéré ne pourra être utilisé que localement pour satisfaire les besoins en énergie de la cellule musculaire (Fig. 12).

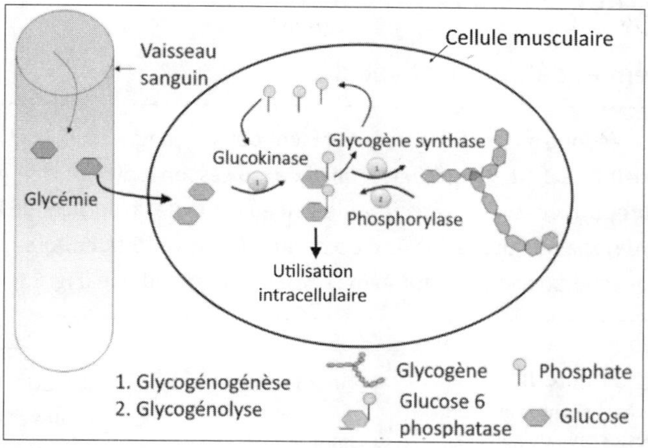


Figure 12. Métabolisme du glycogène par les cellules musculaires.

→ **Remarque** : les cellules musculaires ne possèdent pas l'enzyme glucose 6 phosphatase et ne peuvent donc pas libérer le glucose dans le sang.

## II-4. Le sens des flux de glucose au repos et à l'effort

### *II-4.1. Au repos*

Le glucose est transformé en glycogène ou en triglycéride.

### *II-4.2. À l'effort*

Lors d'un effort physique, le glycogène est retransformé en glucose lors de la glycogénolyse et le glucose est utilisé pour produire de l'énergie nécessaire à la contraction musculaire. Les muscles sollicités utilisent le glycogène qu'ils contiennent alors que le glycogène hépatique est dégradé en glucose qui est ensuite transporté par le sang jusqu'aux muscles.
Les triglycérides quant à eux sont retransformés en glucose lors de la lipolyse et les acides gras libres circulent dans le sang jusqu'aux muscles.

# III. La régulation de la glycémie

## III-1. La glycémie : définition et valeurs

La **glycémie** correspond au taux de glucose présent dans le sang. À jeun, la glycémie normale est de l'ordre de 0,7 à 1,1 g.L$^{-1}$ (normoglycémie). Ce taux est en moyenne de 1 g.L$^{-1}$ et n'excède pas 1,4 g.L$^{-1}$ après un repas. La glycémie varie peu au cours de la journée (de l'ordre de 0,1 g) malgré la prise de repas et l'utilisation de glucose au cours des efforts, ce qui suggère l'existence d'un système de régulation très performant : l'homéostat glucidique (Fig. 13).

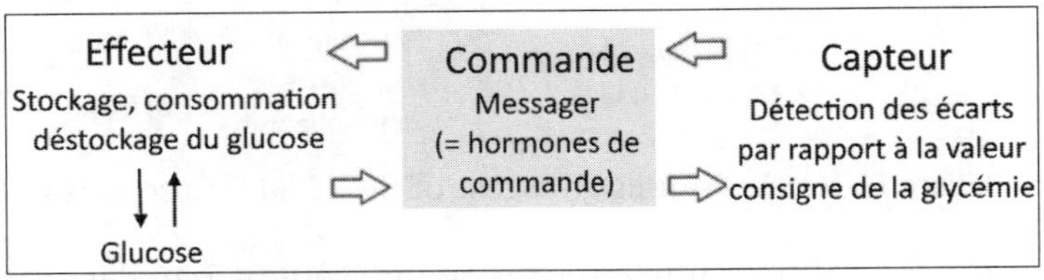


Figure 13. Représentation schématique d'un système régulé.

## III-2. Mise en évidence de la fonction hormonale (endocrine) du pancréas

### *III-2.1. Localisation et structure du pancréas*

Le pancréas est un organe abdominal qui se trouve lové dans l'anse du duodénum (Fig. 14).

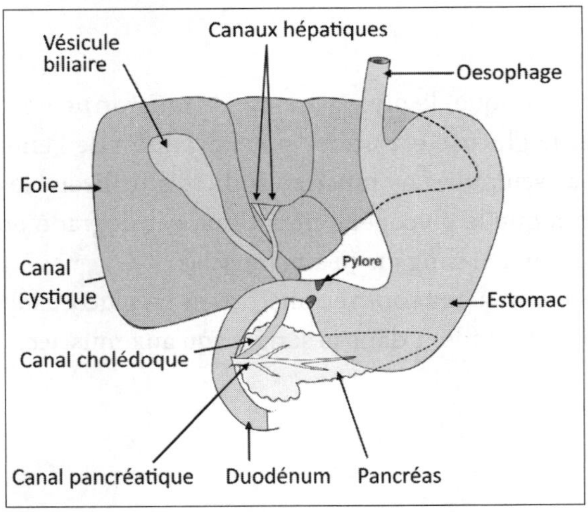


Figure 14. Localisation du pancréas.

Une coupe histologique transversale montre la présence de deux tissus (Fig. 15).

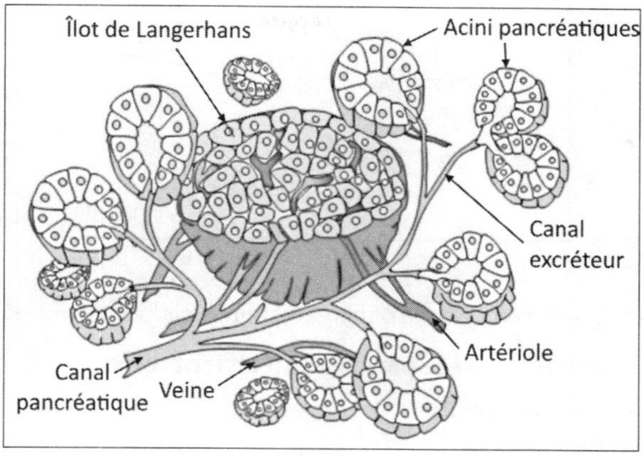


Figure 15. Schématisation d'une coupe histologique du pancréas.

- Les acini formés de cellules acineuses qui sécrètent les enzymes digestives dans le canal collecteur ; c'est la **fonction exocrine** du pancréas.
- Les îlots de Langerhans très vascularisés, dans lesquels on peut observer deux types de cellules productrices d'hormones : les cellules β produisant l'insuline et les cellules α produisant le glucagon. C'est la fonction **endocrine** du pancréas (Fig. 16).

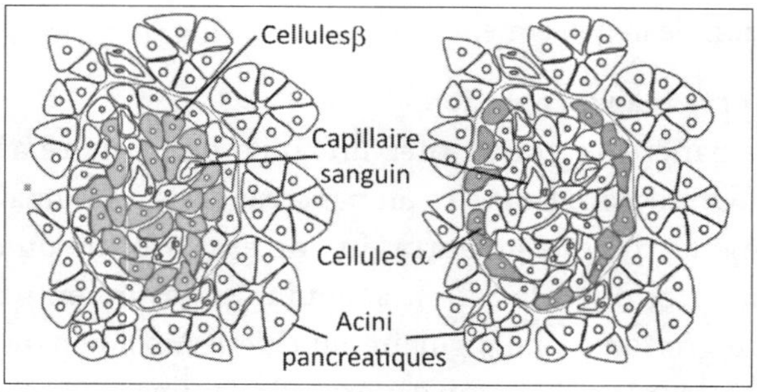


Figure 16. Cellules endocrines des îlots de Langerhans.

### *III-2.2. Mise en évidence des fonctions hormonales du pancréas*

- **L'ablation du pancréas (pancréatectomie)**

Mehring et Minkowski réalise en 1890, l'ablation du pancréas d'un chien. Le chien présente des troubles digestifs, sa glycémie augmente de façon importante (Fig. 17), il urine de façon abondante une urine sucrée (on parle de glycosurie), s'affaiblit et finit par mourir.

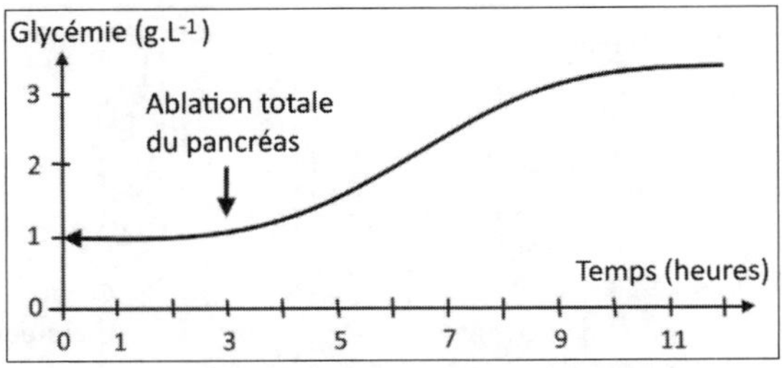


Figure 17. Conséquence de la pancréatectomie sur la glycémie d'un chien.

Cette expérience démontre que le pancréas intervient directement ou indirectement dans la régulation de la glycémie.

- **Ligature du canal pancréatique**

Dans une seconde expérience, ils ligaturent le canal pancréatique reliant le pancréas à l'intestin. Ils observent de nouveau des troubles digestifs car les sucs pancréatiques (activité exocrine du pancréas) ne peuvent plus se déverser dans l'intestin où a lieu la digestion des graisses.
L'animal ne présente pas d'hyperglycémie et son urine est normale aussi bien en volume qu'en composition.
Cette expérience précise que la partie exocrine du pancréas n'est pas impliquée dans la régulation de la glycémie.

- **Greffe de pancréas après ablation**

On réalise une pancréatectomie chez un chien de manière à provoquer une hyperglycémie. On raccorde ensuite un pancréas frais à l'animal par circulation croisée : l'organe est irrigué en suturant l'artère carotide du chien à l'artère pancréatique du greffon et le retour sanguin est assuré en suturant la veine pancréatique du greffon à une jugulaire du chien. Ainsi le pancréas externe se trouve « branché » sur la circulation générale de l'animal pancréatectomisé.
Des prélèvements sanguins répétés chez le chien opéré, permettent de suivre l'évolution de la glycémie pendant toute la durée de l'expérience. Après quelques heures, le pancréas greffé est supprimé (Fig. 18).

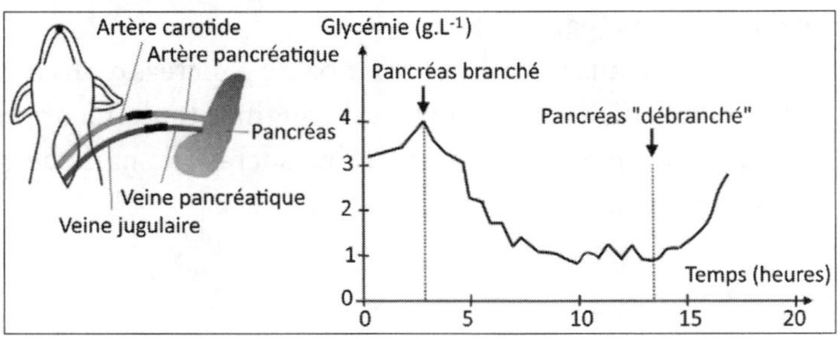


Figure 18. Effet de la greffe d'un pancréas sur la glycémie d'un chien pancréatectomisé.

En l'absence de pancréas, la glycémie du chien est très élevée (3 $g.L^{-1}$). Le « branchement » du pancréas rétablit une glycémie normale pour le chien, tant que le pancréas reste branché. Cette expérience montre que le pancréas agit sur la glycémie par l'intermédiaire d'une ou de substances libérées dans le sang, c'est à dite des **hormones**.

- **Mise en évidence du rôle endocrine des îlots de Langerhans**

Banting et Best en 1921 préparent un extrait d'îlots de Langerhans et retire le pancréas à un cobaye. Ils injectent 2 h, 3 h et 5 h après la pancréatectomie, de l'extrait d'îlots de Langerhans. Le lendemain ils procèdent de façon rapprochée à six injections de l'extrait d'îlots de Langerhans au cobaye pancréatectomisé (Fig. 19).

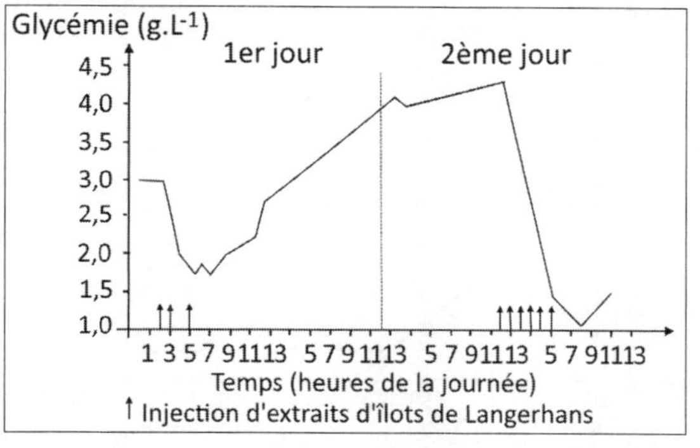


Figure 19. Ablation du pancréas et injection d'extraits d'îlots de Langerhans.

En l'absence de pancréas, la glycémie du chien augmente de façon très importante. Elle redescend à l'issue de chaque série d'injections de l'extrait des îlots de Langerhans. Ceci démontre que les îlots de Langerhans agissent sur la glycémie via une substance libérée dans le sang, c'est-à-dire une hormone.

La substance active sera isolée plus tard : c'est l'**insuline**, une **hormone hypoglycémiante**.

### III-3. L'insuline et le système hypoglycémiant

L'action de l'insuline peut être mise en évidence expérimentalement en injectant de l'insuline à un individu à jeun (12 h après un repas) et en suivant sa glycémie (Fig. 20), sa production et sa consommation de glucose (Fig. 21).

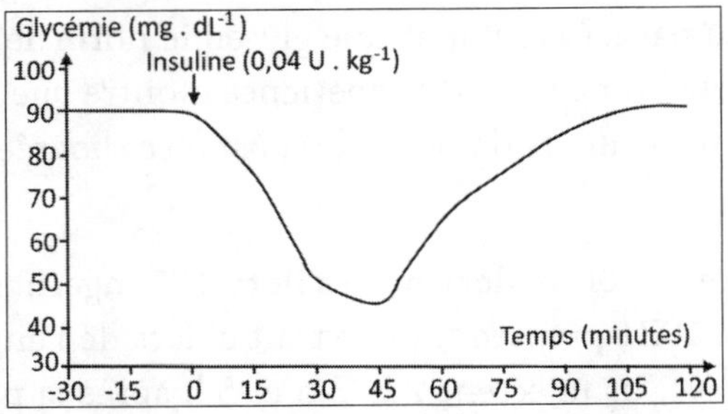


Figure 20. Effet sur la glycémie de l'injection d'insuline à un individu à jeun depuis 12 heures.

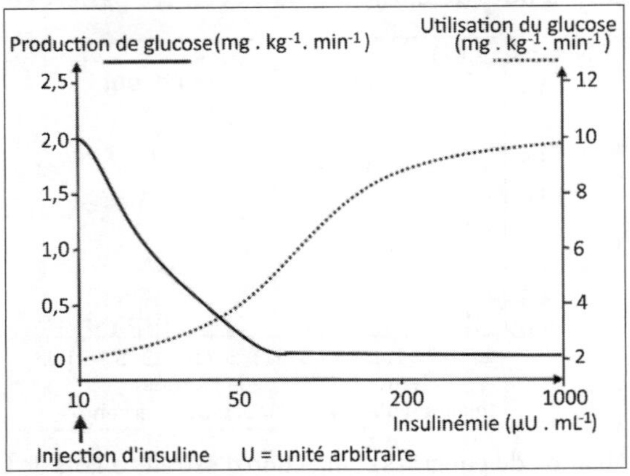


Figure 21. Effet de l'injection d'insuline sur la production et l'utilisation du glucose chez un individu à jeun depuis 12 heures.

On observe que l'insuline a un effet hypoglycémiant en favorisant l'utilisation du glucose et en limitant sa production.

Dans une expérience similaire, on a étudié l'activité de deux enzymes antagonistes (Fig. 22) : la glycogène phosphorylase et la glycogène synthase (voir paragraphe II-3.).

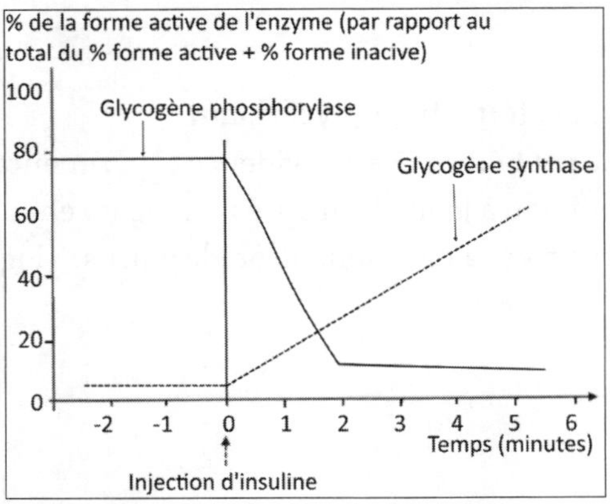


Figure 22. Activité de la glycogène phosphorylase et de la glycogène synthase dans les cellules hépatiques d'un individu à jeun depuis 12 heures, après injection d'insuline.

On observe que l'insuline **inhibe** la glycogène phosphorylase et donc la sortie du glucose en dehors des cellules hépatiques ; elle stimule l'activité de la glycogène synthase et donc le stockage du glucose sous forme de glycogène (ceci est aussi vrai pour la cellule musculaire.

L'insuline favorise également l'entrée de glucose dans les cellules musculaires (et hépatiques), grâce à des protéines membranaires transportant le glucose.

Ces deux effets vont dans le sens d'une baisse de la glycémie : **l'insuline est une hormone hypoglycémiante**.

La figure suivante (Fig. 23) récapitule les résultats de ces différentes expériences.

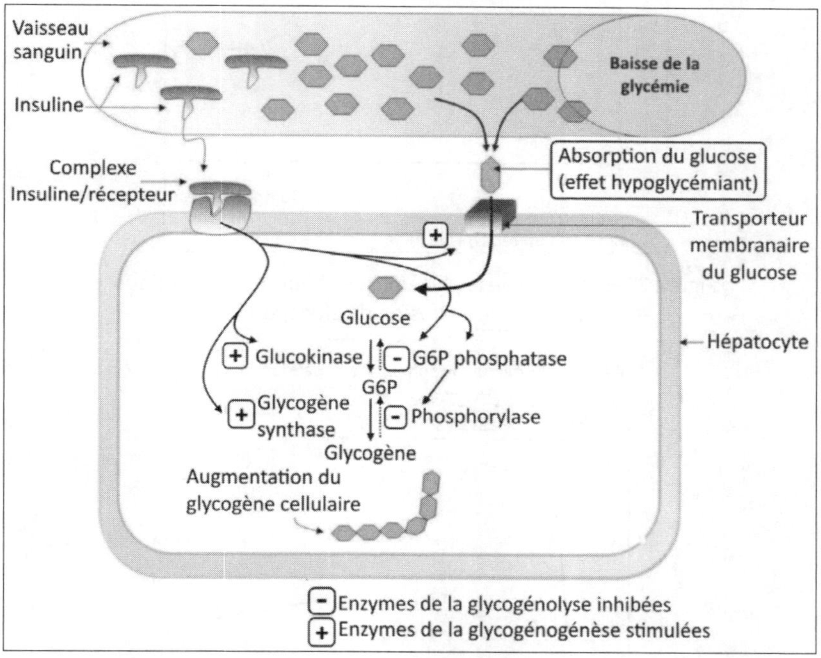


Figure 23. Les effets hypoglycémiants de l'insuline.

## III-4. Le glucagon et le système hyperglycémiant

Le glucagon est une hormone protéique de 29 acides aminés secrétée par les cellules $\alpha$ du pancréas (Fig. 24).

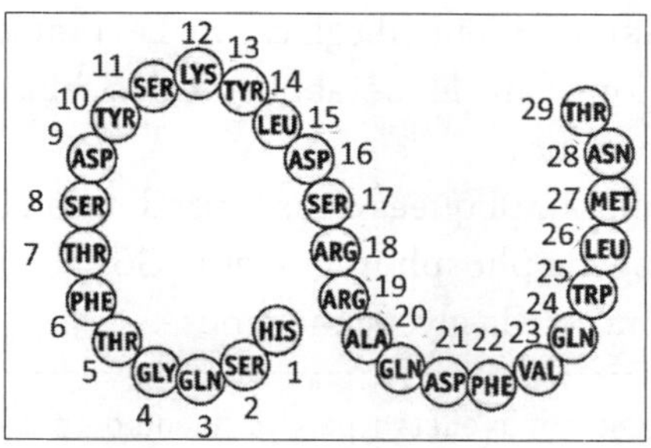


Figure 24. La molécule de glucagon.

L'action du glucagon peut être mise en évidence expérimentalement : des chiens non diabétiques à jeun depuis 12 h sont perfusés par du glucagon. On mesure l'évolution de leur glycémie (Fig. 25) et de l'activité d la glycogène phosphorylase hépatique (Fig. 26).

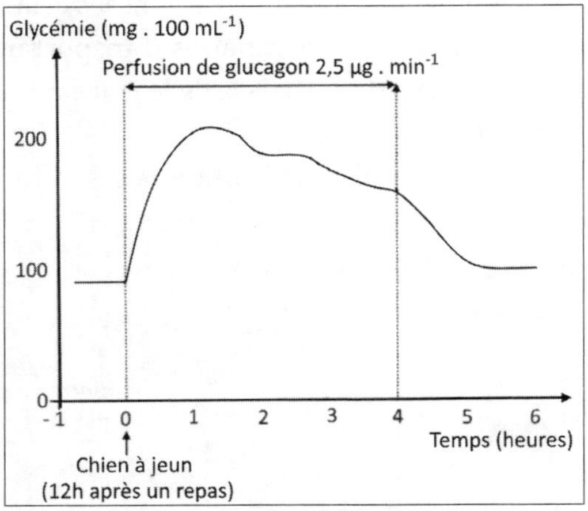


Figure 25. Évolution de la glycémie de chiens non diabétique suite à une perfusion de glucagon.

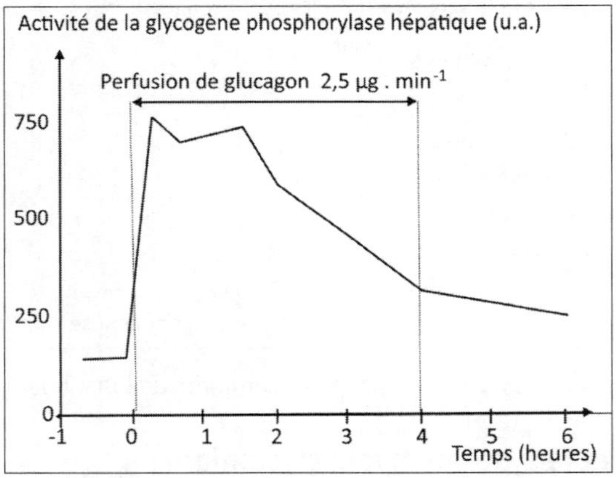


Figure 26. Effet du glucagon sur l'activité de la glycogène phosphorylase hépatique.

Les seules cellules cibles de cette hormone sont les cellules du foie qui possèdent des récepteurs (protéines) spécifiques du glucagon. Le complexe glucagon/récepteur entraîne des modifications dans le métabolisme des cellules hépatiques en sens inverse de l'effet de l'insuline :

- activation des enzymes impliquées dans la production du glucose qui passent à l'état actif, la glycogène phosphorylase et la G6P ;
- inhibition des enzymes de la glycogénogenèse.

Le **glucagon** est donc une hormone aux effets hyperglycémiants qui protègent d'une hypoglycémie.

La figure suivante (Fig. 27) récapitule les résultats de ces différentes expériences.

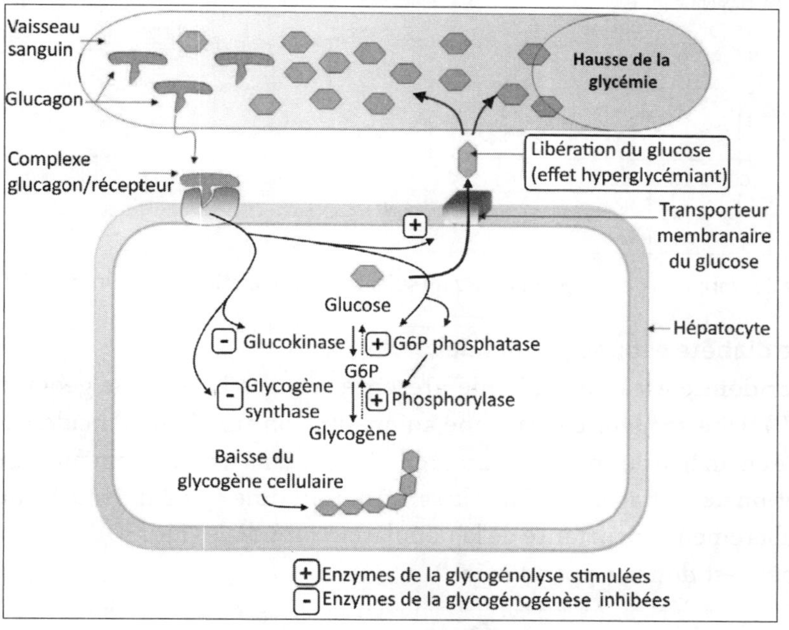


Figure 27. Les effets hyperglycémiants du glucagon.

La glycémie repose sur l'équilibre entre l'hormone hyperglycémiante l'insuline (I) et l'hormone hypoglycémiante le glucagon (G) présent dans le sang. C'est le rapport I/G qui va orienter le comportement des cellules (la durée demi vie des hormones est de 5 min). Un rapport faible entraîne une hyperglycémie et un rapport élevé une hypoglycémie.

## IV. Les diabètes : des dérégulations de la glycémie

### IV-1. Définition

Le diabète est dû à un dysfonctionnement de la régulation de la glycémie qui entraîne un excès de sucre dans le sang. Le diabète est donc caractérisé par une hyperglycémie chronique (= permanente). Ainsi, le diabète sera diagnostiqué si la glycémie à jeun est supérieure à 1,26 g/L (7 mmol/L) ou si la glycémie, quel que soit le moment de la journée, est supérieure à 2 g/L (11 mmol/L) (Fig. 28).

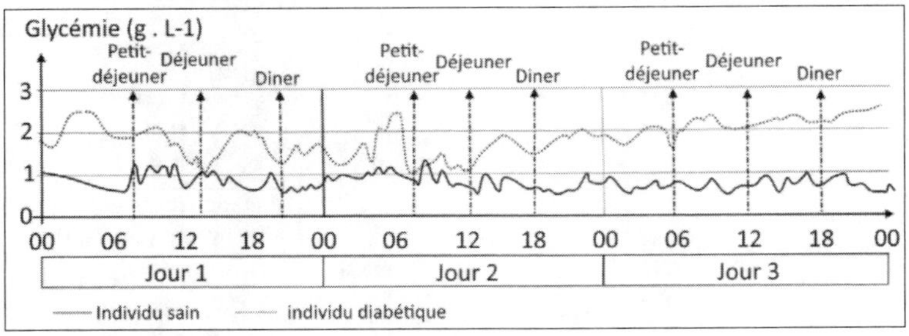


Figure 28. Variation de la glycémie chez un sujet sain ou diabétique au cours de la journée.

## IV-2. Le diabète est une pandémie

Une **pandémie** est une épidémie présente sur une large zone géographique (Fig. 29). Une **épidémie** étant une augmentation rapide de l'incidence d'une maladie en un lieu donné sur un moment donné, sans nécessairement comporter une notion de contagiosité. Dans le sens courant, une épidémie touche une part particulièrement importante de la population mondiale (Fig. 30).
Le diabète est donc une pandémie.

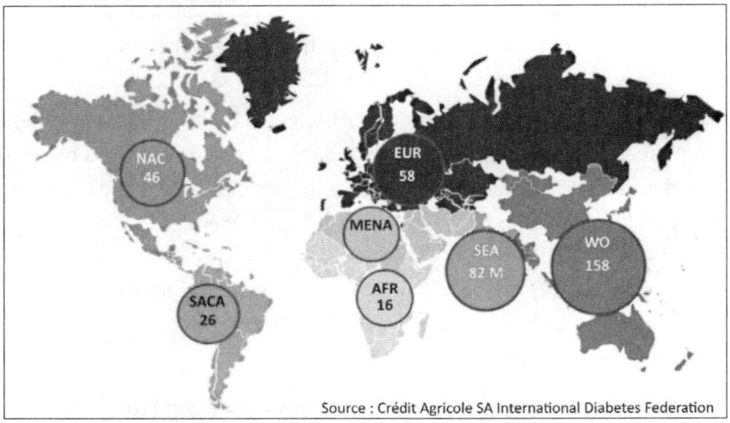


Figure 29. Le diabète, une maladie planétaire.

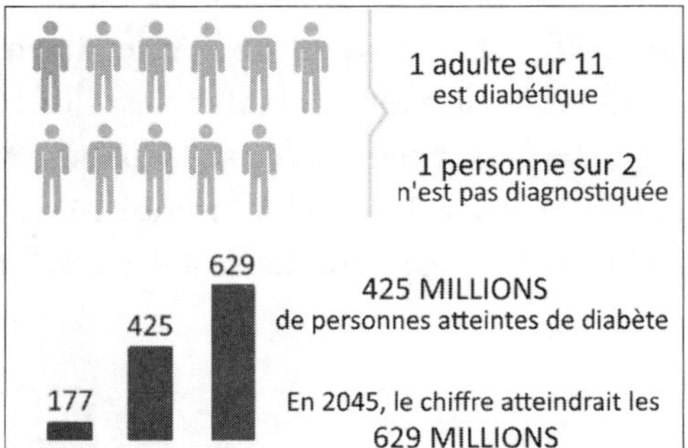


Figure 30. Le diabète touche un nombre croissant de personnes.

## IV-3. Comment caractériser les différents types de diabète ?

Il existe **3 types de diabète** : le diabète de type 1, le diabète de type 2 et le diabète gestationnel. Dans les trois cas, sans traitement, le taux de sucre (= glycémie) s'élève dans le sang.

L'insuline permet normalement de réguler la glycémie.

Le type de diabète d'un patient peut être déterminé à la suite d'un test d'ingestion de glucose. La dose de glucose ingérée est de 1 gramme par kg de poids avec un maximum de 75 g (1,75 g/kg chez l'enfant).

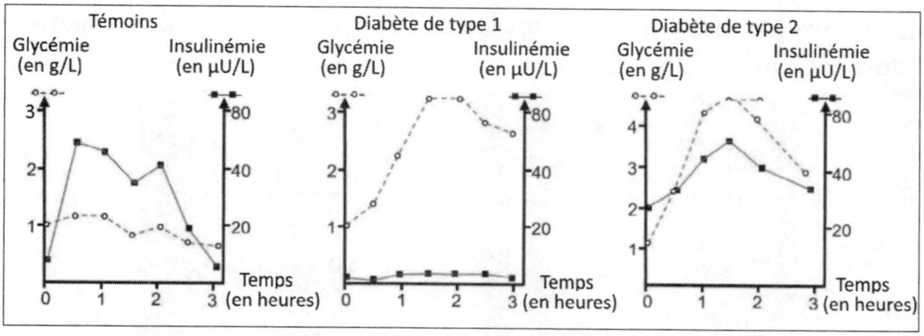


Figure 31. Glycémie et insulinémie de différents patients suite à l'ingestion de glucose à t = 0.

Dans tous les cas de diabète la glycémie, après l'ingestion de glucose, s'élève davantage que pour l'individu sain, et contrairement à celui-ci, ne retrouve pas sa valeur normale au bout de 3 heures (Fig. 31).

Selon le type de diabète, on observe soit une **carence de sécrétion** de l'insuline (diabète de type 1), soit au contraire **une surséсrétion** qui traduit une **résistance à l'action de cette hormone (diabète de type 2)** (Fig. 31).

Dans tous les cas, le corps devient incapable d'utiliser le glucose (sucre) comme source d'énergie. Celui-ci s'accumule dans le sang au lieu d'être absorbé par les cellules, provoquant ainsi des hyperglycémies (brusques élévations du taux de sucre dans le sang).

## IV-4. Le diabète de type 1

Le diabète de type 1, appelé aussi diabète **insulinodépendant**, survient quand l'organisme ne secrète plus suffisamment ou plus du tout d'insuline de façon définitive.

- **Les symptômes du diabète de type 1**

Ce sont : une grande fatigue ; une soif importante ; une augmentation des envies d'uriner ; des urines abondantes ; une perte de poids importante et inexplicable (pas de perte d'appétit à ce stade).

- **Prévalence du diabète de type 1 dans la population**

Le diabète de type 1 survient généralement chez les sujets jeunes (enfants, ados, adultes jeunes) et les symptômes sont les suivants : fatigue, amaigrissement, besoin et envie d'uriner fréquentes.

- **L'origine du diabète de type 1**

Aujourd'hui encore, malgré les progrès de la recherche, les causes du dysfonctionnement de la production d'insuline ne sont pas bien connues. On sait cependant que le diabète de type 1 est une maladie auto-immune : le système immunitaire du diabétique détruit les cellules β de ses îlots de Langerhans productrice d'insuline (fig. 32).

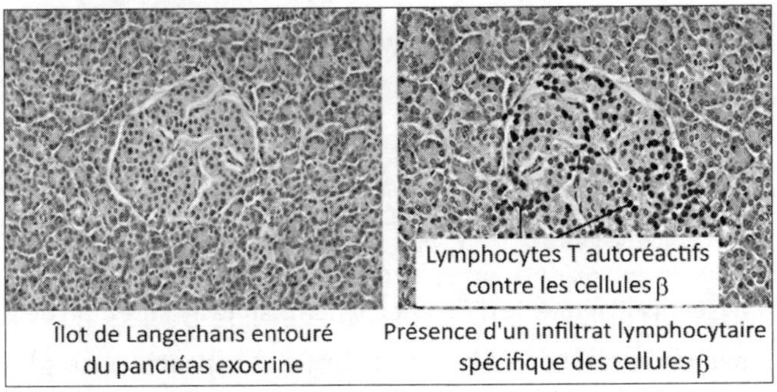


Figure 32. Attaque des cellules β des îlots de Langerhans par le système immunitaire (Lymphocytes T autoréactifs).

Le **caractère héréditaire** du diabète a également été mis en évidence mais la probabilité de transmettre la maladie demeure relativement faible. En effet, le risque que l'enfant d'une personne ayant un diabète de type 1 souffre également de cette maladie est de l'ordre de 5 %.

- **Les traitements du diabète de type 1**

Pour pallier le manque d'insuline qui n'est plus secrétée, le traitement de référence consiste à procéder plusieurs fois par jour à des injections de cette hormone. D'autres traitements visant à rétablir la sécrétion d'insuline par l'organisme sont à l'étude : différenciation de cellules-souches en cellules β des îlots de Langerhans, transformation de cellules α en cellules β (voir exercice du Bac Émirats Arabes 2018), transplantation d'îlots de Langerhans…

(1) La transplantation d'îlots pancréatiques libres

## IV-5. Le diabète de type 2

Le diabète de type 2 est aussi appelé diabète gras ou diabète de la maturité ou encore diabète non-insulino-dépendant (DNID).

- **Les symptômes du diabète de type 2**

Les patients « prédiabétiques » (on parle aussi d'intolérance au glucose), ou même diabétiques, ne présentent en général **aucun signe clinique** avant plusieurs années. L'hyperglycémie reste **longtemps asymptomatique** et la maladie est souvent découverte de façon fortuite à l'occasion d'une prise de sang, ou en cas de complication.

De ce fait, l'âge moyen de prise en charge est souvent trop avancé (65 ans en France). L'hyperglycémie est alors déjà installée depuis longtemps et les dégâts ont commencé.

**La seule méthode de détection de la maladie à un stade précoce est la mesure de la glycémie à jeun** : entre 1,10 et 1,26 g/l, le patient est considéré comme prédiabétique ; si la glycémie dépasse 1,27 g/l lors de deux dosages successifs, le diabète est déclaré.

- **Prévalence du diabète de type 2 dans la population**

Le DNID est une maladie très fréquente qui touche plus d'un million et demi de personnes en France, et ne cesse d'augmenter. Elle représente environ 85 % de l'ensemble des diabètes, et concerne autant d'hommes que de femmes.

Le DNID touche surtout les personnes au-delà de 50 ans qui ont un régime alimentaire déséquilibré. Le diagnostic de DNID se fait en général vers 40-50 ans, mais l'âge de début de la maladie est plus précoce.

- **L'origine de l'hyperglycémie**

Elle n'est pas liée à la diminution de la sécrétion d'insuline qui est au contraire augmentée, mais à la **baisse de sensibilité à l'insuline** des cellules du foie, des muscles et du tissu adipeux. Pour répondre à la demande accrue en insuline découlant de cette insensibilité, les cellules insulinosécrétrices du pancréas en produisent davantage... jusqu'à s'épuiser. La production d'insuline devient alors insuffisante et le glucose s'accumule irrémédiablement dans le sang.

**Les complications du diabète**

Le diabète entraîne des complications graves à long terme, pouvant survenir après 10 à 20 ans de déséquilibre glycémique (Fig. 33).

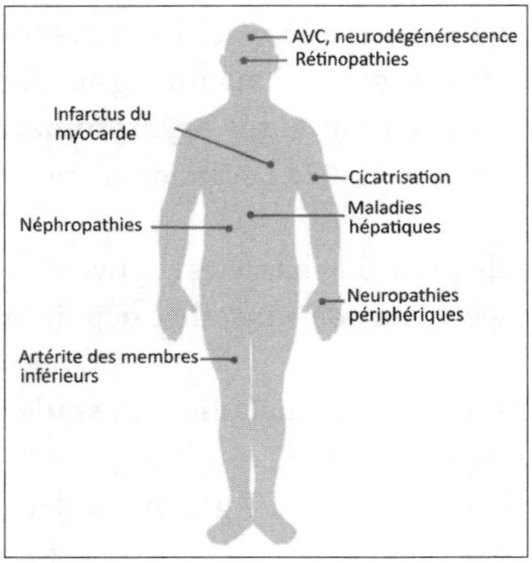


Figure 33. Les complications liées au diabète de type 2.

- **Les facteurs de risque**

Les études génétiques démontrent qu'il est extrêmement rare que le DT2 soit dû à la mutation d'un gène (voir sujet de Bac Métropole septembre 2017). En revanche, il existe sans doute des profils génétiques (i.e. des combinaisons de gènes) qui augmentent la susceptibilité à la maladie, autrement dit le risque de devenir diabétique si l'on adopte un mode de vie inadapté. Ceci est confirmé par le fait que le DNID touche souvent plusieurs membres d'une même famille et que certaines populations sont particulièrement touchées par le DNID.
Mais le principal facteur de risque de DT2 tient à l'hygiène de vie. Une **alimentation trop grasse et trop sucrée**, combinée à la **sédentarité** (absence d'exercice physique), mène à l'**obésité** qui constitue en elle-même un facteur majeur de risque de diabète.
On peut rajouter à la liste la consommation de tabac, l'hypertension artérielle, certains médicaments, en particulier des **neuroleptiques**.
D'autres facteurs interviennent, comme notamment la **flore intestinale** qui peut constituer un facteur de risque et, dans certains cas, être une cause directe de DT 2. Des solutions thérapeutiques visant à traiter le microbiote plutôt que l'hôte puisse prochainement voir le jour.

- **Les traitements du diabète de type 2**

Le traitement de référence du diabète de type 2, celui qui doit être entamé avant tout autre, est la modification des habitudes de vie, incluant :
- une perte de poids quand elle est nécessaire,
- une activité physique régulière et une alimentation équilibrée. Viennent ensuite des **médicaments antidiabétiques**, qui aident à contrôler la glycémie comme la metformine. D'autres traitements sont encore au stade expérimental.

## Je me perfectionne

### (1) La transplantation d'îlots pancréatiques libres

Pour traiter le diabète de type 1, l'une des principales préoccupations des chercheurs est de réussir à fournir à l'organisme des cellules β fonctionnelles afin d'assurer la production de l'insuline, ce qui constituerait une alternative thérapeutique aux injections pluriquotidiennes d'insuline (insulinothérapie), très contraignante pour le patient, et qui constituent aujourd'hui le principal traitement du diabète de type 1.
Plusieurs options sont actuellement étudiées par les chercheurs pour atteindre cet objectif dont la greffe de cellules β fonctionnelles et la greffe des cellules précurseurs des cellules β pancréatiques.
La **greffe de cellules β fonctionnelles consiste** à greffer à proximité d'une voie sanguine des cellules d'îlots de Langerhans (qui contiennent entre autres des cellules β productrices d'insuline), pour libérer de l'insuline dans le sang. Les îlots de Langerhans sont préparés au laboratoire à partir du pancréas d'un donneur. Ils sont injectés à plusieurs reprises au patient dans la veine menant au foie où elles se greffent et se mettent à produire de l'insuline (Fig. 34).

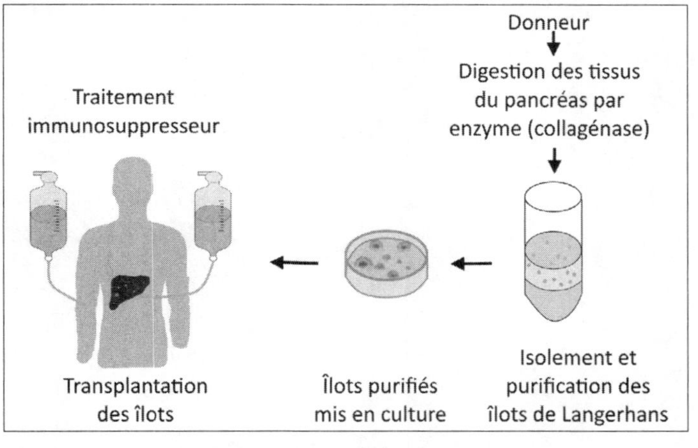


Figure 34. La greffe de cellules β fonctionnelles.

La transplantation d'îlots pancréatiques est complexe du fait du système immunitaire de l'hôte qui détruit les îlots transplantés, et de la survie des îlots limitée par le manque d'oxygène. Pour contourner ces deux obstacles un dispositif implantable sous la peau a été imaginé, sous la forme d'une macrocapsule au sein de laquelle les îlots sont fixés et alimentés en oxygène exogène.
Chez des rats diabétiques, des îlots encapsulés implantés ont maintenu une normoglycémie pendant plus de 7 mois et ont fourni des tests de tolérance au glucose intraveineux quasi normaux.

- **Greffe de cellules précurseur des cellules bêta pancréatiques**

Cette deuxième option thérapeutique encore à l'étude, consisterait à greffer chez les patients diabétiques des cellules progénitrices des cellules β, c'est-à-dire des cellules qui après transformation donneront naissance à des cellules b matures et productrices d'insuline. Les recherches s'orientent également vers la production de cellules β à partir de cellules-souches adultes.

Ces recherches sont au stade d'expérimentation animale et peuvent servir de modèles d'études pour mieux comprendre le dysfonctionnement des cellules β et pour tester de nouvelles molécules thérapeutiques.

# Je m'exerce et je fais la différence

## Entraînement

### Exercice 1

*Bac S, sujet de SVT, session 2018, Émirats Arabes, partie 2.2 enseignement de spécialité (5 points)*

Antoine, atteint d'un diabète de type 1, se trouve dans la salle d'attente de son médecin généraliste. La couverture d'un magazine scientifique l'interpelle : « Le GABA, une molécule prometteuse pour soigner le diabète de type 1 ».

Le diabète de type 1 est dû à une destruction auto-immune de certaines cellules pancréatiques : les cellules β des îlots de Langerhans.

**À l'aide de l'exploitation des documents ci-dessous et de connaissances, expliquer à Antoine comment le GABA pourrait, à l'avenir, soigner ce type de diabète.**

---

Document 1 : **photographie d'un îlot de Langerhans d'un individu sain observé au microscope optique**

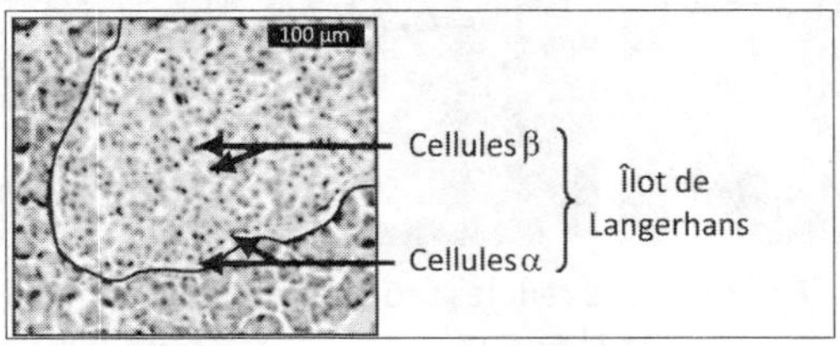


Figure 35. Photographie d'un îlot de Langerhans d'un individu sain observé au microscope optique.

Les cellules β sécrètent de l'insuline, hormone hypoglycémiante.

Les cellules α sécrètent du glucagon, hormone hyperglycémiante.

*D'après CNRS photothèque (modifié)*

Document 2 : **traitements réalisés chez des souris**

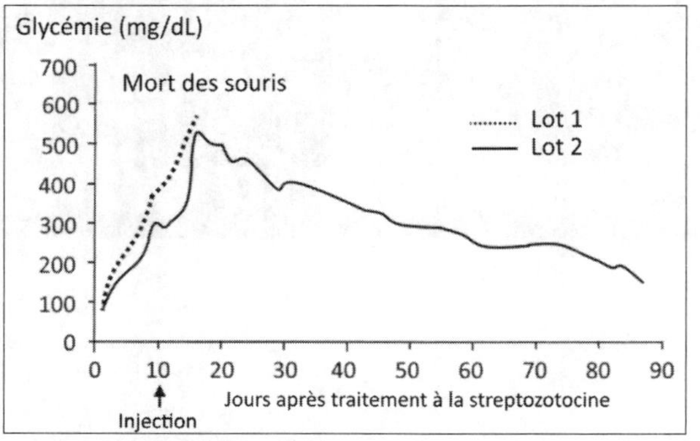


Figure 36. Traitements réalisés chez des souris.

Des souris de deux mois sont traitées avec des doses élevées de streptozotocine pour détruire leurs cellules β. 10 jours plus tard deux lots de souris sont traités par injection : un lot 1 avec une solution saline (témoin) et un lot 2 au GABA.

*D'après un article de P. Collombat, P. Combemorel, Planet-Vie, lundi 12 juin 2017*

Document 3 : **les β cellules productrices d'insuline apparaissent en clair au sein d'îlots de Langerhans (structures délimitées par des pointillés) chez 3 lots de souris**

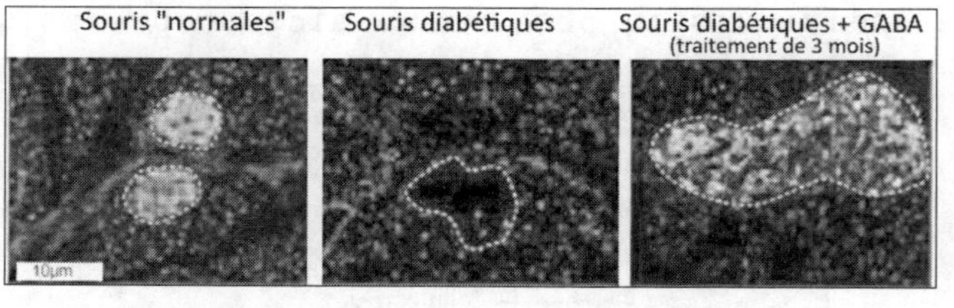


Figure 37. Les cellules productrices d'insuline.

*http://presse.inserm.fr/une-molecule-pour-regenerer-les-cellules-produisant-de-linsuline-chez-les-diabetiques/25908/*

Document 4 : **pourcentage de cellules productrices de glucagon et de cellules productrices d'insuline dans des îlots de Langerhans humains 14 jours après l'injection d'une solution saline ou de GABA chez des individus sains**

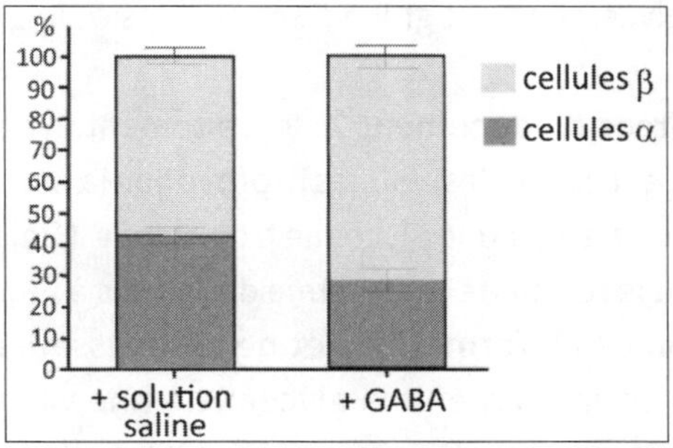


Figure 38. Pourcentage de cellules productrices de glucagon et de cellules productrices d'insuline.

*D'après 2016 Elsevier Inc., December 1, 2016 ©*

Document 5 : **données génétiques et mode d'action du GABA**

**Document 5a**

Lors de l'embryogénèse, l'expression du gène Arx induit la différenciation des cellules α et l'expression du gène Pax4 la différenciation de cellules β.

**Document 5b** *schéma simplifié du mode d'action du GABA au niveau cellulaire.*

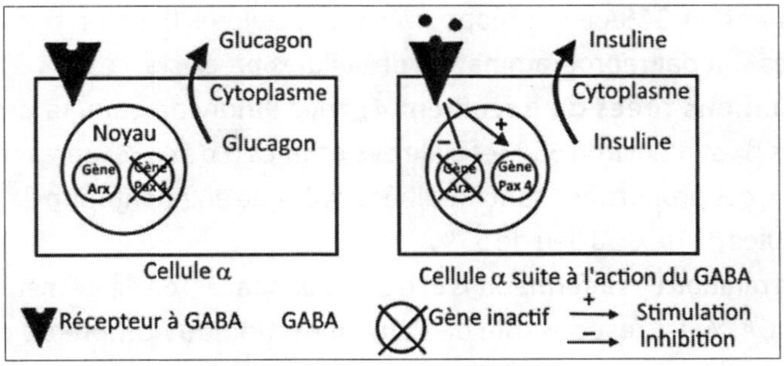


Figure 39. Mode d'action du GABA.

*D'après la revue « médecine et sciences » vo.33 juin-juillet 2017, équipe de P. Collombat*

## Correction

### Exercice 1

**Informations tirées du document 1** : les îlots de Langerhans ont une fonction endocrine ; ils secrètent deux hormones : grâce à ses cellules β, l'insuline une hormone hypoglycémiante et grâce à ses cellules α, le glucagon, une hormone hyperglycémiante.

**Informations tirées du document 2** : le traitement avec des doses élevées de streptozotocine qui détruit les cellules β, provoque la mort des souris en 10 jours, probablement en raison d'une glycémie trop élevée. L'injection de GABA permet progressivement le retour de la glycémie des souris à une valeur normale.

**Mise en relation des informations et de connaissances** : les cellules β sont indispensables pour maintenir la glycémie à une valeur normale et en leur absence les souris meurent. On peut émettre l'hypothèse qu'une glycémie trop élevée sur une période prolongée est mortelle. Le GABA est capable directement ou indirectement de faire baisser la glycémie. L'effet n'est pas immédiat et prend plusieurs jours.

**Informations tirées du document 3** : les cellules β ne sont plus observées dans les îlots de Langerhans des souris diabétiques, mais réapparaissent dans ceux des souris diabétiques ayant subi un traitement au GABA durant 3 mois.

**Mise en relation des informations et de connaissances** : la disparition des cellules β chez les souris diabétiques indique qu'elles souffrent d'un diabète de type 1 et sont donc incapables de produire de l'insuline. On peut faire l'hypothèse que le traitement au GABA a fait réapparaître des cellules β, soit à partir de cellules-souches soit par reprogrammation de cellules préexistantes.

**Informations tirées du document 4** : chez l'individu sain, la proportion des cellules β est d'environ 55 % et celle des cellules α de 45 % ; après traitement par le GABA, ces proportions sont modifiées avec une augmentation de la proportion de cellules β (70 % au lieu de 55 %).

**Mise en relation des informations et de connaissances** : on peut émettre l'hypothèse que le GABA est responsable de l'augmentation du nombre de cellules b par transformation en cellules β de cellules α préexistantes.

**Informations tirées du document 5** : les cellules embryonnaires des îlots de Langerhans vont se différencier en cellules α si le gène Arx s'exprime alors que le gène Pax4 est réprimé ; c'est l'inverse dans le cas des cellules β. Le GABA possède des récepteurs spécifiques à la surface de la membrane cytoplasmique des cellules α et β. La fixation du GABA sur son récepteur sur une cellule α, a provoqué la répression de l'expression du gène Arx et l'expression du gène Pax4, c'est-à-dire a permis la transformation d'une cellule α productrice de glucagon en une cellule β productrice d'insuline.

**Synthèse :** le diabète de type 1 est lié à la destruction des cellules β des îlots de Langerhans par le système immunitaire du patient diabétique, les cellules α étant épargnées. En l'absence de cellule β, il n'y a pas de sécrétion d'insuline, une hormone hypoglycémiante nécessaire au maintien de la glycémie autour de sa valeur de consigne. Le diabétique entre en hyperglycémie, ce qui à terme, peut conduire à son décès. Le traitement au GABA permet de transformer des cellules α préexistantes productrices de glucagon, en cellules β fonctionnelles, produisant de l'insuline : le contrôle de la glycémie redevient possible, et le diabète disparait.

Chapitre G-1

# L’adaptabilité de l’organisme

# Je révise et je me perfectionne

Nous avons tous une capacité ancestrale à répondre aux agressions de notre environnement. Cette réponse est la conséquence de l'acquisition d'informations agressives par notre système sensoriel qui fonctionne comme un système de détection.

Ce système de détection prend en compte indifféremment les 5 sens sollicités de manière indépendante ou concomitante : la vue et l'ouïe, mais aussi l'odorat, le goût et les fonctions tactiles (le toucher).

> On appelle **stress** la réaction biologique aspécifique d'un organisme confronté à un agent stresseur réel ou imaginaire.

Le stress implique donc au moins trois étapes :

1. Stimulation extérieure,
2. Interprétation/Intégration de cette stimulation traduisant cette stimulation en agression au niveau encéphalique,
3. Réaction au niveau de l'encéphale puis de l'organisme (Fig. 1).

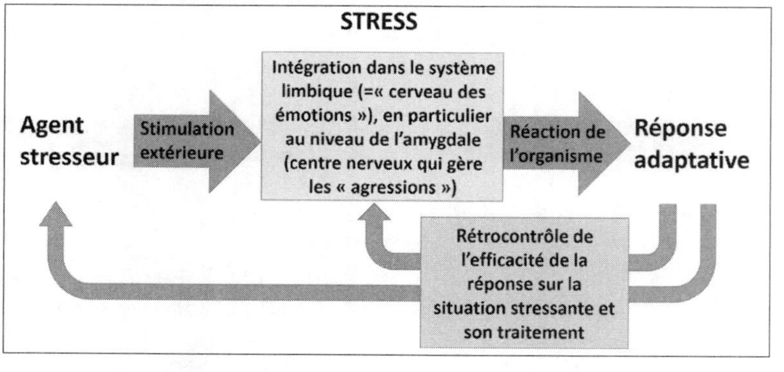


Figure 1. Le stress, une réaction face à un agent stresseur.

Cette réponse est indispensable pour nous permettre de réagir aux dangers immédiats et protéger notre intégrité physique et psychologique.

## I. Du stress aigu au stress chronique : les trois phases du stress

Le stress aigu est une **réaction physiologique stéréotypée** et **normale** de l'organisme face à un danger immédiat. Même si l'intensité des réponses peut varier en fonction des caractéristiques de l'agent stresseur et de l'évaluation qu'en fait la personne, trois phases peuvent être distinguées : c'est le **syndrome général d'adaptation**.

- **Phase 1. L'alarme : l'organisme se prépare au combat ou à la fuite**

Dès sa confrontation à une situation évaluée comme stressante, l'organisme réagit immédiatement en augmentant la fréquence cardiaque, la tension artérielle, les niveaux de vigilance, la température corporelle, le diamètre pupillaire, le diamètre des narines et de la gorge et la ventilation pulmonaire... Ces modifications ont pour but de préparer l'organisme à réagir en amenant l'oxygène aux organes qui vont être sollicités.

- **Phase 2. Si la situation persiste, l'organisme entre en phase de résistance**

Si le phénomène qui provoque le stress demeure après l'alerte, une deuxième phase débute, celle de la résistance : l'organisme se prépare aux dépenses énergétiques que nécessite la réponse à la situation stressante. Cette phase est caractérisée par l'augmentation de la libération de glucose dans le sang pour apporter l'énergie nécessaire aux muscles, au cœur et au cerveau.

- **Phase 3. La phase d'épuisement**

Si aucune solution n'est apportée et que la situation stressante se prolonge ou s'intensifie, les mécanismes de contrôle se dérèglent et le stress aigu fait place à un **stress chronique** : l'organisme entre en phase d'épuisement. Dans cette situation, les capacités d'autorégulation de l'organisme sont débordées avec des conséquences délétères pour la santé (développement de maladies cardiovasculaires, de pathologies digestives, de troubles musculo-squelettiques, impact sur la santé mentale avec perte de sommeil, troubles de l'humeur, dépression) (Fig. 2). Ce sera l'objet du chapitre G2.

Les phases d'alerte et de résistance font partie de notre vie quotidienne et sont indispensables pour l'adaptabilité des organismes puisqu'elles aident notre organisme à retrouver un état d'équilibre ou homéostasie. À plus long terme elles ont participé à l'adaptation des espèces. On appelle **résilience** la capacité d'un individu (mais aussi d'une espèce, d'un écosystème) à retrouver un état d'équilibre après une perturbation.

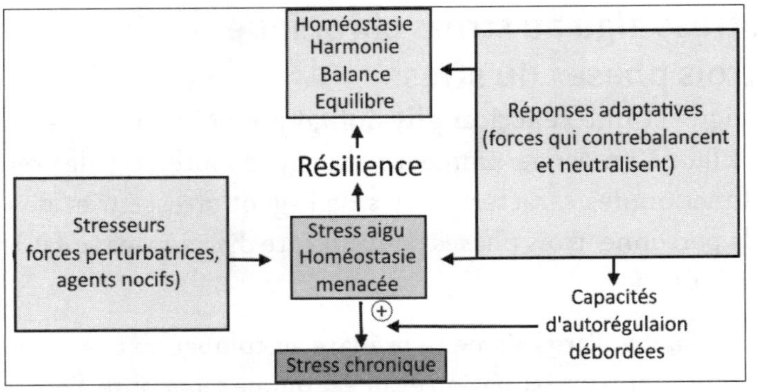


Figure 2. De l'équilibre au stress et réciproquement.

## II. Les agents stresseurs

Il existe plusieurs façons de classer les agents stresseurs.

**Les stresseurs physiques et psychologiques**

- **Les stresseurs physiques** causent une tension ou une contrainte sur notre corps (exemples : des températures très froides ou très chaudes, des blessures, des maladies chroniques de la douleur).
- **Les stresseurs psychologiques** sont des événements, des situations, des individus, des commentaires négatifs ou dangereux, ou tout ce que nous interprétons comme négatif ou dangereux.

**Stresseurs absolus et relatifs**

- **Stresseurs absolus** : toutes les personnes confrontées à ces stresseurs les interprètent comme étant stressants : ce sont des stresseurs universels comme par exemple un tremblement de terre, un tsunami, les événements du 11 septembre 2001.
- **Stresseurs relatifs** : seulement certaines personnes confrontées à ces stresseurs les interprètent comme étant stressants : ce sont des stresseurs subjectifs qui causent des réactions différentes chez les personnes (exemple : la pression au travail, la circulation, les impôts, un examen).

D'une façon générale, le stress (réaction biologique) découle d'événements ou de situations spécifiques pour lesquelles nous ressentons que nous avons peu de **C**ontrôle et qui impliquent des éléments d'**I**mprévisibilité et de **N**ouveauté ou qui menacent notre **É**go : C.I.N.É.

| MENACE | SENTIMENT |
|---|---|
| Contrôle faible | Vous ressentez que vous n'avez aucun ou très peu de contrôle sur la situation. |
| Imprévisibilité | Quelque chose de complètement inattendu se produit ou encore, vous ne pouvez pas savoir à l'avance ce qui va se produire. |

| MENACE | SENTIMENT |
|---|---|
| Nouveauté | Quelque chose de nouveau que vous n'avez jamais expérimenté se produit. |
| Égo menacé | Vos compétences et votre égo sont mis à l'épreuve. On doute de vos capacités. |

## III. La phase d'alerte

### III-1. Une coopération entre plusieurs régions cérébrales

L'expérimentation sur l'animal et sur l'Homme montrent que plusieurs zones cérébrales sont impliquées dans les mécanismes du stress aigu : en particulier le **cortex préfrontal**, le **système limbique** (amygdale et hippocampe) et le **locus coeruleus** (Fig. 3).

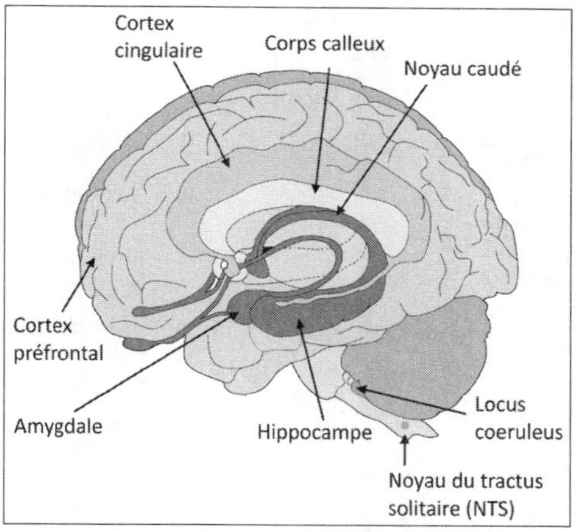


Figure 3. Le stress aigu implique plusieurs zones cérébrales.

Le cortex préfrontal, situé à l'avant du cerveau, reçoit des informations sur l'état des milieux extérieur et intérieur par l'intermédiaire de l'ensemble des organes des sens ; il échange ces informations avec l'**amygdale** et l'**hippocampe**, deux régions cérébrales appartenant au **système limbique** (l'amygdale est impliquée dans la gestion des émotions et l'hippocampe dans les phénomènes de mémorisation).
Si, à l'issue de ces échanges d'informations, la situation est interprétée comme traumatisante, le cortex préfrontal active l'hypothalamus qui, à son tour active instantanément (mais avec des effets ne se réalisant pas à la même vitesse).
Le système nerveux sympathique entrainant après quelques secondes les manifestations observées lors de la phase d'alarme.
L'axe hypothalamo-hypophyso-corticosurrénalien (ou axe corticotrope) dont les effets ne se feront sentir qu'après quelques minutes.

## III-2. L'activation rapide du système nerveux sympathique (ou noradrénergique) et la libération des catécholamines (adrénaline et noradrénaline)

### *III-2.1. Le système nerveux sympathique*

Le **système nerveux sympathique** forme avec le système nerveux parasympathique le **système nerveux autonome** ou système nerveux viscéral (aussi appelé système nerveux végétatif). C'est la partie du système nerveux responsable des fonctions **non soumises au contrôle volontaire** d'où son nom (Fig. 4).

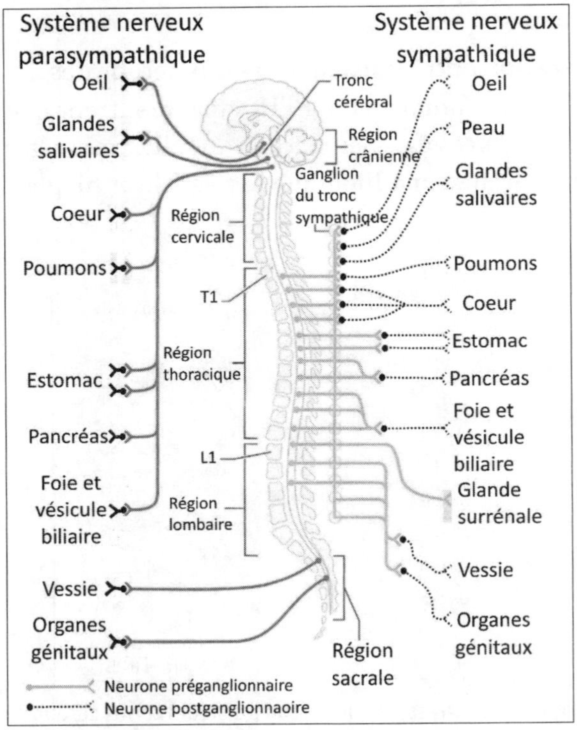


Figure 4. Schéma du système nerveux autonome.

Le système nerveux sympathique fonctionne sur un modèle à deux neurones : un **neurone préganglionnaire** (dont le corps cellulaire est localisé dans la moelle épinière dorsale ou lombaire) fait synapse sur un **neurone post-ganglionnaire** (dont le corps cellulaire est localisé dans un ganglion) qui lui-même innerve le tissu cible. Le **système nerveux sympathique** est responsable du contrôle d'un grand nombre d'activités automatiques de l'organisme.

(1) Le contrôle du système autonome

### *III-2.2. L'activation du système nerveux sympathique*

L'activation du système nerveux sympathique par le cerveau (Fig. 5) prépare l'organisme à l'action. En réponse à un stress, il orchestre la réponse dite de combat ou de fuite (« fight or flight », théorie de Cannon, 1932) au niveau physiologique comme au niveau psychique. Ce système est principalement associé à l'activité de d'un neurotransmetteur : la noradrénaline.

Dans l'activation du système nerveux sympathique, le locus coeruleus et la formation réticulée (dans le bulbe) jouent un rôle clé. Le système sympathique peut être aussi activé par des axones provenant du noyau para ventriculaire de l'hypothalamus et de l'amygdale.

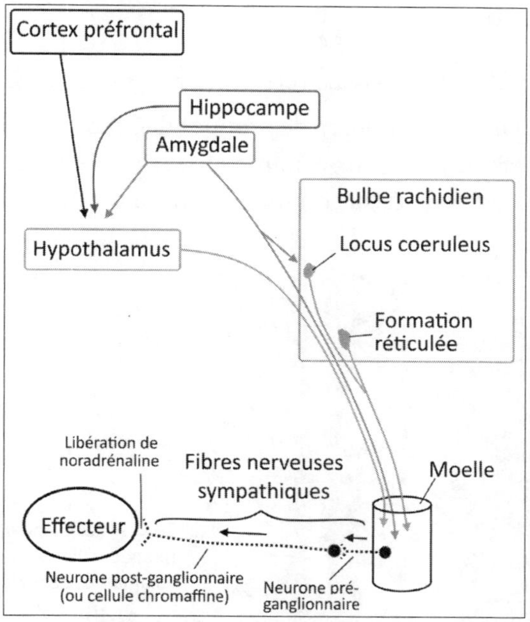


Figure 5. Activation de la libération de noradrénaline par les fibres nerveuses du système nerveux sympathique.

### *III-2.3. La libération d'adrénaline par la glande médullosurrénale*

Il existe deux glandes surrénales, chacune située au sommet d'un rein.

Chaque surrénale est constituée de deux parties : la couche externe appelée corticosurrénale (ou cortex surrénal) et le noyau interne appelé médullosurrénale (Fig. 6).

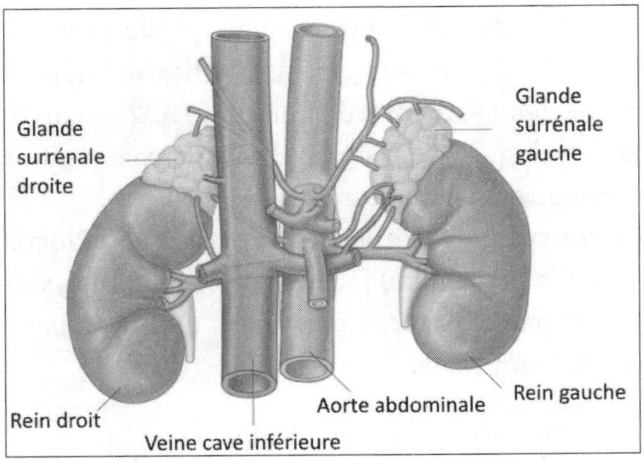


Figure 6. Localisation des deux glandes surrénales.

La **médullosurrénale** est composée de groupes de grandes cellules glandulaires : les **cellules chromaffines** à noyaux volumineux et cytoplasme finement granuleux, séparées par des travées de tissu conjonctif contenant un riche réseau capillaire (Fig. 7).

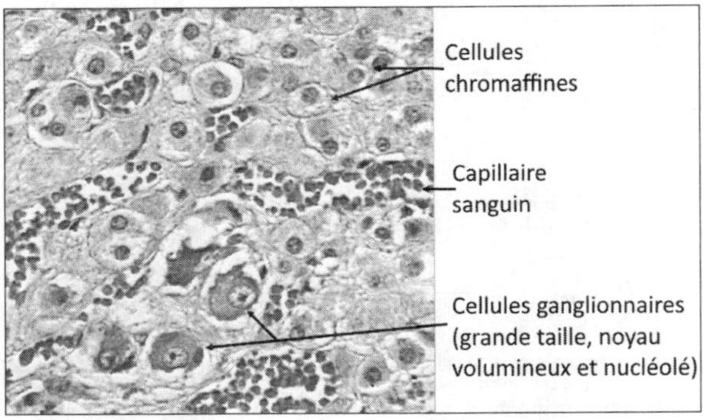


Figure 7. Histologie de la médullosurrénale (d'après Photo N. Gauvin).

Les messages nerveux en provenance de l'hypothalamus, du locus coeruleus, de la formation réticulée ou de l'amygdale entraînent la libération de noradrénaline par les terminaisons synaptiques des neurones sympathique au contact des cellules chromaffines de la médullosurrénale. Ceci entraîne, après quelques minutes, la libération par celles-ci d'**adrénaline** dans la circulation sanguine (Fig. 8).

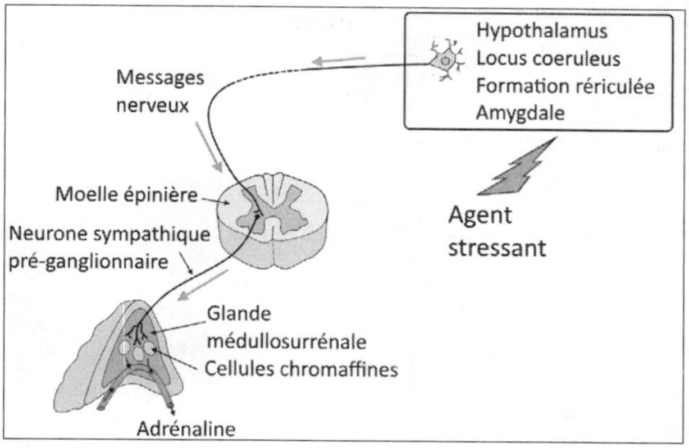


Figure 8. Stimulation par des influx nerveux transmis par des fibres nerveuses du système nerveux sympathique de la libération d'adrénaline par les cellules chromaffines de la médullosurrénale.

### *III-2.4. Effets sur l'organisme de la libération des catécholamines (adrénaline et noradrénaline)*

La noradrénaline libérée par les terminaisons synaptiques des neurones sympathiques (20 %) et l'adrénaline libérée par la médullosurrénale (80 %) préparent très rapidement l'individu à la fuite, par exemple en cas de danger ou de peur en ayant :

- un effet hyperglycémiant : en favorisant la glycogénolyse du foie (libération de glucose à partir du glycogène), elle provoque une hausse de la glycémie ce qui permet un apport rapide en glucose aux muscles lors d'un effort,
- en augmentant la fréquence et le débit cardiaque,
- en provoquant une contraction de certains vaisseaux (reins, peau, muqueuses, = vasoconstriction périphérique) ce qui augmente la pression artérielle, et oriente le sang préférentiellement vers les muscles et le cerveau, mais en dilatant, à l'opposé, les vaisseaux du foie et du cerveau,
- en dilatant le diamètre des bronches (effet bronchodilatateur : la ventilation pulmonaire s'approfondit),
- en ralentissant le péristaltisme intestinal (contractions musculaires des intestins),
- en stimulant la sudation,
- en stimulant la libération de globules rouges par la rate.

Toutes ces informations sont résumées sur la figure 9.

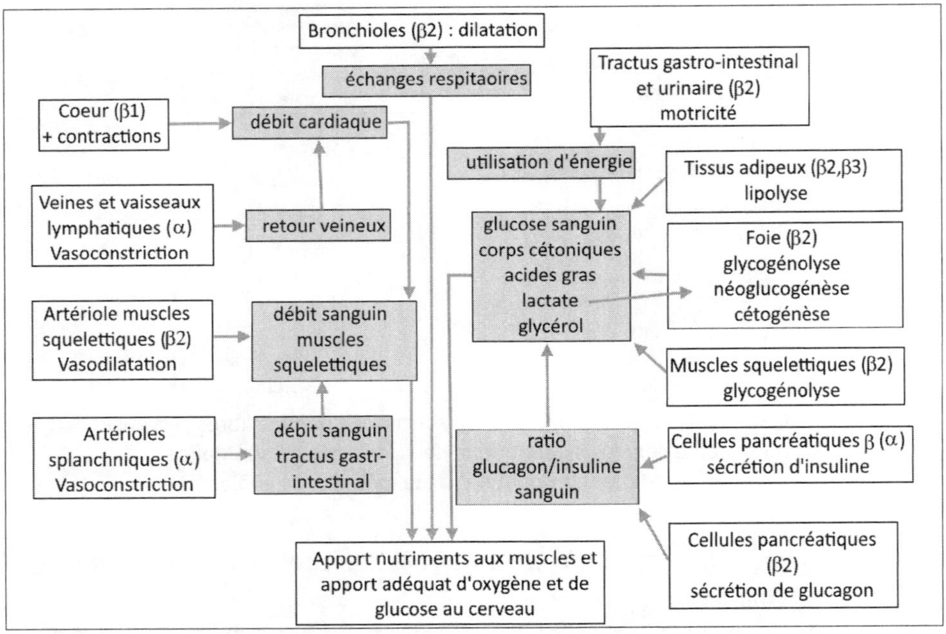


Figure 9. Réponse intégrée du sympathique et de la médullosurrénale au stress ($\alpha$, $\beta1$, $\beta2$ et $\beta3$ = récepteurs aux catécholamines).

(2) Les récepteurs membranaires de l'adrénaline

## III-3. L'activation du système noradrénergique central

Cette libération de catécholamine est également à l'origine de l'émission de messages nerveux par le nerf vague qui seront, après avoir transité par le noyau du tractus solitaire (NTS), puis le locus coeruleus parviendra (voie ascendante dorsale) jusqu'aux noyaux du raphé, du thalamus, de l'hypothalamus, de l'amygdale, jusqu'au néocortex, à l'hippocampe et au cervelet. Du locus coeruleus partent également des messages nerveux par des neurones vasomoteurs présympathiques qui innervent les neurones préganglionnaires sympathiques (voie descendante du système sympathique) (Fig. 10).

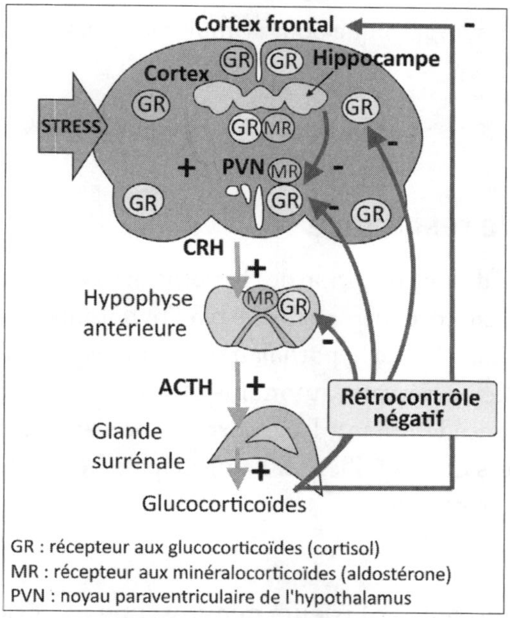


Figure 10. Projection des efférences du locus coeruleus.

Cette activation du système nerveux central est à l'origine des **manifestations psychiques du stress** : augmentation du niveau de vigilance (un éveil augmenté au détriment du sommeil paradoxal), excitation, attention sélective, modification de l'état émotionnel (irritabilité, anxiété, perte de l'estime de soi-même, euphorie…), altération des fonctions cognitives (apprentissage, mémoire), etc. (Fig. 11).

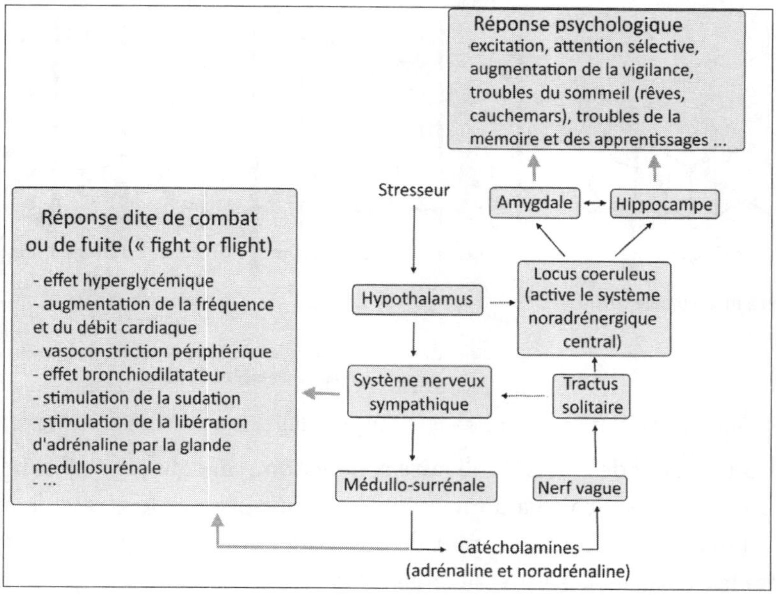


Figure 11. L'activation du système noradrénergique central.

* Des influx nerveux en provenance du tractus solitaire empruntent des fibres du système nerveux sympathique pour stimuler la libération d'adrénaline par la médullosurrénale.

## IV. La phase de résistance

L'autre conséquence de la stimulation de l'hypothalamus pendant la phase d'alerte, est l'activation de l'axe corticotrope formé par l'hypothalamus, l'hypophyse et la glande corticosurrénale (= axe hypothalamo-hypophyso-corticosurrénalien). De concert avec le système nerveux autonome et les processus comportementaux d'adaptation, vu précédemment, l'axe corticotrope est au cœur des réponses biologiques de stress et de résilience. La principale hormone active de cet axe est, chez l'Homme, le **cortisol**.

### IV-1. Le stress induit, après plusieurs minutes, une sécrétion de cortisol

Dans le sang, la majorité du cortisol se fixe à des protéines et une faible portion reste libre. En situation de stress, ce cortisol lié augmente légèrement, jusqu'à saturation, tandis que le cortisol libre augmente plus fortement. Ce cortisol non lié va quitter les vaisseaux sanguins et se retrouver dans les tissus et notamment dans la salive où il est aisément dosable (Fig. 12).

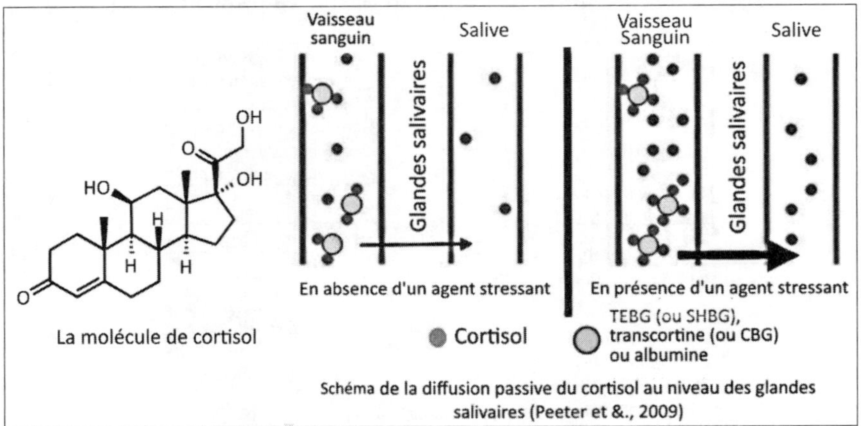


Figure 12. Le cortisol circule dans le sang soit libre, soit lié à des protéines.

L'évolution du taux de cortisol salivaire reflète donc celle du cortisol sanguin. Le dosage du cortisol salivaire a donc été utilisé pour évaluer le stress de chevaux engagés dans un concours complet d'équitation, concours qui regroupe trois épreuves : le dressage, le saut et le cross) (Fig. 13).

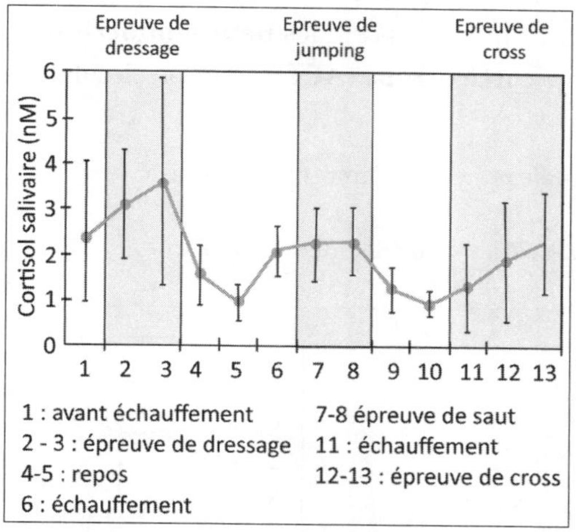


Figure 13. Mesure du taux de cortisol salivaire chez des chevaux lors d'un concours complet d'équitation.

On constate que chaque épreuve est corrélée à une augmentation du taux de cortisol salivaire et donc sanguin.

## IV-2. L'activation de l'axe corticotrope à l'origine de l'augmentation de la sécrétion de cortisol

Suite à son activation par un facteur stressant, l'hypothalamus sécrète quasi immédiatement dans le système porte hypophysaire, une neurohormone*, la **corticotropin releasing hormone (CRH)** (Fig. 14).

* Une neurohormone est un messager chimique produit par un neurone et qui agit comme une hormone.

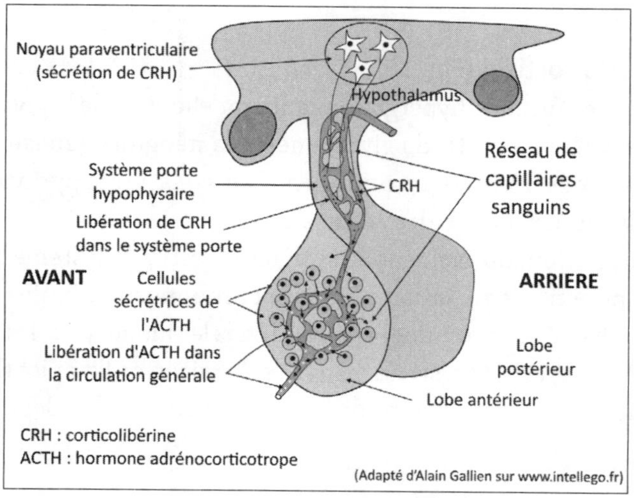


Figure 14. La libération de l'ACTH par l'hypophyse.

La CRH circule jusqu'à l'**hypophyse** par le système porte hypophysaire, où elles déclenchent la libération par des cellules **neuroendocrines** de l'antéhypophyse, de l'hormone **adréno-corticotrope (ACTH)** dans la circulation sanguine générale (Fig. 15).

(3) Le complexe hypothalamo-hypophysaire

(4) Qu'est-ce qu'une cellule neuroendocrine ?

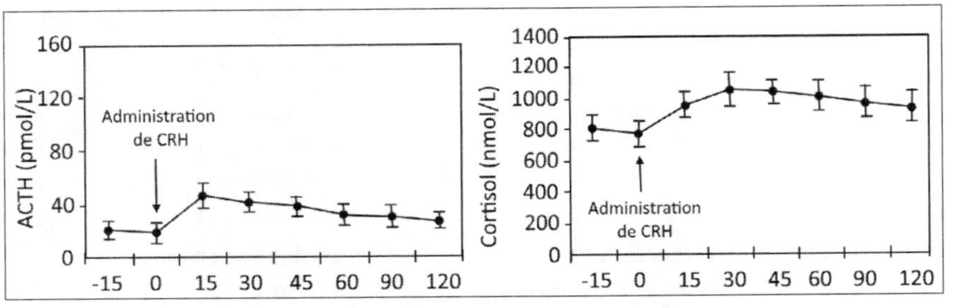


Figure 15. Concentration plasmatique en ACTH et Cortisol avant et après administration de CRH (d'après Tsagarakis et al., Desmopressin and CRH-Desmopressin test in CS).

(5) Les quatre types de médiateurs ou substances chimiques informatives

L'ACTH est alors véhiculée dans la circulation générale pour atteindre la **glande surrénale** et provoquer la libération par le cortex de la glande (= corticosurrénale) de glucocorticoïdes (**cortisol** chez l'Homme) (Fig. 15).
Le cortisol va réguler la réponse au stress sur **un temps plus long**. En effet, si l'hypothalamus réagit d'emblée en augmentant la sécrétion de CRH (l'hormone de libération du cortisol), il faut **plusieurs dizaines de minutes** pour que la glande corticosurrénale réponde en sécrétant du cortisol.

## IV-3. Les rôles du cortisol (Fig. 16)

Le cortisol est une hormone hyperglycémiante car elle stimule la **glycogénolyse** (= production de glucose à partir du glycogène) et la **néoglucogénèse** (= formation de glucose à partir de précurseurs non glucidiques tels que le pyruvate, le lactate, le glycérol et la plupart des acides aminés).
Le cortisol inhibe le fonctionnement du système digestif, du système reproducteur.
Le cortisol a une action anti-inflammatoire et immunosuppressive au niveau du système immunitaire, en induisant l'apoptose chez les monocytes, les macrophages et les lymphocytes T, lors d'un stress aigu ; c'est la raison de l'emploi thérapeutique antiinflammatoire des corticostéroïdes, appelés aussi corticoïdes).

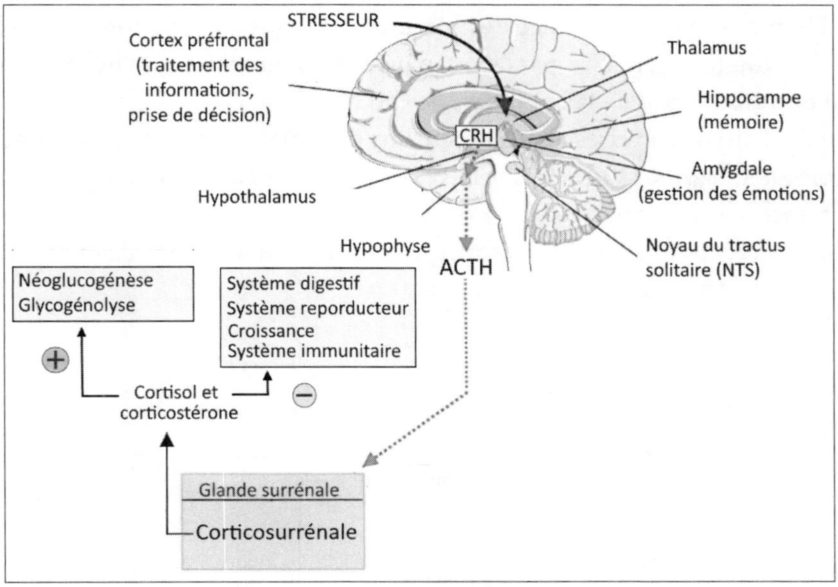


Figure 16. La sécrétion des corticoïdes en réponse au stress aigu.

### IV-4. La teneur en cortisol est ajustée par rétrocontrôle inhibiteur

En empruntant la circulation sanguine, le cortisol rejoint ses récepteurs, situés en périphérie et au niveau cérébral (principalement des récepteurs des glucocorticoïdes de type II dans le cortex préfrontal et des récepteurs de type I et II dans l'hippocampe). Ces récepteurs aux glucocorticoïdes (GR) régulent la transcription des gènes (Fig. 17).

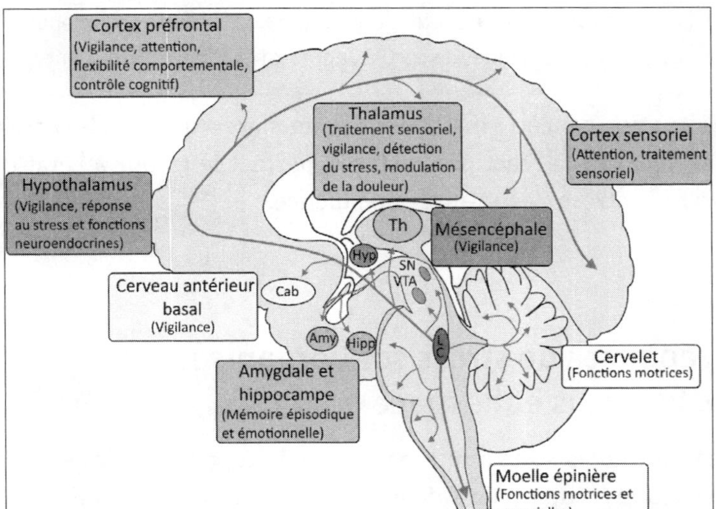


Figure 17. Le cortisol agit en se fixant sur des récepteurs aux glucocorticoïdes du cortex frontal et de l'hippocampe.

Le cortisol exerce un **rétrocontrôle négatif** en inhibant l'activité du cortex frontal et de l'hippocampe, deux structures corticales responsables du contrôle de l'axe Hypothalamo-hypophysaire, par l'envoi d'un message inhibiteur à l'hypothalamus, ce qui entraîne l'arrêt de la libération de CRH.
Le cortisol circulant adresse également un message inhibiteur directement à l'hypothalamus, pour faire cesser la sécrétion de CRH, et à l'hypophyse, pour faire cesser la sécrétion d'ACTH.
Enfin, l'ACTH circulant envoie un message inhibiteur à l'hypothalamus, chargé de limiter la sécrétion de CRH (Fig. 18).

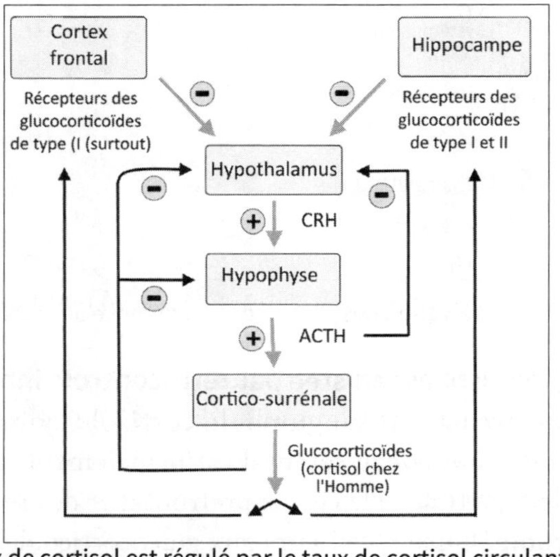


Figure 18. Le taux de cortisol est régulé par le taux de cortisol circulant (rétrocontrôle).

Par ces boucles de **rétrocontrôle négatif**, l'organisme peut réduire et ramener à une valeur basale les concentrations sanguines de cortisol après un événement stressant.

Ainsi, si la situation a pu être maîtrisée, si la menace a disparu, le cortisol par son effet modérateur sur la réaction de stress, permet le retour à l'état d'équilibre existant avant le stress c'est-à-dire la résilience.

## V. Les réponses de stress sont organisées dans le temps et l'espace

Différentes molécules sont impliquées dans la réponse biologique au facteur stressant, chacune occupant une niche spatiotemporelle spécifique, conditionnée par son site de libération, par la localisation spécifique de ses récepteurs ainsi que par l'affinité et le type de molécules réceptrices (Fig. 19).

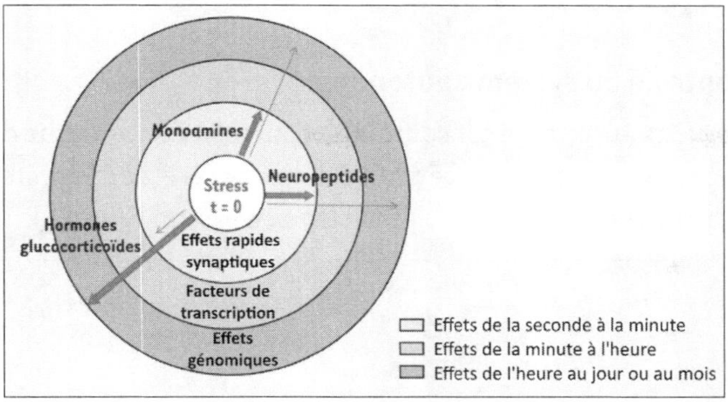


Figure 19. Les molécules impliquées dans la réponse biologique au facteur stressant occupent une niche spatiotemporelle spécifique.

Ces molécules sont des neurotransmetteurs (noradrénaline, sérotonine, dopamine), des neuropeptides* (CRH, vasopressine) et des hormones glucocorticoïdes (cortisol chez l'Homme).

* Les **monoamines** sont des **neurotransmetteurs** dérivés d'acides aminés.

* Un **neuropeptide** est un composé chimique émis par un neurone (ex. vasopressine, CRH).

Les neurotransmetteurs et les neuropeptides agissent très vite, dans les minutes – voire les secondes – qui suivent l'apparition du stresseur, et cessent leur activité tout aussi rapidement. L'action des hormones glucocorticoïdes est plus tardive : ces hormones agissent avec un délai d'environ une heure, mais leur action perdure plusieurs heures après l'apparition du stresseur (Fig. 20).

Ces réponses en vagues successives servent des fonctions différentes : la première vague promeut la vigilance, l'évaluation de la situation et la prise de décision, alors que la deuxième vague permet une réponse adaptative prolongée, par exemple la consolidation de la mémoire des informations liées au stresseur.

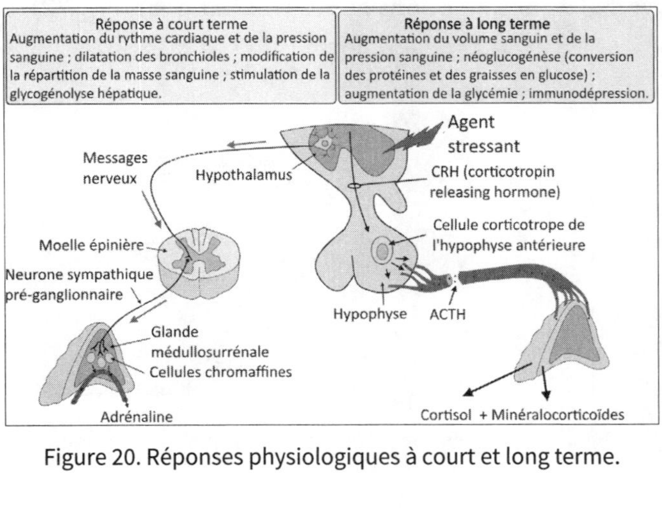


Figure 20. Réponses physiologiques à court et long terme.

# Je me perfectionne

## (1) Le contrôle du système autonome

Le système nerveux autonome est soumis au contrôle d'un système de commande central, comportant la formation réticulée du tronc cérébral, le système limbique (dont les centres hypothalamiques) et le cortex cérébral (Fig. 21).

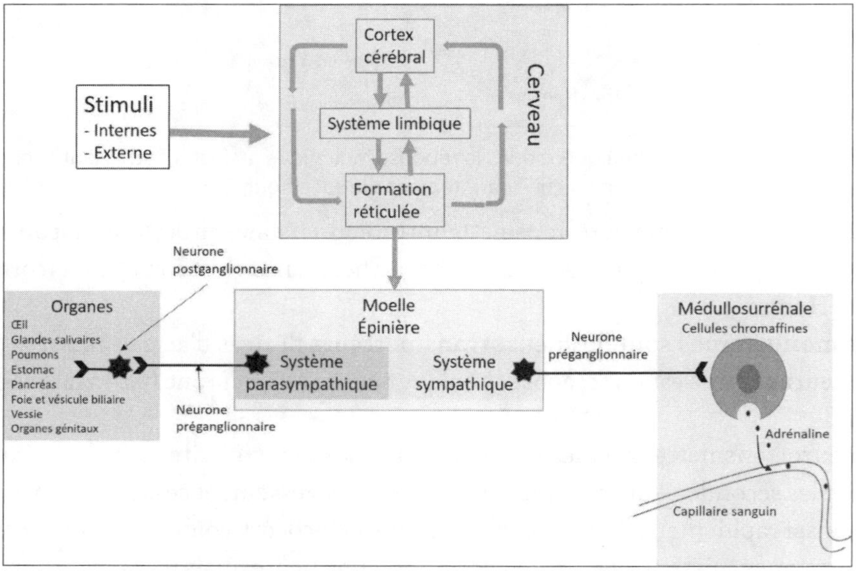


Figure 21. Schéma du système nerveux et de son contrôle.

**Le système limbique :** le système limbique est constitué de plusieurs noyaux dont l'hypothalamus, l'hippocampe, (notamment impliqué dans la formation de la mémoire à long terme), l'amygdale (notamment impliquée dans l'agressivité et la peur), le gyrus du cingulum (impliqué dans les réactions émotionnelles, le langage non verbal de nos émotions et nos frustrations) (Fig. 22).

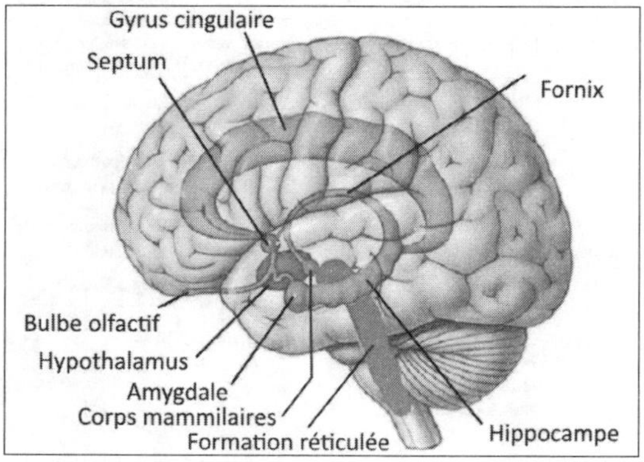


Figure 22. Le système limbique et la formation réticulée.

- **La formation réticulée**

La formation réticulée (FR) est une structure nerveuse organisée en très longue bande de la substance grise, qui s'étend tout le long du tronc cérébral. Elle comprend plusieurs noyaux particuliers regroupés. Elle forme un système d'intégration multisynaptique, parce qu'elle est connectée avec la quasi-totalité des structures nerveuses centrales (moelle épinière, tronc cérébral, cervelet, cerveau), par l'intermédiaire d'un réseau diffus de fibres efférentes et afférentes (issues de la FR et projetant sur la FR).

La formation réticulée intervient dans le contrôle d'un certain nombre de grandes fonctions somatiques et végétatives de l'organisme, telles que : le contrôle de la motricité (involontaire) (Fig. 23), les fonctions neurosensorielles (transmission de la douleur, contrôle de la douleur) (Fig. 24), le contrôle de l'état de veille et du mécanisme du sommeil (Fig. 25), le contrôle des fonctions végétatives(vasomotricité, contrôle des fonctions cardiorespiratoire, dans le contrôle de l'oculomotricité).

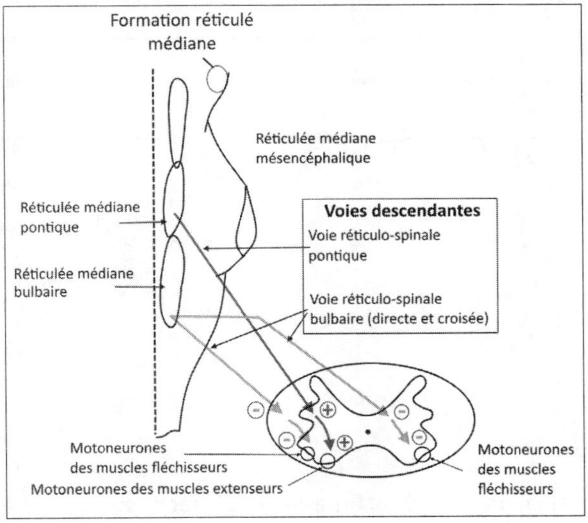


Figure 23. La formation réticulée et le maintien de la posture.

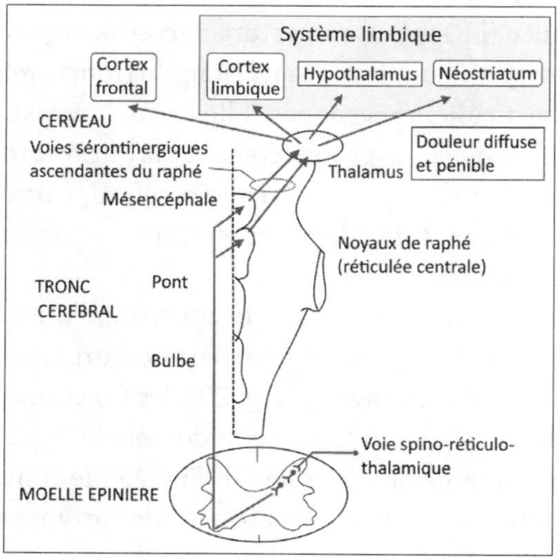


Figure 24. Formation réticulée et transmission de la douleur.

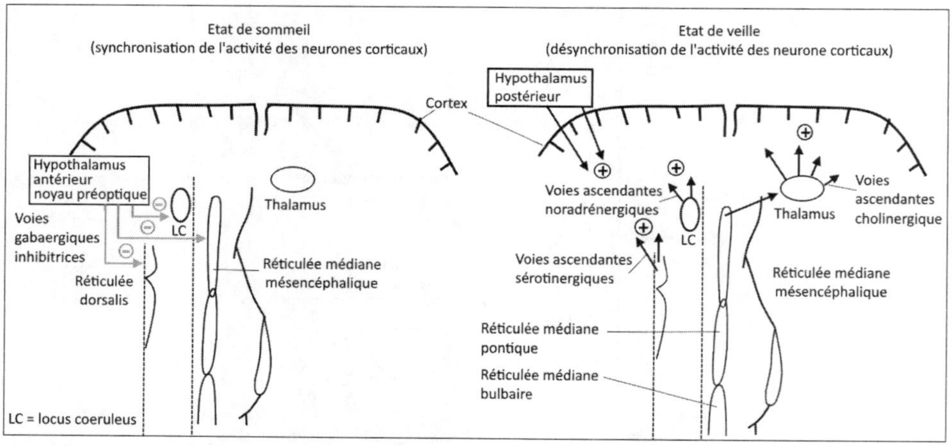


Figure 25. La formation réticulée et le passage de l'état de sommeil à l'état de veille.

### (2) Les récepteurs membranaires de l'adrénaline

Les récepteurs membranaires des cellules stimulées par les catécholamines, comme l'adrénaline ou la noradrénaline, portent le nom de récepteurs adrénergiques. Les récepteurs adrénergiques ont été divisés en deux groupes, récepteurs $\alpha$ et récepteurs $\beta$.

Les principaux effets de la stimulation des récepteurs adrénergiques peuvent être résumés comme suit :

– la stimulation des récepteurs $\alpha$ produit la vasoconstriction, la bronchoconstriction, l'horripilation, la mydriase, la contraction utérine ;

– la stimulation des récepteurs β 1 donne une augmentation du rythme cardiaque, de la contractilité myocardique et de la contractilité auriculo-ventriculaire, et règle la lipolyse ; celle des récepteurs β 2, enfin, assure la vasodilatation, la broncho-dilatation, la relaxation utérine, et règle la glycogénolyse.

### (3) Le complexe hypothalamo-hypophysaire

Le complexe hypothalamo-hypophysaire (CHH) est formé par des **centres nerveux de l'hypothalamus** (appelés « noyaux ») et par **l'hypophyse**, une glande endocrine, qui est composée de deux lobes.

Le **lobe antérieur** (antéhypophyse ou adénohypophyse, composé de cellules capables de synthétiser des hormones pour les libérer ensuite dans la circulation sanguine (ACTH, FSH, LH, PRL, GH, TSH).

Le **lobe postérieur** (posthypophyse ou neurohypophyse) qui constitue une extension de l'hypothalamus, car elle contient essentiellement les axones et les terminaisons synaptiques de neurones dont les corps cellulaires, se trouvent dans les noyaux paraventriculaires et supraoptiques de l'hypothalamus (Fig. 26).

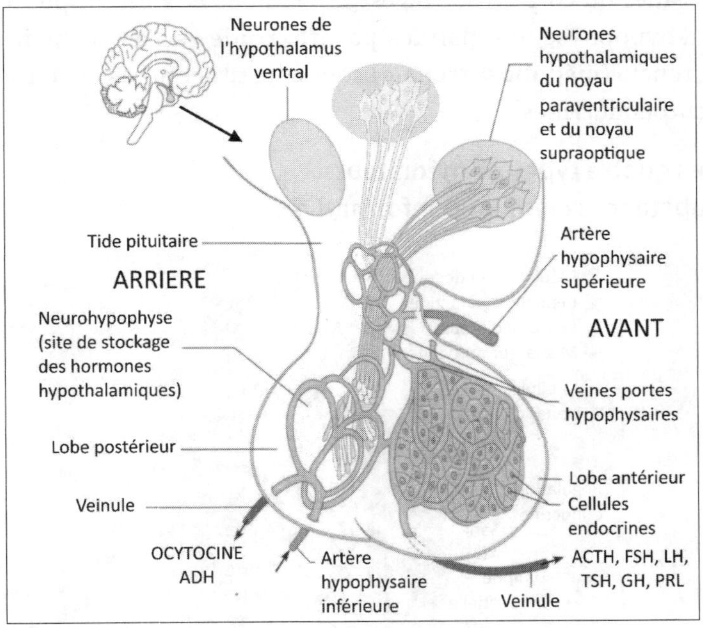


Figure 26. Le complexe hypothalamo-hypophysaire.

### (4) Qu'est-ce qu'une cellule neuroendocrine ?

Le complexe hypothalamo-hypophysaire appartient au **système neuroendocrine**. Un système neuroendocrinien se compose de cellules spéciales appelées **cellules neuroendocrines**. Ces cellules sont similaires aux cellules nerveuses (neurones), mais elles produisent également des hormones comme les cellules du système endocrinien (cellules endocrines). Elles reçoivent des messages (signaux) du système nerveux et y répondent en fabriquant et en sécrétant des hormones (Fig. 27).

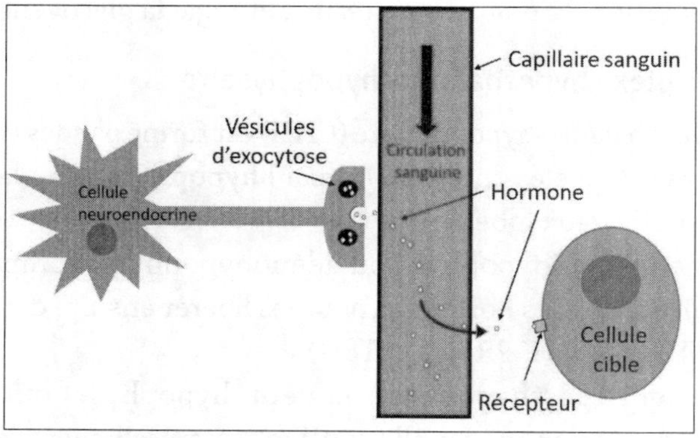


Figure 27. La cellule neuroendocrine : une cellule nerveuse « endocrine ».

Les cellules neuroendocrines sont présentes à l'état dispersé dans presque tous les organes du corps (tube digestif, poumons et voies respiratoires...). En revanche, l'hypophyse, les **glandes parathyroïdes** et la couche interne de la glande surrénale (**médullosurrénale**) sont constituées presque entièrement de cellules neuroendocrines.

## (5) Les quatre types de médiateurs ou substances chimiques informatives

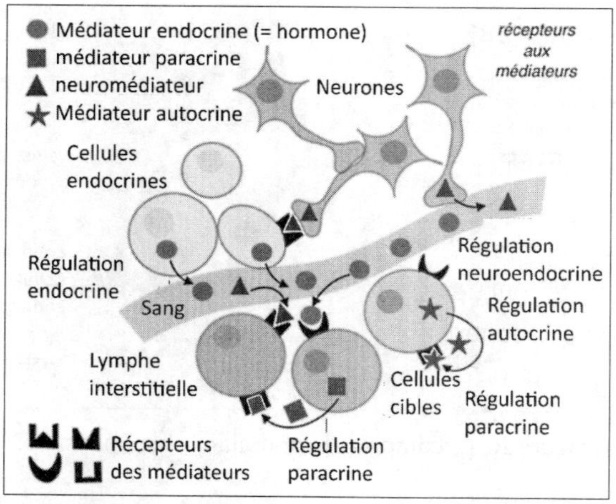


Figure 28. Les quatre types de médiateurs ou substances chimiques informatives.

# Je m'exerce et je fais la différence

## Entraînement

▸ **Exercice 1 : la gestion du stress aigu occasionnel**

**Question 1 :** à partir des informations apportées par le document 1, présenter sous forme d'un schéma, la réaction de l'organisme face à un stress aigu occasionnel.

**Question 2 :** en utilisant les informations du document 2, compléter le schéma précédent pour faire y apparaître les réactions de l'organisme en cas de stress chronique.

---

Document 1 : **le rôle du cortisol dans la réponse au stress aigu**

Lorsqu'il perçoit une menace, l'organisme active instantanément deux systèmes distincts.

**D'une part, le système nerveux sympathique et la médullosurrénale, responsables de la « montée d'adrénaline »**

L'adrénaline et la noradrénaline (catécholamines) développent brutalement les capacités de réaction de l'organisme en :

- augmentant la fréquence cardiaque et la ventilation pulmonaire,
- en augmentant la libération par la rate de globules rouges dans la circulation,
- en accroissant la production de glucose par le foie, et
- en modifiant la répartition de la masse sanguine en en orientant le sang préférentiellement vers les muscles et le cerveau.

Ce nouveau régime de fonctionnement coûteux pour l'organisme qui ne peut pas le maintenir longtemps. Rapidement, les réserves énergétiques directement mobilisables font défaut. La prolongation de la réaction implique le soutien de l'axe corticotrope.

**D'autre part, l'axe corticotrope (hypothalamus-hypophyse-corticosurrénale), qui augmente la sécrétion de cortisol.**

Si l'hypothalamus a d'emblée réagi en augmentant la sécrétion de CRH (l'hormone de libération du cortisol), il faut plusieurs heures pour que la glande corticosurrénale réponde en augmentant le taux de cortisol. Celui-ci permet alors de retrouver un apport d'éléments énergétiques directement utilisables. Il a aussi un effet modérateur sur la réaction de stress. Dans ces conditions, si la situation a pu être maîtrisée, si la menace a disparu, tout rentre dans l'ordre sous l'effet apaisant du cortisol.

Pour pallier les effets négatifs d'une sécrétion excessive et prolongée de cortisol, l'organisme dispose d'un mécanisme de régulation. Lorsque le cortisol est élevé, l'hippocampe – une structure du lobe temporal du cerveau – freine l'hypothalamus. La sécrétion de CRH diminue, ce qui réduit celle de cortisol.

---

Document 2

L'organisme humain présente une sensibilité particulière au stress psychosocial et réagit aux difficultés relationnelles en déclenchant les mêmes réponses biologiques que lorsqu'il s'agit de faire face à un prédateur. Seulement, dans ce cas, le problème ne se règle plus dans l'instant, le stress perdure et l'activation de l'organisme se prolonge. Les effets du cortisol, bénéfiques en situation de stress aigu, s'avèrent pathogènes lorsque le stress devient chronique. En effet, le cortisol est responsable d'une augmentation de la dégradation des protéines : pour produire des substrats énergétiques, l'organisme ne puise plus seulement dans ses réserves, il attaque ses propres structures. Par ailleurs, cette production de composants énergétiques se traduit par une augmentation du glucose, des triglycérides et du cholestérol sanguin, ce qui accroît le risque d'athérosclérose. Ces phénomènes sont en particulier à l'origine des maladies cardiovasculaires dues au stress. D'autre part, l'élévation prolongée du taux de cortisol (situation de stress chronique) a un effet toxique sur l'hippocampe. Celui-ci perd sa capacité à freiner l'hypothalamus. L'activation de l'axe corticotrope tend à se pérenniser. Le cortisol reste élevé, de même que la CRH, qui manifeste alors son pouvoir anxiogène et dépresseur.
Mais l'hippocampe joue un rôle central dans la formation de la mémoire épisodique, c'est-à-dire la mémoire des événements vécus, par opposition à la mémoire sémantique, qui concerne les connaissances générales acquises par ouï-dire et qui mobilise d'autres structures nerveuses. L'effet toxique du cortisol sur l'hippocampe se manifeste donc aussi par une dégradation de la mémoire et des capacités d'apprentissage.

▸ **Exercice 2 : la gestion du stress chronique**
**Question :** vous montrerez comment la mobilisation de défenses psychiques peut modifier la réponse de l'organisme à un stress chronique.

---

Document 1 : **stress et niveau de cortisol dans l'organisme**

L'organisme réagit à un stress en élevant sa sécrétion de cortisol. Depuis les années 1950, des cliniciens ont constaté que certains individus placés en situation de stress présentaient des taux de cortisol bas associé à un contrôle des réactions émotionnelles. Ces personnes utilisaient des stratégies de défense contre la souffrance, marquées par la mise à distance, le désengagement, la répression, le déni. (Ce phénomène a, par exemple, été mis en évidence chez des malades en attente de chirurgie cardiaque, chez des parents d'enfants leucémiques ou chez les militaires américains au Viêtnam).

Ces patients présentent des taux bas de cortisol malgré simultanément des taux élevés de CRH et d'autre part, ils sont souvent atteints d'athérosclérose et souffrent de douleurs chroniques.
La CRH n'a pas seulement un effet anxiogène et dépresseur, elle stimule les processus inflammatoires. À l'inverse, le cortisol a une action antiinflammatoire.
En revanche, les individus qui manifestaient une participation émotionnelle active montraient des niveaux élevés de cortisol.

---

**Document 2 : le stress professionnel se manifeste différemment selon l'activité professionnelle**

Dans les situations où les salariés bénéficient d'une autonomie, le stress professionnel entraîne le plus souvent une expression de souffrance psychique dans le registre anxiodépressif (démotivation croissante du salarié, désinvestissement, irritabilité et désabusement) ; Dans les activités de production organisées sur le modèle taylorien, les ouvriers spécialisés expriment peu leur souffrance ; elle se manifeste plutôt sur un mode somatique (troubles du sommeil, brûlures gastriques, hypertension, troubles musculo-squelettiques…).

---

**Document 3 : développer le pouvoir d'agir : les expériences de Weiss**

Dans les années 1970 Jay Weiss. Attachent des rats et leur envoi des chocs électriques dans la queue (voir schéma ci-dessous).

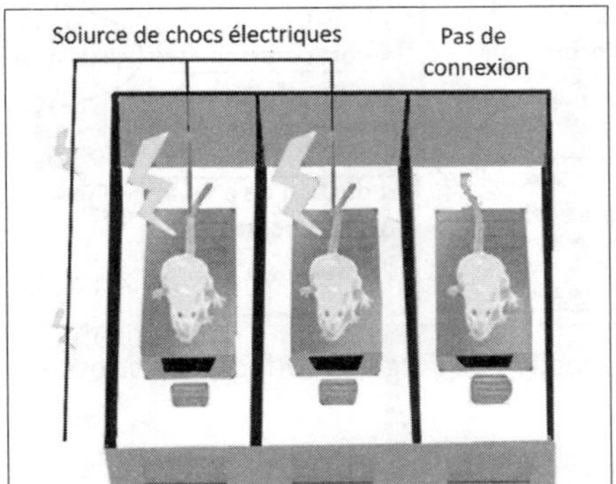


Figure 29. Les expériences de Weiss.

L'un des animaux peut bloquer les chocs en actionnant une roue placée devant lui. Il apprend rapidement à le faire, d'autant plus que le choc est associé à un signal sonore et qu'il est donc informé lorsqu'il a réussi à en bloquer un. De cette façon, il interrompt aussi les chocs pour son voisin, qui lui ne dispose pas de cette possibilité de contrôle. À l'inverse, lorsqu'il laisse passer un choc, l'un et l'autre le reçoivent.

Au final, les deux animaux sont placés dans un contexte identique et ils reçoivent le même nombre de chocs électriques. Un seul élément les différencie : l'un exerce un contrôle sur la situation, l'autre est en quelque sorte placé dans la situation du passager avant d'une automobile.
Les effets sur eux sont cependant extrêmement différents. Alors que le premier se trouve dans le même état que le rat témoin qui n'est soumis à aucun choc électrique, le deuxième, qui subit la situation, présente des ulcérations gastriques et toute une série de manifestations comportementales dans le registre de l'anxiété et de la dépression.

## Correction

### Exercice 1

Réponse 1

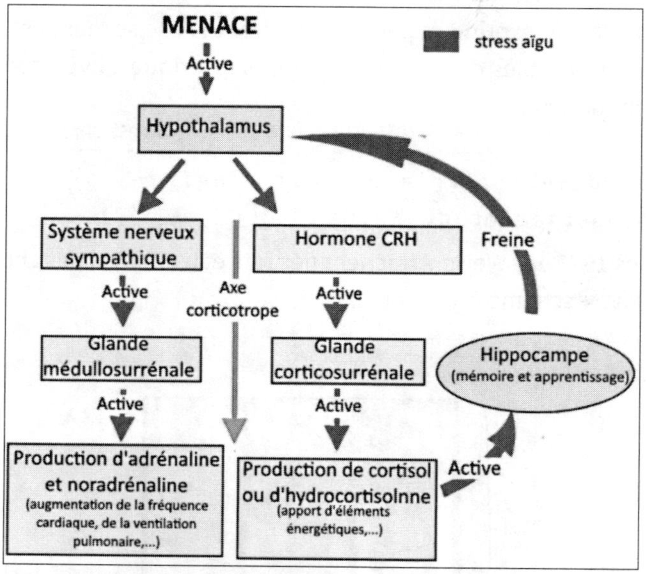


Figure 30. La réaction de l'organisme face à un stress aigu occasionnel.

Réponse 2

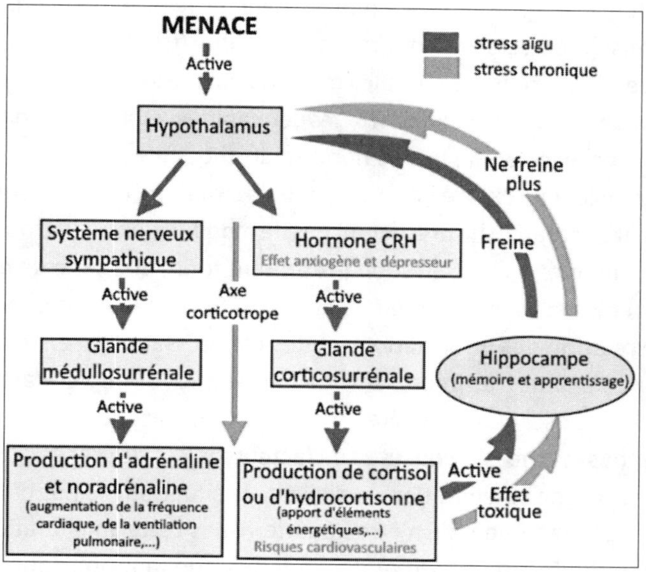


Figure 31. La réaction de l'organisme face à un stress chronique.

▸ **Exercice 2**

**Informations tirées du document 1** : toutes les personnes ne réagissent pas face à un stress par une augmentation de leur niveau en cortisol ; la teneur en cortisol, lors d'un stress semble liée à la participation émotionnelle de l'individu : taux élevé si la participation est active et taux bas si elle ne l'est pas (mise à distance, désengagement, répression, déni).

**Mise en relation des informations et des connaissances** : ces observations mettent en évidence l'existence d'un mécanisme de réduction du cortisol en lien avec les défenses psychiques.

**Informations tirées du document 2** : le stress professionnel se manifeste différemment selon l'activité professionnelle :

- souffrance psychique dans le registre anxiodépressif pour les professions où les salariés bénéficient d'une autonomie : démotivation croissante du salarié, désinvestissement, changements de comportement, également, personnes à fleur de peau, particulièrement irritables et désabusé ;
- souffrances somatiques dans les professions où le salarié n'a pas ou peu d'autonomie (activités de production organisées sur le modèle taylorien) : troubles du sommeil, brûlures gastriques, hypertension, troubles musculo-squelettiques…

**Mise en relation des informations et des connaissances** : le mode de fonctionnement psychique imposé par la situation de travail peut donc peut modifier la réponse de l'organisme à un stress chronique en l'orientant soit vers une réponse psychique (démotivation croissante du salarié, désinvestissement, changements de comportement, également, personnes à fleur de peau, particulièrement irritables et désabusé), soit vers une souffrance somatique (troubles du sommeil, brûlures gastriques, hypertension, troubles musculo-squelettiques…).

**Informations tirées du document 3** : les deux animaux sont placés dans un contexte identique et reçoivent le même nombre de chocs électriques. Un seul élément les différencie : l'un exerce un contrôle sur la situation, l'autre la subi. Les rats qui contrôlent la situation ne présentent pas de modification par rapport aux témoins, alors que les rats qui ont dû subir présentent toute une série de manifestations comportementales dans le registre de l'anxiété et de la dépression.

**Mise en relation des informations et des connaissances** : l'expérience de Weiss révèle un élément très important : Le fait de pouvoir rester dans une position active, de disposer d'un contrôle – même partiel, puisque le rat ne parvient pas à bloquer tous les chocs –, constitue un facteur majeur de préservation de la santé. En revanche, une amélioration partielle de la situation n'a pas d'effet bénéfique si le sujet a le sentiment de n'être pour rien dans cette amélioration.

**Synthèse :** le document 1 met en évidence que la mobilisation de défenses psychiques modifie la réponse de l'organisme à un stress chronique en modifiant la sécrétion de cortisol, une des hormones du stress. L'analyse du document 2 montre que le mode de fonctionnement psychique imposé par la situation de travail modifie la réponse de l'organisme à un stress chronique en l'orientant soit vers une réponse psychique soit vers une souffrance somatique. L'analyse du document 3 révèle que le fait de pouvoir rester dans une position active, de disposer d'un contrôle même partiel sur la situation stressante, constitue un facteur majeur de préservation de la santé.

Ainsi, le mode de fonctionnement psychique peut modifier la réponse de l'organisme à un stress chronique : cette constatation est à la base des thérapies cognitivo-comportementales (TCC) (voir chapitre G-2) et met l'accent sur une question centrale en matière de santé au travail : celle de la préservation et du développement du pouvoir d'agir.

Chapitre G-2

# L'organisme débordé dans ses capacités d'adaptation

# Je révise et je me perfectionne

La cascade de réactions biologiques liée au stress est bien adaptée à la situation dans laquelle il s'agissait de combattre ou de fuir, situation rarement rencontrée de nos jours. En revanche, dans la société moderne, l'être humain doit faire face à des difficultés relationnelles qui sont difficiles et longues à résoudre et qui sont pour lui à l'origine d'un stress psychosocial.

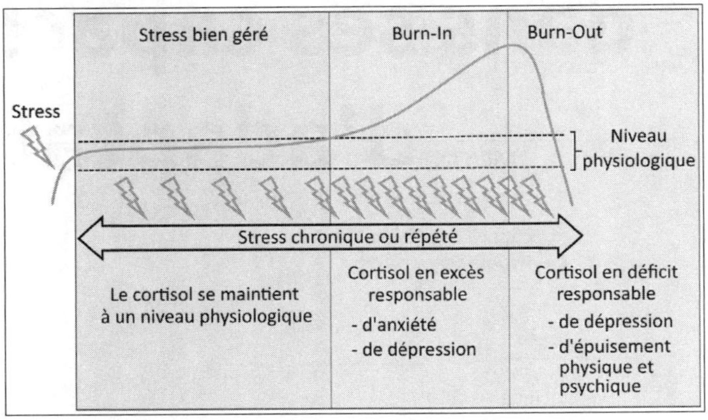


Figure 1. Du stress aigu au stress chronique.

Dans ces conditions l'activation de l'organisme tend à perdurer. Dans ce cas, les effets du cortisol, bénéfiques en situation de stress aigu, **s'avèrent pathogènes** lorsque le stress devient chronique.

# I. Quand les mécanismes de contrôle sont débordés : les effets du stress chronique

## I-1. Les effets d'un stress chronique sur la structuration des voies neuronale

### *I-1.1. Une diminution du rétrocontrôle du cortisol sur l'axe hypothalamo-hypophysaire*

Nous avons vu que le cortisol, lorsque sa teneur est élevée, freine l'hypothalamus. La sécrétion de CRH diminue, ce qui réduit celle du cortisol.

Cette inhibition est indirecte et fait intervenir l'hippocampe. Or, en situation de stress chronique, l'élévation du cortisol a un effet toxique sur l'hippocampe : la sécrétion répétée ou prolongée d'hormone glucocorticoïde endommage les neurones hippocampiques (riches en récepteurs de cette hormone) et conduit à une levée de l'inhibition qu'exerce l'hippocampe sur l'activation de l'axe corticotrope. La surproduction de glucocorticoïdes se pérennise via un cercle vicieux qui conduit à divers processus pathologiques (Fig. 2).

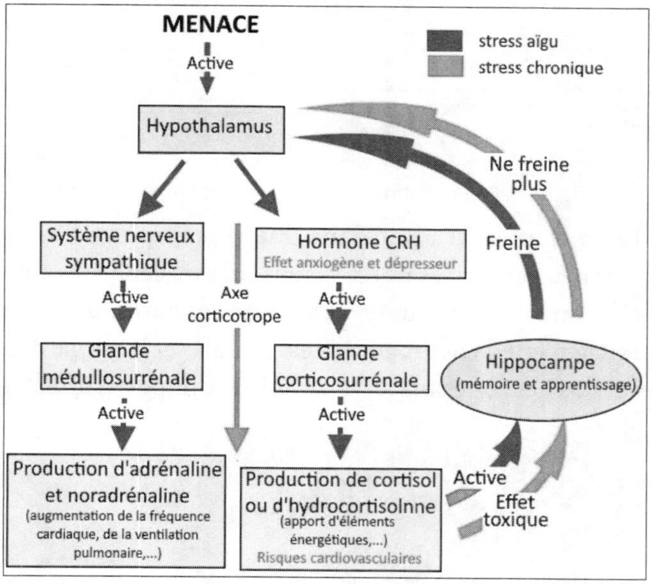


Figure 2. Un cercle vicieux.

### *I-1.2. Action cytotoxique du cortisol sur l'hippocampe, le cortex préfrontal et l'amygdale*

L'hippocampe se compose de trois sous-structures : le subiculum, la corne d'Ammon (composée des aires CA1, CA2 et CA3) et le gyrus denté.

L'hippocampe est formé de groupes de cellules qui forment une voie de stimulation unidirectionnelle depuis le cortex entorhinal vers les cellules granuleuses du gyrus denté, puis vers les cellules de la corne d'Ammon (CA3 puis CA1) et enfin les neurones subiculaires (Fig. 3).

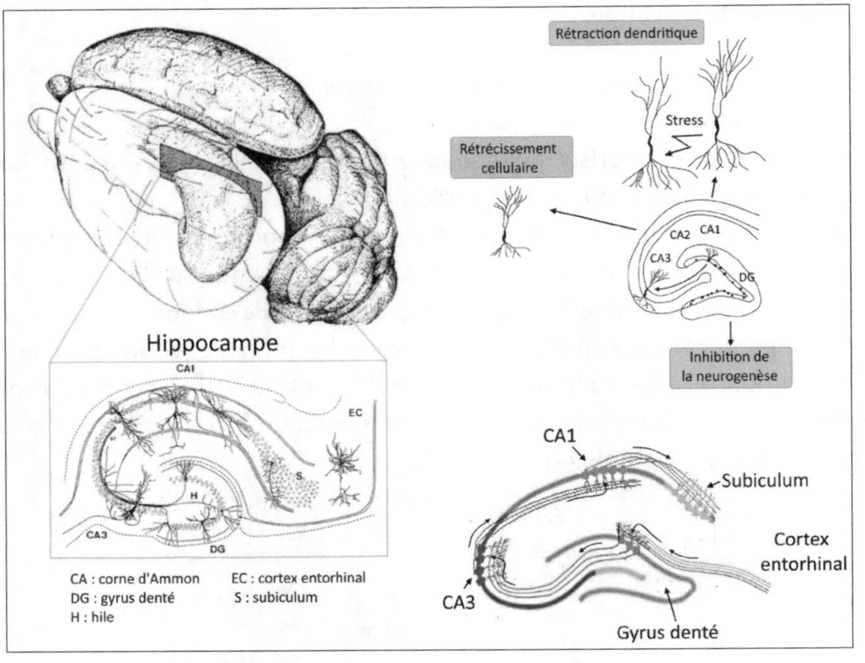


Figure 3. Organisation fonctionnelle de l'hippocampe.

La toxicité du cortisol se traduit dans l'**hippocampe** par la diminution de l'arborisation des neurones, par une rétraction de leurs dendrites ainsi qu'une perte des épines dendritiques ce qui diminue le nombre de connexions synaptiques entre neurones. Parallèlement, la neurogenèse est ralentie et la survie des progéniteurs des neurones et des neurones matures de l'hippocampe est affectée (Fig. 3 et 4).

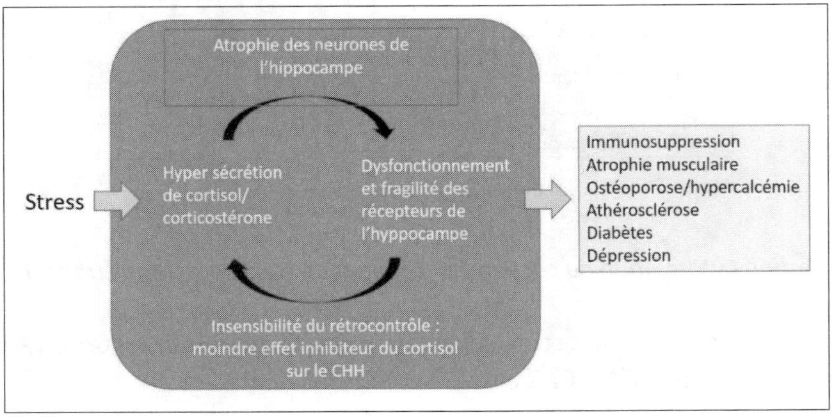


Figure 4. Les conséquences d'un stress chronique sur l'hippocampe.

Les modifications structurales dans l'hippocampe sont associées à des **troubles de la mémoire épisodique**, c'est-à-dire la mémoire des événements vécus (par opposition à la mémoire sémantique, qui concerne les connaissances générales acquises par ouï-dire et qui mobilise d'autres structures nerveuses et des capacités d'apprentissage).

Le cortisol a également un effet neurotoxique sur le **cortex préfrontal** (altération de l'attention, de la mémoire de travail et de la flexibilité comportementale), et sur **l'amygdale**, (augmentation de la mémoire de peur, de l'anxiété et de l'agressivité) (Fig. 5).

(1) Effet négatif du CRH dans l'amygdale sur la consolidation de la mémoire

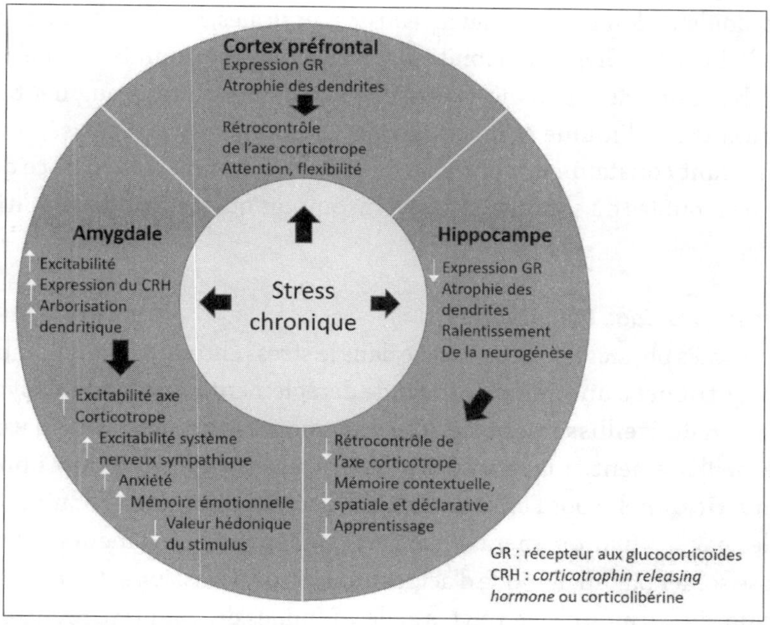


Figure 5. Modifications structurales et fonctionnelles dans des régions interconnectées du cerveau suite à un stress chronique.

* Des études récentes aussi bien sur des animaux que sur des êtres humains montrent que les perturbations biologiques liées au stress chronique modifieraient durablement la façon de répondre aux nouvelles situations stressantes par un processus épigénétique, c'est-à-dire qui modifie, non pas la séquence de l'ADN, mais l'expression des gènes.

### *I-1.3. Les symptômes d'un stress chronique*

Les symptômes du stress chronique varient d'une personne à une autre en fonction de l'histoire personnelle de chacun et de l'environnement. Néanmoins certains symptômes sont communs à une grande partie de la population ; on peut ranger ces symptômes en trois catégories :

**Émotionnels :** irritation, nervosité, inquiétude, mélancolie, troubles de la concentration, de la mémoire, faible estime de soi, mal-être, baisse de libido…
**Comportementaux :** repli sur soi, désorganisation, relations sociales et sentimentales difficiles et conflictuelles, tendance à l'addiction (consommation élevée d'alcool, tabac, caféine, sucre, médicaments, drogues…) ; trouver du réconfort dans l'alimentation : l'excès de cortisol peut conduire à un besoin obsessionnel de nourriture grasse et sucrée : l'individu stressé mange plus qu'il ne faudrait pour étouffer sa souffrance et s'apaiser. Avec pour conséquences la prise de poids, des troubles intestinaux, des diarrhées ou constipations, des douleurs abdominales, crampes et syndrome du côlon irritable.
**Physiques :** vertiges, accélération du rythme cardiaque, maux de tête, troubles digestifs, douleurs lombaires ou au niveau des cervicales, sensations d'oppression, sueurs inhabituelles, hypersensibilité au bruit, fatigue, insomnie (La mélatonine, véritable hormone du sommeil, favorise le sommeil. Son taux augmente quand le taux de cortisol diminue et inversement. Chez un individu stressé, le taux de cortisol restant constamment élevé, le taux de mélatonine reste bas, ce qui est à l'origine de troubles du sommeil, voire d'insomnies qui ne font qu'amplifie l'état de stress).

#### *I-1.4. Stress chronique et maladies*

Les mécanismes physiologiques en cause dans le stress chronique sont nombreux et peuvent contribuer à une grande variété de dérèglements, dans tous les systèmes.
**Accélération du vieillissement** : le stress augmente le dommage oxydatif, c'est-à-dire le vieillissement et la mort des cellules causés par les radicaux libres.
**Déficit nutritionnel** : sous l'effet du cortisol, l'organisme, pour produire l'énergie demandée par la situation, métabolise plus rapidement les éléments nutritifs, ce qui peut se solder par un manque d'acides aminés, de potassium, de phosphore, de magnésium, de calcium, d'électrolytes et de vitamines du complexe B, entre autres, aboutissant à un épuisement. Après avoir épuisé ses réserves, l'organisme peut s'attaquer à ses propres structures (augmentation de la protéolyse = dégradation des protéines) pour produire des substrats énergétiques. Les nutriments essentiels sont également moins bien absorbés en période de stress.
Par ailleurs, cette production de composants énergétiques se traduit par une augmentation du glucose, des triglycérides et du cholestérol sanguin, ce qui accroît le risque d'athérosclérose. Ces phénomènes sont en particulier à l'origine des maladies cardiovasculaires dues au stress.
**Déficit immunitaire** : le cortisol produit en réponse au stress peut causer un affaiblissement du système immunitaire : le corps devient alors plus susceptible aux agents infectieux, bénins ou graves, et aux différents types de cancer.

**Ulcères d'estomac** : le stress peut jouer un rôle dans les brûlures d'estomac et contribuer à l'apparition des ulcères gastriques et à la difficulté à les soigner.
**Problèmes gynécologiques** : on observe parfois de l'aménorrhée (l'arrêt des menstruations) chez les femmes stressées. Aussi, hommes et femmes stressés sont plus à même de vivre des périodes d'infertilité.
**Problèmes de santé mentale** : le stress répété peut entraîner des changements de structure dans le cerveau et, progressivement, occasionner des symptômes plus graves : de l'anxiété, des crises de panique, des phobies, de la dépression, des dépendances, des troubles de l'alimentation (anorexie/boulimie).
**Aggravation de maladies** : le stress peut jouer un rôle dans la susceptibilité à de nombreuses maladies (l'hypertension, les maladies cardiovasculaires, le diabète de type II, le cancer...), en accélérer l'évolution, ou encore en exacerber les effets ou leur chronicité (asthme, psoriasis, arthrite rhumatoïde, syndrome de fatigue chronique, maladie de Crohn, fibromyalgie, migraine, colite ulcéreuse, syndrome prémenstruel, obésité...).

En résumé, les principaux effets de la situation de stress chronique sont l'anxiété et la dépression, l'apparition de pathologies somatiques, en particulier cardiovasculaires, et la dégradation des capacités d'apprentissage. Ils sont liés à un excès de cortisol dans le sang.

## II. Les benzodiazépines, des molécules pour gérer le stress

Le stress chronique entraîne de multiples changements de comportements qui auraient une cause commune, la libération excessive de glucocorticoïdes (cortisone, hydrocortisone, prednisone), sécrétées par la région externe des glandes surrénales. Les glucocorticoïdes jouent un rôle extrêmement important dans les réactions de peur, d'anxiété et dans les états dépressifs. Ils exercent souvent leurs effets sur le comportement en augmentant ou diminuant l'efficacité de certaines voies neuronales.
Ces dérèglements engendrent diverses pathologies qui sont traitées par des médicaments dont l'effet vise à favoriser la résilience, en particulier les **benzodiazépines**.

## II-1. Le GABA, un neuromédiateur régulateur de l'activité neuronale

### *II-1.1. Le GABA, un neuromédiateur inhibiteur*

Le GABA (acide g-aminobutyrique) est le plus important neurotransmetteur dans le cerveau. (Le GABA serait impliqué dans au moins 30 % des synapses du cerveau) (Fig. 6).

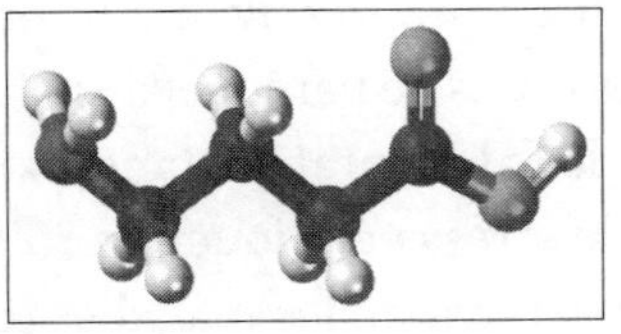

Figure 6. La molécule d'acide g-aminobutyrique (GABA).

On attribue au GABA différentes propriétés :

- anti-stress
- relaxant
- favorise la tranquillité et l'apaisement
- lutte contre l'anxiété
- favorise la croissance de certains neurones
- participe à l'équilibre entre glucagon et insuline
- stimule l'hormone de croissance
- favorise le sommeil et sa qualité.

Ces propriétés sont les conséquences de son action dans le système nerveux car le GABA est un neurotransmetteur inhibiteur : il ralentit la transmission nerveuse et évite donc l'hyperactivité neuronale induite par le stress chronique.

### *II-1.2. Les récepteurs du GABA*

Le GABA exerce ses propriétés grâce des récepteurs de différents types dont le récepteur canal GABAa à réponse rapide. Le récepteur GAGAa est présent à concentration élevée dans le cortex, le système limbique et le cervelet ; IL s'agit d'une glycoprotéine transmembranaire complexe, formée de 5 sous unités et qui possède, outre le site de fixation du GABA, d'autres sites de liaisons pour diverses molécules sur la face extracellulaire dont un site pour la fixation des **benzodiazépines** (Fig. 7).

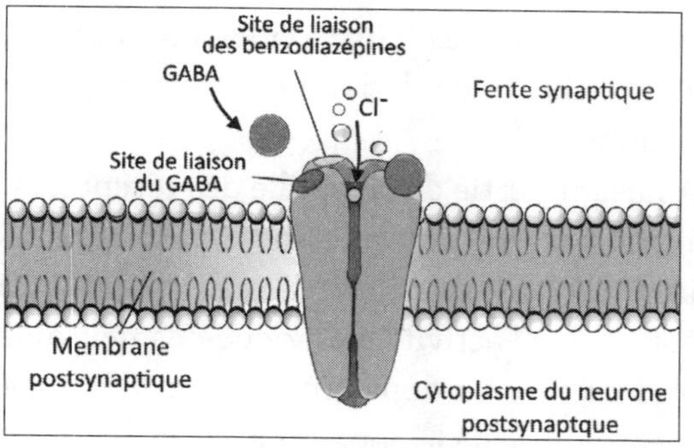


Figure 7. Le récepteur GABAα.

## II-2. L'effet myorelaxant et anxiolytique des benzodiazépines

Les benzodiazépines provoquent cinq réactions importantes qui sont utilisées en thérapie (voir tableau ci-dessous).

| Action | Usage clinique |
|---|---|
| Anxiolytique : soulage l'anxiété | Crises d'anxiété et de panique, phobies |
| Hypnotique : provoque le sommeil | Insomnie |
| Myorelaxant : relaxe les muscles | Spasmes musculaires, désordres spasmodiques |
| Anticonvulsif : arrête les crises et les convulsions | Crises dues à l'empoisonnement par la drogue. Certaines formes d'épilepsie. |
| Amnésie : permet d'éliminer les souvenirs à court terme | Prémédication pour les opérations, sédation pour procédures chirurgicales mineures |

## II-3. Le mode d'action des benzodiazépines

### *II-3.1. Les molécules de benzodiazépine*

Les benzodiazépines (**BZD**) sont une classe de composés organiques formés d'un cycle benzénique fusionné à un cycle diazépine. Il en existe une cinquantaine utilisée en pharmacologie (Fig. 8).

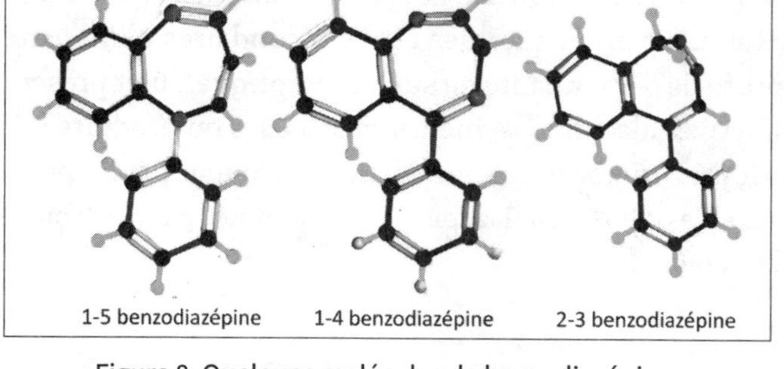


Figure 8. Quelques molécules de benzodiazépine.

### *II-3.2. Benzodiazépine stimule le récepteur GABAα*

Toutes les benzodiazépines (il en existe une cinquantaine) agissent en renforçant l'action inhibitrice du GABA (modulation positive), ce qui explique leurs effets myorelaxant et anxiolytique.
Le récepteur GABA faisant partie de la famille des récepteurs à canaux ioniques qui permet l'entrée du $Cl^-$, ce qui entraîne une hyperpolarisation (Potentiel Post Synaptique Inhibiteur = PPSI). Ainsi, par le jeu de l'intégration synaptique, le GABA inhibe plus ou moins l'activité électrique des neurones sur lesquels il se fixe (par exemple sur les neurones dopaminergiques de l'aire tegmentale ventrale (ATV) qui s'arrête de produire de la dopamine*) (Fig. 9).

La **dopamine** possède les mêmes effets excitateurs que la sérotonine ou l'adrénaline.

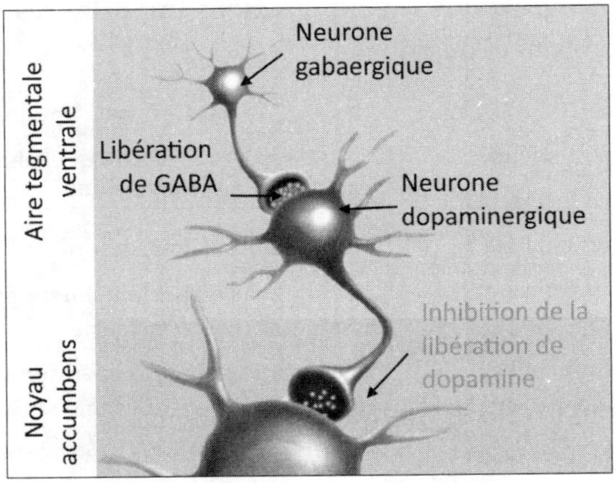


Figure 9. Contrôle de la sécrétion de dopamine par les neurones gabaergiques.

Les benzodiazépines sont efficaces car elles traversent la barrière hémato-encéphalique et par conséquent agissent directement sur les récepteurs GABA présents au niveau de la synapse de certains neurones du cerveau.

### *II-3.3. Les risques liés à la prise des benzodiazépines*

L'action naturelle du GABA est augmentée par les benzodiazépines qui exercent en retour une influence inhibitrice supplémentaire (souvent excessive) sur les neurones, ce qui peut provoquer des effets secondaires d'intensité variable en fonction du profil de personnalité du sujet (névrotique, sujet présentant d'autres conduites addictives alcooliques, médicamenteuses ou produits illicites).
Outre la sédation à l'origine de la somnolence provoquée par les benzodiazépines, les effets indésirables des benzodiazépines sont dominés par des troubles mnésiques et le risque de dépendance.

- **Troubles mnésiques** : il s'agit essentiellement d'une amnésie antérograde qui survient surtout à des doses élevées, dans les heures qui suivent la prise du médicament. Les personnes âgées sont particulièrement sensibles à cet effet.
- **Tolérance et dépendance aux benzodiazépines** : la prise prolongée de benzodiazépines expose les patients à un risque de dépendance même lors de l'utilisation de doses thérapeutiques (45 % des patients après traitements prolongés). La dépendance aux benzodiazépines se manifeste par une dépendance psychique (développement d'une anxiété anticipatoire à la perspective de l'interruption du traitement) et d'une dépendance physique.
- **La dépendance se traduit par un syndrome de sevrage** à l'arrêt du traitement, marqué par réapparition de l'anxiété et par l'apparition de nouveaux symptômes (tableau ci-dessous).

| Manifestations | Symptômes |
|---|---|
| Manifestations psychiatriques | Troubles du sommeil, irritabilité, anxiété, tension, agitation, difficultés de concentration, trouble de la perception, attaque de panique, réactions psychotiques, dysphorie |
| Manifestations neuromusculaires | Tremblements, mouvements involontaires, douleurs musculaires, fasciculations, convulsions |
| Manifestations neurovégétatives | Rougeur cutanée, transpiration, nausées, céphalées, vertiges, palpitations, constipation |
| Manifestations neurosensorielles | Photophobie, paresthésies, dysgueusie (goût métallique, hallucinations visuelles, vision voilée) |

**Des troubles du comportement** ont parfois été observés : désinhibition, euphorie, irritabilité, amnésie de fixation. Ce syndrome peut s'accompagner de troubles potentiellement dangereux pour le patient ou pour autrui (comportement agressif, notamment si l'entourage tente d'entraver l'activité du patient, conduites automatiques avec amnésie post-événementielle).

* Chaque individu est différent face aux agents stresseurs, le stress intégrant des dimensions multiples et liées.

## III. Des pratiques non médicales

En France, on estime la consommation quotidienne d'antidépresseur à 50 doses d'antidépresseurs par jour pour 1 000 habitants. Ce chiffre élevé suggère que les médecins ont peut-être trop facilement tendance à prescrire ces produits dont nous avons vu précédemment les effets secondaires indésirables. Il est donc intéressant de s'intéresser aux pratiques non médicamenteuses.

L'objectif de ces pratiques est de diminuer le niveau de stress de la personne, la rendant ainsi plus robuste aux divers stress quotidiens et moins vulnérable aux pathologies (Fig. 10).

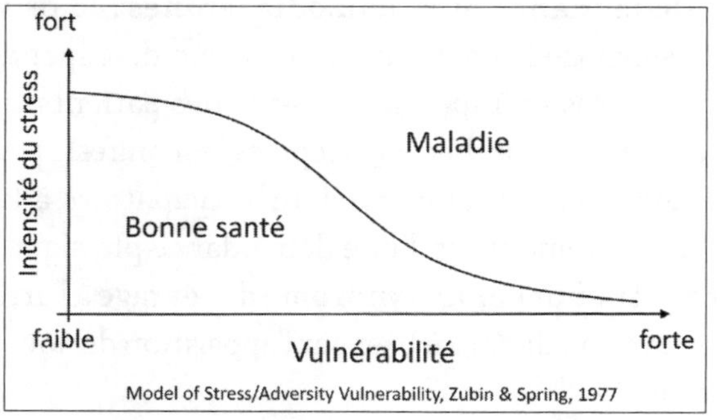


Figure 10. Une relation entre stress et vulnérabilité.

Plus le stress est élevé, plus la personne devient vulnérable.

### III-1. Le principe des thérapies cognitivo-comportementale (TCC)

La majeure partie du stress chronique est associée à des **pensées négatives**.
La thérapie comportementale cognitive (souvent appelée TCC) est une forme de psychothérapie qui met l'accent sur l'importance des pensées sous-jacentes pour déterminer comment nous nous sentons et comment nous agissons. La TCC part du principe qu'il **existe une interaction entre les pensées, les émotions et les comportements**. Et que l'on peut donc traiter les troubles d'une personne en influençant les pensées qui y sont associées, sans avoir recours à l'administration de médicaments.
Les spécialistes de la TCC travaillent avec les patients pour les aider à découvrir leurs propres schémas de pensée car ce sont eux qui déterminent nos perceptions et nos comportements. En effet, l'un des principes fondamentaux de la TCC est que les situations externes (qui sont hors de notre contrôle) comme les interactions avec d'autres personnes, les événements négatifs, etc., ne sont pas responsables de nos troubles. Le véritable responsable en est l'interprétation erronée que nous en faisons, interprétation qui finit par affecter notre qualité de vie. L'avantage est que cette interprétation est sous notre contrôle, que nous pouvons chercher à la modifier.
La méthode de la thérapie cognitivo-comportementale consiste donc à identifier pour chaque événement stressant les pensées négatives qui lui ont été associées. Une fois ces pensées identifiées, on cherche, avec l'aide d'un thérapeute ou d'un programme d'auto-assistance à leur substituer des pensées positives ayant autant de chances d'être vraie.

L'objectif de la thérapie cognitive comportementale est donc d'apprendre à examiner avec précision et calme les situations, sans distorsion de la réalité, sans préjugés ou craintes, ce qui modifie la façon de les ressentir, et modifie en retour la façon d'envisager et de traiter les situations difficiles lorsqu'elles surviennent : on est ainsi davantage en mesure de savoir comment réagir de manière appropriée afin de nous sentir plus heureux à plus long terme.

L'utilisation de la thérapie cognitive et comportementale offre aux patients une perspective précieuse, qui contribue à améliorer leur qualité de vie et à mieux gérer leur stress.

* Des études par imagerie par résonance magnétique fonctionnelle ont révélé chez les personnes qui ont terminé des programmes de TCC des modifications dans les structures physiques dans le cerveau.

### III-2. La relaxation, une autre forme de TCC

La relaxation comprend un ensemble de techniques permettant d'obtenir un état de diminution du niveau d'alerte, de la fréquence cardiaque et respiratoire et de la tension artérielle : il en résulte une sensation de détente et de bien-être. Une fois le stress présent, la relaxation a un effet de distraction, aidant la personne à ne pas se focaliser sur ses pensées angoissantes. La relaxation **peut alors être considérée comme une forme d'évitement,** car on ne peut pas être stressé et relaxé en même temps, les deux systèmes sont antagonistes.

Diverses techniques de relaxation ont prouvé leur efficacité dans des études contrôlées :

- **l'imagerie mentale** : le principe est de concentrer sur des images, des lieux des événements, des sensations, des perceptions, tout en percevant l'émotion qui les accompagne ; L'objectif est d'obtenir des sensations agréables et induire ou renforcer l'état de relaxation (induction émotionnelle par imagerie mentale) ;
- **la cohérence cardiaque et exercices respiratoires** : la cohérence cardiaque est un état physiologique particulier où la variabilité du rythme cardiaque va induire un bien-être et des états de santé positifs. Cet état peut être atteint par des techniques respiratoires, typiquement, on va demander à la personne de respirer régulièrement au rythme de 6 cycles d'inspirations/expirations par minute durant 3 à 5 minutes. Cette technique et l'intérêt de la cohérence cardiaque a été popularisée en France par le Dr David Servan-Schreiber.

**L'indice de variabilité cardiaque** est calculé à partir de la variation de la durée entre deux battements cardiaques consécutifs (Fig. 11).

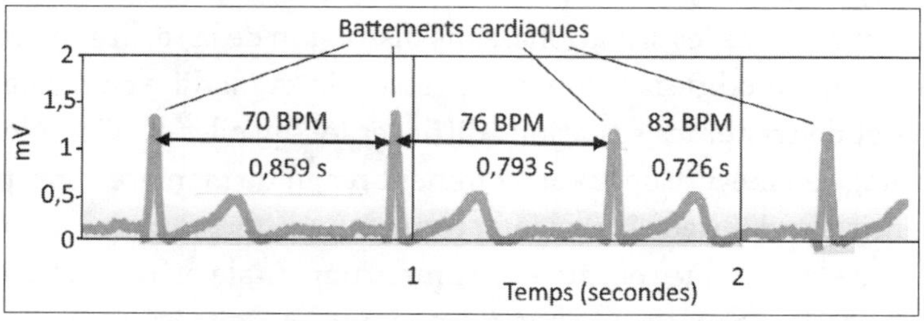


Figure 11. Un électrocardiogramme.

Cette mesure permet d'étudier le fonctionnement du système autonome : le système sympathique globalement accélérateur, et le système parasympathique globalement freinateur. Le stress provoque un déséquilibre entre ces deux systèmes se traduisant par une courbe de la variabilité cardiaque irrégulière.

Les exercices d'entraînement à la cohérence cardiaque régularisent cette courbe ; l'entraînement à la cohérence cardiaque associe des méthodes de relaxation respiratoire rapide, des méthodes de focalisation sur des émotions et des sentiments, des méthodes de restructuration cognitive (Fig. 12).

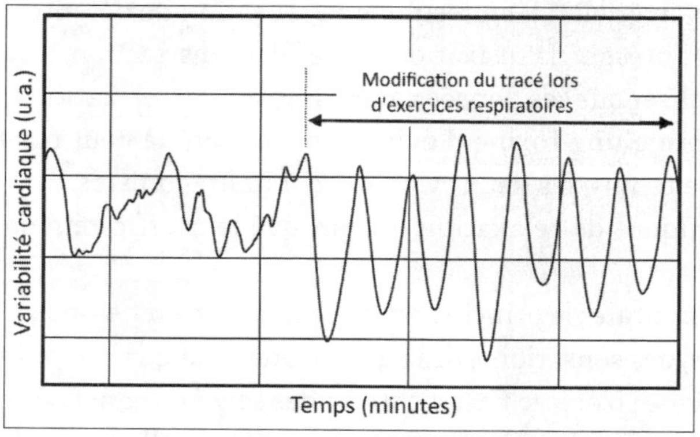


Figure 12. Un enregistrement de cohérence cardiaque.

L'enregistrement de la cohérence cardiaque ne permet pas seulement d'évaluer à court ou moyen terme l'efficacité de ces méthodes, c'est également un excellent moyen de biofeedback pour l'entraînement à ces méthodes.

### III-3. La méditation

La grande famille des méditations est née principalement en Orient puis introduites en Occident.

La méditation peut améliorer la régulation de l'humeur et des émotions et est à l'origine de thérapies cognitivo-comportementales. Ainsi, la thérapie MBSR (**Mindfulness Based Stress Reduction**) est une thérapie utilisant la méditation en pleine conscience* ; elle est utilisée pour le traitement du stress, le traitement de la dépression, de l'anxiété, des douleurs chroniques, de l'hypertension, des troubles immunitaires.

* La méditation de pleine conscience consiste à observer ses perceptions, ses sensations corporelles internes et ses pensées sans se laisser emporter par elles. Chez les méditants expérimentés, l'activité diminue dans les aires cérébrales liées à l'anxiété, telles que le cortex insulaire et l'amygdale.

(2) Quelques représentants de la famille des méditations

Des expérimentations sont menées pour élucider les mécanismes neuronaux impliqués dans les modifications de l'humeur et des émotions induites par la pratique de la méditation.

### *III-3.1. L'expérience de méditation est associée à une augmentation de l'épaisseur corticale*

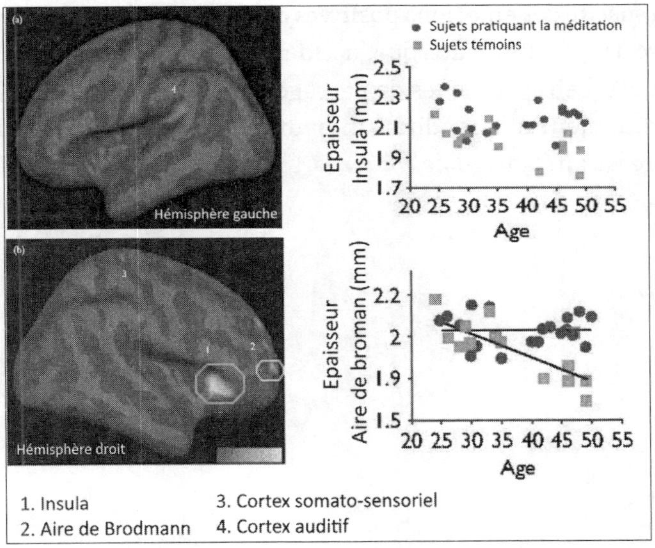


Figure 13. Pratique de la méditation et épaississement du cortex.

Des chercheurs ont montré, en utilisant l'imagerie par résonance magnétique fonctionnelle (IRMf), que la pratique de la méditation entraînait un épaississement de régions cérébrales associées à l'attention, à l'interoception et au traitement sensoriel (insula, aire de Brodmann, cortex somato-sensoriel, cortex auditif, cortex préfrontal) (Fig. 13). Les différences entre les groupes dans l'épaisseur corticale préfrontale étaient les plus prononcées chez les participants plus âgés, ce qui suggère que la méditation pourrait compenser l'amincissement cortical lié à l'âge. Enfin, l'épaisseur de deux régions était en corrélation avec l'expérience de méditation.

Ces données fournissent la preuve structurelle de la plasticité corticale dépendante de l'expérience associée à la pratique de la méditation.

*III-3.2. La méditation modifie la réponse de l'amygdale à des stimuli émotionnels*
Par IRMf, des chercheurs ont montré qu'après présentation à un individu d'une image à caractère émotionnel positif, la réponse de l'amygdale était modifiée chez les sujets ayant subi un entraînement à la méditation de pleine conscience aussi bien à long qu'à court terme. Chez les sujets entraînés on observe une baisse de la réactivité aux images à charge émotionnelle positives mais pas aux images à charge émotionnelle négative (des indices suggèrent qu'elle nécessiterait un entraînement plus conséquent). On observe également un accroissement de la connectivité fonctionnelle entre l'amygdale et le cortex préfrontal ventro-médian (une région impliquée dans la régulation des émotions).
* Le système international d'image affective (IAPS) est un fichier d'images statiques largement utilisé dans les études de l'émotion ; ce sont des images dont la visualisation suscite des émotions positives ou négatives (exemples : mutilations, serpents, insectes, scènes d'attaque, accidents, contamination, maladie, perte, pollution, chiots, bébés et scènes de paysage, personnes riants, etc.).
Ainsi, l'entraînement à la méditation peut améliorer la réponse affective en réduisant la réactivité amygdale.

# Je me perfectionne

## (1) Effet négatif du CRH dans l'amygdale sur la consolidation de la mémoire

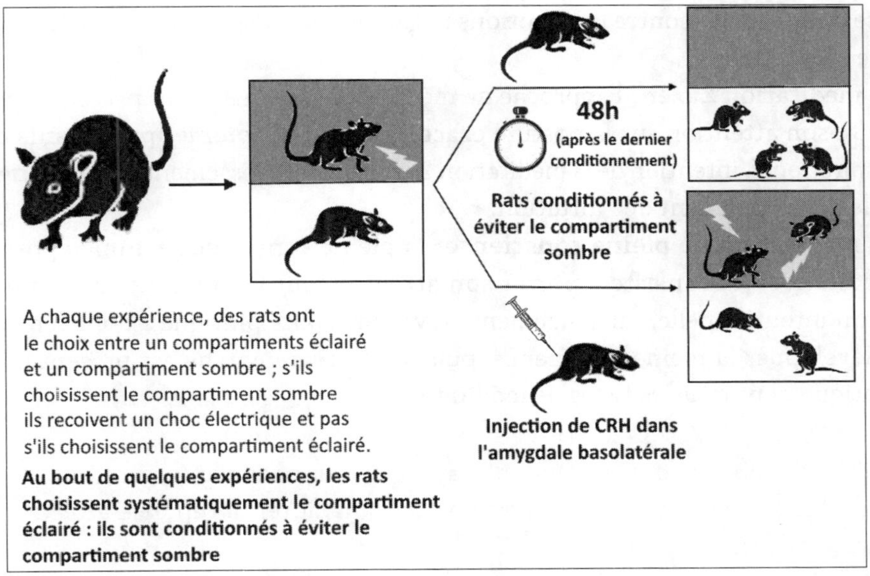


Figure 14. Mémoire d'un conditionnement et CRH.

Après 48 h, les rats non injectés ont gardé la mémoire du conditionnement alors que les rats injectés ont « oublié ». On peut montrer que l'oubli lié à l'injection de CRH est dose-dépendant, c'est-à-dire que plus la dose de CRH injectée est élevée plus les rats se comportent comme s'ils n'avaient jamais subi de conditionnement. Le stress chronique s'accompagnant d'une augmentation de la sécrétion de CRH, il s'accompagne d'une dégradation des fonctions cognitives au niveau de l'amygdale.

## (2) Quelques représentants de la famille des méditations

**La méditation bouddhique** : le mot méditation dans les langues classiques du bouddhisme est traduit par bhāvanā, qui signifie « développement mental ». Ainsi l'intention de la méditation bouddhique est d'atteindre le nirvāna (concept philosophique qui signifie « extinction » ou « libération »). La méditation bouddhique correspond toujours à une pratique posturale, mentale et rigoureuse. Son apprentissage doit d'ailleurs se faire auprès d'un instructeur qualifié.

**La méditation Vipassana** : elle consiste à prendre chaque phénomène qui apparaît, aussi bien physique que mental, comme objet de méditation.
(Vipassana signifie « voir la réalité comme elle est »).

La pratique méditative par le yoga : Beaucoup de personnes découvrent la méditation avec la pratique du yoga. En Occident, la méditation pratiquée à travers le yoga.

**La méditation transcendantale** : la méditation transcendantale repose sur l'idée que l'esprit serait naturellement attiré par le bonheur, et qu'il serait possible, par la pratique méditative, en concentrant son attention sur l'intérieur, d'atteindre le bonheur grâce au silence et au repos mental. C'est grâce à la répétition d'un mantra que chaque méditant pourrait atteindre cet état. La méditation transcendantale vise donc à lutter contre les émotions négatives, par une détente mentale plutôt que physique.

**La méditation Zazen** : l'approche de méditation Zazen est très précise et porte toute son attention sur la posture exacte que doit adopter les pratiquants et la respiration. L'intention de la méditation Zazen est l'élargissement de la conscience et le développement de l'intuition.

**La méditation de pleine conscience** : la pleine conscience est une approche méditative qui consiste à porter son attention sur le moment présent et de façon intentionnelle, sans jugement de valeur. Toute pratique a donc tendance à développer la pleine conscience, puisque cette démarche est présente dans pratiquement tous les types de méditation.

# Je m'exerce et je fais la différence

## Entraînement

▸ **Exercice 1 : quelques effets du stress sur le cerveau**

*Bac S, sujet de SVT, session 2019, Asie*

L'effet du stress sur le cerveau a été étudié à partir d'expérimentations sur l'hippocampe.

**À partir de la mise en relation des informations dégagées des documents et des connaissances, montrer que le stress peut modifier l'organisation cérébrale.**

---

### Document 1 : le rôle de l'hippocampe

L'hippocampe a été très étudié chez le rongeur pour son implication dans les systèmes de l'inhibition du comportement, de l'attention, de la mémoire spatiale et de la navigation. Une des conséquences d'une lésion à l'hippocampe sur le comportement du rat est l'augmentation de l'activité (déplacement, exploration, etc.).

Beaucoup des cellules de l'hippocampe du rat ou de la souris répondent comme des cellules de lieu : elles émettent des trains de potentiel d'action lorsque l'animal passe à des endroits précis de son environnement. Ces cellules de lieu interagissent fortement avec des cellules codant la direction de la tête dans l'espace et sont supposées jouer un rôle clé dans la navigation spatiale (formation de carte cognitive).

Une des formes de la plasticité neuronale, connue sous le nom potentialisation à long terme (ou LTP), a été découverte et est très bien caractérisée dans l'hippocampe. La LTP est l'un des mécanismes principaux utilisés par le cerveau pour stocker les souvenirs.

L'hippocampe est une des premières structures atteintes dans la maladie d'Alzheimer, ce qui explique les problèmes de mémoire et de désorientation qui caractérisent l'apparition de cette pathologie neurodégénérative.

Enfin, l'hippocampe est, avec la zone sous-ventriculaire, une des seules structures cérébrales à présenter une activité de neurogenèse chez l'individu adulte (= production de nouveaux neurones fonctionnels). Au contraire de la zone sous-ventriculaire, qui produit des neurones qui migreront vers le bulbe olfactif, les neurones générés dans le gyrus dentelé sont destinés à y rester.

Document 2 : **expression de deux gènes impliqués dans la plasticité cérébrale**

On s'intéresse à deux gènes impliqués dans la plasticité cérébrale.
**Gène Ntrk2** : code une protéine impliquée dans la survie, la prolifération, la migration et la différenciation des cellules nerveuses, ainsi que dans la formation des synapses.
**Gène Arc** : code une protéine ayant un rôle essentiel dans la régulation de la plasticité cérébrale en agissant sur le fonctionnement des synapses.
L'intensité de l'expression de ces gènes a été mesurée dans l'hippocampe de souris soumises à un stress d'immobilisation durant plusieurs jours. D'autres n'ont pas été soumises à un stress et constituent les mesures témoin.

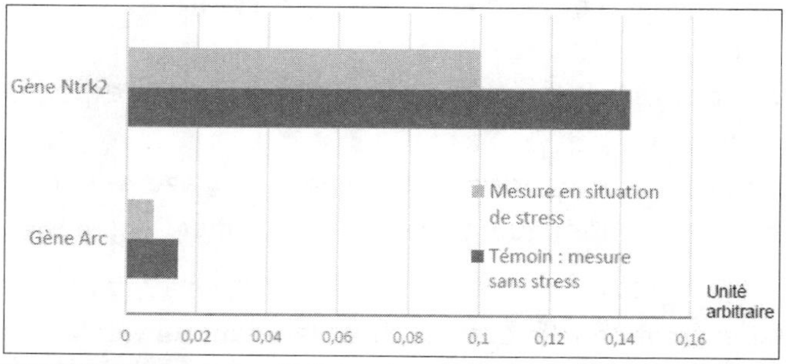


Figure 15. Effet du stress sur l'expression de deux gènes dans l'hippocampe.

Les différences observées entre la situation témoin et la situation de stress sont significatives.

*D'après Randesi et al., 2018*

Document 3 : **stress et plasticité cérébrale**

La plasticité cérébrale implique la formation de nouvelles connexions entre les neurones. La possibilité de connexions nerveuses dépend de la quantité de ramifications dendritiques des neurones.

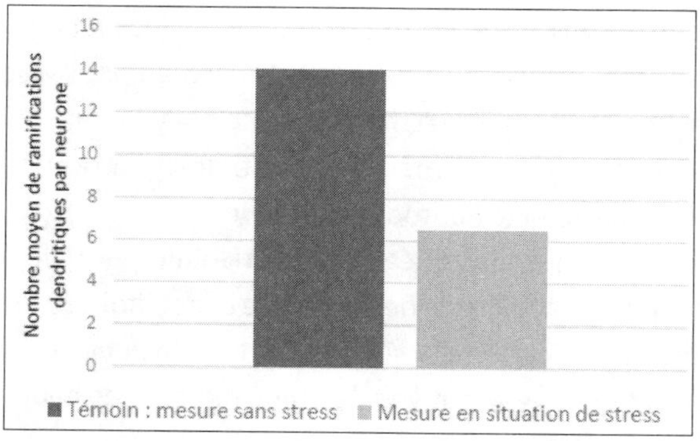


Figure 16. Effet du stress sur les ramifications dendritiques dans l'hippocampe.

*D'après Matrisciano et al., 2011*

Les différences observées entre les deux situations sont significatives.

## Correction

### Exercice 1

**Informations tirées du document 1** : toutes les personnes ne réagissent pas face à un stress par une augmentation de leur niveau en cortisol ; la teneur en cortisol, lors d'un stress semble liée à la participation émotionnelle de l'individu : taux élevé si la participation est active et taux bas si elle ne l'est pas (mise à distance, désengagement, répression, déni).

**Mise en relation des informations et des connaissances** : ces observations mettent en évidence l'existence d'un mécanisme de réduction du cortisol en lien avec les défenses psychiques.

**Informations tirées du document 2** : la CRH stimule les processus inflammatoires alors que le cortisol a une action anti-inflammatoire ; les militaires étudiés présentent un taux de CRH élevé et un taux de cortisol bas. Les militaires de cette étude sont souvent atteints d'athérosclérose et souffrent de douleurs chroniques.

**Mise en relation des informations et des connaissances** : lorsque la souffrance est exprimée, le cortisol est élevé, et son action anti-inflammatoire modère l'activation de l'inflammation par la CRH. En revanche, en cas de répression de l'expression émotionnelle des militaires revenant du Viêtnam, la coexistence d'un cortisol bas et d'une CRH élevée est à l'origine d'une augmentation des phénomènes inflammatoires impliqués aussi bien dans les douleurs chroniques que dans l'athérosclérose.

**Informations tirées du document 3** : le stress professionnel se manifeste différemment selon l'activité professionnelle

**Mise en relation des informations et des connaissances** : le mode de fonctionnement psychique imposé par la situation de travail peut donc augmenter, par un mécanisme biologique, les phénomènes douloureux et inflammatoires et favorise alors la survenue de troubles musculosquelettiques.

**Informations tirées du document 4** : les deux animaux sont placés dans un contexte identique et reçoivent le même nombre de chocs électriques. Un seul élément les différencie : l'un exerce un contrôle sur la situation, l'autre la subi. Les rats qui contrôlent la situation ne présentent pas de modification par rapport aux témoins, alors que les rats qui ont dû subir présentent toute une série de manifestations comportementales dans le registre de l'anxiété et de la dépression.

**Mise en relation des informations et des connaissances** : l'expérience de Weiss révèle un élément très important : Le fait de pouvoir rester dans une position active, de disposer d'un contrôle – même partiel, puisque le rat ne parvient pas à bloquer tous les chocs –, constitue un facteur majeur de préservation de la santé. En revanche, une amélioration partielle de la situation n'a pas d'effet bénéfique si le sujet a le sentiment de n'être pour rien dans cette amélioration.

Ces éléments biologiques mettent l'accent sur une question centrale en matière de santé au travail : celle de la préservation et du développement du pouvoir d'agir.

Aubin IMPRIMEUR

Achevé d'imprimer en novembre 2020
Dépôt légal, novembre 2020 / N° d'impression 2009.0140
Imprimé en France